향가문학론

향가문학론

金晉郁 著

▌ 서 문

　　고전시가를 전공하면서 향가 문학에 대하여 가졌던 관심과 정열을 엮어서 『향가문학론』이라는 이름을 붙여 출판하게 되었다. 그동안 강의를 하면서, 공부를 하면서 향가 문학의 아름다움을 느낄 때 마다, 기록하여 둔 원고를 정리하여 책으로 묶은 것이다.

　　향가 문학의 아름다움을 감상하는 것은 독자의 몫이고, 그 이유를 밝히는 것은 연구자의 몫이라고 생각한다. 문학 연구자로서 향가 문학이 지니고 있는 아름다움의 실체를 밝히려는 노력이 이번에는 그만큼의 성과를 내오지 못하였다고 솔직히 고백한다. 재능의 부족을 탓하고 싶지는 않다. 그렇다고 노력이 부족하였다는 반성도 지나친 겸손이라고 생각한다. 단지 그 길을 걸어가는 과정이라고 생각하고 싶다.

　　『향가문학론』은 세 부분으로 구성되어 있다. 제1장은 문학론이다. 제목의 거창함 만큼 내용도 충실했으면 좋겠으나 필자의 과문 탓인지 채워도 채워도 부족함을 느낀다. 향가 문학이 갖는 특성이라고 생각한다. 향가 문학의 성격을 이야기 하면서 복합문학적 성격을 지닌다고 많이들 이야기 한다. 그러나 그러한 표현으로는 부족하다는 것이 필자의 생각이다.

　　향가 작품은 바라보는 시각에 따라 변화하는 특수한 문학이다. 이것이 향가 문학 연구가 시작된 지 100년이 다되어가도록 통일된 정리를 가져오지 못한 이유이다. 처용가에 대한 수많은 주장은 모두 나름대로 논거와 설득력을 지니고 있다. 어떨 때는 상반된 논의조차 나름대로 모두 옳은 수수께끼 같은 문학 장르이다. 그러므로 처용가는 무속적 성격도, 주술적 성격도, 불교적 속성도, 민요적 속성도 가지고 있다. 개인의 서정 시가로서의 자질을 가지고 있으면서, 군중이 함께 부르는 서사 문학의 성질도 지니고 있는 특수한 작품인 것이다.

이러한 향가 문학에 대한 문학론을 전개한다는 것은 사실상 벅찬 작업이었다. 단지 작품의 여러 가지 성격 중 가장 문면에 드러나는 성격을 중심으로 논의하여 보았다. 또한 내용과 형식은 항상 상호 작용한다는 믿음을 필자는 가지고 있다. 그러한 믿음에서 향가의 형식에 대하여 간략하게 고찰하였다. 이러한 고찰이 새로운 주장으로 연결되지 못한 것은 안타깝지만 숙제로 남겨두고자 한다. 끝으로 향가 작가를 규명해 보면서 작가에 대한 이해가 작품의 성격을 이해하는 중요한 단서 중의 하나라는 것을 언급하였다. 향가 작가를 고찰하는 작업에 하나의 방법론을 적용한다는 것은 불가능한 작업이라는 것을 언급하고 시작했으면서도 동일한 우를 범했다는 반성을 한다.

제2장은 작품론으로 구성하였다. 삼국유사 소재 향가 14 작품을 창작 시대 순으로 하나씩 모두 언급하였다. 각각의 작품에 대하여 논의하여야 할 부분이 너무 많다는 것이 오히려 위안이 되었다. '너무 많아 할 수 없기에'라는 自慰라도 없었다면 시작조차 할 수 없었을 것이다. 제1장과 마찬가지로 논의해야 할 많은 부분을 반드시 해야 할 숙제로 남겨 두고 여기에서는 각 작품을 바라보는 하나의 시각만 가지고서 논의를 하였다. 하나의 시각으로나마 특정한 작품을 나름대로 바라볼 수 있게 되었을 때 향가 문학 전반에 대한 이해가 생긴다는 믿음을 실천하였다.

제3장은 연구 자료를 수록하였다. 향가 문학을 연구하면서 자료가 한 곳에 정리되어 있지 않아 그때마다 들였던 시간과 노력의 낭비가

안타까왔던 적이 많았다. 누가 최소한의 것이나마 이러한 자료를 정리해 주면 얼마나 고마울까 생각해오던 것을 이번에 시간을 내어 정리를 하였다. 항상 처음은 부족할 수밖에 없다는 변명을 한다. 그러므로 보다 체계적이고 풍부한 작업이 뒤 따를 수 있기를 바란다.

향가 문학에 대하여 가졌던 그동안의 관심과 정열이 이렇게 한권의 책으로 묶어져 나오게 되니 감개가 무량하다. 대나무의 마디가 주는 가르침을 잊지 않고 새로운 출발선으로 삼고자 한다. 미당 서정주의 노랫말처럼 한송이 국화꽃을 피우기 위해 봄부터 소쩍새가 그렇게 울었듯이, 한 꼭지의 마디를 위하여 음으로 양으로 돌봐주신 모든 분들에게 고마운 마음을 전한다.

하나의 일이 끝났을 때 항상 느끼는 마음이지만, 어머님에 대한 고마움만큼은 특별히 전하고 싶다. 이미 주신 사랑이 감당하기 벅찰 만큼 큼에도 불구하고, 끊임없이 계속되는 어머님의 사랑이, 가슴을 짓누르는 무게가 되어 이제 고통스럽다는 고백을 이 자리를 빌려 하고자 한다.

2005년 9월 30일

金晋郁 謹識

| 제3장 | **研究 資料** ··· 327

제1장 文學論

1. 三國遺事의 理解

　『三國遺事』 소재 향가 14 작품의 이해를 위해서는 『三國遺事』에 대한 이해가 필수적이다. 『均如傳』에 전하는 〈普賢十願歌〉 11 작품을 제외하고는, 현전하는 향가 작품은 전부 『三國遺事』에 실려 전하고 있기 때문이다. 향가 장르의 복합적인 성격 역시 그 출전이 『三國遺事』 하나라는 데에서도 기인하고 있다. 더구나 일연이 『三國遺事』에 향가 작품을 남긴 것은 향가에 대한 소개가 주목적이 아니었으므로 우리가 접하고 있는 향가 작품은 어느 정도 편향성에 기울고 있다는 사실을 인정하여야 할 것이다.

　그럼에도 불구하고 우리 국문학사에서 향가가 차지하는 비중에 대하여 부정할 수 있는 사람은 없을 것이다. 향가 장르가 우리 국문학사에 독자적 지위를 획득할 수 있었던 것은, 어디까지나 일연에 의하여 편찬된 『三國遺事』의 덕택이다. 향가라는 장르의 성립에 『三國遺事』가 지대한 공헌을 하였다는 사실이다. 그러므로 향가 문학에 대한 연구는 『三國遺事』로부터 시작하여야 할 것이다. 본서 역시 향가 문학에 대한 본격적인 논의에 앞서 간략히 『三國遺事』와 일연에 대한 정리를 하고자 한다.

1.1. 三國遺事의 性格

『三國遺事』는 고려 忠烈王 때의 名僧 普覺國師 일연이 신라·고구려·백제 3국의 遺事를 모아서 지은 歷史書로서 활자본 5권 2책으로 구성되어 있다. 편찬 연대는 미상이나, 1281~83년(충렬왕 7~9) 사이로 보는 것이 통설이다. 『三國遺事』는 김부식이 편찬한 『三國史記』와 더불어 현존하는 한국 고대 史籍의 가장 귀한 자료이다. 『三國史記』가 여러 사관에 의하여 이루어진 正史이므로 그 체재나 문장이 정제된 데 비하여, 『三國遺事』는 일연 혼자의 손으로 씌어진 이른바 野史이므로 體裁나 文辭가 『三國史記』에 못 미침은 사실이나, 거기서 볼 수 없는 많은 고대 史料들을 수록하고 있어 소중한 가치를 지니고 있는 문헌이다.

그 중에서도 특히 古朝鮮에 관한 서술은 한국의 반만년 역사를 내세울 수 있게 하고, 단군신화는 단군을 國祖로 받드는 근거를 제시하여 주는 기록인 것이다. 그 밖에도 많은 전설·신화가 수록되어 있어 說話文學書라고도 일컬을 만하며, 특히 鄕札로 표기된 〈薯童謠〉 등 14수의 신라 향가가 실려 있어 한국 고대 문학사의 實證에 있어서도 절대적인 가치를 지닌다. 육당 최남선은 일찍이 본서를 평하여 "『三國史記』와 『三國遺事』 중에서 하나를 택하여야 될 경우를 가정한다면, 나는 서슴지 않고 후자를 택할 것"이라고까지 하였다.

『三國遺事』의 체재와 내용은 다음과 같다. 권1에 〈왕력(王曆)〉 제1과 〈기이〉 제1을, 권2에 〈기이(紀異)〉 제2를, 권3에 〈흥법(興法)〉 제3과 〈탑상(塔像)〉 제4를, 권4에 〈의해(義解)〉 제5를, 권5에 〈신주(神呪)〉 제6과 〈감통(感通)〉 제7과 〈피은(避隱)〉 제8 및 〈효선(孝善)〉 제9를 각각 수록하고 있다. 〈王曆〉은 연표(年表)로서, 난을 다섯으로 갈라 위에 중국의 연대를 표시하고, 아래로 신라·고구려·백제 및 가락의 순으로 배열하였으며, 뒤에는 후삼국, 즉 신라·후고구려·후백제의 연대도 표시하였다.

『三國史記』 연표의 경우와는 달리 역대 왕의 出生·卽位·治世를 비롯하여 기타 주요한 역사적 사실 등을 간단히 기록하고, 저자의 의견도 간간이 덧붙여 놓았다. 〈紀異〉편에는 그 제1에 고조선 이하 삼한·부여·고구려와 통일 이전의 신라 등 여러 고대 국가의 흥망 및 신화·전설·신앙 등에 관한 遺事 36편을 기록하였고, 제2에는 통일신라시대 문무왕 이후 신라 마지막 임금인 경순왕까지의 신라 왕조 기사와 백제·후백제 및 가락국에 관한 약간의 유사 등 25편을 다루고 있다. 〈興法〉편에는 신라를 중심으로 한 불교 전래의 유래와 高僧들에 관한 행적을 서술한 7편의 글을, 다음의 〈塔像〉편에는 寺記와 탑·불상 등에 얽힌 僧傳 및 寺塔의 유래에 관한 기록을 30편에 나누어 각각 실었다. 〈義解〉편 역시 신라 때 고승들의 행적으로 14편의 설화를 실었고, 〈神呪〉편에는 밀교의 異蹟과 異僧들의 전기 3편을, 〈感通〉편에는 부처와의 영적 감응을 이룬 일반 신도들의 영검이나 靈異 등을 다룬 10편의 설화를 각각 실었으며, 〈避隱〉편에는 높은 경지에 도달하여 은둔한 逸僧들의 이적을 10편에 나누어 실었다. 마지막 〈孝善〉편은 뛰어난 효행 및 선행에 대한 5편의 미담을 수록하였다.

이처럼 『三國遺事』의 저술은 저자가 史官이 아닌 일개 승려의 신분이었고, 그의 활동 범위가 주로 영남지방 일원이었다는 제약 때문에 불교 중심 또는 신라 중심에서 벗어날 수 없었고, 북방계통의 기사가 소홀해졌으며, 간혹 인용 典籍과 일치하지 않는 부분이 있을 뿐더러, 잘못 전해지는 사적을 그대로 모아서 수록한 것도 눈에 띤다. 그것은 『三國遺事』라는 책명이 말해 주듯이 逸事遺聞的 기록인 탓에 불가피한 일이었다.

그러나 『三國遺事』는 당시의 民俗·古語彙·姓氏錄·地名起源·思想·信仰 및 逸話 등을 대부분 금석 및 고적으로부터의 인용과 견문에 의하여 집대성해 놓은 한국 고대 정치·사회·문화 생활의 遺影으로서 우리 민족의 역사를 기록한 일대 敍事詩라 할 수 있다.

이러한 것들은 대개 김부식이 『三國史記』에서 유교적 합리주의적 정신으로 말미암아 버린 고기록 중 가장 한국적인 것으로 고대 우리 민족 생활사의 보전이다. 여기에 인용한 것들은 당시의 전적을 고증하는 데 있어 가장 귀중한 자료가 되고 있다. 또 삼국 외에 단군조선·기자조선·위만조선·삼한·사군·낙랑·대방·말갈·발해·졸본부여·후백제·가락 등의 기록도 아울러 실었다.

여기에는 『三國史記』에 빠진 古記의 기록을 원래대로 모아 놓았고 또한 향가 14수를 본문 중에 수록해 놓았다. 이 향가는 『均如傳』에 11수가 수록되어 있을 뿐 다른 책에서는 보이지 않는다. 이는 국문학의 연구에 있어서 빼놓을 수 없는 귀한 자료가 된다. 또한 많은 설화가 실려 있어 한국 고대 서사문학의 총본산을 이루고 있다.

『三國遺事』의 서지적 상황을 보면 현재까지 고려시대의 각본은 발견되지 않았고, 완본으로는 1512년(조선 중종 7) 慶州府使 이계복에 의하여 重刊된 正德本이 最古本이며, 그 이전에 판각된 듯한 零本이 전한다. 정덕본이 1999년 11월 19일 부산유형문화재 31호로 지정되었다.

『三國遺事』의 신간본으로는 1908년 간행된 일본 도쿄대학 문학부의 史志叢書本이 가장 오래된 것이고, 朝鮮史學會本과 啓明俱樂部의 최남선 교감본 및 그의 증보본이 있으며, 그 밖에 1921년 안순암 手澤의 정덕본을 영인하여 일본 교토대학 문학부 총서 제6에 수록한 것과 고전간행회본이 있다.

8·15 광복 후로는 三中堂本, 1946년 史書衍譯會에서 번역하여 고려문화사에서 간행한 국역본, 이병도의 역주본 등 여러 가지가 있고, 이학수 英譯本과 1954년 『歷史學報』 제5집의 부록으로 이홍직의 『三國遺事』 색인이 발간된 바 있다.

1.2. 一然의 生涯와 三國遺事 編纂 態度

1.2.1. 一然의 生涯

일연은 1206년 지금의 경북 경산에서 태어나 14세에 설악산 진전사에서 구족계를 받았고, 22세인 1227년 승과에 급제한 뒤 비슬산 무주암과 묘문암에서 수도하였다. 44세인 1249년에는 남해의 정림사와 지리산 길상암에, 1264년에는 영일 오어사에 있다가, 대구에서 가까운 인홍사로 옮기게 되었는데, 이때 학승들이 구름과 같이 모여들었다고 한다. 72세인 1277년에는 청도 운문사에 주석하다가 충렬왕에 의해 국존에 추대되었고, 이곳에서 『三國遺事』의 집필을 시작했던 것으로 추정하고 있다. 그리고 1284년에 인각사로 와서 구산문도회를 연 뒤 1289년 이곳에서 입적하셨다.

속성은 金이고, 이름은 見明이다. 자는 晦然·一然이며, 호는 無極·睦庵이다. 시호는 普覺이고 경상북도 慶山에서 1206년에 출생하였다. 1214년(고종 1) 9세에 전라도 해양(海陽 : 현 광주) 무량사에 들어가 대웅 밑에서 학문을 닦다가 1219년 승려가 되었다. 1227년 승과에 급제하였고, 1237년 三重大師, 1246년 禪師, 1259년 大禪師가 되었다. 1261년(원종 2) 왕명으로 禪月寺 주지가 되어 목우의 법을 이었다.

1268년 雲海寺에서 大德 100여 명을 모아 大藏經落成會를 조직하고, 그 맹주가 되었다. 1277년(충렬왕 3) 雲門寺 주지가 되어 왕에게 법을 강론하였으며, 1283년 國尊으로 추대되고 원경충조의 호를 받았다. 1284년 경상북도 군위의 麟角寺를 중건하고 궁궐에서 九山門都會를 열었다. 탑과 비는 인각사에, 행적비는 운문사에 있다.

저서 『三國遺事』는 한국 고대 신화와 설화 및 향가를 집대성한 책으로, 고대사 연구에 귀중한 자료이다. 그 밖에『語錄』,『界乘雜著』,『重編曹洞五位』,『祖圖』,『大藏須知錄』,『諸僧法數』,『祖庭事苑』,『禪門拈頌事苑』등이 있다.

1.2.2. 三國遺事 編纂 態度

인문학을 공부하는 학자는 학문이나 편술에서 그 물상의 실상을 밝히는 사실성의 穿鑿에 다소 미흡한 경우가 종종 있다. 인문학은 정신작용이 문제의 중심이기 때문에 사실이나 수치에 어둡고 개략적인 면이 자연과학 쪽보다 짙다는 이야기이다. 인문학도인 일연의 편술들은 다행히 이러한 태도에서 야기된 흠점이 거의 없고 오히려 지나칠 정도로 구체적인 사실의 추구에 역점을 두었다. 그의 저술인『三國遺事』는 항간의 설화를 수집한 잡저인데도 실증과 분석적인 편술 태도의 바탕에서 기술하고 있다. 그러므로『三國遺事』에 나오는 이야기들은 막연히 세간에 떠도는 허구적인 이야기가 아니라 역사 속에서 실재했던 사실담으로 일연은 인식하였다.

일연이『三國遺事』에서 얼마나 철저하게 사실 여부를 염두에 두고 사건을 기술했는지의 근거를 다음 예문에서 쉽게 짐작할 수 있다.

> 熊女者無與爲婚 故每於壇樹下 呪願有孕 雄乃假化而婚之 孕生子 號曰
> 壇君王儉 以唐高卽位五十年庚寅(唐高卽位元年戊辰 則五十年丁巳 非庚
> 寅也 疑其未實) 都平壤城(今西京) 始稱朝鮮[1]

위의 기록은 웅녀의 아들로 태어난 단군왕검이 요임금 즉위 50년인 경인년에 평양성에 도읍을 정하고 조선을 세웠다는 조선건국담의 일부

---

1)『三國遺事』, 卷一 古朝鮮條

이다. 이 조선의 건국담인『三國遺事』의 〈고조선조〉는 일연이『魏書』와 『古記』, 즉『檀君古記』 등을 참조해서 기록한 것으로 그 저본은 주로『고기』이다.

이 〈고조선조〉가 들어 있는『三國遺事』의 편술 연대는 고려조 충렬왕 7년인 1281년이다. 그러므로 고조선의 건국담은『三國遺事』의 찬술보다 3,614년 전, 곧 B.C. 2,333년에 일어났던 일이다. 그러므로 일연은 약 3,614년 전의 단군에 대한 일을 기록하면서 진위를 가리면서 사실적으로 기록하는데 최선을 다하였다. 또한 일연은『三國遺事』에서 이야기들을 편술하면서 근거를 중시하고 작은 문제점이라도 있으면 반드시 '註'를 달아서 문제를 제기해 두고 있다.

위의 예문에서 조선의 건국연대는『고기』에 있는 대로 "唐高卽位五十年庚寅"으로 기록되어 있다. 그러므로 이 기록에 의하면 단군조선의 건국연대는 唐高[2]가 즉위한 50년 뒤 경인년이다. 그러나 일연은 "唐高卽位五十年庚寅"이라고 기록된 저본인『고기』의 기록을 그대로 믿지 않고 干支(六甲)의 순서를 근거로 그 진위를 가리어 오류를 지적하고 있다. 그 오류에 대한 지적이 위의 예문 중 "唐高卽位元年戊辰 則五十年丁巳 非庚寅也 疑其未實"이다. 이 주는『고기』에 있는 내용의 글이 아니고, 〈고조선조〉를 기록할 때 일연의 의견과 주장이다. 그러므로 일연은 〈고조선조〉를 기록하면서『고기』를 그대로 옮기지 않고 내용에 대한 진위를 따지고 실증을 찾아서 기록했다는 증거이다.

"唐高卽位元年戊辰 則五十年丁巳 非庚寅也 疑其未實"이라는 註의 내용은 "唐高가 즉위한 원년이 '戊辰'이니 곧 50년은 '丁巳'이지 '庚寅'년이

---

2) 唐高는 唐堯를 일연이 바꾸어 쓴 것으로 高는 堯의 代字이다. 그러므로 여기서 高는 중국의 堯를 말한다. 唐高를 唐堯로 바꾸어 代字로 표기한 것은 忌名思想에 의한 것이다. 忌名思想 또는 忌諱思想은 아랫사람이 윗사람의 名이나 諱를 부르는 것은 금기시하는 전통 사상이다. 고려의 3대 임금 正宗의 諱가 堯임으로 신하인 일연은 그 諱 堯를 감히 부르지 못하고 高로 쓴 것이다.

아니다. 사실이 아닐지 의심스럽다"는 뜻이다. 그러므로 일연은 고본에 있는 "唐高卽位五十年庚寅"의 기록에서 경인년이라고 말한 것은 단군이 조선을 건국한 연도에 문제가 있다는 지적을 한 것이다. 간지의 수순으로 볼 때 무진년 뒤 50년이 되는 해는 경인년이 아니고 '정사년'이기 때문이다. 이와 같이 어떤 사실을 기록하면서 진실에 대한 여부를 가리고 구체적으로 분석하면서 기술했던 편술태도를 가졌던 학자가 일연이다.

일연이 고심한 대로 위의 기록은 앞뒤가 맞지 않다. 堯(唐高)가 즉위한 무진년은 B.C. 2,333년으로 단기 원년과 같은 해이다. 그리고 요가 즉위한 후 50년은 정사년으로 이 때는 B.C. 2,284년이고, 경인년은 B.C. 2,311년으로 요가 재위한 지 23년이 되는 해로 정사년과 경인년은 단기의 근거가 되는 조선건국이 개국한 해가 아니다. 따라서 '단기 원년'은 정사년인 B.C. 2,284년이지, 경인년인 B.C. 2311년이 아니며, 『위서』의 "魏書云 乃往二千載 有壇君王儉 立都阿斯達 開國 號朝鮮 與高同時"3)에서 '與高同時'라는 기록대로 요의 원년과 같은 해인 B.C. 2,333년으로 통상화 되어 오늘날 쓰이고 있다.4)

이러한 〈古朝鮮條〉에 대한 논의는 일연이 『三國遺事』에 있는 많은 이야기들을 수집하여 기술할 때 그의 편술 태도를 보여준다. 일연은 수집한 이야기들을 그대로 믿고 옮겨 적은 저술가가 아니다. 이야기의 전체에 대한 파악은 물론이고 어구 하나에 이르기까지 세심한 주의와 분석 및 타당성을 가리고 그 이유를 밝히면서 편술했던 학자이다. 그래서 일연은 『三國遺事』의 모든 이야기들이 만들어낸 설화가 아니고 시공 속에 존재했던 사건 곧 역사로 인식하였다.5) 그러므로 일연은 〈武王條〉의 서

---

3) 『三國遺事』, 卷一 古朝鮮條.
4) 지금의 檀君 紀元은 세종대왕 때 한성부사 柳思訥이 〈世年歌〉를 상고해 비정한 것을 徐居正 등이 『東國通鑑』을 저술하면서 받아들여서 오늘날까지 사용하고 있다(震檀學會, 『韓國史 年表』, 乙酉文化史 p.1).
5) 고조선의 건국연대와 그 강역은 서로 뗄 수 없는 밀접한 관련을 갖고 있다. 만주지역

동담에 대해서도 단순한 허구적인 설화가 아니고 역사적 사실로 인식하고 편술하였다.

　일연은 평생의 노력을 쏟아서 자료를 수집하고 정리해서 필생의 역저를 편찬하고 겸손하게 『三國遺事』라고 이름을 붙였다. 그런데 이 '遺事'라는 단어는 어의의 표면상 뜻으로 보아서는 본 저술에서 빠진 이야기를 그저 단순히 추가로 모아둔 부록과 같은 것으로 이해하기 쉽다. 곧 1145년에 찬술된 김부식의 『三國史記』는 1281년에 편찬된 일연의 『三國遺事』보다 136년 전의 저술이다. 그리고 이 두 책은 범주를 크게 보아서 같은 역사의 기록이기 때문에 『三國遺事』는 『三國史記』에서 빠진 이야기를 일연이 보강해서 기워주는 후속편에 불과하다는 표피적인 생각을 받아들일 수 있다.

　그러나 일연의 『三國遺事』는 어느 이야기도 『三國史記』에서 빠진 이야기를 주워서 모은 것이 아니고 『三國史記』의 후편은 더욱 아니다. 『三國遺事』는 최남선의 지적대로 일연만이 가진 독특하고 창의적이며 논리적인 저술이다. 일연은 『三國遺事』를 찬술하면서 어느 한 이야기도 소홀하거나 가볍게 다루지 않고 정확한 근거와 고증을 제시했다. 또한 일연이 『三國遺事』를 서술하는 태도를 살펴보면, 이야기의 전개나 구성에서 비논리적이거나 근거가 불분명한 곳은 반드시 註를 달아서 뒷날의 독자가 판단하고 해결할 수 있도록 문제점을 제시하고 있다. 일연은 이와 같이 『三國遺事』를 찬술하면서 정확한 증거와 논리에 어긋남이 없었다. 그러므로 일연의 『三國遺事』는 한가한 시간이나 메우는 일종의 여기에 해

청동기 문화의 개시연대가 고조선의 개국연대가 되기 때문이다. 발굴역사가 일천한 현재까지의 연구만으로도 요동반도의 청동기 문화의 상한은 B.C. 1,500-1,300년 까지 올릴 수 있다. 또한 발해연안의 그것은 B.C. 2,000-1,700경까지 올라가는데 이는 앞으로 발굴이 진행됨에 따라 더 올라갈 개연성이 크다. B.C. 2,000여년까지 로 추정할 수 있는 현재까지의 발굴 성과만 가지고도 B.C. 2,300년이라는 『『三國遺事』의 건국연대와 큰 차이가 없게 된다. 즉 단군조선은 연구가 진행될수록 신화 가 아닌 역사가 되고 있는 것이다(이덕일, 단군조선은 神話인가 歷史인가, 대한교원 신문 제798호, p.8).

당된 잡저가 아니고, 작자의 의도와 찬술목적이 뚜렷한 논리적 저술이라
는 점이다.

2. 鄕歌 文學의 性格

　국문학사에서 최초의 시가 문학 작품군으로 등장하였던 장르는 고대가요이다. 그리고 현전하는 작품으로는 〈公無渡河歌〉, 〈黃鳥歌〉, 〈龜旨歌〉, 〈海歌〉가 있다. 이 작품들의 면면을 살펴보는 작업은 다음 시대의 노래였던 향가의 성격을 이해하는데 필요한 일이다.

　삼국시대 이전의 노래로서 오늘날 그 내용을 알 수 있는 것은 세 편[6] 뿐인데, 그것도 한자로 짤막하게 뜻만을 기록하고 있어, 그 본래의 모습을 구체적으로 알기는 어렵다. 따라서 이 시기의 노래가 특별한 양식으로 형성되었다고 보기 어렵기 때문에 고대가요라 부른다. 고대가요는 한국 시가 문학의 출발선이라는 커다란 의미를 가지면서도 남겨진 작품 수가 너무 적고, 작품의 원래 모습을 알 수 없어서 연구에 많은 한계를 아

---

[6] <海歌>는 고대가요 장르에 속하나 창작 시기로 본다면 삼국시대 작품이다. <黃鳥歌> 역시 기록에 의하면 고구려 2대 유리왕의 작품이니 삼국시대에 속하나 고구려가 고 대국가로 발전하기 전의 작품이며, 시기상 고대국가의 형성이 늦었던 백제·신라의 성립에 견주어 본다면 삼국 이전의 작품으로 볼 근거가 충분하며, 이미 학계에서 삼국 이전의 작품으로 보고 있다.

울러 지니고 있다.

그럼에도 불구하고 이 작품군은 한국시가문학의 총체를 보여주고 있어 중요성을 지닌다. 이 작품들과 〈海歌〉는 궤를 같이 하고 있기 때문에 함께 논의하고자 한다.

상고 시대의 노래 네 편이 지니는 공통점은 그것이 모두 노래로 전해지다가 기록으로 남게 되었다는 것이다. 물론 세계문학사에서 보편적으로 보여지는 현상이다. 이 노래들이 널리 전해진 것은 의식적인 노래로서의 가치와 그 작품이 지닌 문학성 때문이었을 것으로 볼 수 있다. 따라서 이 노래들은 주술 또는 제의 중심의 생활상을 문학적으로 훌륭하게 반영하였다고 볼 수 있을 것이다.

〈龜旨歌〉와 〈海歌〉는 노동이나 놀이, 그리고 삶의 순환 주기에 노래가 수반되었다는 전통성과 보편성을 보여 주는 반면에, 〈公無渡河歌〉나 〈黃鳥歌〉는 인간 본연의 정서를 드러내고 있어 삼국 이전에 이미 시가의 기능과 성격이 다양하게 분화되어 있음을 알 수 있다.

중국 시가 문학의 출발을 알리는 『詩經』 속의 작품 305수는 그 이후 중국 시가 문학의 여타 장르에 지속적인 영향을 끼쳤으며, 고시와 근체시 등 뒷날 중국의 시가가 보여주는 모든 작품들의 내용과 형식을 이미 반영하고 있었다는 사실을 주목할 필요가 있다. 동일한 맥락에서 한국 시가 문학이 가지는 모든 내적 특질들을 이미 고대가요에서 내포하고 있었다는 추론은 상당 부분 증명되었다.

하지만 앞서 지적하였듯이 현전하는 작품 수의 부족과 작품의 원래 모습을 알아볼 수 없다는 한계 때문에 본격적인 국문학 연구의 출발을 상당 부분 향가에 넘겨주고 있다. 즉, 향가는 고대가요의 직접적인 영향을 받아 출발한 문학 장르이자, 한국 시가 문학의 모태가 되는 장르이다. 그러므로 향가 장르 이후 다양하게 나왔던 모든 시가 장르는 내재적으로 향가의 영향 속에서 외화되었다고 할 수 있는 것이다.

이러한 이유에서 향가의 성격은 이미 국문 시가 전반의 성격을 내포하고 있다는 사실을 논의에 앞서 유추할 수 있다. 구체적인 작품을 통하여 향가 문학의 성격을 규명하고자 한다. 논의의 통일과 효율을 위하여 서정시가로서의 성격, 민요적 성격, 제의적 성격, 주술적 성격, 불교문학적 성격으로 크게 대별하여 고찰하고자 한다.

원시문학의 성격이 집단적이었으며, 종합적이었다는 사실은 규명할 필요가 없을 것이다. 이러한 집단적이고 종합적인 성격은 시가 문학의 발달에 따라 개별화 과정을 거쳐 왔다. 이미 고려 속요에 오면 상당한 분화가 이루어졌다는 것은 많은 선학들의 노력으로 증명되었다.

향가 문학은 집단적, 복합적 성격이 개인화, 개별화의 과정을 겪는 일정 정도 과도기의 성격을 지니며, 이중적 속성을 가지고 있다. 그러므로 특정 작품이 완전한 서정시가로서의 성격만을 지니고 있지는 않다. 같은 맥락에서 주술적 성격만을 지닌 작품도 찾아보기는 어렵다. 그러나 논의의 편의를 위하여 어떠한 성격이 작품에 크게 드러나는 가를 기준으로『三國遺事』소재 향가 14수를 분류하여 논의 하고자 한다. 이러한 방법론이 과연 타당한 가는 증명되지 않았다. 다만 논의의 효율과 집중을 위해서 부득이 이러한 방법을 사용할 수밖에 없는 것이다.

먼저 서정시가로서의 성격이 강한 작품으로 〈慕竹旨郞歌〉, 〈祭亡妹歌〉, 〈讚耆婆郞歌〉를 분류하여 논의하겠다. 민요적 성격이 짙은 작품으로는 〈薯童謠〉, 〈風謠〉, 〈獻花歌〉를 논의의 대상으로 삼았으며, 제의적 성격으로는 〈安民歌〉와 〈遇賊歌〉, 주술적 성격은 〈彗星歌〉와 〈怨歌〉, 〈處容歌〉를 대상으로 하고자 한다. 특히 〈怨歌〉는 서정성과 주술성이 공히 강하게 드러나고 있는 작품이다. 〈怨歌〉는 여러 이유에서 서정시가로 분류해야 하겠지만7) 주술적 성격이 짙은 작품으로 보는 것도 커다란 무

---

7) 필자는 다른 논문에서 원가를 서정시가로서 분류하고 논의를 진행하였었다. 하지만 주술가로 보는 것도 커다란 무리는 없다고 본다. 학계에서도 학자에 따라 서정시가

리는 없다고 생각한다. 끝으로 불교문학으로 간주할 수 있는 작품은 〈願往生歌〉와 〈兜率歌〉 그리고 〈禱千手大悲歌〉를 들 수 있겠다. 여러 선학들이 지적하였듯이 『三國遺事』의 성격으로 인하여 모든 향가 작품이 불교와 직간접으로 얽혀 있지만 작품 자체가 불교 문학적 성격을 강하게 드러내고 있는 작품으로는 위 세 작품을 거론 할 수 있을 것이다.

이러한 분류는 충분히 자의적인 분류이며, 논란의 소지가 많다는 것을 알고 있다. 아직 향가는 종합적인 성격이 강하며 위의 분류 중 어느 쪽으로 분류하든지 커다란 무리가 없는 작품이 상당 수가 있기 때문이다. 또한 현실적으로 개별 작품의 성격을 밝힌 선행연구에서 이러한 기준과 다른 기준을 적용하여 연구한 사례가 있고, 그것이 학계의 논점이 되었으나 정리되지 않은 부분도 상당하기 때문이다. 그럼에도 불구하고 이렇게 분류한 이유는 다음 장에서 상론하고자 한다.

2.1 抒情詩歌로서의 性格

문학 작품을 크게 대별하면 서정성과 서사성이라는 두 특성 위에 기반할 수 있을 것이다. 우리 국문시가에서 서사문학 작품이 흔치 않기 때문에 몇몇 작품을 제외하면, 대다수의 작품은 서정성에 기반하여 문학적 가치를 지니고 있다 해도 과언이 아닐 것이다. 즉, 앞으로 논의하고자 하는 『三國遺事』 소재 향가 작품 14수 전부는 서정시가로서의 성격을 갖추고 있는 것이다.

이러한 사실을 뒷받침 해주는 선행 연구로 김종규는 『향가 문학 연구』[8] 에서 4구체 향가인 〈薯童謠〉, 〈風謠〉, 〈獻花歌〉, 〈兜率歌〉를 제외하고

로 보는 경향과 주술가로 보는 경향이 팽팽하게 대립하고 있다.
8) 김종규, 『향가 문학 연구』(경인문화사, 2003).

나머지 전 작품의 서정성을 일관성 있고, 설득력 있게 분석하였다. 위의 네 작품을 분석의 대상으로 삼지 않은 이유는 밝히지 않았지만, 위의 작품들에서는 서정성을 찾아보기 힘들었기 때문이 아닐 것이다. 이처럼『三國遺事』소재 향가 14 작품은 이미 서정성에 기반하여 존재하고 있는데 유독〈慕竹旨郞歌〉,〈祭亡妹歌〉,〈讚耆婆郞歌〉를 서정시가로 분류한 것은 설득력이 없을 수 있다.

분류는 분석을 위한 작업이라는 것을 굳이 밝힐 필요가 없을 것이다. 향가 작품이 지니고 있는 복합적 성격으로 인하여 대부분의 작품이 위의 분류 기준에 중복될 수밖에 없다. 그러므로 이 장에서의 분류 기준인 서정성이 강한 작품이라는 분류 기준은 상대적인 것이다. 곧, 향가 작품 14수 중〈慕竹旨郞歌〉,〈祭亡妹歌〉,〈讚耆婆郞歌〉가 가장 서정성이 두드러지게 나타나고 있는 작품이라는 것이다.〈禱千手大悲歌〉에도〈遇賊歌〉에도 개인의 서정이 드러나지만,〈禱千手大悲歌〉는 개인의 서정 보다 불교 사상의 영향이 더 작품 구성에 관여하였다고 판단되므로 불교 문학으로 분류 한 것이다. 그러므로〈慕竹旨郞歌〉,〈祭亡妹歌〉,〈讚耆婆郞歌〉이 세 작품의 서정성을 구체적으로 논의하는 과정에서 이러한 분류 방법의 설득력을 확보하고자 한다.

2.1.1. 慕竹旨郞歌에 드러난 抒情性

〈慕竹旨郞歌〉는 효소왕 때 작품으로 낭도 득오가 죽지랑이란 화랑을 추모 내지 사모하여 부른 노래이다. 이 작품의 배경설화 문면에는 불교 사상도 드러나 있지만 작품의 창작 동기와 주제가 죽지랑에 대한 추모라는 것은 의심할 여지가 없다. 이러한 사실은 일연 역시 배경설화 원문에서 '처음에 득오곡이 죽지랑을 사모하여 노래를 지었다.'라고 밝히고 있다.

그러므로〈慕竹旨郞歌〉는 한 개인이 특정한 개인을 사모하여 부른 노래이다. 문학의 영원한 주제인 사랑이 이 작품의 주제인 것이다. 물론 이성 간의 사랑은 아니지만 사랑을 노래한 시가가 가지는 서정성을 의심할 수 없는 것이다. 작품을 현대어로 풀이하여 논의를 진행하고자 한다. 작품의 현대어 풀이에 사소한 오류가 있을 수 있으나, 선학들의 연구 성과를 이용하지 않은 이유는 작품 감상에 주력하고자 해서이다.

> 간 봄을 그리워함에
> 모든 것이 울면서 시름하는구나
> 아름다움을 나타내신
> 얼굴에 주름살이 지려하는구나
> 눈깜짝할 사이에
> 만나보게 되리
> 낭이여, 그리워하는 마음에 가는 길
> 다복쑥 우거진 구렁에서 잠자는 밤 있으리

작품을 보면 먼저 1·2행에서는 이제는 돌이킬 수 없는 봄의 회한이 드러나 있다. 여기서 '봄'은 상징적 의미를 가진다는 것을 쉽게 알 수 있다. '봄'은 젊음의 상징이고 역사적으로 화려했던 죽지랑의 전성기일 것이다. 죽지랑이 화려한 명성을 날리고 있을 때 그를 모셨던 득오 역시 봄을 함께 느꼈을 것이다. 그러한 과거에의 회상은 서정의 가장 충실한 정서이다.

3·4행에서는 이제는 그러한 봄날이 다 지나가고 죽지랑의 늙음에 대한 안타까움이 드러나 있다. 봄이 상징이었듯 늙음 역시 상징이다. 과거의 화려한 명성은 이제 이미 쇠하여지고, 힘을 잃어버린 늙음이 된 것이다. 처음부터 힘을 가지지 않았던 것보다 가졌던 힘을 모두 상실해버린 아픔이 얼마나 더 큰 것인가는 상식적 수준에서도 쉽게 유추할 수 있다. 여기에서 오는 회한이 잘 드러나 있다.

죽지랑에 대한 사모의 정이 시 전체에서 간절하게 나타나고 있다. 이 노래는 죽지랑과 고락을 같이하던 지난 시절을 그리워하면서 시작된다. 특히 '이미 가 버린 돌이킬 수 없는 봄'이란 은유적인 기법을 사용, 청춘 즉 죽지랑과 함께 지낸 시절에 대한 회상과 아쉬움을 강하게 묘사하고 있다. 죽지랑의 죽음에 대한 애도 또한 이 세상 모든 것이 슬퍼한다고 표현함으로써 죽지랑의 인품을 한 차원 높이고 있으며, 고매한 인품의 소유자임을 알 수 있게 한다.

특히, 마지막 7·8행은 10구체 향가의 낙구인 9·10구와 유사성을 보여 주는 동시에, 절묘한 은유적 표현으로 전개되어 있다. '그리워할 마음의 가는 길'이라는 감정의 구상화와 '다북쑥 마을'이 지니는 荒村은 곧 작자 득오가 죽지랑을 만날 수 없다는 인식에서 오는 정신적 焦土나 폐허의 은유적 표현인 것이다.

〈慕竹旨郎歌〉는 이와 같이 작품 전체에서 회한과 회상, 추모와 사모가 강하게 드러나 있는 서정성이 아주 뛰어난 작품이다.

2.1.2. 祭亡妹歌에 드러난 抒情性

〈祭亡妹歌〉는 신라 경덕왕 때의 월명사가 지은 10구체 향가로, 일명 〈祭亡妹營齋歌〉라고도 불려지고 있다. 월명사가 죽은 누이의 재를 올리며 지었다는 이 노래는 많은 학자들이 『三國遺事』 소재 향가 작품 중 최고의 걸작으로 평가하고 있다. 10구체 향가의 전형적인 모습인 3단 구성으로 이루어져 있는 〈祭亡妹歌〉는 불교의 아미타 사상을 바탕으로 고도의 비유를 통해서 인간 고통의 종교적 승화를 노래한 작품이다.

이러한 이유에서 불교 문학적 성격을 아울러 지니고 있지만 작품의 표현 기교와 서정성이 매우 뛰어난 작품이라는 평가를 동시에 받고 있다. 즉, 숭고한 불교적 신앙심을 바탕으로 피안의 세계를 지향하는 신라

지식인의 의식 세계를 탁월한 표현과 서정성으로 표현하고 있는 작품인 것이다. 여기에서 불교적 신앙심과 누이의 죽음에 대한 애절한 정서 중 어느 쪽에 무게를 두느냐에 따라 이 작품의 성격을 달리 규정하고 있는 실정이다.

그러나 〈祭亡妹歌〉의 모든 연구자가 이 두 가지의 정서 중 그 하나를 부정한 예는 없다. 필자 역시 월명사의 불교적 신앙심이 작품의 바탕에 깔려 있다는 사실을 분명히 알고 있으나, 작품의 전체적인 主意가 누이의 죽음에 대한 애절한 정서, 인간 삶의 무상함에 대한 회의에 있다는 판단으로 서정시가로 분류하고 있는 것이다. 서정시가로서의 보다 구체적인 모습을 작품을 통하여 논의하고자 한다.

> 삶과 죽음의 길은
> 여기에 있으므로 두렵고
> 나는 갑니다 라는 말도
> 하지 못하고 갔는가
> 어느 가을 이른 바람에
> 여기 저기 떨어지는 나뭇잎처럼
> 한 가지에서 태어나고서도
> 그 가는 곳을 모르겠구나
> 아아, 극락 세계에서 만나볼 나는
> 불도를 닦으며 기다리겠노라

〈祭亡妹歌〉의 작품 구성을 보면 기, 서, 결의 3단 구성 방식을 취하고 있다는 것을 알 수 있다. 이것은 10구체 향가의 전형적인 구성 방식이다. 이러한 전형성으로 인하여 결에 해당하는 9·10행이 관습적 표현의 영향을 받아 서정성이 다소 떨어지는 것이 사실이다. 각 단락의 의미를 먼저 살펴보면 기에 해당하는 1~4행에서는 누이의 갑작스런 죽음에 대한 인간적 괴로움과 혈육의 정이 애절하게 표현되어 있다.

'삶과 죽음의 길이 여기에 있다' 라는 표현에서 '여기'의 의미가 가지는 중의성이 돋보인다. '여기'는 공간적 의미로서 사용되어지는 어휘이지만, 이 작품에서는 그러한 공간성에 시간성을 포함하고 있는 것이다. 여기라는 말로 친숙함이 느껴지고, 나아가 '항상'이라는 의미를 획득하게 된다. 그러므로 월명사에게는 우리에게 친숙한, 항상 함께 해왔던 죽음은 삶과 마찬가지로 두려운 존재가 될 수 없는 것이다.

적어도 월명사에게는 삶과 죽음이라는 것은 동전의 양면으로서 받아들여졌다는 것이다. 그런데 갑자기 죽음이 두려움의 대상이 된 것은 친숙하였던 일반적 죽음의 의미가 아니라 혈육의 죽음이라는 낯설음에서 기인한 것이다. 시시각각으로 태어나고 죽는 것은 인간사의 가장 일반적 현상이지만 누이의 죽음은 처음 경험하는 낯설음이라는 것이다.

승려의 신분이었던 월명사에게 죽음이라는 의미는 피안의 세계로의 이동에 다름 아니었을 것인데, 그 애절함이 작품 속에서 가장 중요한 정서가 되고 있는 이유가 여기에 있는 것이다. 이러한 정서는 고도의 상징을 통하여 다음 단락에서 구체화되고 있다.

작품의 서에 해당하는 5~8행에서는 누이와의 속세 인연과 죽음에서 느끼는 무상감이 잘 표현되어 있다. 특히 이 단락이 〈祭亡妹歌〉의 가장 뛰어난 표현미가 집중되어 있는 부분이다. 구체적인 시어를 통하여 고도의 함축과 상징을 파악하고자 한다.

이른 바람은 누이가 요절하였음을 암시하고 있다. 여기서 '바람'은 인간의 운명을 지배하는 초자연적인 힘을 상징한다. 누이가 요절하였기에 더욱 슬픈 것이다. 나뭇잎은 인생의 무상함을 상징하고 있다. 삶이라는 것이 나뭇잎과 같아서 결국 겨울이 오면 모두 떨어져야 하는 것이다. 그런데 하루 더 매달려 있는 것이 무슨 의미를 지니겠는가. 조금 일찍 떨어진들, 조금 늦게까지 매달려 있는들 아무런 의미가 없는 것이다. 불교의 시간 개념으로 보면 인간사 60년은 한 순간이다. 그러한 순간의 개념에서 요절과 만수가 있을 수 없다. 그래서 불가에서는 인간 삶을 총체적으로 무상하다고 정의하고 있는 것이다.

그러나 누이의 죽음은 다르다. 이미 상당한 불도를 닦은 월명사이지만 한 가지에서 난 누이의 죽음은 특별한 것이다. 삶이 나뭇잎이라면 그럴 수 없다. 나뭇잎에게는 한 가지에서 났든, 그렇지 않든 아무런 중요한 문제가 될 수 없다. 이미 월명사의 불교적 신분이 흔들리고 있는 것이다. 그러므로 여기 저기에 떨어지는 나뭇잎처럼 그 가는 곳을 모르는 것이 안타까운 것이다.

그러나 이러한 정서는 결구에서 언젠가 만날 것이라는 불승의 자세로 돌아오고 있다. 모든 인간은 결국 언젠가 모두 부처가 된다는 불교의 기본 교리에 충실하고 있는 것이다. 그러므로 내가 할 수 있는 일은 도를 닦으며 기다리는 일밖에 없는 것이다. 미약하지만 회한이 드러나 있다. 앞서 말하였듯이 10구체 향가에서 결구는 작품을 갈무리 하는 도식적 방식을 많이 취하고 있다. 그럼에도 월명사의 대단한 문학적 역량은 먼저 이승을 떠난 누이의 거듭되는 윤회를 기다리겠다는 함축을 담고 있다.

이 노래 전반에 무겁게 깔린 서정은, 사랑하는 누이의 죽음으로 인하여 삶과 죽음 사이에서 깊이 고뇌하는 작자의 슬픔과 애절한 그리움이다. 이것이 불교적 내세관을 통해 승화되고 있어 작품의 이미지를 더해 주고 있다. 이 노래는 구절구절을 읽어 내려가는 사람으로 하여금 누이의 죽음에 대한 슬픔과 허망함을 절절히 느낄 수 있게 한다. 특히 전 8구는 삶과 죽음이라는 문학의 본질적 문제가 고도의 상징으로 함축되어 있어 서정성이 돋보이는 부분이다.

2.1.3. 讚耆婆郎歌에 드러난 抒情性

신라 경덕왕 때 충담사의 작품인 〈讚耆婆郎歌〉는 『三國遺事』 소재 향가 14 작품 중 작품 자체에 딸린 배경설화가 존재하지 않은 유일한 작품이다. 물론 〈祭亡妹歌〉 역시 〈도솔가조〉에서 〈兜率歌〉의 배경설화에 부대하여 전하나, 간략하게나마 일찍이 누이의 죽음에 부쳐 이 노래를 불렀다는 창작 동기라도 엿 볼 수 있다. 또한 그것이 작품의 이해와 감상에 커다란 도움을 주고 있는 것이 사실이다. 그러나 〈讚耆婆郎歌〉는 창작 의도나 배경을 엿볼 수 있는 단서가 전혀 없다. 그러므로 작품의 해석마다 기파랑의 해석에 따른 뚜렷한 이견이 존재하고 있다.

작품의 제명 〈讚耆婆郎歌〉를 풀어보면 기파랑을 찬양하는 노래라는 의미이다. 여기서 중요한 것이 과연 기파랑이 어떤 존재냐는 것이다. 역사적으로 기파랑이 실존하였던 화랑이라면 문제는 간단하다. 충담사가 화랑 기파랑을 흠모하여 그의 높은 덕을 찬양한 노래로 볼 수 있기 때문이다. 그러나 역사 기록에서 기파랑의 전거를 찾을 수 없다. 물론 역사 기록에서 기파랑의 전거를 찾을 수 없다는 것이 기파랑의 실존 자체를 부정할 수 있는 결정적 근거는 되지 못한다. 그러므로 기파랑이 실존하였던 화랑일 수 있는 가능성은 항상 열려 있는 것이다.

그러나 기파랑에 대한 새로운 해석도 가능하다. 고대 인도에서 석가모니의 담당 의사였던 인물이 기파이다. 기원 전 5세기경에 살았던 인도의 명의 기파는 불경에 의하면 마가다국의 빔비사라왕과 천한 여자 사이에서 태어났다고 한다. 인도에서는 부모가 어찌되었건 천한 여인의 몸에서 태어난 아이는 버리는 것이 습속이었다. 때문에 기파 역시 태어나자마자 길가에 버려지게 되었는데 다행히도 무외라는 사람이 그를 주워다 길러 주었다. 그는 태어날 때부터 손에 침약낭(침이나 약을 넣는 주머니를 말함)을 들고 있었다고 전해질 만큼 의학과 밀접하였다. 이후 핑갈라를

스승으로 의술을 배운 기파는 뛰어난 의술을 베풀면서 명성을 떨치게 되
었다.

불경에는 그의 활동에 대한 많은 이야기들이 적혀 있다. 대표적인 것
만 들어보아도, 12년에 걸친 만성두통을 코를 씻어 치료하였다든가, 빔
비사라왕의 치질을 수술했다거나, 왕사성에서 두개골 절개수술을 한 것,
구섬미국 왕자의 복부 절개수술 등 이루 헤아릴 수 없을 정도이다. 또
그는 소아과 의사로도 유명했는데 그의 이름인 지바카 코마아 랴뷰르타
는 '소아를 돌보는 자'라는 의미가 있기도 하다. 이처럼 뛰어난 의술을
가졌던 기파였기에 훗날 신격을 얻는다. 그리하여 기파랑은 치료의 신으
로 기원과 기도의 대상이 되었던 것이다. 아픈 자들은 모두 기파랑의 이
름을 외우면 낫는다고 믿었던 것이다.

실제 〈讚耆婆郎歌〉에서 충담사가 찬양한 인물이 둘 중 누구인지는 그
리 중요하지 않을 수 있다. 그러나 이 시기에는 이미 부처로 간주되었던
인도의 의사 기파를 찬양한 것이라면 단순한 기파의 덕을 찬양하는 것이
아니라 불가의 높은 덕을 찬양한 것이 된다. 또한 이렇게 볼 수 있는 근
거가 배경설화라고 할 수 있는 〈安民歌〉에서 차를 공양하는 충담사의 몇
가지 태도를 보면 알 수 있다. 이러한 가능성을 열어 두고 여기에서는
〈讚耆婆郎歌〉의 해석을 실존하였던 기파랑이라는 화랑을 찬양한 노래로
규정하고 논의를 진행하고자 한다.

> 구름을 활짝 열어 젖히매
> 나타난 달이
> 흰구름을 쫓아 떠가는 것 아니냐
> 새파란 강물에
> 기파랑의 얼굴이 비쳐 있구나
> 여울내 물가에 조약돌처럼
> 임이 지니시던

마음의 끝을 좇고 싶구나
아아, 잣나무 가지가 높아서
서리조차 모르실 화랑이시여.

〈讚耆婆郎歌〉는 10구체 향가로서 추도가, 추모가의 성격을 가지고 있다. 〈讚耆婆郎歌〉의 표면적 의미는 충담사가 기파랑을 예찬하고 추모하고 있는 것이다. 그러나 일반적 추모가의 성격을 뛰어 넘어 고도의 상징과 은유로 추모 대상을 일반화시키고 있다는 점에서 대단히 뛰어난 문학 작품이다. 충담사는 〈讚耆婆郎歌〉에서 달과의 문답을 통해 대상을 예찬하는 표현 기교를 사용하고 있다. 특히 달의 대답에서 비유와 상징이 두드러지며 작품의 전체 시상이 서경성과 서정성의 조화가 빼어나다.

〈讚耆婆郎歌〉의 구조는 10구체 향가의 전형적인 3단 구성을 치하고 있으나 전 4단, 후 4단, 결구라는 일반적 방식을 탈피하여, 전 3구, 후 5구, 결구의 방식을 취하고 있다. 작중 화자의 질의 보다는 달의 대답에 더 무게를 싣고 있는 것이다. 물음과 그 물음에 대한 답사 그리고 결사의 3단 구성을 취하고 있으며, 낙구의 첫머리에 '아아'라는 감탄사가 있어 10구체 향가의 전형적인 모습을 보여준다.

기파랑의 드높은 인격과 이상, 지조를 기리는 것에 있어 한 마디도 직접 언급함이 없이 '달'과의 문답체를 빌어 와서 제9구에서 자연스럽게 시상을 응축시켜 놓았다. 처음에는 기파랑의 외모를 그려나가다가 점차 그 정신의 숭고함을 드러내는 기교를 사용하고 있다.

이 노래는 독자로 하여금 눈을 감으면 문득, 천 년 전 어느 달밤 냇가 흰 모래 위에 홀로 우뚝 서서 멀리 아득히 서쪽 하늘을 바라보며, 무한한 동경과 머나먼 이상을 그리던 기파랑의 고매한 자태와 인격이 눈 앞에 선연히 떠오르게 한다. 기파랑을 만나면 전혀 알지 못하는 사람이라도 이노래를 통해 기파랑의 고매한 인격에 반하게 되고, 이 노래의 작자와 마찬가지로 '기파랑'을 흠모하는 마음을 갖게 될 것이다.

〈讚耆婆郎歌〉 평설이라는 글에서 "사뇌가 14수 중에서도 누가 보더라도 최고의 걸작이라고 생각된다. 이 한 편의 지묘한 소식을 어찌 필설로 다하랴! 표현이 절절하다는 말은 이런 작품을 두고 이르는 것이다."라고 격찬할 정도로 이 작품은 서정성과 서경성이 어우러진 뛰어난 작품이다.

2.2 民謠的 性格

민요는 민중들이 그들의 일상적인 삶을 통해 불러온 노래이다. 그래서 민요는 민중의 삶 전체와 궤를 같이한다. 민요는 민중들이 일을 할 때, 의식을 치르면서, 놀이를 하면서 등 삶과 공존하여 불려져 왔다. 이러한 특성으로 인하여 민요는 창자의 삶과 분리될 수 없는 것이다. 즉, 창자들의 생활과 직접적으로 맞물려 있는 것이다. 이것은 민요가 생활의 필요에 의해 생성되고 존속되는 것임을 의미한다.

이러한 민요는 구전물의 하나로써 비전문적인 민중이 삶의 필요에 따라 불러왔다는 특성을 지닌다. 그러기에 민요는 기능적이며, 자족적인 성격을 보이며 계층적, 지역적, 민족적인 고유성을 지닌다. 이러한 점에서 민요는 구비 전승되는 문학 가운데에서 가장 基層的 성격이 강한 장르라고 할 수 있다.

우리 시가 문학의 초기 모습이 모두 이러한 민요적 특성을 지니고 있다는 것은 부인하기 어렵다. 한국문학의 여명기는 멀리 기원을 전후한 시기로 거슬러 올라간다. 어느 민족의 경우이거나 문학은 시가와 무용과 음악이 한데 어울린 종합적인 원시예술의 형태로 발생하였음을 본다. 한국의 경우도 옛 기록에 나타나는 부여의 迎鼓, 동예의 舞天, 고구려의

東盟, 그리고 마한·진한·변한 등 三韓의 祭天儀式을 통해 이루어진 歌舞와 飮酒의 습속에서 고대가요의 원천을 찾을 수 있을 것이다. 이와 같은 고대가요는 민족 고유의 신앙이나 농경생활과 밀접한 관계를 가지면서 어떤 특정한 개인에 의해서가 아니라 집단적인 형태로 이루어진 것이었다.

다시 말해서 그와 같은 종합예술은 사회적인 통일을 위한 정치적인 기능과 초자연적인 힘에 의지하고 惡靈에 의한 재앙을 면하고자 하는 종교적인 기능 및 노동의 피로를 줄이고, 식생활에 안정을 누리기 위한 경제적인 기능을 동시에 수행하는 형식으로 발생하였던 것이다. 그러한 실례를 우리는 고대가요 작품인 〈公無渡河歌〉나 〈龜旨歌〉에서 찾아 볼 수 있다.

그러나 향가의 발생은 일정 정도 이러한 원시 문학의 자취가 사라지는 시점에서 발생하였다. 종합적이고 복합적인 예술의 성격이 이미 상당히 개별화되어 나타나기 시작한 것이다. 앞서 살핀 바와 같이 이미 개인의 서정성이 주를 이룬 〈慕竹旨郎歌〉와 같은 작품이 등장한 것이다. 그러나 이 시기의 문학이 과도기의 성격을 지닌 영향으로 인하여 〈龜旨歌〉와의 영향 관계를 눈으로 확인할 수 있는 〈海歌〉가 공존하였다는 사실역시 주의를 하여야 한다.

중국과 마찬가지로 우리가 접할 수 있는 가장 초기의 시가 문학 형태는 모두 4구라는 구성을 지니고 있다. 그러므로 자연발생적 성격을 지닌 민요 역시 4구 형식을 취하는 것이 자연스러운 일이었을 것이다. 섣부른 판단일 수 있으나 4구라는 시가 형식이 가장 원시적인 문학 형태였던 것으로 보인다.

『三國遺事』 소재 향가 14 작품 중 4구로 구성되어진 작품은 4 작품이 있다. 작품을 살펴보면 〈薯童謠〉, 〈風謠〉, 〈獻花歌〉, 〈兜率歌〉 이다. 창작 시대 순으로 되어 있는 네 작품 중 〈獻花歌〉가 고대가요인 〈海歌〉와

동시대의 작품이니 상당히 이른 시기의 작품이라 할 수 있겠다. 여기에
서는 〈兜率歌〉를 제외한 세 작품을 민요적 성격이 강한 작품으로 분류하
였다. 〈兜率歌〉 역시 민요적 성격을 지니고 있다. 그러나 제명에서 보여
주듯이 兜率天 思想, 彌勒相生信仰에 기초하여 이루어진 작품이므로 불
교문학적 성격이 강한 작품으로 분류하는 것이 타당할 것이다.

　민요적 성격이 강한 작품으로 분류한 〈薯童謠〉, 〈風謠〉, 〈獻花歌〉 세
작품은 4구체라는 공통점을 가지고 있다. 또한 〈薯童謠〉, 〈風謠〉는 향
가 작품 중 단 이 두 작품만 제명이 '謠'로 끝나고 있다. 시경에 의하면
'歌'는 악조에 맞춰 부르는 노래이고, '謠'는 여러 사람이 부른 노래라고
정의하였으니 제명으로도 민요적 성격을 알 수 있다. 〈獻花歌〉는 다시
상론하겠지만 비록 '歌'로 끝나고 있지만 노래의 성격이 민요성을 지니고
있다.

2.2.1. 薯童謠에 드러난 民謠性

　〈薯童謠〉의 민요적 성격에 대하여서는 이미 많은 선학들의 연구 성과
로 밝혀졌다. 또한 배경설화에 드러나 있듯이, 아이들이 부른 노래이므
로 향가 작품 중 유일하게 동요에 해당하는 작품이다. 그러나 〈薯童謠〉
는 민요가 가지는 주요한 특성인 작가의 익명성이 전제되지 않았다. 배
경설화 중 다음 구절은 〈薯童謠〉의 작가가 서동이라는 사실을 분명히 하
고 있다. 배경설화에는 "마로써 동네 아이들과 친하게 지내게 되고, 이
에 노래를 지어 아이들 무리에게 따라 부르게 하였다.9)"라고 하여 '乃作
謠'라는 구절이 나온다.

　위의 기록으로 보아 우리가 알고 있는 〈薯童謠〉는 분명한 창작 가요

---

9) 以薯　餉閭里童 童親附之 乃作謠 誘群童而唱之云.

이다. 그러므로 민요가 될 수 없다. 물론 이것이 뒷날 크게 유행하여 모든 이들이 향유하였고, 오랜 시간 구비전승 되었다고 할지라도 그것은 별개의 문제이다. 작가가 분명한 창작 가요를 민요로 볼 수는 없는 것이다. 그럼에도 불구하고 학계에서는 민요로서의 〈薯童謠〉에 대해 의심 없이 받아들여지고 있다. 이러한 이유를 작품을 통하여 살펴보자.

선화 공주님은
남 몰래 정을 통해 놓고
서동을
밤에 몰래 안고 간다

먼저 작품의 내용을 보면 〈薯童謠〉는 소박하고 구김새가 없는 동심이 잘 나타나 있는 작품이다. 무왕과 연결된 설화의 내용을 그대로 소박하게 받아들인다면, 이 노래는 지금으로부터 1300여 년 전에 야심 많은 한 소년이 미모의 공주를 아내로 삼기 위하여 교묘한 계획에 사용한 동요이다. 사랑을 위해서 수단과 방법을 가리지 않는 한 소년의 지혜가 미소를 머금게 한다. 그래서 어떤 사람은 이 노래의 작자를 일러, 간교하고 짓궂지만 뜨거운 로맨스의 주인공이라고 하였다.

이 노래는 소박하고 장난스러운 동심이 서려있는 동요적인 단순성은 있으나, 깊은 문학적 배경을 발견하기는 어렵다. 다만 배경설화의 내용처럼 서동이라는 한 영웅이 시련을 극복하고 왕이 되기까지 벌어지는 하나의 사건으로 이해할 수 있으며, 사랑을 위해 목숨도 희생하는 고대인의 강한 정열을 엿볼 수 있다. 영웅의 일생은 결혼이라는 것에 의해 성공의 실마리가 풀리며, 이 〈薯童謠〉는 이러한 성공의 열쇠 구실을 하는 것이었다.

위의 해석대로 〈薯童謠〉는 배경설화에 기반하여 읽었을 때 작품의 의미가 더욱 분명해진다. 그러나 이러한 방법론은 동요의 이해에 대한 측면에서는 부정적이므로 작품 자체만을 살펴보자. 먼저 작품의 구성을 보면 향가 작품 중 가장 단순하다. 소창진평 이래 〈薯童謠〉를 4구체 향가로 보고 4줄 짜리 노래로 재해석 하여 왔지만, 『三國遺事』의 기록을 존중한다면 세 줄 짜리 노래이다. 『三國遺事』에는 다음과 같이 쓰여 있다.

善化公主主隱
他密只嫁良置古
薯童房乙夜矣卯乙抱遣去如

또한 문맥적 의미로 본다면 '선화 공주님은 남 몰래 정을 통해 놓고 서동을 밤에 몰래 안고 간다.'라는 한 줄의 서술문이다. 작품의 구조가 'A는 aa해서 bb한다.' 이다. 〈薯童謠〉를 4구체로 보고 작품의 2구와 3구를 도치시키면 'A와 B는 aa한다.'라는 구조이다. 이러한 구조는 오늘날까지 전승되고 있는 가장 단순한 구조의 동요이다. '얼레리 꼴레리, 철수와 영희는 좋아한대요.'라는 구조인 것이다. 여기서 '얼레리 꼴레리'는 여음에 해당하므로 〈薯童謠〉의 구조와 정확히 일치한다. 우리는 이 동요의 작가를 철수나 영희 중 한명이라고 보지 않는다. 제삼자가 이 노래를 퍼드렸다고 하더라도 물론 그를 이 동요의 작가로 보지 않는다.

동일한 맥락에서 〈薯童謠〉는 서동이 '乃作謠' 하였지만 서동이 작가가 될 수는 없는 것이다. 그러므로 〈薯童謠〉는 서동이 이미 항간에 유행하였던, 아니면 아이들이라면 누구나 알고 있었던 특정 동요에 A와 B만 교체하였던 것이다. 이러한 현상은 민요의 전승과정에서 얼마든지 보여지는 일반적 현상이다. 그러므로 〈薯童謠〉는 단순한 동요로 보아야 한다.

학계 일부에서는 〈薯童謠〉가 讖謠的 성격도 가지고 있는 것으로 보는 경향이 있는데 이것은 무리라고 생각한다. 〈薯童謠〉가 서동과 선화공주의 결혼을 예지한 것은 아니기 때문이다. 배경설화에 드러나 있듯이 서동의 계략에 의하여 서동과 선화공주는 결혼을 한 것이기 때문이다. 원인과 결과의 정확한 상관관계를 따져보면 예지와는 무관하다는 것을 알 수 있다.

〈薯童謠〉가 가지고 있는 동요적 성격은 중요한 문제라고 생각한다. 〈薯童謠〉를 향가로 인정한다면 향가 작가의 범위와 향가의 향유층이 〈薯童謠〉에 의하여 훨씬 폭이 넓어지기 때문이다. 즉, 〈薯童謠〉의 동요적 성격을 인정한다면 〈薯童謠〉의 작가는 서동이 아니라 여항의 아이들이기 때문이다. 우리가 알고 있듯이 동요는 아이들에 의하여 창작되어지고 아이들에 의하여 향유되기 때문이다.

2.2.2. 風謠에 드러난 民謠性

『三國遺事』의 기록에 의하면 〈風謠〉는 양지법사가 영묘사의 장존육상을 조소할 때 온 성 안의 남녀들이 진흙을 운반하면서 불렀다고 한다. 『三國遺事』의 기록을 먼저 살펴보자.

> 그가 영묘사의 장육상을 만들 때 입정하여 삼매에서 뵌 부처를 모형으로 삼았는데 온 성안의 남자와 여자들이 다투어 진흙을 날라왔다. 풍요에 이르기를.10)

위의 기록으로 보아 〈風謠〉는 노동의 현장에서 불러졌다는 것을 의심할 여지가 없다. 더구나 진흙을 나르는 일은 고된 노동이다. 이러한 노동에 수반된 노동요이기에 당연히 사설이 간단하고, 빠른 템포의 노래였을 것이다. 『三國遺事』 소재 향가 작품 중 〈風謠〉는 가장 단순한 구조와

---

10) 其塑靈廟之丈六也 自入定 以正受所對 爲揉式 故傾城士女 爭運泥土 風謠云.

사설을 가지고 있다.

최철은 민요에 있어서 음의 반복은 강조를 겸해 여흥을 일으키는 작용인 바 〈風謠〉에서도 진흙을 운반하는 데에서 오는 여흥과 노동의 고통을 이기려는 현상으로 〈風謠〉의 율격적 특성을 고찰하였다.11)

〈風謠〉는 우리의 전통 민요인 〈아리랑〉이나, 〈쾌지나 칭칭 나네〉, 〈강강수월래〉가 보여주고 있는 aaba의 구조를 가지고 있는 것이다. 이러한 〈風謠〉의 구조는 노동의 현장에서 여러 사람이 제창 하였음을 극명히 보여 준다고 할 수 있겠다. 또한 풍요의 노동요로서의 기능을 가늠할 수 있는 『三國遺事』의 기록이 있는데 다음과 같다.

> 지금도 시골 사람들이 방아를 찧을 때나 일할 때 모두 이 노래를 부르고 있는데 이는 대개 그 때 시작되었던 것이다.12)

위의 기록에서 '지금도'는 일연이 생존할 당시이니까, 1206년에서 1289년을 의미한다. 〈風謠〉와 같이 단순한 사설과 구조를 가지고 있었으므로, 500년 동안이나 노래의 전승이 가능했을 것이다. 물론 위의 단순한 언급을 가지고 일연 당시에 불러졌을 방아타령이 〈風謠〉라고 단정할 수는 없다. 그러나 〈風謠〉의 사설을 보면 방아타령의 기능을 가지고 있음을 알 수 있다. 〈風謠〉의 사설을 통하여 구체적인 논의를 하고자 한다.

> 오다 오다 오다
> 오다 서럽더라
> 서럽다 우리네여
> 공덕 닦으러 오다

---

11) 최철, "공덕가", 『향가문학론』(새문사, 1986), 214쪽.
12) 至今土人春相役作皆用之 蓋始于此.

첫 구는 율격을 고려한 여음구의 기능을 하고 있다. 그러므로 〈風謠〉는 '서러운 우리네여 공덕 닦으러 오다'라는 의미 구조를 가진 서술문이다. 반복은 율격을 고려한 것이고, '서럽다 우리네여'는 관습적 표현이다. 여기서 '공덕 닦으러'의 음가에 주의를 기울일 필요가 있다. 선학들의 연구 결과에서 이 부분을 당연히 훈독하였는데 음독을 하는 경우도 가능하다는 것이다. 실제 『三國遺事』 소재 향가 작품의 음독과 훈독의 원리는 아직 정확하게 규명되지 않았다. 그러므로 이 부분 역시 얼마든지 음독이 가능한 것이다. 그렇다면 방아타령의 기본적 모습을 갖추고 있는 것이다.

물론 훈독하더라도 〈風謠〉의 노동요적 성격은 의심할 필요가 없다. 여러 기록과 노래의 율격으로 보아 〈風謠〉는 노동의 현장에서 불려진 노동요였기 때문이다.

이 노래에는 '泥土施主'라는 말이 나오는데 재물을 바쳐 시주할 수 없는 신도들이 흙을 나르는 노동을 통해서 시주를 대신하고 이를 통해 공덕을 닦을 수 있다는 의미를 담고 있다. 그러나 이 노래가 노동의 가치를 귀하게 여겼음을 보여주는 것에도 불구하고, 노래의 내용은 그지없이 처량하고 서글프다. 이 세상의 것은 모두 부질없으니, 이 세상에서 할 일은 공덕을 닦는 일뿐이라고 이야기하면서, 인생의 무상함을 부처님께 귀의해서 초극하자는 전도적인 내용이 담겨져 있다. '서럽다'는 말은 무상함의 의미를 나타내는데, 당시 서민들이 살아가기에는 그만큼 험난하고 어려운 세상살이였으며, 오로지 부처님께 귀의하는 것만이 유일한 희망으로 여기는 민심을 그대로 보여주고 있는 것이다.

2.2.3. 獻花歌에 드러난 民謠性

『三國遺事』 제2권 紀異 제2 水路夫人條에 전하는 〈獻花歌〉는 앞서 살

핀 〈薯童謠〉와 〈風謠〉와 달리 민요적 성격을 규정하는데 약간의 어려움
이 따른다. 먼저 『三國遺事』에 전하는 〈獻花歌〉의 배경설화를 살펴보자.
노래를 제외한 『三國遺事』의 기록은 다음과 같다.

성덕왕 대에 순정공이 강릉 태수로 부임하는 행차 중에 바닷가에서
점심을 먹었다. 곁에 있는 산 봉우리는 바다를 병풍처럼 둘러 싼 것과
같았다. 높이는 천 장이 되고 위에는 철쭉꽃이 만발해 있었다. 공의 부
인인 수로가 그를 보고 좌우에 이르기를 "꽃을 바칠 자가 그 누구인고?"
라고 하였다. 종자들이 대답하길 "사람의 발길이 이르지 못할 곳입니다."
하고 모두 할 수 없다고 말했다. 곁에 암소를 끌고 가는 노인이 있어 부
인의 말을 듣고 그 꽃을 꺾어 와 노래를 지어 바쳤다. 그 노인이 누구인
지 알지 못한다. 행차가 다시 이틀을 가서 또 임해정이 있어 점심을 먹
으려던 차에 해룡이 갑자기 부인을 납치해 바다로 들어갔다. 공이 어쩔
줄 몰라 하며 땅을 치며 주저앉았으나 계책이 없었다. 또 한 노인이 있
어 고하기를 "옛 사람의 말에 뭇사람의 입은 쇠도 녹인다고 하였으니 지
금 바다 속에 있는 짐승인들 어찌 뭇사람의 입을 뭇사람의 입을 두려워
하지 않겠습니까? 마땅히 경계 내의 백성을 나오게 하여 노래를 지어 부
르면서 막대기로 바닷가를 두드린다면 부인을 볼 수 있을 것입니다." 라
고 하였다. 공이 그를 하였더니 용이 바다에서 부인을 받들고 나와 바쳤
다. 공이 부인에게 바다 속의 일의 물으니 말하기를 "칠보궁전에 차린
음식이 달고 향기가 깨끗하여 이 세상의 음식이 아니었습니다."라고 하
였다. 이 부인의 옷에는 이상한 향기가 났는데 이 세상에서 맡은 것이
아니었다. 수로부인의 용모는 그 당시 가장 뛰어나, 깊은 산과 큰 물을
지나갈 때마다 신물에게 납치될 때가 빈번하였다. 뭇사람들이 해가를 불
렀는데 가사의 내용은 다음과 같았다.

위의 『三國遺事』의 기록을 보면 두 개의 독립된 이야기가 나오고 각
노래에서 한 편씩 두 편의 노래가 나오고 있다. 그리고 〈獻花歌〉는 '그
꽃을 꺾어 와 노래를 지어 바쳤다.'는 연행의 장면이 나온다. 이것은 〈海

歌〉에서 '뭇사람들이 해가를 불렀는데'라는 연행의 장면과는 다르다. 〈海歌〉는 여러 사람이 불렀다고 기록하고 있고, 〈獻花歌〉는 견우노인이 불렀다는 기록이다.

　민요의 가창 방식은 독창, 선후창, 문답창, 제창이 있다. 그리고 과거로 올라갈수록 제창 방식이 일반적 이었으며, 이것이 분화, 변이 되는 과정에서 독창, 선후창, 문답창의 여러 형식이 생겨난 것이다. 그렇다면 〈獻花歌〉는 아주 이른 시기의 노래였으므로 제창의 형식을 띄는 것이 자연스러운 일이었을 텐데 독창되어진 것이다. 〈獻花歌〉의 내용을 살펴보자.

> 자줏빛 바위 가에
> 잡고 가는 암소를 놓게 하시고
> 나를 부끄러워 하지 않으신다면
> 꽃을 꺾어 바치오리다.

　배경설화의 기록에 기반하여 작품을 감상하면 노인의 몸인데도 불구하고 아름다운 여인을 위해 목숨을 걸고, 벼랑 끝의 꽃을 꺾어 바치는 노인의 순수성을 느낄 수가 있다. 여기서 우리는 노인의 낭만적인 행동 뿐만 아니라 수로 부인의 아름다움에도 주목할 필요가 있다. 부인이 아름다웠기 때문에 생명을 걸고 벼랑을 탈 수 있었으며, 바다 속의 용까지 흠모한 것이다. 부인이 아름답지 않았다면 용에게 잡혀간 수로부인을 구하기 위해 여러 사람이 노래를 부르지는 않았을 것이다. 결국 그 아름다움에 육체가 쇠한 노인이 죽음의 결단을 서슴지 않고 여인이 원하는 아름다움을 찾기 위해 천 길 벼랑에 올라가는 위험을 감수한 것이다.

　노인이 그 어려운 일을 했으나 종자들은 그렇게 하지 못했다는 점에서, 아름다움의 진실한 의미가 무엇인지 생각해 보게 한다. 실용적인 면에만 매어 있는 종자들은 도저히 美를 알아볼 수 없으며, 아름다움을 알아 볼 수 있는 것은 위대한 인격을 소유한 어느 노인이나 바다 속의 용이나 노래를 부르는 민중인 것이다.

그러므로 세상을 풍부하게 경험한, 청년이 아닌 노인을 등장시켜 부인의 아름다움을 찾고자 한 듯하다. 이런 점에서 수로 부인의 아름다움은 단순히 겉으로 드러나는 미모만이 아니라 내면의 아름다움이 외모의 아름다움과 조화를 이루었으리라. 여기에서 우리는 진정한 아름다움이 무엇인지 생각해 보아야 할 것이다.

아름다움에 대한 숭배, 그리고 그것의 외화적 표현으로서의 헌화이다. 여기서 노인의 성격을 규명하는 작업은 불필요하다고 생각한다. 미를 알아볼 수 있는 자가 그 아름다움을 숭배하여 헌화의 노래를 바친 것이 〈獻花歌〉이다. 이러한 현상은 자연발생적인 것이고, 이러한 류의 노래는 시가의 초기 모습부터 찾아볼 수 있는 것이 세계문학의 보편적 현상이다. 당연히 〈獻花歌〉는 국문학사에 등장하는 최초의 구애를 위한 세레나데라고 볼 수 있는 것이다. 이러한 노래의 성격상 특정인에 의하여 불려졌을망정 특정인에 의하여 창작되었다고 보기는 어렵다. 이것이 〈獻花歌〉를 민요로 보는 이유이다.

2.3 祭儀的 性格

국문학 연구에서 '祭儀'라는 용어는 곧잘 사용하면서 그 의미의 정확한 정의는 내리지 않고 있다. 그러므로 본 연구에서 사용하고자 하는 제의의 개념에 대한 명확한 입장 정리가 앞서야 할 것이다. 여기에서는 제의를 의례와 비슷한 개념으로 사용하되, 국가적 의례나 신격에 행하는 의례 내지 그에 걸맞는 위상을 가진 의례에 국한하고자 한다.

이러한 제의는 동양 사회에서 유교와 밀접한 연관을 가지고 행하여져 왔으나, 무속, 불교 등의 영향도 적지 않게 받아왔다고 할 수 있다. 특히 고대 문학에서 제의의 영향은 후자의 영향이 더욱 크다고 할 수 있겠다. 그럼에도 불구하고 제의적 성격을 독립적으로 다룬 것은 주술적 성격 내지 불교적 성격과는 미묘한 차이를 보이는 유교적 영향의 자취를 강조하고자 함이다.

먼저 유교가 삼국 사회에 끼친 영향을 살펴보고자 한다. 흔히 한국 사상에 대해 논할 때 고대의 삼국시대에는 불교를, 조선시대에는 유교를 언명하지만, 실제로 유교가 전래된 것은 그보다 훨씬 이르다. 유교의 전래는 일반적으로 고구려 소수림왕 2년(372) 大學을 세운 시기를 하한으로 잡고 있다. 그러나 최고 학부로서의 국립대학을 세울 수 있기까지는 상당한 세월이 경과하였을 것으로 추측됨으로 유교의 전래 시기는 훨씬 이를 것으로 추정되며 국립대학에 해당하는 대학이 있었던 것으로 보아 유교 역시 국가의 비호를 받았던 것으로 추정된다.

고구려·백제·신라에 들어 온 중국문화는 한국 고래의 전통적 신앙이나 풍속과 습합하면서 발전했을 것이다. 한국의 고대 정신과 중국의 유교사상은 모두 인간을 본으로 하고 현세를 중시한다는 공통점이 있다. 더구나 충과 효라는 이대 덕목으로 국가 체제의 정비와 공고화에 기여하였던 유교가 왕실의 비호를 받았을 것이라는 것은 설득력을 갖는다.

유교는 상고 은대와 주대의 신비적 종교문화에 들어 있는 천명사상을 잠재적으로 계승하지만, 근본에서는 인문주의적 禮制文化와 합리적 정신을 중요시하였다. 한편 우리나라에서는 인간주의를 바탕으로 주술신앙과 같은 종교적 신비주의를 가지고 있었다. 제천사상과 조상숭배를 비롯해 靈星神-日神-수호신-귀신 숭배 등 각종 淫祀가 성행하였다. 여기에 유교 문화가 수입되면서 古神道的 전통이 바뀌거나 세련되는 양상이 나타났다.

 『三國遺事』〈고조선조〉에 서술되는 단군은 하늘에서 내려온 환웅 천왕과 땅에서 올라와 人身이 된 熊女와의 사이에서 태어난다. 이 신화의 내면적 의미에서 본다면, 단군은 하늘의 신성함과 땅의 質實함이 묘합해 이룩된 온전한 사람으로 묘사되고 있다. 단군은 神市에서 홍익인간의 이상을 펴고자 조선이라는 나라를 열었다고 한다.

 史書에서는 단군조선에 이어 후조선, 곧 기자조선을 일컫고 있다. 사서들의 기록을 종합해보면, 기자 이전의 단군조선시대의 사람들은 천성적으로 樂天優游하는 예술적 성향과 祭器와 비단을 사용하는 예의의 풍속을 이루고 있었음을 짐작할 수 있다.

 『漢書地理志』에서 기자의 교화를 일컬으면서도 그 말미에 "동이는 천성이 유순하여 삼방의 외족과 다르다."13)고 했는데, 이것은 공자가 중국에서 난세를 한탄하며 바다를 건너 동이로 가고자 했다는 것과 일치하는 이야기이다. 『帝王韻紀』에서처럼 기자에 의한 발달된 중국 문화의 도입도 단군조선시대로부터 조선인민이 갖추고 있었던 예술적, 윤리적, 종교적 자질을 바탕으로 하고서야 가능했던 것이다.

 인문주의적 중국문화가 수입되었다 하더라도 '神市的'인 신비주의의 틀은 유지되고 있었다. 고조선의 '신시'와 연관되는 것으로 마한의 '蘇塗'를 지적할 수 있다. 기록에 의하면 국읍마다 1인을 세워 천군이라 하고 天神을 主祭하게 했다고 한다. 이와 같이 일종의 종교적 교의를 구비하고 '소도'를 둔 것은 단군조선 이래의 제천사상 및 신시의 풍속과 상통한다.

 후세까지 영향을 미친 國中大會로서 부여의 영고, 예의 무천, 고구려의 동맹, 마한과 백제의 소도, 신라의 한가배 등은 우리 민족의 崇天敬祖思想을 잘 보여주고 있다. 이것은 인도적이면서 신비적이며 인간적이면서 종교적이었다. 상고시대에는 이러한 古神道的 요소를 지닌 神人相

---

13) 東夷天性柔順 異於三方之外

和의 풍토 위에서 유교가 수입되었던 것이다.

공자의 사상으로 집대성된 유교사상이 부분적으로 전래한 시기는 서기전 3세기의 위만조선과 한사군시대로 추정되며, 공자의 경학사상이 본격적으로 수입되고 활용된 것은 삼국시대이다. 삼국 가운데 중국과 인접한 고구려는 가장 먼저 중국 문화와 접촉해 수용, 발전시키기에 적합한 위치에 있었다. 다음으로 백제가 해상으로 중국과 통행함으로써 유교를 비롯한 여러 문물, 사상을 받아들여 발전시켰다.

신라는 그 지리적 위치 때문에 중국과는 거리가 있었으며, 유교 문화 역시 고구려와 백제를 통해 간접적으로 전달되었던 까닭에 삼국 가운데 유교이 수입이 가장 늦었다.

고구려는 재래의 고유한 풍속과 전통을 많이 존속시키면서 대국으로 성장한 故國이었다. 이미 고조선시대 즉 위만시대와 한사군이 설치되었던 시기부터 중국문화와 유교사상이 전승되어왔기 때문에 고구려는 초창기부터 유교가 상당한 규모로 활용되고 있었고, 老莊의 사상도 혼입되어 있었을 것으로 생각된다. 중기 이후로는 불교가 수입되어 유, 불이 병행했으며, 후기에는 종교화한 도교를 들여다가 장려하는 등 유, 불, 도가 병립하였다.

고구려에서 유교의 성행을 자세히 알려주는 자료는 없지만, 다음 몇 가지 사실을 고찰함으로써 유교가 국가 사회적으로 사람들의 기본 교양을 형성하는 데 매우 중요하게 기능하고 있음을 알 수 있다. 첫째, 거듭된 史書의 편찬이다. 고구려의 사서 편찬은 한문 문장을 수준 높게 구사하는 방대한 저작과 유교 경전을 비롯한 중국 문화를 능히 이해하고 활용할 수 있는 조건을 구비하고 있었음을 보여준다.

둘째, 교육제도의 정립이다. 고구려는 유교 경전의 교육을 기본으로 하는 교육 체제를 널리 갖추고 있었으며, 고구려의 실정과 정신에 맞는 교육을 실시하였다. 구체적인 예로, 소수림왕 2년(372)에 대학을 세워

자제를 교육하였다. 대학의 교수내용은 經, 史, 諸子百家, 文章 등이었
는데 유교 경전이 가장 중심이 되었다고 보인다.

셋째, 유교 경전의 이해와 활용이다. 경학을 기본으로 하는 중국 문화
의 습득은 개인 생활의 문화적 요소가 되었고, 국가 이념과 체계를 정립
하는 데 필수적 조건이 되었다.

백제의 경우는 삼국 이전에도 한사군에 근접한 지역은 중국의 유교
윤리와 흡사한 예속을 가지고 있었다. 그러나 대체로 삼한시대에는 외부
의 영향이 적었으며, 읍락이 雜居하였다. 비록 국읍에 통치자가 있었을
지라도 통치 기구의 지배적 기능이나 예의 규범이 보편화되지 못해 각기
독립된 토속 생활을 하고 있었다.

그러나 백제시대에 이르면 통치력이 널리 미쳤을 뿐 아니라, 유교적
체제가 갖추어졌다. 국가의 禁令과 법제가 뚜렷하게 되고, 기록에 의하
면 중국과 비슷한 婚喪禮가 있었다. 재래의 소도, 천신신앙, 귀신숭배
등의 법속은 유교에서 말하는 郊祀之禮와 종묘제도의 방식으로 형태화
하는 등 국가적 규모에서 유교 문화의 영향이 두드러지게 나타났다.

정부 조직, 행정 관서 및 행정 구역 등을 제정함에 있어도 유교의 영
향을 받았다. 고이왕시대(234~286)에 중앙 관제를 육좌평 16관계로 제
정한 것은 『周禮』의 6관제에 상응하는 것이다. 고이왕이 南堂에서 정사
를 보았다는 기록이 있는데, 남당제도는 임금이 신하들과 의논하고 정사
를 펴는 장소로서 『예기』의 明堂篇에 나오는 명당과 관계있는 듯하다.

근초고왕(346~375)이 高興으로 하여금 편찬하게 한 『書記』나 중국으
로부터 毛詩博士와 講禮博士를 청해오기도 했다는 등 사서 편찬과 학술
사상에서도 유교사상과의 관련성을 볼 수 있다.

그 밖에 송의 嘉元曆을 써서 寅月로 歲首를 한 것, 의약, 卜筮, 占相
의 술을 해독한 것, 놀이로서 投壺, 樗蒲, 握槊, 弄珠 등을 쓴 것, 두 손
으로 땅을 짚어 경의를 표한 것 등은 중국 문화와 유교 문화를 일상 생

활에 활용했던 사례들이다.

백제의 해상 진출은 중국, 일본 등 동아시아 학술사에서 후세에 중대한 영향을 끼쳤다. 근초고왕 시대에는 왕자 아직기와 박사 왕인을 일본에 보내 유교 경전을 비롯한 다양한 문화를 전달함으로써 왕실의 스승이 되고 일본의 학문적 시조가 되었다.

신라의 건국은 삼국 가운데 가장 이른 서기전 57년으로 되어 있으나, 율령의 반포, 百官 공복의 제정, 국사 편찬, 대학 설립 등 문물 제도의 정비에서 고구려와 백제에 비해 대체로 200~300년의 후진성을 보이고 있다. 신라는 삼국 가운데 중국 대륙과의 문화 교류도 가장 늦었고, 고구려나 백제와의 관계도 일찍부터 개방적이지 않았다.

그러나 신라는 꾸준히 발전해 삼국통일을 바라보는 150년간은 뚜렷이 興隆之勢의 진취적 기상을 보였다. 외래 문물에 쉽사리 동화되지 않고 고래의 기질과 풍습을 오래 보존해 고유한 정신을 저력으로 유교와 불교 등 외래 문화를 섭취, 융화시켰다.

신라는 발전해가면서 국가적 체통을 확립시키기 위해 유교 문화를 이용하였다. 『春秋傳』과 삼례 등의 경전에 있는 사상을 국가 제도에 적용했던 것이다. 또한 재래의 고신도적 요소와 함께 수기치인이라는 유교의 政敎理念이 드러나는 진흥왕 순수비, 『周易』이 국가적 차원에서 응용된 경주 태종무열왕의 능비 등도 유교사상의 영향을 보여준다. 신라의 화랑도 정신을 대표하는 원광법사의 ‘세속오계’에서도 유교적 색채를 볼 수 있다.

삼국통일 후 신라는 중국과의 문화 교류를 보다 직접적으로 확대시켜갔고, 신문왕 대에 설치한 ‘국학’에서의 경전 교육과 유교적 학술 문화 진흥은 薛聰 등의 유학자를 배출하기도 하였다.

신라 후기로 갈수록 경술과 문장을 익히기 위해 입당 유학하는 일이 잦아지고 수많은 문인학자들이 나오게 되었다. 유교의 학술적 연마는 상층 계급과 지식층의 일이었지만 유교의 윤리적 규범은 민간에까지 널리 영향을 주어 계층이나 남녀노소를 막론하고 깊이 침투하였다.

이상에서 살펴 본 바와 같이 여러 사상과 융합되어 있었던 유교는 개인의 교양, 가정 도덕과 사회 윤리, 정치 제도, 교육, 문화, 국가의 방위 등 실질적인 측면에서 기여하였다.

여기에서는 특히 국가의 통치 이념 주의 하나였던 유교의 색채가 문학 작품 속에서 어떻게 드러났는가를 고찰하고자 한다. 그러나 앞서 살펴 바와 같이 삼국시대의 유교는 공자 사상의 정통을 계승 발전시켰다기보다 제자백가의 여러 사상과 습합되면서 국가의 통치 원리로서의 기능이 강하였다는 점을 중시하여야 할 것이다.

국가 안녕을 위한 〈安民歌〉는 여러 주술적 속성을 보이지만, 주술이나 불교의 힘과는 색다른 힘으로 국가의 안녕을 도모하였다는 점에서 제의적 성격이 강한 작품으로 분류하였다. 〈遇賊歌〉는 그 노래의 내용이 배경설화와는 다르게 주술가로서의 특성을 전혀 보이지 않는다는 점과 작가 영재가 부귀영화를 멀리하고 은둔을 꾀하였다는 점, 부귀영화를 누리던 시절에 '선향가' 하였다는 기록에서 향가의 의미를 추론하여 제의가로 보고자 한다. 다음 장에서 상론을 기하고자 한다.

2.3.1. 安民歌에 드러난 祭儀的 性格

고조선이 제정일치 사회였다는 사실은 단군왕검의 명칭에서 드러나고 있다. 신화 〈東明聖王〉에서 유리왕이 높이뛰기를 함으로써 신분이 巫였을 것이라는 추측은 설득력을 가지고 있다. 이외의 숱한 기록에서 부족국가 내지 고대국가의 초기 모습에서 제정일치의 잔영이 남아있다는 것을 확인할 수 있다. 이 당시 의례의 주관은 최고 통치자의 몫이었으며, 의례는 무속에 기초하였을 것이라는 추측이 가능하다. 그러나 고대국가로 발전하면서 제정은 분리되었고, 의례는 유교의 영향을 입었을 것이라는 추측이 가능하다. 그것은 중국 문화의 영향을 부정하기 어렵기 때문이다.

〈安民歌〉가 창작된 시기는 이미 유교가 우리 사회에 깊이 뿌리를 내린 통일신라 하대에 해당한다. 이 시기 우리 사회의 유교적 영향은 많이 찾아볼 수 있다. 〈安民歌〉 역시 이러한 유교의 영향을 입어 창작되었다.

이 작품에서 왕을 아버지에, 신하를 어머니에, 그리고 백성을 어린 아이에 비유하여 "각기 자신의 본분을 다하라."라는 유교적 사상이 들어 있다. 임금과 신하와 백성이 각자 자기 구실을 다하면 나라와 백성 모두가 태평하리라는 정치 이념으로 보아서 유교적인 성향이 강하게 드러나고 있는 것이다.

『論語』에 "임금은 예로써 신하를 부리고 신하는 충으로써 임금을 섬겨야 한다."14)라는 말이 있다. 군신간에 서로 화합하지 않고 불화가 생기는 원인을 공자는 바로 예와 충성의 결여로 보았다. 물론 공자가 말한 것은 임금과 신하가 체면만을 내세워 대하는 태도가 아니라, 서로의 진심에서 우러나오는 거짓 없는 태도를 말한다. 바로 이것이 이 작품의 창작 동기이자, 작품이 주는 교훈이기도 하다. 이 작품에는 임금과 신하, 국가의 도리가 담겨 있다. 작품의 내용을 현대어로 풀이하면 다음과 같다.

> 임금은 아버지요
> 신하는 사랑을 주시는 어머니요
> 백성은 어린 아이라고 한다면
> 백성이 사랑받음을 아실 것입니다
> 꾸물거리며 구차히 사는 백성들
> 이들을 배불리 먹이고 다스려

---

14) 君使臣以禮 臣使君以忠.

이 나라를 버리고 어디로 갈 것인가 한다면
나라 안이 다스려짐을 알게 될 것입니다
아아, 임금답게 신하답게 백성답게 할 것이면
나라 안이 태평할 것입니다

이 작품은 전 4구에서 임금과 신하와 백성의 이상적 관계를 이야기하고 있다. 그리고 후 4구에서 백성이 가장 본이 되는 민본사상에 기초하여 무엇보다도 이상적 통치의 실현이 '꾸물거리며 구차히 사는 백성들 / 이들을 배불리 먹이고 다스려'에 있음을 밝히고 있다. 나아가 결구에서는 나라가 태평할 수 있는 조건을 제시하는 것으로 작품이 구성되어 있다. 공자의 정명사상과 일치한다고 볼 수 있겠다.

『論語』의 〈雍也編〉에서 "모난 술그릇이 모나지 않으면, 모난 술그릇이라 할 수 있겠는가? 임금은 임금 노릇하며, 신하는 신하 노릇하며, 자식은 자식 노릇하는 것입니다."라고 정치의 가장 기본적 원리를 설파한 것과 〈安民歌〉는 궤를 같이 하고 있는 것이다. 이러한 이유로 〈安民歌〉가 치국의 노래라는 것은 부정하기 어려운 사실이다. 그러나 이것이 곧바로 〈安民歌〉가 제의가로서의 기능을 가졌다는 것을 증명하지는 않는다.

〈安民歌〉의 제의가로서의 성격은 배경설화에서 찾아보아야 한다. 신라 경덕왕이 귀정문 문루에서 충담사를 기다린 날은 삼월 삼짇날이다. 배경설화에 드러나 있듯이 경덕왕은 이미 충담사를 기다리고 있었다. 경덕왕이 충담사를 기다린 이유는 "나를 위해서 백성을 편안히 살도록 다스리는 노래를 지으라."에서 보여주듯이 치국의 노래를 원하였기 때문이다.

선학들의 연구 성과에서 드러났듯 경덕왕 때는 신라 사회가 대단히 혼란스러웠던 때이고, 왕당파와 비왕당파로 나뉘어 정권 투쟁이 갈수록 가열화 되어가는 시기였다. 경덕왕은 이 문제를 해결하여야 했으며, 이것을 유교적 의례를 통하여 실현한 것이다. 경덕왕은 앞서 살폈듯이 이미 5년 전에 월명사를 만나 〈兜率歌〉를 부탁했었고, 『三國遺事』 기록에 의하면 표훈대덕이라는 주술력을 가진 승려도 데리고 있었다. 그럼에도 불구하고 삼짇날 귀정문 문루에서 의례를 주관할 충담사를 기다렸던 것은 월명사나 표훈대덕이 할 수 없는 과거의 주술가는 다른 의례를 필요로 했기 때문이라고 추정한다.

충담사가 남기고 있는 다른 작품 〈讚耆婆郎歌〉에 대한 경덕왕의 평은 "내가 일찍이 듣건대 대사의 기파랑을 찬양한 사뇌가는 그 뜻이 심히 높다고 하는데 과연 그런가." 이다. 그 뜻이 심히 높다는 의미는 충담사의 대답과 관련하여 생각해 볼 문제이다. 충담사는 "네, 그러합니다."라고 대답을 하였다. 작품의 문학성이나 효용성을 지칭하는 의미라면 충담사의 대답은 달라졌을 것이다. 여기서 '뜻이 높다'라는 것은 작품에 대한 이야기가 아니라, 작품이 담고 있는 유교의 세계관을 의미한다고 본다. 그러므로 충담사는 "네, 그러합니다."라고 대답을 할 수 있었던 것이다.

이상과 같은 이유로 〈安民歌〉는 유교적 의례에서 불려진 노래라고 본다.

2.3.2. 遇賊歌에 드러난 祭儀的 性格

『三國遺事』 제5권 避隱 제8 永才遇賊條에 전하는 〈遇賊歌〉는 궐자가 많음으로 인하여 현전하는 향가 중 그 해독이 가장 까다로운 작품이다. 논의의 편의를 위하여 『三國遺事』의 기록을 그대로 싣고자 한다.

永才遇賊
釋永才性滑稽 不累於物 善鄉歌 暮歲將隱于南岳 至大峴嶺 遇賊六十餘人
將加害 才臨刀無懼色 怡然當之 賊怪而問其名 曰永才 賊素聞其名 乃命
□□□作歌 其辭曰 自矣心米 兒史毛達只將來 吞隱日遠島逸□□過出知遺
今吞藪未去遺省如 但非乎隱焉破□主次弗□史內於都還於尸郎也 此兵物叱
沙過乎 好尸日沙也內乎吞尼 阿耶 唯只伊吾音之叱恨隱㵛陵隱安支尚宅都乎

隱以多

賊感其意 贈之綾二端 才笑而前謝曰 知財賄之爲地獄根本 將避於窮山 以餞一生 何敢受焉 乃投之地 賊又感其言 皆釋釰投戈 落髮爲徒 同隱智異 不復蹈世 才年僅九十矣 在元聖大王之世 讚曰 策杖歸山意轉深 綺紈珠玉豈治心 綠林君子休相贈 地獄無根只寸金

영재 스님은 천성이 활달하여 재물에 얽매이지 않았다. 향가를 잘하였는데 늙은 나이에 남악에 은거하려 했는데 대현령에 이르러 60여 명의 도적을 만났다. 죽이려 했지만 영재는 칼날 앞에서도 조금도 두려워하는 기색 없이 태연히 맞섰다. 도적들이 괴이하게 여겨 이름을 물으니 영재라 하였다. 도적들이 본래 그 이름을 들었으므로 이에 ㅁㅁㅁ 명하여 노래를 짓게 했다. 노래는 이러하다.

제 마음에
모든 형상을 모르려 하던 날은
멀리 ㅁㅁ 지나치고
이제는 숨어서 가고 있네
오직 그릇된 파계승을
두려워할 모습으로 다시 또 돌아가리오
이 칼이야 지내고 나면
좋은 날이 새리라 여겼더니
아, 오직 요만한 선은
새 집이 아니 되느니라

도적이 그 뜻에 감격하여 비단 두 필을 주었으나 영재가 웃으며 사양하기를 "재물이 지옥의 근본이 된다는 것을 알고 장차 피하여 깊은 산에 숨어 일생을 보내려 하는데 어찌 감히 받겠느냐?" 하고 땅에 던졌다. 도적이 또 그 말에 감동하여 모두 창과 칼을 던지고 머리를 깎고 제자가 되었다. 그리고는 함께 지리산에 숨어 다시 세상을 엿보지 않았다. 영재의 나이는 90이었고 원성대왕 때에 있었다. 찬을 하면,

> 지팡이 짚고 산을 찾는 뜻이 점점 굳은데
> 비단이나 주옥이 어찌 그 마음 다스리랴
> 숲 속의 군자들아 주려고 생각마소
> 지옥이 따로 없다 촌금(寸金)일 뿐이다

〈遇賊歌〉의 작가 영재를 승려로 보는 것은 ‘釋永才性滑稽’에서 釋이라는 글자 때문일 것이다. 그 외에는 영재를 승려로 보아야 할 이유가 없다. 그리고 작품의 내용으로 보아 고매한 승려였을 테인데 다른 기록에서 보이지 않은 것은 납득하기 어렵다. 그러나 釋이란 글자가 ‘승려’, ‘부처’의 뜻을 지니지만 본 의미는 ‘풀다’, ‘버리다’의 의미로 쓰이는 글자이다. 『春秋左氏傳』의 ‘釋盧蒲嫳于北竟’이라는 용례에서 보여주듯이 ‘추방당하다’라는 의미로도 쓰이고, ‘버림받다’라는 의미로도 쓰이는 말이다. 또한 ‘풀려나다’라는 의미로도 쓰인다. 釋이라는 글자 한자 때문에 영재의 신분을 승려로 보는 것은 신중을 기하여야 할 것이다.

다음의 ‘暮歲將隱于南岳’이라는 구절도 영재가 승려의 신분이라는 것에 위배되는 표현이다. 당시 불교는 대승불교가 주를 이루었는데, 승려의 은둔이란 가당치 않기 때문이다. 오히려 『三國遺事』에 보면 단속사 창건 연기 설화라든지 고위 관직을 지냈던 귀족들이 은둔하려 했었다는 기록은 자주 보인다.

또한 ‘乃投之地’라는 표현 역시 승려에게는 어울리지 않는 표현이다. 승려에게 주는 물건은 공양이다. 이미 은둔을 결심했다고 하더라도 공양한 물건을 땅에 던져버리는 행위는 적어도 승려에게서는 찾아보기 어려운 행위이다.

찬에서 보이는 '지팡이 짚고 산을 찾는 뜻이 점점 굳은데 / 비단이나 주옥이 어찌 그 마음 다스리랴'는 표현도 이미 속세의 부귀영화를 누릴 만큼 누렸다는 의미도 포함하고 있다. 영재의 신분이 무엇이었는 지는 알 수 없지만 승려로 규정한다는 것은 이와 같은 이유로 설득력을 갖기 어렵다. 오히려 고위 관직을 지내며 부귀영화를 누렸던 귀족으로 보는 것이 타당하지 않을까 생각한다.

영재의 속세의 신분을 유추할 수 있는 근거를 배경설화에서 찾아보면 먼저 '善鄕歌'라는 부분이 보인다. 여기서 향가가 오늘날 국문학 장르의 하나인 향가를 의미하는 지는 알 수 없지만 영재는 향가를 잘하였던 것이다.

다음은 '賊素聞其名'이라는 구절이다. 도적들이 영재의 이름을 알고 있었다는 사실이다. 배경설화에 의하면 이름을 듣자 노래를 짓게 하였으니, 영재는 분명 노래로 유명한 인물이었다. 그 노래가 어떤 성격을 가졌는가는 쉽게 유추할 수 있다. 배경설화 문맥상의 의미로 보아 〈遇賊歌〉와 비슷한 성격의 노래일 것이다. 부르게 한 것이 아니라 짓게 했다는 표현에서 유추해 볼 수 있다.

끝으로 '將避於窮山 以錢一生'라는 표현이다. 장차 깊은 산에 피신하여 여생을 보내려 한다는 말은 앞서 살핀 釋의 의미와 연관시켜 해석할 수 있는 부분이다. 또한 영재가 신적 존재가 아닌 이상 죽음 앞에 초연했다는 표현은 이미 죽음을 두려워하지 않는다는 의미일 것이다. 이러한 이유는 이미 죽음 이상을 경험하였거나 삶을 초탈하였다는 의미로 해석될 수 있다.

이러한 여러 가지 이유로 영재가 조정에서 의례를 담당하였던 귀족이라고 추정하고자 한다. 영재가 잘하였던 노래는 의례에 사용한 노래였을 것이다. 〈遇賊歌〉를 현대어로 풀이하여 가사에 보이는 제의성을 고찰하고자 한다.

> 제 마음의
> 참모습을 모르고 숨어 지내던 골짜기를
> 멀리 지나 보내고
> 이제는 살피면서 가고자 합니다
> 단지 그릇된 도둑 떼를 만나
> 두려움으로 다시 또 돌아가겠는가
> 이 무서운 흉기의 위험을 지나고 나면
> 좋은 날이 고대 새리라 기뻐하였더니
> 아아, 오직 이만한 선업은
> 어디 높으신 새집에 두고 숨어선 안됩니다.

〈遇賊歌〉는 단지 궐자에 의해서만이 아니라 그 뜻이 심오하여 해독에 어려움이 많은 작품이다. 작품의 내용을 보면 의미의 복합적인 구사를 통한 상징적인 언어가 중첩되어 당시의 상황을 노래하는 것인지, 자신의 삶의 자세를 노래하는 것인지 정확히 구분하기 어렵다. 더구나 결구에서 숨어선 안된다라는 표현이 의미하는 바가 무엇인지 분명하지 않다.

이 작품은 또한 화자와 청자의 혼란이 중첩되고 있는 작품이다. 배경 설화로 보아 화자는 분명 영재이고, 청자는 도적 떼인데 전 4구와 후 4구의 청자는 영재 자신으로 보여지는 것이다. 그렇다면 이러한 청자는 노래의 마지막까지 지속되어야 함이 당연한데 결구에 와서의 청자를 영재로 보는 것은 배경설화에서 은둔하러 가던 상황과는 연결이 자연스럽지 못하다.

이러한 현상이 일어나는 것은 이 노래가 유교적 의례에서 보여지는 자성과 권계, 설도를 중첩적으로 담아내고 있는 이유일 것이다. 그러므로 〈遇賊歌〉를 유교적 의례에서 영향을 받은 제의적 성격이 짙은 작품으로 규정하고자 한다.

2.4. 呪術的 性格

향가 작품의 주술성을 논의하기에 앞서 주술의 개념을 분명히 해두어야 할 필요가 있다. 주술이라는 개념은 사용자에 따라 그 의미의 진폭이 너무나 차이가 나기 때문이다. 고전문학에서 사용하는 소박한 주술의 의미를 논의하기에 앞서 서구에서는 주술의 개념을 어떻게 사용하는지 살펴보자. 먼저 말리노프스키의 주술이론을 요약하면 다음과 같다.

말리노프스키는 주술이 원시과학 혹은 오류의 과학의 한 형태라는 타일러와 프레이저의 견해를 받아들이지 않는다. 말리노프스키에 의하면 주술이란 과학의 대체물이 아니라 테크놀로지의 수준이 낮은 사회에서 중요성을 띠게 되는 사회적, 심리적 기능을 가진 것이다. 주술은 테크놀로지가 인간행위의 결과를 보장해 줄 수 없을 때 인간이 의지하는 것이며, 불안을 진정시키고, 감정의 카타르시스적인 표현을 가능하게 해주는 것이다.

말리노프스키에 의하면 종교는 의례와 신화로 표현되며, 의례와 신화는 사회적인 의미를 가지는 것으로 부족 전체가 거기에 참여한다. 반면 주술은 자기의 적을 죽이고 싶다거나, 이성의 사랑을 받고 싶다거나, 질병의 치료, 재산의 획득, 전쟁의 승리 등 특정의 개인적 목적을 달성하기 위해 주술사에게 의뢰하는 것이다. 이렇게 보면 주술은 자연의 힘을 조작할 수 있는 능력을 획득하려는 것이고, 자연의 힘을 개인의 목적을 위하여 조종하려는 것이다. 반면 종교는 정령이나 신과 공동체적 관계를 맺으려는 것이다. 종교에서도 신의 도움을 청하기는 하지만 획득하는 것이 아니라 간청할 뿐이다.

그러므로 말리노프스키에 의하면 원시 종교가 주술에 의지하였다고는 하나 종교와는 분명한 선을 긋고 있는 개념이다. 그럼에도 불구하고 주술의 종교적 속성은 부인하기 어렵다. 원시 종교가 지니고 있는 절대자에 의한 인간 운명의 뒤바뀜이라는 종교적 속성을 주술이 가지고 있기 때문이다. 이러한 믿음에서 절대자에 대한 추종이 생겨나고, 그 추종의 여러 외화로써 금기와 터부가 발생하였기 때문이다. 이러한 이유로 주술과 신화는 맥을 같이 한다. 보다 엄격히 말하면 주술은 신화에 기반 하여 그 존재가 성립할 수 있는 것이다.

막스 뮐러(Max Muller)와 만하르트(Wilhelm Mannhardt) 등의 자연주의 학파에 의하면 신화는 우주에 대해 이야기하는 것이며, 신화 속의 신들이나 영웅들은 천체를 상징한다. 천체는 현저하고 규칙적으로 나타나는 신화의 특성이고, 원시인들이 세상을 해석하고 이해하는데 바탕을 제공하는 것이다. 예컨대 폭풍이나 달이나 태양 등의 언어가 성(gender)을 가지고 있으므로 그에 따라 의인화된 것으로 간주한다.

고통이나 스트레스에 대한 반응으로서 종교를 강조하는 견해를 지녔던 말리노프스키에 의하면 종교와 주술과 의례는 긴장에 대한 정신적 의례적 탈출구를 열어줌으로써 현실에 대처하는 사회심리적 메카니즘을 제공한다. 말리노프스키는 종교와 의례와 신화는 모두 현존하는 질서를 설명하고 정당화하는데 사용되며, 해결되지 않는 모순이나 긴장을 표현하는 안전판으로 기능한다고 한다.15) 종교와 신화적 사고에 대한 레비스트로스의 이론은 어떤 의미에서 이와 유사하다. 왜냐하면 레비스트로스는 상징적 신화적 사고는 철학적, 존재적, 사회적 모순과 대립이 끊임없이 작동하는 과정이라고 하기 때문이다.16) 모순이란 어떤 명제와 그 반대의 접속을 말한다. 인류학에서 모순은 사고와 믿음과 가치에서 일관성이 없음을 뜻하기도 하고, 제도적 모순이나 갈등을 뜻하기도 한다.

---

15) safety valves for the expression of tensions and unresolved contradictions

16) symbolic and mythic thought constitute a process of constant working and reworking of basic philosophical, existential and social contradictions and oppositions

주술은 이와 같이 세계의 해석과 창조에 절대자의 절대적 힘이 작용하고 있다는 신화적 사고를 가지고 있다. 그러므로 현대인이 과거 원시인이 지녔던 주술에 대한 인식을 제대로 이해한다는 것은 쉬운 일이 아니다. 더구나 신화가 상징체계이듯이 주술 역시 삼라만상의 모든 존재가 심오한 상징으로 탈바꿈하여 존재하기 때문이다.

향가 작품 중 주술적 성격이 강한 〈彗星歌〉, 〈怨歌〉, 〈處容歌〉가 작품에 사용한 어휘의 상징성이 더욱 두드러지는 것은 이러한 이유에서이다. 그러므로 위의 세 작품을 이해하기 위해서는 작품 창작에 사용되어진 어휘의 상징체계를 이해하는 작업이 선행되어야 한다.

2.4.1. 彗星歌에 드러난 呪術的 性格

주술의 성격을 가진 우리 시가의 예를 보면 모두 몇 가지 공통점을 가지고 있다. 그 요소 가운데 중요한 것은 먼저 그 시가가 만들어진 창작의 동기가 어디까지나 어려운 문제를 당연히 해결하는 일이고, 그 난제의 해결을 위해서 많은 군중이 동원되어 문제의 해결을 위한 작위와 방책의 실천이 드러나 있다. 그리고 가장 중요한 것은 그 시가 속에 직접 문제 해결을 위한 주술의 내용이 분명히 나타나 있고, 또한 창작의 주체가 대부분 어느 개인 한 사람이라기보다 집단인 대중이라는 점이다. 그래서 주술가는 그 성격이 서정적이라기보다 서사적 요소가 강한 것이 특징이다.

일반적으로 주술의 성격을 띤 시가로 널리 알려진 駕洛國記의 〈龜旨歌〉나 水路夫人條의 〈海歌詞〉에는 이러한 요소가 거의 빠짐없이 갖추어져 있다.

〈龜旨歌〉의 '龜何龜何 首其現也'나 〈海歌詞〉의 '龜乎龜乎出水路'는 이 시가들이 담고 있는 문제를 해결하기 위한 주술의 내용과 방책이다. 곧 전자는 신령스러운 거북으로 상징된 수로왕을 맞이하기 위한 가락인들의 의식과 군중이 소망한 주술적 염원의 내용이다. 또한 후자에서도 용궁으로 피랍된 水路夫人을 구출하려는 순정공과 그를 따르는 무리들이 행한 주술의 내용이며 방책이고 목적이기도 하다. 그리고 〈龜旨歌〉에서 '掘峯頂撮土하고 歡喜踊躍'한 것이나, 〈海歌詞〉에서 '進界內民 作歌唱之 以杖打岸'한 행위는 말하자면 난제의 해결을 위한 군중들이 실제로 행한 작위의 실천이다. 곧 이 두 시가는 공히 대중들이 함께 모여서 그들이 바라고 기원한 소망을 담은 노래로 군중이 함께 부른 서사적 요소가 짙은 집단의 노래며, 군중들이 산봉우리를 파면서 거북을 부르거나 막대로 해변의 땅을 치면서 노래를 합창하고 춤을 추는 등 목적을 위한 작위와 방책이 분명히 수반되어 있다.

『三國遺事』 소재 〈彗星歌〉는 이러한 주술의 요건을 모두 갖추고 있다. 먼저 논의의 편의를 위하여 〈彗星歌〉의 현대적 풀이를 하고자 한다.

옛날 동해 물가에 건달바가
놀던 城을 바라보고
왜군이 왔다고
봉화를 올린 이가 있었다
세 화랑이 산 구경 간다는 소식을 듣고
달도 부지런히 길을 밝히려는 가운데
길을 쓸고 있는 별들을 바라보고
혜성이여 하고 말한 사람이 있었다
아아, 달 아래로 떠나갔더라
이에 무슨 혜성이 있을까

신라 진평왕 때 융천사가 지은 10구체 향가로서, 10구체 형식 중에서는 가장 오래된 작품이다. 노래에 마력이 있어서 영험한 기적을 나타낸다는 것은 고대 가요일수록 으레 동반하는 특성이다. 향가 〈彗星歌〉도 〈龜旨歌〉, 〈海歌詞〉 등과 같은 부류에 속한다. 노래를 부르니 혜성이 없어지고 왜구마저 물러갔다는 주술적인 성격이 문면에 그대로 드러나 있다.

이 노래는 향가 중 가장 주술적인 성격이 강한 작품이라는 평가를 받고 있으며, 주술가로서의 성격을 의심하는 이가 없으므로 특별히 논의를 진행할 필요가 없다고 본다

2.4.2. 怨歌에 드러난 呪術的 性格

〈怨歌〉에 대해서 戀君歌, 관료의 노래, 呪歌, 呪術歌 등으로 학자들은 보고 있다. 그런데 관료가 임금을 대상으로 부르는 노래는 대부분 충성심이 깔린 노래이다. 이러한 노래는 또한 연군가의 계열이기도 하다. 그러므로 〈怨歌〉는 그 동안 대별하면 연군가와 주술가로 보아왔다고 생각할 수 있다. 그러나 향가 연구의 초창기부터 노래 이름을 〈怨歌〉라고 호칭한 사실로 보아서 대상에 대한 '원망의 노래'로 보는 점은 배제할 수 없다. 그리고 이 〈怨歌〉의 배경담이나 작품의 내용으로 볼 때 분명히 이 노래는 창작자가 대상에 대하여 원망하여 창작한 노래이다.

물론 '作歌 帖於栢樹'하자 '樹忽黃悴'했고, 또한 '乃召之賜爵祿 栢樹乃蘇'의 이적이 일어났다. 신충이 노래를 지어 잣나무에 붙이자 잣나무가 홀연히 누렇게 말랐고, 벼슬을 내리니 말랐던 나무가 다시 살아났다. 이 기적이 〈怨歌〉로 인해서 일어난 것이다. 그래서 이 노래는 동기를 바탕으로 피상적으로 보면 주술의 시가가 분명하다.

향가에서 '呪術(言力)' 곧 시가를 지어 이적이 일어났던 경우는 작품이 상당하다. '二日並現 挾旬不滅'17)의 괴사를 月明師가 〈兜率歌〉를 지어

---

17)『三國遺事』, 卷五 感通, 月明師 兜率歌條.

서 해결했고, '海龍忽攬夫人入海'[18] 했을 때 용왕으로부터 잡혀간 수로부인을 구출한 것도 노인이 지어 가르쳐 준 〈海歌詞〉였으며, '令兒作歌禱之遂得明'[19] 하여 일어난 盲兒得眼의 기적도 〈禱千手大悲歌〉의 靈力 때문이었다.

孝成王은 신충과 약속한 뒤 몇 달이 안되어 왕위에 올랐다. 효성왕은 聖德王의 둘째로 모후인 炤德王后의 아들로 724년에 태자가 된 후 13년 뒤에 즉위하였고, 王務를 시작한 기록은 서기 737년 정월부터이다. 그러므로 〈怨歌〉의 창작시기는 배경담을 기준으로 볼 때 효성왕의 즉위 원년인 737년 후에 지어진 노래이다.

태자의 신분에서 임금으로 즉위한 효성왕은 부친인 聖德王의 체제를 벗어나서 자신의 우익을 포진하는 개혁을 추진했을 가능성이 크다. 그는 즉위한 바로 2개월 뒤인 3월에 정부조직을 개조하고 伊湌 貞宗을 上大等으로 삼고, 阿湌 義忠을 中侍로 삼는 등 인사개혁을 단행하였다.[20] 이러한 사실로 볼 때 효성왕은 정부의 조직을 자신의 친정체제로 초기에 개편하였던 점을 알 수 있다. 이때 효성왕의 계열이었던 신충이 소홀하게 대접된 것이다. 그래서 신충은 〈怨歌〉를 지어 효성왕과 약속했던 자리에 있던 잣나무에 붙였고, 잣나무는 말라버렸던 것이다.

『三國遺事』의 기록을 그대로 믿을 수는 없지만, 역사 기록에 의하면 이 후 신충은 효성왕의 부름을 받게 되니 〈怨歌〉의 주술력은 증명된 것이다.

---

18) 上同, 卷二 紀異, 水路夫人條
19) 上同, 卷三 塔像, 芬皇寺千手大悲 盲兒得眼條
20) 三國史記, 卷九 新羅本紀, 孝成王條

2.4.3. 處容歌에 드러난 呪術的 性格

『三國遺事』에 전하는 〈處容歌〉의 노랫말에서는 주술적 의미가 전혀 드러나지 않는다. 현대어 풀이를 하고 작품 감상을 하고자 한다.

> 서울 밝은 달밤에
> 밤 깊도록 놀고 지내다가
> 들어와 잠자리를 보니
> 가랑이가 넷이로구나
> 둘은 내 것이지만
> 둘은 누구의 것인가
> 본래 내 것이다마는
> 빼앗긴 것을 어찌하리오.

헌강왕대에 왕정을 보좌하던 처용이 밤늦도록 놀다가 집에 돌아오니 역신이 그의 아내를 범함을 보고 지어 부른 노래이다. 언뜻 외설적인 느낌을 갖게 하기도 한데, 전반부의 상황 설정은 후반부에서 보여주는 처용의 태도를 부각시켜 신격화하기 위한 극한 상황 설정으로 이해할 수도 있을 것이다.

제 아내가 외간 남자와 자고 있는 것을 보고도 노래 부르며 춤을 추며 물러간 처용의 태도에, 역신 스스로 잘못을 자백하고 감복하게 된다는 것이 〈處容歌〉의 배경설화에 드러난 내용이다. 처용의 이러한 관용적인 태도는 이 노래의 절정을 이루며 처용의 초극적인 이미지를 부각시키게 된다. 하지만 노래 자체에는 주문이 전혀 드러나지 않고 있기 때문에 여러 가지 다양한 해석이 있어 왔다.

해석에 앞서 〈處容歌〉의 노래 내용을 살펴보면 1~4행은 처용의 유락과 그의 처가 외간 남자와 교접하는 장면이 외설적으로 그려져 있다. 고려가요에서 느껴지는 남녀상열지사의 노래이다. 그러나 작품의 후반부에 해당하는 5~6행에 오면 처용의 갈등과 대결의식이 나타난다. 이러한 의식이 7~8행에 이르러 처용의 관용적 정신의 발현으로 작품이 끝을 맺는다.

이러한 작품 구조를 가지고 있기에 이 노래에 대해서는 불교적인 해석, 사회·역사적인 해석 등 여러 가지로의 해석이 분분하지만, 축사와 벽사진경의 노래로 이해하는 것이 정설이다. 따라서 주술적인 노래의 성격을 지니고 있다고 할 수 있으며, '壁邪進慶'을 위해 신라에서는 처용의 가면을 대문에 걸어두는 풍습이 있다고 하니 당시의 풍속과도 연관이 있다 할 것이다.

신라 향가 〈處容歌〉의 이해를 위해서는 고려가요 〈處容歌〉와 비교하여 이해하는 것도 작품의 이해에 도움을 준다. 작자 미상의 고려 가요 〈處容歌〉는 非聯詩로써 희곡적 구성을 가지고 있다. 향가 〈處容歌〉와는 달리 역신 구축과 벽사진경의 목적과 과정이 작품의 핵심을 이루고 있으므로 주술성을 바탕으로 한 무가적인 특성이 지배적이라고 보는 데는 별 이견이 없다.

신라의 향가인 〈處容歌〉가 고려에 와서 궁중의 나례와 결부되어 處容戲, 處容舞로 발전되었다. 조선 시대에 들어와서는 除夜에 驅儺禮를 행한 뒤 두 번 처용무를 연주하여, 그 歌舞와 노래가 질병을 몰아내는 呪術的 양식으로 바뀌었다. 이러한 이유는 이미 신라 향가 〈處容歌〉가 주술적 노래였기에 가능한 일이었다. 신라 때 이미 그 주술성이 증명되었기에 처용은 우리 민속에서 계속하여 축사와 벽사진경의 장치로 기능하였던 것이다.

2.5. 佛敎文學的 性格

역사 기록에 의하면 우리나라에 불교가 전래된 것은 4세기말로서 당시 고구려·백제·신라는 부족연맹체를 벗어나 강력한 중앙집권적 군주국가로 도약하려 하고 있던 때이다. 이러한 때에 불교라는 새로운 종교가 들어와 종래의 씨족중심적 세계관과 종교관을 대체하는 보편적 윤리와 이념을 제공하게 된 것이다.

고구려의 불교는 372년(소수림왕 2)에 중국 전진의 왕 符堅이 順道라는 승려와 더불어 불상과 경전을 보내온 것으로부터 시작되었다. 같은 해에 왕은 太學을 세워 유학을 공부하게 했으며 율령을 반포해서 중앙집권적 국가로서의 기반을 다졌다. 백제의 경우는 침류왕 원년(384)에 동진으로부터 마라난타라는 승려가 와서 불법을 전했으며, 신라는 눌지왕 때(417~458) 이미 불교가 들어왔으나 국가적 공인을 받지 못하다가 우여곡절 끝에 법흥왕에 의해 공식적인 인정을 받게 되었다(527). 그러므로 삼국 중 신라에서 불교는 가장 늦게 받아들여진 것이다.

삼국에 있어서 불교의 전래는 단순한 종교적 의미를 넘어서서 엄청난 문화적·정치적·사회적 변화를 의미하는 사건이었다. 불교와 더불어 종래의 무속적 신령 숭배와는 달리 불상으로 뚜렷하게 형상화된 숭배 대상이 생겼으며 세속인들과는 뚜렷이 구별되는 승려들과 승가공동체, 심오한 철학적 사상을 담은 경전들, 계율에 근거한 새로운 보편적 윤리관, 그리고 건축·공예·학문·서예 등 대륙의 문물이 함께 들어온 것이다. 승려들은 당시 가장 개명된 지식인들로서 외교문서를 작성하는 등 왕의 참모로서의 역할까지 수행했던 것이다.

불교가 처음 전래되는 과정에서 가장 먼저 당시 지식인의 삶에 커다란 영향을 끼친 것이다. 초기 불교를 적극적으로 받아들인 주체 역시 국가였으며, 이러한 불교 전래의 성격상 당시 승려는 사회의 지배 계층에 해당되었다고 볼 수 있다. 승려 역시 왕건의 강화와 귀족사회의 공공화에 기여하였다고 볼 수 있다. 다시 거론하겠지만 이것이 통일신라 이후에는 민중들의 삶과 더욱 공고해져 간다.

삼국 가운데서 불교를 국가 발전의 힘으로 삼아 급기야 삼국통일의 대업을 이룬 것은 불교를 가장 늦게 받아들인 신라였다. 반도의 동남쪽에 위치해서 중국 대륙과의 문화적 접촉에 가장 불리했던 신라였으나 일단 불교가 공인된 후 왕실은 불교를 적극 지원하고 정치적으로 활용했다. 법흥왕의 대를 이은 진흥왕은 백성들의 출가를 허락했으며, 스스로도 말년에 法雲이라는 법명으로 승가의 일원이 되었고 왕비도 뒤를 따랐다고 한다.

이것은 왕법과 불법의 일치를 보여주는 상징적 행위로서 국가 종교로서의 불교의 위치를 말해주는 것이었다. 법흥왕부터 시작하여 진덕여왕에 이르기까지의 기간을 불교왕명시대라고 부를 정도로 왕실은 백정·마야·승만 등과 같은 불교 이름들을 가족들의 이름으로 사용하여 자신들의 권위를 높이고 스스로를 불법의 수호자로 과시했던 것이다. 국토를 확장하고 국력을 신장시키는 데 결정적 역할을 한 진흥왕은 국가적 사찰인 황룡사를 지었으며 왕자들의 이름을 불교의 전설적인 이상적 군주인 轉輪聖王이 지닌 보물인 금륜·동륜이라 지어서 스스로 전륜성왕을 자처한 것으로 보인다.

진흥왕 대에는 화랑제도도 창시되었는데 화랑도는 미륵신앙과 밀접히 연결되어 있었다. 삼국통일의 중추적 역할을 한 화랑 김유신을 따르는 무리는 龍華香徒라 불렸는데, 용화수는 미륵불이 출현할 때 그 밑에서 성불한다는 나무 이름이다. 이는 말하자면 신라가 미륵불의 출현과 더불어 이루어질 정토와도 같다는 생각이었음을 시사하고 있는 것이다. 신라 사회의 이러한 불교의 영향은 모든 삶에 영향을 끼쳤고, 불교 예술의 성행을 가져왔다. 문학 역시 이로부터 자유로울 수 없었으며, 당연히 향가 작품 14수 중에는 이러한 불교적 영향과 무관한 작품을 찾아볼 수 없는 것이다.

신라의 이러한 불교적 세계관의 배후에는 圓光·慈藏과 같은 뛰어난 승려들이 있었다. 원광은 진평왕 22년(600)에 중국으로부터 귀국하여 진평왕 31년(608)에 고구려가 신라 변경을 침범하니 왕의 요청으로 수나라에 군사적 도움을 청하는 乞師表를 작성한 일이 있으며, 신라의 청년들을 위해 이른바 世俗五戒를 지어주기도 했다. 전통적인 불교의 오계와는 달리 세속오계는 유교적 덕목인 충·효를 강조하며 臨戰無退와 같이 군사적 용맹을 강조하는 내용도 담고 있다.

자장법사는 진골출신의 귀족으로서 636년 당에 유학하여 9년간 공부하고 귀국해 大國統이라는, 승려들을 총괄하는 중책을 맡았다. 그는 통도사에 戒壇을 설치했으며 승려들로 하여금 계율을 엄격히 지키도록 했다. 그는 나라의 번영과 평화를 기원하는 뜻으로 신라 불교의 중심지였던 황룡사에 9층탑을 세우려고 했다.

살펴본 바와 같이 불교가 처음 들어왔을 때에는 그 기능적인 관심 속에서 불교를 숭상했으며 깊은 교리적 이해는 없었던 것으로 보인다. 그러나 많은 승려들이 중국에 유학하여 중요한 경전들을 배우고 돌아오는가 하면 어떤 승려들은 중국이나 일본에서 명성을 떨치기도 했다. 고구려의 승려 僧郎은 중국 삼론 사상의 형성에 중요한 역할을 했으며 慧灌이라는 고구려 승은 일본으로 가서(635) 일본 삼론종의 창시자가 된 것으로 보아 고구려에는 삼론학이 특히 성했던 것 같다.

백제에서는 율학 연구가 특히 발달했던 것으로 보인다. 백제의 승려 謙益은 521년에 인도에 가서 소승의 논서와 율서를 많이 가지고 와서 72부에 달하는 율에 관한 문헌들을 번역했다고 한다. 백제의 율학이 번성함에 따라 일본으로부터 비구니들이 율학 연구를 위해 백제에 오기도 했다는 기록이 남아 있다. 당시 백제와 일본은 친밀한 관계에 있었으며 일본에 불교를 전수한 것도 백제의 성왕이었다(522). 율학에 정통한 백제 승려 慧聰은 588년에 일본으로 건너가 고구려 승려 慧慈와 더불어 유명한 쇼토쿠 태자의 스승이 되었다.

신라에서도 원광·자장의 귀국과 더불어 7세기 전반부터 경전과 교학 연구가 활발히 전개되었으며 삼국통일을 전후로 하여 활약했던 승려 義湘·元曉에 이르러 신라의 교학은 극치를 이루었다. 의상은 중국 화엄의 제2조인 지엄의 문하에서 화엄사상을 대성한 법장과 더불어 공부하면서 두각을 나타내다가 귀국하여 한국 화엄종의 창시자가 되었다. 그후 화엄종은 줄곧 한국불교에 지대한 영향을 미치게 되었다. 그의 저서로서 화엄사상의 핵심을 210글자를 圖像으로 배열하여 나타낸 『華嚴一乘法界圖』가 유명하다.

원효는 의상과 더불어 중국 유학길에 올랐다가 萬法唯心의 진리를 직접적으로 체험하는 계기를 가진 뒤 중도에서 유학을 포기하고 돌아와 국내에서 교학의 대가가 되었다. 그는 당시에 알려졌던 거의 모든 중요한 경전들에 주석서를 쓰다시피 했으며 독특한 和諍의 논리로써 경전에 나타난 다양한 사상들을 조화시켰다. 그의 『華嚴經』 주석서와 『大乘起信論』 주석서는 특히 유명하며, 중국 화엄학에까지 중요한 영향을 주었다. 또한 『金剛三昧經』에 대한 그의 연구는 높이 평가되어 인도 논사들의 저술처럼 '論'의 칭호를 받을 정도였다.

원효는 교학뿐만 아니라 파계한 후 대중 포교활동에도 힘썼다. 원효를 비롯한 많은 신라 승들은 정토 경전에 대한 주석서를 썼으며 정토신앙을 보급하는 데 앞장섰다. 신라시대 이래 정토신앙은 비록 한 독립된 종파를 이루지는 않았으나 미륵신앙과 더불어 대중적 신앙으로 널리 퍼졌다. 삼국 통일 이후 고구려와 백제 불교의 영향을 이어 받아 독자적인 불교 세계를 구축하였던 원효의 영향이 향가 문학에 가장 크게 나타나고 있는 것이다.

신라는 8세기말부터 지배계급의 내분과 지방 호족들의 발호로 사회적 혼란기에 들어갔으며 불교계도 침체에 빠졌다. 우연의 일치인지 모르겠지만 불교의 침체는 신라의 몰락을 가져왔으며, 향가 문학의 종언으로 이어졌다. 이와 같이 향가 장르와 불교는 밀접한 영향 관계 속에서 발전하여 왔다. 그러므로 향가 작품의 불교 문학적 성격은 논제가 될 수 없을 수 있다. 그러나 위에서 밝힌 바대로 분석을 위한 분류이므로 향가 작품 중 불교 사상적 측면이 강하게 드러난 작품을 불교 문학적 성격이라 정의하고자 한다.

불교적인 측면을 보이는 향가로는 彌勒下生信仰을 바탕으로 한 〈兜率歌〉, 극락왕생을 노래하며 淨土思想을 표현한 〈願往生歌〉, 觀音信仰을 바탕으로 현세의 소망을 기구하는 〈禱千手大悲歌〉, 華嚴思想을 바탕으로 한 〈普賢十願歌〉 등이 있다. 그러나 본 논의의 범주가 『三國遺事』 소재 향가 14 작품에 국한되고 있으므로 〈兜率歌〉, 〈願往生歌〉, 〈禱千手大悲歌〉 등 이 세 작품을 가지고서 불교 문학적 성격을 논하고자 한다.

2.5.1. 願往生歌에 드러난 佛敎 文學的 性格

佛敎의 목적은 궁극적으로 覺에 있고, 그 覺의 대상은 어디까지나 一切의 衆生들인 것이다. 다시 말하자면 미망의 一切衆生들이 진리를 갈고 닦아서 깨달으면 곧 부처가 된다는 것이다. 이는 모든 衆生이 부처가 될 수 있는 씨앗을 가지고 있다는 이야기도 된다. 이것이 이른 바 '一切衆生悉有佛性'이란 불교의 당위적 논리의 근거이다.

따라서 부처는 이미 스스로 닦아서 깨우친 자로 自覺佛이라고 칭해야 되며, 衆生은 미래에 깨달을 것이나 아직은 깨닫지 못한 부처란 뜻에서 未自覺佛이라고 불러야 된다. 따라서 사파의 衆生은 모두가 自覺의 선후

는 있을망정 언제인가는 자각하여 부처가 될 것이다. 그런 의미에서 佛
敎는 고통 속에 사는 衆生에게 깨달으면 누구나 부처가 된다는 미래의
꿈을 안겨주는 사상이 깔려 있다.

　천체인 우주는 상상을 초월할 만큼 넓고 크다. 그 끝이 보이지도 않
고, 느낄 수도 없는 이 넓은 우주 속에 존재한 세계를 우리가 다 안다고
누구도 단정을 못한다. 만약 우리들이 모르는 세계가 우주 속에 있다면
언제인가 종교로만이 아니라 과학으로도 밝혀질 날이 올 것이다.

　불교의 우주관도 무한의 세계이다. 불교에서 우주는 우선 欲界, 色界,
無色界가 있고, 欲界에는 다시 六天 곧 四王天, 忉利天, 耶摩天, 兜率天,
化樂天, 他化自在天이 있다는 식이다. 色界, 無色界도 또한 이와 마찬가
지이다.

　佛敎의 우주관에서 閻浮提로 불리는 중생이 사는 세상이 우리들의 세
계이다. 佛敎에서 또한 이 자각하지 못한 衆生이 사는 세상을 穢土라 이
르고 반대로 자각한 부처가 사는 세상을 佛土 또는 淨土라 이른다. 소박
한 해석으로 佛土는 부처가 사는 땅으로 그 나라 백성은 生老病死를 초
월해서 그 수명이 무한하며 苦가 없이 安樂을 누리고 사는 사람들의 땅
이고, 淨土 또한 煩惱와 苦가 없는 깨끗하고 청정한 安樂의 樂土라는 뜻
일 것이다. 이 淨土의 백성은 깨달았기에 身·口·意가 청정한 사람들이
다. 그러므로 깨달은 부처들이 사는 佛土가 곧 淨土인 것이다. 따라서
불자들의 궁극적 소망은 淨土의 입성에 있는 것이다.

　이 넓은 우주에 지구와 같은 생명체가 사는 혹성이 존재할 가능성이
과학적으로 있을 수 있듯이, 이미 깨달은 청정한 백성들만이 사는 부처
가 다스리는 나라 곧 淨土 역시 우주의 여러 층과 사방 팔우에 상당수가
있다고 불가에서는 생각하고 있다. 예를 들면, 阿彌陀佛이 다스리는 西
方淨土, 樂師佛의 瑠璃光淨土, 觀世音菩薩의 補陀落淨土, 彌勒菩薩의 兜
率淨土, 우주의 八方과 上下에 있다는 十方淨土 등이 그것이다. 이 중에

우리 배달 겨레와 가장 친근하고 잘 알려진 대표적인 淨土가 阿彌陀佛의 西方淨土와 彌勒菩薩의 兜率淨土이다. 특히 阿彌陀佛의 西方淨土가 이 나라 불자들이 생각한 極樂인 것이다. 西方淨土의 阿彌陀佛은 샨스크리스트어의 음독으로, 뜻으로 말하면 無量壽佛, 無量光佛이다. 지금 경전에 阿彌陀佛은 '아미타브아(Amitabha), 아미타요스(Amitayus)'로 되어 있다. 'Amita'는 그 뜻이 '無量'이란 말이고 'bha'는 '光', 'yus'는 '壽'이므로 阿彌陀佛을 無量光佛, 또는 無量壽佛이라 칭한 것이다. 이 阿彌陀佛은 또한 彌陀佛이라고도 말한다. 이와 같이 阿彌陀佛이 다스리는 西方淨土가 있듯이, 우주에는 또한 彌勒佛이 다스리는 彌勒淨土가 있는 것으로 믿고 살았던 때가 있었다.21)

현실의 고통에 시달린 사파의 중생은 고통이 없고 청정하고 깨끗한 땅 淨土가 넓은 우주의 어딘가에 반드시 있고, 이 사파의 세상을 벗어나서 그곳에 태어나 살기를 염원했다. 곧 더러움으로 점철된 穢土의 저 건너편에 一切衆生을 구제할 깨끗하고 안락한 淨土라는 이상세계가 있고 그곳의 백성이 되는 꿈을 가지고 자기를 닦고 살았던 사상이, 소박하게 설명하여 말하자면 불교의 淨土思想이다.

이러한 정토사상에 기초하여 이루어진 작품이 〈願往生歌〉이다. 노래의 제목에서 보여주듯이 원왕생의 의지가 노래에 담겨 있는 것이다. 작품의 현대적 풀이는 다음과 같다.

> 달님이시여 이제
> 서방정토까지 가시려는가
> 무량수불 앞에
> 알리어 여쭈옵소서
> 맹세 깊으신 부처님께 우러러

---

21) 韓普光譯, 淨土學槪論(坪井俊英著), 弘法院, pp.22~53.

> 두 손 모아서
> 왕생을 원합니다, 왕생을 바랍니다 하며
> 그리워하는 사람이 있다고 사뢰옵소서
> 아아, 이 몸을 버려두고
> 마흔 여덟 가지 큰 소원을 이루실까.

이 노래는 부처로 대변되는 달에게 의탁해서 서방정토에 가기를 소원한 신앙의 노래이다. 이 노래에서 달의 의미는 매우 중요한데, 달은 광덕이 발 딛고 서 있는 차안과 아미타불이 계신 피안의 서방정토를 오고 갈 수 있는 佛法의 使者인 것이다. '願往生'이란, 왕생극락을 원한다는 말로서, 곧 죽어서 서방정토에 태어나기를 기원하는 것이다.

이 노래는 소위 아미타불의 48 대원을 중심으로 노래한 것인데, 그것은 아미타불이 부처가 되기 전에 만일 자기가 부처가 된다면 48 가지 일을 완전히 성취하겠다고 한데서 유래된 말이다. 불교적이면서도 신앙에의 갈등이나 초조와 갈망이 자신의 공덕을 시험해 보고 싶은 자긍심과 함께 섬세하게 나타난 작품이다.

노래에 간직된 가사의 뜻은 소박하고 솔직하다. 그러나 염불을 외워서 서방정토에 가서 태어나겠다는 생각은 그 자체가 학식에 물들어 있는 비판적인 정토관보다 더욱 서민적이고 또 진실한 종교적 발상이라고 볼 수 있다. 살펴본 바와 같이 〈願往生歌〉는 정토에 극락왕생하기를 바라는 불심의 표현이 진솔한 작품으로 불교 문학의 정수를 보여준다고 하겠다.

2.5.2. 兜率歌에 드러난 佛敎 文學的 性格

〈兜率歌〉는 배경담에서 이야기의 결과로 보면, 두 해가 나타난 하늘이 내린 재앙을 시가를 창작해서 물리쳤으니 주술과 연계 지을 여지는 충분하다. 그러나 〈兜率歌〉의 노랫말 자체 속에는 위에서 말했던 〈龜旨歌〉나 〈海歌詞〉에 드러난 주술적 요소는 찾을 수가 없다. 우선 이 〈兜率歌〉는 형식이 4구체로 민중이 주체인 민요체의 형태를 취하고 있다.

그러나 〈兜率歌〉가 집단인 민중이 주체가 되어서 불러진 노래라는 점은 배경설화나 시가의 내용에서 그 요소가 뚜렷이 드러나 있지 않다. 곧 〈兜率歌〉는 작가도 여러 군중이 아닌 개인인 月明師다. 따라서 군중이 주체인 서사적 성격의 시가라기보다는 개인이 자신의 감정과 정서를 표출한 서정적 시가이다. 다음에 '二日竝現'의 재앙을 해결하기 위한 행동적 작위가 없다. 다시 말하면 〈龜旨歌〉에서 행해졌던 '掘峯頂撮土'나 〈海歌詞〉에서 '以杖打岸'과 같은 작위의 실제적 행위가 없다는 점이다. 또한 우리가 가장 눈여겨보고, 놓치지 않고 주시할 점은 〈兜率歌〉의 내용 어디에서도 두 해 가운데 하나를 사라지도록 비는 주술을 통한 소원이나 기원이 들어 있는 기도문이 아니라는 점이다.

이러한 점으로 미루어서 月明師의 〈兜率歌〉는 '言力'의 힘이나 신통한 주술에 의해서 일어난 재앙을 물리치는 단순한 주술가로 생각해서는 안된다. 이 〈兜率歌〉에는 당시 신라인들이 공덕을 쌓고 彌勒座主의 뜻을 좋아서 바르게 살아가는 옳고 바른 길을 되찾고, 백성 모두가 꿈을 가지고 차원 높은 이상세계를 합심하여 만들고자 한 간절한 신라인의 소망과 교훈이 들어 있는 시가로 생각할 수 있다. 따라서 〈兜率歌〉를 지금까지 주술적 시가로 이해한 시각은 재고되어야 한다고 생각한다.

月明師는 자신이 스스로 밝힌 대로 한때 나라의 장래를 짊어지고 봉사하는 데 앞장섰던 화랑이었고, 지금도 사파세상의 신라인들을 위해서 제도에 힘쓴 고명한 불자이다. 또한 月明師는 고승 能俊大師의 제자로 덕이 높은 지성인이고, 배경설화에서도 보여주듯이 주술에 대한 고운 시각을 가졌던 사람이 결코 아니다. 그러므로 〈兜率歌〉는 二日竝現의 재앙 퇴치를 위한 단순한 주술가가 아니고 그 이상의 다른 의미를 분명히 가지고 있는 시가이다.

　또한 一然이『三國遺事』를 편집하면서 〈月明師 兜率歌條〉를 卷五의 ‘感通’에 넣고 있는 편집의 태도이다. 곧『三國遺事』의 卷五는 내용과 주제를 참작해서 神呪, 感通, 避隱, 孝善으로 4분야로 나뉘어져서 편집되어 있다. 그런데 이 4분야에서 〈月明師 兜率歌條〉는 첫째 ‘神呪篇’에 들어있지 않고 둘째 분야인 ‘感通篇’에 들어 있는 것이다. 神呪篇에 密本摧邪, 惠通降龍, 明朗神印의 세 이야기가 들어 있는데 요사스러운 귀신 쫓는 이야기다. 귀신을 쫓는 방법과 방책은 고승들이 등장해서 神呪의 言力을 사용하고 있다. 그러나 感通篇은 〈善桃聖母隨喜佛事〉, 〈郁面婢念佛西昇〉, 〈廣德嚴莊〉 등 10개의 이야기로 되어 있으며, 이들은 〈廣德嚴莊條〉에서와 같이 대부분 불도의 성취에 대한 진지한 교훈적 내용으로 되어 있다. 이 점으로 미루어 一然도 〈兜率歌〉를 神呪 위주의 주술가로 생각하였던 것이 아니고, 불자가 도를 닦는 일종의 道場의 이야기로 이해한 것으로 생각한다. 一然이 이러한『三國遺事』의 편집과 태도의 맥락에서도 〈兜率歌〉는 지금까지 이해한 대로 단순한 주술가만은 아니라고 생각한다.

　龍華徒는 彌勒을 따르는 무리이자, 곧 龍華世界를 건설할 일꾼이다. 그래서 〈兜率歌〉는 龍華徒인 月明師가 龍華世界를 건설하고자 하는 외침이요, 그 방책을 노래한 시가로 생각할 수 있다. 그러나 月明師가 바라는 龍華世界는 죽은 뒤에 찾아갈 내세가 아닌 점을 기억해야 된다. 신라인들 모두가 바른 덕을 닦고 깨우쳐서 현실의 조국 신라를 정토화하는 것이 月明의 꿈인 것이다. 이것이 이른바 신라의 佛國土化이기도 하다. 그 일은 백성부터 임금까지 신라인 모두가 합심하여 공덕을 쌓는 일이 관건임을 지적한 것이다. 그러므로 〈兜率歌〉의 궁극적 창작 목적은 신라의 彌勒淨土化에 있었다. 따라서 月明師가 〈兜率歌〉에서 외친 정토사상은 피안으로 진입하려는 소승적 기복사상이 아니라 백성들 전체가 깨달음을 통해서 이루어질 대승적 불국토화이다.

〈兜率歌〉를 주술가로 보지 않는 이유는 작가 月明師가 자신을 주술승으로 인정하지 않고 있다는 점이다. 곧 景德王이 '二日並現'의 괴사를 물리치기 위해서 '開壇作啓'하라는 청을 받고 月明師는 '臣僧但屬於國仙之徒 只解鄕歌 不閑聲梵'이라고 답함으로써 자신의 신분은 화랑으로 주술의 노래는 짓지 못함을 분명히 하고 있다. 또한 一然이 〈兜率歌條〉를 『三國遺事』의 卷五에다 편집하면서 '神呪'조에 넣지 않고 '感通'조에 소속시킨 점도 이유의 하나이다. '神呪'조는 내용이 言力에 의한 귀신 쫓는 이야기이고, '感通'조는 〈廣德嚴莊〉조와 같이 주로 불자들의 정진에 대한 교훈담이기 때문이다.

月明師는 〈兜率歌〉에서 '二日並現'의 괴사를 물리치는 일은 주술이 아니고 임금과 백성이 산화공덕을 쌓은 일이라고 방책을 제시하고 있다. 그 산화공덕은 곧 임금은 임금답게 백성은 백성답게 도를 닦는 길인 것이다. 공덕을 쌓아서 이루어진 세상만이 신라인이 바라는 극락의 땅인 정토라는 뜻이다. 그 정토의 임금은 앞으로 이 세상에 찾아오실 彌勒佛로 달리 말하자면 到來佛이기도 하다. 불교에서 彌勒은 현재 龍華世界에 살고 있는 미래불이고 구원불이다. 신라는 한때 金春秋라는 미륵을 따라서 彌勒淨土를 이룩했었다. 그러나 그 정토가 景德王이 다스리는 8세기 말에 이르러 무너져 가고 있다고 생각한 것이다. 그 징후와 조짐이 '二日並現'인 것으로 月明師는 생각하고 임금과 백성에게 바른 길 곧 도를 닦을 것을 권하는 시가가 〈兜率歌〉라는 생각이다.

따라서 〈兜率歌〉는 불교의 淨土思想, 그 중 彌勒思想의 바탕 위에서 이루어진 노래이다. 그러나 하나 주의할 일은 신라의 정토사상은 순수한 종교적 來世觀으로써 정토의 진입에 대한 희원이기보다 깨끗하고 청정한 현실 세계의 정토화에 더 역점을 두고 있다는 점이다. 신라인은 깨달으면 곧 그곳이 정토라는 생각을 가지고 살았다는 생각이다. 그래서 신라인의 삶의 진정한 목적은 조국 신라의 불국토화에 있었다. 지금 경주의 불국사도 신라의 불국토화에 대한 소망에서 사찰의 이름이 지어진 것이 아닌가 한다.

〈兜率歌〉에서 月明師는 穢土의 탈출을 외친 것이다. 龍華徒가 점차 사라져 가고 있는 신라에 龍華世界가 다시 이루어져야 되며, 그것은 彌勒의 등장만이 가능하게 한다는 생각이다. 이 彌勒이 龍華徒를 이끄는 신라의 지도자상이다. 신라인이 모두 龍華徒가 되려면 이끄는 교주는 彌勒과 같은 지도자이어야 된다. 그래서 신라가 佛國土가 되는 제일의 임무는 지도자인 왕에게 있고, 그 방편은 功德을 쌓고 道를 여는 데 있다는 생각이다. 그 도가 산화공덕인 것이다. 또한 이 산화공덕만이 신라와 신라의 백성을 청정한 정토로 입성시킬 것이다.

따라서 月明과 新羅人의 佛敎觀, 그 중 淨土思想은 결코 혼자만이 道를 닦고 저 먼 彼岸 곧 極樂의 入城에 목표가 있는 것은 아니다. 그것은 어디까지나 新羅人 모두가 깨닫고, 모두가 安樂한 세상 속에서 極樂의 기쁨을 함께 누리는 데 있다. 다시 말하면 신라는 佛國土로 만드는데 그들의 참뜻이 있었다는 생각이다.

2.5.3. 禱千手大悲歌에 드러난 佛敎 文學的 性格

일연이 〈芬皇寺千手大悲盲兒得眼〉조를 찬술하고 『三國遺事』의 탑상편에 이를 상재한 이유는 무엇보다 불교의 '觀音思想'을 알리는데 목적이 있었다고 생각한다. 불교가 B.C. 372년에 우리나라에 들어와서 우리 겨레의 삶을 여러 면에서 지도하고 영향을 끼치었다.

그 중 가장 민중과 가까웠던 불교사상이 극락왕생의 정토사상과 구원과 제도사상인 관음사상이다. 이 중에서도 민중의 가슴속에 뿌리가 깊게 내린 것이 관음사상이다. 따라서 관음보살이 우리 민중에게 가장 가까이

서 가장 크게 영향을 준 가장 큰부처이다. 우선 이 글을 상재한 이유는 무엇보다 이 관음사상의 불력을 알리는 데 있다. 그리고 중생에게 관음을 알게 함으로 번뇌를 물리치고 행복을 맞이할 수 있음을 가르치는 데 상재의 목표가 있다.

이제 문제는 관음사상의 실체가 무엇인가이다. 먼저 관음사상의 이해에 앞서 이 사상의 주체인 관음보살의 이해가 있어야 한다. 관음보살은 관세음보살·관자재보살·천수대비보살, 천수관음보살·천안관음보살 등 33신으로, 그 모습부터 자유자재로 변화된 모습을 나타내면서 중생을 구원하는 보살이다. 이 중 聖觀音菩薩이 원형적인 관세음보살이다. 곧 우리가 일반적으로 말하는 관세음보살이 성관세음보살이다. 이 관세음보살은 菩薩道를 행하면서 지극한 誓願을 세우고 보살이 되었다.

> 중생이 갖가지 공포와 고뇌로 憂愁孤窮하여 구호를 받지 못하고 아무 일도 할 수 없을 때, 만약 나를 念하고 나의 이름을 칭한다면 나는 어느 곳에서라도 천 개의 귀를 갖고 들으며 천 개의 눈을 갖고 보아서 그들의 고뇌를 구제할 것이다. 만약 한 사람이라도 이 고뇌를 피할 수 없는 사람이 있다면 나는 영원히 성불하지 않겠다(悲華經)22)

이 서원의 내용으로 보아서 관음보살은 부처가 되려는 진정한 목적이 극락정토에 왕생한다거나 성불 그 자체가 목적이 아니고 裟婆세상에 있는 중생의 구원에 목표가 있었다. 관음보살은 '관세음보살'을 念하며 구원을 청하는 중생을 돕자니 손이 하나씩 늘어나서 천 개의 손이 되어 千手菩薩이 되었다. 또한 구원받을 중생을 두루 살피고 찾자니 본래의 눈보다 늘어나기 시작해서 천 개의 눈을 가진 보살이 되니 千眼菩薩인 것이다. 곧 관음보살은 자기를 살찌게 위해서 무엇이나 먹어치우는 입이

---

22) 김현준, 관음신앙·관음기도법, 도서출판 효림, p.28.

수없이 늘어난 보살이 아니라 남을 도와주기 위해서 눈, 손, 귀가 늘어
난 구원의 보살이다. 또한 관세음보살의 '觀世音'은 말하자면 세상의 소
리를 듣고 보는 보살이다. 세상의 소리를 듣고 본다는 것은 사파세계에
서 번뇌로 허덕이는 범부의 고통의 소리를 귀담아서 듣는다는 의미이다.
그래서 관음이 듣는 소리를 상징적으로 해석하자면 세상의 여론이다. 민
주주의가 행해지고 있는 오늘의 사회에서도 고통받는 국민이 없으려면
대통령은 세상의 소리 곧 여론을 잘 듣고 고통을 풀어나가야 한다. 이와
같이 중생의 고통소리를 듣고 그 고뇌를 풀어주는 부처가 곧 관음보살이
다. 관세음보살은 중생이 이루고자 하는 소망을 빌면 어머니처럼 들어주
고 해결해주는 보살이다. 그래서 중생은 관세음보살을 따뜻한 마음을 가
진 어머니보살로 또한 대한다. 그래서 경남 금산의 보리암, 강원도의 낙
산사, 강화도 마니산의 한국 삼대 기도처에 있는 기도의 대상이 된 불상
은 모두 관음보살인 것이다.

〈芬皇寺千手大悲盲兒得眼〉은 눈 먼 아이가 눈을 뜬 이야기를 예로 들
어, 천수관음의 보살행을 보여주므로 관음사상의 실상을 알리는 관음보
살의 중생 구원담이다. 곧 일연이 중생의 번뇌를 관음에 의존해서 벗어
나는 길을 제시한 글이 곧 〈芬皇寺千手大悲盲兒得眼〉조이다. 이 글의 주
체로 등장한 천수관음은 관음보살 33신 중에서도 가장 구원의 실천이
강한 보살로 손이 천 개인 천수보살이다. 자비로움이 크기 때문에 천수
대비라고도 이른다. 천수관음의 실체는 아래와 같다.

    천수관음은 일체중생을 이익되게 하고 안락하게 하리라는 서원을 발
하여 천 개의 손과 천 개의 눈을 구족하게 되었다고 한다. 여기서의 천
이라는 수는 무한을 의미하며, 관음의 절대적인 대비심과 교화의 힘을
구체적으로 표현한 것이다. 이 천수관음은 여러 관음들 중에서 가장 힘
있는 구제자로 신봉되고 있다. 그런데 탱화로 모실 때는 1천 개의 손과
1천 개의 눈을 모두 묘사하지만, 조각상으로 모실 때는 이들 모두를 묘

사하는 것이 무리가 있으므로 42수(手)만 표출시키는 경우가 많다. 42
수 중 합장한 두 손은 본래 가지고 있는 것이고, 그밖의 40수는 그 하나
하나의 손이 25유(有)의 중생을 제도하므로 40 × 25 = 1,000수가 되는
것이다. 여기서의 25유는 지옥부터 천상까지의 육도중생을 보다 자세히
분류하여 25계층으로 나타낸 것이다.23)

위 예문의 내용대로 천수관음은 중생을 구제하지 못하면 부처가 되지
않겠다고 誓願을 세우고 부처가 된 보살이다. 그러므로 천수관음보살의
불호를 외치면, 그 외친자의 소망을 들어주어야 한다. 그것은 관음보살
의 誓願24)이었고, 그 서원대로 부처가 되었다. 따라서 자비를 베풀어
중생을 돕는 일은 관음보살의 임무이며 의무이기도 하다. 그러므로 관음
사상은 현세를 떠나서 내세에 가서 극락왕생하려는 미래 사상이 아니고,
현세에서 拔苦悅樂을 추구하는 현실사상이라고 할 수 있다. 이러한 사상
이 〈禱千手大悲歌〉의 작품화에 기반하고 있는 것이다.

---

23) 上同, p.54～55.
24) 불자는 誓願을 세우고 佛門에 입문해야 한다. 관세음보살도 불문에 입문하면서 '내
   이름을 부르며 도움을 청한 중생의 소망을 이루어주기 위해서 부처가 되리라'고 서
   원을 세우고 부처가 되었다. 그러므로 관음보살이 불문에 들어온 목적은 극락왕생
   에 있지 않고 중생구제에 있었다. 그래서 관세음보살은 현세에서 구원의 보살행을
   행하고 있는 것이다. 대승불교의 진정한 목표는 자기가 세운 서원의 성취에 있다.
   그러므로 불자는 일반적으로 四弘誓願을 세우고 입문해야 한다.

3. 鄕歌의 形式

3.1. 4구체·8구체·10구체 形式으로의 誤謬

향가의 복합장르적 성격이 향가의 형식을 규정하는데 많은 어려움을 수반하고 있다. 실제 현전하는 향가가 공통적으로 가지고 있는 형식적 특징은 단장체라는 사실 하나 뿐이다. 이러한 특성 역시 고대 시가 문학의 일반적 특성에 지나지 않으므로 향가의 형식이라고 규정하기에는 무리가 있다.

부언하여 설명하면 우리가 4구체라고 부르고 있는 향가 작품과 10구체라고 부르고 있는 향가 작품의 구조적 특성이 너무나 차이가 있어 공통 요소를 추출하기가 어렵다. 그래서 향가를 복합장르로 보고 있는 것이다. 앞서 살핀대로 향가는 향찰로 기록되었다는 작품의 외적 요소를 무시하면 성격, 구조, 기능 등 하나의 장르로 묶어 세우는 것이 어려운 작품군이다.

그럼에도 불구하고 우리는 이제껏 향가의 형식으로 4구체, 8구체, 10

구체라는 용어를 사용하여 왔다. 의미상으로 작품을 재구하여 작품 행의 수가 4줄, 8줄, 10줄이라는데 착안을 둔 분류 방식이었다. 일찍부터 시작된 향가 연구에서 이러한 용어는 의심 없이 받아들여졌고, 지금까지 이러한 분류를 사용하는 것이 정설로 되어 있다.

실제 4구체, 8구체, 10구체라는 용어를 가장 먼저 사용한 이는 일본인 학자로서 초기 향가 어석에 지대한 영향을 끼쳤던 소창진평이다. 소창진평은 향가를 바라보는 시각을 일본의 민요 만엽가에 기초하였고, 가능한 한 만엽가 연구 방식을 향가 연구에 수용하려 하였다. 이어 향가 연구에 독보적 지위에 올랐던 양주동이 소창진평의 연구 성과를 이어 받아 향가의 형식은 4구체, 8구체, 10구체로 인식되어 버린 것이다.

그러나 실제 향가 작품에서 행을 나누는 기준이 모호하다는 것이 이러한 방법론이 갖는 문제였다. 많은 선학들이 지적하였듯이 한 행을 규정하는데 있어서 음절 수나, 음보의 길이에 너무 차이가 있어서 이러한 분류 방식은 지극히 자의적이라는 것이다. 한 행의 음절 수가 많은 것은 10음절이 넘어 가는 것이 있으며, 작은 것은 4음절도 있어, 경우에 따라서 두 배 이상의 길이 차이가 한 작품에서 보인다는 것이다.

더구나 『三國遺事』의 원문 기록에 의하여 띄어쓰기를 하였을 경우, 기존의 4구체, 8구체, 10구체라는 용어는 설 자리가 없다는 사실이다. 보다 정치한 논의를 위하여 『三國遺事』 원문의 기록을 그대로 싣고자 한다.

A. 薯童謠

善化公主主隱
他密只嫁良置古
薯童房乙夜矣卯乙抱遺去如
〈『三國遺事』 原文〉

善化公主主隱
他密只嫁良置古
薯童房乙
夜矣卯乙抱遣去如
〈양주동〉

B. 彗星歌

舊理東尸汀叱
乾達婆矣遊烏隱城叱肹良望良古
倭理叱軍置來叱多烽燒邪隱邊也藪耶
三花矣岳音見賜烏尸聞古
月置八切爾數於將來尸波衣
道尸掃尸星利望良古
彗星也白反也人是有叱多
後句
達阿羅浮去伊叱等邪
此也友物比所音叱彗叱只有叱故
　〈『三國遺事』原文〉

舊理東尸汀叱
乾達婆矣遊烏隱城叱肹良望良古
倭理叱軍置來叱多
烽燒邪隱邊也藪耶
三花矣岳音見賜烏尸聞古
月置八切爾數於將來尸波衣
道尸掃尸星利望良古
彗星也白反也人是有叱多
後句　達阿羅浮去伊叱等邪
此也友物比所音叱彗叱只有叱故
〈양주동〉

C. 怨歌

物叱好支栢史
秋察尸不冬爾屋支墮米
汝於多支行齊敎因隱
仰頓隱面矣改衣賜乎隱冬矣也
月羅理影支古理因淵之叱
行尸浪
阿叱沙矣以支如支
兒史沙叱望阿乃
世理都
之叱逸烏隱苐也
後句亡
　　〈『三國遺事』原文〉

物叱好支栢史
秋察尸不冬爾屋支墮米
汝於多支行齊敎因隱
仰頓隱面矣改衣賜乎隱冬矣也
月羅理影支古理因淵之叱
行尸浪阿叱沙矣以支如支
兒史沙叱望阿乃
世理都之叱逸烏隱苐也
後句亡
〈양주동〉

D. 處容歌

東京明期月良夜入伊遊行如何入良沙寢矣見昆脚烏伊四是良羅二肹隱吾
下於叱古二肹隱誰支下焉古本矣吾下是如馬於隱奪叱良乙何如爲理古
　　〈『三國遺事』原文〉

東京明期月良
夜入伊遊行如何
入良沙寢矣見昆
脚烏伊四是良羅
二肹隱吾下於叱古
二肹隱誰支下焉古
本矣吾下是如馬於隱
奪叱良乙何如爲理古
〈양주동〉

살펴본 바와 같이 『三國遺事』 원문 기록과 양주동의 행 구분은 판이하게 다르다. 이러한 차이를 나타나기 위하여 14 작품 중 가장 큰 차이를 보이는 작품을 선택한 것이 아니다. 대부분의 작품이 행 구분에 있어서 차이를 보이며 오히려 동일하게 행 구분을 한 작품을 찾아보기 어렵다. 즉, 『三國遺事』의 기록에 의하면 4구체, 8구체. 10구체로 향가의 형식을 규정할 수 없다는 것이다. 오히려 변격이라고 할 수 있는 3줄 노래, 9줄 노래, 11줄 노래가 많다. 우리가 4구체라고 인정하여 온 〈薯童謠〉, 〈風謠〉, 〈獻花歌〉, 〈兜率歌〉 중 〈풍요〉만 4구의 모습을 보이고 나머지 작품들은 모두 3구로 구성되어 있다.

위의 네 작품은 모두 단형의 노래임에 틀림없다. 그러나 원문의 자수를 살펴보면 〈薯童謠〉와 〈風謠〉는 각각 26자, 25자임에 비하여, 〈獻花歌〉와 〈兜率歌〉는 34자와 37자이다. 짧은 분량의 노래에서 상당한 차이라고 할 수 있다. 더구나 〈薯童謠〉와 〈風謠〉는 제명에 '謠'가 붙고, 〈獻花歌〉와 〈兜率歌〉는 끝에 '歌'가 붙는데 이러한 형식상의 상이를 우연으로 보아야 하는 지도 고민해 봐야 할 것이다.

이러한 작품 구조상의 커다란 특징이 4구체, 8구체, 10구체라는 분류법에서는 모두 묻혀버리는 것이다. 4구체 향가 4수 중 3수가 3구인데 우리는 이제껏 4구체라고 명명하였던 것이다. 실제 『三國遺事』의 기록에 따르면 8구체 향가와 10구체 향가의 형식상의 상이도 거의 드러나지 않는다. 발어사의 유무가 8구체와 10구체를 나눈다는 생각은 세계문학사에서 그 용례를 찾아보기 어려운 발상이다.

나아가 향가 형식의 발전을 4구체에서 8구체로 그리고 결구가 붙어 10구체가 되었다는 주장은, 주장이 실제에 앞서는 모순을 가지고 있다. 최초의 향가는 4구체인 〈薯童謠〉이지만 뒤이어 나온 작품은 〈彗星歌〉이다. 향가 문학 작품 중 아주 이른 시기에 10구체 향가가 발생하였다는 실제를 무시할 수 없을 것이다. 또한 향가의 마지막 작품이 8구체인 〈處容歌〉이다. 그러므로 향가는 단형과 장형이 있으며, 단형의 기능과 장형의 기능이 각각 따로 존재하였다고 보는 것이 지금의 분류보다 훨씬 자연스러운 일일 것이다.

이상의 문제제기 외에도 향가의 형식을 4구체, 8구체, 10구체로 보는 것은 많은 무리가 따른다. 그러므로 향가의 형식을 단형과 장형으로 나누는 것을 조심스럽게 제안한다. 향가 14 작품 중 오늘날 4구체 향가로 분류하고 있는 4 작품을 단형의 향가로, 나머지 10수의 작품을 장형으로 구분하는 방식이 향가 형식에 대한 올바른 이해로 다가서는 방안이라고 생각한다.

그리고 앞서 언급하였듯이 단형의 노래에서도 〈薯童謠〉와 〈風謠〉를 하나로 묶어 세우고, 〈獻花歌〉와 〈兜率歌〉를 하나로 묶어 형식의 공통점과 차이점을 분명히 하는 작업이 뒤따라야 한다고 생각한다. 당연히 장형의 향가 작품도 유사성과 상이성에 따라 다시 세분화 하는 작업을 거친다면 향가 형식을 정의할 수 있는 올바른 방법론이 나올 수 있을 것이라고 본다.

3.2. 三句六名 形式에 대한 提言

우리 시가 문학사에서 가장 먼저 모습을 선보인 장르는 고대가요이다. 그러나 고대가요는 모두 한역되어 전하기 때문에 노래의 원래 모습을 알아보기 어렵다는 한계를 가지고 있다. 그나마 작품 수도 4 작품에 지나지 않는다. 더구나 고대 사회에서 불려졌던 우리 민족의 노래라고 확인할 수 있는 작품은 〈龜旨歌〉 1수이다. 백수광부의 처가 불렀다는 〈公無渡河歌〉는 엄격한 의미에서 존재하지 않는다. 다만 여옥이 불렀다는 〈箜篌引〉이 전해지고 있으나, 국적이 불분명한 노래임을 솔직히 시인해야 한다.

유리왕이 지었다는 〈黃鳥歌〉 역시 『三國史記』에 수록된 그 모습이었을 것이라는 데에 많은 이견이 있다. 심지어는 유리왕의 창작설을 부정하는 논의도 있었으니, 고대가요로 확정하기에는 다소 무리가 따른다. 〈海歌〉라는 작품 역시 향가 발생 이후의 작품이니 엄격한 의미에서는 고대가요라고 할 수 없다. 이러 저러한 이유로 향가 문학이 한국 시가사의 남상이 되었다는 주장은 설득력을 지닌다. 이러한 향가 문학의 시가 문학사상의 위상에 의하여 일찍부터 대단히 많은 연구가 수행되었던 장르이다.

이러한 이유로 향가의 형식을 규정하려는 시도 역시 일찍이 있어 왔다. 앞서 살핀대로 향가 형식을 4구체, 8구체, 10구체로 본다는 것에 대한 여러 문제점을 스스로 인정하고 새로운 형식론을 찾고자 하였기 때문이다. 그러나 향가의 형식에 대한 논거가 부족하고, 향찰 해독의 어려움과 향가가 지닌 다양한 내적 이유로 인하여 향가 형식에 대한 관심이 크게 조명 받지 못하였다.

향가 형식에 대한 최초의 언급이자, 기록에 전하는 유일한 언급은 赫

連挺이 1075년에 완성한 『均如傳』의 제 8 譯歌現德分者 속에 들어 있는 최행귀의 '三句六名'이라는 구절이다. 그 후 많은 선학들이 이 三句六名의 의미를 파악하기 위하여 많은 논의를 하였으나 아직 뚜렷한 성과가 없는 것 역시 사실이다. 三句六名에 대한 최초의 논문을 발표한 한국인 학자는 이근영이다. 그는 1949년에 발행된 『한글 105호』에서 "향가 곧 사뇌가의 형식"이라는 논문을 발표하여 향가 형식을 三句六名으로 분석하였다.

그러나 이근영의 논문은 향가 형식을 삼구육명으로 본 최초의 한국인 논문이라는 의의를 가졌지만 그리 정치하게 분석하지는 못하였다. 또한 三句六名에 대한 천착 역시 그의 공로만은 아니다. 三句六名에 대하여 최초의 관심을 보였던 학자는 일본인 土田杏村이었기 때문이다. 그는 향가의 전체 구조를 정치하게 분석하기 보다는 향가의 형식을 三句六名으로 확정하고 몇 가지 가설을 내세웠던 것이다. 그럼에도 불구하고 이근영의 삼구육명에 대한 관심은 향가 형식에 대한 관심을 불러 일으켰다는 측면과 향가 문학 이해의 폭을 넓혔다는 측면에서 누구도 부정할 수 없는 커다란 의의를 갖는다.

삼구육명에 대한 본격적인 논의에 앞서 여러 선학들의 연구 성과 중 몇 가지를 소개하고자 한다. 이미 이러한 연구 성과물 속에 삼구육명이라는 수수께끼의 해답은 들어 있다고 본다. 다만 이것을 정리하고 이해하는 후속 연구가 뒷받침되지 못한 아쉬움이 있을 뿐이다.

3.2.1. 三句六名 解析에 대한 여러 見解

삼구육명에 대하여 최초로 논의를 한 이는 일본인 학자 土田杏村이었다. 그의 견해를 정리하면 첫째, 그는 삼구를 글자 그대로 받아들여 어떻게든 향가 형식을 삼구체로 보려고 시도하였다. 둘째, 중국시의 경우

오언칠자라는 단서에서 언과 자는 동의의 개념이므로 동일한 맥락에서 구와 명을 동일한 개념으로 보려고 하였다. 셋째, 최행귀의 삼구육명에 대한 언급이 직접적으로 『均如傳』에 전하는 〈普賢十願歌〉 11수만을 지칭하고 있으므로 삼구육명에 대한 풀이 역시 『均如傳』 소재 향가 11수로 한정해야 한다고 보았다. 끝으로 전 4구, 후 4구, 결구로 이루어진 10구체 향가의 형식을 기준으로 전 4구를 첫 구, 후 4구를 둘째 구, 결구를 셋째 구로 보려고 시도하였다.

이러한 土田杏村의 시도는 상당히 설득력을 갖추었고, 그 뒤 많은 학자들이 이러한 방법론에 기초하여 삼구육명에 대한 이해를 구하려고 하였다. 그러나 최행귀의 삼구육명에 대한 언급이 10구체 향가에만 적용되어져야 한다는 언급이 없고, 또한 이러한 언급을 받아들인다면 나머지 향가 작품은 다른 장르로 보아야 한다는 내부적 모순이 생겨나게 되었다. 더구나 구와 명을 같은 개념으로 보았을 때 생겨나는 다양한 문제점을 설득력 있게 해석할 수 없다는 문제점을 지녔다.

이근영은 三句六名이 향가 작품 1수의 형식을 규정하는 것이 아니라 한 행의 형식을 규정하는 것으로 보았다. 아마 이렇게 생각한 것은 중국시의 경우 오언칠자 역시 한 행의 형식을 규정하고 있기 때문에서 였을 것이다. 그리하여 두 개의 명이 한 구를 형성하고, 한 행은 세 구로 이루어져 있다라고 보았다. 여기서 명은 뜻덩이로 보아 단어적 개념과 비슷하게 파악하였다.

이병기는 삼구육명의 해석을 향가나 민요나 모두 자수가 3음을 기조로 한다는 사실에 기초하여 구와 명을 동일한 개념으로 보고 향가의 음수율이 3음을 기본으로 한다고 규정하였다. 윤영옥도 이와 비슷하게 삼구육명이 지칭하는 대상이 향가 작품 전체 구조가 아니라 한 행을 의미한다며 삼구육명을 정의하였다.

김준영은 이병기가 구와 명을 동일한 개념으로 본 것에 대하여 반박하고 향가의 형식은 3장 6구로 되어 있다고 보았다. 즉, 삼구육명은 3장 6구를 지칭한다고 본 것이다. 즉, 향가는 3장으로 구성되어 있고, 6명으로 구성되어 있는데 여기서 구는 후구라는 어휘에서 보여주듯이 커다란 단락 개념으로 명은 한 구절이나 문절 개념으로 보았다. 김선풍은 김준영의 견해와는 약간의 차이가 있지만 향가 작품 1수가 3장 6구로 구성되어 있다고 보았다. 최철은 향가가 삼구시와 육구시라는 두 종류가 있다고 보았다.

이상의 의견을 종합해보면 삼구육명에 대한 해석은 크게 두 가지로 나뉘어 있다는 것을 알 수 있다. 첫째, 삼구육명을 향가 작품의 한 행에 대한 규정으로 본 견해이다. 그리고 두 번째로는 삼구육명을 향가 작품 1수에 대한 규정으로 본 견해이다. 전자의 경우는 최행귀의 지적 자체에 주의를 기울인 결과로 보고, 후자의 경우는 한국 시가의 구조론적 측면을 더욱 중시한 결과로 보여진다.

즉, 향가의 형식을 알아볼 수 있는 유일한 언급인 '詩構唐辭 磨琢於五言七字 歌排鄕語 切磋於三句六名'의 해석을 어떻게 하였느냐에 따라 삼구육명을 향가의 한 행에 대한 규정이냐, 향가 작품 전체의 구조에 대한 규정이냐로 나뉜 것이다. 실제 한문학적으로 윗 글을 풀이하면 전자의 경우가 더욱 타당하다. 이 문장은 대구를 이루고 있고, 한문에서 대구는 동일한 범주로 보아야 하는 것은 상식 수준이다.

그렇다면 '五言七字'와 '三句六名'은 磨琢과 切磋가 대를 이루듯 동일한 대를 이루어야 한다. 그런데 한시의 경우 '五言七字'는 한 행에 대한 형식을 의미하기에 '三句六名' 역시 한 행에 대한 형식을 규정한다고 보는 것은 자연스러운 발상이다. 그러나 국문시가의 경우에서도 한 행에 대한 이러한 규정이 성립할 수 있는 가는 고민해 봐야할 문제이다. 『均如傳』에 전하는 향가 형식에 대한 간접적 언급들을 먼저 고찰한 후 다시 논의 하고자 한다.

3.2.2. 均如傳에 전하는 三句六名

우리 문헌에 전하는 향가 형식에 대한 언급은 앞서 밝힌대로 『均如傳』의 제 8 譯歌現德分者가 전부이다. 그러므로 유일한 단서인 이 제 8 譯歌現德分者를 조금은 긴 문장이지만 전문을 그대로 싣고자 한다.

第八 譯歌現德分者

有翰林學士 內議丞旨 知制誥 淸河 崔行歸者 與師同時 鑽仰日久 及此歌成 以詩譯之 其序云 偈頌讚佛陀之功果 著在經文 歌詩揚菩之行因 收歸論藏 所以西從八水 東至三山 時時而開土問生 高吟妙理 往往而哲人傑出 朗詠眞風 彼漢地則 有傳公將賈氏湯師 濫觴江表 賢首及澄觀宗密 修葺關中 或皎然無可之流 爭雕麗藻齋已貫休之輩 競縷芳詞 我仁邦則 有摩詞兼文則體元 鑿空雅曲 元曉與薄凡靈爽張本玄音 或定猷神亮之賢 閑飄玉韻 純義大居之俊 雅著瓊篇 莫不綴以碧雲 淸篇可玩 傳其白雪 妙響堪聽 然而詩搆唐辭 磨琢於五言七字 歌排鄕語 切磋於三句六名 論聲則隔若參商 東西易辨 據理則敵如予橋 强弱難分 雖云對衒詞鋒 足認同歸義海 各得其所 于何不臧 而所恨者 我邦之才子名公 解吟唐什 彼土之鴻儒碩德 莫解鄕謠 矧復唐文如帝網交羅 我邦易讀 鄕札似梵書連布 彼土難諳 使梁宋珠璣 數托東流之水 秦韓錦繡 希隨西傳之星 其在 局通 亦堪嗟痛 庸詎非魯文宣欲居於此地未至齆頭 薛翰林强變於斯文 煩成鼠尾之所致者歟 伏惟我首座 名齋玄玩 作三千受戒之師 迹亞妙光 爲八十開經之主 占位於雜華元首 衆敎知歸 沾恩於大樹本根 群生獲利 是掛簴之洪鍾待叩 有問皆酬 縣臺之寶鏡忘疲 無幽不照 凡云志學 孰怠觀光 師乃勸誘伊人 瞻依彼佛 要以邪魔之北 名佩惠刀 指其益友之南 許開慈室 謂日貞元別本行願終篇 入長男妙界之玄門 遊童子香城之淨路 故得淸凉疏主 修一軸以宣揚申毒行人 限百齡而持課 初來震日. 自鳥邦聖帝手書 後至尸羅 因兔郡高德血字 四句渴 一經於耳 頓滅罪根 十鍾文 再記于心 能生覺果 良緣大厚 勝福何深 得不詠此願王 代其詩客 使男女共聞而發願 永結殊因 自他兼濟以成功 終歸妙果者乎 夫如是則 八九行之唐序 義廣文豊 十一首之鄕歌 詞淸句麗 其爲作也 號稱詞腦 可欺貞觀之詞 精若賦頭 堪比惠明之賦 而唐人見處 於序外以難詳 鄕土

聞時 就歌中而易誦 皆沾半利 各漏全功 由是 約吟於遼浿之間 飜如惜法
減詠於吳秦之際 孰謂同文 況屬師心 本齋佛境 雖要期近俗 沿淺入深 而寧
阻遠人捨邪歸正 昔金氏譯 碎珠全瓦 播美天朝 崔公飜 朗月淸風 隣芳海域
俗猶若是 眞固宜然 伏念行歸 志愧何充 筆慙靈運 杳想閻官之冥祐 莫效前
修 追思相國之密傳 徒欽行烈 一昨 因逢這友幸覽玄言 縱隨妙唱以無端 潛
恐高情之有待 憑托之一源兩派 詩歌之同體異名 逐首各飜 間牋連寫 所冀
遍東西而無导 眞草竝行 向僧俗以有緣 見聞不絕 心心續念 先瞻象駕於普
賢 口口連吟 後直龍華於慈氏 今則聊將鄙序 輒冠休譚 希蒙點鐵以成金 不
避拋塼而引玉 儻逢博識 須整庸音 宋曆八年周正月日 謹序

작품의 해독은 다음과 같다.

有翰林學士 內議丞旨 知制誥 淸河 崔行歸는 균여대사와 같은 때 사람
으로 대사를 흠모한지 오래더니 이 노래가 만들어지자 그것을 한시로 번
역하였다. 그 서문은 이렇다.

偈頌은 불타의 공덕을 찬송한 것으로 경문에 있고, 노래와 시는 보살
의 수행을 찬양한 것으로 論藏에 들어있다. 그리하여 서쪽의 여덟 강으
로부터 동쪽의 삼산에 이르는 사이의 땅에서 때때로 고승이 나서 오묘한
이치를 소리 높여 읊었으며, 가끔씩 철인이 우뚝 솟아 참된 가르침을 낭
랑하게 불렀다. 저 중국땅에서는 傳大士가 賈島, 湯惠休와 함께 양자강
이남의 선구가 되었고, 현수는 澄觀 宗密과 더불어 關中 땅에서 책을 썼
다. 또 皎然 無可의 무리는 고운 문채를 다투어 꾸미고 齋己 貫休의 무
리는 아름다운 시를 다투어 아로새겼다. 우리 인자의 나라에서는 사와
문을 다듬은즉 문체가 뛰어나고 典雅한 곡을 짓기 시작했고 원효는 薄凡
靈爽과 더불어 현묘한 노래를 엮었으며, 또 定猷 神亮과 같은 현자들은
구슬같은 시운을 잘 읊었고 순의, 대거같은 준걸들은 보석같은 시편을
몹시 잘 지었다. 모두 碧雲으로 글을 꾸미지 않음이 없는지라, 그 맑은
노랫말은 감상할 만하고, 백설곡과 같은 음악을 전하지 않음이 없는지
라, 그 묘한 음향은 들을 만하였다.

그러나 한시는 중국글자로 엮어서 다섯자 일곱자로 다듬고, 향가는

우리 말로 배열해서 三句六名으로 다듬는다. 그 소리를 가지고 논한다면
參星과 商星이 동서에 있어 쉽게 식별할 수 있는 것처럼 현격한 차이가
나지만, 문리를 가지고 따진다면 창과 방패가 어느 것이 강하고 약한지
단정하기 어려운 것처럼 서로 맞서는 정도이다, 그러나 비록 서로가 시
의 수준을 놓고 자랑한다고 하나 함께 義海로 돌아가기는 마찬가지임은
인정할 만한 것으로 각각 제나름의 구실을 하고 있으니 어찌 잘된 일이
아니라고 하겠는가? 허나 한스러운 것은 우리나라의 선비들은 한시를
이해하여 읊조리는데, 저 중국의 박학하고 덕망있는 선비들은 우리나라
의 노래를 이해하지 못한다는 것이다. 게다가 한문은 구슬망이 얼기설기
얽어진 것 같아서 우리나라에서도 쉽게 읽을 수 있으나 향찰은 범서가
죽 펼쳐진 것 같아서 중국에서 알기가 어렵다. 가령 양송의 뛰어난 글이
동쪽으로 오는 배편에 자주 전해오고 신라의 훌륭한 글이 서쪽으로 가는
사신편에 전해지길 바란다 해도 그 의사소통에 있어서는 또한 답답하고
한탄스러움을 어쩔 수 없다. 이 어찌 공자께서 이 땅에 살고자 하셨어도
끝내 동방에 이르지 못하게 된 이유가 아닐 것이며 弘儒候 설총께서 한
문을 애써 바꾸려 했어도 결국 쥐꼬리를 만들어서 불러들인 장벽이 아니
겠는가?

　엎드려 생각건대 우리 수좌께서는 명성이 玄玩과 짝하시어 3천 문도
에게 계율을 주는 스승이 되시며 행적은 묘광보살에 버금가서 80화엄경
을 지도하시는 講主가 되시는지라. 지위는 화엄종단의으뜸을 차지하시
매 뭇 배우는 자들이 귀의할 곳을 얻었으며, 은혜는 큰 보리수의 줄기와
뿌리를 적시어 뭇 生靈들이 이익을 얻었다. 이것은 북틀에 걸린 큰 종이
치기를 기다리고 있다가 묻기만 하면 모두 응답하고 경대에 걸린 보석
거울이 지침이 없이 아무리 어두운 곳이라도 모두 비추는 것에 비유되니
무릇 배움에 뜻을 둔 자로서 그 누가 대사의 제자가 되지 않겠는가? 대
사께선 이에 그들을 권유하여 저 부처님을 우러르고 귀의하게 하시되 사
악한 魔軍을 물리치게 하고자 지혜의 칼을 차게 하고 벗들이 올바른 방
향으로 가도록 인도하기 위하여 자애로운 가르침의 도장을 열 것을 허락
하셨다. 그리고 말씀하셨다. "〈貞元本 華嚴經〉의 〈普賢行願品〉의 마지막
편은 보현보살의 묘한 세계로 들어가는 현묘한 문이요, 선재동자의 香城
에 노닐 수 있는 깨끗한 길이다. 그러므로 清凉大使께서 〈行願品疏〉 한

권을 써서 선양을 하니 인도의수행자가 평생의 과업으로 삼았다. 그것이 처음 중국에 오게 된 것은 鳥茶國 임금이 손수 쓴 글로부터 였고 그 뒤에 신라에 이르게 된 것은 현토군 고승들의 피로 쓴 글 덕분이다. 네 구의 게가 한번 귀를 스치기만 하면 문득 죄의 뿌리가 사하지고 열 가지 글월을 마음에서 다시 되새기면 능히 깨달음을 얻으니 그 좋은 인연은 얼마나 두텁고, 그 커다란 복은 얼마나 깊은가. 그러니 이 원왕이 노래를 시인들로 하여금 대신 읊게 해서 남녀가 함께 듣고 발원을 내어 영원토록 특별한 인연을 맺게 하고 너와 내가 서로 제도하여 공을 이루어서 끝내 묘과에 귀의하도록 하지 않을 수 있겠는가.”

대저 이와 같으니 8, 9행의 한문으로 쓴 서문은 뜻이 넓고 문채가 풍성하며 열한 수의 향찰로 쓴 노래는 시구가 맑고도 곱다. 그 지어진 것을 사뇌라고 부르나니 가히 정관 때의 시를 능욕할만 하고 정치함은 賦 중 가장 뛰어난 것과 같아서 惠帝, 明帝때의 賦에 비길만 하다. 그러나 중국사람이 보려할 때는 서문 외에는 알기가 어렵고 우리나라 선비들이 들을 때는 노래에 빠져서 쉽게 외우고는 그람느이다. 그리하여 모두 반쪽의 이로움만 얻을 뿐 각각 온전한 공을 놓치고 있다. 이로 말미암아 요서와 패수 사이에서 대략 읊어질 경우 불법을 아끼는 사람이라면 번역을 하겠지만, 오와 진 사이에서 점차 읊는 사람이 줄어들 경우 누가 같은 글이라 하였겠는가? 하물며 대사의 마음은 본래 부처의 경계와 같은지라, 비록 세속을 가까이 해서 비근한 일에서 출발하여 심원한 경지로 들어갈 것을 기약했다 하더라고 어찌 먼 곳의 사람들이라고 해서 그릇됨을 버리고 바름으로 귀의하는 것을 막으려 했겠는가?

옛날 김씨의 번역은 동글동글한 구슬, 흠없는 자기와 같은 글로써 중국에 아름다움을 떨쳤고, 최공의 번역은 밝은 달빛, 맑은 바람과 같은 글로써 천하에 문채를 드날렸다. 속세도 이와 같거늘 불교의 진리야 그러함이 당연하다.

엎드려 생각건대 나 행귀는 뜻은 何充에 대하여 부끄럽고 글솜씨는 謝靈運에 대하여 부끄러워 아득히 엄관의 하늘에서의 보살핌을 생각해 보니 앞에서 닦으신 업적을 본받지 못하였고, 상국의 은밀한 가르침을 돌이켜 생각해 보니 단지 그분의 행렬만 흠모할 뿐이었다. 얼마전 스님 친구분을 만나 우연히 현묘한 글을 보았는데 무단히 오묘한 노래를 따라 부르다 보니 은연 중 그 분이 내심으로 무엇인가 바라는 것이 있는 듯 느껴졌다. 이에 따라 드디어 근원은 하나로되 물줄기가 둘로 나뉘듯 시와 노래가 본질은 같되 이름만 다르다는 것에 의거하여 한 수 한 수 각각 번역해서 종이에 연이어 썼다. 바라는 바는 동서에 두루 장애가 없이 楷書,초서로 함께 퍼져서 교계나 속세가 이와 인연을 맺어 보고 들음이 끊어지지 않는 것이다. 그리하여 마음에서 마음으로 쉼없이 외워 먼저 보현보살의 흰 코끼리를 보고, 입에서 입으로 그침없이 읊어 그 뒤에 미륵의 용화회를 만나기 바란다. 이제 짐짓 비루한 서로써 아름다운 말의 앞머리를 삼노니 쇠를 가지고 금을 만드는 수고를 보여주기 바라며, 기와 부스러기를 헤쳐 구슬을 찾아내는 수고를 아끼지 말기를 바란다. 혹 박식한 분을 만난다면 보잘 것 없는 글을 바로잡아 주기 바란다.

살펴본 바와 같이 이 글에서는 시와 노래를 분명히 구분하여 사용하고 있고, 향가를 노래로 규정하여 현묘함에 묘미가 있다고 평하고 있다. 그리고 한시는 중국 글자로 엮어서 다섯자, 일곱자로 다듬고, 향가는 우리말로 배열해서 삼구육명으로 다듬는다라고 하였다. 여기서 대를 이루는 것이 오언칠자와 삼구육명이냐, 아니면 한시와 향가이냐, 아니면 둘 다 대를 이루고 있는 것이냐는 매우 중요한 문제이다.

‘詩構唐辭 磨琢於五言七字 歌排鄕語 切磋於三句六名’에서 대를 이루고 있는 부분을 시와 가로 보는 것도 얼마든지 타당하다. 이 글이 쓰여졌던 당시는 향가가 향유되던 시기와 그리 큰 차이가 나지 않으므로 향가의 일반적 작법에 대하여 알고 있었을지도 모른다. 그리고 그 작법이 한 행에 대한 규정이 아니더라도 얼마든지 이러한 표현방식은 가능한 것이다.

그러므로 너무 위의 언급을 오언칠자와 삼구육명의 대구로 보는 것은 향가의 형식을 규명하는 데에 오히려 해가 될 수 있다고 생각한다. 더구나 그 소리를 가지고 논한다면 현격한 차이가 난다고 하였는데, 여기서 소리가 의미하는 바가 무엇일까 고민해봐야 할 것이다. 노래와 시가 동일한 방식으로 가창되지 않았다는 것은 우리가 잘 알고 있는 사실이다.

그러므로 여기서 소리가 가창 방식을 의미하는 것은 아닐 것이다. 그러므로 그 다음으로 생각해 볼 수 있는 끊어 읽는 단위의 차이를 말하는 것이 아닌가 조심스럽게 제언하고자 한다.

다음으로는 위의 언급에서 보이는 '磨琢'과 '切磋'에 대하여 논의하고자 한다. 마탁과 절차의 대상이 무엇이냐 라는 문제에 있어서 지금까지는 별다른 고민 없이 오언칠자와 삼구육명으로 인식하여 왔다. 위의 문장이 반드시 그렇게 밖에 해석되어질 수 없는가 라는 의문이 든다. 먼저 이제껏 인식해 왔던 방식대로 해석을 하면 오언칠자로 다듬는다로 해석이 되고 마탁의 대상은 곧, 목적어가 오언칠자가 된다.

그런데 오언칠자에서 다듬는다로 해석을 하면 즉, 於를 '으로'가 아닌 '에서'로 해석을 하면 마탁의 목적어는 생략되어 있는 것이다. 생략된 목적어는 당연히 '시의 내용, 곧 시 자체'가 될 것이다. 한문에서 당연한 목적어의 생략은 일반적인 표현 방식이다. 한문으로 문장을 썼던 이들의 표현 방식에서는 너무나 당연한 목적어는 굳이 표현할 필요를 느끼지 못하였던 것 같다. 더구나 목적어가 이미 문장 속에서 언급되어 표현에 있어 중복의 의미가 있다면 생략하는 것이 일반적 한문 표현이다.

즉, 위의 문장은 "시는 중국어를 엮어서 짓되 오언칠자라는 형식 안에서 내용을 다듬어야 하고, 노래는 우리말로 배열을 하되 삼구육명이라는 형식 안에서 다듬어야 한다."로 해석이 가능하다. 그렇다면 여기서 삼구육명은 단순히 향가의 형식을 지칭하는 의미를 가지게 되는 것이다. 그러므로 삼구육명이 굳이 한 행의 형식에 해당하는 지적이라고 할 수 없다.

또한 아무리 양보를 하더라도 오언칠자와 삼구육명은 향가의 형식을 지칭하는 것이라는 데에는 반론이 없을 것으로 보인다. 그런데 마탁을 한 한시는 오언과 칠언을 절대로 벗어나지 않는데, 절차를 한 향가는 형식적 통일이 없다는 것은 어떻게 해석을 하여야 하는가 라는 문제이다. 『三國遺事』 소재 향가는 차치하고라도 『均如傳』 소재 향가 역시 행 단위의 음수율을 지키고 있지 않다. 행에 따라 많게는 4배의 차이까지 보인다. 〈普賢十願歌〉 8번째 작품인 〈常隨佛學歌〉에서 첫 행은 3음절인데 2행은 11음절, 4행과 8행은 각각 12음절이다. 切磋의 결과라고는 도저히 인정할 수 없다.

결론적으로 〈普賢十願歌〉를 포함하여 『三國遺事』 소재 향가 14 작품이 행의 음수율이 적용된 경우의 작품을 찾아보기 힘들다는 것이 삼구육명은 행에 대한 개념이 아니라는 증거가 될 것이다. 물론 구와 명이 음절 수를 의미하는 것이 아니라, 어휘나 문절의 개념이라 할지라도 절차하였다면 행들끼리의 분량에 있어서 비슷한 분포를 보였을 것이다. 이러한 이유로 삼구육명을 향가 작품 한 수 전체의 형식에 대한 규정이라고 보고자 한다.

4. 鄕歌의 作家

향가 작가의 실체를 규명하는 작업은 요원한 작업임에 틀림없다. 일연의 기록을 곧이곧대로 수용하기에 많은 문제가 따른다는 사실은 이미 많은 선학들에 의하여 주장되었고, 향가 작가에 대한 분명한 근거가 앞으로 나올 가능성 역시 희박하기 때문이다. 그러므로 이제껏 그래왔듯 지푸라기를 잡는 심정으로 아주 단편적이면서도, 신빙성이 부족한 역사 기록에 의존하거나 문학적 상상력에 의지할 수밖에 없을 것이다.

이러한 상황에도 불구하고 지금까지 향가 작가에 대한 대단히 많은 연구가 진행되었던 이유는 고전문학의 특성상 작가와 향유계층이 일치한다는 특수성에서 작가층은 향유 범위를 알 수 있는 중요한 자료가 된다는 사실에 있었을 것이다. 또한 작가층은 향가 장르의 기능과 개별 작품의 이해에 중요한 단서가 된다는 사실 때문이었을 것이다. 그러므로 향가의 작가 연구는 대단히 중요한 작업임에 틀림없다.

그러나 지금까지 향가 작가에 대한 연구는『三國遺事』소재 향가 작품 14수 전반에 대하여 동일한 방법론으로 작가를 규명하려고 했었다는 방법상의 중요한 오류가 있었다. 즉, 향가 작가를 설화적 인물로 보든지, 역사적 실존 인물로 파악하든지 어떠한 방법론을 가지고 접근 하였든지 동일한 방법론으로 향가 작품 14수의 작가를 규명하려 한 시도 자체에 이미 오류를 내포하고 있었던 것이다.

향가 장르는 그 성격에 따라 전혀 다른 색채를 가질 수 있는 복합문학적 특성을 가지고 있다. 그러므로 향가의 작가 연구 역시 작품의 성격을 고려하여 다양한 방법론으로 접근하였을 때, 소기의 목적에 도달할 수 있지 않을까 하는 제언을 하고자 한다.

먼저『三國遺事』소재 향가 작품 14수를 그 성격에 따라 분류하고자 한다.

작품의 성격	작품명	작가	작품의 형식
서정시가	慕竹旨郎歌	得烏	8구체
	祭亡妹歌	月明師	10구체
	讚耆婆郎歌	忠談師	10구체
민요	薯童謠	薯童	4구체
	風謠	良志	4구체
	獻花歌	牽牛老人	4구체
제의가	安民歌	忠談師	10구체
	遇賊歌	永才	10구체
주술가	彗星歌	融天師	10구체
	怨歌	信忠	10구체
	處容歌	處容	8구체
불교문학	願往生歌	廣德	10구체
	兜率歌	月明師	4구체
	禱千手大悲歌	希明	10구체

위의 표에 기준하여 다섯 항목으로 나누어 작가 문제에 접근하고자 한다.

4.1. 抒情詩歌 作家

『三國遺事』 소재 향가 작품 14수 중 서정시가의 성격이 강한 작품을 썼던 작가로는 득오와 월명사와 충담사를 들 수 있다. 일반적으로 서정시가는 그 특성상 집단성보다는 개인성이 작품에 강하게 드러날 수밖에 없다. 즉, 이 세 작품은 개인의 서정이 강하게 드러나 있음으로 인하여 특정 개인에 의하여 창작되었을 가능성이 농후한 작품이다.

그렇다면 이 세 작품은 무엇인가 작가 문제에 있어서 동일 요소를 내포하고 있어야 할 것이다. 그러나 작가 문제에 있어서 세 작품의 공통점이 분명하지 않은 것이 사실이다. 다른 각도에서 이 세 작품의 작가 문제에 접근하여 보자.

『三國遺事』 소재 향가 14수 중 〈祭亡妹歌〉와 〈讚耆婆郞歌〉는 그 창작의 과정을 밝혀주는 배경설화가 독립적이지 않다. 우연의 요소인지 몰라도 이 두 작품만 〈兜率歌〉와 〈安民歌〉에 기생하여 현전하고 있다. 〈祭亡妹歌〉는 〈兜率歌〉에 〈讚耆婆郞歌〉는 〈安民歌〉에 사족처럼 실려 전하고 있는 것이다. 즉, 향가 작품 1수와 배경설화 1 작품이라는 일대일 대응을 깨고 있는 실례이다.

많은 선학들의 연구에 의하여 드러났듯, 일연이 『三國遺事』에 향가를 수록한 이유는 향가 자체의 수록에 그 의미가 있다기보다 배경설화를 수록하는 과정에서 부대하였다는 사실이다. 이러한 이유에서 용어 자체도 배경설화보다 부대설화라는 용어를 선호하기도 하였었다. 즉, 『三國遺事』 자체로만 보아서는 〈祭亡妹歌〉와 〈讚耆婆郞歌〉는 수록하지 않았다 하더라도 그 체제가 전혀 어색하지 않다.

물론 일연이 어떠한 이유에서 유독 이 두 작품을 수록하였는지는 기록이 전무함으로 알 수 없다. 문학적 상상력을 이용하여 유추한다면 일연이 보기에 이 두 작품의 작품성이 대단히 뛰어나 기록을 하고 싶었는지 모르겠다. 그렇지 않다면 월명사와 충담사를 제외한 다른 작가들은 다른 향가 작품을 남기지 않았을지도 모른다.

하지만 배경설화의 기록을 토대로 본다면 영재가 대단한 작가였으므로 〈遇賊歌〉 이외의 작품을 남겼을 가능성은 농후하다. 또한 〈遇賊歌〉 배경설화 말미에 영재가 일찍이 이러이러한 작품을 썼다 하면서 한 두 작품을 소개하는 것은 자연스러운 일이었을 것이다. 이러한 맥락에서 본다면 영재의 작품들은 월명사와 충담사의 작품들과는 성격을 달리한다는 것을 생각해 볼 수 있다. 상론은 장을 바꿔 하고자 한다.

이와 같이 〈祭亡妹歌〉와 〈讚耆婆郎歌〉는 『三國遺事』 소재 향가 중 유독 배경설화와 무관하게 전승되고 있는 작품이다. 그러므로 당연히 이 두 작품의 작가를 설화적 인물로 본다하더라도 그 유추는 〈兜率歌〉와 〈安民歌〉에서 찾을 수밖에 없다. 즉, 〈祭亡妹歌〉와 〈讚耆婆郎歌〉 자체만으로는 작가와의 연결을 생각할 수 없다는 것이다.

제의가의 성격상 그 작가는 전혀 중요한 문제가 아니다. 불교 문학 역시 偈頌의 개념과 같이 내용이 중요하지 작품의 작가는 중요한 문제가 아니다. 그러므로 월명사와 충담사는 실존 인물이었다 하더라도 작가로서의 의미는 가지지 못했다는 것이다. 월명사든 충담사든 아니면 다른 그 누가 그 작품들을 지었는지는 당시의 사람들에겐 전혀 중요한 문제가 아니었다는 것이다. 그러므로 이미 이러한 작품의 성격상 작가의 문제는 작품에 묻힐 수밖에 없었던 것이고, 일연의 기록 당시로 넘어가면 이미 확인할 필요도 확인할 수도 없는 문제였을 것이다.

노래의 성격상 작가의 무명성이 누구에게나 자연스럽게 받아들여졌다고 볼 수 있다. 다만 여타의 이유로 〈祭亡妹歌〉와 〈讚耆婆郎歌〉가 각각 〈兜率歌〉와 〈安民歌〉에 부가되어 전승되었고, 작가가 월명사와 충담사로 알려지게 되었으니 역사적 실존 인물의 설화화로 보거나 역사적 인물과 설화적 인물의 습합으로 보는 것이 타당하다고 생각한다.

〈慕竹旨郞歌〉의 작가 득오의 경우는 이와 다르다. 우리가 알고 있듯이 〈慕竹旨郞歌〉는 득오가 죽지랑을 사모하여 부른 노래이다. 화랑 죽지는 역사 기록에 많은 전거가 보임으로 보아 실존 인물로 보는 것이 타당할 것이다. 또한 배경설화에 등장하는 익선이라든지, 벼슬 명, 부역 장소 등이 상당히 구체적이어서 설화로 보기에는 무리가 따른다. 배경설화의 이야기 구조가 죽지랑과 득오의 관계가 가졌던 의미를 알리는 데 초점이 맞추어져 있다. 즉, 죽지랑과 득오 사이의 일화를 역사적 실례로 보는 것이 너무나 자연스럽다는 것이다.

그렇다면 〈慕竹旨郞歌〉의 배경설화에 등장하는 모든 인물들, 지명, 벼슬 명 등은 모두 실제이고, 중요한 등장인물인 득오만이 설화적 인물이다라는 주장은 설득력을 갖기 어렵다. 서정성이 강한 작품군은 모두 실제 인물이 창작한 작품으로 보는 것이 타당할 것이다. 그러므로 〈慕竹旨郞歌〉의 작가 득오는 실존 인물로 보고 작품을 이해해야 할 것이다.

다만 득오에 대한 기록이 다른 문서에서 찾아 보기 어려운 이유는 득오가 현달한 인물이 아니라는 데에 있을 것이다. 설화의 내용으로 보면 득오는 성실하였으나 아주 평범한 낭도에 불과하였다. 그러므로 죽지랑과의 이 일화를 제외하면 역사에 그 이름이 남지 않았다는 사실이 더욱 자연스러운 것이다.

다른 측면에서 보더라도 〈慕竹旨郞歌〉의 작가를 설화에서 채록하였다면 득오라는 이름을 사용하지 않았을 것이다. 득오를 아무리 폭넓게 해석하더라도 이 설화의 내용으로 보아 작가의 명으로는 적절하지 않기 때문이다. 아니 훨씬 자연스러운 다른 이름이 충분히 가능함에도 굳이 득오를 사용했어야 할 이유가 없다는 것이다.

이러한 이유에서 그 동안 향가 작가의 역사적 실존을 밝히려는 많은 연구에서 〈慕竹旨郞歌〉가 논의되었다는 것은 자연스러운 현상이다.

앞서 이야기 하였듯이 〈怨歌〉는 주술가임에도 서정성이 아주 강한 작품이다. 그러므로 〈怨歌〉의 작가 신충 역시 많은 선학들이 실존 인물로 보고 역사적 전거를 많이 제시하였다. 〈慕竹旨郎歌〉와 작품의 성격이 유사하다는 데에 그 이유가 있다고 본다. 즉, 향가 작품 중 개인의 서정성이 강한 작품들은 특정 작가에 의하여 창작되었고, 일연은 그 이름을『三國遺事』편찬 과정에서 분명히 밝힌 것이다. 그러므로 〈慕竹旨郎歌〉의 작가는 득오로, 〈怨歌〉의 작가는 신충으로 보는 것이 타당할 것이다.

4.2. 民謠 作家

『三國遺事』 소재 향가 작품 14수의 성격을 분류하면서 민요적 성격이 강한 작품으로 〈薯童謠〉, 〈風謠〉, 〈獻花歌〉를 상정하였다. 민요의 특성 상 작가에 대한 고찰은 성립할 수 없다. 그러므로 이 세 작품의 작가는 역사적 실존 인물이라기 보다, 설화적 인물로 보는 것이 타당 할 것이다. 그러나『三國遺事』의 기록을 보면 〈獻花歌〉를 제외하고는 작가에 대하여 서동과 양지로 〈薯童謠〉와 〈風謠〉의 작가를 규정하고 있다. 이러한 이유에서 이제껏 〈薯童謠〉의 작가는 서동, 〈風謠〉의 작가는 양지로 받아들여져 왔다. 여기에 대한 몇 가지 의문점을 제시하고자 한다.

〈薯童謠〉의 경우 노래의 제명에서 보여주듯이 작가는 서동이다. 서동이 백제의 무왕이었는지, 마한의 무강왕이었는지, 아니면 그 외의 다른 인물이었는지는 아직 정확히 규명되지 않았다. 차후의 연구에서 분명히 밝혀지리라 본다. 지금까지는 일연의 기록에 의지하여 백제의 무왕으로 보고 있는 것이 정설이다. 여기에서의 논점은 서동이 누구였는지를 밝히는 작업이 아니므로, 논의의 초점을 〈薯童謠〉의 작가를 서동이라는 특정한 한 개인으로 볼 수 있는 가에 국한하고자 한다.

〈薯童謠〉의 배경설화을 보면 "마로써 동네 아이들과 친하게 지내게 되고, 이에 노래를 지어 아이들 무리에게 따라 부르게 하였다.25)"라고 하여 '乃作謠'라는 구절이 나온다. 이것은 의미상 서동이 노래를 지었다는 것 외의 다른 해석이 불가능하다. 그렇다면 서동이 지었다는 〈薯童謠〉는 어떤 모습인가를 살펴보자. 〈薯童謠〉는 작품의 구성을 보면 향가 작품 중 가장 단순하다. 소창진평 이래 〈薯童謠〉를 4구체 향가로 보고 4줄짜리 노래로 재해석 하여 왔지만, 『三國遺事』의 기록을 존중한다면 세 줄 짜리 노래이다. 『三國遺事』에는 다음과 같이 쓰여 있다.

> 善化公主主隱
> 他密只嫁良置古
> 薯童房乙夜矣卯乙抱遣去如

이 작품의 문맥적 의미는 '선화 공주님은 남 몰래 정을 통해 놓고 서동을 밤에 몰래 안고 간다.'라는 한 줄의 서술문이다. 작품의 구조가 'A는 aa해서 bb한다.' 이다. 〈薯童謠〉를 4구체로 보고 작품의 2구와 3구를 도치시키면 'A와 B는 aa한다.'라는 구조이다. 이러한 구조는 오늘날까지 전승되고 있는 가장 단순한 구조의 동요이다. '얼레리 꼴레리, 철수와 영희는 좋아한대요.'라는 구조인 것이다. 여기서 '얼레리 꼴레리'는 여음에 해당하므로 〈薯童謠〉의 구조와 정확히 일치한다. 우리는 이 동요의 작가를 철수나 영희 중 한명이라고 보지 않는다. 제삼자가 이 노래를 퍼드렸다고 하더라도 물론 그를 이 동요의 작가로 보지 않는다.

동일한 맥락에서 〈薯童謠〉는 서동이 '乃作謠' 하였지만 서동이 작가가 될 수는 없는 것이다. 그러므로 〈薯童謠〉는 서동이 이미 항간에 유행하

---

25) 以薯 餉閭里童 童親附之 乃作謠 誘群童而唱之云.

였던, 아니면 아이들이라면 누구나 알고 있었던 특정 동요에 A와 B만 교체하였던 것이다. 이러한 현상은 민요의 전승과정에서 얼마든지 보여지는 일반적 현상이다. 이와 같은 이유로 〈薯童謠〉의 작가를 서동으로 보는 것은 무리가 있는 것이다. 구태여 〈薯童謠〉에서 작가 문제를 언급해야 할 이유가 없다는 것을 제기하고 싶다.

　『三國遺事』의 기록에 의하면 〈風謠〉는 양지법사가 영묘사의 장존육상을 조소할 때 온 성 안의 남녀들이 진흙을 운반하면서 불렀다고 한다. 『三國遺事』의 기록을 먼저 살펴보자.

　　　그가 영묘사의 장육상을 만들 때 입정하여 삼매에서 뵌 부처를 모형으로 삼았는데 온 성안의 남자와 여자들이 다투어 진흙을 날라왔다. 풍요에 이르기를.26)

　위의 인용문은 두 문장이다. 첫 번째 문장은 양지가 영묘사의 장존육상을 만들 때 온 성 안의 남녀들이 다투어 진흙을 날랐다는 서술문이다. 두 번째 문장은 〈풍요〉에 이르기를 다음과 같다로 해석 할 수 있을 것이다. 문맥상의 의미로 양지가 영묘사의 장존육상을 만들 때 온 성 안의 남녀들이 다투어 진흙을 나르면서 〈風謠〉를 불렀다는 사실을 알 수 있다.

　그러나 이 〈風謠〉를 양지가 지었다는 말이나, 많이 양보하여 양지가 부르게 했다는 단서도 배경설화에서는 찾아볼 수 없다. 『三國遺事』의 기록에는 양지와 〈풍요〉를 연관시킬 수 있는 어떠한 단서도 보이지 않는 것이다. 그럼에도 지금까지 〈風謠〉의 작가를 양지로 규정해 온 것은 〈風謠〉가 〈양지사석조〉에 실려 전하고 있다는 출전 때문이다. 그러나 단순히 이러한 출전 하나만 가지고 최소한의 단서도 없이 〈風謠〉의 작가를 양지로 규정하는 것은 무리라고 생각한다.

---

26) 其塑靈廟之丈六也 自入定 以正受所對 爲揉式 故傾城士女 爭運泥土 風謠云.

　　상식적 수준에서 접근하여 보자. 양지가 장존육상을 만들 때 온 성 안의 남녀들이 일을 돕기 위하여 영묘사에 몰려 왔을 것이다. 이때 양지가 〈風謠〉를 짓고, 그 노래를 진흙을 나르는 남녀들에게 가르쳐서 부르게 했다는 것은 이해하기 어렵다. 남녀들이 진흙을 날랐다와 〈풍요〉는 이렇다라는 두 문장은 전혀 별개의 것으로 보아야 자연스럽다.

　　〈風謠〉역시 작가 문제는 고찰의 대상이 되기 어렵다. 단지 전승되고 있던 노동요를 양지사의 장존육상 작업 시 참여하였던 남녀들이 부른 노래로 보면 될 것이다. 『三國遺事』의 기록대로 전통적인 노동요였으므로 일연이 생존하던 당시까지 계속하여 전승되었던 것이다.

　　『三國遺事』제2권 紀異 제2 水路夫人條에 전하는 〈獻花歌〉는 앞서 살핀 〈薯童謠〉와 〈風謠〉와는 그 성격을 조금 달리하고 있다. 먼저 『三國遺事』에 전하는 〈獻花歌〉의 배경설화를 살펴보자. 노래를 제외한 『三國遺事』의 기록은 다음과 같다.

> A : 성덕왕 대에 순정공이 강릉 태수로 부임하는 행차 중에 바닷가에서 점심을 먹었다. 곁에 있는 산 봉우리는 바다를 병풍처럼 둘러싼 것과 같았다. 높이는 천 장이 되고 위에는 철쭉꽃이 만발해 있었다. 공의 부인인 수로가 그를 보고 좌우에 이르기를 "꽃을 바칠 자가 그 누구인고?" 라고 하였다. 종자들이 대답하길 "사람의 발길이 이르지 못할 곳입니다."하고 모두 할 수 없다고 말했다. 곁에 암소를 끌고 가는 노인이 있어 부인의 말을 듣고 그 꽃을 꺾어와 노래를 지어 바쳤다. 그 노인이 누구인지 알지 못한다.

> B : 행차가 다시 이틀을 가서 또 임해정이 있어 점심을 먹으려던 차에 해룡이 갑자기 부인을 납치해 바다로 들어갔다. 공이 어쩔줄 몰라 하며 땅을 치며 주저앉았으나 계책이 없었다. 또 한 노인이 있어 고하기를 "옛 사람의 말에 뭇사람의 입은 쇠도 녹인다고 하였으니 지금 바다 속에 있는 짐승인들 어찌 뭇사람의 입을 뭇사

람의 입을 두려워하지 않겠습니까? 마땅히 경계 내의 백성을 나오게 하여 노래를 지어 부르면서 막대기로 바닷가를 두드린다면 부인을 볼 수 있을 것입니다.” 라고 하였다. 공이 그를 하였더니 용이 바다에서 부인을 받들고 나와 바쳤다. 공이 부인에게 바다 속의 일의 물으니 말하기를 “칠보궁전에 차린 음식이 달고 향기가 깨끗하여 이 세상의 음식이 아니었습니다.”라고 하였다. 이 부인의 옷에는 이상한 향기가 났는데 이 세상에서 맡은 것이 아니었다. 수로부인의 용모는 그 당시 가장 뛰어나, 깊은 산과 큰 물을 지나갈 때마다 신물에게 납치될 때가 빈번하였다. 뭇사람들이 해가를 불렀는데 가사의 내용은 다음과 같았다.

위의 『三國遺事』의 기록을 보면 두 개의 독립된 이야기가 나오고 각 노래에서 한 편씩 두 편의 노래가 나오고 있다. 그리고 〈獻花歌〉는 ‘그 꽃을 꺾어 와 노래를 지어 바쳤다.’는 연행의 장면이 나온다. 이것은 〈海歌〉에서 ‘뭇사람들이 해가를 불렀는데’라는 연행의 장면과는 다르다. 〈海歌〉는 여러 사람이 불렀다고 기록하고 있고, 〈獻花歌〉는 견우노인이 불렀다는 기록이다.

민요의 가창 방식은 독창, 선후창, 문답창, 제창이 있다. 그리고 과거로 올라갈수록 제창 방식이 일반적 이었으며, 이것이 분화, 변이 되는 과정에서 독창, 선후창, 문답창의 여러 형식이 생겨난 것이다. 그렇다면 〈獻花歌〉는 아주 이른 시기의 노래였으므로 제창의 형식을 띄는 것이 자연스러운 일이었을 텐데 독창되어진 것이다.

이러한 이유는 〈獻花歌〉가 지닌 그 기능의 특수성 때문이었을 것이다. 〈獻花歌〉는 구애의 노래였을 것이다. 안타깝게도 우리의 민속에서 구애를 위한 노래를 불렀다는 전거를 찾지 못하였다. 그러나 사랑하는 이가 사랑하는 대상을 위하여 특정한 노래를 부른다는 것은 자연스러운 일이다. 노래의 가사는 그 상황에 따라 조금씩 다를 수 있을 것이고, 동일할 수도 있을 것이다. 그러므로 〈獻花歌〉는 구애가라는 일반적인 노래에 이 노래가 불러진 특수한 상황이 결합하여 지금의 모습으로 전하고 있다고 본다. 그러므로 〈獻花歌〉의 작가를 견우노인으로 보는 것은 아무런 무리가 없다고 본다. 견우노인은 설화적 인물이자, 이미 익명성을 획득한 인물이기 때문이다.

4.3. 祭儀歌 作家

『三國遺事』 소재 향가 14 작품 중 제의성이 짙은 작품으로 〈安民歌〉와 〈遇賊歌〉를 분류하였다. 앞서 살핀대로 〈安民歌〉는 유교적 제의 과정에서 불러진 노래라고 생각한다. 배경설화에 드러나있듯이 경덕왕은 그 당시 왕당파와 비왕당파의 권력 투쟁을 잠재우기 위한 특별한 의례를 필요로 하였고, 이를 위한 목적으로 충담사에게 〈安民歌〉의 제작을 부탁하였다. 그러므로 〈安民歌〉의 작가는 충담사라고 본다.

하지만 이름에서 느껴지듯이 충담사는 실명이 아니라 아호 내지 특수한 관직에 수반되는 이름이라고 생각한다. 물론 법명으로 볼 수도 있겠다. 중요한 것은 충담사가 전거에 상관없이 역사적 실존 인물이라는 사실이며 〈安民歌〉는 개인의 창작 시가라는 것이다. 동일한 맥락에서 『三國遺事』에 전하는 〈安民歌〉의 배경설화 역시 역사적 사실에 기초하고 있다고 본다. 그 당시의 사회 상황과 배경설화가 일치하고 있기 때문이다.

〈遇賊歌〉의 작가 영재 역시 역사적 실존 인물로 보고자 한다. 향가를 잘 지어서 이름이 널리 알려져 있었다는 화소가 배경설화에 반드시 필요하지 않기 때문이다. 〈遇賊歌〉의 작가 영재는 향가를 잘 지었다는 사실보다 도적 앞에서도 초연하였다는 그의 기행이 『三國遺事』의 기록의 주지이다. 그러므로 실제 영재는 향가를 잘 지었던 실존인물로 파악된다. 단지 영재의 신분에 대해서는 승려로 보아온 기존의 논의를 재고해 보아야 한다고 생각한다.

〈遇賊歌〉의 작가 영재를 승려로 보는 것은 ‘釋永才性滑稽’에서 釋이라는 글자 때문일 것이다. 그 외에는 영재를 승려로 보아야 할 이유가 없다. 그리고 작품의 내용으로 보아 고매한 승려였을 테인데 다른 기록에서 보이지 않은 것은 납득하기 어렵다. 그러나 釋이란 글자가 ‘승려’, ‘부처’의 뜻을 지니지만 본 의미는 ‘풀다’, ‘버리다’의 의미로 쓰이는 글자이다. 『春秋左氏傳』의 ‘釋盧蒲嫳于北竟’이라는 용례에서 ‘釋’은 ‘추방당하다’라는 의미로도 쓰이고, ‘버림받다’라는 의미로도 쓰이는 말이다. 또한 ‘풀려나다’라는 의미로도 쓰인다. 釋이라는 글자 한자 때문에 영재의 신분을 승려로 보는 것은 신중을 기하여야 할 것이다.

다음의 ‘暮歲將隱于南岳’이라는 구절도 영재가 승려의 신분이라는 것에 위배되는 표현이다. 당시 불교는 대승불교가 주를 이루었는데, 승려의 은둔이란 가당치 않기 때문이다. 오히려 『三國遺事』에 보면 단속사 창건 연기 설화라든지 고위 관직을 지냈던 귀족들이 은둔하려 했었다는 기록은 자주 보인다.

또한 ‘乃投之地’라는 표현 역시 승려에게는 어울리지 않는 표현이다. 승려에게 주는 물건은 보시이다. 이미 은둔을 결심했다고 하더라도 보시한 물건을 땅에 던져버리는 행위는 적어도 승려에게서는 찾아보기 어려운 행위이다.

찬에서 보이는 ‘지팡이 짚고 산을 찾는 뜻이 점점 굳은데 / 비단이나 주옥이 어찌 그 마음 다스리랴’는 표현도 이미 속세의 부귀영화를 누릴 만큼 누렸다는 의미도 포함하고 있다. 영재의 신분이 무엇이었는 지는 알 수 없지만 승려로 규정한다는 것은 이와 같은 이유로 설득력을 갖기 어렵다. 오히려 고위 관직을 지내며 부귀영화를 누렸던 귀족으로 보는 것이 타당하지 않을까 생각한다.

영재의 속세의 신분을 유추할 수 있는 근거를 배경설화에서 찾아보면 먼저 '善鄕歌'라는 부분이 보인다. 여기서 향가가 오늘날 국문학 장르의 하나인 향가를 의미하는 지는 알 수 없지만 영재는 향가를 잘하였던 것이다.

다음은 '賊素聞其名'이라는 구절이다. 도적들이 영재의 이름을 알고 있었다는 사실이다. 배경설화에 의하면 이름을 듣자 노래를 짓게 하였으니, 영재는 분명 노래로 유명한 인물이었다. 그 노래가 어떤 성격을 가졌는가는 쉽게 유추할 수 있다. 배경설화 문맥상의 의미로 보아 〈遇賊歌〉와 비슷한 성격의 노래일 것이다. 부르게 한 것이 아니라 짓게 했다는 표현에서 유추해 볼 수 있다.

끝으로 '將避於窮山 以錢一生'라는 표현이다. 장차 깊은 산에 피신하여 여생을 보내려 한다는 말은 앞서 살핀 釋의 의미와 연관시켜 해석할 수 있는 부분이다. 또한 영재가 신적 존재가 아닌 이상 죽음 앞에 초연했다는 표현은 이미 죽음을 두려워하지 않는다는 의미일 것이다. 이러한 이유는 이미 죽음 이상을 경험하였거나 삶을 초탈하였다는 의미로 해석될 수 있다. 이러한 여러 가지 이유로 영재가 조정에서 의례를 담당하였던 귀족이라고 추정하고자 한다.

4.4. 呪術歌 作家

주술가는 개별적 상황에서 특수한 목적을 위하여 부르는 노래이다. 그러므로 〈彗星歌〉는 혜성의 출현에 기인하여 지어졌으며, 〈怨歌〉는 효성왕이 신의를 저버린 것에 반하여 지었으며, 〈處容歌〉는 역신의 침범에 창작의 동기가 있다. 이러한 창작 동기보다 이 노래가 나타낸 효험이 주술가로서의 지위를 확보하고 있다. 즉, 〈彗星歌〉를 부르니 별의 변괴가 사라졌고, 〈怨歌〉를 부르니 잣나무가 시들어버렸으며, 〈處容歌〉를 부르니 역신이 감복한 것이었다.

주술가는 그 상황에 맞추어 불러야 하므로 주술사의 창작에 의하여 외화된다고 보는 것이 타당할 것이다. 그러므로 개인의 창작 시가이고 역사적 실존 인물일 가능성이 높은 것이다. 그러나 이것이 설화 속에서는 이름의 변이를 겪기도 한다. 〈彗星歌〉의 작가 융천사에 대하여 논의하고자 한다. 먼저 배경설화 전문을 싣는다.

第五居烈郎 第六實處郎一作突處郎. 第七寶同郎等 三花之徒 欲遊楓岳 有彗星犯心大星 郎徒疑之 欲罷其行 時天師作歌歌之 星怪卽滅 日本兵還國 反成福慶 大王歡喜 遣郎遊岳焉 歌曰 舊理東尸汀叱 乾達婆矣 遊烏隱 城叱肹良望良古 倭理叱軍置來叱多 烽燒邪隱邊也藪耶 三花矣岳音見賜烏尸聞古 月置八切爾數於將來尸波衣 道尸掃尸星利望良古 彗星也白反也人是有叱多 後句 達阿羅浮去伊叱等邪 此也友物北所音叱彗叱只有叱故

노래의 해독은 다음과 같다.

제 5 거열랑, 제 6 실처랑(일명 돌처랑 이라고도 한다.) 제 7 보동랑 등과 같은 세 명의 화랑들이 풍악으로 놀러 가려고 하는데 혜성이 심대성을 범하였다. 낭도들은 이를 의아스럽게 생각하고 그 여행을 중지하려고 했다. 이때에 천사가 노래를 지어 부르자 별의 괴변은 즉시 사라지고 일본 군사가 제 나라로 돌아가니 도리어 경사가 되었다. 임금이 기뻐하여 낭도들을 보내어 풍악에서 놀게 했으니, 노래는 이렇다.

예전 동해 물가
건달바의 논 성을 바라보고,
왜군도 왔다 봉화를 든 변방이 있어라.
삼화의 산 구경 오심을 듣고
달도 부지런히 등불을 켜는데
길 쓸 별 바라보고
혜성이여 사뢴 사람이 있구나.
아으 달은 저 아래로 떠 갔더라.
이보아 무슨 혜성이 있을꼬. (양주동역)

위의 배경설화를 아무리 꼼꼼히 살펴봐도 '융천사'라는 어휘는 등장하지 않는다. 그런데 우리가 〈彗星歌〉의 작가를 융천사로 보는 것은 이 작품이 『三國遺事』 제5권 感通편 제7 融天師 彗星歌 眞平王代에 실려 전하기 때문이다. 일연의 『三國遺事』 창작 태도에서 언급하였듯이 일연은 전거에 없는 것을 자료로 인정하지 않았다고 본다. 풍월에 주워들은 것은 『三國遺事』 편찬에서 제외하였고, 그것을 수록하고 싶을 때에는 반드시 전거를 구하였다. 그렇다면 위의 배경설화 역시 일연이 어느 문헌에선가 참고로 하였을 것이다. 즉, 일연이 보았던 그 전거가 원문이 되는 것이고, 그 원문에는 융천사라는 어휘가 등장하지 않는다. 다만 時天師 作歌歌之 星怪卽滅 日本兵還國 反成福慶 大王歡喜 했다고만 기록되어 있다. 일연은 여기에서 '天師'라는 어휘에 작의적으로 '融' 자를 첨부하여 융천사로 기록한 것이다.

편찬자의 편찬 의도에 맞춰 제목을 정하는 것은 당연한 일이다. 일연은 天師라는 어휘의 의미를 분명히 하고 싶었는지 모르겠다. 그러므로 일연이 첨부한 융을 제외하면 이 주술가의 실제 작가는 천사가 되는 것이다. 〈彗星歌〉의 작가는 天師이다. 천사가 고유명사이냐, 관직명이냐를 밝히는 작업은 논제에서 벗어나므로 다음 기회에 논의하고자 한다. 여기서는 〈彗星歌〉가 진평왕대 천사라는 인물에 의하여 창작되어진 노래라는 사실만 주장하고자 한다.

〈彗星歌〉의 작가가 천사이냐, 융천사이냐는 중요한 문제이다. 천사는 신분을 나타내는 명칭일 가능성이 높고, 융천사는 설화적 가공 인물일 가능성이 높은 명칭이기 때문이다. 후자의 경우라 할지라도 반드시 설화적 인물이라는 근거는 되지 못한다고 생각한다. 〈怨歌〉의 경우 작가인 신충이 역사적 실존 인물이라는 사실이 거의 밝혀졌다. 배경설화의 내용과 신충이라는 이름이 갖는 유사성이 우연이라는 것이 증명된 것이다.

〈怨歌〉의 작가 신충이 역사적 실존인물이라는 사실은 이미 선학들의 여러 연구에서 많이 밝혀졌다고 본다. 그러므로 여기서는 그에 대하여 부언하는 것은 의미를 가지지 못하고, 역으로 주술가는 역사적 실존인물이었던 특정 개인이 부른 노래일 경우가 많다 라는 주술가의 일반적 특성을 증명하는 논거로 사용하고자 한다.

〈處容歌〉의 작가 처용에 대한 연구도 선학들에 의하여 다양하게 진행되었다. 처용에 대한 학계의 견해를 정리하면 대체로 네 가지로 요약되고 있다. 먼저 민속 신앙적 관점에서 처용이 巫이면서 동시에 巫의 신이기도 한 동해 龍神을 주신으로 섬기는 강신무라고 보는 견해이다. 다른 견해로는 불교 신앙적 관점에서 처용은 護國護法의 용이고, 그가 왕정을 보좌하는 것과 歌舞를 추었던 것은 중생 교화로서의 임무 수행이자 불교적 교화 가무의 의미를 지닌다고 보는 것이다. 또한 역사 사실적 관점에서는 처용이 중앙 정권에 순복하지 않는 지방 호족의 자제로 보고 있다. 한편 신라 시대 때 서역 지방과의 교역이 있었음을 근거로 해서, 처용을 이슬람 상인으로 보려는 견해도 있다.

어떠한 견해로 처용을 보더라도 〈處容歌〉를 불렀던 처용은 역사적 실존인물이지, 설화 속의 인물일 수는 없다.

4.5. 佛敎文學 作家

불교문학적 성격이 강한 작품으로 〈願往生歌〉, 〈兜率歌〉, 〈禱千手大悲歌〉가 있다. 이 세 작품은 배경설화의 내용으로 보아 특정인이 특정한 상황에서 부른 노래이다. 그러나 노래의 내용으로 보면 비슷한 상황에서 얼마든지 불러질 수 있는 성격을 가지고 있다. 그러므로 작가를 규정한다는 것이 불필요할지 모르나 각각의 노래에서 가지는 작가의 의미가 무엇인지를 살펴보는 작업은 작품 전체의 이해에 도움이 될 것이라 생각한다.

〈願往生歌〉가 불러진 당시의 신라 사회는 미륵상생신앙이 널리 퍼져 있었으므로, 굳이 광덕과 엄장이 아니더라도 얼마든지 '원왕생'을 노래할 수 있었을 것이다. 그러므로 누구든지 '원왕생'을 바라는 노래를 부를 수 있었을 것이지만 우리가 현재 알고 있는 〈願往生歌〉의 작가는 광덕이나, 엄장, 광덕의 처 등으로 규정하는 것이 가능할 것이다. 배경설화의 내용으로 보아 신비감이 강하고, 상징성이 강하므로 당연히 설화 자체가 실제의 일화와는 전혀 무관한 '도솔천 신앙'을 반영한 창작물이라고 생각한다. 곧, 〈願往生歌〉의 배경설화는 세계가 제시하는 문제의 해석이나 경험의 총합을 통한 교훈의 전달이라는 설화의 기능보다는 포교라는 선험적 교훈의 전달이라는 특수한 기능이 강한 설화이다.

〈願往生歌〉의 배경설화 자체가 의도적인 창작물이라면, 작품에 등장하는 인물들의 이름 역시 상징성을 띨 수밖에 없는 것이며, 이미 그 이름 자체가 선험적 경험의 전달이라는 특수한 기능을 가지고 있는 것이다. 그러므로 〈願往生歌〉의 작가는 광덕으로 보는 것이 타당하다고 생각하며, 광덕의 역사적 실존성을 따지는 작업은 무의미하다고 본다. 순수한 설화적 인물인 광덕은 이름 자체에서 '願往生'에 이르는 길을 제시하고 있는 것이다.

〈兜率歌〉의 작가 월명사 역시 설화적 인물에 다름 아니며, 그 이름이 가지는 상징적 의미가 더욱 크다고 생각한다. 월명사의 이름인 '달이 밝다.'라는 의미에서 달이 가지는 상징성을 생각하는 것이 중요하다. 달이 부처로 인식되었던 것은 〈月印千江之曲〉의 제명에서도 그 유래를 찾을 수 있다. 부처는 컴컴한 세상을 밝혀주는 달과 같은 존재라는 것은 굳이 증명할 필요가 없을 것이다.

『三國遺事』의 기록에 나오는 '피리를 불러서 달을 멈추게 했다.' 라는 문맥도 그 상징성을 주의 깊게 살펴보아야 할 것이다. 달을 멈추게 할 필요와 도대체 피리가 상징하는 것은 무엇인가를 고민해 보는 작업은 〈兜率歌〉의 이해에 도움을 줄 것이다. 이와 같이 『三國遺事』〈兜率歌〉조에 나오는 노래와 배경설화는 상징의 중첩이다. 그러므로 작가인 월명사 역시 이름 자체에서 선험적 경험의 전달이라는 설화적 기능을 수행하고 있는 것이다.

〈芬皇寺千手大悲盲兒得眼〉에서 〈禱千手大悲歌〉의 작가로 볼 수 있는 인물은 시가의 話者로 보아서 희명과 맹아이다. 그리고 상징적으로 대상의 폭을 확대하면 등장인물과 무관한 제3자로 볼 가능성도 있다. 앎이 부족한 아녀자인 희명이나 어린 아이가 작가가 아니라, 득안담을 들었던 제3자가 작가일 가능성도 있을 수 있다는 이야기이다. 그러나 제3자의 작가설은 가능성일 뿐이지 개연성이 너무 희박하다. 그렇다면 나머지 어머니인 희명과 아들인 맹아 중 어느 하나를 작가로 택해야 할 것이다.

〈禱千手大悲歌〉의 배경담인 〈芬皇寺千手大悲盲兒得眼〉의 내용에서 천수대비는 어디까지나 맹아의 소청을 들어주고 고통을 해결해주는 쪽이다. 그리고 시가의 내용은 천수대비에게 자비를 베풀어 눈을 주라고 아이가 소청을 비는 내용이다. 그러므로 시가의 내용으로 볼 때 소청을 비는 맹아가 시가의 작가라는 생각이다. 〈禱千手大悲歌〉의 내용은 어머니인 희명의 소청이 아니고 아들인 맹아의 절박한 소청이기 때문이다.

　지금 학계에서는 〈禱千手大悲歌〉의 작가로는 한기리의 출신인 희명으로 보고 있다. 이 희명이 여자의 신분이고 보니 향가의 작가군에 여성도 끼어있다고 대부분의 학자들은 주장하고 있는 실정이다. 그러나 〈芬皇寺千手大悲盲兒得眼〉의 내용상으로는 분명히 작가는 희명의 아들인 맹아로 보는 것이 타당하다. 그 증거는 〈芬皇寺千手大悲盲兒得眼〉의 본문에 나오는 “令兒作歌禱之”라는 기록이다. 곧 “아이를 시켜 노래를 지어 빌게 했다.”고 기록되어 있다. “令兒作歌”의 기록대로 노래를 짓도록 명하여 시킨 사람은 어머니인 희명이 분명하다. 그러나 어머니의 명을 좇아서 노래를 실제로 지은 자는 눈 먼 아이 곧 맹아이다. “令兒作歌禱之”에서 ‘令’의 주체자는 희명이나 ‘歌’를 ‘作’하고 ‘禱’를 한 주체자는 분명히 맹아이기 때문이다. ‘禱’의 주체는 맹아로 인정하면서 ‘歌’를 ‘作’한 주체는 맹아가 아니고 희명이라는 주장은 이해하기 어렵다. 그리고 앞에서 지적한 대로 〈禱千手大悲歌〉의 내용도 눈을 뜨게 기원하는 맹아의 소청이다. 또한 〈禱千手大悲歌〉의 내용에 나오는 화자로 보아서도 맹아가 이 시가의 작가이다.

　일반적으로 희명을 〈禱千手大悲歌〉의 작가로 보는 이유는 당시 맹아의 나이가 5세의 어린아이기 때문에 ‘歌’를 ‘作’할 수 없다는 이유에서일 것이다. 그러나 5세의 나이는 말할 것도 없고, 그 나이 이전에 이미 시를 지어 세상에 알려진 신동은 김시습을 비롯해서 상당하다. 그리고 〈芬皇寺千手大悲盲兒得眼〉이 실제 있었던 사실담이 아니고 상징적 이야기라면 5세라는 아이의 나이는 의미가 크지 않다. 다만 분명한 것은 “令兒作歌禱之”라는 확실한 기록의 증거로 볼 때 〈禱千手大悲歌〉의 작가는 맹아가 분명하다. 일연의 집필 태도에 대해서 이미 앞에서 지적한 대로 논리와 근거의 제시가 분명한 것으로 보아서도 어머니가 지은 것을 아들 몫으로 돌릴 리는 없다.

　불자의 수행은 누구도 다른 사람을 대신할 수 없다. 내가 수행하고 네

가 성불할 수는 없는 것이다. 곧 아무리 천륜의 가까운 사이라도 어머니
가 아들을 대신해서 하는 수행은 결코 부처나 보살의 응감을 얻을 수 없
다. 그런데 천수대비의 응감을 받고 맹아는 다시 눈을 얻었다. 맹아가
눈을 얻었으니 곧 맹아가 수행하고 소청하여 응감이 이루어진 것이다.
그 소청의 내용이 곧 〈禱千手大悲歌〉이다. 그러므로 〈禱千手大悲歌〉의
작가는 맹아가 당연하다.

　맹아는 이미 일반성을 띤다. 이러한 설화는 〈심청전〉에서도 보여주듯
이 지금까지 많이 전해지고 있다. 그러므로 배경설화의 정치한 분석 없
이도 관음보살에 의지하여 개명을 추구하는 모든 이가 〈禱千手大悲歌〉
의 작가가 될 수 있는 것이다. 배경설화에 등장하는 희명과 맹아는 특정
인이 아니라 눈먼 아이와 어머니의 대명사인 것이다. 그러므로 희명은
설화적 인물일 수밖에 없다.

제2장 作品論

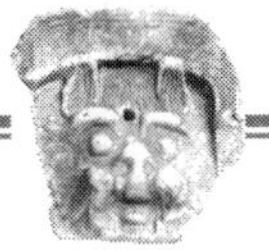

　우리 시가문학사에서 향가 문학이 차지하는 위상은 아무리 강조하여
도 지나침이 없을 것이다. 중국의 시가 문학이 시경에서 출발하여 근체
시에 이르기까지 그 내용과 형식에 있어 지속적인 영향을 끼쳐 왔던 것
처럼, 향가 문학은 우리 시가 문학의 濫觴으로서 천년의 시공간을 넘어
그 의미가 지속되고 있기 때문이다.

　이 땅에서 시를 노래하거나, 우리 시를 감상하고 이해하고자 하는 모
든 이에게 향가 문학은 바이블이라고 말하고자 한다. 향가 문학에 담겨
진 정서와 그 표현 방식은 우리 민족이 추구하여 온 시 세계의 축약이기
때문이다. 곧, 〈薯童謠〉와 〈獻花歌〉에 담겨진 사랑을 읽어 내지 못한다
면 한국식 사랑을 결코 이해할 수 없을 것이다. 〈慕竹旨郎歌〉에 담겨진
信義, 〈讚耆婆郎歌〉에 보이는 지도자상, 〈安民歌〉에서 노래한 정치 원리
는 모두 한국인이기에 공감할 수 있는 정서이다.

　향가 문학은 다채롭다는 것이 특징이다. 형식과 내용의 다채로움만이
아니라 시각에 따라 작품이 가지는 의미마저도 다채롭다. 이러한 이유로
향가 문학에 대한 수많은 논의는 항상 논의 자체로만 의미를 가졌다. 향

가 문학에 대한 그 수많은 정의는 항상 일면에서만 올바른 의미를 지녔던 것이다. 향가 문학 자체가 이처럼 다채롭기에 풍부하다는 긍정적 측면과 정의하기에 난해하다는 부정적 측면도 아울러 가지고 있는 것이다.

향가 문학 연구가 얼마나 난해하였으면, 연구가 시작된 지 100년이 지난 지금까지도 가장 기본적인 해석의 문제도 이루어지지 않았다. 작품의 이해를 위한 수많은 주장과 諸說들, 그 어느 것 하나 합의를 이루지 못한 채 지금도 계속하여 새로운 주장과 논의가 계속되고 있는 것이다. 이것은 천년 전의 문학이기에 갖는 특성이 아니라 향가 문학 자체가 그러한 속성, 즉 다채로움을 지니고 있기 때문이다.

향가 문학을 정의하고자 노력하였던 때가 있었다. 수많은 참고도서를 토대로 통합과 조화라는 무기로 하나의 합의를 이루어보려고 시도했던 때가 있었다. 그러한 작업을 하다가 배운 사실이 바로 향가 문학을 어떤 특정한 틀 하나로 정의하려 하는 그 자체에 문제가 있다는 것을 깨닫고 그만 두었다.

〈處容歌〉는 무가로 보고 싶으면 무가로 보인다. 주술가로 보고 싶으면 또 그렇게 보인다. 불교적인 노래로, 민중의 노래로, 개인의 서정이 드러나 있는 시가로 등등 보고 싶은대로 보인다. 작품은 하나인데 느껴지는 정서는 어떤 시각으로 작품을 바라보느냐에 따라 다르게 느껴진다. 그러므로 수많은 논의는 항상 옳다. 물론 지나친 주장도 있지만 대부분의 주장은 근거와 설득력을 가지고 있다. 이것이 어떻게 가능한 일인지 수수께끼이다. 이것이 향가 문학의 특성이라고 감히 말하고 싶다.

이러한 특성 때문에 작품론을 쓴다는 것은 어려운 작업이다. 하나의 작품을 가지고도 설득력 있는 주장만 정리하여도 책 한권으로 부족하다는 사실을 너무나 잘 알고 있다. 그러므로 말이 작품론이지 한 작품에 하나의 시각만 이야기 할 수밖에 없었다. 그러다보니 전체 구성이 통일되지 않아 조금 난삽한 느낌을 주는 것도 사실이다. 하지만 그동안 향가

문학에 대한 꾸준한 관심 속에서 깨달은 사실은 어느 시각으로 향가 작품을 바라보더라도 제대로만 이해한다면 다른 시각으로 바라보는 눈이 생긴다는 사실이다.

작품론은 『三國遺事』 소재 향가 작품만을 대상으로 하여 창작이 되어진 시대 순으로 정리하였다. 각각의 작품에서 가장 중요한 논점을 다룬 것은 아니다. 조금은 새로운 시각에서 작품에 접근하고자 하였다. 그러한 시도가 모두 좋은 결과를 가져온 것은 아니지만 향가 작품을 대하는 우리의 시각을 새롭게 해 볼 수 있는 기회와 작품 전반을 이해할 수 있는 계기가 되었다고 생각한다.

1. 薯童謠의　民間說話的　理解

　『三國遺事』 소재 〈薯童說話〉가 歷史上 實際 人物의 誕生으로부터 成功까지를 記述한 것으로 처음부터 끝까지 한 사람의 一貫된 이야기로 보았던 見解와는 달리 事件과 根源이 같지 않는 몇 개의 民間說話가 서로 複合되어서 只今 傳해지고 있는 하나의 統一된 〈薯童說話〉로 形成되었다고 본다. 이렇게 생각한 理由는 〈薯童說話〉에서 主人公의 誕生과 身分, 薯童의 王位 繼承, 彌勒寺의 創建逸話 等이 記錄 그대로 한 사람의 行蹟으로 보는 데는 어색하고 그 脈이 이어지지가 않기 때문이다. 그래서 여기에서는 脈이 이어지지 않는 理由와 왜 根源이 다른 說話의 複合으로 볼 수밖에 없는가 그 실마리를 찾아보려고 한다.

　먼저 다소 번거롭지만 『三國遺事』〈武王條〉를 提示해 놓고 생각해 보기로 한다.

　A : 武王 (古本作武康非也百濟無武康).
　B : 第三十 武王名璋. 母寡居. 築室於京師南池邊. 池龍交通而生. 小
　　　名薯童. 器量難測. 常掘薯蕷 爲賣活業. 國人因以爲名.

C : 聞新羅眞平王第三公主(一作善化)美艶無雙. 剃髮來京師. 以薯蕷
　　餉閭里羣童. 羣童親附之.
　　　乃作謠. 誘群童而唱之云. 善花公主主隱 他密只嫁良置古 薯童房
　　乙 夜矣卯乙抱遣去如. 童謠滿京. 達於宮禁. 百官極諫. 竄流公主
　　於遠方. 將行. 王后以純金一斗贈行. 公主將至竄所. 薯童出拜途
　　中. 將欲侍衛而行. 公主雖不識其從來. 偶爾信悅. 因此隨行. 潛通
　　焉. 然後知薯童名. 乃信童謠之驗. 同至百濟. 出母后所贈金. 將謀
　　計活. 薯童大笑曰. 此何物也. 主曰. 此是黃金. 可致百年之富. 薯
　　童曰. 吾自小掘薯之地. 委積如泥土. 主聞大驚曰. 此是天下至寶.
　　君今知金之所在. 則此寶輸送父 母宮殿何如. 薯童曰可. 於是聚
　　金. 積如丘陵. 詣龍華山師子寺知命法師所. 問輸金之計. 師曰. 吾
　　以神力可輸. 將金來矣. 主作書 幷金置於師子前. 師以神力. 一夜
　　輸置新羅宮中. 眞平王異其神變. 尊敬尤甚. 常馳書問安否. 薯童
　　由此得人心卽王位.
D : 一日. 王與夫人. 欲幸師子寺. 至龍華山下大池邊. 爾勒三尊出現池
　　中. 留駕致敬. 夫人謂王曰. 須創大伽藍於此地. 固所願也. 王許之.
　　詣知命所. 問塡池事. 以神力一夜頹山塡池爲平地. 乃法像爾勒三.
　　會殿塔廊廡名三所創之. 額曰爾勒寺(國史云王興寺)眞平王遣百工
　　助之. 至今其寺(三國史云是法王之 子而此傳之獨女之子未詳).

이상의 A, B, C, D가 問題가 된 〈薯童謠〉 및 〈薯童說話〉에 대한『三
國遺事』卷二〈武王條〉에 수록된 기록이다. 여기서 內容을 A, B, C, D
로 區分지어 놓은 것은 說話의 性格과 事件의 展開過程을 參酌해서 나누
었다.

곧 A는 출전이고, B는 한 寡婦가 서울 남쪽 못가에서 홀로 살다가 池
龍과 交通하여 百濟 武王 璋을 낳았고, 그가 어려서 '常掘薯蕷 賣爲活業'
하였기로 兒名을 薯童이라 불렀다는 神秘的인 薯童의 誕生說話이다. 다
음 C는 〈薯童謠〉를 지어 善花公主를 아내로 취하고, 多量의 黃金을 拾
得하여 王位에 올랐다는 薯童出世說話다. 그리고 D는 知命法師의 神通

力과 爾勒寺創建에 따른 寺刹綠起說話로 分類해 보았다.

이와 같은 〈薯童說話〉에 대한 分析的 研究는 1970年代 初期에 始作되었던 것으로 안다.[1] 筆者도 역시 樣相과 角度上 差異는 있겠으나 〈薯童說話〉가 多元的 構造를 이루고 있는 複合說話로 보고 考察하려는 것이다.

1.1. 靈物交合說話

薯童誕生說話는 巷間에 流布되어 있는 靈物交合說話에 속한다고 본다. 說話에서 靈物이라면 흔히 龍과 같은 想像의 動物이나, 道敎의 影響을 입어 人間보다 超能力을 가진 범, 곰, 거북 등 玉皇上帝에게 罪를 짓고 地上에서 微物의 모습으로 遁甲해서 살고 있는 것들이나, 龍宮의 使

---

1) (1) 便宜上 이것을 (A)·(B)·(C)·(D)로 四分하여 보았는데 (A)는 武康王(一然이 改作武王) 傳說, (B)는 「薯童謠」 說話, (C), (D)는 知命法師 神通力傳說로 把握할 수 있을 것 같다[宋在周 ; 「薯童謠」의 形成年代에 對하여, 藏菴池憲英先生華甲紀念論叢, 湖西文化社(1971), p.957(p.3)].

(2) 薯童說話는 本來, 男女相悅의 隱喩로 빼어난 童謠를 內包하고 庶民들의 遙遠한 꿈을 모두 成就시켜 주는 民衆의 이야기로서 純然한 것이었다. 이 說話는 自古로 널리 알려진 夜來者說話 〈傳說〉(A), 奇男妙計娶女說話(B), 善者得寶橫財說話(C), 薯童出世說話(D), 道僧神通說話(E), 等類의 單元說話를 積層的 虛構的으로 總和凝縮시킨 作品構造를 體系的 지니고 있다. 이러한 「薯童」의 一生을 실로 人間으로서는 最上의 幸運과 富貴 榮華를 漸層的으로 누린 바, 民族說話·古代小說에 나오는 典型的 英雄의 一生譚이니, 이름하여 「薯童傳」이라 해도 無妨할 것이다[史在東 : 「薯童說話」研究, 藏菴池憲英先生華甲紀念論叢, 湖西文化社, (1971), pp.950~951. (pp.56~57)].

(3) 筆者는 史在東, 宋在周 兩敎授가 「武王」條 記錄을 本文批判 道出結論한 대로 「武王」條 記錄은 全北 益山郡 王宮面 彌勒寺周邊에서 口頭로 傳承되며 流動成長하던 說話들이 習合하여 「彌勒寺刱建綠起傳說」=「後朝鮮武康王傳說」로 形成되었던 것이 高麗初中葉에 文字로 固定된 것임을 再確認한 셈이다[池憲英 : 上揭書, p.1145].

者들, 부처의 化身, 수천년 歲月이 묵으면 자연히 靈이 깃든다는 事物等으로 登場하며, 이러한 靈物說話들이 古代 傳記文學에 크게 影響을 끼쳤던 것은 周知의 일이다. 그리고 이같은 靈物說話가 英雄誕生과 結付되어서 그 英雄의 誕生을 神秘롭게 만드는 例는 많다. 〈薯童說話〉도 이와 마찬가지다.

이러한 靈物交合說話의 一例로는 全北 完山이나 慶北 馬山 등지에서 傳해지고 있는 〈螺中美婦〉를 들 수 있다.2) 또한 『三國遺事』에 傳하고 있는 〈甄萱說話〉도 패턴이 같은 것이다. 參考해 보기로 한다.

> 옛날에 한 부자가 光州 北村에 살았는데 딸 하나가 용모가 단정하였다. 그의 부친에게 말하기를 「매양 紫色衣服을 입은 남자가 침실에 와서 관계합니다.」 아버지가 말했다. 「네가 긴 실을 바늘에 꿰어 그(남자)의 옷에 꿰매어 두어라」 그 말대로 하였다. 날이 밝아 실을 찾아보니 바늘이 북쪽 담 아래의 큰 지렁이 허리에 꽂혀 있었다. 그 후 임신하여 한 사내아이를 낳으니 나이 15세에 자칭 견훤이라 하였다. 景福 원년 임자에 왕이라 일컫고 도읍을 完山郡에 정하였다.3)

結論的으로 甄萱이 光州의 한 處女와 지렁이의 交通으로 誕生하였다 하여 甄萱의 誕生을 神秘스럽게 만들었던 것과 마찬가지로 薯童의 誕生을 神秘스럽게 만들기 위하여 池龍交通 云云의 靈物交合說話를 끌어들이어 薯童을 平凡한 사람과는 다른 英雄으로 敍事化했던 것이라고 본다.

---

2) 孫晋泰, 『韓國民族說話의 研究』, 乙酉文化史, (1981), pp.31~34.

3) 昔一富人居光州北村. 有一女子. 姿容瑞正. 謂父曰 每有紫衣男到寢交婚. 父謂曰 殿以長絲貫針刺其衣從之. 至明尋絲於北墻下. 針刺於大蚯蚓之腰因妊生一男. 年十五. 自稱甄萱. 至景福元年壬子稱王(三國遺事 甄萱條).

1.2. 武康王의 出世說話

〈薯童說話〉는 金馬郡 只今의 益山地方에 根源을 둔 武康王의 傳說이 아닌가 생각한다. 우선 〈武康王傳說〉로 보아지는 根據를 記錄에서 찾아 보기로 하자.

A. 古本作武康 非也 百濟無武康(武王條).
B. 又明後朝鮮武康王及妃陵(俗號末通大王陵一云[4] 百濟武王小名薯童).
C. 時盜發金馬郡馬韓朝武康王陵.[5]
D. 後朝鮮武康王及雙陵(在郡西北五里許俗呼[6] 武康王爲末通大王).
E. 宋乙開記金馬郡昔武康王稱王之地.[7]
F. 世傳武康王旣得人心立國馬韓一日王與善花夫人欲幸獅子寺至山下.[8]
G. 後朝鮮武康王及妃陵也俗號末通大王陵一云百濟武王小名薯童末通卽
　　薯童之轉.[9]
H. 馬龍池 ： 在五金寺南百餘步世傳薯童大王母築室處.[10]
I. 世傳薯童事母至孝掘薯蕷之地忽得五金後爲王創寺其他因名焉.[11]

A~I까지 記錄을 綜合的으로 考察해 보면,

첫째, 益山地方의 王陵, 樓亭, 寺刹, 연못 등 史蹟들의 大部分이 直接 또는 間接的으로 武康王과 聯關이 되어 있다.

둘째, 『三國遺事』 〈武王條〉를 除外한다면 益山地方에 傳해지고 있는

---

4) 高麗史 地理志 金馬郡條
5) 高麗史 列傳 鄭方吉條
6) 世宗實錄 地理志 金馬·益山條
7) 新增東國輿地勝覽 益山郡第.
8) 上同.
9) 上同.
10) 上同.
11) 上同.

說話의 主人公은 武康王이 분명하다. B, C에서 ‘一云百濟武王’ 云云한 記錄이 보이나 아마도 이것은 『三國遺事』 後의 記錄이기 때문에 〈武王條〉의 影響을 받고 ‘一云’하여 혹시 百濟 때 武王의 일이 아닐까 餘裕를 가져본 것 같다.

셋째, 〈武康王說話〉는 後朝鮮, 馬韓 云云 한 것으로 보아서 百濟 武王 代의 이야기가 아니고 훨씬 그 以前의 事件으로 武康王↔末通大王↔ 薯童大王↔薯童은 같은 人物로 金馬郡(益山)에서 王位에 올랐으며 夫 人 善花와 함께 五金寺 서쪽 雙陵에 묻힌 傳說的 人物로 推定된다.

넷째, 〈武康王說話〉가 傳承되는 동안에 〈武王說話〉로 탈바꿈되었다.

上述한 바로는 益山은 옛날의 궁터였다12)는 點이고 武康王은 그 나라의 임금인 셈이다. 그렇다면 益山에 어떤 나라가 세워졌고, 武康王이 歷史的으로 實存했던 임금이 分明한 지가 問題이다. 歷史的으로 益山은 三國時代 以前에는 馬韓에 속하였던 땅이다. 더욱 益山에서 처음 馬韓이 箕子의 後孫 箕準에 依해서 세워졌다고 한다. 곧 益山郡의 〈建置沿革〉에 다음과 기록이 보인다.

> 本馬韓國(後朝鮮王箕準箕子四十一代孫也避衛滿之亂浮海而南至韓地 開國仍號馬韓)至百濟始祖溫祚王幷之自後號金馬渚新羅神文王改金馬郡 至高麗屬全州忠惠王後五年以元順帝皇後奇氏鄕陞爲益州本朝太宗十三 年例改今名爲郡.13)

益山이 馬韓의 發祥地라는 이야기다. 信憑하기는 어려운 古代의 歷史 的 事實이나 益山이 馬韓諸國에 屬했던 것은 사실이다. 그런데 이 馬韓 은 어떠한 國家的 形態를 갖춘 나라인가를 잠시 살펴보기로 하자.

---

12) 王宮井 〈在郡南五里世傳古宮闕遺址〉(上同).
13) 上同.

A. 通典云 朝鮮之遺民 分爲七十餘國. 皆地方百里. 後漢書云. 西漢
   以朝鮮舊地. 初置爲四郡. 後置二府 法令漸煩. 分爲七十八國. 各
   萬戶(馬韓在西有五十四小邑皆稱國辰韓在東有十 二小邑稱國卞
   韓在南有十二小邑各稱國.)14)

B. 後漢書東夷傳(韓傳)에 의하면「馬韓在西 有五十四國 其北與樂浪
   南與倭接 辰韓在東十有二國 其北與濊貊(東濊)接 辨辰韓之南 亦
   十有二國 其南亦與倭接 凡七十八國 佰濟國其一國焉이라 하여 三
   韓의 位置와 國數를 擧示하였는데, 이는 대개 七十餘國의 國名까
   지 並擧한 魏志(韓傳) 記事에 依據한 것이지만 각 三韓의 分布國
   數가 果然 實際로 위와 같았느냐, 아니냐가 나로서는 크게 問題
   視하는 바이다.15)

　　『後漢書』,『通典』,『魏志』等의 記錄으로 推測해 보면, 三韓은 數個의
小邑들로 이루어진 듯하고, 이 小邑들이 하나의 國家로 칭해졌으니, 馬
韓을 例로 들어보면, 车水國, 小石索國, 大石索國, 月支國, 馹盧國, 乾馬
國, 伯濟國 등 총 54개의 小邑國으로 形成되었다고 한다. 이 小邑은 一
種의 部族國家로써 近者에 千寬宇, 李基白 敎授 等이 主張한 城邑國家인
것으로 看做된다.16)

---

14) 三國遺事 七十二國條

15) 李丙燾, 上揭書, p.210.

16) 城邑國家 : 나지막한 丘陵 위에 土城을 쌓고 살면서 城 밖의 평야지대에서 農耕에
　　종사하는 農民들을 지배해 나가는 정도의 것이었다고 생각된다. 이러한 小國은 종
　　래에 흔히 '部族國家'라고 불러왔으나 오히려 '城邑國家'라고 부르기에 알맞은 존재
　　들이다. '部族國家'라는 말은 部族 집단이 그 자체 정치적 기능을 갖고 있다는데서
　　만들어진 것이지만 그러나, 部族 이외의 다른 요소, 이를테면 國家 형성기에 나타나
　　는 血緣的인 사회구조의 地域的 확대 전환이라든지, 비교적 밀집된 형태의 큰 聚落
　　의 형성 일정한 정치체제의 성립에 수반되는 사회의 계층화 경향 등이 무시되는 약
　　점이 있어 이 초기 國家를 나타내는 개념으로서 적합하지가 않다. 한편 이를 그리이
　　스의 폴리스(polis)처럼 '都市國家'라고 부를 수도 있겠으나, 아직 폴리스의 경우처럼
　　인구의 集中化라든지 일반적인 都市化가 진행된 흔적을 찾기가 어렵고, 고작 大聚
　　落의 존재를 상정할 수 밖에 없기 때문에 '城邑國家'라고 이름붙이는 것이 타당할
　　듯하다. : 三韓의 小國들을 이렇게 본 것이다(李基白・李基東, 『韓國史講座』, 一潮閣,

이러한 城邑國 중에 어느 한 나라가 盆山에 자리잡고 있었고, 그 城邑國의 한 王이 武康王이 라고 생각할 수는 없을까? 이것이 分明한 事實이라고 證明할 方法은 없다. 그러나 盆山地方에 흩어져 있는 史蹟의 大部分이 武康說話와 關聯되어 있으니, 이點으로 볼 때 盆山이 武康王과는 깊이 關係되어 있었던 것 같다. 곧 盆山에 터전을 잡은 城邑國의 한 임금으로 武康王이 사실상 存在했던 것으로 推測된다. 그리고 그 武康王이 百濟의 武王이 될 수 없음은 前項에서 敍述했던 바와 같으니, 그는 百濟 以前의 馬韓諸國의 어느 城邑國家 중의 한 王이 될 수밖에 없다.

그리고 李基白의 이야기를 詳考해 보면 城邑國家는 아직 國體的 體制가 完全하게 잡힌 나라가 아니며, 推測하건대 한 盆地나 土城 속에 자리잡은 나라로 이런 城邑國家의 王은 王이라기보다는 차라리 部族의 酋長에서 크게 벗어나지 못했을 것으로 생각된다.

그러므로 武康王 역시 그러한 城邑國家의 王에 不過했을 것이고, 善花 또한 盆山에 隣接해 있는 다른 城邑國의 公主 또는 部族의 추장딸이었지 않았을까 推測된다. 이렇게 생각하면 盆山의 한낱 薯童(마캐는 아이)이 數百里 떨어진 徐羅伐까지 國境을 넘어서 마(薯蕷)를 팔러 갔을 리 없다는 問題點도 자연히 解決된 셈이다. 그리고 善花가 眞平王의 實際 公主였다면 그녀의 美貌에만 惑하여 일개 薯童(마캐는 아이)의 身分으로 감히 넘보지도 못했을 것이다.

그러나 武康王이 小國 卽 城邑國의 王에 지나지 않았다면 問題는 간단하다. 古代에 어는 健壯한 靑年이 近接한 이웃 部族國家의 추장딸하고 로맨틱한 叙事的 戀愛譚이 생길 법한 일이며, 더더욱 薯童이 器量難測한 英傑이었다고 하니 拾得한 黃金의 힘으로 한 部族의 酋長이나 또는 城邑國의 王쯤은 되었음직하고, 한편 百姓들을 모아서 新生 城邑國 하나쯤

(1982), pp.40~41).

세웠을 것으로 본다하여도 크게 無理는 아닐 것이다.

그렇다면 益山에 實際로 城邑國家가 存在했었던 것인가 古代史를 잠깐 더듬어 보기로 한다. 李丙燾 는 『後漢書』, 『魏志』 等 史書를 바탕으로 하여 〈辰·馬 兩韓의 位置比定表〉를 作成했었다. 이 作成表에 보인 55個國 중에서 10餘國은 그 位置가 未詳으로 되어 있으나 그 이외의 나라들은 位置를 確定 또는 推定해 놓았다. 그 중에서 地域 및 國名으로 보아서 〈薯童說話〉와 聯關이 될 것으로 생각된 乾馬國, 馹盧國, 伯濟國을 紹介해 본다.

> ○ 乾馬國(馬韓) 全北 益山郡 馬韓後期의 盟主國이니 濟·羅代의 金馬渚 또는 金馬郡.
> ○ 馹盧國(馬韓) 洪城郡 長谷面一帶 日人 故鮎貝房之進의 說(鮎貝房之進 : 「雜攷」 第三輯上卷, p.7)과 같이 洪州의 驪陽癈縣인 百濟의 沙尸良縣에 比定된다. 沙尸良은 一云沙羅하고 羅代의 新良.
> ○ 伯濟國(辰韓) 京畿道 廣州地方. 後日의 百濟는 본시 慰禮部落에서 일어난 만큼 처음의 國號는 慰禮였으나, 후에 河南 廣州의 伯濟로 옮기어 百濟라고 고치었던 것이다.17)

馬韓諸國 중에서 乾馬國은 그 位置가 益州에 있었고, 馬韓 後期에 盟主國이었다고 한다. 그리고 益山地方에 散在하여 있는 雙陵, 王宮井, 清心樓, 五金寺 等 史蹟들로 詳考해 볼 때 益山에 位置한 薯童이 임금으로 있었던 나라도 제법 興盛했던 듯싶다. 여기서 우리는 薯童이 器量 難測한 英傑로 그의 나라가 興盛했었고, 또한 乾馬國이 馬韓 後期의 盟主國이었다고 하니 兩者 사이에 서로 一致點을 찾을 수 있다. 곧 氣量難測한 英傑 薯童은 益山에 位置한 乾馬國의 武康王이었을 것으로 推定해 본 바이다.

---

17) 李丙燾, 上揭書, pp.262~266.

그리고 乾馬國이 馬韓 後期의 盟主國이고 百濟가 馬韓 땅에서 일어났으니 兩國 사이에 混沌의 可能性이 있기도 한다. 卽 乾馬國의 武康王이 百濟의 武王으로 바꾸어질 수가 있다는 이야기다. 더구나 馬韓諸國 중에는 慰禮에 位置했던 伯濟國이 있었으니, 乾馬國→伯濟國→百濟로 변이될 餘地가 전혀 없는 것은 아니다.

다음에 薯童과 善花의 戀愛譚이 생긴 곳은 百濟 武王條에 新羅나 徐羅伐로 明記되어 있지는 않으나 眞平王의 三女란 內容으로 보아서 徐羅伐에서 일어난 事件이다.

그런데 위에 例로 들었던 馹盧國은 只今의 洪城郡 長谷一帶로 百濟 때에는 ‘沙尸良’, ‘沙羅’이고, 羅代에는 ‘新良’이였다고 李丙燾가 比定하고 있으니 이것이 事實이면 徐羅伐과 그 地名이 類似해서 馹盧國인 ‘沙尸良’, ‘沙羅’ 또는 ‘新良’의 공주가 ‘徐羅伐’, ‘新羅’의 공주로 誤傳되고, 또한 그 장소도 ‘沙羅(홍성)’ 또는 ‘新良’에서 ‘徐羅伐’, ‘新羅’로 바꾸어져서 〈薯童說話〉에서 薯童과 善花의 交通한 곳이 新羅고 徐羅伐로 되었지 않았는가 생각한다.

馹盧國이 位置했던 只今의 洪城과 全北 北端에 있는 益山과의 거리는 서울과 平澤 사이의 거리와 엇비슷하고, 더구나 馹盧國이 當時에 있었던 長谷은 洪城에서도 상당히 떨어진 남쪽이고 보니 健壯한 壯丁이라면 益山(乾馬國)에서 長谷(馹盧國)은 걸어서 하룻거리에 不過한 이웃이다. 結局 乾馬國과 馹盧國은 近接되어 있는 隣接國이었다.

結論的으로 薯童과 善花의 사랑이야기인 〈薯童說話〉는 馬韓諸國 중 어느 隣接한 두 나라 사이에 있었던 傳說的 事件으로 보인다. 즉 乾馬國의 器量難測한 健壯한 靑年과 馹盧國 美貌의 公主 사이에 일어났던 逸話로 보는 것이 보다 옳지 않을까 생각된다.

그런데 이 傳說的 事件은 數世紀 前에 口傳되던 古代의 일이기 때문에 긴 時間이 흐르는 동안 訛傳되고 또는 誤記되어서 乾馬國의 武康王은

百濟의 武王으로, 馴盧國의 王女는 新羅의 善花로 탈바꿈되고 時代的 背景도 馬韓代에서 眞平과 武王代로 바꾸어진 說話로 정착된 것이라고 推定해 본 바이다.

그리고 〈後朝鮮武康王及妃陵 俗號末通大王陵〉에서, '武康王, 後朝鮮 云云의 記錄은 아마도 益山郡의 〈建置沿革〉에서 敍述했던 바와 같이 馬韓이 益山을 根據로 해서 箕子의 41代孫 後朝鮮 箕準이 세웠다는 데서 起因됨직하다.

그러므로 〈薯童說話〉의 둘째 단락은 寡婦之子였던 薯童이 器量과 黃金의 힘으로 王位에까지 오른다는 乾馬國의 武康王 出世說話가 百濟의 武王說話로 變貌된 것이라고 말할 수 있을 것 같다.

1.3. 寺刹緣起說話

武王條 〈薯童說話〉의 마지막 段落은 純粹한 百濟 武王代의 寺刹緣起說話로 보이며, 薯童이 益山의 乾馬國을 實際로 다스렸던 武康王이었다면 武王條의 結末部分인 緣起說話는 薯童과 無關한 것으로 보아야 한다. 그리고 佛敎가 海東에 導入된 時期를 三國時代 以前으로 遡及할 수 없다는 點을 勘案해 볼 때 彌勒寺를 創建한 時期는 馬韓까지 올라갈 수 없으며, 考古學이나 古美術學까지 動員할 必要도 없이 記錄대로 武王代라고 생각함이 順理인 것 같다.

그런데 彌勒寺創建에 대한 다음 記錄을 參考해 보면 다음과 같다.

彌勒寺
A : 在龍華山世傳武康王旣得人心立國馬韓.
B : 一日王與善花夫人欲幸獅子寺至山下大池邊三彌勒出現池中夫人謂

王曰願建伽藍於此地王許之詣知明法師問塡池術師以神力一夜頹山
塡池萬創建佛殿又作三彌勒像新羅眞平遣百工助之有石塔極大高數
丈東方石塔之最(傍點 및 A·B段落, 筆者).18)

馬韓과 眞平은 時代的으로 同存할 수가 없으니 A와 B를 한 사람의 이
야기로 볼 수는 絶對로 없다. 그렇다면 아무리 說話일망정 무슨 理由로
B는 百濟 武王條와 何等의 差異가 없이 記錄해 놓고, A는 馬韓의 武康
王 云云하여 矛盾을 들어내 놓고 있는 것인가. 그 理由는 輿地勝覽의 撰
者가 遺事 武王條와 益山地方에 流布되어 傳해져 오는 民間說話를 둘 다
包容해서 記錄했던 까닭이 아닌가 싶다. 그래서 主人公은 民間說話대로
武康王으로 되어 있고, 彌勒寺建立에 대해서는 實際 創建의 主軸人物인
知命法師가 武王條의 內容대로 登場한 것이다.

結局 彌勒寺創建에 〈武康王說話〉가 結付되어서 百濟 武王의 寺刹建立
行蹟이 보다 興味롭고 神秘스럽게 만들어진 것이니, 이것은 學界의 一角
에서 提起한 說話의 歷史化 作業이 아닌가 한다.19) 그러므로 〈薯童說
話〉는 사실상 彌勒寺創建說話에서 떨어져 나가야 된다. 그렇다면 왜 굳
이 彌勒寺建立의 時期를 百濟·武王代에 맞추려고 하는가다.

첫째, 一然은 僧侶의 身分으로 寺刹創建에 대해서 어느 程度 바른 考
證 위에서 寺刹緣起를 記錄했을 것이며, 寺刹創建者는 거의 訛傳이 없이
傳해진다는 點이다.

---

18) 新增東國輿地勝覽 益山群條.
19) 傳說·說話가 歷史化되는 傾向은 古代史에 있어서는 勿論 經傳·族譜·遺物 등의
傳承過程에서 흔히 볼 수 있는 터인데, 이러한 見地에 선다면 前揭 李丙燾博士의 論
文이라든가 洪思俊氏 등이 薯童掘金地域을 「扶餘邑 南宮池」 近方에다 比擬해 보려
는 劃策들은 現代的 新版인 歷史化作業이라 할 수도 있다. 이러한 傳說·神話 乃至
說話의 歷史化傾向이란 文獻記錄에 對한 史料批判을 沒却하고 文獻批判을 疎忽히
한대로 그 記錄대로를 盡信躬行하려는 人間心理의 弱點을 露呈하는 一面이라 하겠
다(宋在周 : 上揭論文 p.6).

둘째, 彌勒寺創建主로서 知命法師의 登場이다. 確信할 수는 없는 일이나 說話에 나온 知命法師는 眞平王代 新羅의 高僧이고 留學僧인 智明法師와 같은 人物인 것 같다.[20] 萬一에 武王條의 知命과 新羅僧 智明이 同一한 人物이면, 高僧의 身分이니 智明은 百濟와 新羅의 外交上의 不便에 關係없이 國境을 넘나들 수도 있었을 것이고, 비록 異國이나 寺刹建立인 佛事임으로 彌勒寺建立에 參與했고, 武王도 智明의 도움을 받아드림직하다. 그리고 智明이 眞平王의 信賴받던 新羅의 僧侶이고 보니 지명의 도움이 擴大되어서 '眞平王遣百工助之'라고 眞平王의 도움으로 飛躍될 수도 있을 만하다.

셋째, 武王의 寺刹建立이 武王과 音讀이 類似한 武康王에 맞추었고, 武康王의 夫人 沙羅의 善花公主가 徐羅伐의 善花로 譬喩됨직한 등등의 理由에서다.

그러므로 어디까지나 彌勒寺의 創建은 武王과 知命(智明)의 功績으로 돌려져야 되며, 薯童과는 無關한 것이 아닌가 한다.

上記한 考察대로 武王條의 〈薯童說話〉는 靈物交合, 英雄出世, 寺刹緣起로 三分 되어야 하며 이들 各自는 事實上 서로 無關한 것이었으나 時間의 흐름 속에서 薯童이 中心이 되어 三者가 倂合되어서 一貫된 하나의 說話로 形成된 것이라고 본다.

1.4. 小結

『三國遺事』武王條의 〈薯童說話〉에 對해서 그동안에 一然의 記錄을 그대로 믿고 實際로 武王의 一代記이다. 또한 歷史上 外交的 狀況을 考

---

20) 秋七月 高僧智明入陳來法 九月 高僧智明隨明入朝使上軍還 王遵敬明公戒行 爲大德 (三國史記 眞平王條).

慮하여 東城王과 比智女 사이에 일어났던 國婚譚이다. 或은 鄕歌의 解釋에 佛敎的 立場을 지나치게 固守해서 觀音과 南巡童子의 行脚說話이니, 심지어 元曉不羈의 二元的 記錄으로 〈薯童說話〉를 高僧 元曉大師의 이야기로까지 主張해 온 從來의 諸說을 再考해 보았다.

그러나 〈薯童說話〉를 把握하는데 있어서 一然의 記錄에만 집착하지 않고, 『遺事』 이외에도 說話가 『高麗史』, 『東國輿地勝覽』, 『實錄』 等에까지 記寫되었던 點과, 益山에 散在되어 있는 史蹟들이 薯童과 聯關이 많은 點으로 미루어 보아서 益山地方에 據點을 가진 民間說話의 傳承에다 초점을 맞추었다. 곧 益山에는 馬韓諸國 중에 乾馬國이 武康王이며, 善花 또한 沙羅地方의 隣接 城邑國(洪城)·馴盧國의 王女라고 보아서, 〈薯童說話〉는 이 두 사람 사이에 생긴 로맨틱한 사랑이야기가 아니었던가 推定해 보았다.

그리고 序頭의 寡婦之子 云云의 誕生說話는 말할 必要도 없이 흔히 巷間에 傳承된 靈物交合說話가 薯童의 誕生을 보다 神秘스럽게 만들기 위해서 덧붙여진 것으로 보았다.

마지막으로 末尾에 붙은 寺刹綠起說話는 薯童(武康王)과는 無關한 것이나 彌勒寺創建을 主導했던 武王과 武康王이 音讀上 類似하고, 沙尸良·沙羅·新良의 公主 善花가 徐羅伐·新羅의 公主와 讀音이 多少 相通해서 誤認과 訛傳이 됨직하고, 또한 彌勒寺를 實際로 創建한 분은 武王代 知命法師로 되어 있는데, 同時代에 新羅에도 高僧 智明이 眞平王代에 있었으니 거기서 생긴 어떤 聯想과 실마리가 이 세 개의 說話를 하나로 結合시켜서 百濟 武王의 一代記로 變貌되었지 않았는가 推定해 보았다.

다만 이 說話가 武王의 一代記로써 언제 形成되었으며, 說話에 들어 있는 〈薯童謠〉는 〈薯童說話〉와 無關한 純粹한 新羅의 鄕歌인데 어느 時期에 이 說話와 結合되었던 것인가. 아니면 益山에 있는 乾馬國의 武康王과 沙羅에 있었던 馴盧國의 王女 사이에 있었던 戀愛譚 속에 登場한

童謠가 傳承되다가 어느 時期에 新羅의 鄕歌로 昇格되었는가다. 이 問題는 此後에 解決해야 할 宿題로 둔다.

2. 彗星歌의 呪術的 性格

〈彗星歌〉는『三國遺事』권5 제7 感通편 〈融天寺 慧星歌 眞平王代〉에 실린 이야기 속의 노래이다. 感通편에는 10개의 이야기가 실려 있는데 모두 상식 밖의 이야기들로 구성되어 있다. 향가와 관련된 이야기도 3개나 실려 있는데, 〈廣德 嚴莊〉, 〈月明師 兜率歌〉가 감통편에 수록되어 있다. 그러므로 실제 향가는 4수가 수록되어 있다. 특히 〈김현감호〉는 호랑이와 인간의 사랑을 다룬 특별한 작품이다. 이와 같이 감통편에 수록된 이야기는 정말 기이하고 특별하다.『三國遺事』감통편에 실린 이야기는 다음과 같다.

a: 선도성모(仙桃聖母) 수희불사(隨喜佛事)

b: 욱면비 염불 서승(郁面婢 念佛 西昇)

c: 광덕(廣德)과 엄장(嚴莊)

d: 경흥우성(憬興遇聖)

e: 진신수공(眞身受供)

f: 월명사(月明師) 兜率歌(兜率歌)

g: 선율환생(善律還生)
h: 김현감호(金現感虎)
I: 융천사(融天寺) 彗星歌(慧星歌) 진평왕대(眞平王代)
j: 정수사(正秀師) 구빙녀(九氷女)

본 장에서는 〈彗星歌〉의 주술가로서의 지위를 고찰하고자 한다. 고대 사회에서 불러졌던 많은 노래에 주술성이 드러나 있는 작품은 많다. 그러나 주술성이 있다 하여 모두 주술가로 정의 할 수는 없을 것이다. 주술가라면 여러 주술성을 확보하여야겠지만 최소한 주술사가 주술을 위하여 불러야 하고, 노래에 특정한 주문이 있어야 하고, 노래 후 주술의 효험이 있어야 할 것이다. 이러한 세 가지 요소를 〈彗星歌〉가 갖추고 있는 가를 살펴보고자 한다.

2.1. 融天師의 身分

〈彗星歌〉의 작가 융천사에 대한 논의가 어려운 이유는 융천사에 대한 기록이 역사에 전혀 언급되지 않기 때문이다. 그러므로 배경설화에 의지하여 융천사의 신분을 유추할 수밖에 없다. 실제 감통편에 나오는 모든 인물들은 인물에 대한 상당한 구체적 언급으로 사실성을 확보하고 있으나 모두 설화적 인물로 보는 것이 타당할 것이다. 더구나 융천사는 감통편의 다른 인물 정도의 언급도 찾아볼 수 없다. 먼저 배경설화 전문을 싣고 논의를 하고자 한다.

A: 第五居烈郎 第六實處郎一作突處郎. 第七寶同郎等 三花之徒 欲遊
   楓岳 有彗星犯心大星 郎徒疑之 欲罷其行 時天師作歌歌之 星怪卽
   滅 日本兵還國 反成福慶 大王歡喜 遣郎遊岳焉 歌曰

B: 舊理東尸汀叱
　　乾達婆矣遊烏隱城叱肹良望良古
　　倭理叱軍置來叱多
　　烽燒邪隱邊也藪耶
　　三花矣岳音見賜烏尸聞古
　　月置八切爾數於將來尸波衣
　　道尸掃尸星利望良古
　　彗星也白反也人是有叱多
　　後句 達阿羅浮去伊叱等邪
　　此也友物比所音叱彗叱只有叱故

작품의 해독은 다음과 같다.

제 5 거열랑, 제 6 실처랑(일명 돌처랑 이라고도 한다.) 제 7 보동랑 등과 같은 세 명의 화랑들이 풍악으로 놀러 가려고 하는데 혜성이 심대성을 범하였다. 낭도들은 이를 의아스럽게 생각하고 그 여행을 중지하려고 했다. 이때에 천사가 노래를 지어 부르자 별의 괴변은 즉시 사라지고 일본 군사가 제 나라로 돌아가니 도리어 경사가 되었다. 임금이 기뻐하여 낭도들을 보내어 풍악에서 놀게 했으니, 노래는 이렇다.

예전 동해 물가
건달바의 논 성을 바라보고,
왜군도 왔다 봉화를 든 변방이 있어라.
삼화의 산 구경 오심을 듣고
달도 부지런히 등불을 켜는데
길 쓸 별 바라보고
혜성이여 사뢴 사람이 있구나.
아으 달은 저 아래로 떠 갔더라.
이보아 무슨 혜성이 있을꼬. (양주동역)

위의 배경설화는 두 부분으로 나누어져 있다. A는 이 노래를 부른 동기가 드러나 있는 부분이고, B는 노래의 내용이다. 아주 간단한 구조와 내용을 가지고 있다. 실제 감통편에 전하는 10개의 이야기 중 〈融天寺 慧星歌 眞平王代〉가 가장 짧은 이야기이다. 또한 노래와는 아무런 상관이 없는 진평왕대라는 사족이 붙어 있다. 『三國遺事』에 실린 이야기들은 상당수가 어느 왕 때라고 명시되어 있지만 그것이 노래의 제목에 드러난 예는 흔치 않다.

작품의 분량에 있어서 감통편에 실려 전하는 이야기들은 대부분 분량이 상당하다. 〈正秀師 九氷女〉라는 작품은 조금 짧은 이야기이지만, 〈김현감호〉는 상당히 탄탄한 구조와 풍성한 내용을 가지고 있다. 분량 역시 짧은 소설의 분량이다. 그 밖의 작품들 역시 탄탄한 서사 구조를 가지고 있다. 향가 작품 중 가장 긴 배경설화를 가지고 있는 〈광덕과 엄장〉, 상당한 분량의 〈兜率歌〉 역시 모두 감통편에 속하는 이야기이다.

감통편의 이야기 분량이 상대적으로 길 수밖에 없었던 것은 신비한 이야기를 하려하다 보니 아무래도 최소한의 서사 구조를 필요로 했기 때문이라고 생각해 볼 수 있다. 그런데 〈融天寺 慧星歌 眞平王代〉는 노래를 제외하면 두 줄짜리 이야기이다. 향가 작품인 〈彗星歌〉가 노래를 제외한 〈融天寺 慧星歌 眞平王代〉의 배경설화 보다 길다는 것이다. 그렇다면 일연이 싣고자 한 것이 노래인지, 이야기인지 모를 정도인 것이다.

위의 배경설화를 아무리 꼼꼼히 살펴봐도 '융천사'라는 어휘는 등장하지 않는다. 그런데 우리가 〈彗星歌〉의 작가를 융천사로 보는 것은 이 작품이 『三國遺事』 제5권 感通편 〈融天師 彗星歌 眞平王代〉에 실려 전하기 때문이다. 일연의 『三國遺事』 창작 태도에서 언급하였듯이 일연은 전거에 없는 것을 자료로 인정하지 않았다고 본다. 풍월에 주워들은 것은 『三國遺事』 편찬에서 제외하였고, 그것을 수록하고 싶을 때에는 반드시 전거를 구하였다. 그렇다면 위의 배경설화 역시 일연이 어느 문헌에선가 참고로 하였을 것이다. 즉, 일연이 보았던 그 전거가 원문이 되는 것이고, 그 원문에는 융천사라는 어휘가 등장하지 않는다.21) 다만 時天師作歌歌之 星怪卽滅 日本兵還國 反成福慶 大王歡喜 했다고만 기록되어 있다. 일연은 여기에서 '천사'라는 어휘에 작의적으로 '融' 자를 첨부하여 융천사로 기록한 것이다.

편찬자의 편찬 의도에 맞춰 제목을 정하는 것은 당연한 일이다. 일연은 천사라는 어휘의 의미를 분명히 하고 싶었는지 모르겠다. 그러므로 일연이 첨부한 융을 제외하면 이 주술가의 실제 작가는 천사가 되는 것이다. 〈彗星歌〉의 작가는 천사이다. 천사가 고유명사이냐, 관직명이냐를 밝히는 작업은 불가능하다고 생각한다. 다만 고유명사였다면 일연이 함부로 '융'자를 첨부할 수 없었을 것이다. 그러므로 〈彗星歌〉가 진평왕대 천사라는 신분을 가진 인물에 의하여 창작되어진 노래일 개연성이 높다고 할 수 있겠다.

天師 자체는 한자어로 보기가 어렵다. 그러므로 天과 師의 결합으로 보아야 할 것이다. 師는 스승이라는 의미를 가진 어휘이다. 폭넓게 사용할 때에는 전문적인 지식을 갖추고 있는 사람을 일컬을 때 사용한다. 그러므로 天師는 天士의 의미로 쓰였다고 볼 수 있겠다. 天士는 천문에 정통한 사람이라는 의미이다. 조금 생각을 넓혀 본다면 天師의 天에 '天士'의 의미가 들어 있고, 師에는 그 분야를 관장하는 수장 내지 덕이 높은 최고의 전문가라는 의미로 볼 수 있겠다.

이러한 해석은 배경설화와 관련하여 생각해 보아도 자연스럽다. 하늘에 변괴가 생겼으니 천문에 정통한 최고의 전문가에게 하늘의 변괴를 사

---

21) 『三國遺事』의 각 편명, 작품명은 일연이 이름을 붙인 것이다. 즉, 일연은 옛 문헌에서 수록의 가치가 있는 것을 수집하여 자신의 기준에 따라 분류하고, 제목을 달았다. 그러므로 <融天師 彗星歌 眞平王代>라는 제명은 일연의 창작인 것이다. 일연이 왜 뒤에 진평왕대라는 조금은 생소한 제명을 덧붙였는가와 '융'자를 첨부한 것이 특별하다.

라지게 해달라는 부탁을 한 것이고, 융천사는 〈彗星歌〉를 지어 하늘의 변괴를 다스렸던 것이다. 실제 하늘이 갖는 상징성을 생각한다면 하늘을 다스린다라는 인식을 그 당시에는 할 수 없었을 것이다. 그러므로 '융'의 목적어는 하늘이 될 수는 없고, 하늘의 변괴가 될 것이다. 그렇다면 자연스럽게 융천사의 신분은 제사장, 巫로 볼 수 있을 것이다.

배경설화의 문면을 보면 화랑이 놀러 가려하는데 하늘에 변괴가 생겼고, 그러자 천사가 노래를 지어 변괴를 없앴다라는 이야기이다. 〈安民歌〉처럼 연승을 기다린 것도 아니고, 〈兜率歌〉처럼 해가 둘이 뜨는 현상이 열흘간이나 계속된 것도 아니다. 화랑이 놀러 가려할 때 혜성이 나났고, 〈彗星歌〉를 부르니 변괴가 사라져 화랑들은 다시 놀러 갔다라는 것이다. 이러한 문맥으로 보았을 때는 혜성의 출현이라는 변괴가 나타나자, 즉시 〈彗星歌〉를 불렀고, 부르자마자 혜성이 사라지게 되었다는 것을 알 수 있다.

여기서 두 가지를 생각해 볼 수 있는데, 그 하나는 천사가 인연에 의하여 출현하는 인물이 아니라 항상 상주하는 인물이었다는 것을 알 수 있다. 그러므로 국가에 종속되어 있는 신분으로 볼 수 있는 것이다. 다른 하나는 노래를 부르자마자 변괴가 사라졌다는 것으로 보아 주술성을 생각할 수 있다. 주술은 다른 기원과 달리 그 효험이 바로 등장하는 속성을 가지고 있다. 주술에는 계속하여 정성을 더하는 과정이 없다. 주문이 사라지자마자, 효험이 등장하는 것이 주술의 특성인 것이다. 즉, 주문과 주술이 작용하여 나타나는 효험은 시간차를 갖지 않는다.

살펴본 바와 같이 〈彗星歌〉를 부른 융천사는 제사장 내지 무의 기능을 갖고 있던 주술사로 보아도 무방하다고 생각한다.

2.2. 노래의 주문

〈彗星歌〉의 작가인 융천사가 주술사이고, 노래가 주술가라면 당연히 노랫말에 주문이 들어 있어야 할 것이다. 주술사는 주문을 통하여 주술을 발휘하기 때문이다. 그러므로 주문을 〈彗星歌〉 안에서 찾아보아야 할 것이다. 일반적으로 주문은 여러 형태로 되어 있다. 앞서 제1장에서 살핀대로 한국 주문의 가장 일반적 특성은 명령법을 주축으로 한 兩半과 이 명령법에 종속되어 나타나는 서술법의 兩半이 대우를 이루는 구조를 가지고 있다.

이러한 주문을 〈彗星歌〉에서는 찾을 수 없다. 이것으로 〈彗星歌〉에 주문이 없다는 것을 주장할 수는 없다. 주문은 여러 형태를 가지고 있고, 〈彗星歌〉에는 가장 일반적인 주문이 드러나지 않고 있을 뿐이다. 다른 각도에서 생각해보면 이러한 현상은 오히려 자연스럽다. 한 국가의 최고 주술사가 하늘의 변괴라는 엄청난 일을 당하여 가장 일반적 구조를 가진 주문을 행한다면 오히려 그것이 납득이 안 될 수도 있는 것이다.

융천사가 〈彗星歌〉를 지은 배경을 보면 혜성의 출현이라는 커다란 재앙을 맞아 주술의 힘으로 그것을 극복해내야 하는 상황에서 나온 것임을 알 수 있다. 문면에 드러나 있지 않지만 국가에 종속된 주술사는 융천사 하나가 아니었을 것이다. 실제 무가 현현되는 굿을 행할 때 오늘날도 助巫가 상당한 역할을 한다.

더구나 무속에 대한 신뢰가 더욱 컸을 그 당시에 사회는 무를 많이 필요로 하였을 것이고, 주술 능력을 가진 무의 수는 상당하였을 것이다. 그런데 이러한 주술사의 수장이자, 가장 큰 주술 능력을 가졌던 융천사가 가장 일반적 주문을 행하였을 리가 없다고 본다. 실제 주문의 난이도에 따라 주력 역시 차이를 나타낸다는 믿음을 주술인의 세계에서는 가지고 있다.

〈彗星歌〉에 드러난 주문을 작품 안에서 찾아보도록 하자.

  A: 과거
  예전 동해 물가
  건달바의 논 성을 바라보고,
  왜군도 왔다 봉화를 든 변방이 있어라.

  B: 현재
  삼화의 산 구경 오심을 듣고
  달도 부지런히 등불을 켜는데
  길 쓸 별 바라보고
  혜성이여 사뢴 사람이 있구나.

  C: 미래
  아으 달은 저 아래로 떠 갔더라.
  이보아 무슨 혜성이 있을꼬. (양주동역)

〈彗星歌〉는 위와 같이 세 단락으로 구성되어 있다. 첫 번째 단락은 옛날에 건달바가 동해 바다에서 놀던 것을 보고 왜군이 쳐들어왔다고 봉화를 올린 적이 있다라는 말이다. 즉, 건달바의 출현과 같은 상서로운 일을 왜군의 침입이라는 변괴로 본 것은 봉화를 올렸던 이들의 착오라는 말이다. 이것이 실제 있었던 일은 아닐 것이다. 건달바는 향신(香神)·후향(嗅香)·항음(香陰)·심향(尋香)·식향(食香) 등으로 意譯되고, 건달바(乾達婆 : 楗達婆)로 음역된다. 갖가지 신화를 갖고 있는데, 술의 신 '소마'의 수호자로서 바다 구름 등과 연관이 있고, 혼례의 노래에서는 신부에게 감겨드는 남성 정령으로 나타나기도 한다. 또 천상계의 樂師로서 천상에서 음악을 연주하는데, 하늘의 舞姬 아프사라스의 배우자로 인식하고 있다.

즉, 건달바는 須彌山 남쪽 금강굴에 살면서 하늘 나라의 음악을 책임진 神이다. 緊那羅와 함께 帝釋天을 모시며 伎樂을 연주한다고 한다. 술·고기를 먹지 않으며, 다만 향을 찾아다닐 뿐이므로 尋香이라고도 한다. 후세에서도 東方持國天의 권속으로서, 동방수호의 신으로 생각되었으며, 또 天龍八部衆의 하나로서 불법의 수호자가 되었다. 건달바는 이미 불교에서 받드는 신의 하나인 것이다. 이러한 신의 출현이라는 것은 항상 상징의 의미를 갖는다.

여기서 첫 번째 단락이 갖는 의미는 예전부터 상서로운 일을 흉괴로 보아왔던 어리석은 이들이 있어 왔다는 사실을 말하고 있는 것이다. 항상 있어 왔던 일이므로 이번 역시 별 것이 아니라는 인식을 보여 줌으로써 지금 일어나고 있는 변괴를 작은 일로 축소하고 있다. 밀라노프스키의 주술 이론에 의하면 커다란 일을 작은 일로 축소시키는 것은 주술의 원리이다.22) 즉, 첫 번째 단락 자체가 하나의 주술 원리에 의하여 구성된 주문이다.

이러한 원리는 두 번째 단락에서 존재의 부정이라는 또 다른 주술의 원리로 나타난다. 그러므로 두 번째 단락은 새로운 주문인 것이다. 〈彗星歌〉는 두 번째 단락에서 변괴를 상징하는 혜성을 화랑들의 길을 밝혀 주는 상서로운 '길 쓸 별'로 규정한 것이다. 이미 혜성의 변괴로 주술가를 지으면서 혜성의 존재를 부정하는 것이다. 존재의 부정, 사실의 부정이라는 주술의 원리가 드러나고 있다. 이것은 첫 번째 단락과 호응하여 과거의 오류, 현재의 오류라는 사실성을 획득한다. 주술에서의 부정은 무조건적인 부정이 아니기 때문에 이러한 장치를 마련하고 있는 것이다.

이러한 주술의 원리가 세 번째 단락에서 강력한 주문으로 드러나고

---

22) 제1장 2절 주술가로서의 성격 參照.

있다. 세 번째 단락은 '아으 달은 저 아래로 떠 갔더라. 이보아 무슨 혜성이 있을꼬.'라는 인간의 오류를 확정시키고 사실 혜성은 없다라는 현실 자체의 부정을 강력하게 기원하는 주문인 것이다. 첫 번째 단락과 두 번째 단락의 주술의 원리가 세 번째 단락에 와서 강력한 주문이 되는 것이다. 즉, '혜성은 존재하지 않는다.'라는 주문으로 혜성의 존재 자체를 부정함으로써, '혜성 너는 사라져라.'라는 명령이 드러나는 것이다.

　살펴본 바와 같이 〈彗星歌〉는 존재를 축소시키는 주술의 원리와 존재를 부정하는 주술의 원리가 '아으 달은 저 아래로 떠 갔더라. 이보아 무슨 혜성이 있을꼬.'라는 주문으로 나타나는 주술가이다.

2.3. 노래의 효험

　주술의 특징 중의 하나가 주문이 행하여졌을 때, 상식적으로 수용하기 어려운 특별한 기원이 이루어진다는 것과, 그 효험이 시간차를 두지 않고 즉시 발생한다는 사실이다. 〈彗星歌〉는 혜성의 제거라는 주문이 들어 있는 주술가이다. 그러므로 당연히 이러한 주술의 특징이 드러나야 할 것이다. 그 부분을 배경설화에서 찾아보자.

> a: 제 5 거열랑, 제 6 실처랑(일명 돌처랑 이라고도 한다.) 제 7 보동
> 　　랑 등과 같은 세 명의 화랑들이 풍악으로 놀러 가려고 하는데 혜성
> 　　이 심대성을 범하였다.
> b: 낭도들은 이를 의아스럽게 생각하고 그 여행을 중지하려고 했다.
> c: 이때에 천사가 노래를 지어 부르자 별의 괴변은 즉시 사라지고 일
> 　　본 군사가 제 나라로 돌아가니 도리어 경사가 되었다.
> d: 임금이 기뻐하여 낭도들을 보내어 풍악에서 놀게 했으니, 노래는
> 　　이렇다.

배경설화는 위와 같이 네 개의 문장으로 구성되어 있다. 첫 번째 문장은 혜성의 출현, 두 번째 문장은 전쟁이라는 변괴의 조짐, 세 번째 문장은 융천사가 주술을 행하여 변괴의 소멸, 네 번째 문장은 평화의 회복이라는 의미를 지닌다.

과거 화랑도는 군사조직의 성격을 지녔다. 그러므로 첫 번째 문장이 문면 그대로 유락이었는지 군사 훈련이었는지 모르나 혜성의 출현으로 화랑도 전체에 비상이 걸렸음을 알 수 있다. 이때 융천사가 노래를 부르니 별의 괴변이 즉시 사라진 것이다. 그리고 다시 평상으로 돌아갔다는 것이다.

여기서 유의할 점은 두 가지이다. 하나는 별의 괴변이 즉시 사라졌다는 내용이고, 두 번째는 일본 군사가 제 나라로 돌아갔다는 내용이다. 별의 괴변이 즉시 사라졌다는 것으로 〈彗星歌〉의 주술가로서의 성격을 알 수 있다. 앞서 밝혔듯이 주문과 효험의 동시발생은 주술의 특징이다. 또한 주술은 드러난 상징의 제거를 통하여 현실의 변괴를 막아내는 역할을 한다. 그러므로 혜성의 출현이라는 상징을 제거함으로써 신라를 침략하러 온 일본군을 물리치게 된 것이다.

부언하면 세 번째 문장은 두 개의 의미를 지니고 있는데, 인과 관계로 연결되어 있다. 혜성의 사라짐과 일본군의 철수이다. 이 배경설화가 짧은 분량이지만 정연한 서사구조를 가지고 있다. 그런데 서사 구조 상으로는 어색하게 갑자기 일본 군사가 제 나라로 돌아갔다는 이야기가 등장하게 된 것이다. 이것은 '예전 동해 물가/ 건달바의 논 성을 바라보고/ 왜군도 왔다 봉화를 든 변방이 있어라.'에서 이미 예고 된 것이었다.

융천사는 혜성의 출현이라는 상징을 보고 일본 군사의 침략이라는 현실적 변괴를 막아내기 위한 주술을 행한 것이다. 그러므로 주술의 효험은 혜성의 사라짐이 아니라 당연히 일본 군사의 철수로 나타나야 한다. 그리고 〈彗星歌〉는 이러한 효험이 실제로 나타나게 하였으니 완벽한 주술가의 지위를 획득하게 된 것이다.

그러므로 이 작품은 융천사라는 呪術家가, 〈彗星歌〉라는 주문으로 일본군을 물리친 완벽한 呪術歌이다.

3. 風謠의 性格

　『三國遺事』 소재 〈風謠〉는 배경설화에 노래명이 분명히 명기되어 있는 작품이다. 그러나 '風謠云'이라는 구절에서 '風謠'가 과연 제명이 될 수 있는지는 다시 한 번 고민해야 할 문제이다. 즉, '風謠에 이르기를'로 해석되는 風謠云에서 風謠가 고유명사라고 확정하기에는 다소 이견이 존재할 수 있기 때문이다.

　먼저 諷謠란, 원론적 의미가 넌지시 깨우쳐 경계하는 노래를 뜻한다. 諷이란 것은 서민들을 통해서 자연발생적으로 솟아나오는 풍자와 해학의 성격을 갖는 노래를 지칭하는 시학 용어이다. 이런 점에서 風謠는 고유명사가 아니라 일반명사인 꾸밈이나 가식 없이 있는 그대로의 민심이 잘 드러나 있는 노래들의 총칭으로 사용되어졌던 것이다. 시경의 시를 분류할 때, 풍·아·송은 내용에 따른 분류이고, 비·부·흥은 표현에 따른 분류이다.

　위에서 살핀대로 시경에 의하면 풍은 민요를 의미하고, 요는 여러 사람이 함께 부르는 노래라는 의미를 지닌다. 기실 謠라는 말 역시 민요라는 의미와 크게 다를 바가 없다. 이렇게 해석을 하면 風謠는 민요와 상응하는 말이 되고, 風謠云은 '민요에 이르기를'로 해석 될 여지가 있는 것이다. 곧, '사람들이 부른 노래는 다음과 같았다.'로 해석되는 것이다.

이와 같은 이유에서 風謠를 제명으로 인정하지 않고 〈공덕가〉로 보는 입장도 있다. 그러나 제명은 고유명사이고 통일성을 가져야 하는 것은 당연하다. 그러므로 아직까지는 衆論을 인정하여 風謠로 보아야 할 것이다. 보다 중요한 것은 〈風謠〉의 민요적 성격일 것이다. 물론 〈風謠〉는 배경설화의 내용으로 보나, 작품의 구조로 보나 민요적 성격을 지니고 있음을 알 수 있다. 또한 여기에 대한 많은 선학들의 연구가 있어 왔다.

그럼에도 불구하고 〈風謠〉의 공덕가로서의 입장 역시 적지 않은 근거를 가지고서 많은 학자들에 의하여 주장되었다. 〈風謠〉의 네 번째 구인 '功德 닷그라 오다'의 문면에 공덕이라는 어휘가 쓰임으로 인해서 일어난 현상이다. 또한 『三國遺事』의 성격과 배경설화에 드러나 있듯 이 노래가 불사와 관련된 노동현장에서 불려졌기 때문일 것이다. 본 장에서는 이러한 여러 연구 성과를 정리하여 〈風謠〉의 성격을 분명히 규정하고자 한다.

3.1. 배경설화에 드러난 風謠의 성격

그동안 학계에서 〈風謠〉는 선덕여왕 때의 명승이며 대예술가인 '양지'가 영묘사의 장륙삼존상을 만들 때, 사녀들이 진흙을 운반하면서 부른 노래로 일종의 노동요적 성격을 띠는 불교적인 민요로 보아왔다. 〈風謠〉의 노동요적 성격은 배경설화에 나오는 진흙을 운반하면서 불렀다는 기록에 의한 것이고, 불교문학적 성격은 배경설화에 '이토시주'라는 말이 나오는데 재물을 바쳐 시주할 수 없는 신도들이 흙을 나르는 노동을 통

해서 시주를 대신하고 이를 통해 공덕을 닦을 수 있다는 의미를 담고 있
는 말이기 때문이다.

　그러므로 이 노래에서 노동의 가치는 부처님에게 공덕을 바치는 거룩
한 행위임에도 불구하고, 노래의 내용은 그지없이 처량하고 서글프다.
이 세상의 것은 모두 부질없으니, 이 세상에서 할 일은 공덕을 닦는 일
뿐이라는 의미가 내재되어 있다. '서럽다'라는 말에서 인생의 무상함을
드러내고 있는데, 그 극복의 방안으로써 부처님께 귀의를 제시하고 있
다. 이러한 맥락에서 본다면 공덕가로서의 지위를 갖는다고 할 수 있겠
다. 배경설화를 통하여 〈風謠〉의 성격을 살펴보고자 한다.

　　釋良志 未詳祖考鄉邑 唯現迹於善德王朝 錫杖頭掛一布帒 錫自飛至檀
越家 振拂而鳴 戶知之納齋費 帒滿則飛還 故名其所住曰錫杖寺 其神異莫
測皆類此 旁通雜譽 神妙絶比 又善筆札 靈廟丈六三尊 天王像 幷殿塔之
瓦 天王寺塔下八部神將 法林寺主佛三尊 左右金剛神等 皆所塑也 書靈廟
法林二寺額 又嘗彫磚造一小塔 竝造三千佛 安其塔置於寺中 致敬焉 其塑
靈廟之丈六也 自入定以正受所對爲揉式 故傾城士女爭運泥土 風謠云

　　　來如來如來如
　　　來如哀反多羅
　　　哀反多矣徒良
　　　功德修叱如良來如

　　至今士人春相役作皆用之 蓋始于此 像(初)成之費 入穀二萬三千七百碩
(或(云)(改)金時租)議曰 師可謂才全德充 而以大方 隱於末技者也　讚曰

　　　齋罷堂前錫杖閑
　　　靜裝爐鴨自焚檀
　　　殘經讀了無餘事
　　　聊塑圓容合掌看

노래와 작품의 해독은 다음과 같다.

a:

석 양지는 그의 조상이 누군지 출생지가 어딘지 자세하지 않다. 다만 신라 선덕왕 때 사람이라는 것만 나타나 있다. 석장의 끝머리에 포대 하나를 걸어 두면 지팡이는 저절로 날아가 단월가에 이르러 스스로 흔들어서 소리를 내었다. 그 집에서 그것을 알고 재의 비용을 그 포대에 넣어 포대가 차면 포대는 날아서 돌아왔다. 이로써 그가 살던 절을 석장사라 불렀다. 그 신비스럽고 기이한 것이 모두 이와 같았다.

b:

한편, 여러 재주를 통달하여 신비하고 묘한 것이 비길 데가 없었다. 또 필찰을 잘하여 영묘사의 장륙삼존상과 천왕상, 전탑의 기와와 천왕사 탑 밑의 팔부신장과 법림사의 주불삼존, 좌우 금강신 등은 모두 그가 만들었다. 영모사와 법림사의 편액을 썼고, 또한 일찍이 벽돌을 조각하여 작은 탑을 하나 만들고 아울러 부처 3천 구를 만들어 그 탑을 절 안에 모셔두고 공경하여 받들었다.

c:

그가 영묘사의 장육장을 만들 때 입정하여 삼매에서 뵌 부처를 모형으로 삼았는데, 온 성안의 남자와 여자들이 다투어 진흙을 날라 왔다. 그 때 읊은 노래는 다음과 같다.

오다 오다 오다
오다 셜번 해라
셜번 하니 물아
功德 닷ᄀ라 오다

d:

지금도 시골 사람들이 방아를 찧을 때나 일할 때 모두 이 노래를 부르고 있는데 이는 대개 그 때 시작되었던 것이다.

　　e:
　상을 만들 때의 비용은 곡식 2만 3천 7백 석이 들었다. (혹은 금색을
다시 칠할 때의 조라고 한다.) 논평을 하자면 양지스님은 재주가 갖춰지
고 덕이 충실했으며, 유명한 대가로서 말기에 숨기고 있는 이라고 하겠
다. 이에 찬양하여 이른다.

　재 마치니 법당 앞 석장은 한가한데
　향로 손질하여 단향 피우네
　남은 경 다 읽으니 더 할 일 없어
　불상을 만들어 합장하고 본다

『三國遺事』 제4권 義解 제5편 〈良志使錫〉의 구조는 위와 같이 5개의
단락으로 구성되어 있다. 단락 a는 이 설화의 주인공인 양지가 선덕왕
때에 석장사라는 절에 살았는데 조상이 누구인지 출생이 어디인지 모른
다는 표현으로 사실인지 아닌지 확실하지 않다는 내용이다. 다만 신비한
석장의 일화로 그가 석장사에 살았다는 사실을 뒷받침하고 있다. 설화의
일반적 시작 구조로 '옛날 옛날에 아무개가 살고 있었다.'는 구성이다.
설화의 기본적 특성인 인물의 불확실성이 나타나 있는 단락으로 이야기
의 주인공이 굳이 양지가 아니어도 상관이 없는 것이다.
　단락 b는 양지의 私迹이다. 역사 기록에 의존하여 서술한 것으로 보
인다. a에서의 설화적 인물이 b 단락에서 역사적 인물로 지위를 획득한
것이다. 설화와 역사의 습합이라고 보인다. 설화와 역사의 기본적 습합
방식 중의 하나인 역사와 설화의 혼용으로 실체에 신비감을 부여하고 있
다. 실제 b 단락의 업적으로 양지는 『三國遺事』에 기록된 것으로 보인
다. 그러므로 b 단락이 〈양지사석〉의 主意이다. 이러한 양지가 남긴 불
사의 나열과 그 중 하나에 관한 자세한 언급이 〈양지사석〉의 기본 구조

라고 할 수 있겠다.

c는 양지가 남긴 많은 불사 중의 하나인 영묘사의 장육장을 만들 때의 일화를 수록한 것이다. 다음과 같이 '입정하여 삼매에서 뵌 부처를 모형으로 삼았는데, 온 성안의 남자와 여자들이 다투어 진흙을 날라 왔다.'라는 기록으로 양지가 지닌 불력이 드러나고 있는 것이다. 그리고 이어서 노래를 수록하였다.

d가 문제의 단락이다. 이 부분은 〈양지사석〉의 구조에서 사족에 해당하는 부분이다. 至今土人春相役作皆用之 蓋始于此에서 '지금'은 일연이 『三國遺事』를 편찬할 당시이다. 일연은 『三國遺事』를 편찬할 때 정확한 고증을 들어 편찬하였다는 것을 제1장에서 살펴보았다. 그리고 '今'이나 '或'으로 부연하여 설명할 때는 '注'로 처리하였다. 그런데 이 부분은 분명 본문이다. 갑자기 일연은 지금 방아를 찧을 때 이 노래를 사용하고 있는 데 〈風謠〉가 그 시작이라고 말하고 있는 것이다.

〈구지가〉가 최초의 노동요였다는 사실은 의심의 여지가 없다. 그리고 일연은 이 〈구지가〉를 『三國遺事』에 수록하였다. 그러므로 일연은 〈風謠〉를 최초의 노동요로 보지는 않았을 것이다. 문맥 그대로 일연은 〈風謠〉가 최초의 방아타령이라고 말한 것이다. 이것은 일연이 〈양지사석〉을 서술하면서 참고하였던 문헌에 나와 있는 노랫말이, 일연이 알고 있는 방아타령과 동일하였기 때문에 이렇게 표현한 것일 것이다. 즉, 〈風謠〉는 언제부터인지 모르나 방아타령으로 사용되었고, 일연이 생존할 당시에는 방아타령을 대표하는 민요였을 것이라는 추측이 가능하다. e는 양지에 대한 논평과 찬이다.

살펴본 바와 같이 배경설화에 드러난 〈風謠〉는 노동요로서의 기능을 하였다는 것을 알 수 있다. 특히 훗날 방아타령으로 사용되었다는 기록으로 보아, 방아를 찧을 때와 같이 노동 강도가 심한 노동에 사용되었을 가능성이 높다. 그러므로 상당히 빠른 템포를 지녔을 것으로 추측된다.

3.2. 작품의 구조와 어휘 분석을 통한 風謠의 성격

〈風謠〉의 배경설화를 고찰하면서 〈風謠〉를 고된 노동에 사용되었던 노동요로 보았다. 노동요는 민요의 하위 범주이므로 민요의 특성을 알아보고자 한다. 민요는 민중들이 그들의 일상적인 삶을 통해 불러온 노래이다. 그래서 민요는 민중의 삶 전체와 궤를 같이한다. 민요는 민중들이 일을 할 때, 의식을 치르면서, 놀이를 하면서 등 삶과 공존하여 불러져 왔다. 이러한 특성으로 인하여 민요는 창자의 삶과 분리될 수 없는 것이다. 즉, 창자들의 생활과 직접적으로 맞물려 있는 것이다. 이것은 민요가 생활의 필요에 의해 생성되고 존속되는 것임을 의미한다.

이러한 민요는 구전물의 하나로써 비전문적인 민중이 삶의 필요에 따라 불러왔다는 특성을 지닌다. 그러기에 민요는 기능적이며, 자족적인 성격을 보이며 계층적, 지역적, 민족적인 고유성을 지닌다. 이러한 점에서 민요는 구비 전승되는 문학 가운데에서 가장 기층적 성격이 강한 장르라고 할 수 있다.

우리 시가 문학의 초기 모습이 모두 이러한 민요적 특성을 지니고 있다는 것은 부인하기 어렵다. 한국문학의 여명기는 멀리 기원을 전후한 시기로 거슬러 올라간다. 어느 민족의 경우이거나 문학은 시가와 무용과 음악이 한데 어울린 종합적인 원시예술의 형태로 발생하였음을 본다. 한국의 경우도 옛 기록에 나타나는 부여의 迎鼓, 동예의 舞天, 고구려의 東盟, 그리고 마한·진한·변한 등 三韓의 祭天儀式을 통해 이루어진 歌舞와 飮酒의 습속에서 고대가요의 원천을 찾을 수 있을 것이다. 이와 같은 고대가요는 민족 고유의 신앙이나 농경생활과 밀접한 관계를 가지면서 어떤 특정한 개인에 의해서가 아니라 집단적인 형태로 이루어진 것이었다.

다시 말해서 그와 같은 종합예술은 사회적인 통일을 위한 정치적인 기능과 초자연적인 힘에 의지하고 惡靈에 의한 재앙을 면하고자 하는 종교적인 기능 및 노동의 피로를 줄이고, 식생활에 안정을 누리기 위한 경제적인 기능을 동시에 수행하는 형식으로 발생하였던 것이다. 그러한 실례를 우리는 고대가요 작품인 〈공무도하가〉나 〈구지가〉에서부터 찾아볼 수 있다.

민요는 이처럼 항상 민중의 삶과 함께 하면서 그 변화를 겪어 왔다. 〈風謠〉 역시 배경설화에서 살폈듯이 노동의 현장에서 불러졌다는 것을 의심할 여지가 없다. 더구나 진흙을 나르는 일은 고된 노동이다. 이러한 노동에 수반된 노동요이기에 당연히 사설이 간단하고, 빠른 템포의 노래였을 것이다.『三國遺事』 소재 향가 작품 중 〈風謠〉는 가장 단순한 구조와 사설을 가지고 있다. 먼저 〈風謠〉를 살펴보도록 하자.

> 오다 오다 오다
> 오다 셜번 해라
> 셜번 하니 물아
> 功德 닷ㄱ라 오다

최철은 민요에 있어서 음의 반복은 강조를 겸해 여흥을 일으키는 작용인 바 〈風謠〉에서도 진흙을 운반하는 데에서 오는 여흥과 노동의 고통을 이기려는 현상으로 〈風謠〉의 율격적 특성을 고찰하였다.[23] 최철의 지적대로 〈風謠〉는 12개의 의미소로 구성되어 있는데 5개의 의미소가 '오다'이다. 동일 어휘의 사용은 최대의 반복 효과를 가져오는 것이다. '서럽다' 와 'ᄒ다'가 두 번 반복된다. 이렇게 짧은 노래에서 이와 같이 동일 어휘를 반복하고 있는 것이 〈風謠〉의 문학적 특성이기도 하다.

---

23) 최철, "공덕가", 『향가문학론』(새문사, 1986), 214쪽.

　다음으로 생각해 볼 문제는 ‘공덕 닦으러’의 음가에 주의를 기울일 필요가 있다. 선학들의 연구 결과에서 이 부분을 당연히 훈독하였는데 음독을 하는 경우도 가능하다는 것이다. 실제 『三國遺事』 소재 향가 작품의 음독과 훈독의 원리는 아직 정확하게 규명되지 않았다. 그러므로 이 부분 역시 얼마든지 음독이 가능한 것이다. 그렇다면 방아타령의 기본적 모습을 갖추고 있는 것이다. ‘공덕’ 과 ‘쿵덕’은 유사음이다. 실제 우리가 ‘쿵덕’을 음차 하더라도 ‘공’을 사용할 개연성이 아주 높다.

　〈風謠〉는 4구로 구성되어 있는데 정연하게 3음보를 이루고 있다. 우리의 전통 민요는 3음보 율격에 기초하고 있다. 향가 작품 중 이렇게 완벽한 3음보 구조를 가지고 있는 작품은 〈風謠〉가 유일하다. 노동요는 노동이 힘들수록 이에 수반되는 노래의 박자가 빠르고, 박자가 빠를수록 율격의 변화가 적다. 〈風謠〉는 아주 단순한 율격을 가지고 있다. 더구나 함 음보 안에서 음수율 마저 비슷하다. 우리 전통 시가가 음수율을 제대로 지키지 않았다는 측면을 고려하면 〈風謠〉가 지키고 있는 음수율은 특수하다고 생각한다. 이러한 특수성이 일어나게 된 것은 한 음보에서 사용할 수 있는 최저 음수율이라 할 수 있는 2음절을 주로 사용하였기 때문에 일어난 현상이다. 이러한 사실에서 〈風謠〉가 대단히 고된 노동에 수반하였던 노래로 볼 수 있다.

　〈風謠〉는 우리의 전통 민요인 〈아리랑〉이나, 〈쾌지나 칭칭 나네〉, 〈강강수월래〉가 보여주고 있는 aaba의 구조를 가지고 있다. 이러한 〈風謠〉의 구조는 노동의 현장에서 여러 사람이 제창 하였음을 극명히 보여 준다고 할 수 있겠다. 〈風謠〉는 이처럼 단순한 구조를 가지고 있어 기억이 용이하고, 엄격한 율격을 갖춤으로 노동의 통일을 가져왔을 것이다. 그러므로 노동의 현장에서 계속 전승되었을 것으로 추정한다.

　〈風謠〉는 민요의 성격 특히 노동요의 성격을 지니며, 노동요 중에서도 노동 강도가 큰 고된 노동의 현장에서 불려졌을 것으로 생각된다. 더

구나 일연의 부연을 참고하면 방아타령에 많이 사용되었을 것으로 추정
한다.

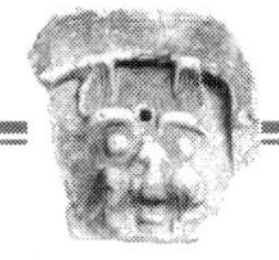

4. 願往生歌의 主要 人物 分析

〈願往生歌〉는 『三國遺事』 권5 제7 감통편 〈광덕 엄장〉에 실려 전하고 있다. 〈광덕 엄장〉이 실린 감통편은 앞서 살핀대로 인간 세상에서 일어날 수 없는 기이한 이야기 10편이 실려 있다. 이야기의 등장 인물 역시 다양하여 승려만이 주인공은 아니다. 일연이 감통편을 편찬할 때, 불교적 요소보다는 신비하고 기이한 설화적 색채가 강한 이야기들을 중심으로 수록하였다고 본다.

이러한 맥락에서 본다면 〈願往生歌〉 역시 미륵상생신앙에 기반하여 이루어진 작품이나, 신비하고 기이한 설화적 색채가 강한 이야기임에 틀림없다. 〈願往生歌〉와 불교 신앙과의 관련 연구는 이미 충분히 이루어졌다고 판단되므로 본 장에서는 〈광덕 엄장〉의 배경설화에 등장하는 인물들의 분석을 기하고자 한다. 물론 이러한 작업 역시 〈願往生歌〉의 작가 연구를 통하여 상당히 많은 논의가 있었던 것은 사실이다. 그러므로 여기서는 작가의 규명 문제보다는 이러한 인물들의 설정과 성격이 대표하는 인물상의 재구라는 측면에서 접근하고자 한다.

설화에 등장하는 많은 인물들은 개별적 개체라기보다는 하나의 인물 유형으로써 의미가 강하다는 것은 부언할 필요가 없을 것이다. 동일한 맥락에서 광덕과 엄장, 광덕의 처가 상징하는 인물 유형이 무엇인가를 고찰하는 일은 의미 있는 작업일 것이다. 짧은 이야기 속에서 인물의 유형을 분석하는 작업이라 많은 오류를 범할 것이라는 사실을 인지하고 시작할 수밖에 없다는 한계를 미리 밝혀두고자 한다.

4.1. 背景說話의 分析

우리가 논의하여 할 〈廣德·嚴莊〉에 나오는 인물 유형의 분석은 전적으로 설화에 의존할 수밖에 없다. 그러므로 〈廣德·嚴莊〉 설화의 전문을 살펴보고자 한다. 〈廣德·嚴莊〉 설화의 전문과 해독은 다음과 같다.

a: 文武王代 有沙門名廣德·嚴莊 二人 友善 日夕約曰 先歸安養者告之 德隱居芬皇西里(或云 皇龍寺西去房 未知孰是) 蒲鞋爲業挾妻子而居 莊庵栖南岳 大種刀耕 一日 日影拖陰靜暮 窓外有聲 報云 某已西往矣 惟君好住 速從我來 莊排闥而出顧之 雲外有天樂聲光明屬地 明日歸訪其居 德果亡矣

b: 於是乃與其婦収骸 同營蒿里 既事 万謂旣曰 夫子逝矣 偕處何如 婦曰可 遂留 夜將宿欲通焉 婦靳之曰 師求淨土 可謂求魚緣木 莊驚怪問曰 德旣乃爾予又何妨 婦曰 夫子與我 同居十餘載 未嘗一夕同床而枕 況觸汚乎 但每夜端身正坐 一聲念阿彌陁佛號 或作十六觀 觀旣熟 明月入戶 時昇其光 加趺於上 竭誠若此 雖欲勿西奚往 夫適千里者 一步可規 今師之觀可云東矣 西則未可知也

c: 莊槐板而退 便詣元曉法師處 懇求津要 曉作錚觀法誘之 藏於是潔己
   悔責 一意修觀 亦得西昇 錚觀在曉師本傳與海東僧傳中

d: 其婦乃芬皇寺之婢 盖十九應身之一 德嘗有歌云

e: 月下伊底亦 西方念丁去賜里遺 無量壽佛前乃 惱叱古音(鄕言云報言
   也) 多可支白遺賜立 誓音深史隱尊衣希仰支 兩手集刀花乎白良 願往
   生願往生 慕人有如白遺賜立 阿邪 此身遺也置遺 四十八大願成遺賜去

작품의 해독은 다음과 같다.

  문무왕 때에 중 광덕과 엄장이 있었는데 두 사람은 친하여 밤낮으로
약속하여 먼저 안양으로 돌아가는 자는 알리기로 하였다. 광덕은 분황
서쪽 마을에 은거해 살면서 신 삼는 것을 직업으로 하며 처자를 데리고
살았다. (혹은 황룡사의 서거방(西去方) 이라는데 자세한 것은 알 수없다.) 엄장
은 남악에 살면서 대종도경 하였다. 하루는 노을과 고요한 그림자가 질
무렵 창 밖에서 소리가 났다. 누가 이르기를 나는 이미 서쪽으로 가니
잘 있다가 빨리 나를 쫓아오라 하였다. 엄장이 문을 밀치고 나가 사방
을 둘러보니 이미 가고 구름 밖 하늘에서 즐거운 소리와 밝은 빛이 땅에
비쳤다. 다음날 그(광덕)가 살던 곳을 찾아가니 그는 과연 죽어 있었다.
  이에 그(광덕)의 처와 유해를 거두어 장의를 마치고 부인과의 합의에
의해 같이 살게 되었다. 저녁에 같이 자며 정을 통하려하니 부인이 거절
하며 말하되 "당신이 서방정토(西方淨土)에 가기를 바란다는 것은 마치
나무 가지위에 올라가 물고기를 얻으려는 것과 같다."고 하였다. 엄장이
놀라 기이하게 여겨 "광덕도 이미 그랬거늘 나를 어찌 꺼리는가"라고 말
하니 부인은 말했다. "광덕은 나와 10여 년을 같이 살았으나 한 번도 자
리를 같이 한 적이 없었고, 밤마다 단정히 앉아 염불을 하고, 혹은 16관

을 행할 뿐이었습니다. 16관에 숙달하자 달빛이 창에 들면, 그 빛을 타고 가부좌 했습니다. 정성이 이와 같으니 어찌 극락에 가지 않겠습니까? 무릇 천 리를 갈 사람은 그 첫걸음으로 알 수 있으니, 이제 스님의 하는 일을 보니, 동쪽으로 간다 해도 극락으로 간다는 것은 생각할 수 없습니다."라 하였다.

엄장은 부끄러워 물러나 원효법사를 찾아가 법요(法要)를 간구하였다. 원효는 정관법으로 그를 인도하였다. 엄장은 이에 몸을 깨끗이 하고 잘못을 뉘우쳐 자신을 꾸짖고, 한 뜻으로 닦아 보이며, 또한 서방정토로 가게 되었다. 정관법은 원효법사의 본전(本傳)과 해동고승전(海東高僧傳) 속에 있다.

그 부인은 바로 분황사의 계집종이니, 대개 관음보살 십구응신(十九應身)의 하나였다. 광덕이 일찍이 부른 노래에 이르기를

> 달님이시여
> 서방까지 가시겠습니까
> 무량수 부처님 앞에
> 보고의 말씀 빠짐없이 사뢰옵소서
> 맹세 깊으신 부처님에게 우러러
> 두 손을 모아
> 왕생을 원하여 왕생을 원하여
> 그리워하는 사람이 있다고 사뢰옵소서
> 아아, 이 몸 남겨두고
> 마흔 여덟 가지 큰 소원을 이루실까.

〈廣德·嚴莊〉 설화는 위와 같이 5개의 의미 단락으로 이루어져 있으며, 총 4사람이 등장한다. 그러나 설화에 등장하는 인물 유형 분석과 노래는 커다란 상관성이 없으므로 분석에서 제외하고자 한다. 동일한 맥락

에서 그 유형 분석이 불필요한 역사적 실제 인물이었던 원효를 제외하고 광덕과 엄장, 그리고 광덕의 처 세 사람을 인물 유형 분석의 대상으로 삼고자 한다.

먼저 a에서 광덕과 엄장은 친우로 함께 수도를 하며, 서방정토에 왕생하기를 바란 인물이라는 것을 알 수 있다. 두 친우는 각각 직업을 가지고 살았으며, 광덕은 처자를 데리고 살았다. 그리고 광덕이 먼저 서방정토로 가게 되었다는 것이 이 단락의 주요 화소이다. 가장 중요한 화소는 광덕이 처자를 데리고 살았다는 것이다. 광덕과 엄장은 수도승이다. 그러므로 승려의 신분으로 보인다. 그런데 광덕은 처자를 데리고 살았고, 엄장은 처자 없이 산 것이다.

이것이 b에서 이야기 하고 싶은 내용의 핵심이자, 이 전체 설화의 주지이다. b는 광덕이 서방정토로 가고 혼자 남은 광덕의 처와 엄장이 함께 살기로 합의 하고 첫날밤의 이야기이다. 광덕의 처가 정을 통하려고 하는 엄장에게 가르침을 주어 엄장이 크게 깨닫고 서방정토에 이르게 된다는 것이다. 즉, 이 이야기의 핵심 문맥은 광덕이 어떻게 수행을 하였느냐에 있는 것이 아니라, 광덕과 엄장이 광덕의 처를 어떻게 바라보았느냐에 달린 것이다. 이것은 단순히 정을 통하느냐, 그렇지 않느냐의 문제가 아니다. 왜냐하면 불교에서는 스님의 취처에 대하여 그 자체를 파계로 보지는 않기 때문이다.

스님의 娶妻에 대해서 불교 교리에서 어떻게 설명하고 있는가를 알아보자. 이는 일반 교리가 그렇듯이 소승불교와 대승불교의 주장이 각각 다르다. 소승불교에서는 반드시 지켜야 할 250계 가운데 〈불음계(不婬戒)〉를 두었으므로, 직접이거나 간접이거나 동성이거나 이성이거나 일체의 성행위는 다 犯戒로서 금하고 있다. 그러므로 처를 둔다는 것은 용납이 안된다.

그러나 대승불교의 경우는 다르다. 대승불교에서는 지켜야 할 계율

10계에 〈불사음계〉를 두어 윤리와 도덕적이 아닌 성행위만을 금하고 있다. 그러므로 '사(邪)'자의 있고 없음에 따라 그 의미는 크게 달라지는 것이다. 〈불사음계(不邪婬戒)〉는 『화엄경(華嚴經)』의 〈십지품(十地品)〉에 다음과 같이 설명되어 있다.

> 마음으로부터 삿된 성행위는 하지 말지니, 보살은 자기 아내에만 만족하고 남의 아내는 구하지 말지니라. 남의 아내이거나 첩이거나 남의 보호하는 바의 여인이거나 친족이거나 정혼을 했거나 그 밖의 법으로 보호하는 바의 여인에게는 오히려 탐염(貪染)하는 마음도 내서는 안되거늘 어찌 하물며 행동을 할 것인가. 이는 또한 도리가 아닌 행위이니라.24)

즉, 보살은 자기 아내에게 만족하고 남의 아내이거나 남의 보호 아래 있는 여인이거나 친족이거나 약혼녀이거나 또는 법으로 보호받는 여인에게 탐염하는 마음을 내서도 안 되는데 어찌 행위를 할 수 있겠느냐고 한 의미는 보살의 娶妻가 인간 예의와 도덕에 어긋나지 않는 한, 破戒의 범죄가 아니라는 것을 분명히 말한 것이다. 그러므로 광덕이 처를 둔 것이나, 엄장이 같이 살기로 합의하고 정을 통하려 한 것은 모두 파계가 아니다. 그러므로 '莊驚怪問曰'이 표현에서 보여지듯이 엄장은 깜짝 놀라고 괴이하게 여겨 물은 것이다. 부부로서 정을 통하는 것을 너무 당연하게 생각하였던 엄장이기에 광덕의 처가 보여준 행위를 납득 할 수 없었던 것이다.

그러므로 앞서 이야기 하였듯이 광덕과 엄장의 차이는 광덕의 처를 어떻게 바라보았느냐의 인식에 달린 것이다. 설화에서 특정 인물은 항상 유형을 표방하듯 여기에서 광덕의 처는 여인이라는 것 이상의 의미를 지

---

24) 『대방광불화엄경(大方廣佛華嚴經)』 35, 『대정신수대장경(大正新脩大藏經)』 10, 185쪽.
  性不邪婬 菩薩於自妻知足 不求他妻 於他妻妾 他所護女 親族媒定 及爲法所護 尙不
  生於貪染之心 何況從事況於非道

니고 있지 않다. 수도승이 여인을 어떻게 바라보아야 하느냐는 어쩌면 지극히 당연한 대답을 요하는 문제일 것이다. 이 부분에 대한 대답을 광덕은 함께 해탈을 해야 하는 수도자로서 보았다는 것이다. 광덕은 여자와 남자의 구분이 없이 '一切衆生悉有佛性'이라는 인식으로 처를 대하였던 것이다.

광덕이 아내를 데리고 산 것은 그의 이름처럼 德에 해당하는 부분이며, 엄장이 아내 없이 수도에만 몰두한 것은 역시 그 이름의 莊에 해당한다고 할 수 있다. 이 부분은 다음 장에서 상론하고자 한다.

단락 c는 광덕의 처로부터 깨달음을 얻은 엄장이 원효에게 나아가 서방정토에 이르는 법문을 구한다는 내용이며, 단락 d는 이 이야기의 주요 인물이자, 그 행위가 범상치 않았던 광덕의 처가 원래는 부처님이라는 내용이다. 실제 이 설화는 a와 b단락이 주요 부분이고, 특히 b가 설화가 전하고자 하는 의미소를 모두 담고 있다. 단락 c와 d는 부수적인 부분이며, 독자가 궁금해 하는 엄장이 어떻게 되었을까, 광덕의 처는 도대체 어떠한 인물이었을까에 대한 해결을 해주고 있는 부분이다.

배경 설화의 구성을 통하여 살펴본 바와 같이 이 이야기의 가장 주 인물은 엄장이다. 엄장으로 표방되는 인물 유형이 어떻게 원왕생을 하게 되었는가가 이 이야기의 전승 이유이자, 목적인 것이다. 자세한 논의는 장을 달리하여 이 인물들의 유형 분석을 통하여 구체화 하고자 한다.

4.2. 主要 人物의 分析

주요 인물의 분석에 앞서 『三國遺事』권 2 〈탑상〉편에 전하는 〈노힐부득과 달달박박〉의 이야기를 소개하고자 한다. 〈탑상〉편에는 寺記와 탑·불상 등에 얽힌 僧傳 및 寺塔의 유래에 관한 기록을 30편에 나누어 각각 실었다. 여기에 실린 〈노힐부득과 달달박박〉은 두 친구가 함께 수도하다 노힐부득이 먼저 성불하고, 노힐부득의 영향으로 달달박박도 함께 성불하였다는 서사 구조가 〈광덕 엄장〉 이야기와 유사하다. 또한 이들의 성불에 여인이 등장한다는 것이나, 여인을 노힐부득과 달달박박이 어떻게 대했느냐에 따라 성불의 유무가 갈리었다는 측면에서도 〈광덕 엄장〉의 이 야기와 주제적 측면이 동일하다.

이러한 동일성에도 불구하고 작품의 이해적 측면에서 바라본다면 〈광덕 엄장〉은 상당히 축약되어 있어 많은 의미들이 문면 속에 내포되어 있음에 반하여 〈노힐부득과 달달박박〉은 유장한 서사 구조 속에 이야기의 주제가 표면에 드러나 있다. 이러한 이유로 〈노힐부득과 달달박박〉이 전하고자 하는 주지의 이해는 한결 손쉬운 편이다. 그러므로 〈광덕 엄장〉의 이야기에 내포되어 있는 주제를 파악하는데 〈노힐부득과 달달박박〉은 많은 도움을 준다.

『三國遺事』 권2 〈탑상〉편에 전하는 〈노힐부득과 달달박박〉의 이야기는 다음과 같다.25)

옛날 신라의 진산으로 알려진 백원산(지금의 경남 창원 소재)아래 자리한 어느 마을에 노힐부득과 달달박박이란 두 청년 선비가 살고 있었다. 풍채가 좋고 골격이 범상치 않은 두 청년은 속세를 초월한 높은 이상을 지닌 좋은 친구였다.

이들이 20세가 되던 어느 가을날. 두 사람은 백월산에 올라 먼 산에 곱게 물든 단풍을 바라보며 사색에 잠겨 있었다. 이때 부득이 먼저 입을 열었다. "여보게, 우리가 이렇게 평범한 생활에 만족하여 지낼 수가 없지 않은가." "자네도 그런 생각을 하고 있었군. 나도 동감일세." 두 청년은 그날 함께 출가할 것을 결심, 그 길로 마을 밖 법적방(창원에 있던

---

25) 원문은 『三國遺事』 권2에 전하므로 생략하고자 한다.

절)에 가서 머리 깎고 스님이 되었다. 그 후 부득은 회진암에, 박박은 유리광사에 각각 터를 잡은 뒤 처자를 데리고 와서 밭을 일구며 정신수양을 했다. 양쪽 집이 서로 왕래하며 오손도손 재미있게 지냈으나 두 사람은 속세를 떠나고 싶은 마음을 잠시도 버리지 않았다. "아내와 자식들과 함께 지내며 의식이 풍족하니 좋기는 하지만, 연화장 세계에서 여러 부처가 즐기는 것만 못하네. 더구나 불도를 닦아 참된 것을 얻기 위해 머리를 깎았으니 마땅히 몸에 얽매인 것을 벗어 버리고 무상의 도를 이루어야 할 것일세."

추수를 끝낸 어느 날 밤. 두 사람은 장차 깊은 산골짜기에 숨어 공부할 것을 다짐했다. 그날 밤 두 사람은 꿈을 꾸었다. 백호의 빛이 서쪽에서 오더니 그 빛 속에서 금빛 팔이 내려와 두 사람의 이마를 쓰다듬어 주는 상서로운 꿈이었다. 이튿날 아침, 서로 꿈 이야기를 주고받던 두 사람은 똑같은 꿈을 꾸었음에 감탄과 놀라움을 금치 못했다. 이들은 드디어 백월산 무등곡으로 들어갔다. 박박은 북쪽에 판잣집을 만들어 살면서 미타불을 염송했고, 부득은 남쪽 고개에 돌무더기를 쌓아 집을 만들어 살면서 아미타불을 성심껏 구했다.

그렇게 3년이 지난 경덕왕 8년(709) 4월 8일. 해가 뉘엿뉘엿 서산에 걸릴 무렵, 20세 안팎의 아름다운 한 낭자가 난초 향기를 풍기면서 박박이 살고 있는 판잣집으로 찾아들었다. 그녀는 말없이 글을 지어 박박 스님에게 올렸다.

갈 길 더딘데 해는 져서 먼 산에 어둠이 내리니
길은 막히고
성은 멀어 인가도 아득하네
오늘 이 암자에서 자려 하오니
자비스런 스님은 노하지 마소서

글을 읽은 박박이 생각할 여지도 없이 한마디로 거절했다. "절은 깨끗해야 하므로 그대가 머물 곳이 아니오. 지체하지 마시고 어서 다른 곳으로 가 보시오."

낭자는 다시 부득이 살고 있는 남암으로 찾아갔다. "그대는 이 밤중에

어디서 왔는가?" "맑고 고요하기가 우주의 근본 뜻과 같거늘 어찌 오고
감의 경계가 있겠습니까. 다만 어진 스님의 뜻이 깊고 덕행이 높다는 풍
문을 듣고 보리를 이루는 데 도움을 드릴까 해서 찾아왔습니다." 이렇게
답한 낭자는 다음과 같이 게송을 읊었다.

> 해 저문 깊은 산길에
> 가도가도 인가는 보이지 않네
> 대나무와 소나무 그늘은 그윽하기만 하고
> 시내와 골짜기에 물소리 더욱 새로워라
> 길 잃어 잘 곳 찾는 게 아니고
> 존사를 인도하려 함일세
> 원컨대 내 청을 들어주시고
> 길손이 누구인지 묻지 마오

　부득은 이 게송을 듣고 내심 몹시 놀랐다. "이곳은 여자와 함께 있을
곳은 아니나, 이 깊은 산골짜기에서 날이 어두웠으니 어찌 모른 척할 수
있겠습니까. 어서 안으로 드시지요." 밤이 깊자 부득은 자세를 바르게
하고 희미한 등불이 비치는 벽을 마주한 채 고요히 염불삼매에 들었다.
새벽녘이 되자 낭자는 부득을 불렀다. "스님, 제가 산고가 있으니 스님
께서 짚자리를 준비해 주십시오." 부득이 불쌍히 여겨 자리를 마련해 준
뒤 등불을 비추니 낭자는 이미 해산을 끝내고 다시 목욕하기를 청했다.
부득은 부끄러움과 두려움이 일었으나 어쩔 수 없이 물을 덥히고 낭자를
통 안에 앉혀 목욕을 시키기 시작했다. 부득이 놀라 크게 소리치니 낭자
가 조용히 미소를 지으며 말했다. "우리 스님께서도 이 물에 목욕을 하
시지요." 마지못해 낭자의 말에 따라 목욕을 한 부득은 또다시 크게 놀
랐다. 갑자기 정신이 상쾌해지더니 자신의 살결이 금빛으로 변하는 것이
아닌가. 그리고 옆에는 연화좌대가 하나 마련되어 있었다. 낭자가 부득
에게 앉기를 권했다. "나는 관음보살이오. 대사를 도와 대보리를 이루게
한 것입니다." 말을 마친 낭자는 홀연히 자취를 감췄다.
　한편 북암의 박박은 날이 밝자. "부득이 지난밤 필시 계를 범했겠지."
하면서 남암으로 달려갔다. 그런데 이게 어찌된 일인가. 부득은 미륵존

상이 되어 연화좌 위에 앉아 빛을 발하고 있지 않은가. 박박은 자기도 모르게 머리를 조아려 절을 하며 물었다. "어떻게 해서 이리 되셨습니까?" 부득이 그간의 사정을 말하자 박박은 자신의 미혹함을 탄식했다. "나는 마음에 가린 것이 있어 부처님을 뵙고도 만나지를 못했구료. 먼저 이룬 그대는 부디 옛 정을 잊지 말아 주시오." "통 속에 아직 금물이 남았으니 목욕을 하시지요." 박박도 목욕을 하고 무량수를 이루었다.

　　이 소문을 들은 마을 사람들이 다투어 모여 법을 청하자 두 부처는 그들에게 불법의 요지를 설한 뒤 구름을 타고 올라갔다.

　　훗날 경덕왕이 즉위하여 이 말을 듣고는 백월산에 큰절 남사를 세워 금당에 미륵불상을 모시고 아미타불상을 강당에 모셨는데 아미타불상에는 박박이 목욕시 금물이 모자라 얼룩진 흔적이 그대로 있었다 한다.

　이 이야기 역시 노힐부득이 주인공이 아니라 달달박박이 주인공이다. 그러한 사실을 이야기의 마지막 부분에서 알 수 있다. 훗날 경덕왕이 모신 아미타불이 달달박박이었다는 것이 그러한 사실을 암시하고 있는 것이다. 왜 설화의 주인공이 달달박박이고 엄장이었는가를 다음에서 인물유형 분석을 통하여 구체적으로 논의하고자 한다.

4.2.1. 광덕

　설화 문학에서는 등장인물의 이름이 중의성을 가지는 경우가 많다. 향가 작품에서도 그러한 경우를 적용하여 작가의 문제를 설화 문학적 가공 인물로 파악하여 온 견해가 있다. 그러므로 설화 문학에서 주요 인물의 이름이 갖는 중의성은 당연히 이야기의 서사 구조 이해에 중요한 단서가 되는 것이다. 동일한 맥락에서 광덕의 이름이 갖는 의미를 해석하여 보자.

　광덕에서 광은 덕을 수식하는 의미이다. 덕은 덕이되 광 덕이라는 의미로 볼 수 있겠다. 그러한 이유는 〈광덕 엄장〉 설화에서 광덕의 이름은 다섯 번이 나오는데, 가장 먼저 나오는 이름을 제외하고는 모두 德으로 나온다. 광덕에서 광이 성이고, 덕이 이름이라면 이러한 현상이 이상하지는 않을 것이다. 그러나 광덕이라는 이름이 주는 이미지나, 상식적 수준에서 廣이 성이 아닐 것은 분명한데 德으로만 나온다는 것은, 광이 갖는 의미가 그만큼 왜소하다는 뜻일 것이다. 설화 속에서 광덕의 이름이 나오는 경우는 다음과 같다.

1. 文武王代 有沙門名廣德·嚴莊
2. 德隱居芬皇西里
3. 德果亡矣
4. 德既乃爾予又何妨
5. 德嘗有歌云

德의 의미를 자전에서 찾아보자. 德은 덕덕자로서 공정하고 포용성 있는 마음, 또는 품성을 말한다. 인품, 품격, 본성을 이야기 한다. 가르침이나 은혜를 베풀다라는 의미로 쓰인다. 德의 사전적 의미이다. 여기서 이야기와 맥을 같이 하는 풀이는 본성과 가르침이라고 본다. 덕이라는 것은 본성이라고 보았을 때, 이미 부처와 같은 의미이다. 인성은 부처라는 인식은 불교의 교리에서 일반론에 해당한다. 우리는 모두 불성을 가지고 있기에 모두 부처님인 것이다. 다만 아직 가르침을 받지 못하여 깨닫지 못하였기에 미자각불인 것이다.

이름에서 보여지듯이 광덕은 이미 부처님이다. 속세의 업에 따라 다음 세상이 결정되는 연기설에 의하면 광덕은 이미 부처가 되는데 아무런 부족함이 없다. 그러므로 광덕은 깨닫기 직전의 고승들을 대표하는 유형 내지 부처님 자체로 보는 데에 문제가 없다고 생각한다. 설화의 내용에서 다음은 그러한 사실을 뒷받침 한다.

밤마다 단정히 앉아 염불을 하고, 혹은 16관을 행할 뿐이었습니다.
16관에 숙달하자 달빛이 창에 들면, 그 빛을 타고 가부좌 했습니다.(但
每夜端身正坐 一聲念阿彌陁佛號 或作十六觀 觀旣熟明月入戶 時昇其光
加趺於上)

광덕은 이미 깨달음을 얻은자라는 것을 보여주는 대목이다. 이미 10
년을 한결같이 수양을 하고 달빛을 타고 가부좌를 하는 그러한 인물이었
다. 또한 먼저 깨달음을 얻은 자로써 그 방법을 아는 자이다. 그러므로
이 설화에서 광덕의 역할은 엄장을 깨달음의 세계로 즉, 서방정토로 인
도하는 것이다. 광덕이 일찍이 〈願往生歌〉를 불렀다는 '德嘗有歌云'의 해
석도 이러한 맥락에서 받아들인다면 자연스럽다. 광덕은 엄장이 지금 그
러하듯 과거에 이미 '원왕생 원왕생' 하였던 인물이다.

광은 넓다는 의미와 빛의 의미를 동시에 지니는 말이다. 그러므로 밝
은 덕으로 해석을 해도, 넓은 덕으로 해석을 해도 무방하다고 생각한다.
배경설화 내에서 광자가 여러 번 나오나 모두 빛의 의미로 쓰이고 있다.
더구나 光자가 나오는 경우가 모두 광덕과 관련이 있으니, 광덕의 광을
빛의 의미로 보는 것이 더욱 낫다고 생각하나 넓다라는 의미로 보아도
무방하므로 논의하지 않겠다.

이상과 같이 광덕은 배경설화와 이름의 중의성을 고찰하여 부처로 보
고자 한다.

4.4.2. 엄장

설화 속에서 엄장이 어떤 인물의 유형을 대표하는가를 살펴보는 방법
으로 광덕의 경우와 동일한 방법론을 사용하고자 한다. 먼저 이름을 풀
이하면 莊은 풀 성할 장, 삼갈 장 자이다. 자전의 풀이를 보면 풀 성한
모양, 엄숙하다, 삼가다, 정중하다, 공손하다, 바르다, 단정하다, 그리고

농막이라는 의미로 쓰이는 글자이다. 이미 이름 속에서 부처가 되기를 갈구하는 수도승이라는 것을 알 수 있다. 엄장은 글자 그대로 엄숙하고 단정하다의 의미이다.

즉, 세상의 많은 인물 유형 중 원왕생을 진실로 바라며 엄숙하고 단정하게 수행을 하는 자들을 엄장은 대표하고 있는 것이다. 이들은 불교의 교리에만 얽매여 진실을 보지 못하는 경우가 많아 깨달음의 세계로 나아가지 못하는 것이다. 설화 속에서 엄장이 등장하는 부분과 그 문면이 내포하고 있는 의미를 찾아보자.

1. 文武王代 有沙門名廣德·嚴莊
2. 莊庵栖南岳 大種刀耕
3. 莊排闥而出顧之
4. 莊驚怪問曰
5. 莊愧赧而退
6. 莊於是潔己悔責

엄장은 이와 같이 광덕 보다 그 이름이 한 번 더 나온다. 또한 이야기의 내용에서도 차지하는 비중이 훨씬 크다. 그러므로 이야기의 주인공인 것이다. 엄장을 원왕생을 바라는 수도승으로 보아야 하는 이유를 문면에서 찾고자 한다. 이를 위하여 〈광덕 엄장〉 설화의 주요 화소를 정리하면 다음과 같다.

a. 누가 이르기를 나는 이미 서쪽으로 가니 잘 있다가 빨리 나를 쫓아오라 하였다.

b. 부인과의 합의에 의해 같이 살게 되었다. 저녁에 같이 자며 정을 통하려하니 부인이 거절하며 말하되 "당신이 서방정토(西方淨土)에 가기를 바란다는 것은 마치 나무 가지위에 올라가 물고기를 얻으려

는 것과 같다."고 하였다.

c. 엄장이 놀라 기이하게 여겨 "광덕도 이미 그랬거늘 나를 어찌 꺼리
   는가"라고 말하니 부인은 말했다. "광덕은 나와 10여 년을 같이 살
   았으나 한 번도 자리를 같이 한 적이 없었고, 밤마다 단정히 않아
   염불을 하고, 혹은 16관을 행할 뿐이었습니다. 16관에 숙달하자 달
   빛이 창에 들면, 그 빛을 타고 가부좌 했습니다. 정성이 이와 같으
   니 어찌 극락에 가지 않겠습니까? 무릇 천 리를 갈 사람은 그 첫걸
   음으로 알 수 있으니, 이제 스님의 하는 일을 보니, 동쪽으로 간다
   해도 극락으로 간다는 것은 생각할 수 없습니다."라 하였다.

d. 엄장은 부끄러워 물러나 원효법사를 찾아가 법요(法要)를 간구하
   였다. 원효는 정관법으로 그를 인도하였다. 엄장은 이에 몸을 깨끗
   이 하고 잘못을 뉘우쳐 자신을 꾸짖고, 한 뜻으로 닦아 보이며, 또
   한 서방정토로 가게 되었다.

광덕은 엄장을 인도하기 위하여 함께 수행한 부처이다. 그는 엄장을
인도하기 위하여 a와 같이 말한 것이다. 그러므로 당연히 엄장은 광덕을
찾아갔고, 광덕의 처와 하룻밤을 보내게 되는 것이다. b는 광덕이 엄장
을 서방정토로 이끌기 위하여 마련한 장치이다. 엄장은 광덕의 처와 정
을 당연히 통하려 했고 이것이 계기가 되어 엄장은 깨달음으로 나아가게
되는 것이다. c는 깨달음을 얻는 데에 나아가는 구체적인 방법론이다.
염불을 하고 16관을 행하는 것이 원왕생에 이르는 길이라는 것을 보여
주고 있다. d는 엄장이 원효를 찾아 법요를 구하고 서방정토로 가게 되
었다는 것이다.

우리가 생각해 볼 수 있는 문제는 엄장은 10년 동안 수행을 하였던
인물이다. 당연히 수행의 방식이 있었을 것인데 하룻밤의 깨달음으로 그
것을 모두 버리고 원효를 찾아 법요를 구한 것이다. 즉, 원왕생의 방법

은 불교의 심오한 교리 속에 들어 있는 것이 아니라, 몸을 깨끗이 하고 자신의 잘못을 뉘우치고 고쳐나가는 데에 있다는 것을 알 수 있다. 엄장은 설화 처음에는 수도승의 지위에 있다가 설화가 계속되면서 원왕생을 바라는 모든 이들을 대표하는 유형으로 확장이 일어난다. 이러한 인물 유형의 확장을 통하여 엄장은 원왕생을 바라는 모든 속인이라는 지위를 획득하고 있다. 그러므로 엄장은 원왕생을 진실로 바라는 인물들을 대표한다고 정의할 수 있을 것이다.

4.2.3. 광덕의 처

〈광덕 엄장〉 설화에 나오는 주요 인물이면서 광덕의 처는 이름이 없다. 즉, 광덕의 처는 이름으로 표방 될 만큼 상징성을 지니지 않는다는 의미이다. 이 설화에서 보조적 장치의 의미로 쓰인 것이다. 광덕이 엄장에게 깨우침을 주는 매개체로서의 역할을 하고 있다. 그러므로 어떠한 인물 유형을 대표한다고 보기 어렵다.

설화에서 '其婦乃芬皇寺之婢 盖十九應身之一'이라는 표현은 사족이다. 설화는 독자가 궁금해 하는 부분을 내용 속에서 해결해주는 기능을 가지고 있다. 그것은 적층 문학의 특성상 전승 과정에서 전승자의 개입이 들어감으로 일어나는 현상이다. 서사 구조상 이 부분은 이야기가 다 끝나고 마지막에 '광덕의 처는 관음보살이었다.'라는 표현으로 독자들이 갖고 있는 광덕의 처는 '어찌 되었을까.', '도대체 그녀는 어떤 사람이었을까.' 하는 궁금증을 해결해주는 표현 방식인 것이다.

그래서 이야기의 구성과는 전혀 무관한 분황사의 계집종이었다고 말하다가, 그렇게 보는 것은 이야기 속에서 그녀의 비범함이 너무 이상하다고 생각되어 다시 관음보살이었다고 말하는 것이다. 설화의 마지막에서 광덕의 처에 대한 언급인 '其婦乃芬皇寺之婢 盖十九應身之一'이라는 문장은 의역을 하면 '그녀는 분황사의 계집종이었다고 하는데, 아마 관음보살이었을 것이다.'로 풀이가 된다. '盖'는 문두에서 '아마'의 이미로 쓰이는데, 이것이 설화 속에서는 반드시 확인할 필요가 없는 경우에 전승자가 이야기 속으로 개입해 들어가는 장치의 역할을 한다.

그러므로 광덕의 처는 광덕과 엄장을 연결해주는 보조적 장치로 보는 것이 좋다고 생각하며, 문맥에 치우쳐 해석을 확대하는 것은 무의미하다고 본다.

5. 慕竹旨郎歌에 드러난 佛敎 思想의 受用

현실 삶의 고달픔과 극복이라는 종교의 한 기능은 고대사회로부터 계속되어 왔다. 동양에 있어서 이러한 사유를 적극적으로 반영한 경우는 불교의 미륵사상으로 나타났다. 이들은 대체로 사회혼란기나 전환기, 격동기에 크게 유행하고 고조되어 왔으며, 사회 계층 면으로는 피지배층이나 소외 집단에서 크게 신봉하는 경향을 보이고 있다. 그래서 이들 사상은 역사적 혼란과 격동의 시기에 현실에 만족할 수 없는 계층이 현실사회의 변혁을 열망하는 대중 종교운동의 이데올로기로서 작용되어 왔다.

사실, 불교가 전래되던 삼국시대에 미륵신앙은 각 사회의 정치권과 밀접한 연관을 맺으면서 정착하였다. 특히 미륵사상이 융성했던 백제와 신라를 살펴보면 각자의 지배층들이 국가체제를 정비해 가는 과정에서 미륵사상을 하나의 지배층 중심의 이데올로기로 이용하려 했음을 알 수 있다. 미륵신앙의 주요 개념인 상생·하생론은 원래 불교의 교리체제 안에서 형성되었다.

미륵사상을 나타내는 미륵경은 보통 미륵삼부경이라 일컬어지는데,

미륵상생경, 미륵대성불경, 미륵하생경 등이 그것이다. 이중에서 주요 내용을 차지하는 상생경과 하생경은 각각 상생신앙과 하생신앙을 낳았는데, 상생신앙은 생전에 불도를 닦으면 사후 그 공덕으로 도솔천에 갈 수 있다는 것이고, 하생신앙은 반대로 미륵이 도솔천에서 지상으로 하생하여 이 땅이 정토가 된다는 것이다.

상생신앙과 하생신앙은 전혀 다른 교리 구조에서 출발한 것으로 이것은 정토를 천상의 정토와 지상의 정토 중 어디에 두느냐에 달려 있는 것이다. 또한 어느 것을 수용하느냐에 따라 사회의 성격이 달라졌던 것이다. 신라에서는 이 정토를 죽어서나 갈 수 있다는 상생신앙으로 받아들여서 후일 아미타신앙을 기원하는 형태로 바뀌어 가는 한편, 화랑도의 창건으로 분화되어 갔다. 백제는 자신이 살고 있는 땅으로 미륵이 오시는 용화세계로 여기고자 하고 그 꿈의 발현으로 미륵사를 창건했다.

미륵신앙 중 하생신앙의 영향을 받은 〈慕竹旨郎歌〉의 이해를 위해서는 미륵 하생신앙을 자세히 살펴보는 일이 의미 있을 것이다.

5.1. 彌勒 佛敎의 原論的 理解

미륵사상은 간략히 요약하면 도솔천에 있는 미륵 부처가 미래에 轉輪聖王이 다스리는 이상적인 미륵불국토에 하생하여 수많은 인간을 구제한다는 메시아사상이다. 우리나라의 경우 삼국시대에 크게 유행하였으며, 이후 민간에서는 지금까지 수많은 형태로 변이되었으나, 지속적으로 영향을 끼쳐온 사상이다.

미륵을 처음으로 언급하고 있는 가장 오래된 경전은 팔리어 경전 『長部』 제26장 〈轉輪獅子吼經〉인데, 이 경전은 전륜성왕에 대한 이야기가 주 테마이고 미륵 이야기는 단지 보조적인 테마이다. 또한 한역 경전으로는 『長阿含經』의 〈轉輪聖王修行經〉을 들 수 있는데, 그 내용을 살펴보면 과거 인간의 수명이 8만세였던 시기가 있었다고 보고 이때를 가장 이상적인 인간세상으로 여긴다. 이때 가장 이상적인 성왕인 전륜성왕이 등장한다는 것이다. 그런데 이 전륜성왕은 무력에 의하지 않고 정법으로 나라를 다스리고 천하를 통일하는 통일 군주의 모습을 가진다.

또한 가장 이상적인 인간세상을 전륜성왕이 정법으로 다스리면 미륵여래는 인간의 영원한 구원자로서 등장하게 되는데, 이때 미륵은 곧 불법을 계승한 미래불이 된다. 이를 통해 우리는 비교적 초기 불교시대 이전에 이미 전륜성왕 신화가 있었고, 이후 미래불 미륵사상이 발전하면서 전륜성왕 신화와 미래불 미륵신화가 함께 결합되었다는 것을 유추해 볼 수 있다.

한편, 『中阿含』 제13권의 〈說本經〉의 〈賢愚經〉에서는 아지타(Ajita)와 마이트레이야라는 인물이 각각 전륜성왕과 미륵여래가 될 것을 서원하는 것과 이것에 대한 석가의 예언을 볼 수 있다. 그러나 미륵사상이 미륵을 주연으로 하는 미륵경의 내용과 같이 완성된 형태로 되어있는 것은 『一阿含』에서 찾아볼 수 있다.

이렇듯 비교적 초기상태의 미륵을 언급하고 있는 경전은 대소승 경전의 주요 경전으로 포함하여 13가지에 이른다. 이들을 살펴보면, 미륵사상이 붓다의 불법 포교 이후 기원전 2세기부터 서기 5세기 한역 경전이 역출되는 시기까지 고대의 비교적 긴 역사 속에서 형성되었음을 알 수 있다. 이중에서도 미륵사상이 가장 잘 정리되어있는 경전은 『彌勒三部經』이다.

『彌勒三部經』에 따르면, 미륵사상은 대체로 두 가지로 나뉘어진다. 하나는 〈觀彌勒菩薩上生兜率天經〉에 나오는 상생의 사상으로, 석가가 예언한 바대로 천상의 낙원인 도솔천에서 미륵보살을 만나 설법 듣기를 원한다는 것이다. 여기서 도솔천은 지상이 아닌 천상의 정토계이다.

미륵상생사상은 정토에서 태어나고자 하는 사상, 즉, 인간의 죽음 이후 도솔천 상생으로의 희구를 바라는 정토사상인 것이다. 반면 다른 하나인 미륵하생사상은 도솔천에 있는 미륵보살이 인간 세상에 내려와 성불하여 미륵불이 되고, 그때 세상은 고대 성왕인 전륜성왕이 다스리는 세상으로서 미륵불국토가 되고 인간은 모두 구제받는다는 미륵의 하생을 희구하는 사상이다.

여기서 상생의 모티브는 주로 인간 사후의 정토신앙을 반영하는 것인데, 미륵신앙의 전래 초기에 잠시 나타났다가 서방 정토신앙인 아미타신앙이 등장하자 곧 아미타신앙으로 대체되는 현상을 보인다. 8세기 이후 신라의 미륵신앙도 대개 상생신앙이었다가 이후 아미타신앙에 그 자리를 내어주고 자취를 감추는 것이다. 또한, 〈觀彌勒菩薩上生兜率天經〉에 나오는 경전의 내용으로 보아, 상생경은 하생경의 제작 이후에 나온 것임을 알 수 있다.

이들 상생 신앙과 하생 신앙은 결코 별개의 것이 아니지만 어느 것을 우위에 두느냐에 따라 차이를 두고 있음으로 그 성격이 다름을 알 수 있다.

한편, 미륵불은 미래불로 불교의 영원성을 상징한다. 미륵사상 속의 전륜성왕은 미륵하생 시기에 염부제인 인간 세상을 다스리는 이상적인 법왕으로 제시되고 있다. 그는 바른 법으로 세상을 다스리며, 일곱 보배를 가지고 있는데 이는 세상을 통일하고 지배하는 힘을 상징하고, 무력이나 전쟁으로 억누르지 않고도 저절로 항복을 받는다는 것이다. 이 상징은 고대사회의 수많은 전란으로 피폐되어 가는 사회에서 이를 극복하고자 제시되는 이상적 성왕의 한 모델인 것이다. 따라서 전륜성왕은 미륵 출현의 예비적 성향을 지니는 것이다.

이같이 볼 때, 미륵사상은 미래에 대한 희망을 상징하는 사상이다. 이는 석가 사후 종교적 불교 이념의 영원성과 우주적 종말상의 구원자이자 상징인 것이다. 미륵사상의 세 구성 요소 중 하나인 미륵불은 미래구원의 절대자로서 우주적 이상을 의미하며, 전륜성왕은 정치적 이상 성왕으로 우주적 통치자를, 미륵불국토는 이상사회가 현실적으로 구현되는 것을 보여준다.

5.2. 新羅에서 彌勒佛教의 受用과 花郎 竹旨郎

신라의 불교 전래는 눌지왕 때(417) 고구려 승려 묵호자가 신라에 들어오면서 이루어졌다. 그러나 신라가 불법을 본격적으로 공인하게 된 것은 불교가 신라에 전래된 후 100여년이 지난 후의 일이다. 불교의 공인은 법흥왕 15년(528)으로, 진흥왕 때까지는 신라의 불교 확장 시기로 불교적 세계관이 일반 서민들에게도 전파되며 큰 불사가 시행된다.

그런데 신라의 불교는 고구려를 통해 전해진 만큼 고구려의 영향을, 그리고 고구려에게 영향을 끼친 중국 북위의 영향을 강하게 받았다. 북위의 미륵불교는 전술했다시피 이민족 국가로 더욱더 중앙집권적 성향을 강화하려는 성향을 지닌다. 이것은 신라의 당시 상황과 잘 맞아떨어졌다. 신라에서 불교의 수용은 왕권을 중심으로 한 중앙집권적 귀족국가 형성의 관념 형태적 표현이다. 불교의 본격적인 수용기인 법흥왕 시기는 신라가 율령을 반포하면서 고대국가의 체제를 정비하고 주변 국가인 고구려와 백제에 대한 공격을 강화하여 통일의 대업을 시작하는 시기이다. 그리고 여기에 무엇보다 미륵불교가 중요한 역할을 했던 것은 다른 국가의 경우와 마찬가지이다.

특히 토착 귀족세력이 강력했던 신라의 경우는 더욱 그 역할이 막중했던 것이다. 그리하여 초기에는 왕실 차원에서 대대적인 하생미륵 신앙적인 움직임이 일어난다. 그러다가 통일된 이후 체제가 안정기에 들어서자 하생미륵신앙은 이용의 값어치가 상대적으로 줄어들고, 미륵 상생 신앙이 대두되고 후기에는 아미타 신앙으로 바뀌어버리는 것이다.

5.2.1. 미륵신앙과 화랑도

신라의 미륵신앙을 살펴볼 수 있는 자료로는 『三國遺事』에 나오는 〈미륵선화 미시랑 설화〉가 있다. 미시랑 설화의 전반부는 다음과 같다.

> 眞智王 때에 와서 興輪寺의 중 眞慈가 언제나 당의 주 미륵상 앞에 나아가 소원을 빌면서 맹세했다. 우리 부처님께서는 화랑으로 화신하셔서 이 세상에 나타나시어 제가 늘 부처님의 얼굴을 뵈옵고 곁에서 시중들도록 하여 주십시오[26]

이는 진지왕(576~579)때의 일로 신라의 대사찰인 흥륜사의 승려 진자가 미륵상 앞에서 미륵이 화랑으로 현신하여 줄 것을 기원하는 것으로 시작된다. 화랑제도는 古新羅의 원시공동체 사회에 있어 전사적 훈련을 하는 청소년단체에서 기원하는 것으로, 진흥왕 때에는 이를 정비하여 국력의 디딤돌로 삼았다. 따라서 신라 통일의 주춧돌인 화랑의 대표로 미륵의 화신을 기원한 것은 이상사회의 도래를 강조하는 미륵사상을 받아들여 국력을 강화하고자 했던 것이라 할 수 있다.

화랑제도는 郎徒와 花郎 그리고 國仙으로 이루어진다. 낭도는 13~14세에서 17~18세의 소년들로 이루어져 있고, 화랑은 낭도의 우두머리이다. 여러 화랑들 중에서 가장 뛰어난 한 사람을 뽑아 모든 화랑과 낭도들의 우두머리로 삼았는데, 이를 국선이라 하였다. 이러한 화랑제도

---

26) 『三國遺事』, 미륵선하 미시랑 진자사 條

는 고대 신라사회에서 고대국가의 귀족사회를 지탱하고 국력을 결집하는 역할을 하였다.

여기서 우리는 신라시대 미륵신앙의 모습을 살펴 볼 수 있다. 최초의 사찰 흥륜사는 미륵불을 신앙하는 절이었으며 미륵불이 화랑으로 하생하기를 간구하는 정치력과 결부된 미륵하생신앙을 보이고 있다. 또한 진지왕 때에 미륵신앙이 현실이익적인 면을 매우 강하게 나타내고 있음을 보게되는데 이는 현재 도솔천에 상주하면서 諸天衆을 설법 교화한다는 미륵보살을 신라사회에 끌어들여와 화랑의 국선으로 삼았다는 것에서 알 수 있다.

이상의 이야기를 종합해볼 때, 화랑을 미륵의 하생으로 받드는 믿음은 진자왕대에 성립하였으며 이 때에 국왕＝전륜성왕, 그리고 화랑＝미륵이라는 도식이 성립되었다고 할 수 있다. 따라서 미륵사상은 왕권에 의해 받아들여지며, 이후 법흥왕 대에는 율령의 반포와 함께 중앙집권제의 강화에 이용되고 있다.

신라의 미륵신앙을 보여주는 주요한 예로 孝昭王 때의 죽지랑 탄생 설화가 있다. 이것은 화랑인 죽지의 탄생이 미륵과 관련된 것을 보여준다. 신라 통일 이후 활성화되는 미륵상생에 대한 도솔천 정토왕생신앙을 보여주는 것으로 생각된다. 통일 이후에는 미륵하생신앙도 함께 나타나고 있으며 이런 구체적인 예는 도를 닦아 미륵불이 되었다는 〈努夫得說話〉와 미륵불의 힘을 빌어 재앙을 물리친 월명사의 〈兜率歌〉에서도 보여진다.

그런데 주목할 것은 〈努夫得說話〉에서 미륵불이 되는 노힐부득과 아미타불이 되는 달달박박이 함께 수도하고 있는 것이 미륵신앙과 아미타신앙이 혼재되어 나타남을 보여준다는 것이다. 이것은 통일 이후 전역에 지친 민중들의 불만을 수렴하고 규합시키기 위해 자비의 성격이 강한 아미타불을 끌어들인 이유 외에, 통일 후 신라 기층민들의 신분 상승 욕구가 강했기 때문이라고 추측할 수 있다. 통일 후 서서히 안정되어가는 중대 왕권의 專制的 諸秩序에서 이들은 일정한 범주 속에 안주하기를 원하게 되었고, 미타신앙과 불가불 타협하지 않을 수 없게 된 듯 하다.

즉, 사후의 극락정토에서 아미타를 만난다는 아미타 신앙은, 미륵이 현세에 내려오는 것이 아니라 중생이 노력으로써 미륵이 있는 도솔천에 도달한다는 것과 혼재되어 당시 사회 지배층의 논리에 이용당했을 것이다. 원래의 타고난 덕으로 현세에서 높은 지위에 태어난 지배층과 상대적으로 전생의 不德으로 낮은 지위에서 태어난 하층민 사이의 지배논리를 합리화시키는 면에서 미륵 하생신앙이 상생신앙으로 바뀌어갔고 이나마 곧 아미타 신앙으로 변화된 것이다. 실제로, 지금까지 신라 불교사 연구에서도 미륵상생신앙과 아미타 신앙은 곧잘 혼동되어 왔다.

5.5.2. 배경설화에 드러난 죽지랑의 위상

〈慕竹旨郞歌〉의 배경설화는 3단 구성으로 이루어져 있다. 첫째 단락은 죽지랑의 낭도였던 득오가 익선에게 끌려감에 따라 죽지랑이 찾아가 구출하는 과정을 주로 적은 것이고, 두 번째 단락은 죽지랑의 출생에 관한 설화와 삼국통일 과정에서의 위훈, 나라의 재상으로 있었던 일 등 죽지랑의 화려한 일생이 명기되어 있으며, 세 번째 단락은 낭도였던 득오가 죽지랑을 사모하여 〈慕竹旨郞歌〉를 부른 부분으로 되어 있다.

박노준은 〈慕竹旨郞歌〉의 구성이 시간적으로 자연스럽게 일치되지 않았다고 지적하며 첫 번째 단락과 두 번째 단락이 바뀌어야 한다고 지적하였다.27) 그러나 이것은 일연의 오류가 아니라 의도였으며, 일연이 죽지랑의 盛과 衰, 明과 暗을 대비시켜 죽지랑의 쇠와 암을 부각시키려는

---

27) 박노준, 『新羅歌謠의 硏究』(열화당, 1982).

의도에서 그러한 구성을 취하였다는 것이다. 이러한 일연의 편집 의도와 배경설화는 작게는 한 화랑의 성쇠를 바라보는 낭도의 애절함이 작품화되었다는 사실을 알 수 있게 해준다.

또한 이러한 애절함이 〈慕竹旨郎歌〉의 主意였으므로 작품 전체에는 지절과 애상이 흐르고 있다는 사실을 암묵적으로 말하고 있는 것이다.

6. 獻花歌 話者 老翁에 대한 理解

『三國遺事』에 실린 〈獻花歌〉의 作者가 失名으로 되어 있어서 그 作者에 對한 여러 가지의 異見이 있다. 大別해서 그 老人을 平凡한 소를 끌고 지나가는 村老에 不過하다는 見解가 그 하나고, 또 하나는 老翁이 道家의 仙翁이라는 意見이고, 佛家의 禪僧으로 보는 것이 마지막 主張이다. 이와 같은 세 갈래에 대해서 筆者는 그 妥當性 與否를 考察해 보았다. 그리고 〈獻花歌〉의 老翁이 부처이다고 主張하고자 한다. 그러나 그 論述 方法은 단순한 牸牛와의 關係를 지어서가 아니고, 時期와 場所 즉 眞身이 常住했다는 五台山 近方이 事件의 發生場所란 點과 詩歌에 나온 꽃의 象徵性을 생각할 때 이미 僧을 뛰어 넘은 부처, 곧 寶叱徒太子나 五萬眞身 같은 부처의 化身이 老翁으로 登場해서 水路夫人의 所望을 풀어주면서 불렀던 詩歌라고 본다.

6.1. 村老로서의 老翁

〈水路夫人〉條의 典據를 通해서 우리가 알 수 있는 것은, 〈水路夫人〉
條가 水路夫人의 立場으로서는 '每經過深山大澤'하는 途中 겪었던 '屢被
神物掠攬'한 事件의 一種이라 할 수 있고, 反面에 文學史的인 面에서 본
다면 借字로 表記된 〈獻花歌〉와 漢譯된 〈海歌詞〉의 制作된 경위를 說明
해 주는 背景說話라고 볼 수 있다.

곧 〈獻花歌〉는 水路夫人이 江陵으로 赴任하면서 男便 純貞公을 따라
서 가는 途中 낯모르는 老翁을 만나 그 老翁이 꽃을 바치면서 부른 獻花
에 對한 노래다. 그리고 이 事件이 發生한 場所는 '傍有石嶂峰 如屛臨海
高千丈'한 絶景의 勝地다. 赴任하는 一行도 이 아름다운 景致에 취해서
가던 걸음을 멈추고 점심을 먹었던 것으로 여겨진다. 情感에 우둔한 筆
者로서도 '傍有石嶂 如屛臨海 高千丈'의 句節을 想像하면 곧 名畵 金剛山
圖[28]를 바로 눈앞에 보는 듯한 곳이니 巷間과는 거리가 먼 奇花(擲躅
花)가 만발한 脫俗한 仙景임을 알 수 있으며, 눈에 보이는 것은 大自然
이요, 아쉽고 귀한 것은 人跡이어서 누구라도 만난다면 山中問答[29]이
란 故人의 詩가 詩人이 아니라도 튀어나옴직한 그런 곳이다.

이런 한적한 山間의 勝地에 암소의 고삐를 붙잡고 지나가는 村老나
平凡한 凡夫가 있을 수 있을 것인가? 또한 이틀 뒤에 도착한 臨海亭이란
場所도 얼핏보면 '宜進界內民 作歌唱之'한 것으로 보아서 人家와 멀지 않

---

28) 鄭敾의 畵 : 鄭敾은 호가 齊謙로 본관은 光州 弱冠에 金昌集의 천거로 圖畵署의 畵員
　　이 되어 처음에는 중국 王維 계통의 南畵에서 출발하였으나 30세후 山水畵의 독자
　　적인 특징을 살린 山水寫生의 眞景畵로 전환했고 여행을 즐겨 金剛山 등의 전국 명
　　승을 찾아 다니면서 그림을 그렸다. 玄齊 沈師正, 共齊 尹斗緖(尹仙道의 증손)와 李
　　朝三齊라 불렀다. 강한 濃淡의 대조 위에 靑色을 主調로 하여 岩壁의 면과 質感을
　　나타낸 새로운 경지를 개척했으나 후계자가 없어 그의 화풍은 일대에 그쳤다. 作品
　　立岩圖, 內金剛圖, 金剛山萬瀑洞圖 등 많은 수작이 전한다.
29) 李白의 時 : 問余何意栖碧山, 笑而不答心自閑, 桃花流水杳然去, 別有天地非人間.

는 곳이려니 생각되지만 海龍이 한낮에도 出現하여 사람을 납치해 가는 龍神이 出沒한 곳으로 人家와는 동떨어진 世上이며, 이런 곳에 또한 老人이 혼자 등장한다는 것도 理解가 가지 않는다.

如何間 〈水路夫人〉條에 事件이 發生한 두 場所는 勝景이자 同時에 무서운 險地임이 分明함으로 자연히 사람의 往來가 잦은 곳은 아닐 것이고, 奇異한 事件이 벌어짐직한 場所다. 이렇게 생각할 때 水路夫人이 路程에서 '每經過深山大澤 屢被神物掠攬'한 事件이 일어났음이 더욱 分明해 진다. 따라서 이러한 場所에 암소의 고삐를 잡고 凡常한 村老가 등장했다고 본다거나, 더욱 農牛와 關聯지어 농사짓는 老翁의 등장이라니, 理解하기가 어렵다.

> 獻花歌 관련의 문맥은 가능한 한 쉽게 단순하게, 소박하게 풀이하는 것이 온당할 것 같다. 文面에 나타난 기록에 되도록 충실함이 좋겠고, 너무 어렵게, 복잡하게, 신비스럽게 해석하고자 함으로써 무리한 결론을 도출해 낼 필요까지는 없다는 뜻이다. 결론부터 말하자면 수로부인에게 獻花歌를 지어서 바친 이 노옹은 그렇게 성스런 존재도, 신비스런 존재도 아니라고 생각한다. 아주 평범한 인물, 그 부근 어느 곳에서 농사를 지으며 살고 있는 가장 평범한 농부였을 것이라고 필자는 간주하고 싶다. …… 또 한편으로 이 늙은 영감이 그 근처에서 농사를 짓고 살면서 인근 지형에 매우 밝은 인물임이 거의 틀림 없으리라는 가정을 앞세우고 관련 문맥을 대하면 外地에서 온 종자들이 못해낸 일도 이 노인네만은 넉넉히 해낼 수 있으리라 믿어진다. …… 전술한 바 노옹을 신적·종교적 존재로서가 아니라 평범한 시골 노인네로 파악할 수 있는 소지가 확보된 이상 암소의 의미를 군이 상징적인 방향으로 유도할 필요까지는 없지 않을까. 거듭 말하거니와 암소는 농가의 가축이다.[30]

以上에서 朴魯埻은 〈獻花歌〉 속의 牸牛가 시골의 牸牛이고, 農牛를

---

30) 朴魯埻 : 「新羅歌謠의 研究」, 悅話堂(1982. 1. 15), pp.201~203.

끌고 가는 老翁또한 神的, 宗敎的인 神秘로운 存在가 아니고 그저 平凡한 농사꾼으로 近方의 山勢에 能通한 凡常한 村老에 不過하다고 論述하고 있다.

그렇다면 牽牛老翁을 한낱 凡夫인 村老로 볼 때 提起되는 問題點이 없는가를 찾아보기로 한다.

첫째 老翁이 올랐던 石壁은 典據에 依하면 '非人跡所到 皆辭不能'하다고 말한 천 길이나 된 險難한 斷崖다. 아무리 讓步해서 생각하더라도 火食하는 人間으로서는 발도 붙일 수 없는 높은 낭떠러지다. 그리고 地理에 밝다고 해도 건장한 從者도 오르지 못하는데 늙은 老翁이 올라가서 철쭉꽃을 꺾어 올 수 있을까. 그리고 老翁이 꼭 生命의 危險을 무릅쓰고 무모한 冒險을 할 必要가 있었겠는가? 아니다. 천길 石壁도 老翁은 올라서 꽃을 꺾는데 힘드는 일도 아니며, 어려운 일도 아니다. 그것은 地理에 밝아서가 아니고, 老翁이 지닌 神秘로운 神通力 때문이다.

〈水路夫人〉條는 『三國遺事』 〈紀異〉에 실려 있고, 〈紀異〉는 『舊三國史』 等 당시까지 있었던 各種 史書 중에서 『三國史記』에 전하지 않는 遺事에서 奇異한 것 60편을 뽑아서 記錄한 것31)이라 할 때, 높은 벼랑을 오른 것은 老翁의 神秘스럽고 奇異한 行跡으로 보는 것이 順理的이다.

둘째 只今 現存한 鄕歌는 王公·貴族·僧侶·花郞들의 文學이라고 할 수가 있고, 佛道를 修道한 要諦와 死後에 故人의 眞影을 가리는 讚佛歌와 또한 呪力을 불러일으키려는 呪詞 등으로 그 內容은 다양하다.32) 또한 AD 888年에 『三代目』이란 歌集도 편찬되었다고 하니, 그 普及은 능히 짐작할 수 있다. 아무리 그렇다치더라도 일개 농사짓는 농사꾼이 험난한 벼랑의 꽃을 꺾어 바치면서 정황에 꼭 알맞게, 그도 卽席에서 '作歌詞獻之'할 수 있도록 詩作에 능했다고 본다는 것은 無理인 듯하다.

---

31) 李丙燾 : 前揭書. p.42.
32) 金東旭 : 「國文學槪說」, 普成文化社(1981. 2. 20), p.40.

셋째 擲躅花 곱게 핀 이곳 仙景에서 그리 멀지 않는 곳에 村老가 살고 있는 人家가 있다면 太守의 行次가 아무려면 勝景에 취해서 露天에서 野食을 하지는 않았을 것이다. 土豪나 勢族의 歡待쯤은 常識일 것이다. 그러나 이곳은 人家와 동떨어진 蓮花景 같은 곳, 바로 '別有天地非人間'을 聯想하게 하는 東海를 낀 石壁이 둘러쳐진 곳이다. 이런 곳에 어찌 村老가 암소의 고삐를 잡고 한가히 지나갈 수 있을 것인가.

넷째 純貞公과 水路夫人의 行次는 한낱 길가는 市井輩의 무리가 아니고, 나는 새도 떨어뜨릴 威勢가 당당한 新任 太守의 거창한 行次다. 그곳을 이름 없는 老人이 지나가는 것만도 당돌한 일인데 감히 接近하여 天壤之差의 身分인 太守 婦人에게

> 나홀 안디 붓ᄒᆞ리샤든
> 곶홀 것가 받ᄌᆞᆸ리이다

고 노래할 수 있을 것인가. 만일 村老가 철쭉꽃을 바쳤다 해도 지체가 높은 太守婦人이 村老에게 부끄러워 하리라고는 생각도 할 수 없고 더욱 純貞公이 이러한 無名村老의 酬酌을 傍觀만 하고 있지는 않았을 것이다. 그러므로 老翁을 村老로 보는 것은 不當하다.

以上의 論述로 筆者는 身分이 낮은 농사짓는 無名의 村老를 〈獻花歌〉의 作者로 보는 데에 首肯하기가 어렵다. 그러므로 〈獻花歌〉의 作者는 平凡한 農夫인 村老라기보다는 神秘로운 힘을 지닌 非凡한 老翁으로 생각해야 할 것이다.

그리고 〈水路夫人〉條에는 漢譯된 〈海歌詞〉라는 詩歌가 전한다. 〈海歌詞〉는 詩歌의 원 모습이 전하지 않아서 그 形式이나 內容을 확실하게 斷定할 수는 없다. 곧 失傳된 鄕歌인지[33] 아니면 鄕歌와는 다른 形式의

---

33) 李秉岐, 白鐵 : 「國文學全史」, 新丘文化社(4290. 6. 30), pp.73~74 : 「三國遺事」, 「三國

詩歌인지 모르나, 〈獻花歌〉와 같이 〈水路夫人〉條에 전하는데 〈海歌詞〉 역시 老人과 關係를 맺고 있다. 즉 〈獻花歌〉를 지은 老人과 〈海歌詞〉를 지은 것으로 보인 老人은 전혀 無關한지, 아니면 同一한 人物인지 살펴보는 것도 必要하다.

〈水路夫人〉條의 기록을 根據로 말하면, 前者는 借字로 表記되어 있는 老人의 作인 鄕歌이고 後者는 詩歌의 文意는 짐작하나 形式이 模糊하다. 그리고 〈海歌詞〉의 作者가 背景說話에 나오는 老人으로 斷定하기도 어렵다. 즉 '宜進界內民 作歌唱之'나 '衆人唱海歌詞'로 볼 때 〈海歌詞〉의 作者는 老人이 아니고 衆人들이다.

그러나 〈海歌詞〉의 作者가 누구냐에 앞서 背景說話에 나온 老人은 〈獻花歌〉에 老人과는 同一한가, 다른 人物인가를 생각해 보자. '便行二日程'이란 記錄의 時間的인 차이로 보아서 〈獻花歌〉를 지은 老人이 바로 〈海歌詞〉에 나온 老人이라고 말하기는 어렵고, 또한 '又有一老人'이란 句節이 더욱 두 老人을 다른 人物로 보이게 한다.

그러나 이틀이란 時間差와 '又有一老人'이란 記錄만으로 〈獻花歌〉와 〈海歌詞〉에 두 老人이 相異하다고 斷定할 수는 없다. 그 理由는 '行次海汀晝饍', '又有臨海亭 晝饍'으로 보아 같은 바닷가에서 發生한 事件으로, 事件에 나온 두 老人은 神通力이 뛰어난 者다. 곧 前者는 천길 낭떠러지도 오를 수 있고, 後者는 海龍도 屈服시킬 수 있는 人物이다. 그리고 '故人有言'이라 한 老人의 말로 보아서, 老人은 이미 〈駕洛國記〉를 알고 있었던 博識한 老人이다. 周知하는 바로,

後漢世祖光武帝建武十八年壬寅三月禊浴之日.　所居北龜旨(是峯巒之稱. 若十朋伏之狀, 故云也). 有殊常聲氣, 呼喚衆庶, 二三百人集會於此. 有如人音. 隱其形 而發其音曰. 此有人否. 九干等云. 吾徒在. 又曰. 吾所

史記에 文意와 大意만 전한 鄕歌가 있고 海歌도 그중 하나로 보았다.

> 在爲何. 對云, 龜旨也. 又曰. 皇天所以命我者. 御是處. 惟新家邦. 爲君
> 后. 爲茲故降矣. 儞等須掘峯頂撮土. 歌之云. 龜何龜何. 首其現也. 若不
> 現也. 燔灼而喫也. 以之蹈舞. 則是迎大王, 歡喜踊躍之也.34)

以上의 記錄 속에 나온 三百餘人이나 된 衆人이 '峰頂撮土'하면서 首
露王을 맞는 背景說話나, 〈海歌詞〉에서 衆人이 '以杖打岸'하며 水露夫人
을 맞는 行動과 같고 두 詩歌가 모두 呪術的인 '言力'을 믿는, '말'에 대한
一種의 信仰(샤마니즘)的 說話다.

      A ：龜何龜何
          首其現也
          若不現也
          燔灼而喫也

      B ：龜乎龜乎出水路
          掠人婦女罪何極
          汝若悖逆不出獻
          入網捕掠燔之喫.

A와 B는 內容과 形式이 大同小異하다. 곧 A가 發展해서 B로 되었음
은 쉽게 알 수 있다. 그러나 여기서 두 詩歌를 比較한데 目的이 있는 것
은 아니다. 다만 〈水路夫人〉條에 '故人有言'의 句節은 바로 〈駕洛國記〉에
나온 '言力'을 意味하고 있다는 것이다.

〈水路夫人條〉나 〈駕洛國記〉는 다같이 一然 禪僧의 記錄이다. 따라서
一然은 前述한 바와 같이 〈駕洛國記〉의 〈龜旨歌(迎新君歌)〉를 이미 알고
있었고, 그것을 老人을 通해서 말한 것이다 또 '宜進界內民 作歌唱之'에

---

34) 「三國遺事」. 駕洛國記

서 詩歌를 지은 主體를 界內民이라기보다 '作歌 唱之'로 보고 '作歌'의 主體는 '老人'이며, '唱之'의 主體는 '界內民'으로 보아서 그들이 〈海歌詞〉를 불렀다(衆人唱海歌詞)고 解할 수 있다. 곧 平凡한 衆人들이 詩歌를 지었다기보다는 '故人有言', '衆口鑠金'을 알고 있는 노인이 옛 노래(龜旨歌)를 變形해서 〈海歌詞〉를 지어서, 그것을 衆人들로 하여금 唱하게 한 것이다.

이과 같이 〈海歌詞〉를 지은 老人은 博學多識하고 '言力'을 行할 줄 아는 神通力을 지닌 奇人이다. 또한 〈獻花歌〉를 지은 老人도 마찬가지로 神通力을 지녔던 분으로 두 老人에게는 時間的 차이(便行二日程)만 있다. 이 點으로 두 老人을 서로 相異한 人物로 보는 것은 잘못이다.

序頭에서 〈水路夫人〉條의 典據를 들면서 A, B, C로 筆者는 區分해 놓았다. 그것은 事件의 展開過程에 따라서 나눈 것인데, A와 C는 〈獻花歌〉에 대한 記錄이고, B는 〈海歌詞〉에 대한 記錄이다. 그런데 우리가 素朴하게 생각하면, B를 A, C의 가운데다 揷入해서 敍述한 것보다는 A, C, B로 敍述해야 된다. 勿論 强調를 위해서나, 또는 〈獻花歌〉를 中心事件으로 다룬다든가 또는 水路夫人의 立場에서 記錄했기 때문이라고 辨說도 나오겠으나, 事件이 두 가지라는 點과 이틀이란 時間差를 생각할 때 〈水路夫人〉條의 敍述 順序는 A, C, B로 되었어야 옳다. 그런데도 그 順序는 A, B, C로 수록되어 있다.

筆者는 事件의 順序가 A, B, C로 된 理由를, 老人을 中心으로 記錄했기 때문이라고 본다. 다시 말하지만 〈水路夫人〉條는 『三國遺事』〈紀異〉 60편 중의 하나인데, 여기서 水路夫人의 行跡이 奇異한 것이 아니고, 老人의 行跡이 奇異한 것이다. 그렇다고 할 때 老人은 두 사람이 아니고 하나다. '行次海汀晝饍', '又有臨海亭晝饍……' 할 때 일어난 두 事件의 場所는 멀리 떨어져 있지 않고, 같은 東海의 바닷가다. 이틀 전 水路夫人의 所望을 이루어준 老翁은 이번에는 또 夫人을 구해준 것이다. 卽 꽃으로 인연을 맺은 老翁은 純貞公의 行次와 多情해졌고, 신비로운 神通力

을 지녔기에 ‘每經過深山大澤 屢被神物掠攬’ 할 것이 걱정되어 險地를 벗
어날 때까지 同行해 주었을 것이다.

그런데 ‘又有一老人 : 또한 한 노인이 있어’란 句節이 〈獻花歌〉와 〈海
歌詞〉의 作者를 同一한 人物로 보는데 問題點이 되는 듯하나, 이 句節은
혹시 ‘又有老人(또 노인이 있어)’이 혹시 ‘又有其老人(또 그 노인이 있어)’의
誤刻이나 잘못이 아닌가 싶다. 古書의 大部分이 記錄에 잘못이 많고 『三
國遺事』도 例外는 아니다. 于先 只今 傳한 가장 古板本인 中宗 7年
(1512)의 刊行本, 李繼福跋35)을 보아도 『三國遺事』가 原本대로 保存되
어 왔다고 斷言할 수 없고, 權相老의 『三國遺事』〈序〉의 論述을 보아도
『三國遺事』의 誤刻이나 잘못된 部分은 얼마든지 그 證據를 찾을 수 있
다.36)

---

35) 吾東方三國, 本史遺事兩本, 他無所刊. 而只在本府. 歲久刓缺, 一行可解, 僅四五字. 余
惟土生斯世. 歷觀諸史, 其於天下. 治亂興亡與諸異跡. 尙欲傳識. 況居是邦. 不知其國
事. 可乎, 因欲改刊. 廣求完本. 閱數載不得焉, 其曾罕行于世. 人未易得見. 可知. 若今
不改, 則將爲失傳, 東方王事, 後學竟莫聞知, 可嘆也曰. 幸吾斯文星州牧使權公輈, 聞
余之求. 求得完本送余, 余喜受. 具告監司安相國塘都事朴侯佺 僉曰善. 於是分刊列邑
令還藏于本府. 噫物久則必有廢. 廢則必有興. 興而廢. 廢而興. 是理之常. 知理之常. 而
有時興. 永其傳. 亦有望於後來之惠學者云. 皇明正德壬申季冬, 府尹推誠定難功臣嘉
善大夫慶州鎭兵馬節制使全平君李繼福謹跋(三國遺事 跋).

36) 이번 출판은 <순암안씨수택본>의 영인본과 조선광운회 소장 원서인 하권(第三·
四·五卷)과 송하석의 소장인 제1권을 대본으로 하였으나, 첫째 원 전자가 잘못 참
고한 것으로 보이는 것 중 그 필요가 인정되는 것은 약간 보정(補正)을 더하고 일일
이 괄호로 표를 하여 구별할 수 있게 했고, 둘째 이 책의 이전 특례(異傳特例)인 것
은 비록 그것이 분명히 잘못된 것이라 하더라도 감히 원문을 건드리지 않았다. 그러
나 글씨 투와 칼 버릇으로 인해 생긴 것으로 틀린 것이 분명한 것은 읽는 이의 편의
를 위해 더러 개정했다. 예를 들면 <氵>변을 많이 <亻>변으로 잘못 써서 협순(浹
旬)의 협(浹)이 협(俠)이 되고, 명활(明活)의 활(活)이 괄(佸)이 된 것이라든가, 그 밖에
<亻>변과 <彳>변, <土>변과 <才>변, <貝>와 <具>, <貞>과 <眞> 등도 많이
혼용되어 있음으로 아주 명백한 것만 약간 개정했다. 이 밖에 압록(鴨綠)의 <綠>과
<淥>, 의상(義相)의 <湘>과 <相> 및 <廂>, 노례(弩禮)의 <弩>와 <努>, 미추
(味鄒)의 <末>과 <未>, 및 <味> 정승(政丞)의 <丞>과 <承>, 아니(阿那)의
<那>와 <邪> 및 <耶> 등을 비롯해서 이를 일일이 들면 백에 가까운 수에 달한
다. 이 중에서 의심할 여지가 없는 것에 한해 활자에 편리한 대로 개정을 해두었다

結局 '又有一老人'에 꼭 拘礙를 받아서 〈獻花歌〉와 〈海歌詞〉에 나온 老人이 相異하다고 볼 것이 아니라, 〈獻花歌〉와 〈海歌詞〉를 作한 老人이 同一人이 아닌가 한 분이 있었듯이[37] 筆者도 〈水路夫人〉條에 登場해서 異蹟을 行한 老人은 두 사람이 아닌 하나요, 그 老人은 平凡한 村老가 아니라 神秘한 異力 곧 神通力을 지닌 非凡한 老人으로 본다.

6.2. 神仙의 變身으로서의 老翁

〈獻花歌〉의 作者는 老翁이며, 그는 농사짓는 村老에 不過하다는 朴魯墇의 說은 이미 앞에서 들었고, 이 밖에 任東權도 敎養있는 老翁이 불렀던, 創作이라기보다는 當時 流行된 民謠라고,[38] 老人의 身分을 格下시켰으나 이와는 反對로 老人은 平凡한 사람이 아닌 異蹟을 일으킬 수 있는 奇人으로 본 분도 있다. 그 중 하나가 老人을 神仙 卽 道敎의 仙翁으로 看做한 見解다. 이런 見解를 代表해서 김선기의 論據를 보면,

> 첫째 조각에서는 수로부인의 아름다운(야담)을 사랑하여 한 노인 — 여기 늙은이란 세속의 노인이 아니라 신선(神仙)을 가르친다 — 이 꽃을 꺾어 바쳤다는 이야기다. 그 꽃은 사람의 발자취가 미치지 못할 깎아지른 벼랑바위 꼭대기에 피어 있었고 새빨간 철쭉꽃이었다. 또 그가 끌고 있는 소는 암소였다. — 牸牛는 곧 암소다. 그런데 검정 암소 '곧 谷神不死 是謂玄牝'이라 하여 불멸 영생의 상징물이다. 또 '至虛至卑 故謂之玄牝'이라 하였으니 바로 도교의 생각이라. 여기 '늙은이'는 예사 늙은이가 아니오 신선이 분명하다.[39]

(權相老 : 「三國遺史」, 東亞出版社(1978. 10 10), p.54).
37) 金雲學 : 鄕歌에 나타난 佛敎思想, 東國大學校佛典刊行委員會(1978. 2. 20), p.81.
38) 任東權 : 韓國民謠史, 集文堂(1971. 3. 23), p.36.

以上과 같이 〈獻花歌〉의 老翁을 神仙이라고 한 김선기의 主張에도 일리는 있는 듯하다. 그리고 한 例로 李能和가 輯述한 『朝鮮道教史』의 表紙에 그려져 있는 神仙圖(筆者가 붙인 假稱)를 學部에 다닌 國文學科 學生에게 보이면서 무슨 그림과 같은가 하고 물었더니 卽席에서 〈獻花歌〉에 나온 老人이라고 對答했다. 그것은 〈獻花歌〉에 등장한 老翁을 一般的으로 仙翁으로도 느끼고 있다는 證據다. 그러나,

> 道教入麗 乃有明文 而羅濟 則無然 羅濟兩國 固不乏讀通五千文者 則不歌謂羅濟 無道教思想也 百濟道教淵源之疑似者 反見於日本之古史 阿道岐 王仁兩人 卽其媒傳者也 近日文學博士 黑板勝美氏著有 論文 詳述源委 見于史林新羅 論者以爲其政體合於無爲自然之教 不寧唯是 新羅一代 凡放浪山水 吟弄風 月者 皆謂之仙 故名區勝地. 多見仙跡[40]

이 李能和의 著書를 根據로 해서 말한다면 中國에서 發生되었던 道教가 新羅와 百濟에 들어왔다는 記錄은 찾아보기가 어렵다. 곧 新羅와 百濟에서 『五千文(道德經)』을 읽은 사람은 있었고, 특히 新羅의 風月道는 無爲自然教와 相通하고, 神仙의 자취가 많다고 했으나 정작 快定的인 것은 高句麗는 '道教入麗'라 해서 道教가 들어왔고, '而羅濟 則無然'이라고 하여 新羅와 百濟는 道教가 없었다는 것이다. 그러니 設令 道教가 聖德王 때쯤에 導入이 始作되었다손치더라도, 그 勢力은 미약했을 것이고, 說話를 登場시킬 만큼 仙翁의 出現은 時期가 빠른 것으로 본다.

그러나 道教의 導入 與否보다도, 우리가 더더욱 딛고 넘어가야 할 한 가지 주의할 點은 〈水路夫人〉條가 실린 『三國遺事』의 著者는 道教의 仙翁이 아니고, 佛家의 禪僧이라는 點이다. 따라서 『三國遺事』는 覺訓의 著書[41]처럼 一種의 說話集인 일면, 그 著述의 目的은 佛道의 布教에도

---

39) 김선기 : '곳받틴 노래', 現代文學 153號, p.307.
40) 李能和輯述·李鍾殷懸註, 朝鮮道教史(1977. 10. 30), p.356.

있었을 것으로 보아질 때 하필이면 僧이 仙人의 異蹟을 記했다고 보는 것은 납득하기 어려우며 이에 筆者는 老翁이 神仙이라고 한 見解에 反對의 뜻을 表한다.

6.3. 禪僧으로서의 老翁

〈獻花歌〉에 登場한 老翁을 禪僧이다고 主張한 見解가 또한 크게 부각되고 있는 것으로 안다.

佛敎에서 佛이 되기 前에 修行者에 對하여 그 行이 深淺程度에 따라 聲聞과 綠覺과 菩薩로 區別하고, 이들 三者를 譬言하되 聲聞은 羊車와 같고 綠覺은 鹿車와 같고, 菩薩은 牛車와 같다 하며 이것을 三乘이라 한다. 이 중에 牛車에 譬한 菩薩은 "菩提薩陀"의 略語로서 번역하여 "覺有情"이라 하며, 그 뜻은 "上求菩提(正覺)하고 下化衆生한다"는 것이다. 즉 菩薩은 아직 佛의 地位까지에는 불급하나 能히 衆生을 敎化할만한 力量과 資格을 갖춘 者를 말하는 것이다. 남을 위하여 非凡하게도 難行을 能行한 이 老人이야말로 菩薩의 化神으로 생각할 수는 없을까? 그리고, 또 그는 마침 소를 몰고 가던 老人이었다 하는데 佛家에서는 禪僧을 가리켜 牧牛子라고도 하며, 그들이 修身하는 居處를 尋牛堂이라고도 한다. 즉 마음의 소(牛)를 먹이는 사람이요, 마음의 소를 찾는 집이란 뜻이다. 여기에 登場한 老人은 牽牛하는 老翁이니, 多年間 잃었던 自己의 心牛를 붙들고 그 소의 고삐를 잡은 老人이다. 다시 말하면, 本來 淸淨한 自己의 心性을 大悟하고 그 얻은 바 소(牛)의 잔등에 몸을 싣고서 은은히 들려오는 피리소리에 맞추어서 自己法悅을 즐기면서 그립던 本家鄕으로 돌아가는 雲水의 行客이오 禪僧인가 한다.[42]

---

41) 海東高僧傳
42) 金鍾雨 : 鄕歌文學硏究. 三友社(1976. 8. 20), pp.30~31.

곧 金鐘雨는 〈獻花歌〉를 佛敎와 關聯지우면서 佛이 되는 三乘 중에서 最終段階인 菩薩은 牛車와 譬喩하여, 이 老翁은 上求菩提하고 下化衆生한 菩薩로서 남의(水路夫人) 難行을 代身한 일과 佛家에서 禪僧을 牧牛者라 하고 그 居處한 곳이 尋牛堂이니, 〈獻花歌〉를 부른 老翁은 바로 僧이라는 뜻이다. 그러나 結論을 끌어내는 論述의 根據가 겨우 '牧牛'라는 소리 뿐이다. 또한,

> 불교의 노옹과 도교의 선옹(仙翁) 중에서 생각해 볼 수 있을 것이다. 그러나 당시의 사회상으로 보아 불교가 성세를 이루고 있는 선덕왕 때이기 때문에 불교의 노옹으로 보는 것이 좋고, 더욱 선승(禪僧)을 목우자(牧友子), 수도장을 심우당(尋牛堂)이라 칭하는 불가(佛家)의 용어상으로 보아 선풍도옹(禪風道翁)의 행각이 아니었던가 생각된다. …… 김종우씨는 薯童謠의 선화공주를 관음보살로 보았지만 필자는 오히려 이 노옹을 관음의 변신으로 보는 것이 더 무방하지 않을까 생각한다. 그것은 관음의 상주처(常住處)가 외롭게 떨어진 해안(海岸)이기 때문에, 여기 나오는 해안의 천 길 절벽은 곧 관음보살의 상주처를 의미한 것 같다. 다음 바다 용이 노인이 가르쳐 준 노래에 곧 순복(順服)한 것도 해상용왕(海上龍王)은 관음보살의 오른쪽 보처(補處)의 시호(侍護)로써 항상 받들어 모시고 있기 때문에 이에 관음보살의 작용으로 볼 수 있는 것이다.[43]

金雲學도 金鐘雨의 意見에 同調하면서 老翁은 平凡한 凡夫가 아니라 佛家의 觀音菩薩을 뜻한다고 보고 있다. 結局 老翁이 觀音菩薩이건 禪僧이건 그는 村老도 아니고 道敎의 神仙도 아니며, 바로 佛家의 僧이라는 主張이다. 筆者도 또한 그 뜻을 같이 하고자 한다.

그러나 앞에서 잠깐 言及했듯이 禪僧이나 觀音菩薩로 보는 것은 좋으나, 그러한 結論에 다다른 論據가 充分하지 못하다. 따라서 筆者는 本歌

---

43) 金雲學 : 前偈書, pp.31~32.

에 聯關된 老翁을 왜 禪僧으로 보아야만 되는가 그 理由를 筆者대로 提示하고 싶다.

　이미 누누이 言及했듯이 『三國遺事』는 僧 一然의 著述이다. 佛僧의 著述이 直接으로 佛家에 關한 것이 아닐지라도 그것은 佛教와 無關한 것일 수는 없을 것이다. 周知하고 있는 바지만 『三國遺事』는 第一 〈王歷〉을 除外한다면 거의 모두가 寺刹의 創建, 塔記, 高僧의 行狀 등 佛事에 關한 것이다. 그러므로 〈獻花歌〉도 역시, 어딘가, 어쩌면 佛教와 聯關이 있다고 보는 것이 順理的이다. 그러나 〈水路夫人〉條에서 佛教的 要素는 찾기가 쉽지 않다. 오직 천길 벼랑의 높고 險難한 險地에 핀 꽃을 쉬이 꺾어 올 수 있고 무서운 海龍을 屈服시킬 수 있는 老翁은 바로 佛力을 지닌 禪僧이다고 볼 수 있다는 정도다.

　또한 現存한 鄕歌 25首를 背景說話나 作品의 作者, 그리고 內容 등을 綿密히 考慮해 보면 佛教와 전혀 無關한 作品은 하나도 없는 것으로 안다. 곧,

1. 祭亡妹歌 : 法師 月明師가 亡妹를 彌陀淨土에로 引導를 祈願하는 說話에 따른 詩歌.
2. 兜率歌 : 法師 月明師가 하늘에 해가 두 개 뜬 것을 除去하면서 부른 詩歌.
3. 慕竹旨郎歌 : 竹旨嶺의 居士(僧)가 還生한 竹旨郎을 得烏가 思慕해서 부른 詩歌.
4. 禱千手觀音歌 : 芬皇寺의 千手大悲에게 祈願하여 盲兒가 得眼한 說話에 딸린 詩歌.
5. 彗星歌 : 融天師가 彗星을 除去하면서 부른 詩歌.
6. 讚耆婆郎歌 : 高僧 忠談師가 耆婆郎의 人格을 讚해서 부른 詩歌.
7. 安民歌 : 高僧 忠談師가 太平安民을 祈願하는 詩歌.
8. 願往生歌 : 廣德과 廣德의 妻, 嚴莊의 極樂往生에 따른 詩歌.
9. 遇賊歌 : 僧 永才가 盜賊을 만나 感服시켜서 盜賊을 佛家에 入門

하게 한 說話에 딸린 詩歌.
10. 風謠 : 靈廟寺의 丈六像 建立에 따른 詩歌.
11. 薯童謠 : 彌勒寺 創建綠記에 따른 詩歌.
12. 處容歌 : 處容과 望海寺(新房寺) 創建說話에 따른 詩歌.
13. 怨歌 : 斷俗寺를 創建한 僧 信忠의 行狀에 따른 詩歌.
14. 普賢十種願往歌 : 均如大師가 지은 讚佛歌.

以上과 같이 現存한 鄕歌와 佛敎와의 聯關性을 鄕歌의 背景說話를 중심으로 하여 簡略하게 찾아보았다. 佛敎와 現存한 鄕歌는 이와 같이 觀點의 차이는 있겠으나 多少間에 서로가 關聯을 맺고 있음은 분명하다. 그러나 한가지 딛고 넘어가야 할 일은 現存한 鄕歌가 佛敎와 聯關性이 있다고 해서 新羅에 流行했던 鄕歌 모두가 佛敎的 性格을 띠고 있다는 것은 勿論 아니다. 다만 現存한 鄕歌가 『三國遺事』와 『均如傳』에만 傳하고, 『三國遺事』와 『均如傳』이 佛僧과 關係된 修撰이고 보니, 거기에 蒐錄된 鄕歌는 자연히 佛敎와 關聯이 깊은 것으로 『三國遺事』가 直接 佛書는 아니다고 하여도 부처의 德化나 高僧의 行狀, 寺刹의 創建, 塔의 建造와 聯關이 있는 詩歌를 採集하여 蒐錄하게 되었을 것으로 본다.

따라서 〈獻花歌〉만이 佛敎와는 전혀 聯關性이 없는 村老의 詩歌나 神仙이 지은 노래로 보는 것보다는 老翁을 禪僧으로 보고, 그 禪僧의 奇跡을 노래한 詩歌로 보는 것이 옳은 見解라고 생각한다.

6.4. 부처의 화신으로서의 老翁

山中의 『古傳』에 의하면 本國 溟州(옛적 河西府 : 江陵) 五台山에 文殊眞身 等 五萬眞身이 常住하고 있었다고 한다. 慈藏法師가 本國 善德王

때인 당나라 貞觀 10年 병신년(AD 636 : 『唐僧傳』에는 612) 唐에 가서 佛法을 구했는데(이것은 『三國史記』에도 明記되어 있다.)44) 그곳(唐)의 太和池라는 연못가에 文殊가 있다는 말을 듣고, 太和池에 이르러 7일 祈禱를 했더니 大聖으로부터 꿈에 四句의 偈(佛敎의 詩歌)를 받았으나, 모두 梵語(Sanskrite)여서 그 뜻을 알지 못해서 矜矜하던 중 다음날 한 중이 金點이 있는 袈裟 한 벌과 부처의 바리때 하나와 佛頭骨을 한 彫刻을 갖고 와서 그 중이 偈를 飜譯하여 풀이를 하여 주고, 가지고 있던 物件을 慈藏에게 주면서 本國 東北方 溟州(江陵)의 境界에 있는 五台山에 文殊를 찾아 보라고 하여, 慈藏法師는 唐으로부터 歸國하여 貞觀 17年 643年에 五台山에 들어가 三日間 祈禱를 한 끝에 文殊를 보았다고 한다.45)

이 이야기로 미루어서 江陵에서 멀지 않는 五台山에 수많은 佛家의 眞身들이 常住하고 있었던 說話가 當時에 傳해오고 있었던 것을 알 수 있고, 眞身을 만나 보려고 高僧이나 佛弟子가 五台山에 모여들었음이 분명하다. 또한 〈溟州五台山寶叱徒太子傳記〉를 참조해 보면,

新羅淨神太子寶叱徒. 與弟孝明太子. 到河西府世獻角干家一宿. 翌日
蹛大嶺. 各領一千人到省烏坪. 累日遊翫. 大和元年八月五日. 兄弟同隱入
五臺山. 徒中侍衛等推覓不得. 並皆還國. 兄太子見中臺南下, 眞如院基下
山末青蓮開. 基地結草菴而居. 弟孝明見北台南山末青蓮開. 亦結草菴而
居. 兄弟二人禮念修行. 五臺進敬禮拜. 青在東臺滿月形山. 觀音眞身一萬
常住. 亦, 南臺麒麟山. 八大菩薩爲首, 一萬地藏菩薩常住. 白, 方西臺長
嶺山. 無量壽如來爲首 一萬大勢至菩薩常住. 黑, 掌北臺相王山. 釋迦如來
爲首, 五百大阿羅漢常住. 黃, 處中台風爐山, 亦名地爐山. 毗盧遮那爲首,
一萬文殊常住. 眞如院地. 文殊大聖每日寅朝化現二十六形. 兩太子並禮
拜. 每日早朝汲于洞水. 煎茶供養一萬眞身文殊. 淨神太子副君. 在新羅.
爭位誅滅. 國人遣將軍四人. 到五臺山. 孝明太子前, 呼萬歲. 卽是有五色

---

44) 三國史記 善德王條
45) 三國遺事 臺山五萬眞身條

雲. 自五臺至新羅. 七日七夜浮光. 國人尋光五臺. 欲陪兩太子還國. 寶叱
徒太子涕泣不歸. 陪孝明太子, 歸國卽位. 在位二十餘年. 神龍元年三月八
日, 始開眞如院(云云). 寶叱徒太子常服于洞靈水. 肉身登空. 到流沙江.
入蔚珍大國掌天窟修道. 還至五臺神聖窟. 五十年修道(云云). 五臺山是白
頭山大根脈, 各臺眞身常住(云云).[46]

   上記한 〈溟州五台山寶叱徒太子傳記〉로 보아서 寶叱徒와 孝明은 남쪽
의 산기슭에 靑蓮이 핀 곳에서 草幕을 짓고 살면서 祈願 끝에 文殊眞身
을 奉養했다는 것이다. 그리고 寶叱徒太子는 마침내 洞中의 '靈水'를 마
시고 오랜 修道를 한 뒤 得道하여 肉身이 空中을 날을 수 있게 되었으
며, 이곳 五台山에는 觀音眞身, 地藏菩薩, 大勢至菩薩, 大阿羅漢, 文殊
眞身 等 五萬眞身이 이 山을 중심으로 常住하고 있었다는 것이다. 그런
데 〈台山五萬眞身條〉는 27대 善德王朝(633~647)의 이야기고 〈溟州五
台山寶叱徒太子傳記〉는 淨神王 때의 이야기인데 淨神王은 31代 神文王
(683~691)으로 그 太子가 寶叱徒이며 둘째 王子는 孝明으로 뒤에 32대
孝昭王(692~702)이며 33代는 바로 〈獻花歌〉가 지어진 聖德王(702~
737)이시다. 그런데 聖德王 때에 江陵太守로 純貞公이 赴任하는 途中에
〈獻花歌〉가 지어진 것이니(『三國遺事』나 『三國史記』에 純貞公의 江陵太守 赴任
記錄이 없으니 正確한 것은 알 수 없다.) A.D. 702~737年(聖德王朝)에 〈獻花
歌〉는 지어진 셈이고, 또한 淨神大王(新文王)과 聖德王 사이는 불과 11
年이니, 이때에 寶叱徒太子는 五台山에 入山하여 靈水를 마시고 50年의
修道를 하고 있는 중으로 보아진다. 그 때 그는 肉身을 마음대로 空中을
날 수 있는 得道한 佛弟子였다.

   그리고 〈獻花歌〉가 지어진 場所가 東海의 바닷가이니 이곳은 五台山
산줄기에서 그리 멀지 않는 곳이리라. 寶叱徒太子는 이미 肉身을 마음대

---

46) 三國遺事 : 溟州 五台山寶叱徒太子傳記

로 다루는 得道한 者로, 부처의 경지에 오른 佛力을 지닌 사람일 것이
다. 따라서 本國의 大臣이고 同生의 臣下인 太守의 行次에 飄然히 登場
함도 또한 있을 法한 일이다.

그러나 〈獻花歌〉는 老翁과 寶叱徒太子가 같다는 것은 證할 길이 없다.
다만 그렇게 생각할 수도 있고, 또한 寶叱徒太子와 마찬가지로 眞身을
뵙고자 道를 求하러 五台山에 入山한 者가 없었다고 못할 것이니 그런
佛弟子가 太守의 行次를 보고 水路夫人을 도왔는지도 모른다. 어떻든 水
路夫人을 도왔던 者는 佛家의 僧임이 틀림없고, 또한 聖德王 때는 佛敎
가 크게 繁昌한 때이니, 더욱 僧으로 보는 것이 옳다. 그러나 여기 나오
는 僧은 이미 人間의 世事와는 因緣이 먼 敎化의 僧 곧 부처이시다. 따
라서 〈獻花歌〉의 지은이는 곧 부처라고 본다.

〈溟州五台山寶叱徒太子傳記〉는 〈台山五萬眞身條〉의 뒷부분과 內容이
같다. 僧 一然은 같은 事實을 두 번이나 『三國遺事』에 記錄하고 있다.
이것으로 보아서 一然은 五台山에 五萬眞身이 이 무렵에 常住했음을 믿
었던 것으로 보아지고, 〈獻花歌〉의 老翁도 眞身을 찾아 入山해서 得道한
者나, 아니면 五萬眞身 가운데 어느 한 부처의 化身으로 생각했을 것이
다. 結局 寶叱徒太子나 寶叱徒太子와 같은 佛家의 '禪僧, 또는 觀音, 文
殊'의 化身과 같은 부처로 〈獻花歌〉의 老翁을 보고자 한다.

끝으로 擲躅花에 對하여 생각해 보고자 한다. '擲躅花' 곧 철쭉꽃은 봄
이면 우리나라 어느 곳에서나 흔히 보이는 그런 꽃이다. 三四月의 봄이
면 어디서나 볼 수 있는 흔하디 흔한 이 꽃, 오는 途中에도 수없이 보았
을 것이고, 가는 길에도 또한 수없이 볼 것이다. 어쩌면 行次가 자리한
바로 옆, 손닿는 곳에도 흐드러지게 피었을 것이다. 그런데 그 꽃을 꺾
으러 生命을 걸고 벼랑에 올라갈 리 있을까? 아무리 생각해도 그것은 三
月의 山野에 핀 철쭉꽃이 아니고, 어떤 象徵的 佛花가 아닌가 한다. 擲
躅花로 쓴 禪僧 一然의 意圖는 깊이 모르나, 분명히 佛花인 듯싶다. 생

각하면 〈寶叱徒太子傳記〉에 나온 靑蓮인지도 모르는 일이다. 如何間 흔한 산꽃이 아니고, 生命처럼 귀한 꽃이요, 그런 꽃이기에 꺾어 바치면서 꽃바친 노래인 〈獻花歌〉를 지었을 것으로 보이며, 그 꽃은 水路夫人의 立場에서는 하나의 꽃이라기보다 希望이자, 所望이요, 求道의 世界였는지도 모른다. 이 象徵의 꽃은 佛家의 꽃이니, 곧 부처님의 뜻대로 할 수 있는 꽃이다. 그런 意味로서도 〈獻花歌〉의 作者는 부처이다.

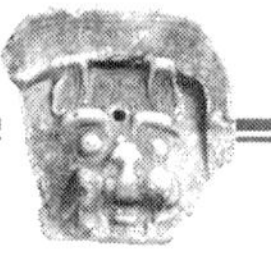

7. 怨歌의 形式 問題

『三國遺事』卷五 避隱篇 〈信忠掛冠〉 條에 실려 있는 〈怨歌〉에 대한 연구는, 그 성과물이 50여 편에 이르고 있다.47) 〈怨歌〉 연구는 초기 解讀에 대한 연구로부터 출발하여, 背景說話에 대한 연구, 제작 시기에 대한 논의, 노래의 성격에 대한 논의 등이 주를 이루었다.48)

향가의 완전한 해독은 더 이상의 자료가 나오지 않는 한 어느 정도 자의적일 수밖에 없고 〈怨歌〉 역시 마찬가지일 것이다. 여타의 향가와 마찬가지로 〈怨歌〉 역시 해독에 대하여 완전한 일치를 보이진 못하였지만, 그 간의 꾸준한 연구로 상당한 성과를 이루었다. 그러므로 여기에서는

---

47) 이영태에 의하면 향가와 관련된 논저의 수는 2731편에 달한다.(이영태, 『韓國 古典詩歌의 再照明』, 국학자료원, 1998, 10면.) 그러므로 〈怨歌〉 연구의 수도 50여 편을 훨씬 상회하겠지만, 필자가 접한 논저 수가 대략 50여 편이다.

48) 향가 연구 초기 단계부터 양주동, 김동욱, 정렬모 등의 혁혁한 업적이 있었으며, 이어서 황패강, 박노준, 임기중의 공헌이 있었다. 특히 金承璨, 김학성, 성기옥, 김완진, 양희철, 서수생, 나경수의 작업은 기념할 만한 성과이다. 하지만 註1에서 언급하였듯이 수많은 연구 논저들이 나름대로 성과를 지녔기에 향가연구사는 개략하기도 어렵다.

〈怨歌〉의 해독에 대한 논의는 하지 않겠다.

향가 연구에서 중요한 부분이 배경설화에 대한 고찰일 것이다. 〈怨歌〉 역시 배경설화에 대한 논의는 일찍부터 시작하였다. 그 주요 쟁점은 노래의 성격에 대한 연구로 呪術性에 기반 하는가,49) 抒情性에 기반 하는가50)의 문제이다. 이에 따라 노래의 제목을 怨歌로, 또는 백수가로 주장하고 있다. 특히 잣나무의 수목상징에 대한 논의51)는 고전문학 연구의 폭을 넓혔다는 의미에서 커다란 성과물이다.

노래의 성격에 대한 논의 외에 주요 쟁점을 형성하였던 것은 〈怨歌〉의 제작시기에 대한 문제, 斷俗寺 創建 주체의 문제이다. 이러한 논의 속에서 배경설화의 역사적 고찰을 深度 깊게 진행하였다.52) 이외에도 노래와 배경설화가 수록되어 있는 避隱篇에 대한 고찰, 後句亡의 문제, 勿稽子와의 관련성, 일연의 讚詩의 의미 등 폭넓게 논의하였다.53) 〈怨歌〉에 대한 많은 논의는 역설적으로 〈怨歌〉 연구의 어려움을 극명하게 보여준다.

하지만 이제껏 〈怨歌〉의 형식에 대해서는 분명한 의문이 존재함에도 불구하고 깊이 있게 논의하지 않았다. 그러한 결과 교육 현장에서조차 아무런 의문 없이 〈怨歌〉를 10구체 향가로 규정하고 있다. 『三國遺事』에 전하는 향가 14수 중 유독 〈怨歌〉만은 8구가 전하고 있음에도 『三國遺事』에 기록되어 있는 後句亡이라는 세 글자에 의지하여 10구체 향가로 분류하고 있는 것이다. 여기에서는 〈怨歌〉의 형식을 8구체 향가로 주장하고자 한다. 이를 위하여 『三國遺事』에 전하는 다른 8구체 및 10구

---

49) 김열규, 「향가의 문학적 연구」, 『향가문학론』, 새문사, 1986, 30~33면.
50) 김열규, 이재선 공저, 『鄕歌의 語文學的 研究』, 서강대학교출판부, 1972.
51) 김열규, 「怨歌의 樹木象徵」, 『국어국문학 18집』, 국어국문학회, 1957.
52) 李基白, 「景德王과 斷俗寺·怨歌」, 『新羅政治社會史研究』, 일조각, 1974, 171-185면.
53) 〈怨歌〉 관련 연구 목록은 아직 정리되지 않았으나, 향가 관련 연구 목록은 『향가·고전소설관계논저목록』 Ⅰ, Ⅱ가 단국대출판부에서 출판되어 1992년도 성과까지 정리되었다.

체 향가와 비교하고자 한다. 그리고 〈怨歌〉의 작품 구조를 분석하고, 後
句亡의 문제를 처리하고자 한다. 이를 통하여 〈怨歌〉의 형식을 8구체 향
가로 규정하고자 한다.

7.1. 10구체 鄕歌의 特性

문학에 있어서 형식은 내용을 담는 틀이다. 형식과 내용은 불가분의
관계를 가지며 이것은 고전문학에 있어서도 동일하다. 특히 장르의 하위
範疇는 문학 작품의 형식적 틀을 가지고 同質性과 異質性을 토대로 개별
작품을 분류하는데 유용한 개념이다. 향가가 국문학에 있어서 고유 장르
로 辨別되기 위해서는 現傳하는 향가 작품들의 고유한 형식적 틀에 대한
규명이 있어야 하며, 하위 範疇의 갈래가 존재하여야 한다. 향가 연구
초기 단계에서 소창진평과 양주동이 향가 형식을 4구체, 8구체, 10구체
로 정리하였다. 이후 향가의 하위 범주를 지칭하는 개념으로 4구체, 8
구체, 10구체라는 용어가 사용되어 왔으며, 이를 통하여 향가의 특성을
추출하기 위한 많은 시도가 계속되어 오고 있다.

그럼에도 불구하고 향가의 하위 範疇인 4구체, 8구체, 10구체 향가
의 특성을 정확히 구별하고 있지 못하고 것이 사실이다.54) 이러한 이유
는 각 範疇의 작품 수가 너무 적다는 데에 가장 커다란 이유가 있을 것
이다. 또한 향가 형식에 대한 논의의 확장으로 4구체, 8구체, 10구체

---

54) 향가 형식에서 句體의 사용 자체가 가지는 무의미성이 자주 제기되고 있다. 나경수
   는 우리 시가의 특성상 시행으로 형식을 삼는다는 것은 마땅하지가 않으며, 현재의
   행 개념도 정확하지 못하다고 주장하였다.(나경수, 『鄕歌文學論과 作品 硏究』, 집문
   당, 1995, 98~100면, 參照.) 이 의견에 전적으로 동의하나 향가의 하위 範疇를 규정
   하는 새로운 유형이 제기되기 전까지는 句體로 분류하는 작업의 의미가 남아 있다
   고 생각한다. 향가라는 커다란 範疇에서 한줄짜리 노래인 〈薯童謠〉와 〈彗星歌〉
   를 같은 範疇로 분류할 순 없기 때문이다.

향가의 개념보다 단형과 장형의 구분이 고려되었으며, 三句六名의 문제 등 해결해야 하는 일이 많이 요구되었기 때문이다. 그럼에도 불구하고 4구체, 8구체, 10구체로의 향가 範疇 구분은 아직도 유효하다

현재 학계에서 인정하고 있는 『三國遺事』所載 8구체 향가는 〈慕竹旨郎歌〉와 〈處容歌〉 2수이다. 이 두 작품이 4구체 향가와는 확연한 구분이 있으므로 비교 분석하는 일은 불필요하다. 이 두 노래가 동일한 장형의 노래인 10구체 향가와 어떤 辨別性을 갖추고 있는지를 분석하는 일은 8구체 향가의 특성55)을 보여줄 것이다.

7.1.1. 10구체 鄕歌의 後句 特性

10구체 향가와 8구체 향가의 차이는 10구체 향가에 後句가 있다는 사실이다. 이 後句의 기능을 살펴보고자 한다. 이를 위하여 10구체 향가 後句 7개를 摘示56)하고자 한다.

    a. 산 밑에 떴더라/ 어렵슈 무슨 慧氣 있을까 (彗星歌)
    b. 이몸 기텨두고/ 四十八大願 일고 살가 (願往生歌)
    c. 아으 彌陀刹아 맛보올 나/ 道 닷가 기드리고다 (祭亡妹歌)
    d. 아으 잣가지 드높아/ 서리를 모르올 花郎長이여 (讚耆婆郎歌)
    e. 아으 君다이 臣다이 民다이 ㅎ놀든/ 나라악 太平ㅎ니잇다 (安民歌)
    f. 아아, 나라고 알아 주실진대/ 어디에 쓸 자비라고 큰고

                                            (禱千手大悲歌)

---

55) 8구체 향가의 문학적 특성을 찾으려는 시도가 전무하였던 것은 아니다. 정병욱은 지방문학으로 보았으며, 성기옥은 4구 2연의 양식으로 보았다. 신재홍은 4행 향가의 각 행이 두배로 늘어난 양식으로 보았다.(신재홍, 「慕竹旨郎歌와 8행 향가의 양식적 특성」, 『고전시가 엮어읽기』, 태학사, 2003, 參照.)

56) 여기에서 하고자 하는 작업이 내용의 정치한 분석이 아니므로 편의상 양주동 역을 따른다. 다만 내용 이해의 편의를 위하여 <禱千手大悲歌>는 김완진 교수, <遇賊歌>는 김준영 교수의 解讀을 따른다.

g. 아 오직 내가 말한 착함은/ 安尙宅이 됩니다 (遇賊歌)

10구체 향가 後句 7개는 세 가지로 분류할 수 있다. 먼저 a는 완벽한 呪詞이다. e와 g는 呪詞의 성격을 띤 祈願이다. 나머지 b, c, d, f는 감탄을 동반한 祝願이다. 즉, 향가 작품에 있어서 後句는 呪詞的 機能, 祈願의 機能, 祝願의 機能을 수행하고 있다. 그러므로 동일한 장형의 노래일지라도 이러한 기능이 불필요할 시가에는 後句가 반드시 존재해야 할 이유가 없는 것이다. 〈慕竹旨郞歌〉와 〈處容歌〉에는 이러한 기능이 불필요하였으므로 後句가 없었던 것이다.

7.1.2. 10구체 鄕歌와 佛敎

10구체 향가와 불교와의 관련성을 고찰하고자 한다. 『均如傳』에 전하는 〈普賢十願歌〉 11수는 논의의 대상에서 제외하고, 〈怨歌〉는 논의를 유보하겠다. 위에서 나열한 7개의 10구체 향가를 보면 모두 불교와 밀접한 연관을 가지고 있다. 먼저 b, c, f의 작품과 불교와의 관련성은 많은 연구가 축적되었으므로 논의하지 않겠다.57) 나머지 네 작품의 작가는 모두 승려이다. 그러므로 작가는 佛訟에 익숙해있던 사람들이다. 또한 노래의 내용 역시 불교와 무관하지 않다.

a는 彗星이 心大星58)을 侵犯하자 倭兵의 침입이 예견되었고, 민심이 흉흉해지자 융천사가 〈彗星歌〉를 지어 혜성을 물리친 呪術의 노래이다.

---

57) <願往生歌>, <祭亡妹歌>, <禱千手大悲歌>에 드러난 불교사상에 관한 논저는 정리하기 힘들만큼 많다. 또한 아직까지 이 노래들과 불교와의 무관성을 주장한 학자가 없으므로 암묵적 동의를 한 것으로 본다. 무엇보다 노랫말에 원왕생, 미타찰, 천수관음이라는 어휘가 직접적으로 쓰이고 있다.

58) 心大星은 신라를 상징하였다. 金承璨이 여기에 대하여 자세히 논의하였다.(金承璨, 「彗星歌」, 『鄕歌文學論』, 새문사, 1986, 194~195면, 參照.

金承璨은 향가에 드러난 呪術的 성격을 불교의 한 갈래인 雜部密敎에서 들어온 神呪力으로 보았다.59) 중국과 마찬가지로 우리나라에서도 불교 전래 초기에 密敎의 영향력은 상당하였다. e 역시 密敎의 영향을 받은 노래이다.60) 〈安民歌〉는 작품 배경 연구에서 알 수 있듯이 景德王과 忠談師의 만남부터가 忠談師가 密僧이라는 단서를 보여주고 있다.61) 景德王은 이러한 密僧에게 혼란스러운 정국을 呪術의 힘으로 안정시켜 줄 것을 부탁하여 불러진 노래이다.62)

d는 역시 密僧인 忠談師가 부른 노래이지만 呪詞는 아니고 祝願이다. 이 노래에서 讚하고 있는 대상인 耆婆郞이 어떤 존재이냐가 이 노래의 해석에 중요하다. 耆婆는 命·長命의 뜻으로 釋帝桓因을 호위하는 十大天子의 하나이므로 부처로 볼 수 있다. 배경설화에 나와있는 景德王과

---

59) 金承璨, 「鄕歌의 呪詞的 性格」, 『鄕歌文學論』, 새문사, 1986, 44면.

60) 이연숙, 「安民歌고」, 『한국문학논총』 제12집, 한국문학회, 1991.

61) 박노준은 忠談師를 낭도승으로 보았으며, 승려로서의 忠談師는 신라화한 미륵신앙자로 이해하고 더 이상의 무리한 추정은 삼가하자고 제언하였다.(박노준, 『향가여요의 정서와 변용』, 태학사, 2001, 367~378면, 參照.) 金承璨 역시 忠談師를 낭도승이자, 미륵신앙을 가진 승려, 민중 편에 선 지성인으로 보았다.(金承璨, 『신라향가론』, 부산대학교출판부, 1991, 247~248면, 參照) 기실 이러한 근거는 三國遺事 卷二 <景德王·忠談師·表訓大德>조에 수록된 즉, <安民歌>의 배경설화에서 기인하고 있다. 즉, 여타의 문헌에도, 물론 『高僧傳』에서도 忠談師의 인명은 보이지 않는다. 그럼에도 『三國遺事』의 기록을 보면 忠談師가 미륵신앙을 가졌다는 것은 분명한 사실이다. 그런데 미륵신앙과 密敎와의 밀접한 관계, 특히 景德王이 密敎를 신봉했다는 사실을 이연숙이 주장하였다.(이연숙, 『新羅鄕歌文學硏究』, 박이정, 1999, 43~73면, 參照) 이러한 사실들로 보아 忠談師를 密僧으로 보고자 한다.

62) <安民歌> 해석의 문제에는 많은 조심성이 따른다. 치국의 노래로 볼 것인가, 呪術로 볼 것인가의 문제가 남는다. 두창구는 <安民歌>의 창작 동기를 고찰하면서, 景德王이 월명사나 표훈대덕처럼 이적을 이미 선보였던 인물을 제치고 국변의 예시적 변괴를 呪術로 퇴치시키기 위한 조력자로 충담을 선택한 이유로 그 당시의 정치적 상황이 그만큼 절박하였기 때문이라고 밝히었다.(두창구, 「安民歌의 창작동기 고찰」, 『향가연구』, 국어국문학회, 태학사, 1998, 499~520면, 參照.) <安民歌>는 密敎를 숭상하고 극히 좋아하였던 景德王이 오악삼산신의 출현이라는 변괴를 퇴치하기 위하여 영복승을 맞이하여 부른 노래이다. 특히 後句의 군은 군답게 신은 신답게 민은 민답게 해라라는 명령법과 나라는 태평하다라는 서술법이 呪詞의 기능을 보이고 있다.

忠談師가 만나는 과정을 살펴보자. 景德王과 忠談師는 〈安民歌〉를 짓기 전에 만난 적이 없다는 사실을 알 수 있다. 그러므로 나라의 중신으로 보는 것은 무리이다. 또한 忠談師의 〈讚耆婆郎歌〉가 널리 인구에 膾炙되었다는 사실을 유추할 수 있는데, 耆婆郎이라는 특정 화랑에 대한 讚이라면 어려운 일이었을 것이라고 생각된다. 무엇보다도 그 찬이 인구에 膾炙되었을 耆婆郎이 역사 속에서 그 존재가 불투명하다는 것은 납득하기 어려운 일이다. g는 釋永才가 도둑의 무리를 布敎하기 위하여 부른 노래이므로 불교의 偈頌과 유사했을 것이다. 後句가 있는 10구체 향가는 불교의 영향을 받아 이루어진 형식이다.

7.1.3. 8구체 鄕歌와 10구체 鄕歌의 比較

지금까지 8구체 향가로 인정하고 있는 두 작품 〈慕竹旨郎歌〉와 〈處容歌〉의 공통점과 위에서 열거한 10구체 향가의 특성을 비교하면 비록 작품의 수가 두 개에 불과하지만 차이점을 발견할 수 있다. 10구체 향가가 모두 불교와 밀접한 연관을 가지고 있는데 반하여 8구체 향가는 불교와의 연관성을 찾아내기 어렵다. 곧, 8구체 향가인 〈慕竹旨郎歌〉와 〈處容歌〉의 공통점은 불교와 무관한 노래라는 점이다. 비록 〈處容歌〉가 망해사조에 실려 있지만 불교적 색채를 말할 수 없다. 이 부분은 망해사 건축에 처용설화가 삽입 된 것으로 볼 수 있다.

8구체 향가의 두 번째 특성은 역사적 인물에 대한 서사물이라는 사실이다. 〈慕竹旨郎歌〉는 낭도 득오가 죽지랑을 사모하여 부른 노래이며, 〈處容歌〉는 대중이 처용을 崇尙하여 부른 노래[63]이다. 이러한 이유에

---

63) <處容歌>의 화자를 처용으로 보고 작가 문제를 처리한 것은 재삼 숙고되어야 할 것이다. <處容歌>는 당시 특출한 능력을 지녔던 巫 처용을 숭상하여 일반 대중이 부른 노래로 보아야 할 것이다.

서 두 작품은 배경설화가 상당히 구체적이다. 다만 〈處容歌〉는 무속이라
는 종교적 영향을 받아 그 표현이 상당히 隱喩와 象徵으로 點綴되어 있
는 특색을 보이고 있다. 10구체 향가 중 특정 인물의 敍事物에 가장 근
접한 노래는 〈願往生歌〉이다. 하지만 〈願往生歌〉는 배경설화와 노래에
많은 이질성이 발견된다. '광덕과 엄장'이라는 하나의 불교설화와 〈願往
生歌〉가 結合한 것이다. 곧, 原文에 나와있는 '德誉有歌云'이라는 구절을
보더라도 쉽게 알 수 있다.64) 그러므로 〈願往生歌〉는 설화가 주가 되고
노래가 부수적인 것이다.65)

7.2. 怨歌의 8구체 鄕歌 資質

현재 전하고 있는 모습이 8구체임에도 불구하고 10구체 향가로 규정
하고 있는 〈怨歌〉의 8구체적 자질을 고찰함으로부터 〈怨歌〉의 형식을 8
구체로 규정하고자 한다. 이를 위하여 〈怨歌〉가 위에서 살펴본 10구체
적 특성을 가지고 있지 않으며, 8구체적 특성을 가지고 있다는 사실을
주장하겠다.

먼저 〈怨歌〉가 呪術이나 祝願, 祈願에 그 정서가 기반하고 있지 않다
는 사실을 밝히고, 불교와의 무관성, 특정 인물에 대한 敍事物이라는 점
등으로 보아 8구체 향가의 특성을 다분히 가지고 있다는 사실을 밝히겠
다. 물론 이러한 작업의 결과물을 가지고 〈怨歌〉를 8구체 향가로 규정할
수 없을 것이다. 그러므로 이제껏 〈怨歌〉를 10구체로 규정한 근거라고

---

64) 한문에 있어서 云의 표현은 간접화법 중에서도 특히 출전에 대한 부분의 불투명성을
　　감소하는 추측의 의미로 쓰인다. 이영태는 『三國遺事』에서 云의 쓰임을, 일연 스스
　　로 판단 내리기 어려운 정황에서 사용하였다고 밝혔다.(이영태, 『한국 고시가의 새
　　로운 인식』, 경인문화사, 2003, 51면.
65) 崔喆, 『新羅歌謠硏究』, 개문사, 1979, 119~120면, 參照.

할 수 있는 '後句亡'의 새로운 해석을 통하여 〈怨歌〉가 10구체 향가일
수 없는 이유를 밝히고자 한다.

7.2.1. 三國遺事에 收錄된 怨歌의 檢討

『三國遺事』의 卷五 '避隱' 編을 보면 〈信忠掛冠〉이라는 글이 나온다.
〈怨歌〉의 정치한 이해를 위하여 『三國遺事』에 수록된 글의 전문을 그대
로 싣고자 한다.

a 孝成王潛邸時 與賢士信忠 圍碁於宮庭栢樹下 嘗謂曰 他日若忘卿有
  如栢樹 信忠興拜 隔數月 王卽位賞功臣 忘忠而不第之 忠怨而作歌帖
  於栢樹 樹忽黃悴 王怪使審之 得歌獻之 大驚曰 萬機鞅掌 幾忘乎角弓
  乃召之賜爵祿 栢樹乃蘇

b 歌曰
   物叱好支栢史
   秋察尸不冬爾屋支墮米
   汝於多支行齊教因隱
   仰頓隱面矣改衣賜乎隱冬矣也
   月羅理影支古理因淵之叱
   行尸浪 阿叱沙矣以支如支
   貌史沙叱望阿乃
   世理都 之叱逸烏隱苐也

   後句亡

c 由是寵現於兩朝 景德王(王卽孝成之第也) 二十二年癸卯 忠興二友
   相約 掛冠入南岳 在微不就 落髮爲沙門 爲王創斷俗寺居焉 願終身丘
   壑 以奉福大王 王許之 留眞在金堂後壁是也 南有村名俗休 今訛傳小

花里(按三和尙傳有信忠奉聖寺 與此相混 然計其神文之世之事 距景
德已百餘年 況神文與信 忠乃宿世之事 則非此信忠明矣 宜詳之) 又
別記云景德王代 有直長李俊(高僧傳 作李純) 早僧發願 年至知命 須
出家創佛寺 天寶七年戊子 年登五十年 改創槽淵小寺爲大刹 名斷俗
寺 身亦削髮法名孔宏長老 住寺二十年乃卒 與前三國史所載不同 兩
在之闕疑 讚曰

d 讚曰

功名未已鬢先霜
君寵雖多百歲忙
隔岸有山頻入夢
逝將香火祝吾皇[66]

위의 〈信忠掛冠〉이라는 글의 내용 중 a는 信忠이 〈怨歌〉를 창작하기
까지의 경위를 밝힌 부분이며, b는 〈怨歌〉이며, c는 信忠이 掛冠하고 남
악에 들어가서 살며 斷俗寺를 창건하였다는 緣起譚이며, d는 일연의 讚
詩이다.

〈怨歌〉 연구의 출발은 원문이라 할 수 있는 a, b, c, d에서 출발하여
야 할 것이다. 여기에 이 작품이 창작되어진 시대적 배경, 관련 자료들
의 검토가 필요할 것이다. 〈怨歌〉의 형식을 규명하는 작업 역시 내용에
대한 이해가 전제되어야 하므로 이 과정을 거쳐야 한다.

〈怨歌〉는 신라 34대 孝成王 때의 작품이다. 먼저 〈怨歌〉가 지어진 이
유를 밝힌 a에 기초하면서, 『三國史記』 등 다른 자료의 검토를 통하여
怨歌의 창작 배경을 고찰하고자 한다.

孝成王은 聖德王의 둘째이다. 炤德王后의 아들로 724년 3살 때에 태
자가 된 후, 13년 뒤인 16세에 즉위하였다. 孝成王은 성덕왕의 둘째였

---

66) 『三國遺事』, 卷五 避隱, 信忠掛冠條

지만 첫째이자, 태자였던 重慶이 죽었으므로 그가 왕통을 잇는 것은 당연한 일이었다. 그럼에도 불구하고 왕위계승에 상당한 문제가 있었음을 여러 기록이 보여주고 있다.67) 그러므로, 그는 즉위한 바로 2개월 뒤인 3월에 정부조직을 개조하고 伊湌 貞宗을 上大等으로 삼고, 阿湌 義忠을 中侍로 삼는 등 인사개혁을 단행하였다.68) 孝成王은 정부 조직을 자신의 친정체제로 초기에 개편하였고, 왕당파들을 중용하였던 것이다. 이때 孝成王 계열이자, a의 내용으로 보아 孝成王의 왕위계승에 상당한 공헌을 하였던 信忠이 소홀하게 대접된 것이다.69) 이러한 이유로 信忠은 b인 〈怨歌〉를 노래하였다. c에 대한 검토는 〈怨歌〉와 불교와의 관계에서 자세히 논하겠다. d인 찬시는 c에 대한 검토에서 밝히겠지만, 〈怨歌〉의 작가인 信忠에 대한 찬이 아니라, 李純에 대한 찬이기에 논의의 대상이 아니다. 기록의 검토를 통하여 〈怨歌〉의 배경설화는 특정 인물의 서사물이라는 8구체 향가의 특징을 보이고 있다는 것을 알 수 있다.

7.2.2. 怨歌에 흐르는 抒情性

〈怨歌〉의 성격에 대해서는 〈怨歌〉 연구자 대부분이 언급하였다. 이것은 呪術性을 강조한 呪歌 系列70)과 抒情性을 강조한 純粹抒情詩 계열로 크게 나눌 수 있다.

〈怨歌〉를 呪歌로 보는 이유가 노래의 내용에는 드러나 있지 않다. 창

---

67) 李基白, 『新羅政治社會史硏究』, 일조각, 1974, 151~157면, 參照.
68) 『三國史記』, 卷九, 新羅本紀, 孝成王條.
69) 윤영옥, 「怨歌」, 『鄕歌文學論』, 앞의 책, 285~288면, 參照.
70) 이러한 논의는 노래 자체에 기인하기보다는 배경설화에서 잣나무가 시든 기적이 일어난 것에 대하여 크게 주목하고 있기 때문이다. 향가 연구에서 작품 이해에 배경설화 연구가 기여하는 바가 크다는 것에는 동의한다. 하지만 배경설화가 노래 자체보다 중요시 될 수는 없다고 생각한다. 또한 노래의 성격은 어디까지나 현전하는 자료에 의지하여야 할 것이다.

작 동기라고 할 수 있는 a의 ‘王卽位賞功臣 忘忠而不第之 忠怨而作歌 帖
於栢樹 樹忽黃悴’라는 구절과 ‘賜爵祿 栢樹乃蘇’이라는 구절 때문이다.
노래의 제목 역시 ‘忠怨而作歌’에서 나온 것이다. 노래의 제목을 배경설
화에서 가져오는 것은 가능하겠지만, 노래의 성격을 배경설화에 전적으
로 의지한다는 것은 동의하기 어렵다.

〈怨歌〉의 내용에 대한 분석을 위해서 작품인 b71)의 내용을 이해하기
쉽게 현대어로 의역하면 다음과 같다.

> 무릇 잣나무는
> 가을에도 아니 시들음에
> 너를 어찌 잊으리
> 우러러보던 얼굴이 계시온데
> 달그림자가 옛 못물에
> 흘러감을 원망하듯
> 모습을 바라나
> 세상사는 싫어라

가을에도 잣나무는 시들지 않고 푸르다. 그러므로 栢樹는 흔히 변심
을 모르는 常綠의 마음을 간직한 지조의 나무로 인식되어 왔다. 화자는
1구와 2구에서 잣나무의 一般的 속성을 빗대어 자신의 심회를 노래하고
있다. 잣나무는 가을에도 시들지 않기에 가을이 되어야만 그 푸름의 가
치를 더욱 발휘할 수 있는 것이다. 이러한 잣나무에 화자가 투영된 것이
다. 여기 나오는 가을은 심리적 계절이다. 이러한 심리의 주체는 왕으로

---

71) 物叱好支栢史/秋察尸不冬爾屋支墮米/汝於多支行齊敎因隱/仰頓隱面矢改衣賜/乎隱冬
   矢也/月羅理影支古理因淵之叱/行尸浪 阿叱沙矣以支如支/貌史沙叱望阿乃/世理都 之
   叱逸烏隱苐也.
   양주동은 이 노래를 다음과 같이 해독하고 있다.
   믈힉 자시/ᄀ술 안둘 이우리 디매/너 엇뎨 니저 이신/울월던 ᄂ치 겨샤온딕/ᄃᆲ그림제
   녯 모샛/녈 믌결 애와티둧/즛ᅀᅡ 브라나/누리도 아쳐론 뎨여.

등극한 孝成王이 아니라 잊혀져버린 信忠인 것이다. 다들 봄인데 信忠만 가을인 것이다. 하지만 희망이 있기에 겨울이 아닌 것이다. 3구와 4구는 孝成王에 대한 추억과 연모로 볼 수 있다. 戀君歌 계열의 문학 작품의 一般的 표현방식이다.

5구와 6구는 感傷이 그 정서의 주조를 이루고 있다. 달은 흔히 연모의 대상을 상징한다. 그러한 달 그림자가 옛 못물을 흘러 가버린 것이다. 옛 못물은 변함없이 달 그림자를 담고 싶어하나, 달은 더 이상 머물러주지 않는 것이다. 그렇다고 해서 달이 미운 것이 아니다. 달이 싫은 것이 아니라, 그렇게 만든 자신이 싫은 것이다. '원망하다'의 대상은 자신 즉, 信忠인 것이다. 옛 표현에서 원망하다, 성나다 등의 대상이 생략된 경우 자신인 경우가 많다.72)

7구와 8구에서 역시 임금의 모습을 가까이에서 뵙기를 바라나, 이를 위하여 세상에 나아가는 것은 싫다라는 표현인 것이다. 諦念이 정서의 주조를 이루고 있다. 여기에 더 이어질 정서가 없다라고 보는 것이 작품의 전체 구조상 무리가 없다. 이처럼 〈怨歌〉는 완결성을 지닌 작품이다.

〈怨歌〉는 화자의 마음을 비유와 상징으로 잘 갈무리한 품격 있는 시가이다.73) 孝成王을 원망하는 마음이 드러나지 않고 있으며, 노래를 통하여 무언가 이적을 바라고자 하는 의도가 없다. 즉, 呪文74)이 없는 것이다. 呪文이 없는 呪歌란 성립할 수 없다. 8구의 노랫말 중 그 어느 것도 呪文이 될 수 없는 것이다.

---

72) 가장 대표적 표현으로 論語, 學而編, '人不知而不慍이면 不亦君子乎라'에서 不慍의 대상은 자신이다.

73) 박노준 역시 <怨歌>를 조선조 사림파 선비의 기품을 연상하게 하는 작품으로 보았다.(박노준, 『新羅歌謠의 硏究』, 열화당, 1982, 161면.

74) 呪文은 주술사가 바라는 내용의 핵심이다. 그러므로 해가 없어지기를 바라거나, 혜성이 사라지기를 바라거나 하는 바램이 呪歌에는 반드시 들어 있어야 한다. 주문이 없는 주가란 있을 수 없고, 呪文이 異蹟에 先行해야만 呪歌이다. 우리 옛 설화에서 異蹟이 많이 등장한다. 하지만 대부분은 呪文과 관련이 없고, 感天과 관련이 깊다.

7.2.3. 怨歌와 佛敎와의 聯關性

〈怨歌〉와 불교와의 깊은 관계는 信忠이 斷俗寺를 창건하였기 때문이다. 실제 일연이 〈怨歌〉를 남긴 이유도 『三國遺事』에 〈信忠掛冠〉조가 있는 이유도 斷俗寺 때문이다. 信忠과 斷俗寺와의 관계를 고찰해보자. 斷俗寺는 한국의 오악 중 남악인 지리산 밑 산청군 단성면 동쪽에 있었던 사찰이다. 이 사찰은 信忠이 景德王의 복을 빌기 위하여 창건했다고 전한다.

信忠과 사찰과의 연계에 대한 기록은 두 가지로 나타나고 있다. 그 첫 번째는 奉聖寺에 관한 것이다. 일연은 위의 〈信忠掛冠〉조의 c에서 『三和尙傳』의 기사를 근거로 해서 信忠이 지은 奉聖寺가 있었다고 하나 혼란스럽다고 기술하고 있다.

이 奉聖寺의 창건에 대한 기록은 信忠이 생존했던 孝成王과 景德王 때보다 훨씬 이전인 神文王 5년조에 망덕사의 창건과 함께 나오다. 이때는 서기 685년의 일이니 〈怨歌〉의 작가인 信忠과는 무관하다. 그래서 일연은 斷俗寺를 창건한 信忠과 奉聖寺를 세운 信忠이 동일한 인물이 아님을 註를 붙여 밝히고 있다.[75] 그러므로 논의의 대상이 아니다.

景德王 때 세워진 斷俗寺의 창건자가 〈信忠掛冠〉조에는 信忠으로 나와있지만 일연의 오류로 보인다.[76] 斷俗寺 창건에 대한 『三國史記』의 기록을 보면 다음과 같다.

上大等信忠 侍中金邕免 大奈麻李純爲王寵臣 忽一日避世入山 累徵不就 削髮爲僧 爲王創立斷俗寺居之 後聞王好樂 卽詣宮門 諫奏曰[77]

---

75) 『三國遺事』, 卷五, 避隱, 信忠掛冠條
　　『三國史記』, 卷八, 新羅本紀, 神文王條
76) 양주동, 『增訂古歌硏究』, 一潮閣, 1974, 610면.
77) 『三國史記』, 卷九, 新羅本紀, 景德王條

『三國遺事』의 기록과 거의 유사한 동일한 기록이다. 여기에는 斷俗寺의 창건자가 이순이라고 기록되어 있다. 둘 중 하나는 오류일 수밖에 없다. 『三國遺事』의 기록과 『三國史記』의 기록이 충돌할 때에는 『三國史記』의 기록을 존중하는 것이 사실관계의 규명에 있어서는 일반화 된 관례이다. 그러므로 『三國史記』의 기록대로 斷俗寺 창건은 이순으로 보아야 할 것이다.

무엇보다 일연 역시 斷俗寺 창건의 주체로 信忠을 확신하지 못했다는 것이다. c의 후미에 있는 『別記』에서 인용한 부분을 보면 그 사실을 알 수 있다.

> 又別記云景德王代 有直長李俊(高僧傳 作李純) 早僧發願 年至知命 須
> 出家創佛寺 天寶七年戊子 年登五十年 改創槽淵小寺爲大刹 名斷俗寺 身
> 亦削髮法名孔宏長老 住寺二十年乃卒 與前三國史所載不同 兩在之闕疑

일연은 信忠과 이순 중 信忠을 斷俗寺의 창건자로 확정한 것이다. 그러나 이것은 오류이므로 信忠과 斷俗寺는 관련이 없다. 더구나 일연의 말을 따르더라도 信忠이 斷俗寺를 창건한 것은 먼 훗날의 일이고, 〈怨歌〉를 창작할 당시의 信忠과 불교와의 특별한 관계는 찾을 수 없다. 그러므로 〈怨歌〉는 불교의 영향을 받지 않은 작품이다.

7.3. 後句亡의 問題

『三國遺事』所載 8수의 10구체 향가 중 유독 〈怨歌〉만은 8구가 전함에도 10구체 향가로 규정하고 있다. 이러한 이유는 정치한 분석에서 기인하였기 보다, 노래 뒤에 일연이 기록한 '後句亡'이라는 3자 때문이다.

가정이지만 일연이 後句亡이라는 3자를 기록하지 않았다면 〈怨歌〉는 연구 초기부터 8구체로 규정하였을 것이다. 그리고 後句에 대한 고민을 전혀 하지 않았을 것이다. 앞에서 살펴본 바와 같이 〈怨歌〉는 8구로써 완결성을 지니기 때문이다.

그러므로 〈怨歌〉를 8구체 향가로 규정하기 위해선, 10구체로 규정하게끔 한 後句亡에 대한 정치한 해석이 필요하다고 보다.

7.3.1. 亡의 語釋 問題

後句亡은 하나의 단어가 아니다. 後句와 亡의 합자이다. 나아가 後句 역시 단어로 해석해야 하는가의 문제도 남는다. 이 부분에 대한 논의는 뒤로 미루고자 한다.[78) 편의상 後句를 단어로 보고자 한다. 중요한 것은 亡의 어석이다.

亡의 쓰임은 크게 두 가지이다. 가장 흔한 쓰임은 '도망하다', '달아나다' 이다. 說文 해석에도 亡, 逃也로 해석하고 있다. 그 다음의 쓰임은 '없다' 이다. 亡은 廣韻에서는 '달아날 망'으로, 集韻에서는 '없을 무'로 쓰이는 글자이다. 특히 亡字가 集韻으로 '무'로 쓰이는 경우는 一般的 현상이다.[79)

亡이 '잃어버리다'로 쓰이는 경우 역시 있다. 자전에도 '亡, 失也'로 나와 있다. 하지만 그 용례는 흔치 않다. 亡이 失로 쓰인 경우의 수는, 亡이 無로 쓰인 경우와 비교할 수 없다. 亡이 失로 쓰인 대표적 용례는 亡

---

78) 『均如傳』에 수록된 <普賢十願歌> 11수 중 8번째 노래인 譯歌功德分에서 詩構唐辭 磨琢於五言七字 歌排鄕語切磋於三句六名 이라는 기록이 나오는데 이 기록은 유사 기록보다 200 여년 앞선 기록이다. 五言 七言에 三句 六名이 대가 된다는 것은 의심의 여지가 없는 한문 표현이다. 絶句가 기, 승, 전, 결이 있듯이, 三句 역시 각각의 이름이 있었을 것이다. 後句가 단어로써 三句 중의 하나라면 앞 둘의 이름을 유추할 수 있을 것이다.

79) 『漢韓大辭典』 1, 단국대학교 동양학연구소, 1999, 745면.

國이다. 이 경우는 한자의 쓰임 특색을 고려해야 한다. '亡國'에는 '잃다'와 '망하다'의 두 가지 의미가 중첩되어 있기 때문이다. 亡이 '잃다'의 의미로 쓰이는 것은 一般的인 쓰임이 아니다. '잃다'의 의미는 失字가 쓰이는 것이 一般的이다. 반면에 한문에서 '없다'의 의미는 無보다 亡을 쓰는 것이 더욱 일반적이다.

단어의 경우도 그러하지만 문장 속에서 서술어로써 독립적으로 쓰이는 경우를 보면 더욱 그러하다. 亡이 문장 속에서 '잃다'라는 독립적 서술어로 쓰이는 경우는 찾기 어렵다. 반면에 亡이 '없다'로 쓰이는 경우는 無字가 쓰이는 경우보다 많다. 後句亡이 어떻게 쓰였는지를 단정할 수는 없다. 하지만 용례를 찾기 어려운 특수한 쓰임으로 보기보다는, 一般的 쓰임으로 보아 '후구망'이 아니라 '후구무'로 읽어야 한다고 주장하고자 한다.

7.3.2. 後句 不傳의 問題

亡이 無로 사용되었다고 주장하였지만 확언할 수는 없다. 그러므로 亡이 '없다'로 사용되었을 경우를 다른 각도에서 고찰해보고자 한다. 먼저 亡이 '잃다'로 사용되었을 경우, 주체의 문제가 일연이 아니다. 그렇다면 당연히 '不傳'이라고 표현했어야 할 것이다. 한문 표현 방식의 一般的 현상이다.

또한 여러 선학들의 연구 성과에서 밝혀졌듯이 일연의 『三國遺事』 저술 방식은 철저히 典據에 기초하였다. 물론 많은 오류가 있는 것이 사실이지만, 세밀한 주석을 통하여 그 오류를 최소화하려고 하였다. 그렇다면 당연히 不傳의 이유를 간략하게나마 표기하였을 것이다. 즉, 亡이 不傳의 의미로 사용되지 않았기 때문에, 不傳이라 표현하지 않았던 것이다.

〈怨歌〉는 노래의 성격상 인구에 널리 회자되었기 보다, 창작 후 얼마지나지 않은 시간에 信忠과 관련된 여타의 문헌에 기록되었을 것이다.80) 〈怨歌〉는 서정적인 개인에 국한된 노래이지만 이 노래에 의한 이적은 특별하였으며, 信忠은 신라 최고의 관직인 상대등까지 올랐던 역사적 인물이기 때문이다.81) 그렇다면 일연이 참고하였던 저서의 초기 기록자가 1구에서 8구까지는 기록하고, 後句는 기록하지 않았기 때문에 전하지 않을 것이다. 내용상의 특별한 문제가 있었다면 모르겠으나, 향가 작품의 가장 중요한 부분이라고 할 수 있는 後句를 기록하지 않고 전 8구만을 기록했다는 것은 상식적으로 받아들이기 어려운 부분이다.

노래 후 일어난 異蹟은 상징적 표현이다. 그러므로 後句가 있었다면 주제의 절정을 이룬 부분이었을 것이다. 이 부분을 기록하지 않아 不傳한다는 것은 받아들이기 힘든 부분이다. 정말 우리가 알지 못하는 그 당시의 정치적인 특별한 이유가 있었다면, 500여년이 지나 일연이 『三國遺事』를 著述할 때에는, 분명히 주석을 달았을 것이다. 즉 처음부터 後句가 없었기 때문에 기록할 수 없었던 것이다. 그렇지 않다면 일연 역시 後句가 전하지 않는다는 사실을 인지할 수 없었을 것이다. 일연이 참고하였을 典據에 後句에 대한 아무런 언급이 없는데, 일연이 後句는 전하지 않는다는 것을 인지할 수 있었다는 것은 모순이기 때문이다.

---

80) 이영태는 〈怨歌〉가 典據가 없는 상태로 구전되었다면 後句亡이라는 표현은 사용되지 않았을 것이라고 하였다. 그럼에도 後句亡이 사용되어진 것은 상태가 극히 불량한 전거를 기록하면서 생긴 것으로 판단하였다.(이영태, 『韓國古典詩歌의 再照明』, 국학자료원, 1998, 43면.) 〈怨歌〉가 口傳을 거치지 않고 文獻에 기록되었다는 것은 동의하지만, 典據가 1구에서 8구는 명확하고 9구와 10구는 알아볼 수 없다라는 것은 상식적으로 받아들이기 어렵다. 즉, 본문에서 밝힌 a, b, c, d의 구도에서 한 중간인 b의 두 줄만 알아볼 수 없어서, 그것도 우연히 〈怨歌〉의 後句에 해당하는 부분만 알아볼 수 없어서 일연이 後句亡을 사용하였다는 주장은 지나친 우연에 의존해야 하므로 설득력이 부족하다. 또한 이영태의 주장처럼 典據를 알아보기 힘들었다면 일연의 『三國遺事』 편찬 태도로 보아 반드시 주석을 달았을 것이다. 그렇지 않은 이유는 일연이 典據로 삼은 책에 처음부터 後句가 없었던 것이다.

81) 『三國史記』, 卷九, 新羅本紀, 景德王條, …上大等信忠 侍中金邕免… 省略.

또한『三國遺事』소재 향가 14수가 채록에 의한 것이 아니라, 典據에 기초한 것이므로 노래의 부분만이 전하는 경우가 없다. 유독 〈怨歌〉만이 부분만 전한다고 보아야 할 타당한 이유가 없다. 그러므로 〈怨歌〉는 전문이 전한다고 보는 것이 타당하며, 당연히 8구체 향가라고 주장하겠다.

7.3.3. 後句亡 記錄의 問題

〈怨歌〉를 8구체 향가로 규정하는데 반드시 풀어야 할 문제는 기록에 나와있는 後句亡이라는 세 글자의 해석이다. 왜 일연은 다른 향가와 달리 〈怨歌〉에서만 '後句가 없다'라고 표현하였는가 이다.

일연은 단형의 노래와 장형의 노래를 분명히 구별하였으며, 장형의 노래에 後句가 존재하는 것이 일반적이라고 인식하였을 것이다. 더구나 일연은 信忠이 斷俗寺를 창건하였다고 믿고 있었으므로 〈怨歌〉를 불교와 관련이 있는 노래로 판단하였을 것이다. 그러므로 〈怨歌〉에는 당연히 後句가 있어야 한다고 판단했을 것이다. 그럼에도 後句가 없으므로 後句는 없다고 주석을 단 것이다.

또한 〈怨歌〉가 呪歌의 성격을 띤다는 것은 많은 先學들이 밝힌 부분이다. 일연 역시 〈怨歌〉를 呪歌로 인식하였고, 呪歌의 형식이 後句에 呪詞가 드러나야 하는데,82) 이 呪詞가 없으므로 일연은 後句亡이라는 표현을 사용한 것이라고 본다. 즉, 일연의 後句亡은 後句가 없다는 의미보다는 呪詞가 없다라는 의미의 迂廻的 表現으로 보여진다.

---

82) 呪歌 형식에 대한 논의의 축적이 아직 미미하므로, 呪歌 형식을 여기에서 언급하는 것은 한계가 있다. 그렇지만 呪歌의 일반적 구조가 전반부와 후반부라는 대립구조를 가지며, 전반부는 서술법으로 후반부는 명령법으로 구성되어지며, 呪詞가 후반부의 명령법으로 실현되는 것이 일반적이다. 특히 怨歌를 呪歌로 볼 경우 말리노스키가 분류한 呪術의 네 가지 範疇 중 전이의 제의를 수반한 呪術에 해당하는데, 이 경우 명령법에 의한 呪詞가 반드시 수반되어야 한다.

『三國遺事』에 수록된 7번째 향가인 〈怨歌〉를 8구체로 규정하고자 하는 이러한 모든 논의가 일반론과 유추에 기인하는 것이 사실이다. 그럼에도 불구하고 〈怨歌〉를 10구체 향가로 규정할 수 없는 분명한 이유는 향가문학은 구비문학이 아니라는 사실이다. 향가는 기록문학이다. 信忠이 〈怨歌〉를 부른 그 순간은 노래였을지라도, 〈怨歌〉가 8구체로 문헌에 정착되어 전하고 있다. 그럼에도 口碑文學의 형식을 類推하여 기록문학의 형식을 규정한다는 것은 우리 학문 체계 전반을 뒤흔들 위험이 있다. 만약 이 부분을 수용한다면 향가 〈處容歌〉의 고려가요로의 발전 과정의 모든 내부 단계를 새로운 형식으로 규정하여야 할 것이다.

〈怨歌〉는 분명 8구체로 전하고 있으므로, 8구체 향가로 규정하여야 할 것이다.

7.4. 小結

지금껏 학계와 교육현장에서 〈怨歌〉는 전하는 전문이 8구임에도 불구하고, 10구체로 규정해왔다. 이러한 이유는 『三國遺事』에 기록된 '後句亡'이라는 구절 때문이었다. 이것은 부당하다고 생각된다. 그러므로 〈怨歌〉가 8구체라고 주장하고자 한다.

이를 위하여 먼저 10구체 향가의 後句가 지니고 있는 특징들을 살펴보았다. 10구체 향가에서 後句는 呪詞, 祈願, 祝願의 기능을 하는데 이러한 情緖와 〈怨歌〉는 무관하므로 後句가 불필요하다는 주장을 하였다. 10구체 향가는 모두 불교와 밀접한 연관을 가지는데 〈怨歌〉는 불교와 무관하므로 반드시 10구체 향가일 필요가 없다는 것을 주장하였다. 또한 8구체 향가는 특정 인물의 서사물인데 〈怨歌〉가 그러하다는 사실을 밝혀보았다.

나아가 현재 〈怨歌〉를 10구체로 규정하게끔 한 後句亡의 문제를 분석하였다. 亡의 一般的 쓰임에 기초하여 '망' 보다는 '무'로 읽어야 한다고 주장하였다. 또한 〈怨歌〉의 後句가 不傳한다는 것 자체가 사실상 어려운 일이라는 것을 밝혀보았다. 그럼에도 일연의 기록을 존중하여 後句亡을 써놓은 이유를 유추해 보았다. 그리고 여타의 문제를 떠나서 기록문학은 기록을 존중해야 하므로 8구체로 규정해야 한다고 주장하였다.

이러한 여타의 주장이 牽强附會式 發想일 수 있다. 그럼에도 불구하고 〈怨歌〉 형식에 대한 논의는 필요하다. 이러한 작업은 작게는 8구체와 10구체의 변별성을 밝혀 줄 것이고, 크게는 三句六名의 문제 등 향가 형식의 本質을 밝히는데 기여할 것이기 때문이다.

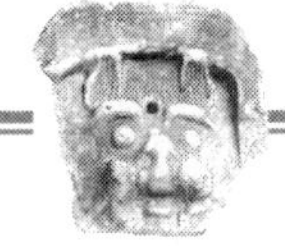

8. 月明師의 兜率歌와 二日竝現의 原型

8.1. 新羅人과 佛國土

시문학의 축은 어떻게 언어를 동원해서 화자의 감정과 정서를 아름답게 표현하느냐의 형식미와 그 작품 속에 어떤 의미를 감추고 저장시켜 독자나 청자에게 전달하는 내용미로 양분되리라고 믿는다. 형식과 내용, 이 두 축은 그 동안 문학의 성격과 풍조를 달리했다. 예를 들어서 뜻과 의미전달에 비중을 크게 두었던 중국 송시풍의 시에서는 전달하는 내용이 형식보다 중시되었다. 그러나 조선조에 재 입성한 당시풍의 시는 송시풍의 載道論적인 의미보다 언어를 동원한 표현미가 주목되었다.

이와 같이 시대와 풍조에 따라서 시문학의 형태나 민중의 선호가 달라지기도 했다. 그러나 어떤 경우라도 형식과 내용 중 어느 한쪽으로만 치우칠 수는 결코 없다. 다시 말하면 시간의 흐름에 좌우되지 않고 불후의 고전으로 남는 시가는 형식과 내용이 모두 독창적이고 출중해야 함은 당연하다. 곧 시문의 성공에는 형식과 내용이 서로 보완하여 발전해 가는 정·반·합의 변증법적 이상을 궁극적인 목표로 삼아야 한다.

신라의 향가는 그 형식이 4구, 8구, 10구의 형태로 정제된 뛰어난 형식미와 숨겨져서 찾기 어려운 보물 같은 시어로 이룩된 최상품의 시가다. 형식미와 더불어 시가 속에 함유된 내용인 사상도 또한 한국시가에서 어느 때의 작품보다 으뜸이다. 이 향가에 드러난 사상은 당시 민중이 살아갈 방향키와 지침이요, 나침판의 역할을 분명히 담당했다. 향가의 작가는 당시 지도자들이고 그 지도자들은 향가라는 시가를 통해서 민중이 살아가는 바른 길을 제시했다. 신라의 향가에서 시가의 목적의식이 분명하지 않는 작품은 그래서 없다. 다시 말하면 신라인들은 향가가 지향하는 대로 살기를 원했고 또한 그렇게 살았다.

신라는 문화와 사회, 지도 이념으로 보아서 분명한 불교의 나라다. 기록상으로 불교가 우리나라에 들어온 것은 주지하는 바대로 서기 372년 고구려 소수림왕 2년의 일이다. 김부식이 찬술한 『삼국사기』에는 소수림왕이 진나라 임금 부견이 파견한 順道를 영접하고, 모시고 온 불상과 불경을 접하고 사례한 것으로 되어 있다. 이 해에 소수림왕은 또한 태학을 설립하고 자제들을 교육시켰다.[83] 이 기록으로만 보면 이 땅에 불교와 유교는 같은 해에 동시에 들어온 셈이다. 그러나 삼국시대 특히 통일신라시대 이후에는 문화 유적이나 많은 역사적 기록으로 살펴보면 당시이 땅은 다른 어느 사상보다 불교가 지배했다.

향가는 학자의 시각에 따라서 논의의 여지는 있으나 신라인이 창작한 불교의 노래인 점은 부인할 수 없다. 더구나 남아 전하고 있는 14수의 신라 향가는 불교와 직·간접적으로 연계가 되지 않는 작품은 없다. 이 불교는 인도의 카빌라성의 황태자 석가가 29세에 득도하고 민중을 이끌었던 종교이다. 이 불교는 석가가 바가바, 알라라 칼라마, 웃다카 나마

---

83) 삼국사기 18, 소수림왕조

풋다 등 불교가 생성되기 이전의 인도 전통종교인 부라만교의 스승들로부터 수학하고, 이를 바탕으로 깨달음(覺)을 궁극적 목표로 삼고 B.C. 7세기 경에 형성되었다. 이 불교에서 그 신앙의 목표는 중생을 교화하여 부처로 만드는 일이다. 실로 이 부처는 전지전능한 신도 아니고 괴상한 신통력을 갖춘 불가사의의 허상도 아닌 바로 중생의 속성을 벗어난 깨달은 자를 의미한다.

김춘추가 이끄는 신라인의 목표는 이상적 불국토를 염원하고 산야와 각종 교육 도량에서 그들의 마음을 닦는데 모든 노력을 다했다. 신라인이 소망했던 불국토는 곧 부처님이 사는 나라를 뜻한다. 부처의 뜻이 깨달은 중생이니 불국토는 엄밀히 말하면 깨달은 자들이 사는 나라이다. 지금 경주의 토함산 자락에 자리잡은 천 년 명찰 불국사는 신라인의 이러한 이념을 표방하고 세워진 사찰이다. 불교의 나라에서 불교의 이념과 사상의 기치를 내세우고 불리어진 노래 중 하나가 지금 전하는 4구체 향가인 〈兜率歌〉이다. 이 〈兜率歌〉의 내면에 깊숙이 들어 있는 보석이 말하자면 신라의 불국토화로 가는 이상이기도 하다. 그러므로 그들은 불국토에서 불국토의 백성으로 살기를 바란 覺의 추종자들이다.

8.2. 兜率歌와 呪術

큰 강은 여러 곳에서 흘러드는 세류도 거부하지 않는다고 한다. 작은 시냇물이 모여서 큰 강물이 이루어지기 때문이다. 그래서 불교는 강 따라 산 따라 흐르면서 어느 지역에 입성을 하더라도 그 곳의 정서를 해치는 일이 없고, 환영하며 토착인의 정서를 받아드렸다.

원래 불교는 석가가 발현한 시초부터 祈福思想이 아니고 正覺宗教이기 때문에 흔히 기복의 대상이 된 칠성각이나 산신각은 당초부터 없었다. 그러나 한국의 사찰에는 대부분 산신령을 모신 산신각이나 칠성신을 받드는 칠성각이 사찰의 영내에 엄연히 세워져 있다. 더 주목할 점은 이 토속적 칠성각과 산신각이 사찰의 가장 높은 곳에 주인 대접을 크게 받으며 자리잡고 있다는 점이다.

산신과 지신에 대한 불가의 대접은 불교의 입장으로 본다면 외부에서 들어온 불청객이 당초 그 곳을 다스리던 원주인에 대한 겸양의 대접이자 예의바른 처사이다. 더 나아가서 불자들의 생각은, 토착신인 地神과 山神이 부처의 세상으로 들어 와서 중생의 호응을 크게 받아서 흥하면 존속하고 중생의 신의를 못 얻어 스스로 자멸하면 그뿐이라는 태도도 숨어 있다. 사필귀정의 원리대로 바르면 이기고 바르지 못하면 스스로 자멸한 법이다. 중국의 본토를 청나라가 침입하여 300년을 지배했으나 청의 문화가 중화의 문화보다 작고 바르지 못해서 사라진 것도 같은 맥락의 이야기이다.

불가에서나 불승들은 불교가 정각종교인데도 주술이나 기복을 거부하지 않고 너그럽고 흔쾌히 받아드리는 경우가 그래서 많다. 경덕왕 때 명승 월명사가 지은 〈兜率歌〉에도 표면적으로 보면 ‘二日並現’의 괴사를 물리친 주술가이고 궁극적으로 재화를 멀리 쫓는 기복의 시가이다.

신라 35대 경덕왕은 하늘에 나타난 두 개의 해 가운데 하나를 없애고자 도력이 뛰어난 스님을 기다리던 중 월명사를 만난 것이다. 왕은 단을 세우고 월명에게 괴사를 해결하는 글을 지으라고 청했다. 이를 〈兜率歌〉의 배경담에는 ‘開壇作啓’로 표현되어 있다. 壇은 신에게 올리는 제사상이고 啓는 원칙적으로 신에게 원하는 호소의 청원서이다. 그러므로 단을 열고 계를 지으라는 명은 주술로서 괴사를 해결하라는 소명인 것이다. 임금은 이 괴사의 해결을 日官과 같은 관리나 학자에게 부탁하지 않고 스님에게 청하고 있다. 이는 일반적으로 스님들이 주술을 행할 수 있다는 임금의 인식이고, 당시 백성들의 생각일 것이다. 그래서 〈兜率歌〉를 두고 주술승인 월명사가 지은 주술가로 인정하는 경우가 그 동안 상당히 있었다.

승려들의 주술이 실제 현실로 나타난 경우가 있는지의 여부에 대해서는 알지 못한다. 그러나 월명사는 지엄한 임금의 부탁을 받고 '不閑聲梵'이라고 답하며 임금의 명을 거절했다. '聲梵'의 해석에 대한 여지는 있으나 불교적인 노래 곧 찬불가로 대부분 보고 있다. 그러므로 여기서 '不閑聲梵'이라고 말하며 임금의 명을 거절한 것은 그 의미 속에 불교의 노래는 주술가의 구실을 할 수 없다는 이야기가 내포되어 있다. 월명사의 신분에 대해서는 확실한 전거가 없다. 그러나 월명사는 스님의 신분이면서 한편 화랑의 신분을 거친 인물임은 쉽게 짐작할 수 있다. 조지훈도 신라 때 승의 칭호에서 '師'라는 접미사가 붙은 스님은 모두 화랑 출신이라고 증언한 바도 있기 때문이다. 그러므로 충담사, 월명사 등은 화랑 출신의 스님으로 보는 것이 가능하다. 또한 배경담에서 월명사는 주술의 노래를 거절한 이유의 하나로 '臣僧但屬於國仙之徒'이라고 답한 점으로 보면 화랑 출신의 스님인 점은 더욱 명백해 진다.

월명이 스님이고 스님이면 '성범'을 지을 수 있고, 이 '성범'이 주술로 통하니 월명은 스님이므로 주술가를 지을 수 있다. 그러나 월명사는 주술가의 창작을 거절한 것이다. 거절의 진정한 이유는 '二日竝現'의 괴사는 주술로 해결할 수 없다는 것이 그의 사상이기 때문이다. 그러므로 월명사는 복을 부르고 화를 멀리하는 기복의 종교인이 아니고, 정도와 깨달음을 향해서 정진하고 지혜를 닦는 불자인 것이다. 그의 덕은 나라와 임금에게 널리 알려졌고, 거리에 법호를 붙여 월명리라고 칭할 수 있는 참된 스님이다. 참된 스님이자 신라의 지도자인 월명사는 〈兜率歌〉를 지어 '二日竝現'의 괴사를 막았다. 주술의 노래가 결코 아닌 이 〈兜率歌〉 속에 들어 있는 월명사의 가르침을 알아보고 따르는 것이 이 노래가 가진 참된 미학이다.

8.3. 二日竝現의 原型

8.3.1. 불국 건설에 대한 기대와 좌절

〈兜率歌〉가 창작된 신라의 경덕왕 19년은, 신라가 인접한 백제와 고구려를 굴복시키고 삼국을 통일한 지 100여 년이 넘는 때이다. 그리고 서기 742년에 왕위에 올라서 24년을 통치하고 765년에 타계한 경덕왕은 김부식이 찬술한 『삼국사기』의 기록으로 보면 상당히 어진 임금으로 평가할 수 있다. 경덕왕은 즉위한 초기부터 유학을 중시하고 성현의 가르침을 따르기에 힘썼다. 특히 장점은 신하들의 충고를 진솔하게 받아드렸던 관용의 임금이었다. 곧 김사인을 따르는 극론파나 이순을 따르는 반대 입장의 상소를 흔쾌히 수용했던 인물이다. 따라서 경덕왕의 주위에는 어진 신하들이 모여들었고 밖으로 중국과의 외교관계도 원만하여 당의 천자로부터 상당한 인정과 대우를 받았던 인물이다.[84]

나라이건 가정이건 수장 한 사람만의 힘으로 안정과 평화를 누릴 수는 없다. 신라는 임금인 수장의 선치에도 불구하고 통삼 이후 시간이 흐르면서 차차 내리막 길을 달리고 있었다. 이 현상은 국력이 약한 데서 오는 결과만은 아니었다. 그것은 백성의 욕구를 충족시키지 못했던 것도 원인이나 더 중요한 것은 지나친 기대와 '貪·瞋·癡'에 젖어 三毒[85]의

---

84) 삼국사기, 신라본기 경덕왕조

85) 불교에서는 깨달음의 단계를 세 가지로 나눈다. 곧 범부가 사는 사파세상을 世間이라 이르고, 나한의 세상을 出世間이라고 말하며, 보살의 삶을 出出世間이라고 한다. 범부로부터 보살과 부처로 나아가는 것이 불교의 목표다. 이 승화의 열쇠가 覺인데 이 覺을 이루지 못하게 하는 세 가지 독소가 삼독이다. 삼독은 탐심, 성냄, 어리석음

수렁을 벗어나지 못한 결과에서이다.

신라는 7세기 중엽 국민을 독려하고 삼국을 통일하려는 패권의 꿈을 설계했다. 그 주인공이 김춘추와 김유신이다. 그 꿈을 이루는 성공의 방편이 청년들의 구국단체인 화랑제도이다. 신라의 청년들은 이 때 두 지도자를 따라서 오직 나라만을 생각하고 내일을 위해서 갖은 고통과 인고를 이겨냈다. 그들은 꽃 같은 젊은이의 모임이라고 花郎徒라고 칭하고 나라를 구제할 신선으로 자처하여, 國仙이라고 자처했으며 미래의 이상국가를 이룰 대영웅의 표상으로 미륵이 주도하는 용화세계를 끌어다가 龍華徒라고 일렀다.

용화도들이 꿈꾸었던 용화세계는 불교에서 미래불이 지양하는 이상의 세상이다. 지금 우리는 장엄불의 세상을 보내고 석가의 덕화로 살아가는 현세불의 세계 속에 살고 있다. 석가는 카필라국 마야부인의 몸을 빌려 현세에 오셔서 45년 간 부처의 화신으로서 사시다가 80세에 사라나무 밑에서 육신을 접으신 분이다. 그러나 석가의 정신은 지금 우리 모든 중생의 가슴속에 창공을 떠가는 月印처럼 남아서 千江의 범부들을 제도하고 있다.

석가는 B.C. 624년 4월 8일 첫새벽에 성지 룸비니동산의 무우수나무 밑에서 태어나면서 당신이 담당해야 할 탄생게를 동서남북으로 7보를 행보하시며 큰소리로 토했다. 그 탄생게의 실상이 ‘天上天下唯我獨尊’이다. 이 탄생게를 두고 ‘唯我獨尊’의 표면상의 의미만을 받아드려서 석가를 자만한 인물로 해석한 것은 잘못이다. 곧 이 말의 진정한 의미는 “이 번의 태어남은 불생이 되어 윤회하지 않는 마지막 삶이 되리라. 내 오직 이 번의 삶 동안에 마땅히 일체의 중생을 제도하리라.”86)는 다짐

으로 보통 貪・瞋癡라 이른다. 불자가 도량에서 수도하는 것은 곧 이 삼독의 제거과정이라고 할 수 있다. 삼독이 제거되면 곧 부처가 되고 불국으로 입성할 수 있다.
86) 此生爲佛生 則爲後邊生 我唯此一生當度於一切(佛所行讚).

의 의미이다. 곧 중생을 제도하는 가장 선두에 서서 이끄는 일꾼이 되겠다는 의지의 표명이다. 다시 말하면 자신이 출생한 의미는 오직 중생을 제도하는 데 있음을 분명히 천명한 화두인 것이다.

석가가 일체의 중생을 구제하겠다고 약속한 시간은 56억 7천만 년으로 불가에서는 말하고 있다. 모든 중생이 무한한 우주의 공간과 끝없는 억겁의 시간 속에 영속하는 존재라고 생각할 때 56억 7천만 년은 결코 제도의 기간으로 긴 것만은 아니다. 껍질 속의 아기 병아리와 알을 품고 탄생을 기다리는 어미 닭과의 노력이 합치면 알 속의 병아리는 밝은 세상을 만나게 될 것이다. 지금 어미 닭인 석가가 알을 품은 시간은 겨우 2천 6백 년 남짓 된다. 이 시간은 56억 7천만 년의 긴 작업을 생각하면 아직 일을 시작하려고 신발끈을 매는 정도의 시간이다. 끊임 없이 참고 기다려서 도를 닦아서 깨달음으로 진입하는 것이 석가의 임무이자 의무이다. 종자 곧 씨만 있으면 땅에다 심고 싹을 길러 꽃을 피우고 열매를 맺게 하는 데는 시간만이 조건이다. 그러나 다행히 중생은 부처가 될 씨를 당위적으로 가지고 있다. 그것이 말하자면 '一切衆生悉有佛性'이요, 풀이를 하면 모든 중생은 다 불성을 가지고 있다는 의미다.

우리 중생은 다행히 불씨를 당위적으로 가지고 있으며, 이 불씨만 키우면 모든 중생은 부처가 된다. 이 불씨를 키우고 기르는데 필요한 것이 이른바 햇빛, 물, 영양분으로 대변되는 석가의 가르침이요, 말하자면 불가의 세 가지 보물인 三寶87)이다.

미지의 일은 의미 그대로 미지수다. 석가의 誓願이 아무리 '衆生無邊

---

87) 불교에서 말하는 三寶는 '佛・法・僧'을 말한다. 중생이 부처가 되려면 햇빛과 같은 부처님의 손길이 필요하고, 다음은 중생을 깨달음의 세계로 인도하는 물과 같은 부처님의 말씀이다. 마지막 승은 영양소와 같은 부처님의 지혜를 얻어 이를 행하는 스님을 말한다. 중생은 이 삼보의 도움으로 부처가 되는 법이다. 그래서 부처 곧 석가의 진신 사리가 보존되어 있는 경남 양산의 통사와, 부처님의 말씀이자 법인『팔만대장경』이 있는 해인사와 16국사의 큰스님이 나온 전남의 송광사를 한국의 삼보사찰이라 이른다.

誓願度[88]의 구원에 있다고 하더라도 끝없는 중생을 모두 제도한다고 확신하기는 어렵다. 석가는 범부가 사는 세간에 끝없이 머무를 생각을 접고 임무의 기간을 정한 것이다. 다시 말하면 56억 7천만 년까지 모든 중생을 구원하지 못한다면 석가는 현세불의 자리에서 물러날 것을 약속한 부처이다.

56억 7천만 년 뒤 석가의 다음에 이 세상에 오실 부처님이 미륵보살이다. 그래서 우리는 미륵을 두고 未來佛이라고 이른다. 석가의 가피를 입고 모든 중생이 부처가 되면 다행이나 중생이 게을러 정진하지 못해서 깨달음을 이루지 못하면 그 때 오실 분이 미륵이요 마지막 구원자인 미래불인 것이다.

신라인은 미래불인 미륵의 왕림을 꿈꾸었다. 그래서 김춘추와 김유신을 미륵의 화신으로 믿고 훗날의 영광과 극락의 불국토를 바라며 스스로 미륵을 쫓는 낭도로 생각하여 용화도라고 생각했다.

천체인 우주는 상상을 초월할 만큼 넓고 크다. 그 끝이 보이지도 않고, 느낄 수도 없다. 어떤 천체학자가 비유하기를 우리가 사는 지구 천억 개를 쌓으면 그 부피가 태양계가 되고, 태양계를 천억 개 쌓으면 은

---

88) 진정한 불자가 불문에 입문하는 자는 스스로 네 가지의 큰 다짐과 소망을 세워야 한다. 말하자면 그 네 가지의 소망과 맹세를 두고 불가에서는 이를 <四弘誓願>이라고 이른다. 불자가 살아가는 <사홍서원>은 이렇다. 衆生無邊誓願度(중생이 끝없이 많다고 하더라도 모두 다 건지오리다), 煩惱無盡誓願斷(번뇌가 다함이 없이 많다고 하더라도 모두 다 끊으오리다), 法門無量誓願學(진리가 제아무리 많다고 하더라도 모두 다 배우오리다), 佛道無上誓願成(불도가 아무리 높다고 하더라도 모두 다 이루오리다)이다. 그러므로 불자가 불문에 입문한 진정한 목적은 극락정토의 입성이 아니고 중생의 제도에 있다. 그래서 ‘衆生無邊誓願度’가 <사홍서원>의 가장 서두에 놓인 것이다. 그러나 불자의 수행과정은 세간의 번뇌를 먼저 끊어야 한다(2구). 그 다음 번뇌를 모두 끊은 뒤에 법문 곧 진리를 익혀야 한다(3구). 그리고 드높은 불도를 이루어 불자가 되는 것이 순서이다(4구). 그러나 이 모든 정진이 결국 중생의 구제(1구)에 목표가 있으므로 앞에서 설명한 대로 ‘衆生無邊誓願度’가 <사홍서원>의 첫머리에 놓이게 된 것이다. 그러므로 불문에 입문하는 자의 진정한 목표는 극락의 입성에 있지 않고 利他가 바탕이 된 중생의 구원에 있다.

하계가 되며, 우주에는 이런 은하계가 천억 개 정도 존재하리라는 것이
다.

불교의 우주관도 무한의 세계이다. 불교에서 우주는 우선 欲界, 色界,
無色界로 나누고 욕계에는 다시 6天, 곧 四王天, 忉利天, 耶摩天, 兜率
天, 化樂天, 他化自在天이 있다는 식이다. 색계, 무색계도 또한 이와 마
찬가지다. 불교의 우주관은 미래의 학이다. 그러나 우리들이 모르는 세
계가 있다면 언제인가 종교적 방편으로가 아니라 과학으로도 밝혀질 날
이 올 것이다. 다만 현재의 우주 속에 우리보다 훨씬 앞선 선지식인이
사는 정토가 없다고 확신할 자는 아무도 없다. 우주의 뭇별들의 속에 오
직 지구에만 생명체가 있다는 법은 없기 때문이다.

미륵은 지금 욕계 중 4번째 하늘인 도솔천의 도량에서 정진하고 있는
중이다. 이 도솔천을 달리 용화세계라고 하고 그 곳의 백성이 말하자면
용화도인 것이다. 그러므로 쉽게 말하자면 용화세계를 다스리는 임금이
미륵인 것이다.

미륵정토의 임금인 미륵은 범어로 Maitreya(梅呾麗耶)이고, 파리어의
Metteya를 말하는데 중국에서 慈氏 혹은 慈尊으로 번역된 부처로 석가
와 같은 시대에 태어나서 제자로 입문하여 깨달은 부처이다. 미륵은 현
재 도솔천에 태어나서 미륵정토를 다스리고 있다. 미륵은 현세불인 석가
불의 뒤를 이어서 56억 7천만 년 뒤에 이곳 閻浮提인 지상에 내려와서
중생을 제도하실 미래불이다. 앞으로 이 사파세상에 도래할 부처라는 뜻
에서 到來佛이라고도 칭할 수 있다. 따라서 도래불인 미륵은 석가의 법
력으로도 깨달음을 완전히 이루지 못한 염부제의 나머지 중생들이 覺을
이루도록 최종으로 도와주고 이끌어 줄 부처이다. 따라서 미륵은 앞으로
이 세상에 오실 도래불이자 미래불이고 모든 중생을 구원하여 줄 구원불
이기도 하다. 그러므로 우리 염부제의 중생은 늦어도 56억 7천만 세 뒤
에는 일체가 미륵의 법력으로 三毒을 극복하고 覺을 이루고 부처가 되어

이상의 세상인 불국토의 백성이 될 것이다.[89]

신라인은 삼국통일이라는 불국토가 이루어지면 무엇이나 얻을 것으로 기대했었다. 그러나 요순이 다스린 태평시대에도 전체의 백성을 만족시킬 방편은 없다. 임금은 통일에 참여했던 많은 화랑들에게 충분한 대가를 지불할 수가 없었다. 그들은 높은 고관의 자리를 원했으나 아무 것도 얻지 못한 채 전원의 막노동자로 전락했다. 〈慕竹旨郎歌〉를 지은 득오도 부산성 창지기 생활을 하면서 지난날의 죽지랑을 사모하고 노래를 지었으니 같은 부류이다. 이 득오는 단순한 낭도가 아니고 失禮郎 또는 夫禮郎으로 불리었던 화랑이었다고 한다.[90] 또한 혹자는 가정도 이루지 못하고 사찰이나 산야를 유랑하는 '스님 아닌 스님'이 된 것이다. 월명사, 충담사 같은 화랑이 이에 속한 인물들이라고 생각한다. 이상적인 세계인 용화세계에 좌절을 맛본 무리들은 시간이 갈수록 임금과 중앙정부에 불만이 팽배해 갔다. 이 불만은 뒷날 신라를 망하게 한 암의 씨로 자라서 천년 왕국을 고려로 넘겨주는 불씨가 되었다.

8.3.2. 세상에 나타난 두 해의 원형

통일 뒤 100여 년 정부의 실제적 혜택에서 뒤로 물러난 무리들은 그들대로 세력을 키워나갔다. 설상가상으로 덮친 자연의 재해는 이들의 세를 키우는데 일조를 했다. 한 예로 〈兜率歌〉가 창작된 경덕왕 19년 조와 20년 조에 있는 사서의 기록을 보면 여러 괴변이 일어났다.

> 19년 봄 정월에 도성의 인방에서 북을 치는 소리가 났는데, 뭇사람들이 말하기를 귀신의 북소리라고 하였다.……20년 봄 정월 1일에 무지개가 해

---

89) 金三龍, 韓國彌勒信仰 硏究, 동화출판공사, 1949, pp. 31~33.
90) 金奉斗 編譯, 三國遺事 권2, 孝昭王竹旨郎條.

를 꿰었는데 해귀고리가 있었다. 여름인 4월에 혜성이 나타났다.[91]

위의 일은 굳이 이상할 것도 없다. 북소리는 얼마든지 꾸밀 수 있는 소리고, 무지개나 혜성의 일은 자연현상에 불과하다. 그러나 한 때는 이러한 현상을 임금의 부덕에서 오는 불운의 징조로 해석하며 국민을 현혹시켰던 예가 많았다. 그러나 문제는 신라의 상황이었다. 8세기 때 신라는 나라를 위해서 목숨을 초개같이 내던졌던 젊고 충직한 화랑들의 충성도 없었고, 김춘추, 김유신 같은 명군과 영걸도 사라진 지 오래다. 신라는 고난과 큰 희생을 치르고 통일을 쟁취했으나 불행히도 어깨를 나란히 하며 성장했던 백제와 고구려라는 이웃의 적과 경쟁자를 동시에 잃었다. 적과 경쟁자가 없는 그들은 우환이 없는 안락 속에서 마음을 풀고 스스로 몸을 묻으며 좌초한 것이다.

경덕왕 때도 신라는 앞에서 지적한 대로 호전되지 못한 穢土의 백성으로 삶을 어렵고 지겹게 살아갔다. 그래서 그들은 하늘이 그들을 버린 불행한 세상에 살고 있다고 믿었다. 사방을 둘러보아도 꿈을 주었던 미륵은 사라지고 귀신같은 패거리와 계속되는 우환만이 그들을 괴롭혔다.

신라는 당시 정치적으로 왕을 섬기는 왕당파와 배척하는 비왕당파로 양분되었음직한 상황이었다. 우선 경덕왕 때의 상황만을 살펴보면 신충, 이순은 왕을 충직하게 모시는 왕당파이고, 김옹, 김양상, 지정 등은 불만세력인 비왕당파로 생각된다. 그런데 왕당파는 세가 약해져서 경덕왕 22년에 신충은 퇴출되고, 믿었던 이순도 같은 해에 물러나 왕이 지어준 지리산의 단속사에 중이 되어 숨었다. 반대로 김양상은 득세하여 경덕왕 23년에 최고의 벼슬인 상대등으로 승차되어 국권을 쥐었다.[92]

---

91) 十九年春正月 都城寅方有聲如伐鼓 衆人謂之鬼鼓……二十年春正月 虹貫日 日有珥 夏四月 彗星出(三國史記, 新羅本紀 9, 景德王條).
92) 앞의 책, 경덕왕조

　신라의 이러한 상황 속에서 경덕왕 19년에 '이일병현'의 괴사가 서라벌의 하늘에 출현한 것이다. 이 사실은 정사인 김부식이 지은『삼국사기』에는 어디에도 찾아 볼 수 없다. 일연이『三國遺事』의 〈月明師 兜率歌〉를 찬술하면서 민간에 전해오는 설화와 〈兜率歌〉를 수집하여 기록했을 것으로 생각한다. 이 일연의 〈兜率歌〉는 우리 시가사에 나타난 두 번째 노래다. 첫 번째 노래는 서기 28년 신라 유리왕 때 민중이 지었다는 〈兜率歌〉로 민속의 환강을 구가한 노래이다. 이미 말한 대로 도솔천은 욕계의 육천 중 하나로 미륵이 다스린 정토이다. 정토의 백성은 극락의 즐거움을 누린다고 하니 四窮의 어려운 사람까지도 태평을 누릴 수 있는 유리왕 때 〈兜率歌〉는 당연히 출현할만한 시가이다. 그러나 경덕왕 때는 미륵이 사라진 더러운 穢土의 세상인데도 도솔의 노래가 나온 것이다. 그 이유가 허공에 나타난 두 해의 출현을 제거하는 방책의 수단으로 〈兜率歌〉가 나왔다고 본다.

　　오늘 이에 산화의 노래 불러
　　뿌리온 꽃아, 너는
　　곧은 마음의 명을 심부름하옵기에
　　미륵좌주를 모셔라

　위의 노래가 〈兜率歌〉이다. 시가 내용의 어디에도 두 해를 제거하는 소원이나 주술 따위는 찾아볼 수 없다. 시가의 가장 중요한 話素는 미륵좌주를 모시는 일이다. 미륵좌주를 모시기 위해서 꽃을 바치는 花供養이 수단으로 등장했을 뿐이다. 또한 배경담에 나오는 開壇作啓도 굳이 필요한 상황이 아니다. 한 걸음 물러나서 啓를 노래로 보더라도 開壇은 필요한 요소가 아니다. 이는 민중이 전승하면서 보태고 첨가한 허구적인 이야기일 것이다. 그러나 배경담 중에 등장한 두 해는 그저 넘길 상황이 아니다.

〈兜率歌〉의 창작 동기는 두 해 곧 '二日'의 출현에서 비롯된 것이기 때문이다. 해의 원형 곧 아키타입은 지역에 따라서 다소 다를 수 있으나 대체로 긍정적 이미지를 내포하고 있다. 따라서 해는 대체로 극상의 자리에 오른 최고의 인물을 상징한다. 그래서 우리들의 어머니는 태몽으로 해를 품는 꿈을 원한다. 〈兜率歌〉를 수집하여 남긴 보각국사 일연도 어머니가 해를 보고 잉태한 태몽을 꾸고 출생한 인물이다. 그래서 그의 속명이 見明이고 스님으로서 극상의 자리인 국사에 올랐는지 모른다. 그러나 해의 원형으로 부동의 이미지를 가지고 있는 것이 임금의 상징이다. 왕은 최고의 자리로 一人之下 萬人之上의 극상인이기 때문이다. 해가 임금의 원형의 예를 알 수 있는 〈암혈가〉와 송강의 〈관동별곡〉의 일부를 소개한다.

三冬에 뵈옷 닙고 岩穴에 눈비 마자
구름 권 볏 뉘도 쬔적이 업건마는
西에 ㅎㅣ 지다ㅎ니 눈물겨워 ㅎ노라[93]

梨니花(화)ㄴ 볼셔디고 졉동새 슬피울제 洛낙山산東동畔반으로 義의
相샹 臺듸ㅣ예 올라안자 日일出츌을 보리라 밤듕만 니러ㅎ니 祥샹雲운
이 집픠ㄴ동 六뉵龍뇽이 바퇴ㄴ동 바다ㅎㅣ 떠늘제ㄴ 萬만國국이 일위
더니 天텬中듕의 팁뜨니 毫호髮발을 혜리로다 아마도 녈구롬이 근쳐의
머믈셰라[94]

전자는 『瓶窩歌曲集』에 실린 남명 조식의 명의로 된 〈암혈가〉로 알려진 시조이다. 이 작품의 작가에 대해서 이설이 많다. 전남 강진 출신의

---

93) 조식, 암혈가, 병와가곡집.
94) 정철, 『성주본송강가사』, <관동별곡>.

김응정의 작으로도 보고 있고, 광주의 어등산 밑 박산에 살았던 학포 양팽손의 아들 양응정의 시조로 보기도 한다. 아직 누구의 작품으로 확정은 되지 않았으나 한국문학비동호회는 강진의 김응정으로 보고 몇 년 전에 시비를 세운 바 있다.

이 시에 해가 등장한다. 벼슬을 멀리하고 사는 전원의 처사라고 해서 공중에 뜬 햇발의 따뜻함을 못 받았을 리 없다. 그래서 작품에서 '볏뉘'는 따뜻한 햇빛과 같은 임금의 은총이다. 임금의 은총을 받은 바 없는 산야의 촌부이나 그래도 해가졌다는 소식을 듣고 눈물을 흘리는 착한 백성의 마음이 잘 표출된 작품이다. 서산으로 해가 진 것은 임금의 승하를 뜻하고 있다. 이 노래를 두고 연군의 노래라고까지는 못하더라도 임금의 승하를 가슴아파하는 따뜻하고 정감이 넘치는 작품임은 사실이다. 여기서 임금은 실제 인물로 조선조 중종이니 연대가 확실한 작품이다. 이 작품에서 해 곧 '日'은 임금이 분명하다.

후자는 송강의 기행가사인 〈關東別曲〉 중 낙산의 의상대에서 해돋이를 감상한 경관을 읊은 대목이다. 위의 예문은 표면상으로는 뜨는 일출을 보고 그 경관을 묘사한 단순한 표현의 서사문이다. 그러나 여기서 밤이 깊을수록 그리워서 기다리는 임은 바다에서 떠오른 붉은 해가 아니고 서울에 계신 보고 싶은 임인 것이다. 그 임은 물론 당시의 임금 선조이다. 송강의 걱정은 밝은 햇빛을 가리는 해의 주변에 머무는 구름의 행패다. 구름은 물론 임금의 덕화를 흐리게 하는 불충한 무리일 것이다. 임을 멀리하고 홀로 떠나 원지에 머물고 있으면서도 임금을 잊지 않는 충의가 드러난 장면이다. 결국 이 낙산의 앞 바다에 떠오른 해의 원형은 임금이다. 해는 이와 같이 우리 문학에서 임금으로 많이 등장한다. 그래서 〈兜率歌〉의 배경담에 등장한 '日'의 원형도 왕의 상징으로 볼 수 있다. 그러므로 두 개의 해가 출현한 사건은 두 임금의 등장을 의미한다. 역사적으로 수장인 임금을 자신의 그림자 뒤에 숨기고 스스로 실권을 쥐고 해놀이를 한 가짜 임금들이 숱하게 있었다.

〈兜率歌〉는 경덕왕 외에 다른 해놀이를 한 자가 등장함을 알리고 방책을 세우라는 경계의 시가이다. 임금에게 도전하는 비왕당파의 또 다른 해는 주술이나 開壇作啓의 방편으로는 물리칠 수 없다. 백성을 바른 길로 인도하는 구원자의 지도력만이 도전하는 해를 잠재울 수 있다. 그런 지도자가 미래를 책임질 구원자인 미륵 같은 분이다. 그래서 월명은 왕이 부탁한 주술가의 창작을 피하고 治理의 길을 권한 것이다. 바른 지도자의 옳은 지도력 앞에는 도전자는 설자리가 없는 법이다.

어느 때 어떤 임금이나 임금은 용화천의 용화수 아래서 구도하는 미륵과 같이 백성을 생각하고 중생을 구원할 공부를 게을리 해서는 안 된다. 미륵의 선도 대상은 중생이다. 그러나 경덕왕의 대상은 신라의 백성인 것이다. 경덕왕은 월명사의 권유대로 〈兜率歌〉를 읊으며 노래의 뜻대로 백성을 위해서 살았기에 도전한 해를 물리치고 천수를 누렸다. 그러나 미륵의 지도력을 갖추지 못한 그의 아들 혜공왕은 다른 해인 김양상의 무리에 목숨을 빼앗기고 극상의 왕좌인 임금의 자리를 물러주게 되었다. 이 사실을 두고 역사는 이렇게 기록하고 있다. "이찬 지정은 모반하여 무리를 모아 거느리고 궁궐을 침범하여 포위하였다. 4월에 상대등 김양상은 이찬 경신과 더불어 지정 등을 주살하였다. 이때 왕은 후비와 함께 난병 등에 해를 당한 바 되었다.……선덕왕이 즉위하였다. 왕의 성은 김씨고 이름은 양상으로 내물왕 10세손이다."95) 원래 자리의 해는 침입한 다른 해에 의해서 자리를 내어준 것이다.

---

95) 伊湌志貞叛 聚衆圍犯宮闕 夏四月 上大等金良相與伊湌敬信擧兵 誅志貞等 王與后妃
爲亂兵所害 良相等諡王爲惠恭王……宣德王 立 姓金氏 諱良相 奈勿王十世孫也(三國
史記, 新羅本紀9, 惠恭王·宣德王條).

8.4. 兜率歌의 여운

나라의 주인이 백성이라고 외치나 역사는 백성이 앞서서 이끄는 것이 아니고 통치하는 수장인 임금이 이끌어 간다. 어느 시대 어떤 나라도 백성 때문에 망한 예는 아직 없다. 백성은 단지 지도자를 쫓아서 그저 따라만 갈 뿐이다. 복과 재앙의 책임은 누가 무어라 해도 수장에게 있다. 그래서 월명사는 모든 재난의 근원을 지도자인 수장의 행보로 보고 바른 길을 걸으라고 권유하는 노래를 지었다.

이 노래가 제시한 그 길은 아침부터 저녁까지 중생만 생각하며 도솔천의 용화수 나무 밑에서 정진하는 미륵을 따르라는 화두이기도 하다. 二日竝現의 재난도 백성을 아끼는 미륵의 마음 앞에서는 들어와 자리잡을 땅이 없다는 선지식의 노래가 〈兜率歌〉이다. 그러므로 〈兜率歌〉는 결코 二日竝現의 괴사나 해결하는 무당의 노래가 아니고, 이상의 땅 도솔천에 사는 미래불 미륵의 마음을 따르라는 미륵사상의 실천을 권장하는 격 높은 최상의 이상을 담은 시가이다. 또한 최고의 지도자인 임금이 걸어야 할 왕도의 노래다. 사람은 누구나 크고 작은 수장의 자리에 오른다. 이 〈兜率歌〉는 수장의 삶이 어느 한 때도 긴장을 풀 수 없고, 얼마나 지난한가를 알려준 가슴 떨리는 비장미를 내포한 노래이기도 하다.

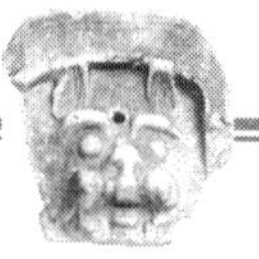

9. 祭亡妹歌와 彌陀思想

9.1. 阿彌陀佛과 淨土思想

정토사상은 불교의 中觀思想, 唯識思想, 密教思想, 天台思想, 華嚴思想, 禪思想, 淨土思想 등 대승불교의 한 갈래이다.96) 이 정토사상은 주관자에 따라서 아미타불의 미타정토, 미륵보살의 도솔정토, 약사여래의 유리광정토 등이 있다. 그러나 일반적으로 정토사상은 우주의 서방에 있다는 아미타불이 주관하며 다스리고 있는 극락정토에 대한 사상으로 이해하고 있다. 미타정토의 주관자는 미타불, 달리 아미타불이라 칭한다. 이 미타정토의 백성들은 모두 깨닫고 이미 부처가 된 백성들이 사는 세상으로 윤회와 번뇌가 끊어진 곳이며, 쉬운 표현으로 영생할 수 있는 칠보로 단장된 청정한 극락을 말한다.

정토세계의 입성은 선종과 달리 아미타불의 本願力에 의해서 이루어진다는 것이다. 곧 선종과 같이 마음을 닦는 자력신앙이기보다 아미타불

---

96) 李智冠, 佛教學槪論, 동국대학교 출판부, pp. 149~189.

에 의존하여 왕생하는 타력신앙이라는 점이 흠이면 흠이다. 깨달음보다
는 아미타불을 믿는 믿음이 앞선 것이다. 그래서 미타사상은 기복신앙에
더 가깝다고 볼 수 있다. 그러나 대승경전 650여 부 속에 3분의 1이 정
토경전임을 감안하면 중생이 정토세계를 얼마나 선호한가를 알 수 있다.

이 정토신앙은 인도의 龍樹, 無着, 중국의 慧遠, 善導 등을 거쳐서 신
라의 元曉, 憬興, 일본의 法然 등에 의해서 널리 전개되었다. 이 정토사
상의 매력은 번뇌에 찬 중생들이 아미타불을 믿으면 穢土를 벗어나 정토
에 태어난다는 '往生說'이다. 아미타불은 부처가 되기로 발심할 때 48誓
願을 세웠다. 그 서원 중에 주요한 원심이 "十方重生이 至心信하여 내
나라에 생하고자 하며 내지 十念하되 만일 생하지 않는다면 정각을 취하
지 않겠노라"97)고 서원을 세웠다. 이는 이타심의 발로에서 출발한 서원
이다.

그래서 아미타불은 자신의 나라인 미타정토에 태어나기를 원한 자가
태어나지 않는다면 부처가 되지 않겠다고 서원을 세운 것이다. 그래서
'南無阿彌陀佛' 곧 '아미타불에 귀의합니다'를 염송하면 구제불능의 죄인
도 극락정토에 태어난다는 사상이다. 그러므로 정토사상은 아미타불에
의존하여 정토에 입성하며 그의 방편은 南無阿彌陀佛과 같은 염불이 중
심이다. 이는 不立文字를 내세우고 닦음으로 인해서 깨달음을 얻고자 하
는 般若 위주의 자력신앙인 선사상과는 입장이 다르고 대립적이다.98)

신라의 승 원효는 『金剛經』을 왕과 백성 앞에서 해설하여 큰스님으로
인정받았던 고승 중의 고승이다. 그러나 그는 선사상과 달리 불교의 실
천에 노력한 정토불교의 선구자이기도 했다. 이 불교의 정토사상은 막연
한 이상세계의 왕생에 매력을 느껴 중생들이 모여들기도 하였으나 각박
한 현실의 탈피책으로도 선호의 초점이 되었을 것이다. 원효가 생존한

---

97) 앞의 책, p.188.
98) 앞의 책, pp. 179~189.

것은 617년~686년이니, 668년에 삼국을 통일한 통일신라의 전후에 살았던 경북 경산 출신의 고승이다. 이에 비해서 〈祭亡妹歌〉가 창작된 때 재위한 신라의 경덕왕은 출생연대는 자세히 모르나 왕위에 오른 해가 742년이니 원효가 입적한 지 76년 뒤의 일이다. 경덕왕 때 신라에는 시간적으로나 원효의 영향으로 보아서 미타사상이 상당한 세력으로 풍미하고 있던 시대라고 생각한다.

경덕왕은 그의 24년 동안의 치적으로 보아서 임금으로서 자질이 부족한 분은 아니었으나 불행히 시대가 태평을 구가했던 때는 못 되었다. 신라는 임금은 물론 화랑과 백성들까지 기대를 걸고 목숨을 바쳐 가며, 당나라의 군사까지 불러다가 백제와 고구려를 정복했었다. 통일 뒤에 그들은 당연히 통일로 얻은 전리품을 나누어 갖고자 했다. 그러나 신라는 백성에게 전리품의 분배에 앞서 전쟁의 비용과 파괴된 복구를 서둘러야 했고, 한편으로 전쟁을 도왔던 오만한 당의 빚을 이자까지 얹어서 갚아야 했다. 거기다 전쟁으로 얻은 영토는 겨우 한반도에 불과했고 압록강 너머 넓은 대륙은 신라인의 지배권역에서 빠져나갔다. 기대만큼 전리품을 받지 못한 무리들은 떼를 지어 파당을 만들고 중앙정권에 반하는 비왕당파 세력이 준동하기 시작했다. 경덕왕 때는 이런 상황이 무르익었던 세상이었다.

경덕왕이 다스렸던 동안 역사서의 기록을 보면, 재위 초기부터 불운한 징조가 속출하고 있다. 달걀만한 우박이 쏟아지고, 妖星이 백주에 나타났으며, 왕릉이 벼락을 맞고 天狗星이 떨어지고 하늘에 두 개의 해가 나타나기도 했다. 이외에도 혜성이 수차 침범하고, 流星이 心星을 범하는 등 괴사가 나타나서 임금과 백성을 불안하게 했다. 경덕왕은 이의 타계책으로 신하를 고루 등용하고, 재위 5년에는 150명의 젊은이를 단체로 중으로 출가시키기도 했다.[99] 그 중 또 하나가 덕이 높은 고승을 불러 자문을 하고 방책을 구하기도 하였다.[100] 그 자문의 대상이 주로 정

토사상을 쫓는 고승이며 〈祭亡妹歌〉를 지었던 월명사도 그 중 한 분이라
고 본다. 그리고 경덕왕의 정토구상을 방해하는 징조로 나타난 ‘二日竝
現’의 괴사를 해결하기 위해서 지은 노래가 〈兜率歌〉일 것이다.

고통과 번뇌가 없는 정토를 이루고자 경덕왕은 노력했으나 성공을 거
두지는 못했다. 이 〈兜率歌〉를 지은 또 다른 노래로 미륵사상과 달리 미
타사상을 구가한 〈祭亡妹歌〉가 〈兜率歌〉 이전에 월명사에 의해서 창작
되었다. 신라 향가 14수는 시가 속에 미륵사상, 관음사상, 미타사상 등
불교사상이 직·간접적으로 들어 있다. 그러므로 그들이 남긴 노래를 통
해서 그들의 생각과 사유를 읽어볼 수 있다.

9.2. 누이와의 약속의 땅 서방의 미타찰

〈祭亡妹歌〉는 경덕왕의 청원에 의해서 지은 〈兜率歌〉보다 그 이전에
창작된 노래다. 그 이유는 『三國遺事』〈月明師 兜率歌〉조에 “明又嘗爲亡
妹營齋 作鄕歌祭之”라고 기록되어 있기 때문이다. 그러므로 〈祭亡妹歌〉
는 〈兜率歌〉보다 그 창작연대가 앞이다. 그러나 두 시가의 격으로 보아
서 뒤에 창작된 〈兜率歌〉에 비해서 〈祭亡妹歌〉가 훨씬 더 뛰어난 작품이
다. 우선 형식면에서 〈兜率歌〉는 향가 발달의 과정에서 볼 때 초기 단계
인 4구체로 되어있는데, 〈祭亡妹歌는〉 완성형이라고 할 수 있는 10구체

---

99) 三國史記, 新羅本紀9, 景德王條.
100) 해가 둘이 뜨는 괴사가 나타났을 때 경덕이 월명사를 청하여 단을 열고 ‘啓’를 짓도
    록 청하여 <兜率歌>가 창작된 것이나 백성의 안위를 위해서 ‘其意甚高’한 <安民
    歌>의 창작을 충담사에게 부탁한 것은 모두 국란 극복를 위한 고승에게 방책을
    묻는 자문이다. 이 두 일은 경덕이 좋은 노래를 즐기기 위함이 아니고 어려운 문제
    를 해결하기 위해서다. 여기서 자문의 대상이 고승 특히 정토사상을 쫓는 스승인
    점은 경덕왕의 불국토 곧 정토건설과 직결된다고 믿는다.

로 되어 있다.

내용면에서도 〈兜率歌〉는 '미륵좌주를 모시라'는 명령적 메시지에 불과하다. 그리고 이 작품은 시가의 핵인 정서가 너무 메말라 의미의 전달만이 표면으로 드러나고 있다. 그러나 〈祭亡妹歌〉의 내용은 어린 나이로 먼저 간 누이에 대한 애틋한 연민과 사랑의 정서가 곱게 숨겨진 작품으로 향가 중 으뜸이다. 이 두 작품은 같은 월명사의 작품이라는 것이 의심스러울 정도이다. 지은 시기의 선후로 보아도 〈兜率歌〉가 격이 높아야 되고, 더구나 이 작품은 만인의 위에 있는 임금의 명으로 지은 것이니 소홀하게 창작했을 리 없기에 더욱 그렇다. 이해를 위해서, 두 작품을 알기 쉽게 현대어로 바꿔서 옮기고 대비해보고자 한다.

오늘 여기 산화가를 부르니
뿌려지는 꽃이여 너는
고운 마음의 명을 받들어
미륵좌주를 모시어라
〈兜率歌〉

살고 죽는 길은
이같이 정해져 있으니 두려워라
나는 간다 말도
못 다 이르고 갔는가
어느 가을 이른 바람에
이에 저에 떨어진 잎같이
한 가지에 나고
가는 곳은 모르나니
아아 미타찰에 만나볼
내 도 닦으며 기다리련다.
〈祭亡妹歌〉

앞에서 설명한 대로 두 작품은 형식도 다르고 정서의 품격도 상당히 차이가 있다. 다른 노래인 〈산화가〉와 바뀐 것이 아닌가 의심스럽다. 그 근거로 〈兜率歌〉의 배경담에 다음과 같은 내용을 주시해 보기로 한다.

> 지금 세간에는 이를 〈산화가〉라고 하지만 잘못이다. 마땅히 〈兜率歌〉 라고 해야 할 것이다. 〈산화가〉는 달리 또 있는 데 그 글이 많아서 싣지 않는다. 조금 후에 해의 변괴가 사라졌다.101)

여기 글의 서두에 나온 지금(今)은 작품을 창작할 당시가 아니고 일연이 〈兜率歌〉를 수집할 때이다. 그러므로 이 ‘지금’은 『三國遺事』가 편찬된 1281년의 조금 전이다. 경덕왕 때인 〈兜率歌〉가 760년에 창작된 후 520여 년 후의 지금이다. 우리가 지금부터 700년 전에 살았던 일연을 이야기 한 것처럼 일연은 그 때부터 500년 전에 창작되어 전해 온 〈兜率歌〉에 대해서 이야기한 기록이다. 〈兜率歌〉나 그 배경담은 일연이 어떻게 수집하여 『三國遺事』에 게재했는지 알 수가 없다.

일연은 『三國遺事』를 찬술하면서 그 전거가 확실한 것은 반드시 밝혀두고 있고, 의심스러운 것을 주를 첨기해두었다.102) 이는 일연이 뒷날

---

101) 今俗謂此散花歌 誤矣 宜云兜率歌 別有散花歌 文多不載 旣而日卽滅(三國遺事, 卷5 月明師 兜率歌條).

102) 일연은 『삼국유사』에다 기사를 채집하여 수록하면서 증거와 증빙을 명시하고 있다. 지금부터 700년 전의 학자로서 일연의 면모를 짐작할 수 있다. 예를 들어 <고조선>인 <단군신화>를 기술하면서, 기사의 근거로 『魏書』, 『古記』, 『裴矩傳』, 『通典』, 『漢書』를 참조했다고 명기하고 있다. 또한 더 놀라운 예는 단군이 조선을 세운 연도에 대한 일연의 검토작업에 대한 과학적 태도의 학문적 방법이다. 일연은 『古記』에 있는 조선 건국의 해가 ‘唐高卽位五十年庚寅’으로 되어 있는 기사를 보고서 그대로 따르지 않고, ‘唐高卽位元年戊辰 卽位五十年丁巳 非庚寅也 疑其未實’으로 주를 달아서 수정하고 있다. 곧 요임금 즉위 50년이 된 경인년에 조선이 건국된 기사를 고기에서 보고, 요임금 원년이 무진년이니 재위 50년이 되는 해는 정사년이므로 경인년이 아니라고 오류를 주장하고 있을 정도다. 이는 『三國遺事』에 기사들은 일연의 과학적 검토와 증거를 근거로 기술되었다는 이야기이다.

의 사람들에게 자기가 미해결한 문제를 해결할 수 있도록 여지를 남겨두
었던 꼼꼼하고 실증적인 학자라는 증거이다. 그런데 〈兜率歌〉나 〈兜率
歌〉의 배경담에 대해서는 어떤 전거도 없고, 의문을 제기해둔 주도 없
다. 이는 항간에 떠도는 시가와 그에 따른 배경담을 전적이 아니라 사람
들의 구술을 통해서 수집 기록했을 가능성이 크다는 증거이다. '俗謂此
散花歌'의 기록으로도 이 수집이 항간에 떠돌았던 이야기임을 짐작할 수
있다. 그래서 증거가 될 기록이 충분하지 못한 그 당시에 일연이 500년
전의 이야기를 기술하면서 본의 아니게 오류도 범할 수 있다는 생각이
다. 더욱이 위의 노래를 세상 사람들은 〈산화가〉로 알고 부르고 있었다.
그러한 〈산화가〉를 일연이 기사를 작성하면서 〈兜率歌〉로 바꾸어 적은
것이다. 그 증거는 각주 101)의 내용으로 보아서 충분히 알 수 있다.

결론으로 〈兜率歌〉는 시가의 내용으로 볼 때 도솔천에 계신 미륵에게
구원을 청한 노래로는 보이나 서두에 '散花' 공덕의 장면이 뚜렷하니 이
는 내용상 〈산화가〉로 볼 수 있는 여지도 있다. 이러한 점이 지금 전하
고 있는 〈兜率歌〉가 〈산화가〉가 아닌가 의심스럽고 또한 〈兜率歌〉가
〈祭亡妹歌〉에 비해서 내용, 형식, 구성면에서 한 작가의 작품으로 그 품
격의 차이가 너무 큰 것이 문제를 제기한 동기다.

불승은 예부터 출가를 하면 우선 속명을 버린다. 한 예로 일연의 속명
은 속가에서 김언필의 아들로 金見明이었다. 그러나 출가한 뒤 釋一然으
로 바꾸었다. 이름은 물론이고 세속으로 말하자면 성씨까지 '釋'으로 바
꾼 것이다. 그는 출가하여 戒를 받았으므로 김언필의 아들이 아니고 석
가의 제자가 되었기 때문이다.

그래서 스님은 낳아준 부모가 타계를 하여도 계신 곳을 향하여 중생
을 보는 눈으로 눈물은 흘릴망정 직접 찾아서 소리 내며 곡하는 법이 아
니다. 그런 점을 모를 리 없는 월명사는 누이를 저 세상으로 보내며 제
사를 올리고 저승 갈 때 필요한 노잣돈인 지전을 사르며 극락정토에서

만날 약속의 노래 〈祭亡妹歌〉를 지었다. 월명사의 따뜻한 마음을 알아볼 수 있다.

따뜻하고 정이 깊은 마음의 소유자만이 아름다운 정서를 담은 좋은 시를 창작할 수 있다고 본다. 착한 누이가 꽃도 피우지 못하고 어린 나이로 세상을 떠나기에 더 가슴 아프고 제도와 법규도 어긴 것이다. 그러나 누이는 어리고 착해서 죄업이 없으니 월명은 극락 왕생을 깊이 믿고 지전을 사르면서 우는 것이 언어로 형상화된 이 노래다. 먼저 떠난 이 사랑하는 누이와의 상봉은 이제 사파세상에서는 다시 있을 수 없고 오직 서방에 있다는 천상의 정토인 극락에서만 가능할 뿐이다.

이를 위해서 월명은 부지런히 도를 닦으며 그 날을 기다리리라는 마음을 담아서 표출한 절창의 노래가 이 〈祭亡妹歌〉이기도 하다. 물론 노래의 중간에 한 어미의 젖을 같이 먹고 자랐으나 이제 가을 바람에 떨어지는 나뭇잎처럼 떠나간 누이를 보면서 본원적인 인생의 무상에 젖은 노래이기도 하다. 이 대목은 큰스님이신 월명의 중생에 대한 연민을 시속에다 감추어둔 곳으로 작품의 가치를 더 한층 높이는 點眼의 구절이다.

월명은 〈兜率歌〉에서 ‘二日並現’의 퇴치라는 괴사의 극복을 위해서 其意甚高하다는 향가라는 매체를 통해서 미륵을 찾고 구원을 청했다. 신심이 큰 월명의 소청을 미륵은 응하여 들어주었다. 이는 월명이 미래불인 미륵을 믿고 그에 귀의했다는 결론이다. 이는 또한 월명이 미륵사상의 스님임을 의미한다고 말할 수 있다. 그러나 이러한 미륵의 스님이 〈祭亡妹歌〉에서는 彌陀刹 곧 미타세계의 아미타불을 찾은 것이다. 불교의 근원이 거슬러 오르면 모두 하나로 발원지인 석가로 도달하니 굳이 분파를 눈여겨 볼 것은 없다고 생각하나 엄밀히 따지면 월명사는 아미타불에서 미륵불로 자리를 옮기고 작업을 달리하여 다른 길을 택한 결과가 된다.

월명이 지은 첫 번째 시가인 〈祭亡妹歌〉의 후렴구에서 "阿也彌陀刹良 逢乎 吾道修良待是古如"는 곧 ‘오빠인 나도 열심히 도 닦아서 미타찰에

가겠다.'는 다짐이자 각오는 그의 공부가 미타불의 것이요 그가 뒷날 가는 곳이 미타찰임을 분명히 하고 있다. 그리고 사랑하는 누이를 보낼 곳도 역시 미타찰이다.

이 〈祭亡妹歌〉에서 월명사의 본심은 정토사상을 신봉하는 서방정토의 진입을 목표로 한 불자이다. 그래서 월명은 도를 열심히 닦을 것이고, 그 목적은 미타세계의 왕생과 누이와의 상봉을 약속한 미래의 땅인 미타찰의 진입이다. 그 후 얼마 뒤에 이 월명이 〈兜率歌〉를 창작하고 종전에 가던 길을 바꾼 것으로 생각하여 의심스럽고, 그래서 혹 지금 전하는 〈兜率歌〉가 〈산화가〉이고 다른 〈兜率歌〉가 또 있었지 않았나 생각해 본 것이다.

9.3. 죽음에 대한 월명의 의식

어미의 몸에서 떨어진 인간에게 부딪치는 가장 크고 주요한 문제는 무엇인가. 바로 그것은 生老病死일 것이다. 세상의 모든 철학, 사상, 학문, 과학의 궁극적 목적도 그 끝은 여기에 이른다. 이는 오늘날도 문제이고 물론 1,300년 전 월명에게도 마찬가지였다. 실로 석가도 이 문제 때문에 일찍이 어린 7세 때에 더운 여름날 염부수나무 아래서 무릎 위에다 다리를 얹고 눈을 감고 생각에 드니 이를 '靜觀'이라고 이르고 그 모습을 따서 부처를 만들어 태자사유상이라고 부른다.

이는 석가가 나무 밑에서 피곤에 취해서 잠들었던 것이 아니고 세상을 생각하고 최초로 눈을 뜨는 순간이며, 생각의 뿌리를 찾아서 사유의 끝을 추구하고 있었던 중생제도의 시작인 것이다. 문제의 핵은 말할 것도 없이 생과 사의 문제다. 더운 여름날 이 염부수나무 밑에서 이루어진 염부수정관이 곧 불교가 싹이 트는 발심의 시작이요, 장차 세상을 품 속으로 끌어안고 중생을 구했던 불교의 씨앗을 불계라는 밭에다 심는 일이었다. 불교뿐만이 아니고 모든 세상의 종교는 종주가 누구이든 지역이 어디이든 방법이 어찌되었던 죽음의 문제는 멀리 벗어날 수 없는 최대의 과제였다.

월명사는 죽음을 어떻게 생각하고 어떻게 대처한 스님일가. 우선 그는 허공에 떠서 사는 신도 아니고 귀신을 부리고 세상을 마음대로 움직이는 如意珠를 가진 전지전능한 인물은 더더욱 아니다. 그는 능준대사를 스승으로 모시고 임금의 부탁을 겸허히 받아드려서 왕의 근심과 걱정을 성심껏 덜어주고 구국의 노래도 지은 평범한 인간일 뿐이었다. 곧 〈兜率歌〉를 지어 임금의 근심을 덜어주고 백성의 불안도 제거하여 그들을 편히 살도록 앞장선 사람이다. 그러므로 월명도 평범한 중생으로 다른 중생과 크게 다르지 않고 임금을 생각하고 가족을 아끼며 피를 나눈 누이를 사랑하는 우리와 같은 붉은 피가 그의 몸 속에 흐르고 있었다.

그러나 한편 그는 남다른 지성인이고 其意甚高한 향가로 괴사를 물리칠 수 있는 능력을 갖추고 인격이 고매하여 보통 사람의 삶을 벗어나서 생각하고 사는 말하자면 세간 밖으로, 적어도 出世間으로 진입해서 사는 고승이다. 그는 임금의 청도 거절할 수 있는 당당한 분으로 어떤 무서운 적의 핍박 앞에서도 '空手來 空手去'라고 초연한 배짱을 가진 불자이다. 더 나아가서 월명은 경쟁과 싸움의 상대가 없으니 무서울 것이 없고, 어떤 소속에도 억지로 매이지 않으니 근심과 걱정이 없으며 이상촌의 임금이신 아미타불을 따르는 승이니 두려울 것이 없는 사람이다. 이 두 양면을 갖춘 월명이 죽음을 대하고 어떻게 생각할 것인가가 풀어야 할 것이 이 글의 화두이다.

월명사는 사랑하는 누이의 주검 앞에서 첫마디로 쏟은 말이 '생사의 길이 서로 다르고 또한 정해져 있으니 두려워서 이제 갑니다 하고 말도 못하고 갔는가'로 〈祭亡妹歌〉의 서두를 튼다. 이는 1구~4구까지 〈祭亡妹歌〉의 구성으로 볼 때 전반부에 해당하는 시가의 내용으로 그 구심점은 '저히고' 곧 두려움이다. 누이의 주검을 보자마자 누이가 맞이했던 죽음이 무엇보다 두려웠던 것이다.

불가에서는 죽음을 두고 몸에 걸친 옷을 갈아입는 것에 비유하고 아주 가볍게 여기고 있다. 스님의 도가 높을수록 그 정도는 더 초연하고 더 자유스럽다. 몸에 걸친 옷 따위야 어느 때나 벗어 던지고 다른 옷으로 갈아입으면 그만이다는 생각이 불자가 인식하고 사는 죽음에 대한 이해다. 우리의 진체를 둘러싸고 있는 육신이야 철 따라 갈아입는 옷과 같아서 때가 되면 바꾸어 입는 것으로 그 하찮은 옷 갈아입기와 같은 삶의 전환이 말하자면 불자의 죽음에 대한 생각이다.

불자인 월명은 이를 잘 알면서도 막상 누이의 주검 앞에서 누이의 두려움을 걱정한 것이다. 월명사도 아직은 부처가 아닌 중생과 같이 사는 인간인지라 누이가 갈 곳이 서방정토인 미타정토라는 것을 잠시 잊은 것이다. 육신의 죽음이 옷을 갈아입은 것으로 의식했고, 지금 누이가 육신의 옷을 벗어 던지고 가는 곳이 진정 미타정토라는 것을 인식했다면 두렵지 않았을 것이다. 월명사가 가진 양면성의 두 인격 중에 붉은 피가 흐른 인간의 눈으로 누이의 죽음을 처음 바라보았다. 그래서 월명사는 누이가 두렵다고 생각했을 것이다.

범부의 눈으로 보면 죽음은 두렵고 무섭다. 죽음의 세계는 빛이 없어서 어둡고, 어두우면 갈 길을 모르니 또한 두렵다. 생후에 저 후생을 누구도 다녀온 자가 없으니 그 곳을 몰라서 두렵다. 그래서 우리의 머릿속에 죽음은 어둠으로 입력되어 우리를 떨게 한다. 〈간호부〉라는 어느 수필가의 글에 어린 아이를 어둡고 캄캄한 영안실에 둘 수 있느냐 항의한 수필을 읽은 바가 있다. 그 글 속의 어머니도 월명사와 같이 죽음이 어둠으로 비쳐서 두려운 것이다. 이 어둠이 가져다 주는 해결책이 종교라고 생각한다.

월명사도 아직 득도를 못한 화식하고 사는 인간이다. 그래서 누이의 죽음을 대하자마자 어둠으로 포장된 죽음이 두렵게 눈앞에 다가온 것이다. 그래서 토하는 말이 노래의 서두인 것이다. 그러므로 직감적인 육체를 지닌 인간으로서 월명사의 죽음에 대한 이미지는 '두려움'이라고 말하고 싶다. 그 두려움은 어둠에서 비롯된 것이다.

월명사는 사랑하는 누이의 죽음 앞에서 시간이 흐르자 이성을 되찾고 마음이 안정된다. 육친에 대한 감성이 사라지고 중생을 바라보는 이성의 눈이 회복된 것이다. 어둡고 두려운 죽음을 다시 생각한 것이다. 죽음은 결코 두려움이 아니고 정토의 입성으로 생각했던 본래의 자리를 찾은 것이다. 가보고 돌아온 자는 없으나 부처님의 경전에 의하면 그곳은 칠보 궁전이 즐비하며 그 삶이 끝없이 무량하고 끝이 없는 시간 속에 영생하는 낙원이고 천상계의 청정한 정토라고 들었다. 누이가 죽은 것이 아니고 지금 그러한 정토로 입성할 것을 안 것이다. 불자의 눈으로 죽음은 서원을 걸고 소망했던 정토의 입성이기 때문이다.

불자로 돌아온 월명사는 먼 길에 떠나는 누이가 먹을 것과 잠자리를 챙기도록 노자 돈도 준비하고 자신도 머지 않아 착한 공부 많이 해서 그곳에 갈 것을 약속하면서 이 노래는 막을 내린다. 그러나 이 이성적 눈의 활동은 9구~10구의 후렴에 대한 내용이다. 후렴구에서 월명은 이성을 회복하고 안정된 마음으로 누이를 미타로 보낸다.

그러나 육신의 정은 아직도 눈물을 흘리게 하는 것이다. 사람과 사람 사이의 정은 도마 위에 놓인 무 자르듯 잊어지는 것이 아니기 때문이다. 한 어머니 밑에서 다투고 사랑하며 아옹다옹 지내던 숱한 세월 속의 정이 쉽게 잊혀질 일이 아니다. 그래서 귀엽고 사랑스러운 이모저모의 누이에 대한 옛 일이 월명에게 끝없이 눈물을 흘리게 한 것이다. 한 나무에 달려 있던 나뭇잎이 불어오는 가을 바람에 못이겨 여기저기 떨어져 가듯 헤어짐은 역시 상승보다는 추락의 정서요, 서러운 아픔이다. 새 세상을 위해서 시집간 딸은 결코 죽으로 가는 길이 아니다. 그런데도 딸을 길러서 키웠던 어머니는 울면서 보내는 것이 육친의 정이다. 이러한 정감이 5구~8구에 잘 드러나 있다.

아무리 이성을 되찾았다고 하나 처음 대했던 두려움의 일체가 사라진 것은 아니다. 일차의 파고가 너무 컸기에 그 여운은 잔잔하나 오래 퍼져 나가고 지나온 누이와의 정이 깊었기에 헤어짐이 서러운 것이다. 이러한 정감이 파도 뒤의 물결처럼 5구~8구의 내용에 흐르고 있다. 그러나 이제는 안정을 취했기에 월명은 떨어지는 나뭇잎도 눈에 보이고 생사를 극복하지 못한 인생에 대한 무상함을 느끼기도 하며 자연의 질서를 겸허하게 받아드린다. 그러나 앞에서 말했듯이 월명의 누이에 대한 애틋한 사랑을 잊은 것은 아니고 정토 입성의 희망 때문에 두려움을 이기고 내일의 삶을 설계하게 된다.

9.4. 파도와 여운을 남긴 노래

살핀 대로 〈祭亡妹歌〉는 불승 월명사가 일찍 죽은 누이를 대하고 제를 올리는 천도의 시가이다. 그는 이 〈祭亡妹歌〉로 보면 아미타불을 쫓는 미타사상의 스님이다. 슬픔과 아픔을 정토 진입에 걸고 누이를 곱게 챙겨서 떠나보내는 이 시는 한 편의 그림과 같다. 작품에서 월명은 누이의 주검을 대하고 무섭고 두려워하나 불자로 돌아온 그는 파도를 잠재우고 노자 돈 챙겨서 누이를 정토로 보낸다. 약속과 이상의 땅 정토에서 사랑하는 임 누이와 언제인가는 만나게 될 것이다. 천도의 의식과 미타사상이 바탕에 짙게 깔려 있으면서도 이별의 아픔을 표면 밑으로 잠재운 월명의 특유한 재능을 잘 드러낸 작품이다.

10. 讚耆婆郎歌의 內包的 意味

10.1. 景德王과 彌勒思想

신라 35대 경덕왕은 상당히 평가를 높이 받을만한 임금이었다. 우선 중국과의 외교 관계를 원만하게 유지하여 신라국의 위상을 상당히 높였으며 당의 현종으로부터 讚詩를 받기도 했다.103) 또한 개혁의 일환으로 통치에 필요한 제도 개선에도 남달리 힘썼다. 한 예로 임금과 뜻이 다른 정치적 반대 세력의 의견을 동시에 수용하여 조화롭게 조율하고 조선조의 임금 영조처럼 파당을 잠재우는 일종의 탕평책을 시도했다. 그래서 신충, 이순과 같은 온건파도 중용했으나 뒷날 아들 혜공을 죽이고 왕좌를 탈취했던 지정, 김양상, 경신 같은 신하도 소홀히 여겨 배척만 하지 않았던 인물이다. 그리고 당시의 冠名과 地名을 새로이 정리하기도 했다.104) 또한 국민의 불만을 없애고 동시에 희망을 신앙심으로 달래줌으

---

103) 王聞玄宗在蜀 遣使入唐 泝江至成都 朝貢 玄宗御製書五言十韻詩 賜王曰 賀新羅王
    歲修朝貢 克踐禮樂名義 賜詩一首(三國史記, 新羅本紀 9, 景德王條).

로써 백성들이 그들의 가슴속에 꿈과 이상을 심는데 게을리 하지 않았던 임금이다.

신라인의 종교는 전통 토속신앙도 무시할 수 없으나 국교라고 할 만큼 융성했던 불교였다. 이 불교도 내용적으로 유파가 많고 사상적으로 여러 맥으로 나눌 수 있다. 아미타불을 숭상하는 극락정토사상, 관음을 따르는 자비의 관음사상, 미래의 꿈을 지향한 미륵사상, 사후의 세계를 걱정하는 지장사상 등 그 역점에 따라서 상당히 다양하게 나눌 수 있다. 경덕왕의 종교관을 알 수 있는 치적은 역사서에 뚜렷하게 나타나 있지는 않으나 미륵사상과 미타사상에 보다 마음을 두었던 것이 아닌가 생각한다. 그 이유는 국민을 다스린 정책의 목표가 백성에게 꿈과 희망을 주는데 있었기 때문이고, 미륵사상과 극락사상이 그 방편으로 적합했다고 보아지기 때문이다. 그래서 경덕왕은 치세 중 어려운 난관에 봉착하여 해결할 때는 고승의 자문을 요청했던 경우가 많았다.

신라 향가 14수 중 경덕왕 시대에 〈兜率歌〉, 〈祭亡妹歌〉, 〈讚耆婆郎歌〉, 〈安民歌〉, 〈천수대비가〉 등 무려 5수가 창작되었다. 이 중 〈천수대비가〉를 제외하고 나머지 4수는 스님의 작품이고 아울러 그 스님들은 경덕왕과 깊은 연계가 되어 있다. 고승과의 관계가 돈독했다는 증거이다. 이 점만으로도 경덕왕이 불교를 중시하고 고승을 나라의 스승으로 모시고 지냈다는 근거다. 사실 향가는 내용과 작가, 사상면에서 직·간접적으로 불교와 크게 연관이 있는 노래이다. 이러한 노래가 경덕왕 때 유독 흥행하여 향가 14중 무려 3분의 1이 넘는 5수가 지금 전하고 있다. 이 중 〈천수대비가〉는 '得眼'을 주제로 한 관음사상의 자비행에 대한 노래고 〈祭亡妹歌〉는 미타사상을 추구한 것이다, 나머지 3수는 신라의 지도자상과 연관되고 이상과 꿈을 제시했다는 시점에서 미래불인 미륵

---

104) 三國史記, 新羅本紀9, 景德王 16〜18年條.

사상과 연계지을 수 있다. 〈讚耆婆郎歌〉의 배경담 중에서 경덕왕과 미륵과의 친견 장면을 예로 들어 본다.

> 3월 3일에 왕이 귀정문 문루에 행차하셔서 좌우의 신하에게 말하기를 "누가 나가서 영복한 스님을 얻어 오겠느냐?"하였다. 마침 큰 스님 한 분이 위풍이 정결하고 당당하게 지나가자 좌우 신하들이 모셔다 뵙게 하였다. 왕은 "내가 말하는 영복한 스님이 아니다." 하고 보내었다. 다시 한 스님이 헤어진 장삼을 입고 앵통을 지고 남쪽에서 왔다. 왕이 기뻐하여 문루 위로 맞아들이고 통 속을 보니 차 달이는 기구를 담았을 뿐이었다. "네가 누구냐?"고 묻자 "충담입니다."하였다. "어디서 오는 길인가?"하니 "소승이 매년 3월 3일과 9월 9일이면 차를 달여서 남산 삼화령 미륵세존께 공양하는데 오늘도 벌써 차를 드리고 돌아오는 길입니다."하였다. 왕이 "과인에게도 한 잔 나눌 수 있느냐?"고 묻자 곧 차를 달여 드렸는데 차 맛이 특이하고 그릇에서도 특이한 향기가 풍겼다.

위의 배경담에는 두 분의 스님이 등장하고 있다. 경덕은 첫 번째 스님을 접견하고 '내가 말하는 威儀를 갖춘 스님이 아니다'라고 말하며 돌려보냈다. 그러나 두 번째 모셔 온 스님을 접견하고는 이름과 온 곳을 묻고, 가지고 온 차를 끓여서 서로 나누며 〈讚耆婆郎歌〉에 대한 환담도 한다. 그리고 최종에 백성을 편히 다스리는 시가를 지어줄 것을 부탁한 내용이다.

첫 번째 스님을 두고 '一大德'으로 묘사하고 있다. 이로 보아 그는 왕이 주문했던 榮服僧으로 부족한 점이 없다. 그러나 첫 번째 스님은 거절된 것이다. 그 이유는, 배경담에는 생략되어 있으나 경덕왕이 스님과 대화를 나눈 뒤 통하는 취향이 달랐기 때문일 것이다. 반대로 충담사는 衲衣를 입고 앵통을 지고 떠도는 거지중의 모습이었으나 경덕왕과 뜻, 요즈음의 표현을 빌리면 코드가 맞았기 때문에 그를 영접한 것이다. 그러므로 외모가 초라한 충담사가 경덕왕의 청원승으로 선택되었던 그 이유를 이해해야 할 것이다.

〈讚耆婆郞歌〉와 〈安民歌〉의 배경담에 나오는 '王御國二十四年'의 기록으로 보아서 서기 765년인 이 해는 임금 경덕이 천명을 다하고 붕어했던 해이다. 이 해의 4월에는 심한 지진이 일어났고, 6월에는 流星이 心星을 범하는 일이 일어났다.105) 유성은 외부에서 침입하는 별이고 심성은 동양의 전통적 천체학에서 말하는 28성 가운데 다섯 번째 별로 임금을 상징한 별이다. 그 심성이 유성에게 침범당한 것이다. 거기다가 태자 乾運은 겨우 8세의 철없는 어린 나이였다. 이 어려운 상황의 해결책으로 경덕은 백성을 편히 잘 다스리는 태평세상의 꿈을 이룰 방책이 필요했을 것이다. 그것이 '安民'이고 〈讚耆婆郞歌〉에 나오는 기파랑의 지도자 상이었다고 생각된다. 이런 상황으로 보아서 충담사는 미륵정토사상을 쫓는 스님이었다고 생각한다. 경덕왕과 미륵사상과의 연계는 〈兜率歌〉의 배경담에도 분명히 드러나 있다.

> 곧 두 해의 괴변이 사라져 왕이 가상히 여기고 차 달이는 기구 한 벌과 수정 염주 백 여덟 개를 주었다. 홀연 모습이 정결한 동자가 있어 무릎 꿇고 차와 구슬을 바치면서 서쪽의 작은 문에서 나왔다. 월명사는 궁중 안의 심부름하는 아이라 하고 왕은 대사의 시중을 드는 아이라 하였으나 서로 증거를 대보니 모두가 아니었다. 왕이 이상히 여겨 사람을 시켜 추적하게 하였는데, 동자는 내원의 탑 속에 숨어 버리고 차와 구슬은 남쪽에 그려 놓은 미륵보살의 성상 앞에 놓여 있었다. 월명대사의 지극한 덕과 정성이 이 지성(至聖)에게 밝게 가탁된 것이 이와 같음을 알 수 있었다.

위의 기사로 보면 미륵보살이 동자로 化身하여 왕과 월명에게 나타난

---

105) 二十四年夏四月 地震 遣使入唐朝貢 帝授使者檢校禮部尙書 六月 流星犯心 是月王薨 諡曰景德(三國史記, 新羅本紀 9, 景德王條).

것이다. 그 미륵의 모습은 임금의 눈에는 월명을 따르는 종자로 보였고, 월명의 눈에는 궁궐에 사는 내궁의 심부름꾼으로 비치었다. 이는 현실로는 이해하기 어려우나 종교적으로는 가능한 현상이다. 어찌되었던 부처나 보살의 화신과의 만남은 신심이 극에 달한 보살행을 행하는 불자가 아니면 절대로 그 친견이 불가능하다. 이러한 부처와의 친견은 복을 내리고 재앙을 멀리하는 영복의 기회이기 때문이다. 그런데 임금과 월명 두 사람 앞에 미륵이 동자로 화신하여 나타난 것이다. 이로 인하여 곧 '二日竝現' 재앙을 해결해 준 것이다. 이는 두 사람의 두터운 신심의 결과이다. 경덕의 그 두터운 신심이 곧 미륵정토사상인 것이다. 미륵은 내일의 고통과 문제를 해결해 주는 미래불인 것이다.

경덕이 미륵을 찾는 이유의 규명이 다음 과제이다. 불가에서 미륵의 역할은 아직 현세에서는 없다. 미륵은 지금 석가가 교화하는 사파세상에서 멀리 떠나 欲界의 도솔천에서 미래의 임무를 기다리고 정진하고 있는 미래에 오실 예비 지도자이기 때문이다. 미륵이 오면 그 때 중생은 모두 깨달음을 얻고 부처가 된다고 불가에서는 믿고 있다. 이는 불자의 생각만이 아니고 임금을 비롯해서 모든 서민의 믿음이고 또한 소망이었다. 경덕왕도 그런 중생 중 특히 신심이 깊었던 분이다. 현실적으로 이를 보면 미래를 책임지고 행복을 불러올 사람은 실제로 나라를 끌고 갈 지도자이다. 그래서 미래를 건설하고자 기치를 내세운 지도자는 모두 미륵을 등에 없고 백성을 끌어 모았다. 그 대표적인 인물이 고구려의 후신이라고 자칭한 태봉국의 건국주인 궁예이다.

통일이 덤으로 가져다 준 안락에 묻혀 나약한 약골로 좌초된 신라는 미래의 보장을 받을 수가 없었다. 그 사실을 잘 알고 있고 자연과 神明이 내린 불운의 징조를 인지했던 경덕왕은 불가의 미륵을 찾았다고 본다. 경덕왕은 그 미륵이 신라를 구원할 지도자로 생각했기 때문이다.

10.2. 讚耆婆郞歌와 指導者象의 原形

〈讚耆婆郞歌〉는 시가를 이루는 한 단어 한 단어 시어에서 느끼는 미감과 상징은 물론이고, 시사하고 있는 내용을 보면 차원 높은 고도의 화두가 숨겨진 작품으로 14수의 신라 향가 중에서도 최고의 걸작이다. 시가의 제목대로만 본다면 이 작품은 단순히 화랑이었던 기파랑을 따르던 옛 부하가 흠모의 정을 못 잊고 옛 주인을 생각하고 기리는 일종의 송축 노래로 보인다. 그러나 〈讚耆婆郞歌〉에는 외면으로 보이는 표피적인 시가의 외면적 그림보다 작품의 깊숙한 내면에 쉽게 잡히지 않는 사유의 큰 강이 흐르고 있는 작품이다.

이 〈讚耆婆郞歌〉가 창작된 시기는 정확하지 않으나 경덕왕의 재위기간으로 보아서 742~765년 사이에 창작된 작품이 분명하다. 남아 전하는 향가로 볼 때 7세기 진평왕 때부터 작품이 형성되어 창작되기 시작했다고 보더라고 〈讚耆婆郞歌〉가 창작된 시기는 이제 발생한 지 200년이 지난 완숙기의 작품이다. 그래서 형식은 향가의 형태에서 완성형으로 볼 수 있는 10구체로 되어 있다. 그러나 구성면에서 10구체 향가 형식의 3분법인 1구~4구, 5구~8구, 9구~10구의 내용이 다른 작품에 비해서 다소 연결이 모호하고 표현과 기교의 면이 다소 이형적인 형태의 느낌을 준다. 따라서 작자의 개성이 다른 어느 작품에 비해서도 두드러진 작품이다. 이러한 〈讚耆婆郞歌〉의 내용적 바탕의 지향점을 살피려는 것이 이 작업의 목적이다. 우선 결론부터 말하자면, 〈讚耆婆郞歌〉는 이 나라의 지도자상을 경덕왕에게, 나아서 우리에게 제시한 설계도라는 생각이다.

10.2.1. 서쪽으로 떠가는 달

〈讚耆婆郞歌〉의 첫 대면은 달로부터 시작된다. 검은 구름을 열어 제치고 밝은 빛을 쏟으며 나타난 달은 이상의 땅 서쪽 하늘의 흰 구름을 따라서 떠간다. 이 작품을 대하면 우리의 시선은 자기도 모르게 우리를 이끌고 갈 지도자가 있을 것 같은 서쪽 하늘을 바라보게 된다. 시가에 나온 ‘白’은 ‘黑’과는 우리에게 대칭적 이미지로 문화에서 수용되고 있다. ‘흑’이 어둡고 빛이 없는 무지의 세상이라면 ‘백’은 밝고 깨끗한 지혜의 삶을 의미한다. 전자는 더럽고 번뇌로 허덕이는 범부가 사는 세간의 이미지라면 후자는 청정하고 깨달음이 충만한 나한이 사는 연화계의 세상인 출세간의 삶을 의미한다. 한쪽이 어둡고, 작고, 좁고, 짧고, 추하고, 무지의 표상이라면 다른 쪽은 밝고, 크고, 넓고, 길고, 아름답고, 지혜로운 쪽이다. 시가의 첫머리에서 달이 그 칙칙한 어둠을 헤치고 하얀 밝음을 향해서 떠가는 것이다.

〈讚耆婆郞歌〉에서 떠가는 달은 1차적으로는 기파랑이다. 작가 충담은 서쪽으로 떠가는 달과 같은 기파랑이 이 밤에 몹시 그리웠던 것이다. 그래서 붓을 잡고 이 작품을 썼을 것이다. 우리 시가에서 달이 그리운 사람으로 등장한 작품이 셀 수 없을 정도로 많다. 충담이 그러한 임에 대한 심사를 담아서 읊은 노래가 이 작품이다. 그러나 스님이 바라보는 달은 반드시 그리운 사람만을 지칭하는 눈에 보인 현상의 달만은 아니다.

달의 속성은 적막한 밤을 밝음으로 바꾸는 빛을 가지고 있고, 그 빛을 사파세계의 千江에 비추어 온 세상의 어둠을 거두어 간다. 그래서 달의 속성을 불가에서는 부처로도 본다. 月光菩薩이 그래서 생긴 것이다. 달빛 곧 月印이 千江에 비치는 것은 부처님의 덕화가 중생들이 사는 온 세상에 내림을 말하고, 조선조 명군 세종은 이를 형상화시켜 500자에 달하는 장편의 시가를 창작하기도 했다.[106)]

충담이 이 밤에 그리도 못 잊어 한 기파랑의 매력은 잘난 옛 주인의 얼굴이나 몸매가 아니다. 그 매력의 포인트는 두 말할 것도 없이 기파랑이 갖추고 있던 남다른 지도력과 부하를 이끄는 지도자의 바른 자질 때문이다. 석가의 덕화가 온 세상의 어둠을 거두어 가듯 기파랑의 지도력이, 아니 지도자가 세상의 어둠을 거두어 갈 것을 확신하고 있기에 험난한 시대 험난한 세상에서 그가 그리도 그리운 것이다.

기파랑이 갖춘 지도자로서 특장은 달과 같이 서쪽으로 간다는 것이다. 불가에서 서쪽은 이상의 땅이다. 불자들은 청정한 백성이 사는 '淨土'가 곧 서방에 있다고 믿고 있다. 그래서 西方淨土라고 이르며 육신이 다하는 날 그곳에 가기를 원한다. 아미타불이 다스린 彌陀淨土도, 미륵불이 머물고 있는 彌勒淨土도 서방에 있다고 불자들은 믿고 산다. 석가나 미륵이 중생을 이끌고 바라며 추구한 궁극적 목표는 정토의 입성이다.

이 '정토의 입성'이라는 꿈과 이상을 기파랑이 갖추고 있기에 충담은 그가 그리운 것이다. 충담으로서는 지금 불승의 입장이든, 백성의 처지이든, 화랑의 자격이든 이상을 가진 지도자가 간절히 필요했다. 다시 말하면 내일의 세상을 구제할 미륵이 필요했었다. 그의 마음속에 손을 내밀어 구제해 줄 수 있는 미륵이 기파랑이었다. 기파랑이라는 지도자가 부처처럼 정토건설의 이상을 품었기에 미륵으로 보인 것이다. 그러므로 내일을 이끌 지도자의 첫 번째 조건은 당연히 정토를 건설하겠다는 '이상'을 가지는 것이 필수 조건이다. 오늘날 우리를 이끌 내일의 지도자도 예외는 아니다. 이상이 없는 젊은이들만 가득 찬 나라는 그 장래가 불을

---

106) 석가의 덕화를 달에 비유한 대표적인 작품은 세종이 지은 <月印千江之曲>이다. 석가는 달과 같이 한 분이나 그 덕화는 달빛과 같이 온 세상을 두루 비춘다. 다시 말하면 허공의 달은 하나이나 강마다 온 달이 뜨듯, 석가는 한 분이나 그 분의 법력은 모든 중생의 하나하나에 오롯이 미친다는 의미이다. 보물 398호인 <월이천강지곡>은 서사적 국문시가로도 가치가 있으나 그보다 15세기 우리국어 자료로 <龍飛御天歌>와 같이 가장 중요한 작품이다.

보듯 뻔하다.

10.2.2. 맑은 물가의 자갈돌 자리

지도자를 기르는 자가 강조한 오랜 교훈에 "봉황은 오동나무에만 앉고, 대나무 열매만 먹는다."고 했다. 지도자는 앉는 자리를 가려서 앉아야 한다는 이야기이다. 나무 의자이건, 쇠 의자이건 가리지 않고 아무데나 주저앉은 어중이 떠중이는 지도자가 결코 될 수 없다. 두목이 토하는 명령 하나에 따라서 충견처럼 주인이 시키는 대로만 따르지 않고서야 어찌 아침 저녁으로 자리를 바꾸어 앉을 수가 있겠는가. 먹는 것도 또한 마찬가지이다. 먹을 콩, 못 먹을 콩이 세상에는 분명히 있다. 무엇이나 가리지 않고 돼는 대로 먹어대는 잡식성 인간은 지도자의 심사에서 1차 탈락이다. 아무리 진수성찬이 눈앞에 있어도 제 몫이 아니면 진정한 지도자는 수저를 들지 않는 법이다. 다시 말해서 먹을 것만 먹는 봉황 같은 지도자로 자라고자 소망한 자는 그 자리가 오동나무인가를 먼저 살피고 앉고, 내려준 음식이 대나무 열매인가를 미리 알아보아야 한다는 이야기이다.

기파랑이 지금 노래 속에서 서 있는 모습을 상상해 보자. 그의 눈을 세상을 건지려는 이상과 꿈을 안고 정토를 향하는 달을 쫓으며 멀지만 가야할 서방을 바라보고 있고, 흔들림이 없는 튼튼하고 건장한 두 다리는 모든 더러움을 아래로 아래로 흘러 보내는 맑고 깨끗한 티 없는 물가에 서 있다. 유리 같이 맑은 물가인데도 자리를 골라 한 점 더러움이 없는 자갈돌 위에 서 있다. 지도자가 갖추어야 할 가장 무서운 덕목과 무기는 바로 이 깨끗함이다. 고려와 조선조는 이런 깨끗한 지도자를 '淸白吏'107)라고 이름 짓고, 위로는 임금에서 아래로는 천한 무지랭이에 이르기까지 모든 백성의 사랑을 온 몸에 받았었다.

대나무는 평생에 단 한 번만 꽃이 피고, 꽃이 피면 열매를 맺은 뒤 생을 마치고 조용히 죽는다. 한 번의 꽃을 피우기 위해서 일념으로 살다가 죽어 가면서 남긴 열매가 봉황만이 먹는다는 竹實이다. 어미의 뿌리를 타고 싹이 터서 대나무의 씨앗인 죽순이 되고, 이 죽순은 나올 때가 되어야 땅 속을 뚫고 지상으로 나오면서 본래의 껍질을 벗고 밋밋하게 곧고 바르게 위로만 크다가 대는 마침내 생을 마감하다. 대는 토양이 풍요로워 먹을 영양이 아무리 많아도 적당히 먹음으로써 그 속을 결코 다 채우지 않으며, 다른 꿈을 상징하는 옆가지를 치지 않고 위로만 자라다가 앙상하게 말라서 죽어간다. 한 길 천명과 타고난 성품만 따를 뿐 가지를 쳐서 대는 결코 곁눈질을 하지 않는다. 그래서 대는 항시 딸각발이인 선비를 상징했다.

이러한 선비 중에 선비가 조선의 청백리다. 기파랑이 말하자면 그런 선비요 지도자인 것이다. 충담은 생각하고 또 생각해도 기파랑이 설자리는 티 없는 청정한 물가 자갈돌 위라고 생각에서 그 곳에다 이 밤에 임을 모신 자리로 시에서 선택했던 것이다. 다시 말하면 이러한 대나무 열매만 고고히 먹으며 고고성을 토하고, 오동나무에만 깃들어 사는 봉황의 표상이 한 마디로 표현해서 '淸廉'이다. 충담은 그 청렴한 지도자가 기파랑이기에 이 밤도 그 임을 못 잊고 그리워하며 노래를 불렀다. 그 노래가 바로 〈讚耆婆郞歌〉이다. 그러므로 〈讚耆婆郞歌〉는 지도자상을 노래한 뜻이 높은 시가이다.

---

107) 淸白吏 또는 廉謹吏로 불렸다. 淸貴한 관직의 임무를 충실히 수행하고 품행이 단정하고 순결하며 汚賤에 조종되지 관리가 청백리다. 고려시대에는 庾碩, 王諧 등 10명도 못되며 조선조도 겨우 219명으로 『典故大方』에 기록되어 있다. 이 청백리가 지켰던 공직 윤리는 유교가 지향한 修己治人이며 청렴, 근검, 도덕 경효, 인의를 중요시했다. 이 청백리 정신은 공직자, 곧 지도자의 윤리관으로 확립되었다.

10.2.3. 서리를 모르는 잣나무

기파랑은 〈讚耆婆郞歌〉의 1구부터 8구까지의 내용 속에 지도자상의 조건으로 '이상'과 '청렴'을 심어두고 있다. 그리고 시가의 후렴구이고 마지막 결론인 9구~10구 속에 숨겨진 보물은 제3의 지도자상의 조건이다. 이상과 청렴만으로는 아직 완벽한 지도자가 될 수 없다. 그래서 노래의 마지막에다 '잣나무 가지 높아 서리 모를 화랑이여'라고 노래하고 있다. 서리를 무서워하지 않고 한 해 내내 푸르고 창창한 잣나무의 표상은 말할 것도 없이 어떤 고난도 물러서지 않고 끝까지 이겨내는 고난 극복의 불굴의 의지다.

나라를 걱정한 우리의 지도자들은 중단 없는 고난 극복에 대한 불굴의 의지를 우리들의 가슴에 노래와 실천으로써 심어주며 살다가 갔다. 이 위대한 힘이 900회가 넘는 외부 침입을 당하고도 지금까지 이 나라가 흔들리지 않고 굳건하게 지금까지 이어온 저력이다. 고난 극복의 길은 어렵고 난삽하며 혹독한 추위와 뼈를 녹이는 염천의 더위를 극복할 때만 가능하다 그래서 미당은 "한송이 국화꽃을 피우기 위해서 봄부터 소쩍새는 저렇게 울었나 보다"[108]고 노래했다.

우리가 지켜가야 할 이 고난 극복의 교훈은 우리의 건국담에서부터 핵심 이야기로 기술되어 있다. 우리 모두가 알고 있는 이야기이나 다시 한 번 짚어보고자 한다.

곰 한 마리와 호랑이 한 마리가 같은 굴속에 살고 있으면서, 항상 환웅에게 사람이 되게 하여 달라고 빌거늘 환웅은 신령스런 쑥 한 줌과 마늘 20매를 주면서 '너희들이 이것을 먹고 100일 동안 햇빛을 보지 않으면 곧 사람이 되리라' 하였다. 곧 곰과 호랑이는 이것을 받아서 먹고 21

---

108) 서정주, 국화옆에서.

일 동안 금기한 곰은 여자의 몸으로 변신하였으나 호랑이는 금기 하지
못하여 사람의 몸으로 변하지 못하였다.109)

〈檀君神話〉인 〈古朝鮮〉조는 단군이 나라를 세운 건국의 이상과 목표,
및 그 이상과 목표를 이루는 방법을 제시한 신화이다. 그러므로 이는 단
순한 호랑이와 곰 이야기도 아니고, 하늘의 천신들이 3,000명의 부하를
이끌고 하강한 이상한 신이담도 아니며 훨씬 크고 중요한 의미가 내포되
어 있다. 이 신화는 조선인의 나라 만들기에 관한 건국담이고, 그러므로
우리가 나라를 세우고, 나라를 세운 목적과 이상 그리고 우리 겨레가 나
아갈 길을 제시한 이야기다.

조선을 건국한 지도자 단군의 이상은 〈檀君神話〉의 전반부에 기록되
어 있는 바로 '弘益人間'이다. 이 홍익인간의 의미는, '널리 인간을 이롭
게 한다'는 뜻이다. 그러므로 우리 배달겨레가 나라를 세운 이상은 남을
침범하여 땅을 넓히는 데 있는 것도 아니고, 칼로 남을 정복하여 부를
축적하는데 있는 것이 아니다. 오직 이웃을 생각하고, 나 아닌 다른 사
람을 이롭게 하자는 인류애에 그 의미가 있다. 이는 相生의 정신이요,
인본사상에서 출발한 아름다운 이념이다.

다음 우리 건국의 목표는 곰이 사람으로 변신하듯 사람이 되는 데 있
다. 아무리 모습이 사람이라도 그 마음이 짐승이면 그는 짐승이지 사람
이 아니다. 그래서 사람이 된다는 것은 '덜 된 사람'이 '된 사람'이 된다는
것을 의미한다. 오동나무에만 앉고, 대나무 열매만 먹는 사람이 여기서
말하는 된 사람이다. 이 된 사람이 되려면 조건으로 마늘과 쑥을 필수적
으로 먹어야 한다는 것이 신화의 마지막 메시지이다.

---

109) 時有一熊一虎 同穴而居 常祈于神雄 願化爲人 時神遺靈艾一炷蒜二十枚曰 爾輩食之
不見日光百日 便得人形 熊虎得而食之 忌三七日 熊得女身 虎不能忌 而不得人身(三
國遺事, 卷1 紀異, 古朝鮮條).

　여기서 마늘의 원형을 ‘매운 것(辛)’이고 쑥의 원형은 ‘쓴 것(苦)’이다. 곧 마늘과 쑥의 원형은 맵고 쓴 ‘辛苦’이다. 사람이 되는 데 필요한 길은 어려운 고난을 극복하는 ‘신고’를 극복해야 한다는 의미다. 신고를 이겨낸 자만이 덜 된 사람이 된 사람이 되는 길이고, 또한 그런 사람이 지도자인 것이다. 그러므로 고난 극복의 의지인 신고를 이겨내는 것이 지도자의 당연한 자질이다.

　〈단군신화〉에서 마늘과 쑥이 〈讚耆婆郞歌〉에서 서리 모르는 잣나무로 바꾸어 등장했을 뿐이다. 〈단군신화〉에서 매운 마늘과 쑥이나 〈讚耆婆郞歌〉에서 서리를 모르는 잣나무는 좌절하지 않고 고난을 극복해 가는 ‘의지’의 원형인 것이다. 이 의지는 외골수로 사는 고집이 아니고 밝은 세계로 진입하는 끈기 있는 힘이다.

　충담사가 기파랑을 그리워하고 찬했던 근본적인 이유는 그가 어떤 어려운 고난에도 좌절하지 않고 우뚝 설 수 있는 지도자라고 믿었기 때문이다. 이 의지는 앞의 이상과 청렴과 더불어 사회를 한쪽으로 넘어지지 않게 안정시키는 솥(鼎)의 세 발 중 하나이다. 지도자는 이 세 가지 이상 더 필요한 것은 없다. 기파랑이 그런 지도자이기에 충담사는 그를 찬하여 〈讚耆婆郞歌〉를 지어 그를 찬했다.

10.3. 상큼한 맛과 빛을 풍기는 미학의 노래

　시가의 미학은 찾기가 쉽지 않다. 시행 속에 시어 속에 꼭꼭 숨어 있기 때문이다. 또한 시가의 미는 직설적으로 밖으로 드러나서는 안 된다. 너무 직설적으로 드러내면 그 시가는 우선 맛이 없다. 맛이 없는 시가는 독자나 청자의 눈을 끌지 못하고 외면당한다. 조선조에서 유학자들의 시가가 윤리의식을 너무 노골적으로 드러내서 작품의 미학적 가치를 떨어지게 하는 경우가 많았다.

우리가 사과를 먹는 궁극의 목적은 사과에 들어 있는 몸을 살찌게 하는 영양소 때문이다. 애써 먹는 사과가 아무리 탐스럽고 고와도 우리의 몸에 전혀 보탬이 되지 않는다면 먹지 않는다. 그렇다고 영양소 때문에 사과를 우리가 먹는 것은 또한 아니다. 실제로 밥상에 오른 사과에 손이 가는 것은 영양소 때문이 아니고, 상큼한 맛과 붉으래한 매력적인 빛깔 때문이다. 씹으면 시원한 그 맛과 빛이 우리의 손과 눈을 끌고 간다. 영양소는 그 맛과 빛에 싸여 자연히 따라오는 2차적 요소일 뿐이다.

문학도 그렇고, 시가도 마찬가지이다. 식탁의 사과와 마찬가지로 내용이 아무리 실속이 있고 세상을 뒤엎을 철학이 들어 있는 작품이라도 맛과 빛깔의 매력이 없으면 다른 사람의 눈과 귀를 이끌지 못한다. 맛과 빛이 없는 작품은 그래서 성공한 노래가 아니다. 보기 드물게 맛이 있고, 색깔이 좋은 시가가 충담사가 지은 〈讚耆婆郞歌〉이다. 맛과 빛은 비유하자면 시의 형식이다.

충담사의 〈讚耆婆郞歌〉는 이미 지적한 대로 우리가 바라는 지도자에 대한 절대지침을 가르쳐 주었다. 그 지침이 내일을 바라는 이상, 더러움에 눈 돌리지 않는 청정한 청렴사상, 맵고 쓴 고난극복의 불굴의 의지였다. 그러나 아무리 이 세 요소가 보물이라도 이를 드러내어서 가르치려고 하면 배우는 자는 멀리 떠나고 모이는 자는 없다. 그 질과 내용물이 아무리 좋더라도 그 핵심만 뽑아서 만든 환약으로 된 영양소는 식사 감이 아니기 때문이다. 〈讚耆婆郞歌〉는 이 세 요소인 비타민 A, B, C를 상큼하고 붉으래한 맛이 가득 찬 사과 빛 속에 누구도 모르게 살짝 감추어 두었기에 매력이 있다. 그래서 이 노래를 노래꾼들이 영원히 중단하지 않고 부르게 될 것이다.

11. 安民歌의 儒敎 意識

11.1. 儒學의 東來와 大同社會

〈安民歌〉는 불승 충담사가 경덕왕 24년 765년에 창작한 향가이다. 출가승은 원칙적으로 세속을 등지고 살기에 관부의 사람과는 세교를 맺는 법이 아니다. 물론 임금과도 접촉을 금하고 사는 것이다. 그러나 이 〈安民歌〉는 임금 경덕왕의 대접과 부탁을 받아드려서 스님이 지은 것이다. 지금이나 옛날이나 임금의 관심은 백성에 있었다. 자기를 받드는 백성을 어떻게 편안하고 태평 속에 살게 하는가가 그들의 관심이고 임무다. 그러므로 임금의 점수는 백성의 편안한 안위와 직결된다. 경덕왕은 이런 면에서 결코 낮은 점수의 임금은 아니었다.

35대 경덕왕은 후사가 없었던 친형 효성왕의 뒤를 이은 임금으로 '安民'에 상당한 힘을 쏟은 분이다. 그 일 예를 보면 그는 신라 극성기의 통치자로 백성을 위하여 제반 제도를 개선하고 관직을 중국식으로 개편하였으며 전국을 9주 5소경 117군 293현으로 완비하여 국가체제를 개혁

하였다.110) 한편 선진 중국문화 수입에 힘쓰고 황룡사의 종을 주조하고 재상 김대승을 시켜 불국사 등 사찰의 건립과 불사를 일으켜 불교 중흥에도 노력한 임금이다. 그는 또한 월명, 충담, 이순, 신충, 표훈대덕 등 고승의 자문을 받아서 나라의 어려운 일이나 위기를 현명하게 넘긴 인물이다.111) 치세와 국민을 정신적으로 이끄는데 노력한 예다. 그러므로 경덕왕은 국민의 정신적 통합은 불교로, 백성을 이끄는 治世는 유학에 바탕을 둠으로 양수를 무난하게 두었던 임금이다.

동국의 유교 수입은 공자의 생존 때, 한 무제의 한사군 설치 때, 삼국시대 바로 이전 등 학자에 따라서 여러 이견이 있다. 그러나 공식적으로 유교가 삼국에 들어온 것은 『삼국사기』의 기록대로 태학을 설립했던 고구려 소수림왕 2년 서기 372년의 일이다. 그 후 백제는 근초고왕 때 들어 왔으며, 신라는 이보다 조금 늦은 17대 내물왕대로 고구려를 통하여 유교가 수입되었다. 경덕왕 때는 유교가 신라에 들어온 지 300년 이상이 된 때이다. 그러므로 임금이 행한 치세의 근간은 유교가 상당히 담당했던 시절이다.

유교는 지금 한국의 성균관에서 종교로 선포한 바 있다. 그러나 유교는 내세관이 정립되지 않았으니 소박한 생각으로는 철학이지 종교는 아니다. '우리는 어떻게 행동할 것인가'에 대한 답이 유교이기 때문이다. 이는 죽은 뒤의 일이 아니고 우리가 사는 현세에서의 행동철학이다. 이

---

110) 三國史記, 新羅本紀 9, 景德王條
　　　金奉斗 편역, 三國遺事, 敎文社, p. 160.

111) 월명사와 충담사는 왕을 접견하고 <兜率歌>와 <安民歌>를 지었고, 단속사의 승 신충은 경덕왕 때 왕의 상대등에 봉직했고, 특히 이순은 경덕왕의 총애하는 신하로 지내다가 단속사의 승이 되었다. 중이 된 뒤에도 이순은 왕이 음악에 너무 심취한다는 소식을 듣고 달려와서 간하되, 夏의 걸왕과 殷의 주왕이 모두 나라를 망친 것은 음탕한 음악 때문이라고 그만 둘 것을 간하였다. 왕은 이순의 말대로 음악을 그만두었다. 또한 표훈대덕에게도 후사를 이을 왕자 얻기를 주문했다. 이는 고승들의 충언이나 왕의 입장에서는 일종의 자문으로 볼 수 있다.(三國史記, 新羅本紀 9, 景德王條 · 三國遺事, 卷5 信忠掛冠條)

유교는 우주론, 인성론, 치지론, 수기론, 윤리론 등으로 대별할 수 있다. 나라를 다스리는 치자는 이중 국민을 이끄는 큰 덕목으로 윤리론을 가장 강조해 왔다. 곧 백성이 이 윤리를 잘 지키면 세상이 모두가 화목하게 잘 살 수 있는 대동사회가 이루어진다는 것이다.

> 유교는 우주 만물이 생성 소멸하면서 조화를 이루고 있는 자연의 모습처럼 모든 사람들이 어우러져서 화목하고 안락하게 살 수 있는 화(和)의 사회 곧 대동사회를 이룩하고자 하였다.……공자는 또 이러한 대동사회를 이룩하기 위한 구성원의 역할을 말하기도 하였다. 즉 그는 "임금은 임금의 도리를 다하고, 신하는 신하의 도리를 다하고, 어버이는 어버이의 도리를 다하고, 자식은 자식의 도리를 다해야 한다."(안연)고 하였다. 맹자도 이러한 대동사회를 구현하기 위한 여러 구체적인 방안을 제시하였다. 특히 그는 대동사회를 만들기 위하여 사회 구성원들 간에 지켜야 할 구체적인 윤리규범으로 부자·군신·부부·장유·붕우 간의 윤리인 오륜(五倫)을 제시하였다.(등문공상)112)

위의 인용문은 임금이 바라는 대동사회와 구성원들의 역할을 공자와 맹자의 글을 인용해서 간결히 정리한 글이다. 이 대동사회는 꿈이 컸던 경덕왕이 바라던 사회이고, 그의 구성원들이 맡아야 할 임무이다. 충담사는 임금의 심중을 꿰뚫어 이에 꼭 들어맞는 〈安民歌〉를 창작하여 바치고 흡족한 임금은 수락은 하지 않았으나 王師의 직을 그에게 제수했다.113)
이 〈安民歌〉를 쉽게 현대어로 풀이하면 이렇다.

임금은 아버지요
신하는 자애로운 어머님

---

112) 정진일, 유교철학원론, 도서출판 문학바탕, pp.313~315.
113) 僧應時 奉勅歌呈之 王佳之 封王師焉 僧再拜固辭不受 安民歌曰(三國遺事 卷2 景德王 忠談師 表訓大德條).

> 백성을 어린 아이라고 여기시면
> 백성은 그 사랑을 알리라.
> 꾸물거리며 구차히 사는 중생
> 배불리 먹여서나 다스리면
> 이 나라를 버리고 어디에 가리요 이렇게 할지면
> 나라가 유지되어 감을 알으소서
> 아아 임금답게 신하답게 백성답게 할지면
> 나라 안이 태평하리이다

이 〈安民歌〉는 유학이 지향했던 대동사회를 이룩할 신라의 구성원들이 담당해야 할 직책과 임무를 노래했다는 것을 내용으로 보아서 의심의 여지가 없다. 이 작품은 일종의 治國의 노래다. 그러나 내용으로는 볼 때 백성을 교화시키고 이끌어 가는 유학의 덕목인 인륜의 노래이고 나아가서 오륜의 시가이다. 이 〈安民歌〉는 그 후 유행했던 '오륜을 주제로 한 조선의 시가들'114)의 바탕이 되었다고도 볼 수 있다.

11.2. 사랑·배부름·구성원의 역할로 이룩된 3박자 노래

10구체인 〈安民歌〉의 서두에서 임금, 신하, 백성 간의 유대를 가족관계에 비유하고 있다. 인간 사회에서 가장 공고하고 희생적인 관계는 이 가족의 유대이기 때문이다. 오륜의 순서가 君臣有義로부터 시작되었으

---

114) 오륜을 주제로 했거나 이에 가까운 시가는 조선조 초기에 경기체가 형식으로 된 작자미상의 <오륜가>를 서두로 상당히 유행했었다. 그 후 16세기에 창작되었던 송순의 연시조 <오륜가> 5수, 주세붕이 지은 <오륜가> 6수, 정철이 강원도 백성을 교화하기 위해서 지은 <훈민가> 16수, 김상용이 지은 <오륜가> 5수, 박인로가 지은 <오륜가> 25수, 광해군 때 박선장이 지은 <오륜가> 8수 등 많은 작품이 창작되어 전한다.

나 그것은 임금 위주의 사회에서 생각이고, 가족관계 곧 父子有親의 유대를 앞서는 사랑은 없다. 자식에 대한 부모의 사랑은 후천적인 것이 아니고 생각 이전의 선천적 본능인 것이다. I.Q.가 없다는 짐승조차도 새끼에 대한 사랑은 절대적이다. 그래서 부모와 자식은 하늘이 정해준 사랑으로 천륜이라고 이른 것이다. 이 부모↔자식의 관계는 서로 비교할 수도 없고, 자신에게 돌아올 것을 생각지도 못하고, 더 못 주는 것만을 안타까워 한다.

충담은 임금에게 임금의 역할을 아버지와 같이, 부리는 신하들은 어머니와 같이, 그들을 따르는 백성을 자식으로 알라고 주문했다. 이러한 관계로의 상승은 바탕이 바로 '사랑'이다. 세상을 대동사회로 꿈꾸는 지도자는 치세의 이념으로 그래서 사랑을 강조했다. 예수가 세상을 구하려는 방편의 핵인 '博愛'도 '원수도 사랑하라'는 인간에 대한 넓은 사랑이다. 공자가 추구했던 '仁'도 결국은 사람을 사랑한 일이다. 공자는 제자인 '번지가 仁의 뜻을 묻자 사람을 사랑하는 것'[115]이라고 분명히 대답하고 있기 때문이다.

석가가 왕좌의 자리를 박차고 출가한 목적도 결국은 중생을 구하려는 '慈悲'에 있었다. 이 사랑은 믿음과 소망보다 한 걸음 앞선 것이다. 이 절대 가치인 사랑을 신라의 백성에게 주는 安民의 첫째 조건인 것이다. 성현은 물론이고 어느 聖君, 어느 名相도 따르는 백성에게 사랑을 주었기 때문에 역사는 그를 사랑한 것이다.

시가의 후반부는 핵심어가 '배부름'이다. 얼핏 보기에는 '나라의 유지'가 중요한 것 같으나 충담의 생각은 백성을 굶주림에서 구하는 것이 임금의 가장 큰 제1의 과제이다. '꾸물거리며 구차히 사는 물생'이라는 싯구 속에서 허덕거리고 사는 중생에 대한 충담의 연민이 너무 아름답게

---

115) 樊遲問仁 子曰愛人(論語 顏淵篇).

들어 있어서 가슴을 저리게 하는 구절이다. '먹기 위해서 사느냐, 살기 위해서 먹느냐'의 말다툼은 굶주린 백성들에게는 호강스러운 자들의 탁상공론에 불과하다. 대부분의 백성은 먹는 것 외에 더 큰 것이 없다. 그들은 금강산의 천하 절경도, 고관대작의 높은 자리도 눈에 없고 생각해 본 적도 없다. 그들은 오직 자식을 살찌게 할 오늘밤의 끼니가 걱정이고 아침의 찬거리가 중요할 뿐이다.

요임금 때 늙은 농부가 막대로 땅을 치며 불렀다는 태평의 노래인 〈격양가〉도 마음놓고 땅파서 먹고 굶지 않고 살 수 있었기 불렀던 노래이기 때문이다. '무슨 설음 무슨 설음 해도 배고픈 설음보다 더 크리야'라는 한맺힌 굶주린 백성들이 만들어 온 이 말은 배고픈 백성이 외치는 절규 중에 절규이다.

지난날 우리들의 백성치고 보따리 매고 떠나는 사람은 꿈 찾아서 떠나는 자가 결코 아니다. 입에 풀칠할 먹거리 찾아서 떠나간 사람인 것이다. 신라의 백성에게 먹는 것만 해결해주면 여왕벌을 따르는 일벌처럼 꾸물거리며 옹기종기 떠나지 않고 모여 살 것을 충담은 너무도 잘 알고 있기에 물생들에게 배불리 먹여 줄 것을 두 번째로 임금께 주문한다. 임금이 있고 백성이 있으면 자연히 나라는 유지된다. 배고파서 백성이 떠나면 그 나라는 하늘이 세운 나라더라도 유지되지 못하고 망하고 만다. 'GNP가 행복도를 좌우하지 않는다'고 큰소리치지만 그 나라의 유지는 행복의 추구에 있는 것도 아니고, 임금이 휘두른 권력의 칼끝에 있는 것도 아니고, 백성의 입에 들어가는 먹거리에 달려 있다. 백성이 사는데 필요한 먹거리가 없는 나라가 오래 유지된 나라는 역사에 없었다. 오늘의 사회에서 이 점은 물론 예외일 수는 없다.

노래의 결론은 '아아 임금답게 신하답게 백성답게 할지면 나라 안이 태평하리이다'로 끝나고 있다. 이는 나라의 태평 곧 '안민'을 위한 임금이 할 임무와 방책으로 노래의 본가에서 이미 제시하고 있다. 지금까지 설명한 대로 백성을 자식 같이 여기는 사랑과 굶주리지 않게 먹여 살리는 일이 안민의 길이다. 백성이 굶지 않으면 태평하고 태평하면 나라는 탈 없이 유지되며 다스리는 자는 성군이 된다.

나라의 태평과 안민은 그 방책을 아는 것만으로 이루어지지 않는다. 방책을 알았으면 실천해야 한다. 백성을 편안하게 하는 바른 방책을 시행하는 임금이 우리가 바라는 바른 지도자고 바라는 성군이다. 이러한 바른 지도자상에 대해서 충담사는 이미 노래로 지어 세상에 알리고 임금에게도 전했다. 임금인 경덕도 이미 이 노래는 듣고 알고 있었다. 그 노래는 충담사가 〈安民歌〉보다 앞서 지은 〈讚耆婆郞歌〉이다. 〈讚耆婆郞歌〉는 충담사가 단순히 기파랑에게 대한 그리움이나 흠모의 정만을 찬했던 시가가 아니고 지도자의 자질인 지도자상의 참된 길을 제시한 노래이다.

〈讚耆婆郞歌〉에서 그 지도자상의 요소는 보다 상승의 세상으로 국민을 이끌어갈 이상을 갖는 것이요, 다음에 깨끗하고 사심없는 청렴, 마지막으로 어떤 고난도 이겨낼 수 있는 불굴의 의지가 그것이다. 지도자로서 임금의 자질도 예외일 수는 없으므로 충담이 경덕왕에게 바라는 충심은 바른 지도자, 바른 임금이 되라는 말이기도 하다.

충담의 눈에는 경덕은 사심을 이기지 못한 지도자로 비친 것이다. 하나의 예로 경덕왕 자신은 후사가 없는 형인 효성왕으로부터 승계 받아서 왕위에 올랐던 임금이다. 그러나 그가 후사가 없자, 표훈대덕에게 두 번이나 명하고 요청하여 아들 乾運을 얻은 것이다. 이는 순리를 어긴 일이고 사심에 젖어 지도자의 자질을 잃은 처사이다. 표훈은 왕자를 얻으면 나라가 위태롭다고 말렸으나 나라가 어지러워도 왕자를 얻겠다고 고집하여 얻은 아들이 다음 임금인 혜공왕이고, 그는 불행히 김양상에게 죽임을 당하고 임금의 자리를 물려주었다.116)

경덕이 상당한 치세의 공적을 세웠다고 하나 채집자 일연의 눈으로는 순천자가 아니고 역천자였던 것이다. 충담도 그래서 경덕왕께 이를 경계하여 〈安民歌〉를 지어 경덕왕에게 올린 것이다. 그러나 〈安民歌〉는 겉으로 보기에는 나라를 다스리는 구성원이 역할만 잘 하면 된다는 소박한 治民의 노래로 비친다. 그러나 그 속에는 이러한 지도자의 어려운 길을 임금에게 경계하여 알리는 데 〈安民歌〉의 진정한 창작 의도가 있었다고 본다. 이로 보아서 향가는 분명히 其意甚高한 시가였음이 분명하다. 그러므로 〈安民歌〉는 임금이 다스리는 백성을 향한 훈계조의 시가가 아니고 임금 자신이 경계해야 할 임무를 자각하는 노래이다. 그러한 의미에서 충담사의 두 시가는 같은 목적을 가진 노래이다.

다음 임금을 따르는 신하의 임무는 아버지를 보필하는 어머니의 상으로 노래에는 나온다. 아버지의 역할도 중요하나 어머니의 역할은 실로 그 자식를 바르게 성장시키는 가장 중요한 열쇠다. 어느 때는 자식을 눈물로 감싸주고 어느 때는 채찍도 들어야 한다. 아무리 자식을 사랑해도 떠나보내는 경우를 알아야 하고, 떠나보내야 한다면 떠나보내야 하며 불러야 할 때면 불러야 한다. 이런 일이 어머니가 자식에게 해야 할 역할이다. 물론 그 모든 일은 사랑의 바탕 위에서 이루어져야 한다. 이런 임무의 수행에는 대륙의 장가 삼협에 살던 새끼 잃은 원숭이의 이야기처럼 창자가 끊어진 일도 감수해야 할 것이다. 이러한 어머니와 같은 역할을 임금의 신하는 국민을 위해서 맡아서 해야 된다. 그러나 이러한 신하의 선택은 임금의 일이니 신하의 책임도 임금은 면할 수는 없다.

마지막 백성의 책임은 자식으로의 도리를 다하면 되는 것이다. 성실히 생업에 종사하고 옳은 임금의 명을 그대로 따르면 된다. 그러나 주의할 점은 백성은 주인만을 쫓는 충견이 아니므로 백성을 종으로 여기고 마음대로 부려서는 안 된다. 임금은 백성을 이끄는 지도자이지 어중이를

---

116) 三國遺事, 卷2 景德王 忠談師 表訓大德條
　　　三國史記, 新羅本紀9, 景德王條

몰고 다니는 두목이 아니기 때문이다. 국민을 이끄는 지도자와 어중이를 이끄는 두목의 차이는 이상을 가지고 대동사회를 건설하겠다는 각오의 여부에 달려 있다. 원대한 이상을 향한 행렬의 꼬리는 머리가 이끄는 대로 가는 법이다. 그래서 백성의 역할은 임금이 하기에 달렸다.

〈安民歌〉는 결국 임금이 백성을 자식같이 사랑하는 사랑과 백성을 굶기지 않고 배부르게 살리는 궁휼의 책임과 나라의 구성원이 각자 맡아야 할 임무를 제시한 시가로 윤리적 대동사회를 이루려는 지도자의 자질과 역할을 시사한 노래이다.

11.3. 小結

조직의 성쇠와 멸망은 미리 정해진 운명인가. 이끄는 지도자의 힘으로 바꿀 수 있는 개혁의 꿈인가. 경덕왕은 지난날의 지도자들이 피와 땀을 흘려서 이루었던 극상의 세상에서 평화를 구가하면서 살았던 임금이다. 그에게는 이제 600여 년 동안 한때도 쉴 틈 없이 다투었던 백제와 고구려라는 이웃의 친구도 적도 없는 세상에서 오로지 대륙에서 새로 들어온 문화를 누리며 부처의 가피와 공자가 가르쳐 준 치세의 나침판을 따라서 살았다. 그런 대로 백성을 위한 개혁도 하고, 어려운 일에는 선지식을 불러서 자문도 받고, 한때 음률에 빠졌던 일과 같이 잘못을 하면 충언을 받아드려 후회하고 고치기도 하면서 24년의 왕좌를 지켰던 인물이다. 그러나 경덕은 가장 가깝고 큰 문제인 자기의 혈육인 자식의 안위도 지키지 못하고 갔다. 〈安民歌〉를 불러서 임금을 구하려던 충담사가 지은 충언의 노래도, 목숨을 걸고 올린 이순과 같은 충신의 뼈저린 충언도 사파가 쳐놓은 미망의 그물을 결코 빠져나가지 못하고 좌초했다. 치

세하는 동안 그가 목표로 내걸고 노력했던 이상의 나라 대동사회 건설이
나 온 국민을 부처로 만들리라는 불국토의 완성은 한낱 천 년 사직 속의
꿈같은 이야기일 뿐이다.

12. 禱千手大悲歌와 觀音思想

12.1. 觀音思想

〈분황사천수대비맹아득안〉은 『三國遺事』의 〈탑상〉편에 들어 있고, 이 탑상담은 우선 탑상에 대한 이야기이다. 먼저 이 '塔像'은 사찰의 탑과 불상을 의미한다. 그러므로 '탑상'편은 사찰의 탑이나 불상의 靈驗譚이라는 것을 알 수 있다. 불가의 탑은 본래 범어 'stupa'의 한역으로 스님의 舍利 곧 佛骨을 모시기 위해서 세운 건물로 재료에 따라서 木塔, 石塔, 塼塔으로 나누며, 한국은 주로 석탑이 세워졌다. 그리고 불상은 본래 불교에서 말한 三寶[117]의 하나인 부처님을 상징한 誓願의 대상이다. 이

---

[117] 불교의 三寶는 佛・法・僧이다. 佛은 法身으로 곧 부처이고, 法은 중생을 제도하는 부처의 말씀이고, 僧은 부처의 道 불법을 수행하는 수행자이다. 또한 사찰에서 건물은 그 건물 안에 모신 불상의 좌정지이다. 그러므로 그 건물의 주불이 석가모니이시면 대웅전 또는 각황전이고, 관음보살이면 관음전이고, 아미타불이면 극락전 또는 아미타전이라 부른다. 그러므로 사찰의 전각에 불상을 세운 것은 그 부처의 좌정을 의미한다고 볼 수 있다. 불자는 좌정하신 부처님께 誓願을 드리고 수행한다. 그러므로 부처가 직접 좌정하고 계신 사찰에는 불상이 있을 필요가 없다. 경상

불상은 주로 나무나 철 또는 돌을 재료로 해서 제작한 부처님의 조형상이다. 그러나 종종 자연석에 부처를 새긴 磨崖佛像이나 사찰의 벽면에 그린 壁佛像, 탱화로 제작된 畵佛像 등 다양하다.

〈분황사천수대비맹아득안〉에서 공덕의 주체는 분황사 벽면에 그림으로 그려진 천수대비인 관음불상이다. 이 천수대비상의 영험에 대한 실체의 파악을 위해서 〈분황사천수대비맹아득안〉의 내용을 소개하면 다음과 같다.

㉮ 景德王代 漢妓里女希明之兒 生五稔而忽盲 一日其母抱兒 詣芬皇寺
   左殿 北壁畵千手大悲前 令兒作歌禱之 遂得明 其詞曰
   (경덕왕 때에 한기리에 사는 여인 희명의 아이가 태어난 지 5년이
   되어 눈이 멀었다. 하루는 그 어머니가 어린애를 안고 분황사 좌
   편 전각의 벽에 그려진 천수대비 앞에 나아가서 아이를 시켜 노래
   를 지어 빌게 했더니 마침내 눈을 뜨게 되었다. 그 노래의 가사는
   이러하다).

㉯ 膝肹古召旅
   二尸掌音毛乎支內良
   千手觀音叱前良中
   祈以支白屋尸置內乎多
   千隱手叱千隱目肹
   一等下叱放一等肹除惡支
   二千萬隱吾羅
   一等沙隱賜以古只內乎叱等邪
   阿邪也吾良遺知支賜尸等焉
   放冬矣用屋尸慈悲也根古

남도 양산 통도사의 대웅전에는 대웅이신 석가모니불상이 없다. 그 이유는 석가모니의 법신인 석가의 사리가 모셔져 있기 때문에 불상을 세울 필요가 없다.

무루플 고조며
둘 솏바당 모호누아
千手觀音ㅅ 前아히
비술볼 두누오다
즈믄손ㅅ 즈믄눈흘
ᄒᆞᄃᆞᆫ홀 노ᄒᆞ ᄒᆞᄃᆞᆫ홀 더옵디
둘 업는 내라
ᄒᆞᄃᆞᆫᅀᅡ 그ᅀᅳᅀᅵ 고티누옷다라
아으 나애 기티샬ᄃᆞᆫ
노티 ᄡᅡᆯ 慈悲여 큰고118)

讚曰(기리어 글을 짓는다).

㉰ 竹馬葱笙戲陌塵
一朝雙碧失瞳人
不因大士廻慈眠
虛度楊花幾社春

죽마 총생의 어린애가 거리에서 놀더니
하루아침에 눈 먼 사람이 되었네
대사가 자비로운 눈길을 돌리지 않았다면
헛되이 버들꽃 못 보고 지내기 몇 해나 됐을까.

㉮, ㉯, ㉰의 글이 〈분황사천수대비맹아득안〉조의 전문이다. ㉮, ㉯, ㉰로 구분해서 기록한 것은 논지의 전개를 위해서 필자의 자의에 의한 것이다. 물론 번역문은 원문에 없는 필자의 작업이다. 첫단락인 위의 ㉮는 〈禱千手大悲歌〉를 창작하게 된 동기를 기술한 서사부분이다. 곧 한기리의 여인 희명의 아이가 5세 때 눈이 멀자 분황사 좌전 북쪽 벽에 그려

118) 梁柱東, 古歌硏究, 一潮閣, p.454.

진 천수대비에게 기도를 드리고 다시 눈을 뜨게 되었다는 이야기이다.

이 이야기는 결국 분황사 벽면에 그림으로 그려진 천수대비에게 빌고 그 자비심을 얻어 눈을 뜨게 된 불상의 영험담이다. 〈분황사천수대비맹 아득안〉이 불상의 영험담이기 때문에 일연은 이 글을『三國遺事』의 〈탑상〉편에 게재했을 것으로 본다. 그러나 일연이 지은『三國遺事』는 재미 나 여가를 위해서 초인간적인 영험담이나 이해하기 어려운 기적담과 같 은 허황된 이야기를 수집해 둔 저술이 아니다. 일연이 스님이므로 부처 님의 힘 곧 신비한 불력을 믿고 부처를 신봉하며 살았던 것은 인정하더 라도 맹목적인 기적이나 영험담을 믿고 따랐던 허황된 사람은 결코 아니 기 때문이다.

앞에서 지적했던 바와 같이 일연은 정확한 고증과 정연한 논리로『三 國遺事』를 편술했다고 보기 때문이다. 편술해야 할 당위성이 없는 글은 일연의『三國遺事』에는 한 작품도 없다. 상재된 글은 상재한 이유가 분 명하다는 의미이다.

〈분황사천수대비맹아득안〉조를 찬술하고『三國遺事』의 〈탑상〉 편에 이를 상재한 이유를 그래서 천착해야 한다. 이 글의 상재 이유는 무엇보 다 불교의 '관음사상'을 알리는데 목적이 있었다고 생각한다. 불교가 B.C. 372년에 동국에 들어와서 우리 겨레의 삶을 여러 면에서 지도하 고 영향을 끼치었다. 그 중 가장 민중과 가까웠던 불교사상이 극락왕생 의 정토사상과 구원과 제도사상인 관음사상이다. 이 중에서도 민중의 가 슴속에 뿌리가 깊게 내린 것이 관음사상이다. 따라서 관음보살이 우리 민중에게 가장 가까이서 가장 크게 영향을 준 가장 큰부처이다. 우선 이 글을 상재한 이유는 무엇보다 이 관음사상의 불력을 알리는 데 있다. 그 리고 중생에게 관음을 알게 함으로 번뇌를 물리치고 행복을 맞이할 수 있음을 가르치는 데 상재의 목표가 있다.

이제 문제는 관음사상의 실체가 무엇인가이다. 먼저 관음사상의 이해에 앞서 이 사상의 주체인 관음보살의 이해가 있어야 한다. 관음보살은 관세음보살·관자재보살·천수대비보살·천수관음보살·천안관음보살 등 33신으로, 그 모습부터 자유자재로 변화된 모습을 나타내면서 중생을 구원하는 보살이다. 이 중 聖觀音菩薩이 원형적인 관세음보살이다. 곧 우리가 일반적으로 말하는 관세음보살이 성관세음보살이다. 이 관세음보살은 菩薩道를 행하면서 지극한 誓願을 세우고 보살이 되었다.

> 중생이 갖가지 공포와 고뇌로 憂愁孤窮하여 구호를 받지 못하고 아무 일도 할 수 없을 때, 만약 나를 念하고 나의 이름을 칭한다면 나는 어느 곳에서라도 천 개의 귀를 갖고 들으며 천 개의 눈을 갖고 보아서 그들의 고뇌를 구제할 것이다. 만약 한 사람이라도 이 고뇌를 피할 수 없는 사람이 있다면 나는 영원히 성불하지 않겠다(悲華經)119)

이 서원의 내용으로 보아서 관음보살은 부처가 되려는 진정한 목적이 극락정토에 왕생한다거나 성불 그 자체가 목적이 아니고 사파 세상에 있는 중생의 구원에 목표가 있었다. 관음보살은 '관세음보살'을 念하며 구원을 청하는 중생을 돕자니 손이 하나씩 늘어나서 천 개의 손이 되어 千手菩薩이 되었다. 또한 구원받을 중생을 두루 살피고 찾자니 본래의 눈보다 늘어나기 시작해서 천 개의 눈을 가진 보살이 되니 千眼菩薩인 것이다.
곧 관음보살은 자기를 살찌게 위해서 무엇이나 먹어치우는 입이 수없이 늘어난 보살이 아니라 남을 도와주기 위해서 눈, 손, 귀가 늘어난 구원의 보살이다. 또한 관세음보살의 '觀世音'은 말하자면 세상의 소리를 듣고 보는 보살이다. 세상의 소리를 듣고 본다는 것은 사파세계에서 번뇌로 허덕이는 범부의 고통의 소리를 귀담아서 듣는다는 의미이다. 그래서 관음이 듣는 소리를 상징적으로 해석하자면 세상의 여론이다. 민주주

---

119) 김현준, 관음신앙·관음기도법, 도서출판효림, p.28.

의가 행해지고 있는 오늘의 사회에서도 고통 받는 국민이 없으려면 대통령은 세상의 소리 곧 여론을 잘 듣고 고통을 풀어나가야 한다.

이와 같이 중생의 고통소리를 듣고 그 고뇌를 풀어주는 부처가 곧 관음보살이다. 관세음보살은 중생이 이루고자 하는 소망을 빌면 어머니처럼 들어주고 해결해주는 보살이다. 그래서 중생은 관세음보살을 따뜻한 마음을 가진 어머니보살로 또한 대한다. 그래서 경남 금산의 보리암, 강원도의 낙산사, 강화도 마니산의 한국 삼대 기도처에 있는 기도의 대상이 된 불상은 모두 관음보살인 것이다.

〈분황사천수대비맹아득안〉은 눈 먼 아이가 눈을 뜬 이야기를 예로 들어, 천수관음의 보살행을 보여주므로 관음사상의 실상을 알리는 관음보살의 중생 구원담이다. 곧 일연이 중생의 번뇌를 관음에 의존해서 벗어나는 길을 제시한 글이 곧 〈분황사천수대비맹아득안〉조이다. 이 글의 주체로 등장한 천수관음은 관음보살 33신 중에서도 가장 구원의 실천이 강한 보살로 손이 천 개인 천수보살이다. 자비로움이 크기 때문에 천수대비라고도 이른다. 천수관음의 실체는 아래와 같다.

천수관음은 일체중생을 이익되게 하고 안락하게 하리라는 서원을 발하여 천 개의 손과 천 개의 눈을 구족하게 되었다고 한다. 여기서의 천이라는 수는 무한을 의미하며, 관음의 절대적인 대비심과 교화의 힘을 구체적으로 표현한 것이다. 이 천수관음은 여러 관음들 중에서 가장 힘 있는 구제자로 신봉되고 있다. 그런데 탱화로 모실 때는 1천 개의 손과 1천 개의 눈을 모두 묘사하지만, 조각상으로 모실 때는 이들 모두를 묘사하는 것이 무리가 있으므로 42수(手)만 표출시키는 경우가 많다. 42수 중 합장한 두 손은 본래 가지고 있는 것이고, 그밖의 40수는 그 하나하나의 손이 25유(有)의 중생을 제도하므로 40 × 25 = 1,000수가 되는 것이다. 여기서의 25유는 지옥부터 천상까지의 육도중생을 보다 자세히 분류하여 25계층으로 나타낸 것이다.120)

위 예문의 내용대로 천수관음은 중생을 구제하지 못하면 부처가 되지 않겠다고 誓願을 세우고 부처가 된 보살이다. 그러므로 천수관음보살의 불호를 외치면, 그 외친자의 소망을 들어주어야 한다. 그것은 관음보살의 誓願121)이었고, 그 서원대로 부처가 되었다. 따라서 자비를 베풀어 중생을 돕는 일은 관음보살의 임무이며 의무이기도 하다. 그러므로 관음사상은 현세를 떠나서 내세에 가서 극락왕생하려는 미래사상이 아니고, 현세에서 拔苦悅樂을 추구하는 현실사상이라고 할 수 있다.

본문 ㉯는 천수관음보살에게 눈 먼 희명의 아이가 '得眼'은 비는 노래이다. 일연은 『三國遺事』에 삽입한 '古歌'는 모두 향찰로 표기해 두었다. 이 향찰로 표기된 14수의 노래가 곧 향가인 것이다. 〈분황사천수대비맹아득안〉조에 삽입된 〈禱千手大悲歌〉도 귀중한 우리말로 표기된 향가이다. 분황사 좌전 북쪽 벽에 그려진 천수대비께 '得眼'의 소망을 비는 어린아이의 간절한 노래가 곧 〈禱千手大悲歌〉이다. 이미 노래의 내용은 앞에서 양주동의 것을 옮겨 두었다. 그러나 일연의 입장에서는 삽입된 〈禱千手大悲歌〉도 중요하나 더욱 중요한 것은 먼 눈을 뜨게 하여 밝음으로 이끌어 준 아이의 구제이다. 곧 천수대비의 보살행이 중요한 것이다.

글 ㉰는 일연이 지은 讚詩이다. 일연은 『三國遺事』에서 특히 감동스러운 일화의 뒤에는 '讚詩'를 붙여두고 있다. 마치 사마천이 『史記』의 '列傳'을 편술하면서 맨 뒤에 자기의 느낌과 생각을 붙여둔 것과 같다. 『三國遺事』에 있는 일연의 찬시는 모두 44수이다. 그 중 〈분황사천수대비맹아득안〉조에도 찬시가 붙어 있다. 이 찬시는 〈분황사천수대비맹아득

---

120) 上同, p.54~55.

121) 불자는 誓願을 세우고 佛門에 입문해야 한다. 관세음보살도 불문에 입문하면서 '내 이름을 부르며 도움을 청한 중생의 소망을 이루어주기 위해서 부처가 되리라'고 서원을 세우고 부처가 되었다. 그러므로 관음보살이 불문에 들어온 목적은 극락왕생에 있지 않고 중생구제에 있었다. 그래서 관세음보살은 현세에서 구원의 보살행을 행하고 있는 것이다. 대승불교의 진정한 목표는 자기가 세운 서원의 성취에 있다. 그러므로 불자는 일반적으로 四弘誓願을 세우고 입문해야 한다.

안)조에서 중요한 역할을 담당하고 있다. 그 이유는 글 ㉯인 〈禱千手大悲歌〉는 희명의 아이가 천수대비께 눈을 뜨도록 소망을 비는 내용이다.

곧 〈禱千手大悲歌〉의 노래 내용에는 아이가 눈을 뜬 사실이 정확히 드러나 있지 않다. 희명의 아이가 눈을 뜬 사실은 마지막 부분인 찬시를 보고야 알 수 있다. 곧 찬시 중 '不因大士廻慈眠 虛度楊花幾社春'을 통해서 비로소 아이가 눈을 떴다는 사실을 알 수 있다. 곧 희명의 수고나 아이의 노래만으로는 '得眼'의 결과는 알 수 없다. 일연의 찬시가 아이의 '得眼'을 비로소 알려 준 것이다. 그 찬시를 다시 한 번 소개한다.

竹馬葱笙戱陌塵
一朝雙碧失瞳人
不因大士廻慈眠
虛度楊花幾社春

죽마 총생의 어린애가 거리에서 놀더니
하루아침에 눈이 먼 사람이 되었네
대사가 자비로운 눈길을 돌리지 않았다면
헛되이 버들꽃 못 보고 지내기 몇해나 됐을까

"대사가 자비로운 눈을 돌려주지 않았다면"의 구절에서 우리는 천수대비로부터 눈 먼 아이가 눈을 이미 받았다는 것을 알 수 있다. 그래서 아이는 버들꽃도 보게 되고 헛되이 세월을 보내지도 않게 된 것이다. 대지팡이 말이나 타고 파피리나 불던 어린아이가 전생의 업고인지 어느 날 갑자기 눈이 멀었다. 육신에서 어느 것 하나 긴요하지 않은 것이 있으리요마는 눈처럼 귀중한 것은 없다. 희명의 다섯 살 난 아이가 그 눈이 먼 것이다. 눈이 없으면 밝은 세상은 말할 것도 없고 해마다 찾아오는 봄꽃, 여름날의 비, 가을의 서리, 겨울의 눈보라도 못 볼 것이다. 그런데 천수대비의 도움으로 다시 눈을 얻고 아이는 번뇌에서 벗어난다. 아이의 '得眼'을 도와준 구원의 보살인 관음보살의 실천행에 감동되어 이를 찬한 것이 이야기 마지막에 있는 찬시이다.

그러므로 〈분황사천수대비맹아득안〉은 희명의 아들이 비는 득안의 소망, 그에 답하는 천수대비의 실천행, 그리고 관음사상의 실체가 3박자의 형태로 구성하여 기술한 천수대비의 영험담이다. 그러므로 〈분황사천수대비맹아득안〉조는 피상적인 스토리에 드러난 대로 항간의 괴기한 傳奇的 성격의 설화나 민담이 아니라 그 속에 깊은 의미와 상징이 들어있는 삶의 지혜를 제시하므로 관음사상을 중생에게 심어주고자 하는 창작의도가 분명한 佛誦이다.

12.2. 得眼과 救援의 意味

눈의 실체는 만물의 상을 볼 수 있는 육신의 한 기관이다. 이 눈은 얼굴의 상위부분인 두 귀 사이에 나란히 자리하고 있으며, 세로로는 이마의 바로 아래이고 얼굴의 중앙에 있는 코의 바로 위에 자리잡고 있다. 이 눈은 사방과 좌우를 자유자재로 살필 수 있다. 그리고 이 눈은 중생이 객체를 인식하는 5각의 하나로 다른 4각과 반열이 같으나 그 기능은 5각 중 가장 으뜸이다. 그래서 모든 물상의 요체를 가리켜 눈이라고도 이른다. 그러므로 눈을 잃었다는 것은 그 물상의 요체를 잃었다는 뜻이다. 반대로 눈을 얻었다는 것은 그 물상의 요체를 얻었다는 말이고, 중생이 가고자 하는 길을 찾았다는 이야기도 된다.

희명의 아이가 잃은 눈은 육신의 일부인 눈일 수도 있다. 곧 〈분황사천수대비맹아득안〉조에서 희명의 아이가 잃은 눈은 표면상으로는 분명히 육신의 눈으로만 비치기 때문이다. 그러나 아이가 천수대비에게 빌어서 얻은 눈은 꼭 육신의 눈으로 단정하기는 어렵다. 육신의 눈 이상의 것일 수도 있다는 이야기이다. 자비의 보살과 저 높은 곳에 계시는 하느님은 한 쪽 문을 닫으면 다른 쪽 문을 열어 둔다고들 한다. 육신의 눈을 앗았으나 더 높은 세상으로 진입하여 더 행복하게 살아가는 눈을 줄 수도 있다는 이야기이다. 그 눈으로 보이는 세상이 일연의 생각으로 불가의 세계요 관음의 세계일 수도 있다.

신라는 文武王 8년 A.D. 668년 9월에 고구려를 함락하고 삼국을 통일하였다. 통일이 되기까지의 신라는 화랑도를 핵으로 삼아서 탄탄한 왕권의 기치 아래 한 목표를 향해서 앞으로만 나아갔다. 그들이 나아가서 얻은 고지가 삼국통일이다. 그러나 달려가서 정복한 높은 고지에는 신라인들 모두를 수용할 땅이 없었다. 그래서 신라인은 불만이 쌓이고, 삼국을 통일한 100여 년 뒤 景德王(742~764)의 재위시대에는 땅뺏기를 위한 여러 파당이 형성되어 나라가 혼란스러웠다. 이때 '二日竝現'122)의 괴사가 나타나서 월명사는 〈兜率歌〉를 창작하여 두 해 중 하나를 제거했다. 또한 임금의 바른 치세를 위해서 충담사는 〈安民歌〉를 지어 경고를 했고, 〈讚耆婆郞歌〉를 노래하게 하여 모범적 지도자상을 제시도 했다.

'二日竝現'의 두 해는 하늘에 뜬 두 해가 실제로 출현한 현상을 꼭 지칭한 것은 아니다. 두 해가 하늘에 동시에 나타난다는 것은 천체의 법칙상으로도 있을 수 없는 불가능한 일이기 때문이다. 동양의 전통문화권에서 해는 곧 임금의 상징이다. 그러므로 두 해 중 하나는 경덕왕을 상징하나, 새로 나타난 다른 하나의 해는 현재의 임금자리를 노리는 비왕당파의 영수일 가능성이 크다. 경덕왕 때는 통일에 대한 보상문제로 왕권에 대한 불만이 노골화되었던 시기이다. 곧 경덕왕 때 신라는 실제로 격

---

122) 三國遺事, 卷五 月明師 兜率歌.

렬한 땅뺏기의 싸움터가 되었던 시대이다. 그러한 당시의 상황에 대한 근거를 살펴보면 아래와 같다.

> 李基白에 의하면 경덕왕 때의 정치 사회 내에는 몇 개의 파벌이 형성되어 있었는데 그 파벌이란 왕을 따르는 王黨派(이를 中代的 또는 太宗武烈王系라 칭한다)와 이에 반감을 품고 있던 反王黨派(이를 下代적 奈勿王系라 칭한다)가 바로 그것이다. 史籍을 종합해 보건대 전자에 속하는 인물로는 信忠・金邕・李純 등이 있었고 후자에 들어갈 인물로는 金思仁・金良相・萬宗 등이 있었다. 특히 金良相은 反王黨派 거두의 하나로서 후에 三十六代惠恭王(景德王의 아들이자 中代의 마지막 임금)을 버리고 王位에 올라(이가 곧 三十七代 宣德王이다) 신라 下代의 개막을 연 인물이거니와 그를 중심으로 한 일파의 세력들은 비단 혜공왕 때뿐만 아니라 安民歌가 등장한 경덕왕 때 역시 대단한 힘을 발휘하면서 王政에 대치・도전하였던 것이다.123)

위의 일로 미루어 신라의 중대 말엽에는 왕당파와 비왕당파의 세력 다툼이 극심했던 시기이다. 비왕당파인 김양상의 세력은 혜공왕의 힘을 넘어섰다. 37대 선덕왕은 36대 혜공왕으로부터 왕위를 선위받은 것이 아니고, 왕좌를 힘으로 빼앗았던 임금이다. 곧 김양상은 혜공왕을 죽이고 왕좌에 올라 임금이 되었으니 그가 신라의 3대 중 下代를 열었던 선덕왕이다. 이러한 정란의 조짐은 35대 경덕왕 때부터 시작되었다.

경덕왕은 기득권의 유지를 위해서 여러 가지의 방법을 강구했다. 그 방법은 특별한 것이 없었고 임금을 비롯한 위정자들의 착한 다스림과 다스림을 받는 백성들의 마음잡기에 노력하는 일이었다. 비왕당파의 공격으로 곤경에 처한 경덕왕이 강구한 기득권 유지 방안으로 향가의 창작이 무관하지 않았다고 본다.

___

123) 黃浿江・蘇在英・秦東赫, 韓國文學作家論, 螢雪出版社, p.31.

이 경덕왕 때 〈兜率歌〉, 〈祭亡妹歌〉, 〈讚耆婆郞歌〉, 〈安民歌〉, 〈도천대비가〉가 창작된 것이다. 이 5개의 작품 중 〈兜率歌〉, 〈讚耆婆郞歌〉, 〈安民歌〉 3수는 조지훈이 지적한 대로 治理歌124)로 해석이 가능하다. 〈兜率歌〉와 〈安民歌〉는 앞에서 이야기했던 기득권 유지와 연계지어 생각하면 기득권 쪽이 열심히 행해야 할 임무이다. 아무리 비왕당파가 날뛰어도 기득권이 선정을 베풀고 백성이 왕을 따르면 다른 해는 나타날 수 없다. 그래서 〈兜率歌〉나 〈安民歌〉는 임금과 신하의 몫인 治理의 시가라는 생각이다. 또한 〈讚耆婆郞歌〉도 혼란한 세상을 구하여 이끌 수 있는 기파랑과 같은 지도자상의 모형에 대한 제시로 볼 때 이 작품도 일종의 治理歌인 것이다.

경덕왕 때에 창작된 나머지 두 수인 〈祭亡妹歌〉와 〈禱千手大悲歌〉는 불교에 의한 구원의 시가이다. 이 중 월명사의 〈祭亡妹歌〉는 정토사상에 귀의해서 세상의 중생을 구원하고자 하는 시가이고, 〈禱千手大悲歌〉는 관음사상에 의해서 제도하려는 시가로 볼 수 있다.

어둡고 캄캄하여 혼잡한 세상에 빛을 내려주어 밝게 하고, 눈 먼 중생이 나아갈 방향을 잃고 미로를 벗어나지 못하고 허덕일 때 길을 찾아주는 방법은 영도자의 잘 다스림과 마음을 잡아주는 부처의 자비사상뿐이다. 중생의 마음을 이끌고 가는 이 요체가 말하자면 종교이고 철학이고 사상이며 교육이다. 다스림에 희망을 걸지 못했던 경덕왕 때 신라인은 마음의 행로를 쫓아서 관음을 찾아 무릎을 꿇고 불가의 진입에 새로 눈을 떴다.

희명의 아들이 '失眼'한 것은 삶의 꿈을 상실한 것으로 해석할 수 있다. 다섯 살 박이 희명의 아이가 눈이 먼 것은 곧 경덕왕 때 젊은이의 미래에 대한 꿈이 사라졌음을 의미한다고 볼 수 있다. 희명의 어린아이가

---

124) 上同, p.15.

눈이 먼 이유나 동기는 확실하지 않다. 상징적으로 추측하자면 그 것은 기득권 밖으로 몰리어 쫓기는 축출일 수도 있고, 희명가의 사적인 패망일 수도 있다. 그러나 확실한 것은 아이에게 갑자기 닥쳐온 어둠이다. 곧 그 어둠은 어린애로 하여금 햇빛(꿈)을 차단 당한 일이다. 그래서 아이는 밝음을 볼 수 있는 눈을 찾기 위해서 천수대비상 앞에 곧곧이 무릎을 끓고 두 손 모아 정성을 다해 빈 것이다. 아이의 정성은 감응을 받아서 천수대비로부터 눈을 찾는 열쇠를 받는다. 그 열쇠가 곧 불가의 귀의이고, 그 세계가 천수대비가 이끄는 관음세계로의 진입이다. 그러므로 〈禱千手大悲歌〉는 천수대비 앞에 축원해서 잃었던 육신의 눈을 되돌려 받은 기적의 이야기가 아니고 관음의 인도를 받고 미로를 벗어나 길을 찾는 求道의 시가이다.

천수대비 앞에 두 손 모아 비는 구도자가 길 잃은 중생의 대변자라면 아이의 어머니 희명은 누구인가이다. 그 희명은 중생을 인도하여 관음을 알게 하는 보살의 화신이다. 곧 희명은 佛家의 三寶인 佛·法·僧의 한 기둥인 법을 행하는 따뜻한 僧일 것이다. 희명의 뱃속을 통해서 아이가 실제로 이 세상에 태어났건 아니건, 희명의 신분은 천수대비의 심부름꾼임은 틀림없다. 그래서 이병기는 이 희명을 두고 독실한 신자나 분황사의 寺婢로 보고 있다.125) 그러므로 〈분황사천수대비맹아득안〉에서 佛은 천수대비이고, 法은 관음사상이며, 僧은 希明이고 盲兒는 바로 번뇌에 허덕이는 중생의 대변자로 볼 수 있다.

---

125) 李秉岐·白鐵, 國文學全史, 新丘文化社, p.70.

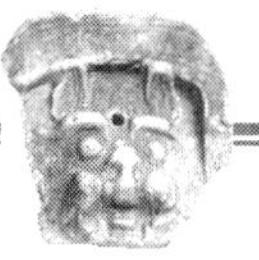

13. 遇賊歌의 性格 考察

학계에서는 『三國遺事』 제5권 避隱편 제8 永才遇賊條에 전하는 〈遇賊歌〉가 이제까지 승려 영재가 지리산에 은둔하러 가던 중 도적 떼를 만나 그들을 감복시킨 노래라는 데에 별 이견이 없었다. 작품과 배경설화 어디에도 영재가 승려라는 확증이 보이지 않음에도 영재의 신분을 승려로 확정한 것이다. 그러므로 『三國遺事』 소재 향가 다른 작품과는 다르게 〈遇賊歌〉는 작가에 대한 논의가 더욱 필요한 작품임에도 유독 이 작품에서는 작가의 신분에 대하여 별다른 논의가 없었던 것이다. 굳이 작가에 대한 언급을 찾아보자면 설화적 인물이냐, 역사적 실존 인물이냐에 대한 피상적 논의 정도였다.

작품의 성격을 규정하는데 작가의 신분이 작용하는 영향에 대한 그 중요성은 논의할 필요가 없을 것이다. 작가의 신분은 이처럼 중요한 문제임에도 불구하고 〈遇賊歌〉에서 만큼은 영재의 신분을 승려로 확정하고, 작품의 분석으로 들어갔던 것이다. 이 부분에 대한 반성을 하자는 의미로, 『三國遺事』 기록을 토대로 영재의 신분을 고찰하는 작업을 하고자 한다. 그리고 이것을 통하여 〈遇賊歌〉의 성격을 규정하고자 한다.

13.1. 永才의 身分

영재의 신분을 승려로 본 데에는 이 서사물의 출전과 깊은 연관이 있을 것이다. 〈遇賊歌〉는『三國遺事』권 5 피은편에 실려 있다. 〈피은〉편에는 제명에서 보여지듯이 높은 경지에 도달하여 은둔한 인물들의 이적을 10편에 나누어 실었다. 피은편에 실린 인물들을 구체적으로 살펴보고 그 인물의 성격을 고찰하고자 한다.

> a: 낭지승운(朗智乘雲), 보현수(普賢樹)
> b: 연회도명(緣會逃名), 문수점(文殊岾)
> c: 혜현구정(惠現求靜)
> d: 신충괘관(信忠掛冠)
> e: 포산이성(包山二聖)
> f: 영재우적(永才遇賊)
> g: 물계자(勿稽子)
> h: 영여사(迎如師)
> I: 포천산(布川山) 5비구(五比丘) 경덕왕대(景德王代)
> j: 염불사(念佛師)

이 중 가장 먼저 승려의 설화로 생각해 볼 수 있는 작품은 법화경을 명시적으로 적시한 a: 낭지승운(朗智乘雲), 보현수(普賢樹), b: 연회도명(緣會逃名), 문수점(文殊岾), c: 혜현구정(惠現求靜) 등 3개의 설화일 것이다. 그 다음으로 승려의 설화로 볼 수 있는 작품은 미타도량, 아미타불, 서방정토를 말하고 있는 e: 포산이성(包山二聖), I: 포천산(布川山) 5비구

(五比丘) 경덕왕대(景德王代), j: 염불사(念佛師) 등 3개의 설화일 것이다. 이처럼 승려의 설화로 거의 확정할 수 있는 작품이 6개나 된다. 그리고 나머지 작품들 역시 승려의 설화와 유관한 작품으로 보는 데에 큰 문제가 없다. 이러한 이유로『三國遺事』〈피은〉편을 높은 경지의 덕을 이룬 후 은둔한 승려들의 이야기를 다룬 편이라고 말하고 있다.

그러나 신라 내해왕 때의 물계자는 그 신분을 장군으로 보는 것이 타당하지 않을까 생각한다. 물계자는 내해왕 때 크게 전공을 세운 장군으로 기록에 나와 있다. 물계자가 왕자 날음의 휘하에서 가야국을 침범한 포상팔국의 군대를 크게 무찔렀고, 골포·칠포·고사포의 3국이 신라를 침략하였을 때에 갈화성에서 굳건히 방어하였다는 기록으로 보아 분명히 장군으로 보아야 할 것이다. 이 후 왕자 날음과의 갈등으로 은둔하게 되나 그것만으로 물계자를 승려로 볼 수는 없다고 생각한다.

앞서 살펴보았듯이 신충 역시 신라의 귀족이지 승려는 아니었다고 본다. 물론 신충과 단속사와의 특별한 관계 때문에 그가 불교에 귀의하였을 가능성을 전혀 배제할 수는 없지만 아직은 그 관계가 정확히 밝혀진 것이 아니다. 더구나 신충과 단속사의 관계를 일연의 오류로 보고 있는 주장도 있다. 무엇보다도 신충은 여러 기록에서 그 이름이 보여지는 실존 인물이었으며, 특별한 증거가 나오기 전까지는 승려로 보는 것은 무리이다.

『三國遺事』〈피은〉편에 실린 10개의 설화 중 적어도 2개는 승려와 무관한 작품이다. 그러므로『三國遺事』〈피은〉편은 승려의 은둔담으로 볼 수 없다. 그렇다면 자연스럽게 영재 역시 반드시 승려여야 한다는 생각은 재고되어져야 할 것이다. 그렇다고 영재가 반드시 승려가 아니다는 논리도 성립할 수 없다. 다만 영재의 신분을 승려로 확정하지 말고『三國遺事』의 기록을 살펴보자.

永才遇賊

釋永才性滑稽 不累於物 善鄉歌 暮歲將隱于南岳 至大峴嶺 遇賊六十餘人 將加害 才臨刃無懼色 怡然當之 賊怪而問其名 曰永才 賊素聞其名 乃命□□□作歌 其辭曰 自矣心米 皃史毛達只將來 呑隱日遠鳥逸□□過出知遣 今呑藪未去遣省如 但非乎隱焉破□主次弗□史內於都還於尸郎也 此兵物叱沙過乎 好尸曰沙也內乎呑尼 阿耶 唯只伊吾音之叱恨隱潽陵隱安支尙宅都乎隱以多

賊感其意 贈之綾二端 才笑而前謝曰 知財賄之爲地獄根本 將避於窮山以餞一生 何敢受焉 乃投之地 賊又感其言 皆釋釰投戈 落髮爲徒 同隱智異不復蹈世 才年僅九十矣 在元聖大王之世 讚曰 策杖歸山意轉深 綺紈珠玉豈治心 綠林君子休相贈 地獄無根只寸金

영재 스님은 천성이 활달하여 재물에 얽매이지 않았다. 향가를 잘하였는데 늙은 나이에 남악에 은거하려 했는데 대현령에 이르러 60여 명의 도적을 만났다. 죽이려 했지만 영재는 칼날 앞에서도 조금도 두려워하는 기색 없이 태연히 맞섰다. 도적들이 괴이하게 여겨 이름을 물으니 영재라 하였다. 도적들이 본래 그 이름을 들었으므로 이에 ㅁㅁㅁ 명하여 노래를 짓게 했다. 노래는 이러하다.

제 마음에
모든 형상을 모르려 하던 날은
멀리 ㅁㅁ 지나치고
이제는 숨어서 가고 있네
오직 그릇된 파계승을
두려워할 모습으로 다시 또 돌아가리오
이 칼이야 지내고 나면
좋은 날이 새리라 여겼더니
아, 오직 요만한 선은
새 집이 아니 되느니라

　도적이 그 뜻에 감격하여 비단 두 필을 주었으나 영재가 웃으며 사양하기를 "재물이 지옥의 근본이 된다는 것을 알고 장차 피하여 깊은 산에 숨어 일생을 보내려 하는데 어찌 감히 받겠느냐?" 하고 땅에 던졌다. 도적이 또 그 말에 감동하여 모두 창과 칼을 던지고 머리를 깎고 제자가 되었다. 그리고는 함께 지리산에 숨어 다시 세상을 엿보지 않았다. 영재의 나이는 90이었고 원성대왕 때에 있었다. 찬을 하면,

> 지팡이 짚고 산을 찾는 뜻이 점점 굳은데
> 비단이나 주옥이 어찌 그 마음 다스리랴
> 숲 속의 군자들아 주려고 생각마소
> 지옥이 따로 없다 촌금(寸金)일 뿐이다

　〈遇賊歌〉의 작가 영재를 승려로 보는 것은 '釋永才性滑稽'에서 釋이라는 글자 때문일 것이다. 그 외에는 영재를 승려로 보아야 할 이유가 없다. 그리고 작품의 내용으로 보아 고매한 승려였을 테인데 다른 기록에서 보이지 않은 것은 납득하기 어렵다. 그러나 釋이란 글자가 '승려', '부처'의 뜻을 지니지만 본 의미는 '풀다', '버리다'의 의미로 쓰이는 글자이다. 『春秋左氏傳』의 '釋盧蒲嫳于北竟'이라는 용례에서 보여지듯이 '추방당하다'라는 의미로도 쓰이고, '버림받다'라는 의미로도 쓰이는 말이다. 또한 '풀려나다'라는 의미로도 쓰인다. 釋이라는 글자 한자 때문에 영재의 신분을 승려로 보는 것은 신중을 기하여야 할 것이다.

　신재홍은 『鄕歌의 解釋』에서 '阿耶 唯只伊吾晋之叱恨隱潃陵隱安支尙宅都乎隱以多'라는 부분에서 특히 '潃陵' 이 부분을 언급하면서 〈遇賊歌〉가 영재 자신의 선업, 또는 도적들에게 선업을 일컬어 교화시키려는 의도에서 창작된 작품으로 보는 것은 무리가 따른다고 지적하였다. 신재홍에 의하면 영재가 도적들에게 목숨을 내놓은 행위가 도적들의 악업을 도

와주는 행위이지, 燒身供養과 같은 선업이 될 수는 없다고 하였다.126)

다음으로 생각해 볼 구절은 '不累於物'이라는 부분이다. 만약 영재가 승려였다면 이러한 표현이 가능하냐는 것이다. 더구나 피은편에 수록이 될 정도로 덕이 높은 승려에게 '재물에 얽매이지 않았다.'라는 표현은 어울리지 않은 것이다. 물론 역사 기록에 의하면 승려와 사찰의 축재가 지나쳐 사회적 문제가 된 적도 있었다. 하지만 원성왕 때는 아직 그러한 승려의 축재가 나타나기 전이다. 신라 고승들의 행적을 보면 대승불교의 영향 아래 불교가 서민의 고통을 함께하려는 경향이 강하게 일었던 것을 알 수 있다.

물론 이러한 표현이 상투적 표현일 수도 있다. 그러나 다음 찬과 궤를 같이 한다는 점에서 단순한 상투적 표현으로 보기 어렵다. 찬에서 보이는 '지팡이 짚고 산을 찾는 뜻이 점점 굳은데 / 비단이나 주옥이 어찌 그 마음 다스리랴'는 표현도 이미 속세의 부귀영화를 누릴만큼 누렸다는 의미도 포함하고 있다. 영재의 신분이 무엇이었는지는 알 수 없지만 승려로 규정한다는 것은 이와 같은 이유로 설득력을 갖기 어렵다. 오히려 고위 관직을 지내며 부귀영화를 누렸던 귀족으로 보는 것이 타당하지 않을까 생각한다.

13.2. 作品 構造와 善鄕歌의 意味

『三國遺事』 소재 향가 〈遇賊歌〉의 이해를 위하여 작품의 배경설화에 보이는 '善鄕歌'의 의미를 파악하는 것은 중요한 문제이다. 그럼에도 불구하고 이 부분에 대한 논의는 단지 향가의 명칭 문제에서 잠깐 언급되

---

126) 신재홍, 『鄕歌의 解釋』(집문당, 2000), 284쪽.

었을 뿐 구체적인 논의가 이루어지지 않았다. 물론 이 한번의 언급으로 〈遇賊歌〉와 향가의 전반적 성격을 논의한다는 것은 여러 여건상 어려움이 많은 것이 사실이다. 그러나 〈遇賊歌〉 이해에 중요한 단서인 '善鄕歌'에 대한 논의는 필요하다고 생각한다.

먼저 '善鄕歌'에서 향가가 오늘날 국문학 장르의 하나인 향가를 의미하는 지는 알 수 없다, 다만 영재는 '善鄕歌'의 향가를 잘하였던 것이다. 이것이 또한 일연이 영재를 『三國遺事』에 수록한 이유이다. 여기서 '향가'가 분명 어떤 특정 장르의 노래라는 것은 알 수 있지만, 구체적인 모습은 알 수 없다. 문학적 상상력을 이용하여 유추해 볼 수밖에 없는 것이다. 배경설화와 연관하여 여기서 '鄕歌'가 지칭하는 바를 고찰하고자 한다.

우리가 먼저 생각해 볼 수 있는 것은 '賊素聞其名'이라는 구절이다. 위의 구절에서 도적들이 영재의 이름을 알고 있었다는 사실을 알 수 있다. 배경설화에 의하면 이름을 듣자 '善鄕歌'의 향가를 짓게 하였으니, 영재는 분명 산 속의 도적들에게까지 알려질 정도로 향가 작가로 유명한 인물이었다. 이 향가가 어떤 성격을 가졌는가는 쉽게 유추할 수 있다. 배경설화 문맥상의 의미로 보아 〈遇賊歌〉와 비슷한 성격의 노래일 것이다.

정리하면, 영재는 특정 장르의 노래를 산 속에 사는 도적들까지 알 정도로 아주 잘 지었다. 그 노래가 어떤 기능을 하였는지는 알 수 없다. 하지만 도적들은 영재의 이름을 듣자, 노래를 지어주도록 요청하였다. 영재는 그 요청을 받아들여 노래를 지었다. 그러므로 〈遇賊歌〉는 당연히 '善鄕歌'의 향가에 해당하는 노래일 것이다. 이것은 도적들이 영재에게 노래를 부르게 한 것이 아니라 짓게 했다는 표현에서도 유추해 볼 수 있다.

영재는 당연히 '善鄕歌' 하였으니, 향가를 지었을 것이다. 〈遇賊歌〉의 현대적 풀이를 통하여 '善鄕歌'에서 이야기 하고 있는 향가를 고찰하고자 한다.

제 마음의
참모습을 모르고 숨어 지내던 골짜기를
멀리 지나 보내고
이제는 살피면서 가고자 합니다
단지 그릇된 도둑 떼를 만나
두려움으로 다시 또 돌아가겠는가
이 무서운 흉기의 위험을 지나고 나면
좋은 날이 고대 새리라 기뻐하였더니
아아, 오직 이만한 선업은
어디 높으신 새집에 두고 숨어선 안됩니다.

〈遇賊歌〉는 단지 궐자에 의해서만이 아니라 그 뜻이 심오하여 해독에 어려움이 많은 작품이다. 작품의 내용을 보면 의미의 복합적인 구사를 통한 상징적인 언어가 중첩되어 당시의 상황을 노래하는 것인지, 자신의 삶의 자세를 노래하는 것인지 정확히 구분하기 어렵다. 더구나 결구에서 숨어선 안된다라는 표현이 의미하는 바가 무엇인지 분명하지 않다.

이 작품은 또한 화자와 청자의 혼란이 중첩되고 있는 작품이다. 배경설화로 보아 화자는 분명 영재이고, 청자는 도적 떼인데 전 4구와 후 4구의 청자는 영재 자신으로 보여지는 것이다. 그렇다면 이러한 청자는 노래의 마지막까지 지속되어야 함이 당연한데 결구에 와서의 청자를 영재로 보는 것은 배경설화에서 은둔하러 가던 상황과는 연결이 자연스럽지 못하다. 그렇다고 결구의 청자를 도적으로 보기에도 문맥이 자연스럽지 못하다. 결구의 청자는 세상 사람으로 보는 것이 문맥상 자연스럽다.

이처럼 작품 구조를 이해하는 것 자체가 혼란스러운 이 작품은 후 4구 해석의 난해함과 함께 작품 전체의 맥락을 이해하는 데 어려움을 준다. 작품 전체의 대의를 보면 많은 논란이 있는 것은 사실이지만 자신을 되돌아보는 자성과 도적들에게 선업을 권고하고 있는 교화의 노래이다.

이 부분은 다음 부분에서 구체적으로 구조 분석을 통하여 상론하고자 한다. 선학들의 연구 결과처럼 〈遇賊歌〉는 자성과 권계의 노래이고 '善鄕歌'의 향가는 당연히 자성과 권계를 추구하는 노래라고 생각한다.

작품 〈遇賊歌〉의 구조를 10구체 향가 일반적 구조인 전 4구, 후 4구, 결구의 구조로 보지 않고, 문맥에 초점을 두고 a 4구, b 2구, c 2구, d 3구로 나누어 고찰해 보는 것도 의미 있는 작업일 것이다. 이것이 〈遇賊歌〉의 구조라는 주장은 아니다. 다만 작품 이해를 위하여 문맥의 의미상 구조를 파악하는 작업이 필요하다는 것이다.

> a: 진솔한 삶의 자세와 자성
> 　제 마음의
> 　참모습을 모르고 숨어 지내던 골짜기를
> 　멀리 지나 보내고
> 　이제는 살피면서 가고자 합니다
>
> b: 현재 상황과 의지
> 　단지 그릇된 도둑 떼를 만나
> 　두려움으로 다시 또 돌아가겠는가
>
> c: 시대 인식
> 　이 무서운 흉기의 위험을 지나고 나면
> 　좋은 날이 고대 새리라 기뻐하였더니
>
> d: 풍자와 교화
> 　아아, 오직 이만한 선업은
> 　어디 높으신 새집에 두고
> 　숨어선 안됩니다.

〈遇賊歌〉는 위와 같이 의미상의 단락을 지을 수 있다. a는 두 가지의 해석이 가능하다. 먼저 영재 자신이 이제껏 살아온 삶의 자성이 들어 있는 것으로 파악할 수 있다. 영재 스스로 느끼는 90이 다되도록 무엇을 추구하고 살아왔는지, 삶의 참 모습이 무엇인지 하는 회한과 이제는 삶의 진솔한 의미를 추구하며 살아가겠다는 의지가 들어 있다.

그러나 정반대의 의미로 도둑들에게 하는 교화로 보는 것도 가능하다. 너희들은 왜 너희들 삶이 진정으로 원하는 것을 외면하고, 골짜기에서 도둑질을 하느냐라는 2구와 이어지는 2구가 아직은 실현이 안된 미래의 모습, 도둑의 삶을 깨끗이 씻고 새로운 삶을 살아가는 모습을 노래하였다고 보는 것도 가능하다. 있어야 할 미래를 있는 미래로 보여주는 표현 기교는 노래에서 얼마든지 가능하기 때문이다.

b의 해석은 단순해 보이지만, 도둑을 누구로 보아야 하느냐는 난점이 있다. 지금 영재 눈 앞에 있는 도둑을 의미하는 것인지, 당시의 사회적 상황을 압축한 상징적 의미인지 정확히 규정하기 어렵다. 그리고 이의 규정에 따라 두 가지로 해석이 가능하다. 먼저 전자의 경우 너희들이 위협한다고 나의 의지를 꺾을 수 있겠느냐는 결연이 드러나 있다. 후자의 경우로 해석을 하면 도둑이 된 것은 너희들 책임이 아니라는 위로와 그런데 왜 도둑이라는 두려운 신분으로 살아가야 하느냐라는 회유가 들어 있다고 볼 수 있다.

c의 '이 무서운 흉기의 위험을 지나고 나면' 역시 현재의 상황인지, 시대 상황인지 규정하기 어렵다. 현재의 상황이면 영재 자신에 국한된 말이 되겠고, 시대 상황이면 도둑에게 하는 말이 되겠다. 두 해석이 가능하지만 이어지는 '좋은 날이 고대 새리라 기뻐하였더니'와 연관하여 해석을 하면 후자일 개연성이 높다고 생각한다. 그렇다면 일관성이라는 측면에서 a와 b 역시 후자의 경우로 해석하는 것이 자연스러울 것이다.

d의 해석에 있어 중요한 어휘는 '선업'이다. '이만한'이라는 수식어가 붙은 선업은 도둑이 영재를 살려준 것과 영재가 도둑을 교화시킨 것 두

가지 중 하나로 해석하는 것이 자연스러울 것이다. 그런데 노래가 불려지는 시간에 아직은 도둑이 영재를 살려 준 것도, 영재가 도둑을 교화시킨 것도 아니다. 배경설화의 기사에 의하면 노래가 지어진 후, 노래에 감복하여 도둑들이 영재를 살려주었던 것이고, 교화되어 제자가 된 것이다. 즉, 영재는 노래를 지을 때 이미 이후 사건이 어떻게 전개될지를 알고 있었다는 것이다.

마지막 구절인 '숨어선 안됩니다'의 해석도 난해하다. 배경설화에 의하면 이 후 영재 뿐만 아니라 도둑들도 모두 지리산에 숨어 세상에 나오지 않았다. 그렇다면 '숨어선 안됩니다'라는 표현은 '세상 밖에 숨어선 안된다'라는 표층적 의미로 쓰인 것은 아니라는 것을 알 수 있다. 그러므로 '숨어선 안됩니다'라는 표현은 '드러내야 합니다'로 받아들여야 할 것이고, 목적어는 선업이 될 것이다. 두 번째 구절인 '높으신 새집'은 '가슴속 깊숙한 곳'으로 해석하든지, 앞으로 쌓게 될 커다란 공덕으로 해석 할 수 있을 것이다.

이처럼 〈遇賊歌〉가 외연과 내포라는 이중적 의미로 해석이 가능한 것은 '善鄕歌'라는 지칭의 향가에서 가지고 있는 기능과 관련이 있을 것이다. 즉, 〈遇賊歌〉에서 쓰인 향가라는 노래는 내용상 자성과 권계, 교화의 기능을 가지고 표현상 중의성과 풍자성이 강한 성격을 지닌 장르가 아닐가 가정해 본다.

배경설화에 보이는 '釋永才性滑稽 不累於物 善鄕歌'라는 구절을 해석해보자. 직역을 하면 다음과 같다. 추방당한(버림받은) 영재는 성품이 골계스러웠고, 재물에 얽매이지 않았으며 향가를 잘 지었다. 여기서 영재의 성품인 골계에 대하여 살펴보자. 골계는 쾌활하고, 활달하다로 해석되어 질 수는 없다. 국어사전에서는 골계를 익살로 규정하고 있다. 보통 '우스꽝스러움'이라고 번역되는 골계는 웃음을 자아내는 문학의 모든 요소에 폭넓게 적용되는 말이며, 기지, 풍자, 반어, 해학 등으로 외화된다.

주로 숭고와 비장과 대립하는 미적 범주라 할 수 있겠다. 즉, 영재는 기지가 뛰어났고, 언어적 표현력이 대단하여 향가를 잘 지었다고 볼 수 있겠다. 곧, 골계와 향가는 관련이 있다고 보여진다.

이러한 뛰어난 언어적 표현력을 가졌던 영재이니까, 도둑 앞에서도 태연하였던 것이다. 다음 구절을 '將加害 才臨刀無懼色 怡然當之' 해석하면 다음과 같다. 장차 해를 가하려하나 영재는 칼 앞에서도 두려운 빛이 없었고, 도둑들 앞에서 태연하였다. 이 문맥의 사전적 의미는 영재가 죽음 앞에 태연한 것이 아니라 도둑들의 칼 앞에 태연하였다는 것을 보여주고 있다. 영재는 자신이 죽지 않으리라는 것을 알고 있었던 것이다.

〈遇賊歌〉의 구조와 배경설화에 기초하여 작품의 성격을 살펴본 바, 기지와 풍자, 반어와 해학이 돋보이는 골계미에 기초한 작품이다는 것을 알 수 있다.

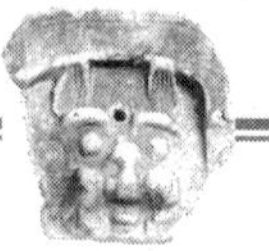

14. 高麗歌謠 處容歌와의 對比的 考察

향가 〈處容歌〉의 경우 그 동안의 연구 경향은 어석의 문제로부터 출발하여, 노래 성격에 관한 연구, 처용에 대한 연구, 무속과의 상관성 연구, 고려가요 〈處容歌〉와의 비교 연구 등 다양한 방법으로 논의되었다. 성과물 역시 연구사를 정리하기 힘들 정도로 많이 축적 되었으니, 이제 어느 정도 향가 〈處容歌〉의 모든 것이 밝혀졌다고 보아도 좋을 정도이다.

그럼에도 불구하고 논의가 계속되고 있는 것은 어석의 문제에서부터 그 어느 것 하나 통일된 견해가 없다는 논의의 불완전성 때문이라고 본다. 동일한 문제에 계속하여 새로운 논의가 일고 있는 것은 향가 장르 전체의 특징이기도 한다. 본 논의 역시 동일한 논의의 반복이 될 소지가 다분하나, 향가 〈處容歌〉와 고려가요 〈處容歌〉를 종적 측면이 아닌 횡적 측면의 대비적 고찰이 필요하다는 문제의식에서 출발하고자 한다.

『三國遺事』 소재 향가 14수의 작품 중 유일하게 〈處容歌〉는 동일한 제명으로 고려가요에 그 자취를 남기고 있다. 더구나 고려가요 〈處容歌〉에 향가 〈處容歌〉의 일부가 삽입되어 들어 있으니 이 두 작품의 상관관계를 부정할 수 없다. 사실 이 부분은 향가와 고려가요의 장르 관계에 대한 많은 단서를 제공하고 있으므로 일찍이 많이 연구되어진 부분이다. 그러므로 여기에서는 장르의 史的 변화 발전에 대한 논의는 하지 않겠다. 여기서는 향가 〈處容歌〉와 고려가요 〈處容歌〉의 대비적 고찰을 통하여 향가 〈處容歌〉와 고려가요 〈處容歌〉의 유사성과 상이성을 규명하는 데 주력하고자 한다.

14.1. 鄕歌 處容歌의 構造와 性格

문학 연구에 있어서 비교 연구는 여러 가지 방법론이 있으나, 본 논의의 핵심 축이 영향 관계를 규명하고자 함이 아니라, 상이성과 유사성의 규명에 초점이 있으므로 구조적 측면과 성격적 측면을 중시하고자 한다. 먼저 향가 〈處容歌〉와 고려가요 〈處容歌〉의 작품구조를 살펴보고자 한다. 향가 〈處容歌〉의 작품 구조를 파악하기 위하여 전문을 싣고자 한다.

A: 창작의 동기
東京明期月良
夜入伊遊行如何
入良沙寢矣見昆
脚烏伊四是良羅

B: 문제의 발생
二肹隱吾下於叱古
二肹隱誰支下焉古

  C: 문제의 해결
     本矣吾下是如馬於隱
     奪叱良乙何如爲理古

노래의 해독은 다음과 같다.

    시볼 볼긔 드래
    밤드리 노니다가
    드러아 자리 보곤
    가르리 네히어라
    둘흔 내해엇고
    둘흔 뉘해언고
    본디 내해다마론
    아아놀 엇디ᄒ릿고
    〈양주동 해독〉

  살펴본 바와 같이 향가 〈處容歌〉는 3단 구조를 취하고 있다. 전 4구
는 처용이 밤 늦게 집에 귀가하였는데, 아내가 외간 남자와 동침을 하고
있다는 내용으로 〈處容歌〉의 창작 이유가 되는 부분이다. 이러한 상황이
없었더라면 〈處容歌〉는 창작되지 않았을 것이다. 다음 2구는 문제의 발
생이다. 네 개의 다리 중 두 개는 분명 아내의 다리인데, 나머지 두 개는
누구의 다리인가 라는 표현에서 처용은 아내의 외도를 어떻게 받아들여
야 하는가라는 문제에 직면하게 된다. 여기에 대한 해답이 마지막 2구에
나타난다. 본디 내 것이었지만 이제 어떻게 할 수 없지 않는가라는 표현
에서 체념과 용서라는 이중적 정서가 드러난다.
  향가 〈處容歌〉는 이와 같이 삼단 구조로 이루어져 있다. 시가 작품의
구조 분석에 있어서 각 단락의 분량이 의미하는 바는 크다. 작품의 균형
미는 구조의 분량에 기초하고 있기 때문이다. 향가 〈處容歌〉는 첫 단락

이 4구로 가장 분량이 많고, 나머지 두 단락은 2구씩으로 분량이 같다. 이러한 삼단 구조는 시가 작품에 있어서는 조금 특이하다고 할 수 있다. 즉, 향가 〈處容歌〉는 균형이 잡힌 구조를 가지고 있지 않다는 것이다. 시가 작품에 있어서 삼단 구조는 분량에 있어서 각 단락이 대등한 지위를 확보하거나, 첫 단락과 두 번째 단락이 대등하고 마지막 단락이 분량이 길거나, 짧은 것이 일반적이다. 그럼으로써 균형미를 획득하게 되기 때문이다.

향가 〈處容歌〉가 이러한 구조를 가진 이유를 각 단락이 어떠한 기능을 하고 있는 가에 기초하여 파악하고자 한다. 첫 번째 단락인 A는 노래 창작의 동기이다. 처용이 향가 〈處容歌〉를 부른 이유가 아내의 외도에 있었다는 사실이다. 물론 여기서 외도의 상징적 의미는 정설로 알려진 역신의 침범으로 보고 별도로 상론하지 않겠다. 즉, 향가 〈處容歌〉는 역신의 침범, 역병의 발생이라는 상황이 차지하는 비중이 노래 전체에서 가장 크다고 하겠다.

역병의 발생이라는 상황이 향가 〈處容歌〉의 창작 동기이자, 존재 이유이다. 향가 〈處容歌〉의 효용적 측면인 역병의 퇴치는 그 이후의 문제인 것이다. 즉, 선학들의 연구 성과에서 밝혀졌듯이 이 노래는 역병 퇴치의 목적으로 창작된 것이 아니다. 다만 이 노래에 역신이 감복하여 처용에게 다시는 앞에 나타나지 않겠다는 약속을 함으로써 역병 퇴치의 기능이 발생하게 된 것이다. 그러므로 향가 〈處容歌〉는 주술가가 아니다. 다만 주술적 성격을 역신과의 약속으로 획득하였던 것이다. 다시 상론하겠지만 이 노래에는 주문이 드러나 있지 않다. 주술가의 가장 큰 특징 중의 하나인 명령법과 서술법의 대구도 보이지 않으며 노래 자체에는 전혀 주술의 흔적이 없다.

이러한 이유에서 향가 〈處容歌〉는 첫 단락이 가장 중요한 단락이 되는 것이고, 동일한 맥락에서 가장 많은 분량을 차지하고 있는 것이다.

B는 문제의 발생을 서술한 부분이고, C는 문제의 해결을 시도한 부분이다. 역신이 침범했고, 처용은 체념하고, 용서하였던 것이다. 노래는 여기서 끝나지만 사건은 여기서 끝나지 않는다. 앞서 잠깐 언급하였듯이 향가 〈處容歌〉의 주술적 성격을 획득하는 가장 중요한 사건이 발생하게 되는 것이다. 그리고 이 부분은 서사문으로 이루어져 있다. 향가 〈處容歌〉가 수록된 『三國遺事』 망해사조를 보면 크게 전반부와 후반부로 나누어지고 향가 〈處容歌〉와 직접적으로 관련된 부분은 전반부임을 알 수 있다. 전반부는 다시 노래를 중심으로 처용의 등장에 관련된 서사문이 앞에 나오고, 노래의 뒷 부분은 역신과의 약속을 토하여 향가 〈處容歌〉가 주술적 성격을 획득하게 되는 서사문으로 구성되어 있다.

『三國遺事』에 수록된 〈處容歌〉의 모습을 살펴보자.

東京明期月良夜入伊遊行如何入良沙寢矣見昆脚烏伊四是良羅二肹隱吾下於叱古二肹隱誰支下焉古本矣吾下是如馬於隱奪叱良乙何如爲理古(『三國遺事』原文)

이처럼 『三國遺事』의 기록을 보면 유일하게 〈處容歌〉만이 한 줄로 구성되어 있어 서사문의 구조를 가지고 있다. 즉, 『三國遺事』 〈망해사조〉 전반부는 처용의 등장, 處容歌, 處容歌의 주술 기능 획득이라는 3단으로 구성되어 있는 것이다. 이러한 구조에서 가장 중요한 부분은 마지막 단락이다. 향가 〈處容歌〉는 마지막 단락의 등장에 앞서, 休止의 기능을 하고 있는 서사물의 전체 구조에서 부수적인 기능만을 하고 있는 것이다.

실제 역사 기록을 보더라도 향가 〈處容歌〉가 우리의 민속에서 주술적 기능을 행한 예가 없다. 처용이, 더 정확히 말하면 처용의 모습이 주술적 기능을 행하였지, 〈處容歌〉는 주술적 기능을 행하지 않았다는 것이다. 향가 〈處容歌〉는 연회에 사용되어지기는 하였으나 〈處容歌〉를 불러

역병을 예방하거나, 치료했다는 기록을 찾아보기 어려운 이유는 〈處容歌〉가 주술적 기능이 없었다는 증거가 될 것이다. 주술적 기능을 가졌던 처용과 향가 〈處容歌〉를 혼돈한 것은 오늘날의 문학자라는 것이다.

향가 〈處容歌〉는 살펴본 같이 삼단 구조를 가지고 있는 작품이다. 그러나 향가 문학의 특성에 영향을 받아서 연의 구분이 없는 비연시의 구조를 가지고 있다.

14.2. 高麗歌謠 處容歌의 構造와 性格

작자 미상의 고려 가요 〈處容歌〉는 非聯詩로써 희곡적 구성을 가지고 있다. 향가 〈處容歌〉와는 달리 역신 구축과 벽사진경의 목적과 과정이 작품의 핵심을 이루고 있으므로 주술성을 바탕으로 한 무가적인 특성이 지배적이라고 보는 데 별 이견이 없다. 작품의 전체 구조는 비연시이지만 4개에서 8개의 단락으로 구성되어 있다고 보아왔다.127) 먼저, 고려 가요 〈處容歌〉의 전문을 살펴보고자 한다.

    A: 처용의 기원
    (前腔) 新羅聖代 昭聖代
           天下大平 羅侯德
           處容아바
           以是人生애 相不語 ᄒ시란ᄃᆡ
           以是人生애 相不語 ᄒ시란ᄃᆡ
    (附葉) 三災八難이 一時消滅 ᄒ샷다

---

127) 작품의 구조에 대한 논의는 3단(김사엽, 윤영옥), 4단(양주동, 김형규, 박병채, 이명구, 서대석, 최철, 최미정), 5단(김상억, 최용수, 김수경), 6단(정병헌), 8단(려증동)의 의견이 있으나, 6단 구성으로 보는 것이 타당하다고 생각한다.

B: 처용의 모습
(中葉) 어와 아븨 즈이여 處容아븨 즈이여
(附葉) 滿頭揷花 계오샤 기울어신 머리예
(小葉) 아으 壽命長願ᄒ샤 넙거신 니마해
(後腔) 山象이슷 깅어신 눈섭에
       愛人相見ᄒ샤 오올어신 누네
(附葉) 風入盈庭ᄒ샤 우글어신 귀예
(中葉) 紅桃花ᄀ티 붉거신 모야해
(附葉) 五香 마ᄐ샤 웅긔어신 고해
(小葉) 아으 千金 머그샤 어위어신 이베
(大葉) 白玉琉璃ᄀ티 힉어신 닛바래
       人讚福盛ᄒ샤 미나거신 툭애
       七寶 계우샤 숙거신 엇게예
       吉慶 계우샤 늘의어신 ᄉ맷길헤
(附葉) 설믜 모도와 有德ᄒ신 가ᄉ매
(中葉) 福智俱足ᄒ샤 브르거신 비예
       紅鞓 계우샤 굽거신 허리예
(附葉) 同樂大平ᄒ샤 길어신 허튀예
(小葉) 아으 界面 도ᄅ샤 넙거신 바래

C: 처용의 당대 위상
(前腔) 누고 지어셰니오 누고 지어셰니오
       바늘도 실도 어쎄 바늘도 실도 어쎄
(附葉) 處容아비룰 누고 지어셰니오
(中葉) 마아만 마아만 ᄒ니여
(附葉) 十二諸國이 모다 지어셰온
(小葉) 아으 處容아비룰 마아만 마아만 ᄒ니여

D: 주문
(後腔) 머자 외야자 綠李야
       샐리 나 내 신고홀 미야라

(附葉) 아니옷 미시면 나리어다 머즌 말

E: 처용의 주술 획득
(中葉) 東京 ᄇᆞᆯ근 ᄃᆞ래
      새도록 노니다가
(附葉) 드러 내 자리를 보니
      가르리 네히로세라
(小葉) 아으 둘흔 내해어니와
      둘흔 뉘해어니오
(大葉) 이런 저긔 處容아비옷 보시면
      熱病神이아 膾ㅅ가시로다
      千金을 주리여 處容아바
      七寶를 주리여 處容아바
(附葉) 千金 七寶도 말오
      熱病神를 날 자바 주쇼셔

F: 주술의 효능
(中葉) 山이여 미히여 千里外예
(附葉) 處容 아비를 어여려거져
(小葉) 아으 熱病大神의 發願이샷다

노래의 해독은 다음과 같다.

(전강) 신라 성대(新羅聖代) 밝은 성대의
      천하태평은 나후(羅後)의 덕
      처용(處容) 아비여
      이로써 사람들이 별말이 없게 되니
      이로써 사람들이 별말이 없게 되니
(부엽) 모든 재앙(災殃)이
      일시에 소멸하도다.
(중엽) 아아, 아비의 모습이여

처용 아비의 모습이여
(부엽) 머리에 가득 꽂은 꽃이 무거워
기울어진 머리
(소엽) 아아, 수명(壽命)이 장수(長壽)할
넓으신 이마
(후강) 산(山) 모양 비슷한
긴 눈썹
애인을 바라보는 듯한
너그러운 눈
(부엽) 바람이 잔뜩 불어
우글어진 귀
(중엽) 복사꽃같이
붉은 얼굴
(부엽) 진기한 향내 맡으시어
우묵해진 코
(소엽) 아아, 천금(千金) 먹으시어
넓어진 입
(대엽) 백옥(白玉) 유리같이
하얀 이빨
복이 많다 칭찬 받아
밀어 나온 턱
칠보 무거워서
숙어진 어깨
좋은 경사 너무 많아
늘어진 소맷자락
(부엽) 슬기를 모두어
유덕(有德)한 가슴
(중엽) 복과 지혜가 다 풍족하여
불룩한 배
붉은 띠 무거워
굽은 허리

(부엽) 태평성대를 같이 즐겨
　　　　길어진 다리
(소엽) 아아, 계면조(界面調)에 맞추어 도는
　　　　넓은 발
(전강) 누가 만들어 세웠는가.
　　　　누가 만들어 세웠는가.
　　　　바늘도 실도 없이
　　　　바늘도 실도 없이
(부엽) 처용 아비를
　　　　누가 만들어 세웠는가.
(중엽) 많이도 많이도 세워 놓았구나.
(부엽) 십이 제국이
　　　　모두 만들어 세워
(소엽) 아아, 처용 아비를 많이도 세워 놓았구나.
(후강) 버찌아 오얏아 녹리야
　　　　빨리 나와 내 신코를 매어라.
(부엽) 아니 곧 맨다면
　　　　궂은 말 떨어지리라.
(중엽) 신라 서울 밝은 달 아래
　　　　밤새도록 노닐다가
(부엽) 들어와 내 자리를 보니
　　　　가랑이가 넷이로구나.
(소엽) 아아, 둘은 내 것인데
　　　　둘은 뉘 것이뇨.
(대엽) 이럴 적에
　　　　처용 아비만 본다면
　　　　열병신(熱病神)이야
　　　　횟감이로다
　　　　천금(千金)을 주랴
　　　　처용 아비야
　　　　칠보(七寶)를 주랴 처용 아비야

> (부엽) 천금 칠보도 말고
> 　　　열병신 잡아 날 주소서
> (중엽) 산이나 들이나
> 　　　천 리 밖으로
> (부엽) 처용 아비를
> 　　　비켜 갈지어다.
> (소엽) 아아, 열병대신(熱病大神)의
> 　　　발원(發願)이로다.

고려가요 〈處容歌〉는 이상과 같이 6단으로 구성되어 있다. A는 처용의 기원과 처용이 당대에서 가졌던 신격을 노래하고 있다. 무가에서 굿의 처음이 초청하고자 하는 신의 유래를 밝히는 것으로 시작하는 것과 유사하다. 주술에서 그 효용을 신격으로부터 인정받고자 하는 인식과 동일한 인식인 것이다. 즉, 고려가요 〈處容歌〉는 노래 자체만으로 구조에서부터 이처럼 주술적 성격을 가지고 있다.

B는 처용, 처용신의 모습을 노래하고 있다. 그려지고 있는 처용의 모습은 인간의 것이 아니다. 그렇다고 괴물로 노래하고 있는 것도 아니다. 신격을 이야기 하고 있는 것이다. 이처럼 신격은 그 외모에서부터 드러나는 것이다. 이러한 묘사는 신격에 대한 찬송으로 받아들여야 할 것이다. 여기서 처용의 실제 모습을 유추하는 작업은 아무런 의미가 없다고 생각한다. 이미 고려가요에 와서 처용은 신라 향가에 등장하였던 處容과 동일 인물이 아니다. 이제는 신격화된 처용인 것이다.

C는 찬양하고자 하는 처용신의 위세이다. 12 제국에서 처용신을 숭배한다는 말은 세상 사람들 모두가 처용신을 숭배한다는 말이다. 세상 사람들 모두가 숭배하는 처용신이기에 처용의 주술력은 이미 증명되어진 것이다. 무속에서는 신이 서열화 되어 있다. 그리고 얼마나 많은 이들에게 영향을 끼치는가는 신주력에 의하여 결정된다. 처용신은 인간 세

상 모두에서 그 신주력을 가지고 있는 것이다.

여기까지를 다시 커다란 한 단락으로 볼 수 있다. 처용신의 유래와 그 신주력에 대한 찬양으로 볼 수 있는 것이다. 굿의 절차로 본다면 여기까지는 청신에 해당하는 부분이다.

D는 고려가요 〈處容歌〉에서 가장 중요한 부분이다. 주문에 해당하는 부분이다. 첫 두 구가 명령법에 의한 주관적 요소의 관철이고, 후 두 구는 첫 두 구에 종속되어 서술법에 의한 주관적 요소를 실행하고 있는 것이다. 김열규는 한국 주술의 지배적인 양식이 명령법을 주축으로 하는 兩半과 이를 뒷받침하는 서술법을 주축으로 하는 兩半이 대우가 되어 이루어지는 구성을 가지고 있다고 주술의 구성 원리를 구조적으로 파악하였다.128)

D를 한국 대표적인 주술가인 〈구지가〉와 비교하여 보자.

    a: 버찌아 오얏아 녹리야
    b: 빨리 나와 내 신코를 매어라
    c: 아니 곧 맨다면
    d: 궂은 말 떨어지리라

    a: 거북아 거북아
    b: 머리를 내어라
    c: 머리를 아니 내면
    d: 구워서 먹겠다

동일한 구조를 가지고 있는 전형적인 주문의 모습이다. a에서는 주술의 대상을 불러내고 있다. 김열규는 여기서 '아'가 단순한 호명을 의미하는 호격이 아니라, 우리의 일상 세계를 영적인 공간으로 환기시키는 작

---

128) 김열규, "韓國詩歌와 呪歌", 『鄕歌文學論』(새문사, 1986), 16쪽.

용을 한다고 보았다. 그리하여 b의 인간 의지가 주술을 획득한다고 본 것이다. c, d는 a, b에 종속되는 서술문으로써, a, b에서 발해진 명령의 수행을 이행시키는 기능을 하는 것으로 보았다.

고려가요 〈處容歌〉는 노래 안에 이처럼 완벽한 주문을 가지고 있다. 이러한 주문이 있기에 고려가요 〈處容歌〉는 주가의 성격을 가지는 것이며, 주술의 효능을 가지고 있는 것이다. 향가 〈處容歌〉는 노래 자체만으로는 아무런 주술성을 획득하고 있지 못하다는 것을 앞서 밝혔다. 그리고 그 증거로써 주술이 필요한 현장에서 향가 〈處容歌〉가 불러진 것이 아니라 처용이라는 부적이 사용되었던 것이다. 그러나 고려가요 〈處容歌〉는 그 자체로 주술성을 획득하고 있기에 노래의 실현 자체만으로 축사와 벽사진경의 기능을 수행하였던 것이다.

곧, 고려가요 〈處容歌〉는 궁중의 나례와 결부되어 '처용희(處容戲)', '처용무(處容舞)'로 발전되었다. 조선 시대에 들어와서는 제야에 구나례(驅儺禮)를 행한 뒤 두 번 처용무를 연주하여, 그 가무와 노래가 질병을 몰아내는 주술적 양식으로 바뀌었다. 이와 같은 기록을 보더라도 고려가요 〈處容歌〉는 향가 〈處容歌〉와 그 성격을 완전히 달리하고 있는 것이다.

E는 향가 〈處容歌〉가 삽입되어 나타나고 있다. 이러한 이유는 고려가요 〈處容歌〉의 가장 중요한 주술적 기능을 획득하는 사건이 앞서 살핀대로 향가 〈處容歌〉의 내용이기 때문이다. 향가 〈處容歌〉의 주술적 의미이기도 하다. 이어서 F에서는 고려가요 〈處容歌〉가 주술가로서 갖는 위상과 효능이 드러나 있다.

고려가요 〈處容歌〉는 살펴본 바와 같이 A, B, C가 하나의 단락으로 구의 절차와 유사한 청배가의 기능을 가지고 있으며, D가 독립 단락으로서 주문이다. 그리고 E, F는 다시 〈處容歌〉의 위상과 효능을 부언하고 있다. 이러한 구조는 무속에 있어서 굿의 절차와 유사하다. 그러므로 고려가요 〈處容歌〉는 무속적 사고에 기반한 구조를 가지고 있는 것이다.

14.3. 小結

향가 〈處容歌〉와 고려가요 〈處容歌〉는 작품의 구조가 동일하게 3단 구성을 가지고 있다. 하지만 두 작품 모두 삼단 구성의 일반 원리에서 벗어나고 있다. 處容歌는 배경설화 자체가 커다란 삼단 구성을 가지고 있으며 여기서 다시 향가 작품이 삼단 구성을 취하는 구조를 가지고 있다. 굿의 이중적 구성 원리가 보인다고 할 수 있겠다.

고려가요 〈處容歌〉는 작품이 6개의 단락으로 구성되어 있으나, 작품의 구조는 전 3단락이 하나의 의미망, 다음 단락이 하나의 의미망, 그리고 끝의 2단락이 하나의 의미망을 취하는 삼단 구성을 취하고 있다.

노래의 성격에서는 향가 〈處容歌〉는 노래의 문면에 주술성이 드러나지 않지만, 고려가요 〈處容歌〉는 노래의 구조와 문면에서 이미 주술가로서의 기능을 확실히 하고 있음을 살펴보았다. 그러므로 두 작품은 구조가 동일하지는 않지만 모두 삼단으로 구성되어 있다는 유사성을 보이고, 작품의 성격은 향가 〈處容歌〉는 주술 획득의 과정을 그린 서사성이 강한 작품이고, 고려가요 〈處容歌〉는 주술가로 서로 상이하다는 사실을 고찰하였다. 그럼에도 두 작품 모두 주술이라는 특별한 문학 장치에 基盤하여 성립하고 있다는 유사성을 부인할 수 없다.

제3장 研究 資料

1. 三國遺事 所載 鄕歌 原文과 解釋

1.1. 薯童謠 : 제2권　紀異　제2　武王

武王(古本作武康　非也　百濟無武康)

第三十武王名璋　母寡居　築室於京師南池邊　池龍交通而生　小名薯童　器量難測　常掘薯預　賣爲活業　國人因以爲名　聞新羅眞平王第三公主善花(一作善化)　美艶無雙　剃髮來京師　以薯預餉閭里群童　群童親附之　乃作謠　誘群童而唱之云　善化公主主隱

他密只嫁良置古　薯童房乙夜矣卯乙抱遣去如　東謠滿京　達於宮禁　百官極諫　竄流公主於遠方　將行　王后以純金一斗贈行　公主將至竄所　薯童出拜途中　將欲侍衛而行　公主雖不識其從來　偶爾信悅　因此隨行　潛通焉　然後知薯童名　乃信童謠之驗　同至百濟　出母后所贈金　將謀計活　薯童大笑曰　此何物也　主曰　此是黃金　可致百年之富　薯童曰　吾自小掘薯之地　委積如泥土　主聞大驚曰　此是天下至寶　君今知金之所在　則此寶輸送父母宮殿何如　薯童曰可　於是聚金　積如丘陵　詣龍華山師子寺知命法師所　問輸金之計　師曰　吾以神力可輸　將金來矣　主作書　幷金置於師子前　師以神力　一夜輸置新羅宮中　眞平王異其神變　尊敬尤甚　常馳書問安否　薯童由此得人心　卽王位　一日王與夫人　欲幸師子寺　至龍華山下大池邊　彌勒三尊出現池中　留駕致敬　夫

人謂王曰 須創大伽藍於此地 固所願也 王許之 詣知命所 問塡池事 以神力
一夜頹山塡池爲平地 乃法像彌勒三 會殿塔廊廡各三所創之 額曰彌勒寺
(國事云王興寺) 眞平王遣百工助之 至今存其寺(三國史云是法王之子 而
此傳之獨女之子 未詳)

무왕(古本에는 武康이라 했으나 잘못이다. 百濟에는 武康이 없다)

제 30대 무왕의 이름은 장이다. 그 어머니가 과부가 되어 서울 남쪽
의 못 가에 집을 지었다. 못의 용과 사귀어 정을 통하고 아이를 낳았다.
어릴 때 이름은 서동으로 재주와 도량이 커서 헤아리기 어려웠다. 항상
생계를 위해 참마를 팔았기 때문에 나라 사람들이 서동이라고 이름을 지
었다. 신라 진평왕의 세 번째 선화공주가 아름답고 고우나 짝이 없다는
얘기를 들었다. 서동은 머리를 삭발하고 서울로 올라갔다. 마을의 아이
들 무리에게 마를 먹이니 아이들이 친해져서 따르게 되었다. 이에 동요
를 지어 여러 아이들을 꾀어 노래를 부르게 하였다.

> 선화 공주님은
> 남몰래 정을 통하고
> 서동이를
> 밤에 몰래 안고 간다

동요가 서울에 가득 퍼지고 그 노래가 대궐까지 들어갔다. 모든 벼슬
아치들이 공주를 먼 곳으로 내칠 것을 지극히 간청하였다. 장차 떠나려
는데 왕후가 순금 한 말을 보냈다. 공주가 장차 귀양지에 이르게 되자
서동이 나타나 길 가운데서 절을 하고 장차 공주를 모시고 지키고자 한
다고 말을 했다. 공주는 비록 그를 알지 못했지만 그를 믿고 쫓아가다가
서동과 정을 통하게 되었다. 그러한 뒤에 서동의 이름을 알게 되었고 이
어서 아이들의 동요가 맞다는 것도 믿었다. 함께 백제로 와서 임금의 왕

후인 어머니가 보낸 금을 꺼내며 장차 어떻게 살아갈지를 꾀했다. 서동은 크게 웃으며 말했다. "이것이 무엇이오?" 공주가 말했다. "이것은 백년을 부유하게 보낼 수 있는 금이오." 서동이 말했다. "나는 스스로 어렸을 때부터 참마를 캤던 땅 위에 같은 것(황금)을 흙처럼 쌓아 놓았다." 공주가 이를 듣고 매우 놀라 말했다. "이것은 하늘 아래 보배이다. 그대가 지금 금이 있는 곳을 알면 부모님이 계시는 궁전에 그 보배를 보내는 게 어찌하오?" 서동은 그것이 옳다고 말했다. 금을 모아 큰 언덕과 같이 쌓고 용화산에 이르러 사자사의 지명법사에게 금을 나를 수 있는 방법을 물었다. 법사가 말했다. "나는 신령한 힘으로 그것을 나를 수 있으니 금을 가져오시오." 공주가 사자(법사) 앞에 편지와 금을 두었다. 법사가 신령한 힘으로 하루 밤 만에 금을 날라 신라 궁전 가운데 두었다. 진평왕은 그 신령한 변화를 이상하게 여겨 서동을 더욱 존경하고 항상 편지를 써서 안부를 물었다. 서동은 이로 말미암아 인심을 얻어 왕위에 올랐다. 하루는 왕이 부인과 더불어 사자사에 가려고 용화산 아래 큰 연못가에 이르니, 미륵 삼존이 못 가운데서 나타났고 서동이 가마를 서게 하고 공경을 표했다. 부인이 왕에게 말했다. "모름지기 이 땅에 큰 절을 지어주길 매우 소원하오." 왕이 허락하니, 지명법사에게 이르러 못을 메울 것을 물으니 신령한 힘이 하룻밤 만에 산을 무너뜨려 못을 메우고 평평한 땅으로 만들었다. 이어서 미륵 삼상, 회전, 전탑과 낭무를 각각 세 곳에 세웠고 그 절을 미륵사(국사에서는 왕흥사라고 함)라고 했다. 진평왕이 백명의 장인을 보내 도와주었는데 지금도 그 절이 존재한다.(삼국사에서는 법왕의 아들이라 했는데 여기서는 과부의 아들이라 전하니 자세히 알 수 없다.)

1.2. 彗星歌 : 제5권 感通 제7 融天師 彗星歌 眞平王代

融天師 彗星歌 眞平王代
第五居烈郎 第六實處郎〔一作突處郎.〕第七寶同郎等 三花之徒 欲遊楓
岳 有彗星犯心大星 郎徒疑之 欲罷其行 時天師作歌歌之 星怪卽滅 日本兵
還國 反成福慶 大王歡喜 遣郎遊岳焉 歌曰 舊理東尸汀叱 乾達婆矣 遊烏
隱城叱肹良望良古 倭理叱軍置來叱多 烽燒邪隱邊也藪耶 三花矣岳音見賜
烏尸聞古 月置八切爾數於將來尸波衣 道尸掃尸星利望良古 彗星也白反也
人是有叱多 後句 達阿羅浮去伊叱等邪 此也友物北所音叱彗叱只有叱故

제 5 거열랑, 제 6 실처랑(일명 돌처랑 이라고도 한다.) 제 7 보동랑 등
세 명의 화랑들이 풍악(風岳)에 놀러 가려고 하는데 혜성(慧星)이 나타나
심대성(心大星)을 범하였다. 낭도(郎徒)들은 이를 의아스럽게 생각하고
그 여행을 중지하려고 했다. 이때 융천사(融天寺)가 노래를 지어 부르자
별의 괴변은 즉시 사라지고 일본(日本) 군사가 제 나라로 돌아가니 도리
어 경사가 되었다. 임금이 기뻐하여 낭도(郎徒)들을 보내어 풍악에서 놀
게 했으니, 노래는 이렇다.

옛날 동해 물가에 건달바가
놀던 城을 바라보고
왜군이 왔다고
봉화를 올린 이가 있었다
세 화랑이 산 구경 간다는 소식을 듣고
달도 부지런히 길을 밝히려는 가운데
길을 쓸고 있는 별들을 바라보고
혜성이여 하고 말한 사람이 있었다
아아, 달 아래로 떠나갔더라
이에 무슨 혜성이 있을까

1.3. 風謠 : 제4권 義解 제5 良志使錫

良志使錫

釋良志 未詳祖考鄕邑 唯現迹於善德王朝 錫杖頭掛一布帒 錫自飛至檀
越家 振拂而鳴 戶知之納齋費 帒滿則飛還 故名其所住曰錫杖寺 其神異莫
測 皆類此 旁通雜譽(藝) 神妙絶比 又善筆札 靈廟丈六三尊 天王像 幷殿
塔之瓦 天王寺塔下八部神將 法林寺主佛三尊 左右金剛神等 皆所塑(塑)也
書靈廟 法林二寺額 又嘗彫磚造一小塔 幷造三千佛 安其塔置於寺中 致敬
焉 其塑靈廟之丈六也 自入定 以正受所對 爲揉式 故傾城士女 爭運泥土
風謠云 來如來如來如 來如哀反多羅 哀反多矣徒良 功德修叱如良來如 至
今土人春相役作皆用之 蓋始于此 像初成之費 入穀二萬三千七百碩(或〔云
改〕金時祖(租)) 議曰 師可謂才全德充 而以大方隱於末技者也 讚曰 齋罷
堂前錫杖閑 靜裝爐鴨自焚檀 殘經讀了無餘事 聊塑圓容合掌看

스님 양지는 그의 조상이 누구인지 출생지가 어디인지 자세하지 않다.
다만 신라 선덕왕 때 사람이라는 것만 나타나 있다. 석장의 끝머리에 포
대 하나를 걸어 두면 지팡이는 저절로 날아가 단월가(檀越家; 시주하는 집)
에 이르러 스스로 흔들어서 소리를 내었다.

그 집에서 그것을 알고 재의 비용을 그 포대에 넣어 포대가 차면 포대
는 날아서 돌아왔다. 이로써 그가 살던 절을 석장사라 불렀다.

그 신비스럽고 기이한 것이 모두 이와 같았다. 한편, 여러 재주를 통
달하여 신비하고 묘한 것이 비길 데가 없었다. 또 필찰을 잘하여 영묘사
의 장륙삼존상과 천왕상, 전탑의 기와와 천왕사탑 밑의 팔부신장과 법림
사의 주불삼존, 좌우 금강신등은 모두 그가 만들었다.

영묘사와 법림사의 편액을 썼고, 또한 일찍이 벽돌을 조각하여 작은
탑을 하나 만들고 아울러 부처 3천을 만들어 그 탑을 절 안에 모셔두고
공경하여 받들었다.

그가 영묘사의 장육상을 만들 때 입정(入定)하여 삼매에서 뵌 부처를 모형으로 삼았는데 온 성안의 남자와 여자들이 다투어 진흙을 날라 주었다. 그 때 남자들이 읊은 노래는 다음과 같다.

> 오다 오다 오다
> 오다 서럽더라
> 서럽다 우리네여
> 공덕 닦으러 오다

지금도 시골 사람들이 방아를 찧을 때나 일할 때 모두 이 노래를 부르고 있는데 이는 대개 그 때 시작되었던 것이다.

장육상을 만들 때의 비용은 곡식 2만 3천 7백 석이 들었다. (혹은 금색을 다시 칠할 때의 조라고 한다.) 논평을 하자면 양지스님은 재주가 갖춰지고 덕이 충실했으며, 유명한 대가로서 말기에 숨기고 있는 이라고 하겠다. 이에 찬양하여 이른다.

> 재(齋) 마치니 법당 앞 석장은 한가한데
> 향로를 손질하여 단향 피우네
> 남은 불경 다 읽으니 더 할 일 없어
> 불상을 만들어 합장하고 쳐다 본다

1.4. 願往生歌 : 제5권 感通 제7 廣德嚴莊

文武王代 有沙門名廣德·嚴莊 二人 友善 日夕約曰 先歸安養者告之 德隱居芬皇西里(或云 皇龍寺西 去房 夫知孰是) 蒲鞋爲業挾妻子而居 莊庵栖南岳 大種刀耕 一日 日影拖陰靜暮 窓外有聲 報云 某巳西往矣 惟君好

住 速從我來 莊排闥而出顧之 雲外有天樂聲光明屬地 明日歸訪其居 德果
亡矣 於是乃與其婦粒骸 同營蒿里 旣事 万謂旣曰 夫子逝矣 偕處何如 婦
曰可 遂留 夜將宿欲通焉 婦靳之曰 師求淨土 可謂求魚緣木 莊驚怪問曰
德旣乃爾予又何妨 婦曰 夫子與我 同居十餘載 未嘗一夕同床而枕 況觸汚
乎 但每夜端身正坐 一聲念阿彌陁佛號 或作十六觀 觀旣熟明月入戶 時昇
其光 加趺於上 竭誠若此 雖欲勿西奚往 夫適千里者 一步可規 今師之觀可
云東矣 西則夫可知也 莊愧赧而退 便詣元曉法師處 懇求津要 曉作鍤觀法
誘之 藏於是潔己悔責 一意修觀 亦得西昇 鍤觀在曉師本傳與海東僧傳中
其婦乃芬皇寺之婢 盖十九應身之一德 嘗有歌云 月下伊底亦 西方念丁去賜
里遺 無量壽佛前乃 惱叱古音(鄕言云報言也) 多可支白遺賜立 誓音深史隱
尊衣希仰支 兩手集刀花乎白良 願往生願往生 慕人有如白遺賜立 阿邪 此
身遺也置遺 四十八大願成遺賜去

　문무왕 때에 중 광덕과 엄장이 있었는데 두 사람은 친하여 밤낮으로
약속하여 먼저 안양(安養)으로 돌아가는 자는 알리기로 하였다. 광덕은
분황 서쪽 마을에 은거해 살면서 신 삼는 것을 직업으로 하며 처자를 데
리고 살았다. (혹은 황룡사의 서거방(西去方)이라 하는데 어느 것이 옳은지 모르겠
다.) 엄장은 남악에 살면서 경작에 힘쓰면서 살았다. 하루는 노을과 고요
한 그림자가 질 무렵 창 밖에서 소리가 났다. 누가 이르기를 "나는 이미
서쪽으로 가니 잘 있다가 빨리 나를 쫓아오라"하였다. 엄장이 문을 밀치
고 나가 사방을 둘러보니 이미 가고 구름 밖 하늘에서 즐거운 소리와 밝
은 빛이 땅에 비췄다. 다음날 그(광덕)가 살던 곳을 찾아가니 그는 과연
죽어 있었다. 이에 그(광덕)의 처와 유해를 거두어 장의를 마치고 부인과
의 합의에 의해 같이 살게 되었다. 저녁에 같이 자며 정을 통하려하니
부인이 거절하며 말하되 "서방정토(西方淨土)에 가기를 바란다는 것은 마
치 나무 가지위에 올라가 물고기를 얻으려는 것과 같다."고 하였다. 광
덕이 놀라 기이하게 여겨 물으니 "광덕도 이미 그랬거늘 나를 어찌 꺼리
는가" 부인은 말했다. "광덕은 나와 10여 년을 같이 살았으나 한 번도

자리를 같이 한 적이 없었고, 밤마다 단정히 앉아 염불을 하고, 혹은 16 관을 행할 뿐이었습니다. 16관에 숙달하자 달빛이 창에 들면, 그 빛을 타고 가부좌 했습니다. 정성이 이와 같으니 어찌 극락에 가지 않겠습니까? 무릇 천 리를 갈 사람은 그 첫걸음으로 알 수 있으니, 이제 스님의 하는 일을 보니, 동쪽으로 간다 해도 극락으로 간다는 것은 생각할 수 없습니다."라 하였다. 엄장은 부끄러워 물러나 원효법사를 찾아가 법요(法要)를 간구하였다. 원효는 삽관법(鍤觀法;靜觀法의 誤記)으로 그를 인도하였다. 엄장은 이에 몸을 깨끗이 하고 잘못을 뉘우쳐 자신을 꾸짖고, 한 뜻으로 닦아 보이며, 또한 서방정토로 가게 되었다. 삽관법은 원효법사의 본전(本傳)과 혜동고승전(海東高僧傳) 속에 있다.

그 부인은 바로 분황사의 계집종이니, 대개 관음보살 십구응신(十九應身)의 하나였다. 광덕에게는 일찍이 노래가 있었다.

> 달님이시여 이제
> 서방정토까지 가시려는가
> 무량수불 앞에
> 알리어 여쭈옵소서
> 맹세 깊으신 부처님께 우러러
> 두 손 모아서
> 왕생을 원합니다, 왕생을 바랍니다 하며
> 그리워하는 사람이 있다고 사뢰옵소서
> 아아, 이 몸을 버려두고
> 마흔 여덟 가지 큰 소원을 이루실까.

1.5. 慕竹旨郞歌 : 제2권 紀異 제2 孝昭王代竹旨郞

孝昭王代. 竹旨郞(亦作竹曼 亦名智官).

第三十二孝昭王代 竹曼郞之徒有得烏(一云谷)級干 隷名於風流黃卷 追日仕進 隔旬日不見 郞喚其母 問爾子何在 母曰 幢典牟梁益宣阿干 以我子差富山城倉直 馳去行急 未暇告辭於郞 郞曰 汝子若私事適彼 則不須尋訪 今以公事進去 須歸享矣 乃以舌餅一合 酒一缸 卒左人(鄕云皆叱知言奴僕也) 而行 郞徒百三十七人 亦具儀侍從 到富山城 問閽人 得烏失奚在 人曰 今在益宣田 隨例赴役 郞歸田 以所將酒餅饗之 請暇於益宣 將欲偕還 益宣固禁不許 時有使侃珍管收推火郡 能節租三十石 輸送城中 美郞之重士 風味鄙宣暗塞不通 乃以所領三十石 贈益宣助請 猶不許 又以珍節舍知騎馬鞍具貽之 乃許朝廷花主聞之 遣使取益宣 將洗浴其醜宣逃隱 掠其長子而去 時仲冬極寒之日 浴洗於城內池中 仍合凍死 大王聞之 勅牟梁里人從官者 並合黜遣 更不接公署 不著黑衣 若爲僧者 不合入鐘鼓寺中 勅史上侃珍子孫爲枰定戶孫 標異之 時圓測法師是海東高德 以牟梁里人故不授僧職 初述宗公爲朔州都督使 將歸理所 時三韓兵亂 以騎兵三千護送之 行至竹旨嶺 有一居士 平理其嶺路 公見之歎美 居士亦善公之威勢赫甚 相感於心 公赴州理 隔一朔 夢見居士入于房中 室家同夢驚怪尤甚 翌日使人問其居士安否 人曰 居士死有日矣 使來還告其死 與夢同日矣 公曰 殆居士誕於吾家爾 更發卒修葬於嶺上北峯 造石彌勒一軀 安於塚前 妻氏自夢之日有娠 旣誕 因名竹旨壯而出仕 與庾信公爲副帥 統三韓 眞德 太宗 文武 神文四代爲冢宰 安定厥邦 初得烏谷 慕郞而作歌曰

去隱春皆理米 毛冬居叱沙哭屋尸以憂音 阿冬音乃叱好支賜烏隱 皃史年數就音墮支行齊 目煙廻於尸七史伊衣 逢烏支惡知作乎下是 郞也慕理尸心未 行乎尸道尸 蓬次叱巷中宿尸夜音有叱下是

제 32대 효소왕대에 죽지랑의 무리에 득오라는 급간(신라 관등의 제 9위)이 있었는데, 풍류황권(화랑부의 명부)에 이름을 올려놓고 날마다 출근하다가 한번은 열흘 동안 보이지 않았다. 죽지랑은 그의 어머니를 불러 그대의 아들이 어디 있는가를 물으니, 어머니가 말하기를, "당전(신라 군대의 직책의 하나, 부대장 급)에 모량부의 아간 익선(신라 관등의 제 6 위)이 나의 아들을 부산성의 창직으로 제수하였으므로 급하게 그 길을 달려가느라 한가하지 못하여(말씀드릴 겨를이 없어서) 낭께 말씀을 고하지 못하고 갔습니다."고 하였다. 낭이 말하기를 "그대의 아들이 사사로운 일로 갔다면 기대하지 않고 찾을 필요가 없겠으나 지금 공적인 일로 갔으니 내가 가서 대접하겠노라."하고 설병 한 합과 술 한 동이를 가지고 좌인을 거느리고 가니 낭도 137명 또한 좋은 위엄을 갖추고 따라갔다.

부산성에 이르니 문지기에게 물었다. "득오가 어디에 있느냐." 그 사람이 말하기를 "지금 익선의 밭에 있습니다. 예를 따라서 부역하고 있습니다."라고 하니 낭이 밭으로 돌아가서 장수로서 술과 떡으로 잔치함으로써 익선에게 휴가를 청하여 득오와 함께 돌아오기를 하고자 하나 익선이 굳게 금하고는 허락하지 않았다.

그 시간에 사리 간진이 추화군 능절의 조세 30석을 성으로 수송하던 중 낭이 선비를 중하게 여기는 풍도를 듣고 아름다운 맛을 느끼고 익선의 막히고 융통함 없는 어두운 마음을 비루하게 여기고 이로써 거느리고 가던 30석을 익선에게 주고는 도와주기를 청하였으나 마음의 움직임 없이 허락하지 아니하다가 또, 사지 진절이 기마와 안구를 주니 그제야 허락을 하였다.

조정의 화주가 이를 듣고 부리던 사람을 보내어 익선을 잡게 하고 더러움과 추함을 씻기고자 하였으나 익선이 달아나서 숨어버리므로(은둔해 버리므로) 그 길로 그의 장자를 잡아갔다.(매질을 했다.) 그 시간은 중동에서 극하게 추운 날이었으므로 (몹시 추운 날이었다.) 그 성의 못 가운데에서 목욕을 시켰더니 그대로 얼어서 죽고 말았다.

대왕이 듣고서 조서를 내려 모량리 사람으로 버슬을 하고 있는 자를 모두 쫓아 물리쳐 보내라하고 다시는 관공서에 오지 못하게 하고 검은색

옷은 입지 못하게 하며 만약 중이 되어 버린 자가 있으면 종고가 있는 절 속으로 들어가지 못하게 하며 또 명을 내려 간진의 자손을 평정호손 (당나라 제도상 한 마을의 사무를 관장하는 호를 말함)으로 삼아 표창하게 하다.

이 때에 원측법사는 해동의 고승이었으나 모량리 사람인고로 승직을 받지 못하였다. 처음에 순종공이 삭주 도독사가 되어 장차 원래 임하던 마을로 돌아가려고 하는데, 그 때에 삼한에 전쟁으로 어지러움이 있어 기병 3000명을 호송하게 되었다. 가는 길에 죽지령에 도달하게 되었을 때 한 거사가 그 고갯길을 평평하게 고르고 있었더라. 공이 보고 감한다고 아름답게 여기니, 거사 또한 공의 위세가 혁혁함을 착하고 선하게 여겨서 서로의 마음이 통하게 되었다.

공이 주에 부임하여 다스리게 된지 한 달이 되었을 때 꿈에 거사가 방 가운데를 들어오는 것을 보게 되니 그 집에서 같은 꿈을 꾸어 매우 경이롭고 괴이하게 여기다. 다음날 사람을 부려 그 거사의 안부를 물으니 그 사람이 말하기를 "거사가 죽은 지 며칠 되었다."라고 한다. 부렸던 이가 돌아 와서 그 죽음을 고하니 그 날이 꿈을 꾼 날과 같더라. 공이 말하기를 "위태하게 거사가 나의 집에 탄생할 것이다." 또 다시 병졸을 보내어 고갯마루 위 북쪽의 봉우리에 장사를 지냈더라. 돌로 미륵 한 구를 지어 무덤 앞에 세워 두었다. 그의 처가 꿈을 꾼 날로 하여 임신하여 출산하니 그의 이름을 죽지랑이라고 이름을 붙였다. 그가 자라서 김유신 공의 부수가 되어 삼한을 통일하게 되고, 진덕·태종·문무·신문 등 4대의 총재가 되었더라. 그래서 그 나라를 안정시켰더라. 처음에 득오곡이 낭을 사모하여 노래를 지으니 이러하다.

> 간 봄을 그리워함에
> 모든 것이 울면서 시름하는구나
> 아름다움을 나타내신

얼굴에 주름살이 지려하는구나
눈깜짝할 사이에
만나보게 되리
낭이여, 그리워하는 마음에 가는 길
다복쑥 우거진 구렁에서 잠자는 밤 있으리

1.6. 獻花歌 : 제2권 紀異 제2 水路夫人

水路夫人

聖德王代 純貞公江陵太守(今溟州)行次 海汀畫饍 傍有石嶂 如屛臨海
高千丈 上有躑躅花盛開 公之夫人水路見之 謂左右曰 折花獻者其誰 從者
曰 非人跡所到 皆辭不能 傍有老翁牽牸牛而過者 聞夫人言 折其花 亦作歌
詞獻之 其翁不知何許人也 便二日程 又有臨海亭 畫饍次 海龍忽攬夫人入
海 公顚倒躃地 計無所出 又有一老人告曰 故人有言 衆口鑠金 今海中傍生
何不畏衆口乎 宜進界內民 作歌唱之 以杖打岸 則可見夫人矣 公從之龍奉
夫人出海獻之 公問夫人海中事 曰 七寶宮殿 所饍甘滑香潔.非人間煙火 此
夫人衣襲異香 非世所聞 水路姿容絶代 每經過深山大澤 屢被神物掠攬 衆
人唱海歌 詞曰 龜乎龜乎出水路 掠人婦女罪何極 汝若悖逆不出獻 入網捕
掠燔之喫 老人獻花歌曰 紫布岩乎邊希 執音乎手母牛放敎遣 吾肹不喻慚肹
伊賜等 花肹折叱可獻乎理音如

　　성덕왕 때에 순정공이 강릉(지금의 명주) 태수로 부임하는 중에 바닷가
에서 점심을 먹고 있었다. 그 옆에 병풍같은 바위 벽이 있어 바다에 맞
닿았는데 높이가 천 길이나 되었고, 그 위에는 철쭉꽃이 한창 피어 있었
다. 공의 부인 수로가 그것을 보고 옆 사람들에게 "저 꽃을 꺾어다 바칠
자 그 누구인고?" 하니 모시는 사람들이 모두 "사람이 발 붙일 곳이 못
됩니다." 하고 사양하였다. 그 곁에 늙은 노인이 암소를 끌고 지나다가

부인의 말을 듣고 꽃을 꺾어 노래를 지어 바쳤으나 그가 어떤 사람인지
알지 못했다. 다시 이틀 길을 가다가 바닷가 정자에서 점심을 먹는데 용
이 홀연히 나타나 부인을 끌고 바다로 들어갔다. 공이 기절하여 땅을 쳐
보았지만 아무 방법이 없었다. 한 노인이 있다가 "옛 사람의 말에 여러
사람의 입은 쇠도 녹인다 하였는데 지금 바다 짐승이 어찌 여러 사람의
입을 두려워하지 않겠는가. 당장 이 경내의 백성을 불러서 노래를 부르
며 몽둥이로 언덕을 두드리면 부인을 볼 수 있을 것이다."라고 하였다.
공이 그대로 하였더니 용이 바다에서 부인을 데리고 나와 바쳤다. 공은
부인에게 바닷 속의 사정을 물었다. 부인은 "칠보 궁전에 음식이 달고
부드러우며 향기가 있고 깨끗하여 세상의 익히거나 삶은 음식이 아니더
라."하였다. 옷에도 향기가 배어 세상에서 맡는 향기가 아니었다. 수로
의 자색과 용모가 절대가인이어서 깊은 산이나 큰 못을 지날 때마다 여
러 번 신에게 잡히었다. 여럿이 부른 해가의 가사는 이러하다.

> 거북아 거북아 수로부인을 내어놓아라
> 남의 부녀자를 약탈한 죄 얼마나 큰가
> 네가 만약 거역하고 내어놓지 않으면
> 그물로 잡아내어 구워 먹겠다

노인이 꽃을 바치며 부른 노래는 이러하다.

> 자줏빛 바위 가에
> 잡고 가는 암소를 놓게 하시고
> 나를 부끄러워 하지 않으신다면
> 꽃을 꺾어 바치오리다.

1.7. 怨歌 : 제5권 避隱 제8 信忠掛冠

信忠掛冠

孝成王潛邸時 與賢士信忠 圍碁於宮庭栢樹下 嘗謂曰 他日若忘卿 有如
栢樹 信忠與拜 隔數月 王卽位賞功臣 忘忠而不第之 忠怨而作歌 帖於栢樹
樹忽黃悴. 王怪使審之 得歌獻之 大驚曰 萬機鞅掌 幾忘乎角弓 乃召之賜
爵祿 栢樹乃蘇 歌曰 物叱好支栢史 秋察尸不冬爾屋支墮米 汝於多支行齊
敎因隱 仰頓隱面矣改衣賜乎隱冬矣也 月羅理影支古理因淵之叱 行尸浪 阿
叱沙矣以支如支 貌史沙叱望阿乃 世理都 之叱逸烏隱第也 後句亡 由是寵
現於兩朝 景德王(王卽孝成之弟也) 二十二年癸卯 忠與二友相約 掛冠入南
岳 再徵不落髮爲沙門 爲王創斷寺居焉 願終身丘堅 以奉福大王 王許之 留
眞在金堂後壁是也 南有村名俗休 今訛云小花里(按三和尙傳 有信忠奉聖
寺 與此相混 然計其神文之世 距景德已百餘年 況神文與信忠乃宿世之事
則非此信忠明矣 宜詳之) 又別記云 景德王代 有直長李俊(高僧傳作李純)
早曾發願 年至知命 須出家創佛寺 天寶七年戊子 年登五十矣 改創槽淵小
寺爲大刹 名斷俗寺 身亦削髮 法名孔宏長老 住寺二十年乃卒 與前三國史
所載不同 兩存之闕疑 讚曰 功名未已鬢先露 君寵雖多百歲忙 隔岸有山頻
入夢 逝將香火祝吾皇

효성왕이 아직 왕위에 오르기 전에 현명한 신하 신충과 궁중 뜰의 잣
나무 아래서 바둑을 두며 말하였다. "다음 날 내가 결코 그대를 잊지 않
을 것을 이 잣나무를 두고 맹세하리다." 하니 신충은 일어나 절을 했다.
몇 달이 지나 왕이 즉위하고 공로가 있는 신하들에게 상을 줄 때 신충을
잊고 차례에 넣지 못했다. 신충이 원망하여 노래를 지어 잣나무에 붙였
더니 잣나무가 갑자기 누렇게 되었다. 왕이 이상하게 여겨 사람을 시켜
살펴보도록 하였는데 나무에서 노래를 찾아내어 바쳤다. 왕이 크게 놀라
"일이 너무 복잡하고 바빠서 공신을 잊었구나."하고 불러서 벼슬을 주었
다. 나무가 다시 살아났다. 노래는 이러하다.

뜰의 잣(栢)이
가을에 아니 이울어지매
너를 어찌 잊으리오?"하신
우러르던 낯이 계시온데
달 그림자가 옛 못(淵)의
가는 물결 원망하듯이
얼굴이야 바라보나
누리도 싫은지고!
(후구는 없어짐)

　　이로부터 두 임금에게 총애를 받았다. 경덕왕(효성왕의 아우) 22년 계묘에 신충이 두 친구와 약속하고 벼슬을 그만두고 남악으로 들어가 두 번씩 불러도 나오지 않았다. 머리를 깎고 불도를 닦는 사람이 되어 왕을 위하여 단속사를 짓고 죽을 때까지 산에 숨어 대왕에게 복을 바치겠다 하니 왕이 허락하였다. 영정이 금당 뒷벽에 있다. 남쪽에 속휴라는 마을이 있는데 지금은 와전되어 소화리(삼화상전에 보면 신충의 봉성사가 있는데 여기와는 서로 틀리다. 그러나 신문왕 때와 계산하면 경덕왕과는 이미 백여 년의 거리가 있다. 하물며 신문왕과 신충이 과거세의 인연이 있다 함은 이 신충이 아닌 것이 분명하니 마땅히 잘 알아 밝혀야겠다.)라 한다. 또 다른 기록에는, 경덕왕 때에 직장 이준(고승전에는 이순이라 했다)이 일찍부터 발원하여 나이 50이 되자 마침내 출가하여 절을 지었다. 천보 7년 무자에 나이 50이었다. 조연의 작은 절을 고쳐 큰 절로 만들어 단속사라 하고 자신도 삭발하고 법명을 공굉 장로라 하였다. 절에 살기 20년 만에 죽었다하나 삼국사의 기록과는 같지 않다. 두 기록을 다 두어 의아한 점을 덜고자 한다. 찬을 하자면,

　　공명은 끝이 없고 귀밑머리 먼저 희어지니
　　임금의 총애 많다 해도 나이는 바삐게 100세가 되는구나

언덕 너머 산 그림자 꿈에 자주 그려
향불을 피우고 우리 임금의 복을 빈다

1.8. 兜率歌 1.9. 祭亡妹歌 제5권 感通 제7 月明師兜率歌

月明師兜率歌

景德王十九年庚子四月朔 二日並現 挾旬不滅 日官奏請緣僧 作散花功
德 則可禳 於是潔壇於朝元殿 駕幸靑陽樓 望緣僧 時有月明師 行于阡陌
時之南路 王使召之 命開壇作啓 明奏云 臣僧但屬於國仙之徒 只解鄕歌 不
閑聲梵 王曰 卜緣僧 雖用鄕歌可也 明乃作兜率歌賦之 其詞曰 今日此矣散
花唱良 巴寶白乎隱花良汝隱 直等隱心音矣命叱使以惡只 彌勒座王陪立羅
良 解曰 龍樓 此日散花歌 挑送靑雲一片花 殷重直心之所使 遠邀兜率大僊
家 今俗謂此爲散花歌 誤矣 宜云兜率歌 別有散花歌 文多不載 而日愧卽滅
王嘉之 賜品茶日水精念珠百几箇 忽有一童子儀形鮮潔 詭奉茶珠 從殿西小
門而出 明謂是內宮之使 王謂師之從者及玄徵 而俱非 王異之 使人追之 童
入內院塔中而隱 茶珠在南 壁畫慈氏前 知明之至德與至誠 能昭假于至聖也
如此 朝野莫不聞知 王益敬之 更贐縑一百疋 以鴻誠 明又嘗爲亡妹營齊 作
鄕歌祭之 忽有吹紙錢 飛擧向西而沒 歌曰 生死路隱 此矣有阿米次肹伊遣
吾隱去內如辭叱都 毛如云遣去內尼叱古 於內秋察早隱風未 此矣彼矣浮良
落尸葉如 一等隱枝良出古 去奴隱處毛冬乎丁 阿也 彌陀刹 良逢乎吾 道修
良待是古如

明常居四天王寺 善吹笛 嘗月夜吹過門前大路 月馭爲之停輪 因名其路
曰月明里 師亦以是著名 師卽能俊大師之門人也 羅人尙鄕 歌者尙矣 詩頌
之類歟 故往往能感動天地鬼神者非一 讚曰 風送飛錢資逝妹 笛搖明月住姮
娥 莫言兜率連天遠 萬德花迎一曲歌

경덕왕 19년 경자 4월 초하룻날에 해가 둘이 떠서 10여 일간 없어지
지 않았다. 일관은 "인연 있는 스님을 청하여 산화공덕을 지으면 예방이

되리라."하였다. 이에 조원전에 단을 깨끗이 모시고 청양루에 행차하여 인연 있는 스님을 기다렸다. 그때 마침 월명사가 천백사의 남쪽 길로 지나가므로 왕이 사람을 시켜 불러들여 단을 열고 계청을 지으라 명했다. 월명사는 "저는 다만 국선의 무리에 속하여 오직 향가만 알고 범패 소리에는 익숙하지 못합니다."하였다. 왕은 "이미 인연 있는 스님으로 정하였으니 향가를 지어도 좋다."고 하였다. 월명이 이에 도솔가를 지어 불렀다. 가사는 이러하다.

> 오늘 이에 산화의 노래 불러
> 뿌리온 꽃아, 너는
> 곧은 마음의 명을 심부름하옵기에
> 미륵좌주를 모셔라

시로 다시 풀어보면

> 청운에 한 떨기 꽃 던져 보냈네
> 은근히 굳은 마음에서 우러나
> 멀리 도솔천의 큰 선가(仙家)를 맞았네

지금 민간에서는 이것을 산화가라 하나 잘못된 것이고 도솔가라 함이 마땅하다. 산화가는 따로 있으나 문장이 길어 싣지 못한다. 곧 두 해의 괴변이 사라져 왕이 가상히 여기고 차 달이는 기구 한 벌과 수정 염주 백 여덟 개를 주었다. 홀연 모습이 정결한 동자가 있어 무릎 꿇고 차와 구슬을 바치면서 서쪽의 작은 문에서 나왔다. 월명사는 궁중 안의 심부름하는 아이라 하고 왕은 대사의 시중을 드는 아이라 하였으나 서로 증거를 대보니 모두가 아니었다. 왕이 이상히 여겨 사람을 시켜 추적하게 하였는데, 동자는 내원의 탑 속에 숨어 버리고 차와 구슬은 남쪽에 그려

놓은 미륵보살의 성상 앞에 놓여 있었다. 월명대사의 지극한 덕과 정성이 이 지성(至聖)에게 밝게 가탁된 것이 이와 같음을 알 수 있다. 온 나라에서 알지 못하는 이가 없었고 왕은 더욱 공경하여 다시 비단 백 필을 주어 큰 정성을 표창했다. 월명은 또 일찍이 죽은 누님을 위하여 재를 올리고 향가를 지어 추모했는데 갑자기 바람이 불어 지전을 서쪽으로 날려보내 사라지게 했다. 노래는 이러하다.

> 삶과 죽음의 길은
> 여기에 있으므로 두렵고
> 나는 갑니다 라는 말도
> 하지 못하고 갔는가
> 어느 가을 이른 바람에
> 여기 저기 떨어지는 나뭇잎처럼
> 한 가지에서 태어나고서도
> 그 가는 곳을 모르겠구나
> 아아, 극락 세계에서 만나볼 나는
> 불도를 닦으며 기다리겠노라

월명이 항상 사천왕사에 있으면서 피리를 잘 불었다. 일찍이 달밤에 문 앞 큰 길에서 피리를 불며 지나가자 달님이 그 소리에 수레를 멈추었다. 그 때문에 그 길을 월명리라 했고 월명사도 이로 인해서 이름이 났다. 월명사는 능준대사의 문하인이다. 신라에서 향가를 숭상하는 이가 많았는데 대개 시나 송과 같은 것이었을 것이다. 그러므로 가끔 천지와 귀신을 감동시킨 것이 한둘이 아니다. 찬을 하면,

> 바람이 돈을 날려 떠나간 누이에게 보내고
> 피리 소리 밝은 달을 흔들어 항아를 머물게 했다
> 도솔천이 멀다고 말하지 말라
> 큰 스님 꽃 한 가지 한 곡의 노래로 맞았네

1.10. 讚耆婆郎歌 1.11. 安民歌

: 제2권 紀異 제2 景德王 忠談師 表訓大德

景德王 忠談師 表訓大德

德經等 大王備禮受之 王御國二十四年 五岳三山神等 時或現侍於殿庭 三月三日 王御歸正門樓上 謂左右曰 誰能途中得一員榮服僧來 於是適有一 大德 威儀鮮潔 徜徉而行 左右望而引見之 王曰 非吾所謂榮僧也 退之 更 有一僧 被衲衣 負櫻筒(一作荷簣) 從南而來 王喜見之 邀致樓上 視其筒中 盛茶具已 曰 汝爲誰耶 僧曰 忠談 曰 何所歸來 僧曰 僧每重三重九之日 烹 茶饗南山三花嶺彌勒世尊 今玆旣獻而還矣 王曰 寡人亦一甌茶有分乎 僧乃 煎茶獻之 茶之氣味異常 甌中異香郁烈 王曰 朕嘗聞師讚耆婆郞詞腦歌 其 意甚高 是其果乎 對曰 然 王曰 然則爲朕作理安民歌 僧應時奉勅歌呈之 王佳之 封王師焉 僧再拜固辭不受 安民歌曰

君隱父也 臣隱愛賜尸母史也 民焉狂尸恨阿孩古爲賜尸知 民是愛尸知古 如 窟理叱大肹生以支所音物生 此肹喰惡支治良羅 此地肹捨遣只於冬是去 於丁爲尸知 國惡支持以支知古如 後句 君如臣多支民隱如爲內尸等焉 國惡 太平恨音叱如

讚耆婆郞歌曰

咽嗚爾處米 露曉邪隱月羅理 白雲音逐于浮去隱安支下 沙是八陵隱汀理 也中 耆郞矣兒史是史藪邪 逸烏川理叱磧惡希 郞也持以支如賜烏隱 心未際 叱肹逐內良齊 阿耶 栢史叱枝次高支好 雪是毛冬乃乎尸花判也

王玉莖長八〈寸〉 無子 廢之 封沙梁夫人 後妃滿月夫人 諡景垂大后 依忠 角干之女也 王一日詔表訓大德曰 朕無祐 不獲其嗣 願大德請於上帝而有之 訓上告於天帝 還來奏云 帝有言 求女卽可 男卽不宜 王曰 願轉女成男 訓 再上天請之 帝曰 可則可矣 然爲男則九殆矣 訓欲下時 帝又召曰 天與人不 可亂 今師往來如隣里 漏洩天機 今後宜更不通 訓來以天語諭之 王曰 國雖 殆 得男而爲嗣足矣 於是滿月王后生太子 王喜甚 至八歲 王崩 太子卽位 是爲惠恭大王 幼冲故 大后臨朝 政條不理 盜賊蜂起 不遑備禦 訓師之說驗 矣 小帝旣女爲男 故自期晬至於登位 常爲婦女之戱 好佩錦囊 與道流爲戱 故國有大亂 修(終)爲宣德與金良相所弑 自表訓後 聖人不生於新羅云

덕경 등을 대왕이 예를 갖추어 받았다. 왕이 재위한 것이 24년간이었고 오악(五岳)이나 삼산(三山)의 신(神)들이 때때로 궁전 뜰에 나타나 모시기도 하였다. 3월 3일에 왕이 귀정문 문루에 행차하셔서 좌우의 신하에게 말하기를 "누가 나가서 영복한 스님을 얻어 오겠느냐?"하였다. 마침 큰 스님 한 분이 위풍이 정결하고 당당하게 지나가자 좌우 신하들이 모셔다 뵙게 하였다. 왕은 "내가 말하는 영복한 스님이 아니다." 하고 보내었다. 다시 한 스님이 헤어진 장삼을 입고 앵통을 지고 남쪽에서 왔다. 왕이 기뻐하여 문루 위로 맞아들이고 통 속을 보니 차 달이는 기구를 담았을 뿐이었다. "네가 누구냐?"고 묻자 "충담입니다." 하였다. "어디서 오는 길인가?" 하니 "소승이 매년 3월 3일과 9월 9일이면 차를 달여서 남산 삼화령 미륵세존께 공양하는데 오늘도 벌써 차를 드리고 돌아오는 길입니다." 하였다. 왕이 "과인에게도 한 잔 나눌 수 있느냐?"고 묻자 곧 차를 달여 드렸는데 차 맛이 특이하고 그릇에서도 특이한 향기가 풍겼다. 왕은 "짐이 듣건대 대사가 기파랑을 기려서 사뇌가를 지었고 그 뜻이 매우 고상하다 하는데 과연 그러한가?"고 묻자 "그렇습니다."고 대답하였다. "그렇다면 짐을 위하여 백성을 편안하게 다스리는 노래를 짓도록 하라." 월명사는 곧 칙명을 받들어 노래를 지어 바쳤다. 왕이 가상히 여겨 왕사를 봉하려 하니 재배하고 굳이 사양하여 받지 않았다. 안민가는 이러하다.

> 임금은 아버지요
> 신하는 사랑을 주시는 어머니요
> 백성은 어린 아이라고 한다면
> 백성이 사랑받음을 아실 것입니다
> 꾸물거리며 구차히 사는 백성들
> 이들을 배불리 먹이고 다스려
> 이 나라를 버리고 어디로 갈 것인가 한다면

나라 안이 다스려짐을 알게 될 것입니다
아아, 임금답게 신하답게 백성답게 할 것이면
나라 안이 태평할 것입니다

찬기파랑가는 이렇다.

구름을 활짝 열어 젖히매
나타난 달이
흰구름을 쫓아 떠가는 것 아니냐
새파란 강물에
기파랑의 얼굴이 비쳐 있구나
여울내 물가에 조약돌처럼
임이 지니시던
마음의 끝을 좇고 싶구나
아아, 잣나무 가지가 높아서
서리조차 모르실 화랑이시여.

경덕왕의 옥경(玉莖)이 8치여서 아들이 없었다. 첫 왕비는 폐하여 사량부인을 봉하고, 후비 만월부인의 시호는 경수태후인데 의충 각간의 딸이다. 왕이 하루는 표훈대덕에게 칙령을 내리되 "짐이 복이 없어 아들을 얻지 못하니 원컨대 대덕은 상제께 청하여 아들을 두게 해 달라." 하였다. 표훈이 천제께 청하여 고하고 "천제께서 딸을 구하면 가하나 아들은 당치 않다고 합니다." 왕이 "딸을 아들로 바꾸기 원한다." 하였다. 표훈은 다시 하늘로 올라가 청하였다. 천제께서 "할 수는 있으나 만일 아들을 얻으면 나라가 위태롭다." 하여 표훈이 내려오려 하자 천제가 다시 말하기를 "하늘과 인간 사이에는 서로 난잡할 수가 없는 것인데 지금 스님이 이웃 마을처럼 왕래하면서 천기를 누설하니 이후로는 다시 통래하지 말라." 하였다. 표훈이 돌아와서 천제가 말한 대로 이야기하니 왕은

"나라가 위태롭더라도 사내를 얻으면 족하다." 하였다. 달이 차서 태자를 낳았는데 왕이 매우 기뻐하였다. 여덟 살 때 왕이 죽고 태자가 즉위하니 이가 혜공대왕이다. 너무 어리기 때문에 태후가 조정에 나섰다. 정치가 잘 되지 않아 도적이 봉기하여 방어하기에 겨를이 없었으니 표훈대사의 말이 맞은 것이다. 어린 임금은 이미 여자로서 남자가 되었기 때문에 돌 때부터 즉위하기까지 항상 여자들과 장난을 하고, 비단 주머니를 차기 좋아하고 도류(道流)와 어울려 나라에 큰 변란이 있어 왕은 끝내 선덕과 김양상에게 죽었다. 표훈대사의 뒤로는 성인이 다시는 나타나지 않았다 한다.

1.12. 禱千手大悲歌 : 제3권 塔像 제4 芬皇寺千手大悲 盲兒得眼

芬皇寺千手大悲　盲兒得眼
　景德王代　漢歧里女希明之兒　生五稔而忽盲　一日其母抱兒詣芬皇寺左殿北壁畵千手大悲前　令兒作歌禱之　遂得明　其詞曰　膝肹古召㫆　二尸掌音手乎支內良　千手觀音叱前良中　祈以支白屋尸置內乎多千隱手　叱千隱目肹　一等下叱放一等肹除惡支　二于萬隱吾羅　一等沙隱賜以古只內乎叱等邪阿邪也　吾良遺知支賜尸等焉　放冬矣用屋尸慈悲也根古　讚曰　竹馬葱笙戲陌塵　一朝雙碧失瞳人　不因大士廻慈眼　虛度楊花幾社春

　경덕왕 때 한기리에 사는 여자 희명의 아이가 태어난 지 5년 만에 갑자기 눈이 멀었다. 하루는 그 어머니가 아기를 안고 분황사의 왼쪽 법당 북쪽 벽에 그려진 천수대비 관세음보살 앞에 나아가서 아기를 위하여 노래를 지어 빌게 했더니 눈이 밝아졌다. 노래는 이러하다.

무릎을 꿇으며
두 손바닥 모아
천수관음 전에
비옵니다
천 손에 천 눈을
하나를 놓고 하나를 덜어
둘 없는 나라
하나만은 줄까하고 드리는도다
아, 내게 끼쳐주시면
어디에 쓸 자비의 뿌리인고

찬을 하면,

죽마와 총생이 맥진에 놀더니
하루 아침에 두 눈이 멀었도다
대사께서 자비로운 눈을 돌리지 않으셨다면
헛되이 양화를 보냄이 몇 해던고

1.13. 遇賊歌 : 제5권 避隱 제8 永才遇賊

永才遇賊

釋永才性滑稽 不累於物 善鄕歌 暮歲將隱于南岳 至大峴嶺 遇賊六十餘人
將加害 才臨刃無懼色 怡然當之 賊怪而問其名 曰永才 賊素聞其名 乃命
□□□作歌 其辭曰 自矣心米 皃史毛達只將來 呑隱日遠鳥逸□□過出知遺
今呑藪未去遺省如 但非乎隱焉破□主次弗□史內於都還於尸郎也 此兵物
叱沙過乎 好尸曰沙也內乎呑尼 阿耶 唯只伊吾音之叱恨隱溢陵隱安支尙宅
都乎隱以多

賊感其意 贈之綾二端 才笑而前謝曰 知財賄之爲地獄根本 將避於窮山
以餞一生 何敢受焉 乃投之地 賊又感其言 皆釋鈐投戈 落髮爲徒 同隱智異

不復蹈世 才年僅九十矣 在元聖大王之世 讚曰 策杖歸山意轉深 綺紈珠玉
豈治心 綠林君子休相贈 地獄無根只寸金

　영재 스님은 천성이 활달하여 재물에 얽매이지 않았다. 향가를 잘하
였는데 늙은 나이에 남악에 은거하려 했는데 대현령에 이르러 60여 명
의 도적을 만났다. 죽이려 했지만 영재는 칼날 앞에서도 조금도 두려워
하는 기색없이 태연히 맞섰다. 도적들이 괴이하게 여겨 이름을 물으니
영재라 하였다. 도적들이 본래 그 이름을 들었으므로 이에 □□□ 명하
여 노래를 짓게 했다. 노래는 이러하다.

> 제 마음에
> 모든 형상을 모르려 하던 날은
> 멀리 □□ 지나치고
> 이제는 숨어서 가고 있네
> 오직 그릇된 파계승을
> 두려워할 모습으로 다시 또 돌아가리오
> 이 칼이야 지내고 나면
> 좋은 날이 새리라 여겼더니
> 아, 오직 요만한 선은
> 새 집이 아니 되느니라

　도적이 그 뜻에 감격하여 비단 두 필을 주었으나 영재가 웃으며 사양
하기를 "재물이 지옥의 근본이 된다는 것을 알고 장차 피하여 깊은 산에
숨어 일생을 보내려 하는데 어찌 감히 받겠느냐?" 하고 땅에 던졌다. 도
적이 또 그 말에 감동하여 모두 창과 칼을 던지고 머리를 깎고 제자가
되었다. 그리고는 함께 지리산에 숨어 다시 세상을 엿보지 않았다. 영재
의 나이는 90이었고 원성대왕 때에 있었다. 찬을 하면,

지팡이 짚고 산을 찾는 뜻이 점점 깊은데
비단이나 주옥이 어찌 그 마음을 다스리랴
숲 속의 군자들아 주려고 생각마소
지옥이 따로 없다 촌금(寸金)일 뿐이다

1.14. 處容歌 : 제2권 紀異 제2 處容郞 望海寺

處容郞 望海寺
第四十九代 憲康大王之代 自京師至於海內 比屋連墻 無一草屋 笙歌不
絶道路 風雨調於四時 於是 大王遊開雲浦 在鶴城西南 今蔚州 王將還駕
晝歇於汀邊 忽雲霧冥曀 迷失道路 怪問左右 日官奏云 此東海龍所變也 宜
行勝事以解之 於是 勅有司 爲龍創佛寺近境 施令已出 雲開霧散 因名開雲
浦 東海龍喜 乃率七子 現於駕前 讚德獻舞奏樂 其一子隨駕入京 輔佐王政
名曰處容 王以美女妻之 欲留其意 又賜級干職 其妻甚美 疫神欽慕之 變爲
人 夜至其家 竊與之宿 處容自外至其家 見寢有二人 乃唱歌作舞而退 歌曰
東京明期月良 夜入伊遊行如何 入良沙寢矣見昆 脚烏伊四是良羅 二口口隱
吾下於叱古 二口口隱誰支下焉古 本矣吾下是如馬於隱 奪叱良乙何如爲理
古 時神現形 跪於前曰 吾羨公之妻 今犯之矣 公不見怒 感而美之 誓今已
後 見畵公之形容 不入其門矣 因此 國人門帖處容之形 以僻邪進慶 王旣還
乃卜靈鷲山東麓勝地置寺 曰望海寺 亦名新房寺 乃爲龍而置也 又幸鮑石亭
南山神現舞於御前 左右不見 王獨見之 有人現舞於前 王自作舞 以像示之
神之名或曰祥審 故至今國人傳此舞 曰御舞祥審 或曰御舞山神 或云 旣神
出舞 審象其貌 命工摹刻 以示後代 故云象審 或云霜髥舞 此乃以其形稱之
又幸於金剛嶺時 北岳神呈舞 名玉刀鈐 又東禮殿宴時 地神出舞 名地伯級
干 語法集云 于時山神獻舞 唱歌云 智理多都波都波等者 盖言以智理國者
知而多逃 都邑將破云謂也 乃地神山神 知國將亡 故作舞以警之 國人不悟
謂爲現瑞 耽樂滋甚 故國終亡

제 49대 헌강대왕 때에 서울에서 동해변까지 집들이 맞닿았으며 담장이 서로 이어졌고 초가는 한 채도 없었다. 길가에 음악이 끊이지 않았고 풍우가 사철 순조로웠다. 이에 대왕이 개운포에 놀러 갔다가 돌아오는 길에 물가에서 쉬었는데 홀연 구름과 안개가 캄캄하게 덮여 길을 잃게 되었다. 이상히 여겨 좌우 사람들에게 물으니 점성관이 "이것은 동해의 용이 변괴를 일으키는 것이므로 좋은 일을 행하여 풀어야 합니다." 하였다. 유사에게 칙령을 내려 "용을 위하여 이 근처에 절을 짓도록 하라." 하였다. 왕의 명령이 내리자마자 안개가 흩어져 이름을 개운포라 했다. 동해 용이 기뻐하여 아들 일곱 명을 데리고 임금 앞에 나타나서 대왕의 덕을 칭송하며 음악을 연주하고 노래와 춤을 추었다.

아들 하나를 딸려서 서울로 보내어 왕의 정사를 돕도록 하였는데 그의 이름은 처용이었다. 왕은 미모의 여자로 아내를 삼아 주고 그의 뜻을 사로잡기 위하여 급간의 벼슬을 주었다. 그의 아내는 너무나 아름다워 역신이 탐을 내고 사람으로 변신하여 밤에 몰래 그 집으로 들어가 같이 잤다. 처용이 밖에서 돌아와 잠자리에 두 사람이 있는 것을 보고서 노래를 부르고 춤을 추며 물러났다. 노래는 이러하다.

> 서울 밝은 달밤에
> 밤 깊도록 놀고 지내다가
> 들어와 잠자리를 보니
> 가랑이가 넷이로구나
> 둘은 내 것이지만
> 둘은 누구의 것인가
> 본래 내 것이다마는
> 빼앗긴 것을 어찌하리오.

이 때 역신이 모습을 드러내고 처용 앞에 꿇어 엎드려 말하기를 "내가 공의 아내를 흠모하여 죄를 범했습니다. 그런데도 공은 노하지 않으니 그 미덕에 감복했습니다. 지금 이후로는 공의 얼굴을 그린 것만 보아도 그 집에는 들어가지 않기로 맹세하겠습니다." 하였다. 이 말에 따라 사람들은 처용의 모습을 문에 붙여 사악한 기운을 물리치고 경사스런 일을 맞는다 하였다. 왕이 궁중에 돌아와 영취산 동쪽에 좋은 땅을 가려 절을 짓고 망해사 혹은 신방사라 했다. 이는 용을 위해서 지은 것이다.

또 포석정에 행차했을 때 남산의 신이 나타나 왕 앞에서 춤을 추었으나 옆사람들은 보지 못하고 왕만 보았다. 어떤 사람이 앞에 나타나 춤을 추므로 왕이 직접 신이 추는 춤을 추어서 그 원형을 보여 주었다. 신의 이름을 혹은 상심이라고 하여 지금까지 그 춤을 전해 오면서 '어무상심' 또는 '어무산신'이라 한다. 혹은 이미 산신이 나와 춤을 추므로 그 모습을 본따서 장인을 시켜 조각하게 하여 후세에 전했기 때문에 이름을 '상심무' 또는 '상염무'라 한다 하는데 이것은 그 모양을 이른 말이다. 또 금강령에 행차했을 때 북악의 신이 춤을 바쳤으니 옥도근이라 한다. 또 동례전에서 잔치할 때에 지신이 나와 춤을 추었으니 이름은 지백급간이었다. 어법집에 이르되 그때 산신이 나와 춤을 올리며 노래를 부르되 '지리다도파도파'라 한 것은 대개 지혜로써 나라를 다스릴 자들이 미리 알고 많이 도망했으니 나라가 장차 망하리라는 말이었다. 이에 지신과 산신이 나라가 망할 춤을 추어 깨우쳐 준 것인데 사람들은 깨닫지 못하고 오히려 상서로움이 나타났다고 더욱 탐락에 빠져 나라가 끝내 망한 것이라 한다.

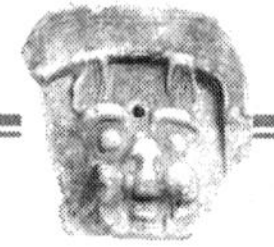

2. 三國遺事 所載 鄕歌 語釋

2.1. 薯童謠

善化公主主隱
他密只嫁良置古
薯童房乙夜矣卯乙抱遺去如
〈『三國遺事』原文〉

善化公主主隱
他密只嫁良置古
薯童房乙
夜矣卯乙抱遺去如

〈양주동 해독〉
善化公主니믄 / 눕그스지 얼어두고
맛둥바올 / 바믹 몰 안고가다

〈김완진 해석〉
善花公主니리믄 / 놈 그슥 어러 두고
薯童 방올 / 바매 알홀 안고 가다.

〈김선기 해독〉
쌴과 콩츄님은 / 남그스기 오랴 도고
쇼뚱 찝일 / 밤이 몯 안겨 깐다

〈홍기문 해독〉
션화공쥬니믄 / 놈 그ᅀ기 얼어 두고
셔동 지블 / 바므란 안고 가다

2.2. 彗星歌

舊理東尸汀叱
乾達婆矣遊烏隱城叱肣良望良古
倭理叱軍置來叱多烽燒邪隱邊也藪耶
三花矣岳音見賜烏尸聞古
月置八切爾數於將來尸波衣
道尸掃尸星利望良古
彗星也白反也人是有叱多
後句
達阿羅浮去伊叱等邪
此也友物比所音叱彗叱只有叱故
　　〈『三國遺事』原文〉

舊理東尸汀叱
乾達婆矣遊烏隱城叱肣良望良古
倭理叱軍置來叱多

烽燒邪隱邊也藪耶
三花矣岳音見賜烏尸聞古
月置八切爾數於將來尸波衣
道尸掃尸星利望良古
彗星也白反也人是有叱多
後句 達阿羅浮去伊叱等邪
此也友物比所音叱彗叱只有叱故

〈양주동 해독〉
네 싀ㅅ믌ᄀᆞ 乾達婆이 / 노론 잣홀란 ᄇᆞ라고
예ㅅ軍두 옷다 / 燧술얀 ᄀᆞ 이슈라
三花이 오롬보샤올 듣고 / ᄃᆞᆯ두 ᄇ즈리 혀렬바애
길쓸 별 ᄇᆞ라고 / 彗星여 술ᄫᅧ 사ᄅᆞ미 잇다
아으 ᄃᆞᆯ 아래 ᄠᅥ갯더라 / 이 어우 므슴ㅅ彗ㅅ기 이실꼬

〈김완진 해독〉
녀리 실 믌ᄀᆞ / 乾達婆이 노론 자슬랑 ᄇᆞ라고
여릿 軍도 왯다 / 홰 티얀 어여 수프리야
三花이 오롬 보시올 듣고 / ᄃᆞ라라도 ᄀᆞᄅᆞᄀᆞᄭᅵ 자자렬 바애
길 쓸 벼리 ᄇᆞ라고 / 彗星이여 술ᄫᅡ녀 사ᄅᆞ미 잇다
아야 ᄃᆞ라라 ᄠᅥ갯ᄃᆞ야 / 이예 버믈 므슴ㅅ 彗ㅅ 다ᄆᆞ닛고

〈김선기 해독〉
나리 샐 ᄃᆞᆫ간 깐딸빠이 / 놀온 잣 깔란 바라고
야마릴 군도 웰다 / 퐁 사란 갇애 고지라
삼화이 올옴 보샤올 듣고 / 달도 바즈리 잦을 바이
길 쓸 볼이 바 라고 / 쒸셩이야 살바란 사람인다
딸 아라이 뜨갠따라 / 이야 반몬 다뵈숌ㄷ 쒤끼 잇고

〈홍기문 해독〉
네 동ㅅ ᄂᆞᆮ / 건달파의 놀온 잣홀란 ᄇᆞ라고

예ᄉ 군도 옷다 / 봉 슬얀 ᄀᄱ고야
세 고즤 오롬 보샤오리 듣고 / 둘도 브지리 혜렬 바에
길 쓸 벼리 ᄇ라고 / 혜셩야 슬븟야 사ᄅ미 잇다
아야 ᄃᄅᄅ 뼈가잇다라 / 이버댜 ᄙ볼솜 혜ᄉ기 이실고

2.3. 風謠

來如來如來如
來如哀反多羅
哀反多矣徒良
功德修叱如良來如
〈『三國遺事』原文〉

〈양주동 해독〉
오다 오다 오다 / 오다 셔럽다라
셔럽다 의내여 / 功德 닷ᄀ라 오다

〈김완진 해독〉
오다 오다 오다 / 오다 셜번 해라
셜번 하니 물아 / 功德 닷ᄀ라 오다

〈김선기 해독〉
온다 온다 온다 온다
슬반 까라 슬반까이
무라 궁독 닫가라 온다

〈홍기문 해독〉
오라 오라 오라 / 오라 셜볼더라
셜볼다 의니야 / 공덕 닷ᄀ라 오라

2.4. **願往生歌**

月下伊底赤
西方念丁去賜里遣
無量壽佛前乃
惱叱古音鄕言云報言也多 多可支白遣賜立
誓音深史隱尊衣希仰支
兩手集刀花乎白良願往生願往生
慕人有如白遣賜立阿邪
此身遺也置遣
四十八大願成遣賜去
〈『三國遺事』原文〉

月下伊底赤
西方念丁去賜里遣
無量壽佛前乃
惱叱古音多可支白遣賜立
誓音深史隱尊衣希仰支
兩手集刀花乎白良
願往生願往生
慕人有如白遣賜立
阿邪 此身遺也置遣
四十八大願成遣賜去

〈양주동 해석〉
ᄃᆞᆯ하 이뎨 / 西方ᄭᆞ장 가샤리고
無量壽佛前에 / 닏곰다가 ᄉᆞᆲ고샤셔
다딤 기프샨 尊어히 울워리 / 두손 모도호ᅀᆞᆯᄫᅡ
願往生 願往生 / 그릴사ᄅᆞᆷ 잇다 ᄉᆞᆲ고샤셔
아으 이몸 기텨 두고 / 四十八大願 일고샬까

〈김완진 해석〉
드라리 엇뎨역 / 西方ᄭ장 가시리고
無量壽佛前의 / ᄀᆺ곰 함죽 ᄉᆞᆲ고쇼셔
다딤 기프신 ᄆᆞᄅᆞᆺ옷 ᄇᆞ라 울워러 / 두 손 모도 고조ᄉᆞᆯᄫᅡ
願往生願往生 / 그리리 잇다 ᄉᆞᆲ고쇼셔
아야 이 모마 기텨두고 / 四十八大願 일고실가

〈김선기 해석〉
딸 까이 민예 / 써방가댕 까샤리고
무량쑤뿌 앏애 / 노오곰 까가디 살고샤쇼
다님 깊샨 존애 바라기 / 두뿔 솜 몯오 곧고
완왕생 완왕생 / 그리논 사람읻다 삷고샤쇼
아으 이몸 보내도고 / 사씹발 때이완 닐고샤쇼

〈홍기문 해석〉
돌하 이뎨 / 서방(西方) 너 가샤리고
무량수불(無量壽佛)저네 / 엳ᄌᆞ옴 다가디 ᄉᆞᆲ고샤셔
다딤 기프샨 존(尊)아히 울월디 / 두 손 모도 고초 ᄉᆞᆯᄫᅡ
원왕생(願往生) 원왕생(願往生) / 그리 사롬 잇다 ᄉᆞᆲ고샤셔
아야 이 몸 기텨 두고 / 四十八 대원(大願) 일우고 샤가

2.5. 慕竹旨郎歌

去隱春皆理米
毛冬居叱沙哭屋尸以憂音
阿冬音乃叱好支賜烏隱
兒史年數就音墮支行齊
目煙廻於尸七史伊衣
逢烏支惡知作乎下是

郎也慕理尸心未
行乎尸道尸
蓬次叱巷中宿尸夜音有叱下是
　〈『三國遺事』原文〉

去隱春皆理米
毛冬居叱沙哭屋尸以憂音
阿冬音乃叱好支賜烏隱
兒史年數就音墮支行齊
目煙廻於尸七史伊衣
逢烏支惡知作乎下是
郎也慕理尸心未 行乎尸道尸
蓬次叱巷中宿尸夜音有叱下是

〈양주동 해독〉
간 봄 그리매 / 모든 것샤 우리 시름
아롬 나토샤온 / 즈싀 살쭘 디니져
눈 돌칠 스이에 / 맛보옵디 지소리
郎이여 그릴 무슨미 녀올 길 / 다봊무술히 잘밤 이시리

〈김완진 해독〉
간 봄 몯 오리매 / 모둘 기스샤 우롤 이 시름
무둠곳 불기시온 / 즈싀 히 혜나삼 헐니져
누늬 도랄 업시 뎌옷 / 맛보기 엇디 일오아리
郎이여 그릴 무슨미 줏 녀올 길 / 다보짓 굴헝히 잘 밤 이샤리

〈김선기 해석〉
깐 밤 가리매 / 모돈 곧사 울올 이 시룸
아둠 낟고디 주온 즛이 / 나수 마촘 빠디 녀재
눈깔 돌올칠 사이애 / 맞오디 굳디 짓고까이
님이야 가릴 마삼애 니올 길 / 부진 골항애 잘 밤 읻까이

〈홍기문 해석〉
간 봄 다리미 / 모들 사르사 우리 시름
어두름 나토디샤온 / 즈히 히여줌 뼈디 녀져
눈 도르칠 스싀의 / 맛보디 아디 지소아리
랑야 그릴 무슴미 / 녀홀 길
아야 다봊짓 골안희 / 잘 밤 이시아리

〈신재홍 해석〉
간 봄 그리미 / 모다 잇사(머뭇사) 우롤 이 시름
아둠닛 됴히시온 즈싀 / 年數 나슴 디기널져
누니 도롤 업시 이익 / 맛보기 엇디 지소아리?
郎야 그릴 무슴미 녀올 길 / 다보줏 굴헝희 잘 밤 이사리

2.6. 獻花歌

紫布岩乎邊希執音乎手母牛放敎遺
吾肹不喩慚肹伊賜等
花肹折叱可獻乎理音如
　　〈『三國遺事』原文〉

紫布岩乎邊希
執音乎手母牛放敎遺
吾肹不喩慚肹伊賜等
花肹折叱可獻乎理音如

〈양주동 해석〉
딛배 바회 궁히 / 자보온손 암쇼 노히시고
나홀 안디 붓흐리샤든 / 곶홀 것가 받즈보리이다

〈김완진 해석〉
지뵈 바회 ᄀᅀ새 / 자ᄇ몬손 암쇼 노히시고
나롤 안디 붓그리샤둔 / 고줄 것거 바도림다

〈김선기 해석〉
딛불깐 바꼬간기 / 잡온 손 암쇼 놓이시겨
나깔 아니 붇깔이샤든 / 곶깔 간가 받티오리이다

〈홍기문 해석〉
블근 바호 감히 / 자ᄇ모손 어미쇼 노ᄒ겨시고
나홀 안디 붓그리샤둔 / 곶홀 것거 받ᄌ호리미다

〈신재홍 해석〉
딛비 바호 ᄀᆺ히 / 움온 손 암쇼 노히시고
나홀 안디 붓그리시둔 / 곶홀 것가 바도리—다

2.7. 怨歌

物叱好支栢史
秋察尸不冬爾屋支墮米
汝於多支行齊敎因隱
仰頓隱面矣改衣賜乎隱冬矣也
月羅理影支古理因淵之叱
行尸浪
阿叱沙矣以支如支
皃史沙叱望阿乃
世理都
之叱逸烏隱苐也
後句亡
〈『三國遺事』原文〉

物叱好支栢史
秋察尸不冬爾屋支墮米
汝於多支行齊敎因隱
仰頓隱面矣改衣賜乎隱冬矣也
月羅理影支古理因淵之叱
行尸浪阿叱沙矣以支如支
皃史沙叱望阿乃
世理都之叱逸烏隱苐也
後句亡

〈양주동 해석〉
믈힛 자시 / ᄀᆞ술 안둘 이우리 디매
너 엇뎨 니저 이신 / 울월던 ᄂᆞ치 겨샤온뎌
ᄃᆞᆯ 그림제 녯 모샛 / 녈 믌결 애와티ᄃᆞᆺ
즛ᅀᅡ ᄇᆞ라나 / 누리도 아쳐론 뎨여

〈김완진 해석〉
갓 됴히 다시 / ᄀᆞ술 안둘곰 ᄆᆞᄅᆞ디매
너를 하니져 ᄒᆞ시ᄆᆞ론 / 울월던 ᄂᆞ치 가시시온 겨스레여
ᄃᆞ라리 그르메 ᄂᆞ린 못ᄀᆞᆺ / 녈 믌겨랏 몰애로다
즈ᅀᅵᆺ ᄇᆞ라나 / 누리 모ᄃᆞᆫ갓 여희온뎌여

〈김선기 해석〉
갇고디 잣이 / 가잘 안돌 니오 디매
나 오다가 니져시인 / 울올돈 낯이 고띠샤온 겨슬이라
ᄯᆞᆯ이 오디 고린못애 / 녈 믄걀 앋 사이 이디다디
짓이사 바라나 / 누리도 갇 일온 집이야

〈홍기문 해석〉
갓 됴히 자ᅀᅵ / ᄀᆞ술 안둘 이보리 디매
너 엇더히 니저 ᄀᆞᆯᄅᆞ친 / 울월던 나치 고치 샤혼 디ᄇᆡ야

드리 그르메 딘 녜 모지ᄉ / 녈 믌결ᄋ르 몰애의 이기다히
지싀ᄭᆞᄉ ᄇ라나 / 누리도 지즈로 일온 데야

〈신재홍 해석〉
갓 됴히 자시 / ᄀᆞ술 안돌 니르기 디미
너어 다히 녈져 ᄒᆞ신 / 울월든 ᄂᆞ치 가시시온 디야
드라리 그르기 고린 못잇 / 녈 믌겨랏 싀이기 다히
ᄌᆞ싀삿 ᄇ라나 / 누리 아모잇 숨온 데야

2.8. 兜率歌

今日此矣散花唱良巴寶白乎隱花良汝隱
直等隱心音矣命叱使以惡只
彌勒座主陪立羅良
　　〈『三國遺事』原文〉

今日此矣散花唱良
巴寶白乎隱花良汝隱
直等隱心音矣命叱使以惡只
彌勒座主陪立羅良

〈양주동 해석〉
오ᄂᆞᆯ 이에 散花 블어 / ᄲᅳᆯ본 고자 너는
고ᄃᆞᆫ ᄆᆞᅀᆞᄆᆡ 命ᄉ 브리ᄋᆞᆸ디 / 彌勒座主 뫼셔롸

〈김완진 해석〉
오ᄂᆞᆯ 이에 散花 블러 / 보보술본 고자 너는
고ᄃᆞᆫ ᄆᆞᅀᆞᄆᆡ 命ᄉ 브리이악 / 彌勒座主 모리셔 벌라

〈김선기 해석〉
오날 여긔 산과 부라 / 뽈 살본 곳이라
나난 곧안 마담이 명ㄷ 부리압기 / 미륵좌님 뫼시라라

〈홍기문 해석〉
오늘 이리 散花 블러 / 쌔햫 ᄉ본 고자 너는
고든 마ᅀ민 명으로 브리아디 / 미륵좌주 모셔라

〈신재홍 해석〉
오늘 이이 散花 블러 / ᄇ보술본 고자 너은
고든 ᄆᅀ민 命ㅅ 브리이악 / 彌勒座主 뫼셔라

2.9. 祭亡妹歌

生死路隱
此矣有阿米次肹伊遣
吾隱去內如辭叱都
毛如云遣去內尼叱古
於內秋察早隱風未
此矣彼矣浮良落尸葉如一等隱枝良出古
去奴隱處毛冬乎丁
阿也
彌陀刹良逢乎吾道修良待是古如
　　〈『三國遺事』原文〉

生死路隱
此矣有阿米次肹伊遣
吾隱去內如辭叱都
毛如云遣去內尼叱古

於內秋察早隱風未
此矣彼矣浮良落尸葉如
一等隱枝良出古
去奴隱處毛冬乎丁
阿也 彌陀刹良逢乎吾
道修良待是古如

〈양주동 해석〉
生死路ᄂᆞᆫ / 예 이샤매 저히고
나ᄂᆞᆫ 가ᄂᆞ다 말ㅅ도 / 몯다 닏고 가ᄂᆞ닛고
어느 ᄀᆞ술 이른 ᄇᆞᄅᆞ매 / 이에 저에 ᄠᅥ딜 닙다이
ᄒᆞᄃᆞᆫ 가재 나고 / 가논곧 모ᄃᆞ온뎌
아으 彌陀刹애 맛보올 내 / 道닷가 기드리고다

〈김완진 해석〉
生死 길흔 / 이에 이샤매 머믓그리고
나ᄂᆞᆫ 가ᄂᆞ다 말ㅅ도 / 몯다 니르고 가ᄂᆞ닛고
어느 ᄀᆞ술 이른 ᄇᆞᄅᆞ매 / 이에 뎌에 ᄠᅳ러딜 닙ᄀᆞᆮ
ᄒᆞᄃᆞᆫ 가지라 나고 / 가논 곧 모ᄃᆞ론뎌
아야 彌陀刹아 맛보올 나 / 道 닷가 기드리고다

〈김선기 해석〉
생사 낄깐 / 어긔잇아 마이깔이고
우리난 까나다 말도 / 몯 다 닐고 까나닏고
아나 가쌀 일온 바람애 / 어긔 뎌긔 빠랑 딜 이뻬다
까단 가달애 나고 / 까논 곧 몰온댕
아아 미따 더래 맞은 우리 / 깔 대달아 기두리고라

〈홍기문 해석〉
죽사릿 길은 / 이리 이샤미 저히고
나ᄂᆞᆫ 가ᄂᆞ디 말도 / 모ᄃᆞ 니르고 가ᄂᆞ닛고

어느 ㄱ술 이른 ㅂㄹ매 / 이리 뎌리 뻐러 딜 닢다뵈
ᄒᆞᆫ 가재 나고 / 가논 곧 모ᄃᆞᆶ혼뎌
아야 彌陀刹애 맛보호 / 내 道 닷가 기드리고다

〈신재홍 해석〉
生死 길은 / 이익 이샤민 ᄌᆞ글이고
나온 가ᄂᆞ다 맔 / 아모다 니ᄅᆞ고 가ᄂᆞ닛고
어ᄂᆞ ㄱ술 이른 ㅂㄹ민 / 이익 뎌익 뼈딜 닙곤
ᄒᆞᆫ 가자 나고 / 가논 곧 모다온뎌
아야 彌陀刹아 맛보올 나 / 道 닷가 기드리고다

2.10. 讚耆婆郎歌

咽嗚爾處米
露曉邪隱月羅理
白雲音逐于浮去隱安支下
沙是八陵隱汀理也中
耆郎矣兒史是藪邪
逸烏川理叱磧惡希
郎也持以支如賜烏隱
心未際叱肹逐內良齊
阿耶 栢史叱枝次高支好
雪是毛冬乃乎尸花判也
　　〈『三國遺事』原文〉

〈양주동 해석〉
열치매
나토얀 ᄃᆞ리
힌구룸 조초 뻐가ᄂᆞᆫ 안디하

새파론 나리여히
耆郎이 즈싀 이슈라
일로 나리ㅅ 직벽히
郎이 디니다샤온
모슨미 궁홀 좇누아져
아으 잣ㅅ가지 노파
서리 몯누올 花判이여

〈김완진 해석〉
늣겨곰 브라매
이슬 볼간 도라리
힌 구룸 조초 뻐간 언저래
몰이 가론 믈서리여히
耆郎이 즈싀올시 수프리야.
逸烏나릿 지벼긔
郎이여 디니더시온
모슨미 궁술 좇느라져.
아야 자싯가지 노포
누니 모돌 두폴 곳가리여

〈김선기 해석〉
욜 쵸매 / 낟고샨 따리
깬 구름 조주 따깐 아디까 / 사이빠론 나리애
찌랑애 즈시 이시슈라 / 일오 나릴 도라기
님이야 디니디 깐샤온 / 마사맨 간깔 좇나라재
아으 자신 가지 놉온디고 / 눈이 몰라올 화랑이야

〈홍기문 해석〉
울워리치미 / 나토샨 도리
힌 구룸 조초 뻐간 안디하 / 므리 파란 나리여히
기랑의 지싀 잇고야 / 일오 나리ㅅ 벼룽아히

랑야 디니디 답샤온 / ᄆᅀᆞ미 ᄀᆞᅀᄒᆞᆯ 좇ᄂ아져
아야 자싀 가지 놉호 / 서리 모ᄅᆞ누올 꽃한야

〈신재홍 해석〉
목메 바라미 / 이슬 새배야ㄴ 드라리
흰 구룸 조추 뻐간 알히 하사이 / 바론 믌ᄀᆞᆺ자리여히
耆郎이 즈싀이시 수햐 / 逸烏 나릿 쟉별아히
郎야 디니다시온 / ᄆᅀᆞ미 ᄀᆞᆺᄒᆞᆯ 좇ᄂ아져
아야 자싯 가ᄌᆞ 놉기 됴ᄒᆞ리 / 모다 니올 花判야

2.11. **安民歌**

君隱父也
臣隱愛賜尸母史也
民焉狂尸恨阿孩古爲賜尸知民是愛尸知古如
窟理叱大肹生以支所音物生此肹喰惡支治良羅
此地肹捨遣只於冬是去於丁
爲尸知國惡支持以
支如右如後句
君如臣多支民隱如
爲內尸等焉國惡太平恨音叱如
　　〈『三國遺事』原文〉

君隱父也
臣隱愛賜尸母史也
民焉狂尸恨阿孩古
爲賜尸知民是愛尸知古如
窟理叱大肹生以支所音物生
此肹喰惡支治良羅

此地肣捨遺只於冬是去於丁
爲尸知國惡支持以支如右如
後句 君如臣多支民隱如
爲內尸等焉國惡太平恨音叱如

〈양주동 해석〉
君은 어비여 / 臣은 ᄃᆞᄉᆞ샬 어ᅀᅵ여
民ᄋᆞᆫ 얼혼아히고 ᄒᆞ샬디 / 民이 ᄃᆞ술 알고다
구믌ᄉ다히 살손 物生 / 이흘 머기 다ᄉ라
이ᄣᅡ훌 ᄇᆞ리곡 어듸갈뎌 ᄒᆞᆯ디 / 나라악 디니디 알고다
아으 君다이 臣다이 民다이ᄒᆞᄂᆞᆯ든 / 나라악 太平ᄒᆞ니잇다

〈김완진 해석〉
君은 아비여 / 臣은 ᄃᆞᄉᆞ실 어ᅀᅵ여
民ᄋᆞᆫ 어릴혼 아히고 / ᄒᆞ실디 民이 ᄃᆞ술 알고다
그릿 하ᄂᆞᆯ 살이기 바라ᄆᆞᆯ쎄 / 이를 치악 다ᄉᆞ릴러라
이 ᄣᅡ훌 ᄇᆞ리곡 어드리 가ᄂᆞᆯ뎌 / ᄒᆞᆯ디 나락 디니기 알고다
아야 君다 臣다히 民다 / ᄒᆞᄂᆞᆯ든 나락 太平ᄒᆞ늡쌰

〈김선기 해석〉
님간안 아바라 / 아마난 다사샬 아시라
알간안 알깐 아끼고 까샬디 / 알간이 다살 알고다
구릴 깐 나리디숌 물생 / 이깔 막압기 다사라라
이 ᄣᅡ깔 바리곡 오돌이 가오댕 깔디 / 나라 굳이 디니디 알고다
님감 답이 아마까디 알깐답이 / 까날 딸안 나라 태평깜ᄃ다

〈홍기문 해석〉
군(君)은 아비야 / 신)臣)ᄋᆞᆫ ᄃᆞᄉᆞ샬 어ᅀᅵ야
민)民)ᄋᆞᆫ 어리한 아히고 ᄒᆞ샬디 / 민(民)이 ᄃᆞᄉᆞ리 알고다
구릿 대훌 나히 고이솜 갓나히 / 이훌 머거디 다ᄉ라라

이 따홀 브리고디 어드리 가뎌홀디 / 나라아디 디니디 알고다
아야 군다븨 신다히 민오 다븨 흐놀돈 / 나라아디 태평흐니밋다

〈신재홍 해석〉
君은 어바여 / 臣은 드슨실 어싀야
民온 얼혼 아히고 / 흐실디 民이 드술 알고다
구릿 블흘 살이기 바— 物生 / 이흘 먹악 다스라
이 따홀 브리곡 어더 가놀뎌 / 홀디 나라기 디니기 알고다
아야 君닷 臣다히 民닷 / 흐놀돈 나락 太平흐니—ㅅ다

2.12. 禱千手大悲歌

膝肣古召旀
二尸掌音手乎攴內良
千手觀音叱前良中
祈以攴白屋尸置內乎多
千隱手
叱千隱目肣
一等下叱放一等肣除惡攴
二千萬隱吾羅
一等沙隱賜以古只內乎叱等邪阿邪也
吾良遺知攴賜尸等焉
放冬矣用屋尸慈悲也根古
　〈『三國遺事』原文〉

膝肣古召旀
二尸掌音手乎攴內良
千手觀音叱前良中
祈以攴白屋尸置內乎多

千隱手叱千隱目肹
一等下叱放一等肹除惡支
二千萬隱吾羅
一等沙隱賜以古只內乎叱等邪
阿邪也 吾良遺知支賜尸等焉
放冬矣用屋尸慈悲也根古

〈양주동 해석〉
무루플 고조며 / 둘숦바당 모호누아
千手觀音ㅅ 前아히 / 비술볼 두누오다
즈믄손ㅅ 즈믄눈흘 / ᄒᆞᄃᆞᆯ 노ᄒᆞ ᄒᆞᄃᆞᆯ 더ᅌᅵ
둘 업는 내라 / ᄒᆞᄃᆞᅀᅵ 그스시 고티누옷다라
아으으 나애 기티샬ᄃᆞᆫ / 노티 뿔 慈悲여 큰고

〈김완진 해석〉
무루플 ᄂᆞ초며 / 두볼 손ᄇᆞ롬 모도ᄂᆞ라
千手觀音 알파히 / 비술볼 두ᄂᆞ오다
즈믄소낫 즈믄 누늘 / ᄒᆞᄃᆞᆫ핫 노하 ᄒᆞᄃᆞᆯ 더럭
두볼 ᄀᆞ만 내라 / ᄒᆞᄃᆞᅀᅡ 숨기주쇼셔 ᄂᆞ리ᄂᆞᆺᄃᆞ야
아야여 나라고 아ᄅᆞ실ᄃᆞᆫ / 어드레 쁘올 慈悲여 큰고

〈김선기 해석〉
무릅깔 고됴며 / 두불 솜 몯고 디나라
쳔숫관음ㄷ 알배 / 빌이디 삶올 두나꼬다
즈믄 손 즈믄 눈깔 / 까단 깓애 까딴깔 딜압디
두불우만 우리라 / 까단산 주이고 디나꼳따라
아사라 우리래 긷디리 줄딸안 / 오돌이 올 짜비란간고

〈홍기문 해석〉
무루플 구브르며 / 둘 손 바담 모호 괴누아
천수관음(千手觀音)ㅅ 전아히 / 빌이디 술볼 두누호다

즈믄 소ᄂᆞ로 즈믄 눈흘 / ᄒᆞᄃᆞᆯ 노하 ᄒᆞ둔홀 덜아디
두후 하 내라 / ᄒᆞ둔사 주리 고티누홋다라
아야야 나애 기티디샬ᄃᆞᆫ / 노ᄒᆞ되 뿔 자비야 불휘고

〈신재홍 해석〉
무루플 고됴며 / 두볼 손바담 모호기 드려
千手觀音ㅅ 알파히 / 비기 술볼두 드료다
즈믄 손잇 즈믄 눈흘 / ᄒᆞ둔핫 노하 ᄒᆞ둔홀 덜악
두볼 우믄 내라 / ᄒᆞ둔산 주이고ㄱ 드롯 드라
아야야 나아 기디기 줄ᄃᆞᆫ / 어디 쓰올 慈悲야 불휘고

2.13. 遇賊歌

自矣心米
兒史毛達只將來呑隱日遠烏逸
□□過出知遺
今呑藪未去遺省如
但非乎隱焉破
□主次弗
□史內於都還於尸朗也
此兵物叱沙過乎好尸日沙也內乎呑尼
阿耶
唯只伊吾音之叱恨隱澢陵隱安支尙宅都乎隱以多
　　〈『三國遺事』原文〉

自矣心米
兒史毛達只將來呑隱
日遠烏逸□□過出知遺
今呑藪未去遺省如

但非乎隱焉破□主
次弗□史內於都還於尸朗也
此兵物叱沙過乎
好尸日沙也內乎吞尼
阿耶 唯只伊吾音之叱恨隱漵陵隱
安支尙宅都乎隱以多

〈양주동 해석〉
제 ᄆᆞ슴매 / 즈믈ᄃᆞ렷단 날
머리 □□ 디나치고 / 열쁜 수매 가고쇼다
오직 외온 破戒主 / 저플 즈새 느외 쏘 돌려
이 잠굴ᅀᅡ 디내온 / 됴홀날 새누옷다니
아으 오지 이오맛훈 善은 / 안디 새집 ᄃᆞ외니다

〈김완진 해석〉
제의 ᄆᆞ슴미 / 즈싀 모둘 보려든
日遠鳥逸 ᄃᆞ라리 난 알고 / 열둔 수플 가고셩다
다문 외오는 破家니림 / 머믈오시ᄂᆞ눌 도도랄랑여
이 자본가시ᅀᅡ 말오 / 즐길 法이ᅀᅡ 들ᄂᆞ오다니
아야 오직 뎌오밋훈 몰론 / 안죽 틱도 업스니다

〈김선기 해석〉
저이 마잠아이 / 즛이 몯 알기 올 라니
멀오일 셔산 디니간 알고 / 열쁴 다니 수매 가고쇼다
단비고 숨안 바계듀 / 자블이 사나오도 돌올 사나히라
이 잠갈사 디나고 / 긴갈 날 사야나온 다니
아사라 아기 올오매ㄷ 깐 이른은 / 아디 높깐 집 숨은이다

〈홍기문 해석〉
제 ᄆᆞ슴미 / 즛 모둘기려던 날
멀오 □□ 디나치고 / 이제단 수미 가고소다

오지 외혼 파계주(破戒主) / 저흘 즈셰 ㄴ외도 도롤라야
이 잠개르ᅀᅡ 디나호 / 됴흘 날 들여누호다니
아야 오지 이 오롬짓호 션룽(潏陵)은 / 안디 상맥(上宅) 드외니다

〈신재홍 해석〉
저의 ᄆᆞᅀᆞ미 / 즈ᄉᆡ 모득기려둔
히 멀오 숨온 디나츌 알고 / 열둔 더믜 가고소다
다믄 외온온 허른(후린 님) / 즈비 업시 드려도 도롤 郞야
이 잠갓사 디나온 / 됴흘 이사야 드료두니
아야 오지기 나—잇 恨은 / 아ᅀᆞ란 알히(ᄌᆞ오기) 스집 아모니다

2.14. 處容歌

東京明期月良夜入伊遊行如何入良沙寢矣見昆脚烏伊四是良羅二肹隱吾
下於叱古二肹隱誰支下焉古本矣吾下是如馬於隱奪叱良乙何如爲理古
　　〈『三國遺事』原文〉

東京明期月良
夜入伊遊行如何
入良沙寢矣見昆
脚烏伊四是良羅
二肹隱吾下於叱古
二肹隱誰支下焉古
本矣吾下是如馬於隱
奪叱良乙何如爲理古

〈양주동 해석〉
시불 불긔 드래 / 밤드리 노니다가
드러ᅀᅡ 자리 보곤 / 가르리 네히어라

둘흔 내해엇고 / 둘흔 뉘해언고
본딕 내해다마른 / 아ᅀᆞ눌 엇디ᄒᆞ릿고

〈김완진 해석〉
東京 ᄇᆞᆯ기 ᄃᆞ라라 / 밤 드리 노니다가
드러ᅀᅡ 자리보곤 / 가로리 네히러라
두ᄫᆞᆯ흔 내해엇고 / 두ᄫᆞᆯ흔 누기핸고
본딕 내해다마릭는 / 아ᅀᆞ눌 엇디ᄒᆞ릿고

〈김선기 해석〉
사라뿔 빨간 뚤애 / 밤돌이 노니다가
들아사 자리 보곤 / 가롤이 낙이라라
두불깐 우리까온고 / 두불깐 누기까안고
모토이 우리까 이다말온 / 앗을랑을 아다까리고

〈홍기문 해석〉
동경 볼기 ᄃᆞ래 / 밤드리 노니다가
드러ᅀᅡ 자리 보곤 / 가로리 너히어라
두후른 내하엇고 / 두후른 누기하언고
아세 내하이다미른 / 바ᅀᅡ눌 엇뎨ᄒᆞ리고

〈신재홍 해석〉
東京 ᄇᆞᆯ기 ᄃᆞ라 / 밤드리 노니다가
드러ᅀᅡ 자리 보곤 / 가로이 네히어라
두볼흔 내 해엇고 / 두볼흔 누기 해언고?
아이 내 해다 마는 / 아살 엇더다 ᄒᆞ리고?

3. 均如傳 所載 鄕歌 原文과 解釋

3.1. 第七 歌行化世分者

師之外學 尤閑於詞腦 意精於詞 故云腦也 依普賢十種 顯王著歌一十一
章 其序云夫詞腦者 世人戲樂之具 願王者 菩修行之樞 故得涉淺歸深 從近
至遠 不憑世道 無引劣根之由 非寄陋言 莫現普因之路 今托易知之近事 還
會難思之遠宗 依二五大願之文 課十一荒歌之句 懇極於衆人之限 ?符於諸
佛之心 雖意失言乘 不合聖賢之妙趣 而傳文作句 願生凡俗之善根 欲笑誦
者 則結誦願之因 欲毁念者 則獲念願之益伏請後來君子 若誹若讚也是閑

대사는 불교 외에도 특히 사뇌를 잘하시었던 바, 普賢菩薩의 열 가지
서원을 바탕으로 노래 1장을 지으셨다. 그 서문은 아래와 같다.

대저 사뇌라 하는 것은 세상 사람들이 놀고 즐기는 도구요, 원왕이라
하는 것은 보살이 수행하는 중추가 되는 것이라. 그리하여 얕은 데를 지
나서야 깊은 곳으로 갈 수 있고 가까운 데부터 시작해야 먼 곳에 다다를
수가 있는 것이니 세속의 이치에 기대지 않고는 저열한 바탕을 인도할

길이 없고 비속한 언사에 의지하지 않고는 큰 인연을 드러낼 길이 없도
다.

　이제 쉬 알 수 있는 비근한 일을 바탕으로 생각키 어려운 심원한 宗旨
를 깨우치게 하고자 열 가지 큰 서원의 글에 의지하여 열한 수의 거치른
노래를 짓노니 뭇사람의 눈에 보이기에는 몹시 부끄러운 일이나 모든 부
처님의 마음에는 부합하길 바라노라.

　비록 뜻이 빠지고, 말이 멀어 성현의 현묘한 뜻에 합치하지 못하더라
도 서무을 쓰고 시귀를 짓는다. 왕생극락을 원하는 것은 범속한 사람들
의 선근이니 비웃고자 하여도 염송을 하면 염송하는 바 소원의 인연을
맺을 것이며, 훼방을 하고자 하여도 염송하는 소원의 이익을 얻을 것이
니라. 엎드려 훗날의 군자들에게 청하노니 비방도 찬양도 말아주시기를
바라노라.

3.2. 第八 譯歌現德分者

　有翰林學士 內議丞旨 知制誥 淸河 崔行歸者 與師同時 鑽仰日久 及此
歌成 以詩譯之 其序云 偈頌讚佛陀之功果 著在經文 歌詩揚菩之行因 收歸
論藏 所以西從八水 東至三山 時時而開土問生 高吟妙理 往往而哲人傑出
朗詠眞風 彼漢地則 有傳公將賈氏湯師 濫觴江表 賢首及澄觀宗密 修葩關
中 或皎然無可之流 爭雕麗藻齋己貫休之輩 競縷芳詞 我仁邦則 有摩詞兼
文則體元 鑿空雅曲 元曉與薄凡靈爽張本玄音 或定猷神亮之賢 閑飄玉韻
純義大居之俊 雅著瓊篇 莫不綴以碧雲 淸篇可玩 傳其白雪 妙響堪聽 然而
詩搆唐辭 磨琢於五言七字 歌排鄕語 切磋於三句六名 論聲則隔若參商 東
西易辨 據理則敵如予橋 强弱難分 雖云對衒詞鋒 足認同歸義海 各得其所
于何不臧 而所恨者 我邦之才子名公 解吟唐什 彼土之鴻儒碩德 莫解鄕謠
抶復唐文如帝網交羅 我邦易讀 鄕札似梵書連布 彼土難諳 使梁宋珠璣 數

托東流之水 秦韓錦繡 希隨西傳之星 其在 局通 亦堪嗟痛 庸詎非魯文宣欲
居於此地未至鼇頭 薛翰林强變於斯文 煩成鼠尾之所致者歟 伏惟我首座 名
齋玄玩 作三千受戒之師 迹亞妙光 爲八十開經之主 占位於雜華元首 衆教
知歸 沾恩於大樹本根 群生獲利 是掛簸之洪鍾待叩 有問皆酬 縣臺之寶鏡
忘疲 無幽不照 凡云志學 孰怠觀光 師乃勸誘伊人 瞻依彼佛 要以邪魔之北
名佩惠刀 指其益友之南 許開慈室 謂曰貞元別本行願終篇 入長男妙界之玄
門 遊童子香城之淨路 故得淸凉疏主 修一軸以宣揚中毒行人 限百齡而持課
初來震旦. 自烏邦聖帝手書 後至尸羅 因兎郡高德血字 四句渴 一經於耳
頓滅罪根 十鍾文 再記于心 能生覺果 良緣大厚 勝福何深 得不詠雌願王
代其詩客 使男女共聞而發願 永結殊因 自他兼濟以成功 終歸妙果者乎 夫
如是則 八九行之唐序 義廣文豊 十一首之鄕歌 詞淸句麗 其爲作也 號稱詞
腦 可欺貞觀之詞 精若賦頭 堪比惠明之賦 而唐人見處 於序外以難詳 鄕土
聞時 就歌中而易誦 皆沾半利 各漏全功 由是 約吟於遼淇之間 飜如惜法
減詠於吳秦之際 孰謂同文 況屬師心 本齋佛境 雖要期近俗 沿淺入深 而寧
阻遠人捨邪歸正 昔金氏譯 碎珠全瓦 播美天朝 崔公飜 朗月淸風 隣芳海域
俗猶若是 眞固宜然 伏念行歸 志愧何充 筆慙靈運 杳想閣官之冥祐 莫效前
修 追思相國之密傳 徒欽行烈 一昨 因逢這友幸覽玄言 縱隨妙唱以無端 潛
恐高情之有待 憑托之一源兩派 詩歌之同軆異名 逐首各飜 間牋連寫 所冀
遍東西而無导 眞草竝行 向僧俗以有緣 見聞不絶 心心續念 先瞻象駕於普
賢 口口連吟 後直龍華於慈氏 今則聊將鄙序 輒冠休譚 希蒙點鐵以成金 不
避抛塼而引玉 儻逢博識 須整庸音 宋曆八年周正月日 謹序

有翰林學士 內議丞旨 知制誥 淸河 崔行歸는 균여대사와 같은 때 사람
으로 대사를 흠모한지 오래더니 이 노래가 만들어지자 그것을 한시로 번
역하였다. 그 서문은 이렇다.

偈頌은 불타의 공덕을 찬송한 것으로 경문에 있고, 노래와 시는 보살
의 수행을 찬양한 것으로 論藏에 들어있다. 그리하여 서쪽의 여덟 강으
로부터 동쪽의 삼산에 이르는 사이의 땅에서 때때로 고승이 나서 오묘한
이치를 소리 높여 읊었으며, 가끔씩 철인이 우뚝 솟아 참된 가르침을 낭

랑하게 불렀다. 저 중국땅에서는 傅大士가 賈島, 湯惠休와 함께 양자강 이남의 선구가 되었고, 현수는 澄觀 宗密과 더불어 關中 땅에서 책을 썼다. 또 皎然 無可의 무리는 고운 문채를 다투어 꾸미고 齋己 貫休의 무리는 아름다운 시를 다투어 아로새겼다. 우리 인자의 나라에서는 사와 문을 다듬은즉 문체가 뛰어나고 典雅한 곡을 짓기 시작했고 원효는 薄凡 靈爽과 더불어 현묘한 노래를 엮었으며, 또 定猷 神亮과 같은 현자들은 구슬같은 시운을 잘 읊었고 순의, 대거같은 준걸들은 보석같은 시편을 몹시 잘 지었다. 모두 碧雲으로 글을 꾸미지 않음이 없는지라, 그 맑은 노랫말은 감상할 만하고, 백설곡과 같은 음악을 전하지 않음이 없는지라, 그 묘한 음향은 들을 만하였다.

그러나 한시는 중국글자로 엮어서 다섯자 일곱자로 다듬고, 향가는 우리 말로 배열해서 三句六名으로 다듬는다. 그 소리를 가지고 논한다면 參星과 商星이 동서에 있어 쉽게 식별할 수 있는 것처럼 현격한 차이가 나지만, 문리를 가지고 따진다면 창과 방패가 어느 것이 강하고 약한지 단정하기 어려운 것처럼 서로 맞서는 정도이다, 그러나 비록 서로가 시의 수준을 놓고 자랑한다고 하나 함께 義海로 돌아가기는 마찬가지임은 인정할 만한 것으로 각각 제나름의 구실을 하고 있으니 어찌 잘된 일이 아니라고 하겠는가? 하나 한스러운 것은 우리나라의 선비들은 한시를 이해하여 읊조리는데, 저 중국의 박학하고 덕망있는 선비들은 우리나라의 노래를 이해하지 못한다는 것이다. 게다가 한문은 구슬망이 얼기설기 얽어진 것 같아서 우리나라에서도 쉽게 읽을 수 있으나 향찰은 범서가 죽 펼쳐진 것 같아서 중국에서 알기가 어렵다. 가령 양송의 뛰어난 글이 동쪽으로 오는 배편에 자주 전해오고 신라의 훌륭한 글이 서쪽으로 가는 사신편에 전해지길 바란다 해도 그 의사소통에 있어서는 또한 답답하고 한탄스러움을 어쩔 수 없다. 이 어찌 공자께서 이 땅에 살고자 하셨어도 끝내 동방에 이르지 못하게 된 이유가 아닐 것이며 弘儒侯 설총께서 한

문을 애써 바꾸려 했어도 결국 쥐꼬리를 만들어서 불러들인 장벽이 아니겠는가?

엎드려 생각건대 우리 수좌께서는 명성이 玄玩과 짝하시어 3천 문도에게 계율을 주는 스승이 되시며 행적은 묘광보살에 버금가서 80 화엄경을 지도하시는 講主가 되시는지라. 지위는 화엄종단의 으뜸을 차지하시매 뭇 배우는 자들이 귀의할 곳을 얻었으며, 은혜는 큰 보리수의 줄기와 뿌리를 적시어 뭇 生靈들이 이익을 얻었다. 이것은 북틀에 걸린 큰 종이 치기를 기다리고 있다가 묻기만 하면 모두 응답하고 경대에 걸린 보석 거울이 지침이 없이 아무리 어두운 곳이라도 모두 비추는 것에 비유되니 무릇 배움에 뜻을 둔 자로서 그 누가 대사의 제자가 되지 않겠는가? 대사께선 이에 그들을 권유하여 저 부처님을 우러르고 귀의하게 하시되 사악한 魔軍을 물리치게 하고자 지혜의 칼을 차게 하고 벗들이 올바른 방향으로 가도록 인도하기 위하여 자애로운 가르침의 도장을 열 것을 허락하셨다. 그리고 말씀하셨다. "〈貞元本 華嚴經〉의 〈普賢行願品〉의 마지막 편은 보현보살의 묘한 세계로 들어가는 현묘한 문이요, 선재동자의 香城에 노닐 수 있는 깨끗한 길이다. 그러므로 淸凉大使께서 〈行願品疏〉 한 권을 써서 선양을 하니 인도의 수행자가 평생의 과업으로 삼았다. 그것이 처음 중국에 오게 된 것은 烏茶國 임금이 손수 쓴 글로부터였고 그 뒤에 신라에 이르게 된 것은 현토군 고승들의 피로 쓴 글 덕분이다. 네 구의 게가 한번 귀를 스치기만 하면 문득 죄의 뿌리가 사라지고 열 가지 글월을 마음에서 다시 되새기면 능히 깨달음을 얻으니 그 좋은 인연은 얼마나 두텁고, 그 커다란 복은 얼마나 깊은가. 그러니 이 원왕의 노래를 시인들로 하여금 대신 읊게 해서 남녀가 함께 듣고 발원을 내어 영원토록 특별한 인연을 맺게 하고 너와 내가 서로 제도하여 공을 이루어서 끝내 묘과에 귀의하도록 하지 않을 수 있겠는가."

대저 이와 같으니 8,9행의 한문으로 쓴 서문은 뜻이 넓고 문채가 풍성하며 열한 수의 향찰로 쓴 노래는 시구가 맑고도 곱다. 그 지어진 것을 사뇌라고 부르나니 가히 정관 때의 시를 능욕할만 하고 정치함은 賦 중 가장 뛰어난 것과 같아서 惠帝, 明帝때의 賦에 비길만 하다. 그러나 중국사람이 보려할 때는 서문 외에는 알기가 어렵고 우리나라 선비들이 들을 때는 노래에 빠져서 쉽게 외우고는 그만이다. 그리하여 모두 반쪽의 이로움만 얻을 뿐 각각 온전한 공을 놓치고 있다. 이로 말미암아 요서와 패수 사이에서 대략 읊어질 경우 불법을 아끼는 사람이라면 번역을 하겠지만, 오와 진 사이에서 점차 읊는 사람이 줄어들 경우 누가 같은 글이라 하였겠는가? 하물며 대사의 마음은 본래 부처의 경계와 같은지라, 비록 세속을 가까이 해서 비근한 일에서 출발하여 심원한 경지로 들어갈 것을 기약했다 하더라고 어찌 먼 곳의 사람들이라고 해서 그릇됨을 버리고 바름으로 귀의하는 것을 막으려 했겠는가?

옛날 김씨의 번역은 동글동글한 구슬, 흠없는 자기와 같은 글로써 중국에 아름다움을 떨쳤고, 최공의 번역은 밝은 달빛, 맑은 바람과 같은 글로써 천하에 문채를 드날렸다. 속세도 이와 같거늘 불교의 진리야 그러함이 당연하다.

엎드려 생각건대 나 행귀는 뜻은 何充에 대하여 부끄럽고 글솜씨는 謝靈運에 대하여 부끄러워 아득히 엄관의 하늘에서의 보살핌을 생각해 보니 앞에서 닦으신 업적을 본받지 못하였고, 상국의 은밀한 가르침을 돌이켜 생각해 보니 단지 그분의 행렬만 흠모할 뿐이었다. 얼마전 스님 친구분을 만나 우연히 현묘한 글을 보았는데 무단히 오묘한 노래를 따라 부르다 보니 은연 중 그 분이 내심으로 무엇인가 바라는 것이 있는 듯 느껴졌다. 이에 따라 드디어 근원은 하나로되 물줄기가 둘로 나뉘듯 시와 노래가 본질은 같되 이름만 다르다는 것에 의거하여 한 수 한 수 각각 번역해서 종이에 연이어 썼다. 바라는 바는 동서에 두루 장애가 없이 楷書, 초서로 함께 퍼져서 교계나 속세가 이와 인연을 맺어 보고 들음이 끊어지지 않는 것이다. 그리하여 마음에서 마음으로 쉼없이 외워 먼저 보현보살의 흰 코끼리를 보고, 입에서 입으로 그침없이 읊어 그 뒤에 미륵의 용화회를 만나기 바란다. 이제 짐짓 비루한 서로써 아름다운 말의 앞머리를 삼노니 쇠를 가지고 금을 만드는 수고를 보여주기 바라며, 기와 부스러기를 헤쳐 구슬을 찾아내는 수고를 아끼지 말기를 바란다. 혹 박식한 분을 만난다면 보잘 것 없는 글을 바로잡아 주기 바란다.

3.3. 普賢十願歌

〈札敬諸佛頌〉
以心爲筆畵空王 瞻拜唯應遍十方 一一塵塵諸佛國 重重刹刹衆尊堂
見聞自覺多生遠 札敬寧辭浩劫長 身體語言兼意業 總无疲厭此爲常

마음을 붓 삼아 부처님을 허공에 그리오며
우러러 절하오니 두루 십방세계에 응신하소서
티끌같이 많은 세계가 다 부처의 나라요
온 세상 곳곳이 깨닫거니 많은 삶은 멀리만 하고
보고 들고 스스로 깨닫거니 많은 삶은 멀리만 하고
예경하는 말씀을 사뢰려니 영겁처럼 끝간데 없네
몸과 말과 마음이 모두 業이러니
지치고 싫은 마음 전혀 없이 이처럼 항상 하리

〈稱讚如來頌〉
遍於佛界馨丹衷 一唱南无讚梵雄 辯海庶生三寸抄 言泉希涌兩脣中
稱揚覺帝塵沙化 頌詠醫正刹土風 縱未談窮一毛德 此心直待盡虛空

법계에 두루 두루 성심을 다바쳐서
부처님을 찬양하며 귀의하리라고 염불을 외우노니

말의 바다가 모두 혀끝에서 나오길 바라고
말의 샘물은 두 입술 사이로 솟구치길 비네
부처를 칭양하는 말은 티끌만큼 많고
부처님을 예찬하는 노래 온 나라에 가득찼네
하지만 끝없이 염불을 외워도 터럭만큼의 크신 덕에 미치지 못하리니
이 마음 곧바로 허공의 끝까지 미치기를 고대하네

〈廣修供養頌〉
至誠明照佛前灯 願此香籠法界興 香似妙峯雲靉靆 油如大海次洪澄
攝生代苦心常切 利物修行力漸增 餘供取齋斯法供 直饒千万總難勝

성심을 다바쳐서 부처님 앞의 등불 밝히고
이 향기 부처님 계신 곳에 가득하기를 원하옵니다
향내음은 오묘한 산봉우리에 구름 안개 피어오르듯 하고
불밝힌 기름은 큰 바다 거대한 물결같을지이다.
중생을 위하여 괴로움을 대신하는 마음 항상 절절하고
물생을 이롭게 하고자 수행을 닦는 힘은 점점 더할지라
넘치는 공야 모두 바쳐 이렇듯 법공양을 올리오니
곧바로 수많은 천만 가지 모든 난관 이겨낼지이다.

〈懺悔業障頌〉
自從无始劫初中 三毒成來罪幾重 若此惡緣元有相 盡諸空界不能容
思量業障堪惆悵 罄竭丹誠豈墮慵 今願懺除持淨戒 永離塵染似靑松

시작도 알 수 없느 억겁의 처음부터
세 가지 악업을 이루어 왔으니 그 죄 얼마나 무거우랴
만약에 이 악연이 본디 형체가 있었더라면
끝없는 세계가 여러번 다하여도 용서받지 못하오리
생각해 보노니 무거운 업보는 슬픈 마음을 더할 뿐이라
온 정성 다 닳도록 바치려니 어찌 게을리 하오리까
이제 바라거니 참회로 그 큰 죄를 벗어나려 청정과 계율을 지키면서

영원토록 티끌 세상 때묻지 않고 푸르른 소나무만 같을지이다.

〈隨喜功德頌〉
聖凡眞妄莫相分 同體元來普法門 生外本旡餘佛義 我邊寧有別人論
三明積集多功德 六趣修成少善根 他造盡皆爲自造 總堪隨喜惣堪尊

성스러운 것과 범속한 것, 진실된 것과 망령된 것을 나누지 말지라
모두가 한 가지로 넓은 법문에 이르니라
사는 것은 본디 남김없는 깨달음의 뜻을 벗어난 것이니
어찌 내 주위에서 나와 남을 구별하는 논의가 있으리요
삼명은 많은 공덕을 쌓는 것이요
육취는 작은 선근일지언정 닦아 이루는 것이라
남의 이룸이 모두 남김없이 모두 나의 이룸이며
모두가 따르는 기쁨이 더할수록 우러르는 마음 역시 더할지니라

〈請轉法輪頌〉
佛陀成道數難陳 我願皆趨正覺因 甘露酒消煩惱熱 戒香熏滅罪愆鹿
陪隨善友瞻慈室 勸請能人轉法輪 兩寶遍沾沙界後 更於何處有迷人

부처께서도 도를 깨칠 때 온갖 난관이 부딪혔거니
나는 원컨대 모두가 정각의 근원으로 나아갈지라
달콤한 이슬은 번뇌의 열을 시원스레 꺼버리고
향의 연기는 죄악의 티끌들을 멸해주리라
좋은 벗을 뫼시고 따르러 자혜로운 방안을 우러르며
능한 이를 청해 권해서 법성의 바퀴를 굴리리라
보배로운 비와 같은 법성이 사바 세계를 두루 적신 후에는
다시 어느 곳인들 미혹한 사람이 있으리요

〈請佛住世頌〉
極微鹿數聖兼賢 於此浮生畢化緣 欲示泥洹歸寂滅 請經沙劫利人天
談眞盛會猫堪戀 滯俗群迷實可憐 名見惠灯將隱沒 盍傾丹懇氣淹延

극미한 티끌같이 많고 성자와 현인들
이 뜬 구름같은 세상에서 교화의 인연을 다하였네
열반의 세계를 보여 주시고자 적멸의 세계로 돌아가셨으니
불경을 청해 읽으면 언제까지라도 사람과 하늘 모두를 이롭게하네
진리를 말씀하시는 성회가 더더욱 그리울수록
속세에 머물러 사는 미혹한 중생들 실고 가련하구나
만약에 은택의 등불이 장차 꺼져갈 듯 보이면
아마도 간절히 애원하여 오래토록 머물기를 비오리다.

〈常隨佛學頌〉
此娑婆界舍那心 不退修來迹可尋 皮紙骨毫兼血墨 國城宮殿及園林
菩提樹下成三點 衆會場中演一音 如上妙因總隨學 永令身出苦河深

이 사바세계에 부처의 마음을 두옵고
물러섬이 없이 정진해오신 자취를 찾을 수 있으리라
가죽으로 종이 하고, 뼈로 붓을 삼았으며, 피를 먹물 삼아
나라와 궁전을 버려두고 산속으로 들어가셨더이다.
보리수 아래서 삼점을 이루신 후
대중이 모아든 집회장에서 한 말씀으로 설법을 베푸셨네
이처럼 현묘한 인연 모두 따르고 배우리니
영원토록 몸바쳐 정신면 고뇌의 깊은 물속에서 빠져나오리라.

〈恒順衆生頌〉
樹王偏向野中榮 欲利干般万種生 花果本爲賢聖體 幹根元是俗凡精
慈波若洽靈根潤 覺路宜從行業成 恒順遍教群品悅 可知諸佛喜非輕

부처님은 유독 세속의 중생을 위해 마음을 쓰셨으니
천 가지 만 가지 물생을 이롭게 하고자 함이라
꽃과 과일은 본디 성현의 몸이요
줄기와 뿌리는 원래 범속한 이의 정기일러라
자비의 물결이 영환의 뿌리를 흠씬 적시듯

깨달음의 길은 의당 수양을 쌓음으로써 이루어진다
언제나 두루 가르침을 따라 중생들이 기뻐하오니
가히 여러 부처를 아는 기쁨 가볍지 않으리라.

〈普皆廻向頌〉
從初至末所成功 廻焉含靈一切中 咸覩得安離苦海 總斯消罪仰眞風
同時共出煩塵域 異體咸歸法性宮 我此至心廻向願 盡於來際不應終

처음부터 끝까지 공덕을 이루는 바
동아가 안길 영혼은 오직 하나일 뿐이네
모든이 편안함을 얻고 고해를 벗어나려거든
모든 죄업을 씻어내고 부처의 진면목을 우러르라
이리하여 모두 번뇌의 흙탕을 벗어나면
다른 몸으로 법성의 궁전에 기쁘게 돌아가리라
나의 이 지극한 마음 부처에게 돌아가길 원하노니
지척간을 오려해도 끝간데 없네

〈總結无盡頌〉
盡衆生界以爲期 生界無窮志豈移 師意要驚迷子夢 法歌能代願王詞
將除妄境須吟誦 欲返眞源莫厭疲 相續一心无間斷 大堪隨學普賢慈

중생계가 다할 때까지 기약하였으니
삶의 세계 무궁토록 뜻이 어찌 변하리요
스승의 뜻은 반드시 미혹한 제자를 꿈에서 깨치며
법성의 노래는 능희 원왕생의 노래 가사를 대신하리라
장차 망령된 경지를 벗어나려면 반듯이 음송을 하고
참된 근본으로 귀의하고자 하면 이 노래의 음속을 나태히 하지 말지라.
일심으로 전하기를 끝없이 하고
보현의 자비를 크게 따라 배울지니라.

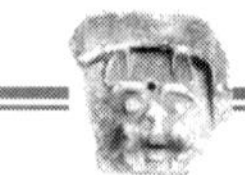

附錄 : 鄕歌 硏究 目錄

▌ 鄕歌 硏究 目錄 (1970년 이전)

권덕규, "처용가해독", 『조선어문경위』, 광문사, 1923

김근수, "처용가", 『교주여요』, 1965

김근수, "향가평석", 『원광문화』 2, 원광대학교, 1954

김동욱, "도솔가 소고-향가의 불교문학적 고찰"(속), 『논문집(인문사회과학 편)』 6, 서울대, 1957

김동욱, "사뇌가산고-여대사뇌가", 『국어국문학』 9, 국어국문학회, 1954

김동욱, "신라관음신앙과 도천수관음가", 『한국가요의 연구』, 을유문화사, 1961

김동욱, "신라정토사상의 전개와 원왕생가", 『한국가요의 연구』, 을유문화사, 1961

김동욱, "신라향가의 불교문학적 고찰", 『한국가요의 연구』, 을유문화사, 1961

김동욱, "알려지지 않은 향가작가", 『논문집』 2, 중앙대, 1957

김동욱, "처용가 연구", 『한국가요의 연구』, 을유문화사, 1967

김동욱, "향가연구의 전망과 논전의 효용", 『신태양』 76, 신태양사, 1959

김명제, "균여전 편자에 대하여", 『성대문학』 6, 성균관대, 1960

김명제, "보현십원가 연구서설-게와의 비교입장에서", 『성균』 13, 성균관대, 1961

김봉모, "풍요고-그 어학적 풀이를 중심으로", 『국어국문학』 5, 부산대, 1966

김사엽, "신라인의 용신사상과 처용가", 『근역』 1, 대판외대, 1964.

김사엽, "향가형식의 문제점-歌排鄕語 切磋於三句六名", 『이숭녕박사 송수기념논총』, 을유문화사, 1968

김선기, "가고파노래(왕생가)-향가의 새로운 풀이", 『현대문학』 162, 현대문학사, 1968. 6.

김선기, "바람결 노래(풍요)", 『현대문학』 159, 현대문학사, 1968. 3.

김선기, "쇼뚱노래(서동요)", 『현대문학』151, 현대문학사, 1967. 7

김선기, "향가의 새로운 풀이-잣나모 노래", 『현대문학』 149호, 1967

김열규, "원가의 수목(栢) 상징", 『국어국문학』 18, 국어국문학회, 1957

김열규, "처용전승시고", 『낙산어문』 1, 서울대 국어국문학과, 1966

김열규, "한국문학과 그 '비극적인 것'", 『동방학지』 9, 연세대 동방연구소, 1968

김인환, "죽지가의 시간구조", 『어문논집』 10, 고려대 국문학회, 1967

김장환, "모죽지랑가 창작연대고", 『국문학』 8, 고려대 국어국문학과, 1964

김정업, "처용설화의 형성고", 『어문학논총』 8, 조선대, 1968. 12.

김종우, "균여의 생애와 그의 향가", 『국어국문학지』 2, 부산대, 1961

김종우, "균여-종처럼 거울 처럼", 『한국의 인간상』 5, 신구문화사, 1965

김종우, "도솔가와 산화가에 대한 일고찰", 『국어국문학지』 5, 부산대 국어국문학과, 1966

김종우, "찬기파랑사뇌가시고-불교문학적 입장에서", 『동아』 2, 동아대, 1962

김종우, "향가문학의 불교적 성격-하나의 서론적 시도", 『국어국문학』 15, 국어국문학회, 1956

김준영, "서동설화소고", 『국어국문학』 5(2-3), 전북대 국어국문학회, 1953

김준영, "처용가", 『향가상해』, 교학사, 1964

김준영, "향가상해", 『교학사』, 1964

김준영, "향가소고", 『국어문학』 5-2, 전북대 국어국문학회, 1956

김준영, "향가재고", 『논문집』 3, 전북대, 1960

김학주, "鐘馗의 연변과 처용", 『아세아연구』 20, 고려대, 1965

김형규, "처용가", 『고가요주석』, 일조각, 1965

김형규, "헌화가·제망매가·도천수대비가·처용가 해독", 『국문학사』, 우리어문학회, 1948

김형규, 『고가주석』, 백영사, 1955

대한공론사, "사뇌가·헌화가·안민가·찬기파랑가", 『신상』, 1968.

류창선, "신라향가해석-균여전의 향가 해석", 『사해공론』, 1935

末松保和, "석균여의 저서의 跋과 奧書", 『서물동호회회보』 7, 서물동호회, 1940

문일평, "서동요와 정읍사", 『동광』 23(3-7), 1931

박노준, "안민가에 관련된 몇가지 문제", 『어문논집』 11, 고려대, 1968

박노춘·홍웅선, 『고시가주해』, 삼중당, 1949

박병채, "처용가", 『고려가요 어석연구』, 선명문화사, 1968

박종화, "신라인의 사유-처용가", 『현대문학』 37, 현대문학사, 1958

박홍길, "서동요신석", 『부산교육』 145, 1967

방종현, "서동요·처용가 해독", 『훈민정음통사』, 일성당서점, 1946

白陽桓民, "향가의 해명과 균여대사의 聖蹟", 『불교』 62, 불교사, 1929

백영조, "향가일반에서 본 서동요의 위치-특히 명칭·내용에 대하여", 『국어국문학연구』
        1, 1957

서수생, "균여전 소고", 『국문학논고』, 문리당, 1965

西原宗武, "신라시대 가곡에 대하여", 『동양지광』 5-1, 1943

소창진평, "향가 및 이두의 연구", 경성제대, 1929

小倉進平, 『鄕歌及吏讀의 硏究』, 경성제대, 1929

손종주, "향가에 나타난 처소격조사에 대하여-그 원형적 고찰, 『국어국문학연구』 1, 청구
        대, 1957

손진태, "다시 처용전설과 동경에 대하여", 『동아』, 1931.7

손진태, "처용랑 전설고", 『신생』 16, 1930

송재주, "향가에 나타난 尸에 대하여", 『국어국문학』 17, 국어국문학회, 1957

신태현, "소창박사와 향가연구-그의 정년기념 강연에 제하여", 『춘추』, 1943

신태현, "향가의 신해독", 『조선』, 조선총독부, 1940

안자산, "처용가에 대하여", 『조선』, 조선총독부, 1931.7

양재연, "고가작가명의", 『논문집』 7, 중앙대, 1962

양재연, "균여대사 연구", 『논문집』 4, 중앙대, 1959

양주동, "덕자변-원왕생가의 작자문제", 『국어국문학논문집』 3, 동국대, 1962

양주동, "신라가요의 문학적 우수성-주로 찬기파랑가에 대하여-", 『국학연구논고』, 을유
        문화사, 1962

양주동, 『고가연구』, 박문서관, 1960

양주동, 『여요전주』, 을유문화사, 1947

양주동, 『조선고가연구』, 박문서관, 1942

유시명, "처용가의 일화 -신라의 향가 중에서", 『숙대신보』, 숙명여대, 1964.

유창선, "균여전의 향가 해석", 『사해공론』 19, 사해공론사, 1936

이 탁, "조선문자와 향가", 『조광』, 1935

이 탁, "향가신해독", 『한글』 114, 1956

이근영, "사뇌가의 형식", 『한글』 105, 조선어학회, 1949

이능우, "라대향가의 재구적 해독에 관한 문학의 입장으로서의 관견 몇 개, 『한글』 118, 한글학회, 1956

이두현, "신라고악재고-특히 도솔가에 대하여", 『신라가야문화』 1, 청구대 신라가야문화 연구원, 1966

이명구, "사뇌가고", 『성균』 10, 성균관대, 1959

이병도, "서동설화에 대한 신고찰", 『역사학보』 1, 역사학회, 1952

이상인, "향가신해석의 의문-특히 노인헌화가에 대하여", 『동아일보』, 동아일보사, 1940

이숭녕, "신라시대의 표기법체계에 관한 시론", 『서울대 논문집』 2, 1955

이용범, "처용설화의 고찰-당대 이슬람상인과 신라", 『진단학보』 32, 진단학회, 1969

이은상, "향가의 가요사적 위치", 『현대평론』, 1929

이학주, 『사뇌가고』, 1959

이혜구, "시나위와 사뇌에 관한 시고", 『국어국문학』 8, 국어국문학회, 1953

인권환, "신라왕생문학고", 『국문학』 4, 고려대, 1960.

임영무, "향가문학편고", 『주간성대』, 성균관대, 1956

장경자, "불교중심의 한국시가", 『문우(속)』 1, 연세대, 1961

장주근, "처용설화의 연구", 『국어교육』 6, 한국국어교육연구회, 1963

前間恭作, "소창저 '鄕歌及吏讀의 연구'에 대하여", 『사학잡지』 40-7, 1929

전규태, "처용가", 『고려가요』, 정음사, 1968

鮎貝房之進, "서동요·풍요·처용가 해독", 『조선사강좌』 1~3, 1922

정남주, "향가론", 『국어문학』 5, 전북대 국어국문학회, 1953

정병욱, "도솔가고", 『이상백박사 회갑기념논총』, 1964

정병욱, "향가의 역사적 형태론 시고", 『국어국문학』 2, 국어국문학회, 1952

정렬모, "새로 읽는 향가", 『한글』 99, 한글학회, 1947

정렬모, 『향가연구』 사회과학원출판사, 1965

정주동, "원왕생가에 대한 이설고", 『논문집』 13, 경북대, 1969

조윤제, "향가시대", 『조선시가사강』, 박문출판사, 1937

조윤제, "향가연구에의 제언-이능우군의 향가의 마력을 읽고", 『현대문학』 23. 현대문학

사, 1956

지헌영, "국문학잡기-모죽지랑가를 중심으로", 『향토』 6, 정음사, 1947

지헌영, "사뇌가등주고-양주동 저 『조선고가연구』에 의한 고찰", 『협동』 33, 1952

지헌영, "次肹伊遣에 대하여-제망매가 해독을 圍繞하고", 『최현배선생 환갑기념논문집』, 사상계사, 1954

지헌영, "풍요에 관한 제문제", 『국어국문학』 41, 국어국문학회, 1968

지헌영, 『향가여요신석』, 정음사, 1947

지헌영, 『향가여요신석』, 정음사, 1948

최문진, "향가와 조선문학의 여명기", 『신동아』 39, 1935

최성호, "혜성가연구", 『무애양주동박사 화탄기념논문집』, 탐구당, 1963

최승범, "혜성가를 놓고-국문학잡기", 『국어문학』 8(4-2), 전북대 국어국문학회, 1955

최학선, "향가해석시고", 『백성욱박사 송수기념 불교학논문집』, 탐구당, 1959

허영순, "도솔가고", 『효원』 4, 부산대 국어국문학과, 1961

허영순, "수로설화에 나타난 가요의 신고찰", 『국어국문학회지』 2, 부산대 국어국문학과, 1961

허영순, "원가고", 『국어국문학지』 3, 부산대 국어국문학회, 1961

현용준, "처용설화고", 『국어국문학』 39・40, 1968

홍기문, 『향가해석』, 과학원(평양), 1956

황패강, "처용가고", 『국어국문학』 26, 국어국문학회, 1963

▌ 鄕歌 研究 目錄 (1970년－1979년)

姜信沆, “處容의 語義”, 『국문학논문선』, 민중서관, 1977

금기창, “삼구육명에 대하여-한국고가요의 기조(Ⅱ)”, 『국어국문학』 79·80, 국어국문학회, 1975

금기창, “차사사뇌의 역사적 변천에 대하여-한국고가요의 기조(Ⅲ)”, 『어문학』 38, 한국어문학회, 1979

김 현, “신화적 인물의 시적 변용-처용의 의미”, 『문학과 지성』 2, 일조각, 1970

김근수, “균여대사와 보현십원가 해독 시고”, 『한국학』 17, 중앙대 한국학연구소, 1978

김금희, “처용가의 변천과정고”, 『어문교육논집』 2, 부산대 국어교육과, 1977

김동욱, “신라관음신앙과 도천수대비가”, 『신라가요연구』, 정음사, 1979

김동욱, “신라문화와 향가”, 『한국사상총서』 1(고대인의 문화와 사상), 한국사상연구소, 1973

김동욱, “신라향가의 불교문학적 고찰”, 『국문학논문선Ⅰ』, 민중서관, 1977

김동욱, 『한국가요의 연구·속』, 선명문화사, 1975

김병욱, “서동요고”, 『백제연구』 7, 충남대 백제연구소, 1976

김사엽, 『향가의 문학적 연구』, 계명대출판부, 1979

김상경, “신라이두 및 향가의 해독과 연구”, 『향가부록』, 1974

김상억, “처용가고”, 『국어국문학』 72·73, 국어국문학회, 1976

김상억, 『향가』, 한국자유교육협회, 1974

김선기, “보현가 여덟마리”, 『현대문학』 243(21-3), 현대문학사, 1975

김선기, “삼구육명에 관한 연구”, 『어문연구』 10, 충남대, 1979

김수업, “삼구육명에 대하여”, 『국어국문학』 68·69, 국어국문학회, 1975

김수업, “서동 노래(서동요)의 바탕에 대하여”, 『어문학』 35, 한국어문학회, 1976

김승찬, “도솔가 재론”, 『국어국문학』 12, 부산대, 1975

김승찬, “모죽지랑가 신고찰”, 『국어국문학』 13·14, 부산대 국어국문학과, 1977

김승찬, “혜성가연구”, 『논문집』 16, 부산대 문리과대, 1977

김영태, “미륵사창건연기설화고”, 『마한백제문화』 1, 1975

김영태, “신라불교가악고”, 『한국불교학』 2, 한국불교학회, 1976

김영태, "처용단장에 관한 노트", 『현대시학』 16, 현대시학사, 1970

김완진, "모죽지랑가 해독의 연구", 『진단학보』 48, 진단학회, 1979

김완진, "삼구육명에 대한 한 가설", 『심악이숭녕선생 고희기념 국어국문논총』, 탑출판사, 1977

김완진, "향가해독의 고구이편-도천수관음가와 원왕생가", 『동양학』 9, 단국대 동양학 연구소, 1979

김운학, "균여의 문학적 위치", 『동국대 논문집』 13, 1974

김운학, "속·향가의 불교적 연구-정토·관음사상", 『현대문학』 245(21~5), 현대문학사, 1975

김운학, "향가의 불교적 연구-비주술성의 근거", 『현대문학』 242(21-2), 현대문학사, 1975

김운학, 『향가에 나타난 불교사상』, 동국대불전간행위원회, 1978

김일렬, "불교사상의 문학적 수용과 전개", 『문리학총』 3, 경북대, 1975

김종우, "모죽지랑가의 성격고", 『논문집』 4, 부산대 사대, 1978.(『한국문학논총』 1, 한국문학회, 1978)

김종우, "불교의 용관념과 처용가", 『수련』 7, 부산여대, 1972.(『한국문학논총』1, 한국문학회, 1978)

김종우, "신라향가와 불경의 요의고", 『논문집』 3, 부산대 사대, 1976

김종우, "풍요에 대하여", 『장암지헌영선생 화갑기념논총』, 호서출판사, 1971

김종우, "향가로 엮은 보현십원-균여", 『고전문학의 대가 13인』, 신구문화사, 1974

김종우, "향가를 통해 본 월명사의 위치", 『한국문학논총』 2, 한국문학회, 1979

김종우, "향가문학의 배경설화고-미륵설화를 그 예로 하여", 『논문집』 4, 부산대 사대, 1977

김종우, "혜성가의 불교적 성격-신라인의 성상사고와 관련하여", 『논문집』 27, 부산대, 1979

김종우, 『향가문학연구』, 이우출판사, 1975

김종우, 『향가문학연구-그 성격·사상을 위한 연구-』, 연학문화사, 1971

김종택, "향가해독에 있어서 어휘재구의 문제, 『신라시대의 언어와 문학』, 형설출판사, 1979

김준영, 『향가문학』, 형설출판사, 1979

김학성, "처용설화의 형성과 변이과정", 『한국민속학』 10, 민속학회, 1977

려증동, "신라 노래 연구-도솔노래・사뇌노래・삼구육명을 중심으로", 『어문학』 34, 한국어문학회, 1976

문호실, "향가문학과 도솔가에 대한 고찰", 『목원어문학』 1, 목원대, 1979

박노준, "도솔가의 공효성", 『어문논집』 13, 1971

박노준, "모죽지랑가고", 『연민이가원박사 송수기념논총』, 범학도서, 1977

박노준, "서동요의 역사성과 설화성-주로 그 역사성의 내막에 관한 고찰", 『어문논집』 17, 고려대, 1976

박노준, "신라가요 산문기록에 나타난 선・악 두 세계", 『민족문화연구』 8, 고려대 민족문화연구소, 1974

박노준, "안민가연구-그 배경적 요인의 분석", 『신라가요연구』(국어국문학회 편), 정음사, 1979

박노준, "우적가에 나타나는 도적의 본체", 『어문논집』 16, 고려대, 1975

박노준, "원가의 배경", 『한파이상옥박사 회갑기념논문집』, 교문사, 1970

박노준, "월명・충담론", 『한국문학작가론』, 형설출판사, 1977

박노준, "월명사 도솔가의 신고찰", 『눈뫼허웅박사 환갑기념논문집』, 과학사, 1978

박노준, "찬기파랑가에 대한 일・이의 고찰", 『어문논집』 19・20, 고려대, 1977

박노준, "처용랑망해사조의 주맥", 『문화비평』 13, 아한학회, 1972

박노준, "충담사론", 『한국문학작가론』, 형설출판사, 1977

박병채, 『향가표기의 원류적 고찰-음운편-』, 고려대출판부, 1971

박성의, "신라가요(향가) 재고(상)・(하)", 『민족문화연구』 7~8, 고려대 민족문화연구소, 1973~1974

박태순, "처용-영원한 한국인", 『샘터』 30, 샘터사, 1972

사재동, "무강왕전설의 연구", 『백제연구』 5, 1974

사재동, "서동설화연구", 『장암지헌영선생 화갑기념논총』, 호서출판사, 1971

서대석, "처용가의 무속적 고찰", 『한국학논집』 2, 계명대, 1975

서수생, "균여대사의 저서", 『대한불교』 965, 1978

서재극, "모죽지랑가 연구", 『신라시대의 언어와 문학』, 한국어문학회편, 형설출판사, 1974

서재극, "백수가 연구", 『국어국문학』 55-57 합병호, 국어국문학회, 1972

서재극, "서동요의 문리", 『청계김사엽박사 송수기념논총』, 1973

서재극, "찬기파랑가-향가연구 I", 『신라가야문화』3, 영남대 신라가야문화연구소, 1970

서재극, "풍요연구", 『장암지헌영선생 화갑기념논총』, 호서출판사, 1971

서재극, "향찰로서의 도솔", 『여천서병국박사 화갑기념논문집』, 1979

서재극, "헌화가 연구", 『상산이재수박사 환력기념논문집』, 형설출판사, 1972

서재극, 『신라향가의 어휘연구』, 계명대출판부, 1979

서정범, "처용가고", 『아세아여성문제연구』 9, 숙명여대, 1970

서정범, "처용가의 뿌리를 다시 캐본다", 『경희문선』 4, 경희대, 1979

서정범, "처용가의 새로운 해석", 『계명』 1-10, 1970

서태수, "죽지랑의 생존연대고-모죽지랑가 창작연대 고구를 위한", 『국어국문학』 10, 부산대, 1971

설성경, "처용전승의 구조적 연구", 『한국민속학』 7, 민속학회, 1974

성기설, "찬기파랑가의 은유와 상징에 대하여", 『국어교육연구』 1, 인하대, 1977

성호경, "천수대비가의 일고찰", 『수련어문논집』 4, 부산여대 국어교육과, 1976

소재영, "삼국유사에 비친 일연의 설화의식", 『숭전어문학』 3, 숭전대, 1974

손팔주, "원왕생가 사견"『유네스코 부산』 II, 1978

송재주, "서동요의 형성연대에 대하여", 『장암지헌영선생 화갑기념논총』, 호서출판사, 1971

신경철, "균여의 보현십원가 연구", 불교학술원, 1976

안영희, "고대인들에게 반영된 꽃의 의미-꽃의 어원을 중심으로", 『아세아여성연구』 11, 숙명여대, 1972

양주동, "사뇌가증석제사-부 '서경별고' 역사·평설", 『명대논문집』 4, 명지대, 1971

양주동, "사뇌가증석제사주역", 『동악어문논집』 8(무애양주동박사고희기념특집호), 동국대, 1972

양주동, "신라가요에 나타난 불교사상(하)-아울러 그 문학적 우수성", 『법륜』 51, 1972

양주동, "향가의 해독에 취하여-특히 원왕생가를 중심으로", 『신라가요연구』(국어국문학회편), 정음사, 1979

엄원대, "처용에 관한 종합적 고찰", 『국어국문학연구』 3, 원광대, 1976

윤경수, "처용가의 현대적 고찰", 『현대문학』 253, 현대문학사, 1975

윤영옥, "모죽지랑가 재고", 『영남어문학』 6, 영남어문학회, 1979

윤영옥, "모죽지랑가고", 『어문학』 31, 한국어문학회, 1974

윤영옥, "서동전승-그 동요의 일고찰", 『한국어문논총』(우촌강복수박사회갑기념논문집),
　　　형설출판사, 1976

윤영옥, "신라가요의 연구", 영남대 박사논문, 1979

윤영옥, "안민가의 이해", 『어문학』 32, 한국어문학회, 1975.(『향가연구』(국문학논문선1),
　　　민중서관, 1977)

윤영옥, "처용가의 동경", 『국어국문학』 78, 국어국문학회, 1978

윤영옥, "풍요소고", 『영남어문학』 2 , 영남어문학회, 1975

윤영옥, "혜성가연구", 『석계조인제박사 환력기념논총』, 1977,(『조윤제박사환력기념논총』,
　　　1977)

윤영옥, "혜성가의 고찰", 『영남어문학』 4, 영남어문학회, 1977

이기백, "사뇌가에 쓰인 조사에 대하여", 『신라시대의 언어와 문학』, 한국어문학회 편, 형
　　　설출판사, 1974

이기백, "신충의 원가", 『신라정치사회사연구』, 일조각, 1974

이명구, "도솔가의 역사적 성격", 『성균관대 논문집』 22(인문·사회계), 1976

이병도, "서동설화에 대한 신고찰", 『한국고대사연구』, 박영사, 1976

이상비, "처용설화의 종합적 고찰", 『국어국문학연구』 1, 원광대, 1974

이수호, "제망매가-향가", 『영대문화』 4, 영남대, 1971

이원호, "원왕생가고-향가", 『영대문화』 5, 영남대, 1972

이재선, "향가의 어법과 수사", 『향가의 어문학적 연구』, 서강대 인문과학연구소, 1972

이종은, "혜성가고", 『한양대 논문집』 11, 1977

이혜구, "시나위와 사뇌에 대한 시고", 『국문학논문선』 1, 민중서관, 1977

임기중, "신라가요의 연구사 고찰", 『새국어교육』 29·30, 한국국어교육학회, 1979

장덕순, "신라의 정화 향가문학", 『한국고전문학의 이해』, 일지사, 1973

장만도, "균여 화엄지귀장원초 연구", 『동양문화연구』 5, 경북대, 1978

전규태, 『논주향가』, 정음사, 1976

전재호, "도솔가의 성격과 사뇌격", 『동양문화연구』 1, 경북대 동양문화연구소, 1974

정기호, "소위 사구체의 향가형식에 대하여", 『향가연구』(국문학눈문선Ⅰ), 민중서관,
　　　1977

정기호, "신라가요의 형식연구", 『신라가요연구』, 정음문화사, 1979

정연욱, "현대에 투영된 처용랑", 『동대어문』 2, 동덕여대, 1972

정연찬, "향가 해독 일반", 『향가의 어문학적 연구』, 서강대 인문과학연구소, 1972

정익섭, "원왕생가의 작자고-배경설화를 중심으로", 『호남문화연구』 9, 전남대 국어국문학과, 1977

정주동, "원왕생가에 대한 이설고", 『향가연구』,(국문학논문선), 민중서관, 1977

정주동, "향가의 성격규명을 위한 신라불교의 이해", 『어문논총』 4·5, 경북대, 1970

조재훈, "고대문학에 나타난 동물 상징고-헌화가의 암소를 중심으로", 『공주사대 논문집』 8, 1970

조지훈, "신라가요연구론고", 『조지훈전집』 7, 1973

조지훈, "신라의 원의와 사뇌가에 대하여", 『조지훈전집』 7, 1973

지헌영, "서동설화연구의 평의", 『신라시대의 언어와 문학』, 한국어문학회편, 형설출판사, 1974

지헌영, "향가연구를 둘러싼 혼미와 의문"(풍요에 관한 제문제를 중심으로), 『어문논지』 1, 충남대, 1972

지헌영, "향가의 해독, 석독에 관한 제문제", 『숭전어문학』 2, 1973

최 철, "삼국유사소재 신라가요의 배경설화연구", 동국대 박사논문, 1979

최 철, "신라가요의 작자에 관련된 한 두 문제", 『연세국문학』 3, 1972

최 철, "찬기파랑가의 창작동인에 관한 연구", 『국어국문학』 61, 국어국문학회, 1973

최 철, 『신라가요연구』, 개문사, 1979

최래옥, "균여의 보현십원가 연구", 『국어교육』 29, 한국국어교육연구회, 1976

최성호, "처용가신석-문화사적 고찰을 중심으로", 『국어국문학』 81, 국어국문학회, 1979

최성호, "혜성가연구", 『신라가요연구』(국어국문학회 편), 정음사, 1979

한국어문학회편, 『신라시대의 언어와 문학』, 형설출판사, 1974

홍재휴, "삼구육명고", 『국어국문학』 78, 국어국문학회, 1978

홍재휴, "처용랑망해사 설화의 신석독 시고", 『여천서병국박사 회갑기념논총』, 형설출판사, 1979

황패강, "균여 연구-작가론적 접근", 『성봉김성배박사 회갑기념논문집』, 형설출판사, 1977

황패강, "사뇌가 양식의 고찰", 『국문학논집』 9, 단국대, 1978

황패강, "신라불교설화연구-신라호국불교사상의 설화적 전개", 『동양학』 3, 단국대 동양

학연구소

황패강, "신라불교설화연구-왕생모티브를 중심으로", 『도남조윤제박사 고희기념논총』, 형
　　　설출판사, 1976

황패강, "신라향가연구", 『국문학논집』 7·8, 단국대, 1975

황패강, "신충설화의 신화적 고찰-궁정백수를 중심으로", 『국문학논집』 4, 단국대, 1970

황패강, "처용가의 미의식", 『국어국문학』 71, 국어국문학회, 1973

황패강, "처용과 처용암", 『처용촌』 1, 1970

황패강, "향가연구시론", 『고전문학연구』 2, 1974

황패강, "향가의 미의식", 『향가연구』(국문학논문선 I), 민중서관, 1977

▌ 鄕歌 研究 目錄 (1980년―1989년)

강등학, "헌화가의 심층", 『새국어교육』 33·34, 한국국어교육학회, 1981.

강헌규, "모죽지랑가의 작자명고", 『국어학신연구』, 탑출판사, 1986

강헌규, "처용의 어의고", 『한국언어문학』 20, 한국언어문학회, 1981.

고영근, "처용가의 한 해독", 『어문학논총』(멱남김일근박사 화갑기념), 1985.

고정의, "처용가 해독의 재검토", 『울산어문논집』 5, 울산대, 1989

권재선, "우적가 어석고", 『삼국유사연구(上)』, 영남대 민족문화연구소, 1983.

금기창, "향가의 개념에 대하여", 『한국시가의 연구』, 형설출판사, 1982.

금기창, "혜성가에 대하여", 『한국언어문학』 26, 한국언어문학회, 1988

金炳旭, "향가의 장르론", 어문연구회 발표요지, 1980.

김갑기, "처용가연구", 『국어국문학』 82, 국어국문학회, 1980.

김경남, "수로전승으로 본 헌화가 연구", 『관동어문학』 6, 관동대, 1989

김경수, "처용가의 연구 현황", 『처용연구논총』, 울산문화원, 1989

김경수, "처용가의 연구사적 검토", 『신라문학의 신연구』, 신라문화선양회, 1986

김공칠, "향가의 명사표기에 대하여", 『국어국문학』 84, 국어국문학회, 1980

김광순, "헌화가", 『향가문학론』, 새문사, 1986

김광순, "헌화가설화에 관한 일고찰" 『한국시가연구』, (백강서수생박사환갑기념논총), 형설출판사, 1981.

김동욱, "도이장가의 문헌민속학적 고찰", 『고려시대의 가요문학』, 새문사, 1982.

김동욱, "도천수관음가에 대하여", 『삼국유사와 문예적 가치해명』, 새문사, 1982.

김명희, "원왕생가의 원형 이미지", 『한국문학연구』 8, 동국대 한국문학연구소, 1985.

김문기, "3구6명의 의미", 『어문학』 46, 한국어문학회, 1985.

김문기, "향가의 갈래와 사뇌가의 가락", 『인문논총』 1, 경북대인문과학연구소, 1885.

김문태, "'처용랑망해사'조의 구조와 의미 ― 일연의 시각을 중심으로", 『성대문학』 25, 성균관대, 1987

김병권, "원왕생가의 작자추정고", 『어문교육논집』 5, 부산대 국어교육과, 1981.

김상억, "찬기파랑가고", 『삼국유사와 문예적 가치해명』, 새문사, 1982.

김상억, 『향가』, 명문당, 1988

김선풍, "崔行歸의 三句六名", 『향가문학론』(김승찬 편저), 새문사, 1986

김성기, "서동요에 대한 시고", 『송하이종출박사 화갑기념논문집』, 대학사, 1989

김성기, "서동요의 배경설화에 대한 고찰", 『국어국문학』 5, 조선대 국어국문학과, 1983.

김성기, "헌화가 소고", 『국어국문학』 4, 조선대 국어국문학과, 1982.

김성언, "도솔가의 재고", 『국어국문학논문집』 6, 동아대, 1985.

김승찬, "도천수대비가", 『향가문학론』, 새문사, 1986

김승찬, "삼국유사 수로부인조의 한 고찰", 『천봉이능우박사 칠순기념논총』, 1989

김승찬, "신라 관음신앙과 도천수관음가 연구", 『국문학논총』(최동원교수환갑기념), 1983.

김승찬, "신라의 정토왕생사상과 향가", 『인문논총』 28, 1985.

김승찬, "신라향가연구 – 경덕왕대를 중심으로", 동아대 박사논문, 1987

김승찬, 『향가문학론』, 새문사, 1986

김열규, "삼국유사와 신화", 『삼국유사와 문예적 가치해명』, 새문사, 1982.

김열규, "처용랑망해사의 민속학적 의미", 『처용무의 이론적 고찰』, 서울시립무용단, 1988

김열규・신동욱 편, 『삼국유사와 문예적 가치해명』, 새문사, 1982.

김완진, "도솔가", 『향가해독법연구』, 서울대학교출판부, 1980.

김완진, "도솔가의 해독에 대한 고찰", 『한국언어문학논총』, 호서문화사, 1986

김완진, "도천수관음가", 『향가해독법연구』, 서울대학교출판부, 일조각, 1980.

김완진, "모죽지랑가", 『향가해독법연구』, 서울대학교출판부, 1980.

김완진, "서동요", 『향가해독법연구』, 서울대학교출판부, 1980.

김완진, "안민가", 『향가해독법연구』, 서울대학교출판부, 1980.

김완진, "우적가", 『향가해독법연구』, 서울대학교출판부, 1980.

김완진, "원가", 『향가해독법연구』, 서울대학교출판부, 1980.

김완진, "원왕생가", 『향가해독법연구』, 서울대학교출판부, 1980.

김완진, "제망매가", 『향가해독법연구』, 서울대학교출판부, 1980.

김완진, "찬기파랑가", 『향가해독법연구』, 서울대학교출판부, 1980.

김완진, "처용가", 『향가해독법연구』, 서울대학교출판부, 1980.

김완진, "처용가해독(3)", 『처용연구논총』, 울산문화원, 1989

김완진, "풍요", 『향가해독법연구』, 서울대학교출판부, 1980.

김완진, "향가표기에 있어서의 자간 공백의 의의", 『국어학』 9, 국어학회, 1980.

김완진, "헌화가", 『향가해독법연구』, 서울대학교출판부, 1980.

김완진, "혜성가", 『여요』, 서울대학교출판부, 1980.

김완진, 『향가해독법연구』, 서울대 출판부, 1982.

김유미, "월명사 도솔가 연구". 『국어국문학』 25, 부산대, 1988

김유언, "도솔가재고", 『국어국문학논문집』 6, 동아대 국어국문학과, 1985.

김종우, "서동요연구", 『삼국유사와 문예적 가치해명』, 새문사, 1982.

김종우, 『향가문학연구』, 이우출판사, 1980.

김준영, "삼구육명의 귀결", 『국어문학』 26, 전북대, 1986

김준오, "처용시학", 『논문집』 29, 부산대, 1980.

김진국, "鄕歌의 抒情性 硏究", 서강대 박사논문, 1987

김진영, "처용의 정체", 『한국문학사의 쟁점』, 집문당, 1986

김학성, "삼구육명의 해석", 『한국문학사의 쟁점』, 집문당, 1986

김형주, "모죽지랑가 해독", 『연구논문집』 7, 창원전문대, 1989

남풍현, "서동요의 '卯乙'에 대하여", 『백영정병욱선생 환갑기념논총』, 신구문화사, 1982.

동북아세아연구회 편, 『삼국유사의 연구』, 중앙출판, 1982.

杜鋹球, "안민가의 창작동기 고찰", 『우리문학연구』 5, 우리문학연구회, 1984.

박갑수, "향가해독의 몇가지 문제", 『선청어문』 11·12, 서울대, 1981.

박기호, "처용랑망해사조와 처용설화 연구", 『한양어문연구』 6, 1988

박노준 "제망매가의 해석", 『삼국유사와 문예적 가치해명』, 새문사, 1982

박노준, "안민가", 『향가문학론』, 새문사, 1986

박노준, "원가", 『향가여요연구』, 이우출판사, 1985.

박노준, "원왕생가고", 『국어국문학』 85, 국어국문학회, 1981.

박노준, "제망매가고", 『인문과학』 42, 연세대 인문과학연구소, 1980.

박노준, "처용가", 『신라가요의 연구』, 열화당, 1982.

박노준, "헌화가", 『향가문학연구』 (수우재최정석박사회갑기념논총), 효성여대출판부, 1984.

박노준, "헌화가의 해석", 『삼국유사와 문예적 가치해명』, 새문사, 1982.

박노준, 『신라가요의 연구』, 열화당, 1982.

朴湧植, "서동설화의 일고찰", 『어문논집』 22, 고려대, 1981.

박진태, "굿의 맥락에서 본 처용설화와 처용가", 『논문집』 34, 한국국어교육연구회, 1989

박진태, "처용가무에 대한 연극학적 연구", 『국어국문학』 88, 국어국문학회, 1982.

박창원, "처용가의 재검토", 『우해이병선박사 회갑기념논총』, 1987

박춘규, "처용가의 무격성 고찰", 『어문연구』 36 · 37, 1983.

사재동, "서동설화 연구", 『향가여요연구』, 이우출판사, 1985.

사재동, "서동요의 문학적 고찰", 『박재규정년기념논문집』, 1986

서대석, "처용가의 무속적 고찰", 『처용연구논총』, 울산문화원, 1989

서변하, "한국 노동요의 謠詞에 관한 연구", 『춘천교대 논문집』 23, 1983.

서영석, "안민가 어석", 『경기어문학』 5-6합집, 경기대 국어국문학과, 1985.

성호경, "삼구육명에 대한 고찰", 『국어국문학』 86, 국어국문학회, 1981.

성호경, "향가 연구의 함정과 그 극복을 위한 모색", 『국어국문학』 100, 1988.12.

성호주, "향가의 작자와 그 주변 문제", 『1977년도편 국어국문학연감』 1(고전문학편), 국어국문학회, 1980.

성호주, "헌화가와 그 설화의 새로운 고찰", 『한국문학논총』(하서김종우박사정년퇴임기념 논총), 한국문학회, 1981.

송영준, "고려 향가의 연구", 『논문집』 5, 한국방송통신대, 1986

송재주, "도솔가 연구", 『국어교육』 55 · 56, 한국국어교육연구회, 1986

송재주, "처용가의 형성연대에 대하여", 『인문과학연구』 3, 조선대 인문과학 연구소, 1981.

송재주, "향가와 사뇌에 대하여", 『국어교육연구』 2, 조선대, 1981.

송재주, "향찰의 체계적 연구시론", 『논문집』 10, 한국국어교육연구회, 1981.

宋喆淑, "도솔가신고", 『어문교육논집』, 부산대, 1984.

송효섭, "향가의 해석학적 연구를 위한 시론", 김열규 편, 『삼국유사와 한국문학』, 학연사, 1983.

신동익, "원왕생가의 작자", 『한국문학사의 쟁점』, 집문당, 1986

신석환, "모죽지랑가의 분석적 연구", 『사림어문연구』 4, 창원대, 1987

신석환, "모죽지랑가의 표기법 검토", 『창원대 논문집』 9-1, 1987

신현숙, "헌화가의 불교적 고찰", 『동악어문논집』 19, 동국대, 1984.

양명학, "4구체 향가의 운율연구-경주방언을 중심으로", 『논문집』 5-2, 울산공대병설공

전, 1980.

양희철, "균여 원왕가의 방편 시학", 『어문논총』 6·7, 청주대, 1989

양희철, "均如의 〈願王歌〉 硏究 - 그 文學性과 詩文法을 中心으로-", 서강대 박사논문, 1987

양희철, "삼구육명에 관한 검토", 『국어국문학』 88, 국어국문학회, 1982.

양희철, "월명사의 도솔가와 그 관련설화 연구", 『인문과학논집』 8, 청주대, 1989

양희철, "제망매가의 의미와 형상", 『국어국문학』 102, 1989

엄국현, "모죽지랑가 연구", 『인제논총』 5-1, 인제대, 1989

엄국현, "찬기파랑사뇌가의 구조분석과 해석", 『우해이병선박사 화갑기념논총』, 1987

예창해, "헌화가에 대한 한 시론", 『백영정병욱선생 화갑기념논총』, 신구문화사, 1982.

오 식, "풍요의 연구", 『연구논총』 7, 국민대, 1983.

유종국, "향가 '풍요'의 원형 고찰", 『국어문학』 27, 전북대, 1987

윤광봉, "처용가무의 변이 양상", 『송하이종출박사 회갑기념논문집』, 태학사, 1989

윤영옥, "도솔가", 『신라시가의 연구』, 형설출판사, 1982.

윤영옥, "도천수관음가", 『신라시가의 연구』, 형설출판사, 1982.

윤영옥, "모죽지랑가", 『신라시가의 연구』, 형설출판사, 1982.

윤영옥, "모죽지랑가", 『향가여요연구』, 이우출판사, 1985.

윤영옥, "서동요", 『신라시가의 연구』, 형설출판사, 1982.

윤영옥, "신라시가의 연구", 영남대 박사논문, 1980.

윤영옥, "信忠掛冠과 원가", 『삼국유사와 문예적 가치해명』, 새문사, 1982.

윤영옥, "안민가", 『신라시가의 연구』, 형설출판사, 1982.

윤영옥, "우적가", 『신라시가의 연구』, 형설출판사, 1982.

윤영옥, "원가", 『신라시가의 연구』, 형설출판사, 1982.

윤영옥, "원왕생가", 『향가문학론』, 새문사, 1986

윤영옥, "제망매가", 『신라시가의 연구』, 형설출판사, 1982.

윤영옥, "찬기파랑사뇌가", 『신라시가의 연구』, 형설출판사, 1982.

윤영옥, "처용가", 『신라시가의 연구』, 형설출판사, 1982.

윤영옥, "풍요", 『신라시가의 연구』, 형설출판사, 1982.

윤영옥, "헌화가", 『신라시가의 연구』, 형설출판사, 1982.

윤영옥, "혜성가", 『신라시가의 연구』, 형설출판사, 1982.

윤영옥, 『신라시가의 연구』, 형설출판사, 1980.

윤용식, "도솔가(유리왕대)의 해석", 『한국문학사의 쟁점』, 집문당, 1986

이도흠, "모죽지랑가의 창작배경과 수용의미", 『한국시가연구』 3, 한국시가학회, 1998

이명구, "처용가 연구", 『고려시대의 가요문학』, 새문사, 1982.

이병주, "균여대사의 보현십원가와 그 선시", 『불교사상』 9, 불교사상사, 1984.

이병주, "균여전석주", 『동악어문논집』 14, 동국대, 1981.

이사라, "찬기파랑의 구조적 접근", 『국어국문학』 92, 국어국문학회, 1984.

이영섭, "보현십종원왕가의 구조분석", 『연세어문학』 20, 1987

이웅재, "풍요의 연구", 『어문논집』 21, 중앙대, 1989

이은봉, "헌화가 시고", 『한남어문학』 13, 한남대, 1987

이임수, "모죽지랑가를 다시 봄", 『문학과 언어』 3, 경북대 문학과 언어 연구회, 1982.

李在銑, "향가의 수사론과 상상력", 『삼국유사와 문예적 가치해명』, 새문사, 1982.

李鍾出, "서동요의 새로운 이해", 『한국언어문학』 22, 한국언어문학회, 1983.

이주순, "처용무에 관한 연구", 『한국체육학회지』 20, 1982.

이창식, "처용전승의 특질과 변화", 『새국어교육』 42·43, 한국국어교육학회, 1988

이창식, "처용전승의 형성과 그 수용양상", 『시원김기동박사 회갑기념논문집』, 교학사,
    1986

이현수, "균여전의 설화문학적 성격", 『시원김기동박사 회갑기념논문집』, 교학사, 1986

印權煥, "서평, 『신라가요의 연구』-박노준 저", 『국어국문학』 87, 국어국문학회, 1982.

인권환, "신라 관음설화의 양상과 의미", 『신라문화』 6, 동국대, 1989

임기중, "맹아득안가와 처용가", 『신라가요와 기술물의 연구』, 이우출판사, 1981.

임기중, "신라가요와 그 기술물과의 관계", 『동악어문논집』 14, 동국대, 1981.

임기중, "신라가요의 주력관 연구", 동국대 박사논문, 1980.

임기중, "처용노래와 그 이야기의 변신모티브", 『문학과 비평』 5, 1988

임기중, "향가의 창작발상에 대하여", 『삼국유사와 문예적 가치해명』, 새문사, 1982.

임기중, "향가작자의 주술사적인 기능유형", 『경기어문학』 1, 경기대 국어국문학과,
    1980.

임재해, "서동설화 문헌전승의 역사적 전개", 『국문학연구논총』, 효성여대출판부, 1988

임치균, "수로부인설화 소고", 『관악어문연구』 12, 서울대, 1987

장성진, "서동요의 형성과정", 『한국전통문화연구』 2, 효성여대, 1986

장정용, "신라향가 헌화가의 배경론적 고찰", 『정산유목상박사 화갑기념논총』, 중앙대 중앙문화연구원, 1988

장주근, "처용설화의 연구", 『처용연구논총』, 울산문화원, 1989

장진호, "도솔가고", 『어문학』 50, 한국어문학회, 1989

장진호, "삼구육명의 속뜻", 『새국어교육』 41, 한국어교육학회, 1985.

장진호, "수로부인 설화고", 『어문학』 47, 한국어문학회, 1986

장진호, "원왕생가 작자고", 『대구어문논총』 5, 대구어문학회, 1987

장진호, "풍요형식의 변이과정", 『대구어문논총』 4, 대구어문학회, 1986

전규태, "처용가고", 『한국신화와 원초의식』, 이우출판사, 1980.

전규태, "향가논고", 『한국문학의 통시적 연구』, 지문사, 1981.

全鎣大, "삼국유사에 나타난 문학의식", 『경기어문』 1, 경기대, 1980.

정 철, "차용표기의 사적 고찰", 『肯浦조규설교수 華甲기념 국어학논총』, 형설출판사, 1982.

鄭琦鎬, "고려시대 향가의 연구", 『인문과학논문집』 6, 인하대 인문과학연구소, 1980.

鄭琦鎬, "향가형식에 대하여", 『삼국유사와 문예적 가치해명』, 새문사, 1982.

鄭炳昱, "향가론", 『한국고전시가론』, 신구문화사, 1980.

정병욱, "향가의 문학사적 위치", 『삼국유사와 문예적 가치해명』, 새문사, 1982.

정병헌, "처용가연구", 『논문집』 22, 한국국어교육연구회, 1982.

정상균, "도솔가·제망매가·천수관음가", 『한국고대시문학사연구』, 한신문화사, 1984.

정상균, "모죽지랑가", 『한국고대시문학사연구』, 한신문화사, 1984.

정상균, "보현십원가의 연구", 『국어교육연구』 3, 조선대, 1984.

정상균, "서동요", 『한국고대시문학사연구』, 한신문화사, 1984.

정상균, "안민가·찬기파랑가", 『한국고대시문학사연구』, 한신문화사, 1984.

정상균, "원왕생가", 『한국고대시문학사연구』, 한신문화사, 1984.

정상균, "처용·처용가 연구", 『국어교육』 39·40, 1981.

정상균, "처용가", 『한국고대시문학사연구』, 한신문화사, 1984.

정상균, "풍요·우적가", 『한국고대시문학사연구』, 한신문화사, 1984.

정상균, "혜성가·원가", 『한국고대시문학사연구』, 한신문화사, 1984.

정은미, "처용가의 무속적 성격 고찰", 『사림어문연구』 6, 창원대, 1989

정익섭, "향가의 왕생사상과 님의 속성", 『연암현평효박사 회갑기념논총』, 형설출판사,

1980.

정창일, "삼구육명의 궁극적 의미", 『한국언어문학』 25, 한국언어문학회, 1987

정창일, "처용가", 『향가신연구』, 세종문화사, 1987

정하영, "균여의 문학효용론", 『국어문학』 25, 전북대, 1985.

정하영, "균여전의 전기문학적 성격", 『한국언어문학』 20, 한국언어문학회, 1981.

정하영, "삶과 죽음을 관조–제망매가", 『比斯伐』 8, 전북대, 1981.

조동일, "향가의 작품세계", 『마당』 7, 마당사, 1982.

조동일, "혜성가의 창작연대", 『백영정병욱선생 환갑기념논총』, 신구문화사, 1982.

曹樂鉉, "향가해석상의 문제점 연구", 『관동대 논문집』 10, 관동대, 1982.

조평환, "균여전의 향가 연구–형식을 중심으로", 『건국대 논문집』 18, 1984.

조평환, "찬기파랑가 · 안민가소고", 『北泉沈汝澤선생 회갑기념논총』, 형설출판사, 1982.

朱　鈺, "혜성가와 俗信", 『서강어문』 2, 서강대 서강어문학회, 1982.

지헌영, "영재우적에 대하여–우적가 해독 서론", 『향가의 연구』, 정음사, 1984.

진영환, "처용가연구", 『대전공업전문대논문집』 33, 1983.

차현실, "향가의 '乎 · 烏 · 屋'의 통사적 기능과 의미", 『이화어문논집』 3, 이화여대, 1980.

채수영, "색채와 헌화가", 『한국문학연구』, 동국대, 1987

최　철, "균여전 소재 향가 관련기록의 검토", 『연세논총』 20, 연세대, 1984.

최　철, "안민가연구", 『삼국유사와 문예적 가치해명』, 새문사, 1982.

최　철, "향가에 대한 균여전의 해석", 『민족문화연구』 18, 고려대, 1984.

최　철, 『향가의 본질과 시적 상상력』, 새문사, 1983.

최　철, "도천수관음가 연구", 『한국시가연구』(백강서수생박사환갑기념논총), 형설출판사, 1981.

최남희, "예경제불가의 어학적 고찰", 『논문집』 17, 건국대, 1983.

최래옥, "서동의 정체", 『한국문학사의 쟁점』, 집문당, 1986

최리자, "서동설화고", 『한국언어문학』 21, 한국언어문학회, 1982.

최문진, "도솔가의 해석", 『향가의 연구』, 정음사, 1984.

최미정, "처용의 문학전승적 본질", 『관악어문연구』 5, 서울대, 1980.

최성호, "서동요의 문화사적 배경연구", 『광주교대 논문집』 22, 1981.

최성호, "우적가", 『향가문학론』, 새문사, 1986

최성호, "처용가", 『신라가요의 연구-배경과 사상을 중심으로』, 1984.

최성호, 『신라가요연구』, 문현각, 1984.

최이자, "헌화가고", 『국어국문학』 21, 전북대, 1980.

최진원, "처용가의 신화상징성", 『처용무의 이론적 고찰』, 서울시립무용단, 1988

최학선, "향가신석-안민가", 『전통문화』 142, 월간문화재사, 1984. 7.

하재현, "향가의 장르설정을 위한 고찰", 『어문논집』 15, 중앙대, 1981.

현용준, "도솔가고", 『삼국유사와 문예적 가치해명』, 새문사, 1982.

현용준, "처용설화고", 『민속문학연구』 (국어국문학회 편), 정음사, 1981.

홍석영, "미륵사지의 연기설화고-서동설화를 중심으로", 『민속문학연구』 (국어국문학회 편), 정음사, 1981.

홍재휴, "도솔가고-유리왕대의 부전시", 『한국전통문화연구』 1, 효성여대, 1985.

홍재휴, "수로부인설화고", 『여성문제연구』 9, 효성여대 한국여성문제 연구소, 1980.

홍재휴, "헌화가 신석", 『한국시가연구』(백강서수생박사환갑기념 논총), 형설출판사, 1981.

황패강, "도솔가 연구", 『신라문화』 6, 동국대, 1989

황패강, "서동요연구 - 설화적 재구를 통한 해석에의 접근", 『신라문화』 3·4, 동국대, 1987

황패강, "원왕생가연구", 『삼국유사와 문예적 가치해명』, 새문사, 1982.

황패강, "처용가 연구의 사적 반성과 일고찰",, 이우출판사, 1985.

황패강, "풍요에 관한 일고찰", 『신라문학의 신연구』, 신라문화선양회, 1986.

▌鄕歌 硏究 目錄 (1990년 이후)

강길운, 『향가신해독연구』, 학문사, 1995

강둘이, "讚耆婆郞歌의 耆婆에 대하여", 『청람어문학』 17, 1997.

강혜선, "구애의 민요로 본 서동요", 『한국고전시가작품론1』, 집문당, 1992.

고혜경, "혜성가", 『향가문학연구』, 일지사, 1993

고혜경, "혜성가의 시가적 성격", 『이화어문논집』 2, 이화여대, 1990

구사회, "맹아득안가 연구", 『국어국문학논문집』(이규창박사 정년기념), 집문당, 1992

구사회, "풍요연구", 『어문연구』 69, 일조각, 1991

금기창, "모죽지랑가에 대하여", 『대전대 논문집』 10-1, 1991

금기창, "新羅 鄕歌의 연구 : 도천수관음가·원왕생가·혜성가·모죽지랑가·원가를 중
　　　심으로", 원광대 박사논문, 1991

금기창, "안민가에 대하여", 『어문학』 53, 한국어문학회, 1992

금기창, "우적가에 대하여", 『국어국문학』 107, 국어국문학회, 1992

금기창, "제망매가에 대하여", 『한국언어문학』 30, 한국언어문학회, 1992

금기창, "찬기파랑가에 대하여", 『한국언어문학』 29, 한국언어문학회, 1991

금기창, "처용가에 대하여", 『어문학』 54, 한국어문학회, 1993

금기창, "헌화가에 대하여", 『국문학의 사적 조명』, 계명문화사, 1992

길태숙, "감탄어를 통해 본 옛 노래의 형식 : 향가와 고려속요를 중심으로", 연세대 석사
　　　논문, 1992

김경수, "제망매가", 『향가문학연구』, 일지사, 1993

김근수, "향가에 대한 재조명(상) - 보현십원가연구", 『한국학연구』 37, 중앙대, 1990

김대식, "헌화가 해독의 의미론적 접근", 『고전시가의 이념과 표상』(임하최진원박사 정년
　　　기념논총), 1991

김동욱, "모죽지랑가", 『향가문학연구』, 일지사, 1993

김무조, "신라 관음설화의 신비적 체험(2)", 『한국문학논총』 11, 한국문학회, 1990

김병국, "혜성가의 설화문맥과 해석상의 쟁점", 『한국고전시가작품론1』, 집문당, 1992

김상억, "'謠'계 향가에 대하여", 『어문학』52, 한국어문학회, 1991

김선기, 『옛적노래의 새풀이』, 보성문화사, 1993

김성기, "서동요의 배경설화에 대한 고찰", 『한실이상보박사 정년기념논총』, 이회문화사,
　　　1993

김승찬, "도솔가", 『고전시가의 이념과 표상』(임하최진원박사 정년기념논총), 1991

김승찬, "양지와 풍요", 『국어국문학논총』(벽사이우성박사 정년퇴직기념), 여강출판사,
　　　1990

김승찬, "우적가 연구", 『신라문화연구』 7, 동국대, 1990

김승찬, "원성왕대 우적가에 대한 일고찰", 『석당논총』 17, 동아대, 1991

김영수, "처용가연구 재고 - 연구사를 중심으로", 『신라문화』 7, 동국대, 1990

김완진, "안민가 해독의 한 반성", 『청파문학』 16, 숙명여대, 1990

김완진, 『향가와 고려가요』, 서울대학교출판부, 2000

김인배·김문배, 『전혀 다른 향가 및 만엽가』, 우리문학사, 1993

김정주, 『신라향가연구』, 조선대학교 출판부, 2003

김종규, "韓國古代歌謠의 形式論的 연구 : 鄕歌形式의 後代的 展開를 중심으로", 중앙대
　　　박사논문, 1993

김종규, 『향가문학연구』, 경인문화사, 2003

김종택, "儒理尼師今의 신석", 『국어교육연구』 22, 경북대, 1990

김지영, "경덕왕대 향가의 작가 연구", 부산외국어대 교육대학원 석사논문, 1994

김진국, 『향가의 해석학적 연구』, 예림기획, 2003

김창룡, "삼국유사 '良志使錫'조의 연구", 『민족문화 14, 민족문화추진회, 1991

김학성, "선불교적 배경과 처용가", 『불교와 역사』, 한국불교연구원, 1991

김학성, "처용가와 관련설화의 생성기반과 의미", 『대동문화연구』 30, 성균관대, 1995

김학성, "처용설화 서술구조와 처용가의 성격", 『문학한글』 4, 한글학회, 1990

김학성, 『한국고시가의 거시적 탐구』, 집문당, 1997

김학성, "향가장르의 본질", 『한국시가연구』 1, 한국시가학회, 1997

나경수, "처용가의 서사적 이해", 『국어국문학』 108, 국어국문학회, 1992

나경수, "風謠의 機能과 構造", 『국어국문학』 113, 국어국문학회, 1995

나경수, 『향가문학론과 작품연구』, 집문당, 1995

나경수, 『향가의 해부 한국시가문학의 원형을 찾아서』, 민속원, 2004

류렬, 『향가 연구』, 박이정, 2003

민긍기, "처용가의 생성적 의미에 관한 일고찰", 『고전문학연구』 8, 한국고전문학연구회,

1994

민긍기, “처용랑설화의 생성적 의미에 관한 일고찰”, 『연민학지』 2, 연민학회, 1994

박경애, “敎系(和請系) 鄕歌의 연구”, 성균관대 교육대학원 석사논문, 1993

박기석, “원왕생가와 광덕 엄장설화의 관련 양상”, 『한국고전시가작품론1』, 집문당, 1992

박노준, 『옛사람 옛노래 향가와 속요』, 태학사, 2003

박노준, “월명사론”, 『한국문학작가론』(나손선생추모논총), 현대문학사, 1991

박노준, 『향가 여요의 정서와 변용』, 태학사, 2001

박용식, “삼국유사에 수록된 향가에 나타난 언어의 시대적 특징 고찰”, 『구결연구』 14, 구결학회, 2005

박인희, “감통편 향가로서 원왕생가”, 『대동문화연구』 50, 성균관대학교 대동문화연구원, 2005

박정호, “월명사와 충담사의 서정성 고찰”, 한국외대 『이문논총』 10, 1990

박진태, “처용가의 제의적 구조와 기능”, 『고전시가의 이념과 표상』(임하최진원박사 정년기념논총), 1991

변종현, “안민가”, 『향가문학연구』, 일지사, 1993

서종학, 『이두의 역사적 연구』, 영남대출판부, 1995

성기옥, “원왕생가”, 『향가문학연구』, 일지사, 1993

성기옥, “헌화가와 신라인의 미의식”, 『한국고전시가작품론1』, 집문당, 1992

성호경, “우적가의 시세계”, 『한국고전시가작품론1』, 집문당, 1992

소용섭, “처용가의 배경설화 연구”, 원광대 교육대학원 석사논문, 1990

손용주, “향가 속의 시각형용사 어휘분석과 의미특징”, 『대구어문론총』 11, 1993.

손용주, “향가어석 ‘逢烏支惡知’에 대하여”, 『계명어문학』 6, 계명어문학회, 1991

송규흠, “보현십원가의 상징어와 상징구조”, 영남대 교육대학원 석사논문, 1991

송재주, “균여전 주해에 대하여”, 『한국고전문학연구』, 창학사, 1992

송재주, “혜성가 ‘舊理東尸汀叱’에 대하여”, 『인문과학연구』 13, 조선대, 1990

신동흔, “모죽지랑가와 이야기의 재해석”, 『관악어문연구』 15, 서울대, 1990

신동흔, “모죽지랑가의 시적 문맥”, 『한국고전시가작품론』, 집문당, 1992

신배섭, “서동설화의 화해양상 연구”, 『기전어문학』 6, 수원대, 1991

신석환, “영재우적가고”, 『사림어문연구』 8, 창원대, 1990

신은경, "처용가에 대한 정신분석적 검토", 『한국시가연구』 1, 한국시가학회, 1997

신재홍, "향가에 나타난 정치의 이념과 현실- 도솔가, 안민가, 원가를 대상으로", 『고전문학연구』 26, 한국고전문학회, 2004

신재홍, 『향가의 해석』, 집문당, 2000

兒玉仁夫, "제망매가 - '妹'자를 중심으로", 『경기어문학』 9, 경기대, 1991

안대회, "서동요", 『향가문학연구』, 일지사, 1993

안태욱, "처용설화의 불교적 연구", 동아대 교육대학원 석사논문, 1990

양희철, "모죽지랑가의 창작시기 一瞥", 『한국시가연구』 1, 한국시가학회, 1997

양희철, "원왕가", 『향가문학연구』, 일지사, 1993

양희철, "원왕생가의 작가 一瞥 - 箋釋과 관련 인접설화를 통하여", 『인문과학논집』 9, 청주대, 1990

양희철, "풍요의 의미와 형상 - 작가문제와 향찰해독도 겸하여", 『국어국문학』 108, 1992

양희철, 『삼국유사향가연구』, 태학사, 1997

엄국현, "서동요연구", 『한국어문논총』 11, 한국문학회, 1990

여기현, "사뇌가의 음악성", 『한국시가연구』 3, 한국시가학회, 1998

여운필, "도천수대비가의 기원가적 이해", 『한국고전시가작품론1』, 집문당, 1992

예창해, "찬기파랑가의 문학적 재구 및 해석 시론", 『한국고전시가작품론1』, 집문당, 1992

유경석, "서동전승의 희곡성 시고", 『한국고전문학연구』, 창학사, 1992

윤영옥, 『신라시가의 연구향가』, 형설출판사, 1993

유종국, "원왕생가 해석론", 『한국언어문학』 29, 한국언어문학회, 1991

유종국, "풍요론 - 전승문맥의 검토를 통한 성격과 의미재론", 『국어국문학』 103, 1990

유창균, 『향가비해』, 형설출판사, 1994

유효석, "風月系 鄕歌의 장르性格 硏究", 성균관대 박사논문, 1993

윤경수, "도솔가의 무불융합적 연구", 『향가·여요의 현대성 연구』, 집문당, 1993

윤경수, "모죽지랑가의 불교적 성격", 『향가·여요의 현대성 연구』, 집문당, 1993

윤경수, "안민가의 생성동기와 치국관적 고찰", 『향가·여요의 현대성 연구』, 집문당, 1993

윤경수, "원가의 궁정백수상징과 민간신앙적 고찰", 『한국시가연구』 1, 한국시가학회,

　　　1997

윤경수, "원왕생가의 생성배경과 기원가적 성격 연구", 『향가·여요의 현대성 연구』, 집
　　　문당, 1993

윤경수, "제망매가에 나타난 미타세계", 『우암어문논집』 3, 부산외대, 1993

윤경수, "찬기파랑사뇌가의 원형상징성", 『향가·여요의 현대성 연구』, 집문당, 1993

윤경수, "처용가의 현대적 고찰", 『향가·여요의 현대성 연구』, 집문당, 1993

윤경수, "헌화가의 제의적 성격", 『향가·여요의 현대성 연구』, 집문당, 1993

윤경수, "혜성가의 제의적 성격과 문학적 상상력", 『향가·여요의 현대성 연구』, 집문당,
　　　1993

윤성현, "향가 노래이름의 표기에 관하여", 『연세어문학』 22, 1990.3.

윤영옥, "도솔가 연구", 『신라사상의 재조명』, 신라문화선양회, 1991

윤영옥, "무강설화와 서동", 『한국고시가의 연구』, 형설출판사, 1995

윤영옥, "始製도솔가의 문제", 『국어국문학논총』, 여강출판사, 1990

윤영옥, "신라의 樂과 도솔가", 『한국고시가의 연구』, 형설출판사, 1995

윤영옥, "처용가 연구의 검토", 『한국고시가의 연구』, 형설출판사, 1995

윤영옥, "처용가", 『향가문학연구』, 일지사, 1993

윤태현, "보현십원가의 배경과 문학적 성격 연구", 동국대 석사논문, 1995

이경수, "노동요로서의 풍요", 『한국고전시가작품론1』, 집문당, 1992

이도흠, "신라 향가의 문화기호학적 연구 : 화엄사상을 바탕으로", 한양대 박사논문,
　　　1994

이동석, "향가의 첨기현상에 대한 연구", 『구결연구』 6, 구결학회, 2000

이승희, "鄕歌의 敍事性에 관한 연구 : 향가의 존재양상과 관련하여", 이화여대 석사논문,
　　　1993

이영태, "향가의 가창현장과 우적가", 『우리문학연구』 15, 우리문학회, 2002

이연세, "우적가", 『향가문학연구』, 일지사, 1993

이연숙, "모죽지랑가고", 『한국문학논총』 13, 1992

이연숙, "新羅 鄕歌의 雜密的 性格 연구", 부산대 박사논문, 1991

이연숙, "안민가고", 『한국문학논총』, 한국문학회, 1991

이영태, "景德王代 鄕歌 作家 연구", 인하대 석사논문, 1993

이웅재, "우적가 설화의 연구", 『평사 민제선생 화갑기념논문집』, 1990

이인구, "月明師의 鄕歌 연구", 건국대 교육대학원 석사논문, 1991

이일배, "충담사의 향가 연구 : 특히 현실주의적 성격을 중심으로", 영남대 교육대학원 석사논문, 1990

이재선, 『향가의 이해』, 한국학술정보, 2003

이지수, "記紀歌謠 歌體形成에 미친 신라향가의 영향", 한국외국어대 석사논문, 1994

이창식, "수로부인 설화의 현장론적 연구", 『동악어문논집』 25, 동국대, 1990

임기중, "처용가의 변신모티브", 『고전시가의 실증적 연구』, 동국대 출판부, 1992

장진호, "新羅鄕歌의 呪願性 연구", 계명대 박사논문, 1990

전한성, "수로부인설화고 – 사실적 관점에서", 『한실이상보박사 정년기념논총』, 이회문화사, 1993

정상균, "도솔가 연구", 『한국고전시가작품론1』, 집문당, 1992

정운채, "하생기우전의 구조적 특성과 서동요의 흔적들", 『한국시가연구』 2, 한국시가학회, 1997

정운채, "고려 처용가의 처용랑망해사조 재해석과 벽사진경의 원리", 『고전문학연구』 13, 한국고전문학회, 1998

정창일, "새로운 鄕歌 解讀法 原理", 『한국언어문학』 28, 1990.

정후수, "풍요와 국풍의 거리", 『한성대 논문집』 14, 1990

정흠모, "대학에서의 향가 교육에 대한 사례 연구-원왕생가를 중심으로", 『국어국문』 39, 국어문학회, 2004

조동일, "안민가에 나타난 정치의식", 『한국고전시가작품론1』, 집문당, 1992

조연숙, "향가의 시간의식연구", 『고시가연구』 13, 한국고시가문학회, 2004

조영호, "원왕생가와 정읍사의 상호텍스트성 연구", 『서강어문』 7, 서강대, 1990

조평환, "불교적 용신사상과 향가", 『건국어문학』 15·16, 건국대, 1991

조평환, "찬기파랑가", 『향가문학연구』, 일지사, 1993

조평환, "鄕歌의 背景論的 연구 : 佛敎와의 相關關係를 중심으로", 건국대 박사논문, 1990

조평환, "향가의 사상적 배경고 – 미륵사상을 중심으로", 『건국대 대학원논문집』 30, 1990

조형호, "찬기파랑가의 미학적 우주론", 『계명어문학』 8, 계명어문학회, 1993

조형호, "향가의 서정공간 연구", 서강대 박사논문, 1995

채원기, "新羅鄕歌의 背景說話에 나타난 巫敎思想 연구", 계명대 교육대학원 석사논문, 1991

최　철, 『향가의 문학적 해석』, 연세대 출판부, 1990

최남희, "처용가 제8구에 대하여", 『들메서재극박사 환갑기념논문집』, 계명대 출판부, 1991

최래옥, "보현십원가의 문학성과 현재성", 『한국고전시가작품론1』, 집문당, 1992

최선경, "鄕歌의 祭儀歌的 性格 硏究", 연세대학교 박사논문, 2002

최용수, "처용가에 대한 연구사적 검토", 『영남어문학』 24, 1993.

최용수, "처용가 연구의 현황", 『영남어문학』 23, 1993.

최용수, "처용가에 대하여", 『배달말』 19, 배달말학회, 1994

최용수, "헌화가에 대하여", 『영남어문학』 25, 1994.

최재남, "처용가의 성격", 『한국고전시가작품론1』, 집문당, 1992

허남춘, "도솔가와 신라초기의 가악", 『국어국문학논총』, 여강출판사, 1990

현승환, "서동설화연구", 『백록어문』 8, 제주대, 1991

현용준, "도솔가", 『향가문학연구』, 일지사, 1993

황패강, "도천수대비가의 연구", 『불교와 역사』(이기영박사 고희기념논총), 한국불교연구원, 1991

황패강, "모죽지랑가 연구", 『어문연구』 21, 충남대, 1991

황패강, "제망매가 연구", 『국어국문학논총』, 여강출판사, 1990

황패강, 『향가문학의 이론과 해석』, 일지사, 2001.

황패강, "혜성가 연구", 『중재 장충식박사 화갑기념논총』, 단대출판부, 1992.

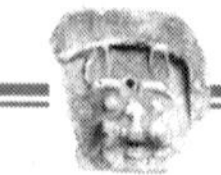

參考文獻

1. 硏究 資料

均如傳
三國史記
三國遺事

2. 著書

강길운, 『향가신해독연구』, 학문사, 1995.

김동욱, 『한국가요의 연구』, 을유문화사, 1984.

김사엽, 『향가의 문학적 연구』, 계명대출판부, 1979

김선기, 『옛적노래의 새풀이』, 보성문화사, 1993.

김승찬, 『향가문학론』, 새문사, 1986.

김열규·신동욱 편, 『삼국유사와 문예적 가치해명』, 새문사, 1982.

김완진, 『향가와 고려가요』, 서울대학교출판부, 2000.

김완진, 『향가해독법연구』, 서울대학교출판부, 일조각, 1980.

김인배·김문배, 『전혀 다른 향가 및 만엽가』, 우리문학사, 1993.

김정주, 『신라향가연구』, 조선대학교 출판부, 2003.

김종규, 『향가문학연구』, 경인문화사, 2003.

김종우, 『향가문학연구』, 이우출판사, 1980.

김준영, 『향가문학』, 형설출판사, 1979

김진국, 『향가의 해석학적 연구』, 예림기획, 2003.

나경수, 『향가문학론과 작품연구』, 집문당, 1995.

류렬, 『향가 연구』, 박이정, 2003.

박노준, 『신라가요의 연구』, 열화당, 1982.

박노준, 『옛사람 옛노래 향가와 속요』, 태학사, 2003.
박노준, 『향가 여요의 정서와 변용』, 태학사, 2001.
박노준, 『향가문학론』, 새문사, 1986.
서재극, 『신라향가의 어휘연구』, 계명대출판부, 1979.
신재홍, 『향가의 해석』, 집문당, 2000.
양주동, 『古歌硏究』, 박문서관, 1960
양주동, 『麗謠箋注』, 을유문화사, 1947
정렬모, 『향가연구』, 사회과학원출판사, 1965.
정상균, 『한국고대시문학사연구』, 한신문화사, 1984.
최　철, 『신라가요연구』, 개문사, 1979.
최성호, 『신라가요연구』, 문현각, 1984.
홍기문, 『향가해석』, 과학원(평양), 1956.
황패강, 『향가문학의 이론과 해석』, 일지사, 2001.

3. 論文

姜信沆, "處容의 語義", 『국문학논문선』, 민중서관, 1977.
금기창, "삼구육명에 대하여-한국고가요의 기조(Ⅱ)", 『국어국문학』 79·80, 국어국문학회, 1975.
김사엽, "향가형식의 문제점-歌排鄕語 切磋於三句六名", 『이숭녕박사 송수기념논총』, 을유문화사, 1968
김선기, "쇼뚱노래(서동요)", 『현대문학』151, 현대문학사, 1967.
김선풍, "崔行歸의 三句六名", 『향가문학론』(김승찬 편저), 새문사, 1986
김성기, "서동요에 대한 시고", 『송하이종출박사 화갑기념논문집』, 대학사, 1989
김성기, "서동요의 배경설화에 대한 고찰", 『국어국문학』 5, 조선대 국어국문학과, 1983.
김성기, "헌화가 소고", 『국어국문학』 4, 조선대 국어국문학과, 1982.
김수업, "삼구육명에 대하여", 『국어국문학』 68·69, 국어국문학회, 1975
김운학, "균여의 문학적 위치", 『동국대 논문집』 13, 1974.
김종규, "韓國古代歌謠의 形式論的 연구 : 鄕歌形式의 後代的 展開를 중심으로", 중앙대 박사논문, 1993.
김종우, "균여의 생애와 그의 향가", 『국어국문학지』 2, 부산대, 1961.
김종우, "도솔가와 산화가에 대한 일고찰", 『국어국문학지』 5, 부산대 국어국문학과, 1966.

김종우, "서동요연구", 『삼국유사와 문예적 가치해명』, 새문사, 1982.

김준영, "삼구육명의 귀결", 『국어문학』 26, 전북대, 1986.

김진국, "鄕歌의 抒情性 硏究", 서강대 박사논문, 1987.

김진영, "처용의 정체", 『한국문학사의 쟁점』, 집문당, 1986.

김학성, "삼구육명의 해석", 『한국문학사의 쟁점』, 집문당, 1986.

박용식, "삼국유사에 수록된 향가에 나타난 언어의 시대적 특징 고찰", 『구결연구』 14, 구결학
회, 2005.

박인희, "감통편 향가로서 원왕생가", 『대동문화연구』 50, 성균관대학교 대동문화연구원,
2005.

사재동, "무강왕전설의 연구", 『백제연구』 5, 1974.

사재동, "서동설화연구", 『장암지헌영선생 화갑기념논총』, 호서출판사, 1971.

사재동, "서동요의 문학적 고찰", 『박재규정년기념논문집』, 1986

서대석, "처용가의 무속적 고찰", 『한국학논집』 2, 계명대, 1975.

서재극, "모죽지랑가 연구", 『신라시대의 언어와 문학』, 한국어문학회편, 형설출판사, 1974

서재극, "백수가 연구", 『국어국문학』 55-57 합병호, 국어국문학회, 1972

서재극, "찬기파랑가-향가연구 I", 『신라가야문화』 3, 영남대 신라가야문화연구소, 1970

서재극, "풍요연구", 『장암지헌영선생 화갑기념논총』, 호서출판사, 1971

서재극, "헌화가 연구", 『상산이재수박사 환력기념논문집』, 형설출판사, 1972

신재홍, "향가에 나타난 정치의 이념과 현실- 도솔가, 안민가, 원가를 대상으로", 『고전문학연
구』 26, 한국고전문학회, 2004.

윤경수, "처용가의 현대적 고찰", 『현대문학』 253, 현대문학사, 1975.

이근영, "사뇌가의 형식", 『한글』 105, 조선어학회, 1949

전규태, "향가논고", 『한국문학의 통시적 연구』, 지문사, 1981.

정병욱, "향가의 문학사적 위치", 『삼국유사와 문예적 가치해명』, 새문사, 1982.

정병헌, "처용가연구", 『논문집』 22, 한국국어교육연구회, 1982.

정상균, "도솔가 · 제망매가 · 천수관음가", 『한국고대시문학사연구』, 한신문화사, 1984.

정익섭, "원왕생가의 작자고-배경설화를 중심으로", 『호남문화연구』 9, 전남대 국어국문학과,
1977.

정창일, "삼구육명의 궁극적 의미", 『한국언어문학』 25, 한국언어문학회, 1987.

정창일, "처용가", 『향가신연구』, 세종문화사, 1987.

정흠모, "대학에서의 향가 교육에 대한 사례 연구-원왕생가를 중심으로", 『국어국문』 39, 국어
문학회, 2004.

조동일, "향가의 작품세계", 『마당』 7, 마당사, 1982.

조동일, "혜성가의 창작연대", 『백영정병욱선생 환갑기념논총』, 신구문화사, 1982.

조평환, "鄕歌의 背景論的 연구 : 佛敎와의 相關關係를 중심으로", 건국대 박사논문, 1990.

지헌영, "영재우적에 대하여-우적가 해독 서론", 『향가의 연구』, 정음사, 1984.

최래옥, "서동의 정체", 『한국문학사의 쟁점』, 집문당, 1986.

최선경, "鄕歌의 祭儀歌的 性格 硏究", 연세대학교 박사논문, 2002.

최성호, "우적가", 『향가문학론』, 새문사, 1986

현용준, "처용설화고", 『민속문학연구』(국어국문학회 편), 정음사, 1981.

황패강, "도솔가 연구", 『신라문화』6, 동국대, 1989

황패강, "서동요연구 - 설화적 재구를 통한 해석에의 접근", 『신라문화』3·4, 동국대, 1987

황패강, "원왕생가연구", 『삼국유사와 문예적 가치해명』, 새문사, 1982.

황패강, "처용가 연구의 사적 반성과 일고찰",, 이우출판사, 1985.

황패강, "풍요에 관한 일고찰", 『신라문학의 신연구』, 신라문화선양회, 1986.

저 · 자 · 소 · 개

김진욱(金晋郁)

- 서강대학교 국어국문학과 졸업
- 조선대학교 대학원 졸업(문학석사 · 박사)
- 순천대학교 강사
- 전남대학교 전임연구원
- 조선대학교 강사

저 서
「松江 鄭澈 文學의 再認識」(역락, 2004)

논 문
「원가(怨歌) 형식에 대한 연구」 외 논문 10여 편

향가문학론

인　　쇄	2005년 10월　1일
발　　행	2005년 10월 10일

저　　자	金晋郁
펴 낸 이	이대현
책임편집	이태곤
편　　집	권분옥 박윤정 이은희 김보라
제　　작	안현진
표　　지	OM디자인 장재호
펴 낸 곳	도서출판 **역락** / 서울 성동구 성수2가 3동 301-80 (주)지시코 별관 3층(우133-835)
전　　화	3409-2058(대표) 3409-2060(편집부) FAX 3409-2059
이 메 일	yk3888@kornet.net / youkrack@hanmail.net
홈페이지	www.youkrack.com
등　　록	1999년 4월 19일 제2-2803호

정가　22,000원

ISBN　89-5556-426-0-93810

* 잘못된 책은 교환해 드립니다.